*Zum Buch:*

„Ich wollte dieses Wochenende mit ihr Schluss machen." Das sind die Worte ihres Verlobten, die Nora hört, als sie aus der Narkose erwacht. Enttäuscht beendet sie die Beziehung und zieht sich zurück nach Scupper Island, der Inselidylle ihrer Kindheit. Dort trifft sie auf Sullivan, einen ehemaligen Schulkameraden, der jetzt glücklicher Bootsbauer ist. Seine sanften braunen Augen lassen Noras Herz höherschlagen. Bei ihm fühlt sie sich sicher und selbstbewusst. Doch Nora trägt eine Mitschuld an dem Unfall, bei dem Sullivan damals schwer verletzt wurde. Kann sie es wagen, sich in ihn zu verlieben?

»Higgins' Fans werden sich zweifellos sehr über diesen bewegenden Roman über Neuanfänge und Vergangenheitsbewältigung freuen.«

*Publishers Weekly*

*Zur Autorin:*

Die Romane der New-York-Times-Bestsellerautorin werden in mehr als zwanzig Sprachen übersetzt und sind mehrfach ausgezeichnet worden. Kristan Higgins lebt mit ihrem Ehemann, einem heldenhaften Feuerwehrmann, zwei ungewöhnlich liebevollen Kindern, einem neurotischen Rettungshund und einer manchmal freundlichen Katze in Connecticut.

*Lieferbare Titel:*

Fast perfekt ist gut genug
Lieber heiß geküsst als kaltgestellt

*Kristan Higgins*

# Das Leben ist kein Flickenteppich

Roman

Aus dem Amerikanischen von
Ivonne Senn

mtb

MIRA® TASCHENBUCH

FSC
MIX
Papier
FSC® C014496

1. Auflage: September 2018
Deutsche Erstausgabe

Originaltitel: »Now That You Mention It«
erschienen bei: HQN Books, Toronto

Published by arrangement with
HARLEQUIN ENTERPRISES II B.V./SARL

Umschlaggestaltung: bürosüd, München
Umschlagabbildung: www.buerosued.de
Lektorat: Anne Schünemann
Satz: GGP Media GmbH, Pößneck
Printed in Germany
Dieses Buch wurde auf FSC®-zertifiziertem Papier gedruckt.
ISBN 978-3-95649-822-0

www.mira-taschenbuch.de

*Dieses Buch widme ich Dr. Stacia Bjarnason –*
*du bist der Inbegriff von Güte,*
*unvorstellbar klug, mutig, lustig*
*und noch dazu eine Hundeliebhaberin.*
*Es ist mir eine Ehre, mit dir befreundet zu sein.*

# 1. Kapitel

Mein erster Gedanke, nachdem ich gestorben war, lautete: *Wie wird mein Hund damit zurechtkommen?*

Der zweite Gedanke: *Ich hoffe, wir können das mit dem offenen Sarg immer noch machen.*

Der dritte Gedanke: *Ich habe für meine eigene Beerdigung nichts zum Anziehen.*

Der vierte: *Ich werde Daniel Radcliffe nicht mehr kennenlernen.*

Der fünfte: *Hat Bobby wirklich gerade mit mir Schluss gemacht?*

Lasst mich eine Stunde zurückspulen.

Es war eine ruhige Nacht im Boston City Hospital – also, ruhig für mich. So wie üblich. Es war zwar eines der größten und geschäftigsten Krankenhäuser von ganz New England, ich aber arbeitete hier als Gastroenterologin. Was bedeutete, die meisten meiner Patienten bekamen ihre Diagnose tagsüber im Sprechzimmer, bevor die Lage zu kritisch wurde – ich meine, jeder dreht schließlich durch, wenn er nicht ordentlich auf Toilette gehen kann. Abgesehen von den seltenen Notfällen wie Blutungen oder geplatzten Gallenblasen ist es ein ziemlich ruhiges Arbeitsgebiet.

Und eines mit einer geringen Sterblichkeitsrate.

Ich hatte gerade nach den vier Patienten gesehen, die meine Praxis hierher überwiesen hatte – zwei ältere Damen, die wegen eines Einlaufs von ihren Pflegeheimen zu uns geschickt worden waren. Einer der beiden Fälle hatte sich als kleine Verstopfung herausgestellt, die sich gut mit einer kurzfristigen Umstellung auf flüssige Nahrung lösen ließ. Die andere Patientin litt unter einer Colitis ulcerosa, einer entzündlichen Erkrankung des Dickdarms, die mein Kollege morgen operieren würde.

»Keine Ballaststoffe mehr, Mrs. DeStefano, okay? Etwas weniger Pasta und dafür mehr Salat und Gemüse«, hatte ich zu meiner Patientin gesagt.

»Liebes, ich bin Italienerin. Ich würde lieber sterben, als mich bei der Pasta zurückzuhalten.«

»Nun, dann essen Sie mehr Gemüse und ein *kleines bisschen* weniger Nudeln.« Die Frau war immerhin sechsundneunzig. »Sie wollen doch nicht öfter hier landen, oder? So lustig sind Krankenhäuser auch nicht.«

»Sind Sie verheiratet?«, fragte sie.

»Noch nicht.« Mein Gesicht fühlte sich seltsam an, wie immer, wenn ich ein falsches Lächeln aufsetzte. »Aber ich habe einen sehr netten Freund.«

»Ist er Italiener?«

»Er hat irische Wurzeln.«

»Tja, man kann nicht immer Glück haben«, sagte sie. »Kommen Sie mich mal besuchen. Sie sind zu dünn. Ich werde Ihnen eine *Pasta Fagioli* machen, die Sie zum Weinen bringt, so gut ist sie.«

»Klingt himmlisch.« Ich wies Mrs. DeStefano nicht darauf hin, dass sie nicht länger im eigenen Haus wohnte. Und egal, wie süß diese kleine alte Lady auch sein mochte, ich besuchte keine Fremden, nicht einmal Fremde, die mich für dünn hielten – Gott möge sie segnen. »Versuchen Sie, ein wenig zu schlafen«, sagte ich. »Ich werde morgen wieder nach Ihnen sehen, in Ordnung?«

Meine Absätze klapperten auf dem glänzenden Fliesenboden, als ich das Zimmer verließ ... Für die Arbeit zog ich mich immer sehr sorgfältig an, was vermutlich daran lag, dass ich meine Liebe zur Mode später als die meisten entdeckt hatte. Ich richtete meinen weißen Arztkittel – den zu tragen ich immer noch unglaublich aufregend fand. Auf der Brusttasche war mein Name eingestickt: *Dr. Nora Stuart, Abteilung für Gastroenterologie.*

Ich könnte ein wenig am Computer arbeiten. Die Schwestern auf der Station würden mich dafür lieben. Meine Visite war durch, und ich musste Zeit totschlagen und hoffen, dass Bobby am Ende seiner Schicht endlich einmal auch wirklich fertig wäre. Er arbeitete in der Notaufnahme, sodass dies nur selten der Fall war.

Aber ich wollte nicht allein nach Hause gehen, selbst wenn dort Boomer, unser riesiger Berner Sennenhund, auf mich wartete. Boomer, der Lichtstrahl in meinem immer grauer werdenden Leben.

Nein. Mein Leben war toll. Super sogar. Besser, sich jetzt nicht der Nabelschau zu widmen. Vielleicht würde ich Roseline anrufen, meine beste Freundin hier in Boston. Sie war Geburtshelferin. Oh, vielleicht hatte sie sogar Notdienst, und ich könnte ihr helfen, ein Baby auf die Welt zu bringen. Ich schrieb ihr eine Nachricht und erhielt umgehend die Antwort, dass sie zum Dinner bei ihren Schwiegereltern war und ernsthaft über Mord nachdachte.

Zu schade. Roseline verstand das Grau in meinem Leben. Andererseits verließ ich mich vielleicht ein wenig zu sehr auf sie. Ich antwortete ihr mit Vorschlägen, wie sie die Leichen verschwinden lassen könnte, und steckte mein Handy in die Tasche zurück.

Langsam schlenderte ich zum Schwesternzimmer hinüber. Ah, wie bezaubernd. Del, einer meiner liebsten Pfleger, saß mit einem Lolli im Mund am Tisch und ging einen Stapel Papiere durch. »Hey Kumpel«, sagte ich.

»Dr. Nora! Wie läuft's?«

»Super! Wie geht es dir? Wie war das Date vor Kurzem?«

Er lehnte sich auf dem Stuhl zurück und grinste breit. »Sie ist die Eine«, sagte er selbstzufrieden. »Ich wusste es in der Sekunde, in der sie mich angelächelt hat.«

»Wirklich?«

»Wirklich. Ich meine, sie hat hochgeschaut, und ich bin quasi vor ihr auf die Knie gegangen. Es war, als würden wir uns schon immer kennen. Als wären wir füreinander gemacht, verstehst du?«

»Klar!«, sagte ich etwas zu enthusiastisch. »Mit mir und Bobby war es genauso.«

Dels Lächeln fiel ein klein wenig in sich zusammen.

In dem Moment erklang eine Durchsage über das Lautsprechersystem. »Achtung, Achtung. Achtung, bitte. Dr. Stuart. Dr. Nora Stuart, bitte sofort in die Notaufnahme Raum elf.«

Ich sprang auf. »Oh! Das bin ich!« Ein Aufruf an mich, in die Notaufnahme zu kommen, war selten genug und deswegen immer noch aufregend. »Ich bin dann mal weg. Bye, Del!«

Ich rannte den Flur hinunter und fühlte mich ziemlich cool. Mit einer Hand hielt ich das Stethoskop fest, damit es nicht gegen meine Brust schlug, und ich fragte mich, worum es wohl ging. Ein Fremdkörper in der Speiseröhre (mit anderen Worten *Ersticken*)? Eine Blutung im unteren Gastrointestinalbereich? Das war immer aufregend. Üblicher für eine Notaufnahme in der Stadt wäre eine Ösophagusvarize aufgrund zu hohen Alkoholkonsums oder einer Hepatitis – dabei handelt es sich um kleine Blutgefäße in der Speiseröhre, die platzen und dafür sorgen können, dass der Patient verblutet.

Ich liebte es, in die Notaufnahme zu gehen. Die Gastroenterologie war genauso wichtig wie die Notfallmedizin, aber niemand schrieb eine Fernsehserie darüber. Die coolen Typen hingen in der Notaufnahme ab, und mein Freund war ihr König. Bobby sagte oft, dass es nur wenig gab, was das Team aus der Notaufnahme nicht flicken konnte – aber wenn sie mich anpiepten, nun … dann war *ich* jetzt die Königin.

Ich lief die Treppe zur Notaufnahme hinunter und zu der Schwester, die die Ersteinschätzung übernahm. Ellen schaute auf und sagte: »Zwölfjähriger mit Bauchschmerzen. Sieht krank aus. Raum elf.«

»Danke, Ellen!« Sie erwiderte mein Lächeln nicht. Bobby liebte sie, aber zu mir war sie so charmant wie die Dementoren in den »Harry Potter«-Büchern – immer auf der Suche danach, etwas Glück zu zerstören.

Entschlossen, aber nicht zu eilig, machte ich mich auf den Weg zum Untersuchungsraum elf. Heute Abend war es in der Notaufnahme ziemlich ruhig. Es gab die üblichen Verdächtigen: ein paar alte Leute, ein paar Kids, ein paar Drogenabhängige, einen Kerl mit einer blutigen Hand, der mir zulächelte, als ich an ihm vorbeiging.

Gastroenterologie … Nun, irgendjemand musste sich darum kümmern, oder? Und mir gefiel es. Also meistens. Neunzig Prozent meiner Patienten ging es später besser. Was die Darmspiegelungen anbelangte … ob man es glaubt oder nicht, sie hatten etwas Meditatives. Aber klar, sie waren nicht gerade das beste Thema für einen Small Talk auf einer Party. Ich konnte gar nicht zählen, wie oft die Leute zusammengezuckt waren, wenn ich ihnen von meiner Spezialisierung erzählte, aber wenn sie ein Magengeschwür bekämen, würden sie es sicher gut finden, mich zu kennen.

Jabrielle, eine der Neuzugänge in der Notaufnahme, stand vor dem Untersuchungszimmer. Sie schwärmte ein wenig zu sehr für Bobby, was sie demonstriert hatte, als sie ihm auf der letzten Party, die wir gemeinsam besucht hatten, sehr tief in die Augen geschaut hatte. Es war eine dieser *Wir-können-den-Blickkontakt-jetzt-nicht-unterbrechen-weil-diese-Unterhaltung-so-intensiv-ist*-Situationen gewesen. Jabrielle war außerdem irritierend hübsch.

»Sind Sie die Gastro-Spezialistin?«, fragte sie und schaffte es wieder einmal, mich nicht wiederzuerkennen.

»Ja«, sagte ich. »Ich bin Nora. Wir haben uns schon mal getroffen. Dreimal, um genau zu sein.« Sie schaute mich immer noch leer an. »Bobbys Freundin?«

»Oh. Richtig. Wie auch immer, ich vermute eine Appendizitis, aber seine Schmerzen liegen etwas weiter in der Mitte. Wir warten noch auf die Laborbefunde. Ich wollte ihn ins CT schieben, aber die Begleitperson wollte erst Ihre Meinung hören und sehen, ob wir das vielleicht vermeiden können.«

Der Patient sah sehr jung aus für seine zwölf Jahre. Seine Haut war aschfahl, sein Gesicht schmerzverzerrt. Wir wollten ihn nicht der Strahlung des Computertomografen aussetzen, wenn es nicht unbedingt nötig war. »Hey Kumpel«, sagte ich. »Wir werden uns gut um dich kümmern, okay?« Ich lächelte die Mutter an, während ich mir die Hände wusch. »Ich bin Dr. Stuart. Es tut mir leid, dass Ihr Sohn solche Schmerzen hat.« Ich sah mir die Aufnahmeakte an. Caden Lackley, kein Trauma, hatte bis heute normal gegessen, akute Unterleibsschmerzen, Fieber, Übelkeit und Erbrechen. »Durchfall oder weicher Stuhl, Caden?« Wie gesagt, nicht der beste Partytalk.

»Nein«, sagte er.

»Okay. Dann schauen wir uns das mal an.«

Ich tastete seinen Bauch ab, der sehr hart war – eines der Anzeichen für eine Blinddarmentzündung. Aber der Schmerz befand sich nicht an der dafür zu erwartenden Stelle; ehrlich gesagt war er gar nicht in der Nähe des sogenannten McBurney-Punktes in seinem unteren rechten Bauchbereich. »Das ist nicht sein Blinddarm«, sagte ich.

Jabrielle schürzte ihre perfekten Lippen. Sie war genervt, dass sie nicht recht gehabt hatte. Alle Ärzte in der Notaufnahme waren so – sie hassten es, wenn wir Spezialisten nicht mit ihrer Einschätzung übereinstimmten.

Der Junge atmete mit einem Mal scharf ein, als ich die Stelle direkt unter seinen rechten Rippen abtastete. Auf der linken Seite hatte er keine Schmerzen. Ich rollte ihn auf die Seite und klopfte seinen Rücken nach Nierenproblemen ab, aber er zeigte keine Reaktion.

Für Gallensteine war er vermutlich noch zu jung. Vielleicht eine Pankreatitis, aber auch die war angesichts seines Alters unwahrscheinlich. Und ohne Durchfall konnte es sich nicht um Morbus Crohn handeln. »Wie lange tut dir der Bauch schon weh, Caden?«

»Seit Sonntag.«

Das war eine schön spezifische Antwort. Heute war Donnerstag, also fünf Tage mit Bauchschmerzen. »Hat es zwischendurch aufgehört und wieder angefangen?«

»Nein. Es war die ganze Zeit da.«

Ich überlegte eine Sekunde. »Hast du am Wochenende etwas anderes als sonst gegessen?«

»Wir sind auf einer Feier bei meiner Schwester gewesen«, schaltete die Mutter sich ein. »Da gab es viel zu essen, aber nichts, was er nicht schon vorher probiert hätte.«

»Irgendetwas mit kleinen Knochen oder Gräten? Fisch? Hühnchen?«

Sie sahen einander an. »Nein, nichts mit Knochen oder Gräten«, sagte sie.

»Was ist mit einem Zahnstocher?«, fragte ich weiter.

»Ja«, sagte er. »Die Jakobsmuscheln waren in Bacon eingewickelt.«

Bingo. »Hast du vielleicht einen Zahnstocher verschluckt?«, hakte ich nach.

»Ich glaube nicht«, erwiderte er.

»Er hat die Muscheln gegessen wie Popcorn«, sagte seine Mutter.

»Nun, die sind ja auch lecker.« Ich lächelte. »Manchmal verschluckt man etwas, ohne es zu bemerken, Caden. Ich werde jetzt eine Endoskopie durchführen. Du bekommst eine schön entspannende Medizin, und ich schiebe eine winzige Kamera in deinen Magen und schaue mich um. Vielleicht sehe ich ja einen Zahnstocher. Klingt das nach Spaß?«

Für mich tat es das.

Ich bat Jabrielle, ihm ein wenig Midazolam zur Entspannung zu geben, dann sprühte ich seinen Hals mit Lidocain aus, um ihn zu betäuben, damit Caden nicht anfangen würde zu würgen. Seine Mom saß neben ihm und hielt seine Hand.

»Das tut gar nicht weh«; sagte ich und machte mich an die Arbeit. Langsam ließ ich das Endoskop in seine Kehle gleiten und erklärte dabei die ganze Zeit ruhig, was ich tat. Auf einem Monitor konnte ich Cadens Speiseröhre und den Magen sehen. Gesundes Gewebe, das wunderschöne Netz aus Blutgefäßen, die gräulichen Wände des Magens, die vor Leben pulsierten.

Und da, im unteren Magenbereich, sah ich den Zahnstocher, der durch die Magensäure schwarz gefärbt war und aus der Wand von Cadens Zwölffingerdarm hervorschaute. Mit der Pinzette an der Spitze des Endoskops packte ich ihn und zog ihn langsam heraus. »Tada!«, sagte ich und hielt ihn so, dass mein Patient ihn sehen konnte. »Wir haben ihn, Caden. Morgen wirst du dich schon viel besser fühlen.«

»Gut gemacht«, murmelte Jabrielle.

»Danke«, sagte ich. »Ich werde ihm noch ein Antibiotikum mitgeben, aber er sollte bald wieder ganz auf dem Damm sein. Und zukünftig iss ein wenig vorsichtiger, mein Großer, okay? Der hier hätte ziemlichen Schaden anrichten können. Wenn er in deine Leber gerutscht wäre, hätte das übel ausgehen können.«

»Ich danke Ihnen vielmals, Doktor«, sagte seine Mom. »Wir hatten ja keine Ahnung!«

»Es war mir ein Vergnügen«, erwiderte ich. »Er scheint mir ein toller Junge zu sein.«

Ich zog meine Handschuhe aus, schüttelte der Mutter die Hand, zerzauste Cadens Haare und ging hinaus, um das Rezept ausschreiben zu lassen.

Ich fühlte mich ein wenig heldenhaft.

Unbehandelt hätte der Zahnstocher eine Sepsis auslösen können. So etwas konnte tödlich enden. Auch wenn das nicht allzu oft passierte, konnte ich doch sagen, dass ich heute Abend ein Leben gerettet hatte.

In dem Moment wurden die Türen zur Notaufnahme aufgestoßen, und eine Gruppe Menschen stürmte mit einer Trage in ihrer Mitte durch den Flur. »Schüsse im Vorbeifahren in den Hals«, bellte jemand – Bobby, es war mein Schatz! »Enormer Blutverlust im Fahrzeug, Level-Eins-Infusion mit vier Einheiten Blutgruppe Null fertigmachen. Blutbank wegen weiterer Bluttransfusionen anrufen und Trauma-Code für Raum eins ausrufen! Bewegt eure Ärsche, Leute! Beeilung!«

Hektik brach aus, Menschen rannten in alle Richtungen und taten, was ihr Herr ihnen befohlen hatte. Ich schlich mich näher an den Raum, in dem die Action stattfand. Ich war wie hypnotisiert. Guter Gott, es sah aus, als fehle dem Mann die halbe Kehle. Da klaffte ein fleischiges Loch von der Größe einer Faust, und Bobbys Hand steckte darin.

»Ich klemme seine Halsschlagader mit meinen verdammten Fingern ab!«, brüllte Bobby. »Wo zum Teufel ist der Chirurg?«

Bobbys Arm war von Blut getränkt, sein Kittel mit roten Spritzern übersät. Der Rest des Teams rannte um den Patienten herum, schnitt seine Kleidung auf, legte verschiedene Zugänge.

»Nein, du kannst nicht intubieren, du Idiot!«, bellte Bobby einen AiP, wie ein Arzt im Praktikum genannt wurde, an. »Siehst du nicht, dass meine Hand in seinem Hals steckt? Nimm den Beatmungsbeutel, du Trottel!«

Ich vermisste meine AiP-Zeit definitiv nicht. Die Ärzte in der Notaufnahme waren brutal gewesen.

Dr. McKnight vom OP-Team platzte herein und zog sich ihre Handschuhe an. Den Gesichtsschutz hatte sie bereits aufgesetzt, um sich vor allen über das Blut übertragbaren Krankheiten zu schützen. Jemand half ihr, einen Kittel anzuziehen. »Klammern«, befahl sie. »Sofort!« Wenn es jemanden gab, der noch ein wenig selbstbewusster war als ein Arzt aus der Notaufnahme, dann war es ein Chirurg. Oder in diesem Fall eine Chirurgin. »Behalte deine Hand dort, Bobby, und wage es nicht einmal zu atmen. Wenn du den Griff lockerst, verblutet er innerhalb von fünf Sekunden. Wie zum Teufel hat er es überhaupt geschafft, hier noch mit einem Puls anzukommen?«

Dann sah eine Schwester, dass ich zuguckte, und schloss die Tür. Schließlich gehörte ich nicht zum Team der Notaufnahme.

Ich riss mich aus meiner ehrfürchtigen Benommenheit und schloss den Mund. Der Hausmeister wischte bereits die Blutspur auf dem Boden auf, und die Hälfte der Angestellten – einschließlich Jabrielle, die mir einen bösen Blick zuwarf, weil ich mit meiner langweiligen Endoskopie dafür gesorgt hatte, dass sie die wirklich gute Show verpasst hatte – lungerte am Fenster in der Tür des Untersuchungszimmers herum, um zu sehen, ob der Mann es schaffen würde.

Die Patienten in den anderen Untersuchungszimmern schwiegen, wie es schien, aus Respekt – in ihrer Mitte hatte sich immerhin gerade ein fernsehwürdiges Drama ereignet.

Ich ging zurück zur Erstaufnahme. »Hi noch mal, Ellen«, sagte ich. »Das ist aber …«

»Sind Sie mit Ihrer Untersuchung fertig?«, unterbrach sie mich.

»Oh, ja. Äh … er hatte einen Zahnstocher verschluckt. Ich habe eine Endoskopie durchgeführt und …«

Sie sah mich böse an und nahm den Telefonhörer in die Hand. Richtig. Sie hatte zu tun, und ich war eine nervtötende Ärztin, die ihr das Leben erschwerte … Diese Meinung vertraten viele Krankenschwestern, vor allem in der Notaufnahme. Was für mich umso mehr ein Grund war, alles zu tun, um ihnen zu zeigen, wie sehr ich ihre Arbeit schätzte. Aber Ellen war nicht der Typ, der auf menschliche Güte stand, also schlich ich zum Computer und gab meinen Bericht ein.

Ich war gerade fertig, als die Tür von Bobbys Untersuchungszimmer aufging und das Team herauskam. Sie eilten zum Fahrstuhl, der in den Operationsbereich führte. Ich hörte das Piepen, das einen gleichmäßigen Herzschlag anzeigte.

Irgendwie hatten sie dem Mann das Leben gerettet – oder ihm zumindest eine Chance gegeben.

Dr. McKnight stieg mit dem Transportteam zusammen in den Fahrstuhl. Als die Türen sich schlossen, rief sie: »Gute Arbeit, Leute. Bobby, super Job.«

Die Türen gingen zu, und Applaus brach aus.

Die Schichtablöse für die Notaufnahme trudelte ein. Alle wussten, dass es eine spektakuläre Rettung gegeben hatte, und waren gleichzeitig ein wenig neidisch, dass es nicht in ihrer Schicht passiert war.

Bobby und sein Team schienen es auch nicht eilig zu haben, das Zepter zu übergeben. Sie klatschen einander ab, machten viel Gewese um ihre blutige Kleidung, ihre Rolle in dem Drama, Dr. McKnights zügige und geschickte Anastomose, mit der sie die zerfetzten Blutgefäße überbrückt hatte.

Bobby sagte nicht viel – das musste er auch nicht, weil er ganz eindeutig ihr Gott war.

Endlich glitt sein Blick in meine Richtung. Ich lächelte und war stolz auf ihn, auch wenn eine kleine irritierende Stimme in mir sagte, dass es langsam Zeit wurde, dass er mich sah.

»Oh hey«, sagte er. Wir waren schon so lange zusammen, ich erkannte an seinem Ton, dass er vergessen hatte, dass ich heute Abend auch arbeitete. »Äh … wir wollten eine Pizza bestellen und noch ein wenig hierbleiben, um zu sehen, wie der Patient sich so macht.«

»Klar. Logisch. Hey, Bobby, das war umwerfend. Ich habe ein wenig zusehen können.«

Er zuckte bescheiden mit den Schultern. »Hast du auf mich gewartet?«, fragte er.

Meine leichte Genervtheit flammte wieder auf. »Nein, ich hatte einen Patienten. Ein Zwölfjähriger, der einen Zahnstocher verschluckt hatte. Ich habe seinen Magen gespiegelt, und er sah nicht perforiert aus. Ich denke, wir haben den Eindringling erwischt, bevor er eine Sepsis auslösen konnte.«

»Cool. Also, willst du dich zu uns gesellen?«

Ich unterdrückte ein Seufzen. Nein, wollte ich nicht. Ich wollte nach Hause gehen, mit Bobby und Boomer spazieren gehen und dann Pad Thai essen. Wenn wir hierblieben, müsste ich Gus, unseren Hundesitter, anrufen. Ich wollte Bobby alles über meine Untersuchung erzählen, über mein Bauchgefühl darüber, was den Schmerz verursacht hatte, ein Bauchgefühl, das gute Ärzte von durchschnittlichen unterschied.

Aber er war derjenige, der seine Hand in die Kehle eines anderen Mannes gesteckt hatte.

»Klar«, sagte ich.

»Cool. Ich mach mich nur eben frisch.« Er ging und hielt kurz inne, damit der Hausmeister ihm die Hand schütteln konnte.

Fünf Minuten später betrat ich den Aufenthaltsraum, wo der Rest des Teams bereits in von Adrenalin getränktes Geplapper vertieft war. Es gab noch mehr Glückwünsche. Noch mehr High fives. Noch mehr Witze.

»Wer holt die Pizza?«, fragte Jabrielle.

Alle sahen mich an, die Außenseiterin. Die langweilige Gastroenterologin (die heute Abend auch ein Leben gerettet hatte, auch wenn diese Geschichte nie gesendet werden würde).

»Das kann ich machen«, sagte ich. »Was hättet ihr gerne?«

Trotz eines Magna-cum-Laude-Abschlusses von der Tufts University, einem Doktortitel von der gleichen Universität und einem Job, in dem ich ein Drittel mehr verdiente als mein Freund, fühlte ich mich in die Tage zurückversetzt, als ich im Scupper Island Clam Shack, einer Imbissbude am Strand, die Kunden bedient hatte.

»Danke, Nora«, sagte Bobby. Ein paar andere Leute hielten kurz in ihrem Selbstlob inne, um sich ihm anzuschließen.

»Gern geschehen.« Ich marschierte durch die Notaufnahme und versuchte, nicht zu seufzen.

Im Korridor stand eine Trage. Eine junge Frau mit einer

Halskrause lag darauf und hielt Händchen mit einem Mann, der ungefähr in ihrem Alter war und auch eine Halskrause trug. Collegestudenten nach einem Autounfall, nahm ich an. Er beugte sich vor, sodass seine Stirn ihre berührte, und sie schob eine Hand in seine Haare. Sie sprachen nicht. Und das mussten sie auch nicht, so greifbar war ihre Liebe.

Bobby und ich waren einst auch so gewesen. Nach dem großen bösen Vorfall.

Aber das war schon sehr, sehr lange her.

Ich fühlte mich … grau.

Draußen lauerte eine typische Bostoner Aprilnacht – trommelnder Regen, ein kalter Wind aus der Bucht, der Geruch nach Meer und Müll, da die Müllabfuhr gerade streikte. Es war halb neun, was in diesem Teil der Stadt Ruhe bedeutete, denn wir waren hier nicht in SoHo.

Ich trat vom Bürgersteig auf die Straße und sah nach links.

Aus dieser Richtung kam ein Lieferwagen mit einem riesigen grünen Plastikkäfer auf dem Dach und den Worten *Beantown Bug Killers* auf der Heckscheibe. Ich sah noch, dass der Fahrer einen dieser grauenhaften Holzfällerbärte mit Krümeln darin trug und eine Red-Sox-Kappe aufhatte. Auf dem Armaturenbrett lagen Servietten von Dunkin' Donuts. Und dann erfasste der Lieferwagen mich.

Anfangs spürte ich nichts, doch ich wusste, es würde wehtun. Wow, wie viele Gedanken einem in einer Sekunde durch den Kopf gehen konnten. Hatte das mal jemand gemessen? Bremsen kreischten, als ich wie eine Puppe durch die Luft flog und mir entfernt bewusst war, dass das hier böse enden würde. Ich hatte nicht einen Schritt zur Seite machen können; dazu war keine Zeit gewesen. Dann raste der Boden auf mich zu, und mein Kopf prallte hart auf den Asphalt. Eine Wagentür schlug zu, dann hörte ich einen Mann mit dickem Südstaatenakzent sagen: »Sie machen wohl Witze, Lady. Ich hab Sie nicht mal *geseh'n*. Oh mein Gott! Geht es Ihnen gut? Fuck!«

Seine Stimme verebbte.

Ich roch Müll, süßlich-sauer – ich lag direkt neben einer umgekippten Mülltonne. Wäre das Letzte, was ich sehen würde, Müll? Ich wollte Boomer.

Ich wollte meine Mom.

Die Mülltonne verblasste. Ich konnte nichts mehr sehen.

Ich sterbe, dachte ich. *Dieses Mal sterbe ich wirklich.*

Und dann war ich weg.

# 2. Kapitel

*Wie wird mein Hund damit zurechtkommen?*

Wie es schien, war meine Seele noch nicht bereit zu gehen und klammerte sich an den Sorgen der materiellen Welt fest.

Armer Boomer, Hund aller Hunde, mein kleiner, süßer Fünfzig-Kilo-Welpe, der mich beschützte und ins Badezimmer kam, wenn ich duschte, um Wache zu halten, nur für den Fall, dass jemand einbrach. Boomer, der mich mit seinem riesigen Herzen liebte, der seinen Kopf auf mein Bein legte, der um nichts anderes bat, als dass ich ihm die Ohren kraulte. Der vor Tauben Angst hatte und Enten anbetete … Niemand würde ihn je so lieben, wie ich ihn liebte. Er würde für den Rest seines Lebens traurig und verwirrt sein.

Ich *wusste*, ich hätte nicht auf den dummen Bobby warten sollen! Und warum zum Teufel musste *ich* die Pizza holen? Warum war ich nicht für mich eingestanden und hatte der wunderschönen, arroganten Jabrielle gesagt, sie solle verdammt noch mal selber gehen? Sie war eine AiP! Ich war eine echte Ärztin.

Aber das hatte ich nicht getan, und nun war ich tot.

*Ich hoffe, wir können das mit dem offenen Sarg immer noch machen.*

Ich hatte mir meine Beerdigung oft vorgestellt – wie ich auf rosafarbenem Satin lag und unglaublich umwerfend aussah, wie im Hintergrund leise die traurigen Lieder von U2 und Ed Sheeran spielten, während meine Freunde über den kostbaren Erinnerungen an mich weinten und lachten. Ein geschlossener Sarg gehörte nicht zu diesem Bild, Beantown Bug Killers hin oder her. Ich fragte mich, ob mein Gesicht eingedrückt war. *Igitt.*

*Ich habe zu meiner eigenen Beerdigung nichts anzuziehen.*

Sicher, ich war, zumindest in den letzten fünfzehn Jahren oder so, eine Kleiderhure gewesen. Aber für mein Begräbnis wollte ich etwas Besonderes. Das dunkelblaue Kleid mit den weißen Punkten von Brooks Brothers, auf das ich ein Auge geworfen hatte, oder das Kleid von Kate Spade mit den pinkfarbenen Blumen. Aber vielleicht wäre das auch etwas zu festlich.

*Ich werde Daniel Radcliffe nicht mehr kennenlernen.*

Das war sowieso weit hergeholt, das wusste ich. Aber ich hatte mir immer vorgestellt, nach einer Show am Broadway am Seitenausgang auf ihn zu warten. Unsere Blicke würden sich treffen, er würde sein unnachahmliches Lächeln aufblitzen lassen, wir würden auf einen Drink ausgehen, unsere Lieblingserinnerungen an Harry Potter miteinander teilen, und ich würde herausfinden, dass er die Zerstörung von Hogwarts auch hasste und mit mir einer Meinung war, dass Ron die gute Hermine überhaupt nicht verdient hatte. Doch jetzt, wo ich tot war, würde das *definitiv* nicht mehr passieren.

Na gut, niemand benahm sich, als wäre ich tot, aber ich war mir dessen trotzdem ziemlich sicher. Vielleicht war es ihnen bisher nur noch nicht aufgefallen. Ich schätze, diese Notaufnahme war doch nicht das Nonplusultra der modernen Medizin, oder? Ich dachte, ich hörte die Worte *ausgerenkte Patella* und *Orthopäden rufen* und *Trauma-Alarm*. Ich war mir ziemlich sicher, einen Lichttunnel gesehen zu haben, aber mein Geist schaltete zwischendurch immer wieder ab.

Was piepte denn da so? Das schmerzte in meinem Kopf.

Ich hatte darüber schon gelesen. Außerkörperliche Erfahrungen. Die Seele blieb noch eine Weile, bevor sie ins Jenseits weiterreiste. Kannte ich irgendjemanden, der mich im Himmel begrüßen würde? Vielleicht mein Dad – wenn er denn tot war. Meine gemeine Großmutter, die mir immer gesagt hatte, ich wäre fett? Ich hoffte, *sie* würde nicht da sein. Wer noch? Vielleicht diese süße Patientin, die während meiner Praktikumszeit an Bauchspeicheldrüsenkrebs gestorben war. Gott, was hatte ich sie geliebt. Mein erster Todesfall.

»Sie ist also deine Freundin?«, fragte jemand. Ich kannte die Stimme. Jabrielle. Dieser spöttische Ton war unverkennbar.

»Ja.« Bobby.

Würde er gleich anfangen zu schluchzen? Einen Moment mal, war *Bobby* zu meinem Unfall gerufen worden? Oder war er hysterisch gewesen, hatte meinen Namen gerufen, war von zwei bulligen Wachmännern weggezerrt worden? Wie auch immer, der arme, arme Mann. Verdammt, ich wünschte, ich könnte mich erinnern! Ich schätzte, ich war ein wenig zu spät zu meinem eigenen Tod gekommen. Was irgendwie in vielen Filmen passierte.

Das dauerhafte Piepen war nervtötend.

»Wie lange seid ihr schon zusammen?«, fragte Jabrielle.

»Ah, noch nicht ganz ein Jahr. Es ist schon lustig. Ich wollte dieses Wochenende mit ihr Schluss machen.« Eine Pause. »Na ja, sie befindet sich sowieso nicht in bester Verfassung.« Leises Gelächter.

Ich hätte beinahe gelächelt.

Warte mal. Was?

*Hat Bobby gerade mit mir Schluss gemacht?*

Ich war noch nicht mal ganz kalt! Hatte er … Wollte er …

»Also, was wirst du jetzt machen?« Wieder Jabrielle.

»Es wäre ziemlich mies, sie jetzt abzuservieren, schätze ich.«

Ein weibliches Schnurren. »Nun, sobald du ein freier Mann bist, ruf mich an.«

»Ich wünschte, ich müsste nicht so lange warten.«

*Macht ihr Witze?*

Nein. Nein, nein. Ich war *tot*. So etwas machte mir nichts mehr aus. Bald würde ich zu den Sternen hinaufschweben oder so.

Aber nur zur Sicherheit beschloss ich zu versuchen, meine Augen zu öffnen.

Oh Mist. Ich war *nicht* tot. Ich war in der Notaufnahme. Das Piepen war der Herzmonitor, schön regelmäßig bei 78 Schlägen pro Minute. Sauerstoffsättigung bei 98 Prozent. Blutdruck 130 zu 89, ein wenig hoch, aber angesichts der Schmerzen war das zu erwarten.

Und Bobby spielte mit einer Strähne von Jabrielles Haaren.

»Macht es euch was aus?«, fragte ich mit krächzender Stimme.

Sie sprangen auseinander.

»Hey! Du bist wach! Ganz ruhig, Honey, alles wird wieder gut.« Bobby nahm meine Hand – aua, meine Schulter! – und lächelte mir zuversichtlich zu. Er *hatte* aber auch schöne blaue Augen. »Du bist von einem Auto angefahren worden.«

»Beantown Bug Killers«, fügte Jabrielle hinzu.

»Bin ich gestorben?«

Bobby grinste. »Du hast eine Gehirnerschütterung – keine Angst, die Bilder aus dem CT sagen, dass alles gut ist. Außerdem hast du geprellte Nieren, ein gebrochenes Schlüsselbein und eine verschobene Kniescheibe, die wir wieder gerichtet haben – dafür mussten wir dich betäuben. Das Bein ist geschient, und wir warten auf den Orthopäden, der sich das mal ansehen soll. Kannst du deine Zehen spüren?«

Mir tat alles weh. Mein Rücken, mein Kopf, meine Schulter, mein Knie. Ich war ein einziger pochender Schmerz. Aber was auch immer sie mir gegeben hatten, sorgte dafür, dass es mir irgendwie egal war.

Ich schätze, mein Lichtertunnel war der Computertomograf gewesen.

»Ich will einen anderen Arzt«, sagte ich.

»Honey, sei nicht so.«

»Entschuldige bitte, aber du hast über meine Leiche hinweg geflirtet.« Ich entzog ihm meine Hand. Autsch.

Er verdrehte die Augen. »Du warst nicht tot, Nora.«

Wut überdeckte für eine Sekunde die Schmerzen. »Nun, ich

*dachte*, ich wäre tot. Raus mit euch. Mit euch beiden. Und seid nicht überrascht, wenn ich eine Beschwerde wegen unprofessionellen Verhaltens einreiche. Und ruf Gus an, damit er mit Boomer Gassi geht.«

Die Nachwirkung des Betäubungsmittels oder die Gehirnerschütterung zog mich zurück in die Dunkelheit, und bevor die Tür ins Schloss fiel, war ich schon wieder eingeschlafen.

Als ich aufwachte, lag ich in einem normalen Krankenhauszimmer. Bobby schlief auf dem Sessel neben meinem Bett. Ein paar schlappe weiße Nelken, deren Blüten am Rand schon ganz braun waren, standen auf dem Tischchen neben mir. Wenn das mal keine Metapher für unsere Beziehung war. Ich spürte, dass es schmerzhaft wäre, mich zu bewegen, also atmete ich vorsichtig ein und nahm Bestand auf.

Mein linker Arm lag in einer Schlinge. An meinem rechten Bein befand sich eine Art Schiene. Mein Rücken schmerzte, mein Bauch tat weh, und mein Kopf pochte. Bei jedem Herzschlag sah ich kleine Lichtblitze am Rande meines Sichtfelds.

Aber ich lebte noch. Offensichtlich war das Gefühl einer außerkörperlichen Erfahrung von der Gehirnerschütterung und den Medikamenten verursacht worden.

Bobby regte sich. Er hatte noch nie gut schlafen können. Nun schlug er die Augen auf. »Hey. Wie geht es dir?«

»Ganz okay.«

»Erinnerst du dich daran, was passiert ist?«

»Ich bin von einem Lieferwagen angefahren worden.«

»Richtig. Du wolltest die Straße überqueren, und da hat er dich erwischt. Abgesehen von der Verschiebung der Kniescheibe hast du dir das Schlüsselbein sowie die sechste und siebte Rippe auf der linken Seite gebrochen. Die Gehirnerschütterung ist auch nicht von schlechten Eltern. Das Trauma-Team hat dich für ein oder zwei Nächte zur Beobachtung eingewiesen.«

»Hast du Gus angerufen?«

»Was? Oh, ja.« Einen Moment lang schwieg er, dann beugte er sich vor. »Das mit Jabrielle tut mir leid.«

Überraschenderweise zog sich meine Kehle bei diesen Worten zusammen, und mir stiegen Tränen in die Augen, die langsam über meine Schläfen rannen und in meinen Haaren versickerten. »Zumindest hast du es mir leicht gemacht«, flüsterte ich.

»Was habe ich dir leicht gemacht?«

»Unsere Beziehung zu beenden. Ich kann wohl schlecht darüber hinwegsehen, dass du eine andere Frau angemacht hast, während ich verletzt vor dir in der Notaufnahme lag, oder?«

Er wirkte beschämt. »Es tut mir aufrichtig leid. Das war wirklich nicht galant.«

»Nein.«

»Roseline war hier. Ich hatte sie angerufen. Im Moment ist sie oben auf der Entbindungsstation, aber sie kommt später noch mal vorbei.«

»Toll.«

Einen Moment lang schwiegen wir.

Einst dachte ich, ich würde Bobby Byrne heiraten. Ich dachte, er hätte Glück, mich zu kriegen. Aber irgendwo in unserem gemeinsamen Jahr – nach dem großen bösen Vorfall – hatte ich mich verloren. Was einst ein heller, glänzender Penny gewesen war, war schmutzig und dumpf und nutzlos geworden, und es war höchste Zeit für mich, das zuzugeben.

Bobby liebte mich schon lange nicht mehr.

In den nächsten Wochen würde ich Hilfe benötigen. Mit Gehirnerschütterungen war nicht zu spaßen, und ein verletzter Arm und ein geschientes Bein würden meine Mobilität erheblich einschränken. Ich brauchte Hilfe, und ich würde nicht bei Bobby bleiben.

Das Problem war, wir wohnten zusammen. Roseline war frisch verheiratet, ansonsten hätte ich mich bei ihr einquartiert. Andere Freunde … hatte ich nicht.

»Ich will nach Hause«, sagte ich.

»Klar. Morgen wirst du entlassen. Ich kann mir ein paar Tage freinehmen.«

»Ich meinte *nach Hause*. Auf die Insel.«

Bobby blinzelte verwirrt. »Oh.«

Seltsamerweise sehnte ich mich nach meiner Mutter. Ich wollte die Pinien und die felsige Küste. Ich wollte in dem Zimmer schlafen, in dem ich seit fünfzehn Jahren nicht mehr geschlafen hatte.

Ich wollte meine Schwester sehen.

Ja, ich würde nach Hause fahren, so wie man es tat, wenn man dem Tod ins Auge geblickt hatte. Ich würde mich von der Praxis freistellen lassen und nach Scupper Island zurückkehren, mich mit meiner Mutter versöhnen, Zeit mit meiner Nichte verbringen, darauf warten, dass meine Schwester zurückkam und … nun ja, mein Leben überdenken. Ich mochte nicht gestorben sein, aber ich war nah genug dran gewesen. Ich hatte eine zweite Chance bekommen. Ich konnte es besser machen.

»Und ich nehme Boomer mit«, fügte ich hinzu.

Eine Woche später tat mir noch immer alles weh. Mein Knie war mit einer Manschette geschützt, und mein einer Arm lag noch in der Schlinge, sodass ich mich nur auf eine Krücke stützen konnte. Zum letzten Mal sah ich mich in unserer Wohnung um – die eigentlich Bobbys Wohnung war. Roseline hatte am Vorabend vorbeigeschaut, und wir waren ein wenig rührselig geworden, aber sie meinte, sie würde mich auf Scupper besuchen kommen. Bobby hatte sich dankenswerterweise rar gemacht und die ganze Woche auf der Couch geschlafen.

Ich hätte nie bei ihm einziehen sollen. Vor dem großen bösen Vorfall, der uns erschüttert hatte, waren wir erst wenige Monate zusammen gewesen. Es war viel zu früh gewesen. Aber damals hatte eine Rückkehr in meine Wohnung vollkommen außer Frage gestanden. Bobby hatte vorgeschlagen zusammenzuziehen, und ich hatte Ja gesagt. Außerdem waren wir verliebt gewesen.

Und nicht zu vergessen, Bobby gab es einen Kick, wenn er Menschen retten konnte.

In der Woche nach meinem Zusammentreffen mit den Beantown Bug Killers (die mir jeden Tag Blumen geschickt hatten) hatte ich viel nachgedacht. Ich wollte aufhören, Angst zu haben, aufhören, mich mit der halben Liebe zufriedenzugeben, die Bobby mir schenkte, aufhören, mich so grau zu fühlen. Es war höchste Zeit.

Mit Boomer an der Leine stand Bobby neben der Tür. In seinen meerblauen Augen schimmerten Tränen. »Das ist schwerer, als ich gedacht habe«, gab er zu.

»Wir werden uns ja trotzdem weiterhin sehen. Immerhin haben wir das gemeinsame Sorgerecht für Boomer.«

Ja, wir teilten uns den Hund. Schließlich hatten wir ihn uns auch zusammen angeschafft.

»Willst du einen Ausflug machen, Boomer?«, warf ich die Worte in den Raum, die jeder Hund am liebsten hörte. »Willst du mit mir Auto fahren?«

Bobby fuhr uns zum Anleger, wo die Fähren nach Nantucket, Martha's Vineyard, Provincetown, Portland oder, wie in meinem Fall, nach Scupper Island ablegten. Meine Heimat, eine kleine Insel drei Meilen vor der rauen und zerklüfteten Küste Maines gelegen. Die Scupper-Island-Fähre fuhr beinahe jeden Tag nach Boston; sie diente auch als Postschiff und konnte genau drei Autos mitnehmen.

Bobby lud meine Koffer aus und kaufte mir eine Fahrkarte. Seit unserer Trennung war er wieder sehr beflissen und hatte sich in den letzten Tagen wie ein wahrer Prinz verhalten – er hatte mir meine Schmerzmittel gebracht, mir vorgelesen, bis ich eingeschlafen war, ja, er hatte sogar für mich gekocht.

Mir war das egal. Er hatte in meinem Krankenzimmer die Haare einer anderen Frau befummelt, und das würde ich nie vergessen.

Die Fähre legte an, das gleiche kleine, verbeulte Ding wie immer. Jake Ferriman, der Kapitän mit dem äußerst passenden Namen, gehörte zum festen Inventar. Er begrüßte mich jedoch nicht, sondern machte nur das Boot fest und sprang mit einem kleinen Beutel Post in der Hand von Bord.

Ich hoffte, meine Mom würde mich von der Fähre abholen. Nach meiner Entlassung aus dem Krankenhaus hatte ich sie angerufen und ihr gesagt, dass ich nach Hause kommen würde. Ich hatte ihr von meinen Verletzungen erzählt und ihr versichert, dass es mir gut ging. Ich glaube, ich hatte die Worte *Ich erwarte eine vollständige Genesung* gebraucht, weil ich immer auf der Suche nach der Aufmerksamkeit meiner Mutter war. Ihre einzige Reaktion war ein Seufzen gewesen, gefolgt von: »Ich werde dich am Anleger abholen.« Ich hatte alles hinuntergeschluckt, was ich sagen wollte. Das konnte warten. Immerhin fing ich ganz neu an.

Jake kehrte zurück, dieses Mal mit einem Sack Post für die Inselbewohner in der Hand. Er sah auf sein Klemmbrett. »Sie reisen allein?«, fragte er und beäugte Boomer.

»Mit dem Hund.«

Er runzelte die Stirn, sah mich noch mal an und hakte dann etwas auf seiner Liste ab.

»Ich schätze, das war es dann«, sagte Bobby. »Ruf mich an, wenn du dich eingelebt hast, okay?«

Ganz vorsichtig umarmte er mich, dann knöpfte er meinen Mantel über meiner Schlinge zu. Wieder hatte ich einen Kloß im Hals. »Pass auf dich auf«, flüsterte ich.

Wir waren lange Zeit Freunde gewesen und beinahe ein Jahr lang ein Paar. All das war jetzt vorbei.

Bobbys Augen schimmerten feucht.

Jake hievte meine Koffer an Bord, dann nahm er Boomers

Leine. Mein Hund sprang fröhlich auf das Boot und hielt die Nase in den Wind. Ich folgte etwas vorsichtiger.

In der Kajüte setzte ich mich und legte meine Krücke neben mir ab. Dann sah ich Bobby durch das Fenster und winkte. Das Lächeln wollte mir nicht ganz gelingen.

»Waren Sie schon mal auf Scupper?«, fragte Jake.

Ich blinzelte überrascht, weil er nicht wusste, wer ich war. Andererseits war ich jetzt erwachsen und nicht mehr das übergewichtige Kind mit der schlechten Haut und der noch schlechteren Haltung. »Ich bin dort aufgewachsen. Ich bin Nora Stuart, Mr. Ferriman.«

»Sharons Mädchen?«

»Ja.«

»Die mit dem Kind?«

»Nein. Die andere.« Die Ärztin, hätte ich beinahe angefügt, doch das wäre Angeberei gewesen, und so etwas taten die Leute aus Maine nicht.

Jake gab einen undefinierbaren Laut von sich, und ich spürte, dass unsere Unterhaltung vorbei war.

Er startete den Motor, löste die Festmacherleinen, und los ging's. Bostons hübsche Skyline wurde immer kleiner, als wir auf das dunkelgraue Wasser hinaus in Richtung der am Horizont hängenden Wolken fuhren.

Die Nerven in meiner Hand kribbelten, und ich tätschelte zur Ablenkung Boomers Kopf. Er sah mich mit seinem süßen Hundelächeln an. »Tut mir leid, Kumpel«, flüsterte ich. »Niemand wird sich darüber freuen, uns zu sehen.«

# 3. Kapitel

Scupper Island, Maine, war nach Captain Jedediah Scupper benannt, dem Kapitän eines Walfangschiffes, der Nantucket verließ, nachdem er eine Wahl zum Kirchenrat verloren hatte. Er beschloss, sich auf einer eigenen Insel niederzulassen und Nantucket den Mittelfinger zu zeigen – was Nantucket nicht viel auszumachen schien. Captain Scupper brachte seine Frau und fünf Kinder mit, und diese Kinder fanden Ehepartner, und bevor man sichs versah, entstand eine rechtmäßige Gemeinde.

Im Laufe der Jahre entwickelte sich das Leben hier genauso wie auf den meisten Inseln Maines – die Bewohner litten, nachdem die Walfangindustrie ausstarb, und wandten sich dann der Fischerei und dem Hummerfang zu.

Die Inselbewohner einte der Stolz auf ihren Überlebenswillen und ihre Zähigkeit. Wirbelstürme, die eisigen Nordostwinde, gekenterte Boote und die Mühsal des Alltags hatten sie zusammengeschweißt. Als das »Vergoldete Zeitalter«, die Blütezeit der amerikanischen Wirtschaft, begann, entstand auf Scupper ein neuer Geschäftszweig: die Dienstleistungsindustrie. Putzen, Gärtnern, Catering, Zimmermanns- und Klempnerarbeiten, Kinderbetreuung, sich um die reichen Leute und ihren Besitz kümmern.

Das alles veränderte sich nie.

Ich war in dem Glauben aufgewachsen, dass Scupper Island trotz der Reichen, die im Juni anreisten – und die wir die Sommernervensägen nannten –, *uns* gehörte, den zähen Yankees. Wir kamen mit den Sommerleuten klar, denen die großen Häuser an den Klippen gehörten und deren hölzerne Segelboote in unseren idyllischen Buchten ankerten. Die Kinder waren attraktiv und höflich, aber nicht unsere echten Freunde, denn sie trugen Klamotten von Vineyard Vines und Ralph Lauren, hatten europäische Kindermädchen und aßen in den einheimischen Restaurants, in denen unsere Eltern arbeiteten.

Aber sie sorgten dafür, dass wir Essen auf dem Tisch hatten, und viele von ihnen waren wirklich sehr nett. Sie spendeten für unsere Schulen, bezahlten die Steuern, die unsere Straßen instand hielten, und unterstützten die örtliche Wirtschaft. Trotzdem waren wir immer froh, wenn sie am Labor Day im September wieder abreisten. Die fröhlichen Repräsentanten für ihre sommerlichen Fluchten zu sein, war auf Dauer etwas ermüdend.

Scupper gehörte *uns*. Meiner Schwester und mir, unserem Dad und definitiv unserer Mom.

Meine Mutter – Sharon Potter Stuart (und glaubt mir, ihr Mädchenname war für diesen Muggel ein konstanter Quell der Freude) – war Inselbewohnerin in vierter Generation und hier geboren und aufgewachsen. Sie war eine typische zähe Frau aus Maine – sie konnte Wild schießen, es ausnehmen und noch am gleichen Tag ein Gulasch daraus zubereiten. Sie hackte und stapelte ihr eigenes Holz, baute ihr eigenes Obst und Gemüse an und empfand Restaurantbesuche als reine Zeitverschwendung. Sie konnte einfach alles – angeln, segeln, ein Auto reparieren, Biscuits herstellen, unsere Kleider nähen. Einmal hatte sie sogar eine Verletzung genäht, als der Arzt von Scupper Island sich um eine schwierige Geburt kümmern musste.

Scupper war nicht nur der Name unseres Gründers, sondern ist auch ein Teil eines Schiffes – ein Speigatt, das dafür sorgt, dass das Wasser im Boot wieder ins Meer hinausfließt, anstatt sich im Kiel zu sammeln. Es war deshalb irgendwie passend, dass so viele Bewohner Scupper Island verließen und sich zu größeren Wassern aufmachten. Wenn man seinen Lebensunterhalt nicht auf dem Meer oder mit den Touristen verdiente, war das Überleben auf der Insel nicht leicht.

Mom war nie auf dem College gewesen, hatte nie Urlaub gemacht. Einmal beging ich den Fehler, sie zu fragen, ob wir mal nach Disney World fahren könnten, so wie es beinahe jede amerikanische Familie tat. »Warum um alles in der Welt sollten wir da hinfahren? Glaubst du, dort ist hübscher als hier?«, hatte sie erwidert.

Meine frühesten Erinnerungen an meine Mutter waren alle gut. Sie war sicher und verlässlich, so wie Mütter es sein sollten. Unsere Mahlzeiten waren nahrhaft, wenn auch etwas uninspiriert. Jeden Tag flocht sie meine störrischen Haare, zähmte die wilden Locken geduldig, ohne dass es jemals ziepte, und sorgte dafür, dass wir sauber waren. Sie trank den ganzen Tag schwarzen Kaffee, den sie in einem Topf auf dem Herd kochte, und sah uns beim Spielen zu, während sie ihre Hausarbeit erledigte. Dabei spielte immer ein Anflug eines Lächelns um ihre Mundwinkel.

Unser Haus war zwar schlicht eingerichtet, aber sauber und ordentlich. Die Hausaufgaben wurden unter den Augen unserer Mutter am Küchentisch erledigt. Sie besuchte sämtliche Elternveranstaltungen der Schule. Wenn wir über einen Parkplatz oder die Kreuzung an der Main Street und Elm Street gingen, nahm sie meine Hand, aber ansonsten gab es nicht viel körperliche Zuwendung. Als ich noch klein war und sie mich badete, hatte sie manchmal einen Waschlappen auf meinen Kopf gelegt und mir gesagt, was für einen schicken Hut ich da aufhätte. Ansonsten war sie einfach da. Versteht mich nicht falsch, ich wusste, wie wichtig das war.

Sie hat mich mit Sicherheit geliebt. Und was meine Schwester anging … nun, Lily war einfach magisch.

Meine Schwester war genau zwölf Monate und einen Tag jünger als ich, und in allem das totale Gegenteil von mir. Meine Haare waren braun und kraus, nicht wirklich lockig, aber auch nicht glatt; Lilys waren schwarz und ganz dünn. Meine Augen waren eine matschige Mischung aus Braun und Grün; Lilys waren von einem reinen, klaren Blau. Ich war kräftig und groß wie unsere Mutter; Lily war eher eine Elfe mit knochigen Ellbogen und bläulich-weißer Haut. Lily wurde oft auf Moms kräftiger Hüfte getragen. Als ich einmal fragte, ob ich auch getragen werden könnte, meinte Mom, ich wäre ihr großes Mädchen.

Ich *liebte* meine Schwester. Sie war auch mein Baby, obwohl uns nur ein Jahr trennte. Ich liebte ihre flaumigen Haare, ihre Augen, liebte es, wie sie ihren dünnen kleinen Körper an mich kuschelte, wenn sie nach einem bösen Traum in mein Bett krabbelte. Ich liebte es, älter, größer, stärker zu sein.

Diese frühen Jahre waren so süß gewesen. Als ich jetzt an ihre Unbeschwertheit zurückdachte, zog sich mein Herz zusammen. Damals, als Lily mich liebte. Als meine Eltern einander liebten. Damals, bevor Moms Herz von Beton ummantelt war.

Damals, als Dad noch da war.

Mein Vater hatte einen geheimnisvollen Job. Lily und ich nannten es nur »Geschäftemachen«. Er war keiner von der Insel; er war im magischen New York geboren, aber in Maine aufgewachsen. Er hatte in der Stadt ein Büro und eine Sekretärin. Später erfuhr ich, dass er Versicherungen verkaufte.

Doch als ich sechs war und die Tagesschule besuchte, begann er, von zu Hause aus zu arbeiten. Er beanspruchte unser kleines Arbeitszimmer und tippte auf seinem Computer – dem ersten, den wir je hatten. Er schreibe ein Buch, sagte er, und wäre jetzt häufiger für uns da. Lily und ich flippten vor Freude aus. Beide Eltern zu Hause? Das wäre ja wie ein nie endendes Wochenende.

Doch die Realität sah anders aus. Es gab viele angespannte Unterhaltungen zwischen unseren Eltern; aus dem Zimmer, das Lily und ich uns teilten, konnten wir die Worte zwar nicht verstehen, aber wir spürten die Stimmung, die Energie zwischen Mom und Dad; brüchig und angespannt und voller unausgesprochener Worte.

Mom nahm einen Job als Managerin im Excelsior Pines an, dem großen Hotel am Ende von Scupper. Sie hatte schon immer die Buchhaltung für ein halbes Dutzend örtlicher Firmen gemacht, und wir hatten sie oft bis in die Nacht hinein auf ihrem Taschenrechner herumtippen gehört. Aber jetzt verließ sie das Haus, bevor wir in den Schulbus stiegen, und kam erst nach dem Abendessen zurück.

Unser Leben veränderte sich von Grund auf. Vorher hatten wir Dad nur ein oder zwei Stunden am Tag gesehen. Jetzt schien er fest entschlossen, Spaß mit seinen Mädchen zu haben. Nach der Schule wartete er bereits an der Bushaltestelle, steckte uns auf die Rückbank seines Trucks, und dann zogen wir los, um Abenteuer zu erleben. Kein *Wascht euch die Hände, macht eure Hausaufgaben, hier ist dein Apfel.*

Nein, Sir. Stattdessen erklommen wir den Eagle Mountain und taten so, als liefen wir vor dem Gesetz davon. Wir erkundeten bei Ebbe die Höhlen auf der wilden Seite der Insel und fragten uns, ob wir dort leben und uns nur von Muscheln ernähren könnten, so wie die Passamaquoddy, zu denen Lily und ich so gern gehört hätten.

Im späten Frühling hielt Daddy unsere Hände auf der Spitze des unheilvoll benannten Deerkill Rock, eines Granitfelsens, der über das Meer hinausragte. »Seid ihr bereit, meine tapferen kleinen Kriegerinnen?«, fragte er, und wir rannten zum Rand und sprangen so weit hinaus, wie wir konnten. Die Schwerkraft riss uns sofort auseinander, und der Sturz war so tief, dass ich glaubte, ich könne fliegen. Die Luft rauschte an meinem Gesicht vorbei, durch meine zerzausten Haare, bis ich schließlich in der eisigen Umarmung des Meers landete. Wie Korken ploppten wir an die Wasseroberfläche. Keuchend, kreischend und mit vor Kälte tauben Beinen schwammen Lily und ich neben unserem lachenden, stolzen Vater ans Ufer zurück.

Er nahm uns mit an die höchste Stelle der Eastman Hill Road, die durch Bodenfröste ganz löchrig war. Dort luden wir unsere Fahrräder ab und rasten die Straße hinunter. Die Bänder an unseren Lenkern flatterten, der Wind wischte mir die Tränen aus den Augen, und meine Arme zitterten vor Anstrengung, den Lenker festzuhalten. Fahrradhelme gab es für uns damals nicht. Lily war zu klein und dünn, um die Abfahrt alleine zu meistern, also setzte Dad sie auf seinen Lenker, und die beiden sausten vor mir hinab. Ihr Lachen trieb zu mir hinüber und legte sich wie eine Decke um mich.

Dad kochte uns auch die besten Mahlzeiten. *Essen für Reisende* nannte er es – über dem Lagerfeuer gekochter Eintopf, wie seine ungarische Großmutter es ihm beigebracht hatte. Er erzählte uns Geschichten von magischen Menschen, die einen durch Hypnose dazu bringen konnten zu fliegen; die sich unsichtbar machen konnten; die mit Tieren redeten und auf wilden Pferden ritten. Dort, im Schein des Feuers, während das Meer gegen die Granitfelsen der Inselküste schlug und ein Sägekauz seinen einsamen Ruf ausstieß, kam uns das mehr als nur möglich vor. Es schien wahr zu sein.

Dann rief Mom uns und schüttelte mit verkniffener Miene den Kopf über unsere dreckigen Füße und schickte uns ins Haus, um zu baden.

In den Sommern haben wir Burgen errichtet und draußen geschlafen, um später von Insekten zerbissen, aber glücklich ins Haus zurückzukehren. Tagsüber, wenn Mom arbeitete oder an ihren freien Nachmittagen einkaufen ging, entließ Dad Lily und mich in die Wildnis, während er an seinem Buch arbeitete. Wir wanderten umher, schauten uns aus sicherer Entfernung die Häuser der Reichen an, suchten an den felsigen Ufern unbeobachtet und glücklich nach Schätzen und kehrten in der Dämmerung nach Hause zurück – Lily mit einem Sonnenbrand, ich mit einer gesunden Bräune.

Und in der Zwischenzeit wurde meine Mutter immer wütender. Sie sagte zwar nichts, aber man spürte es an ihren strengen Befehlen bezüglich der Hausaufgaben und unserer Pflichten im

Haus. Doch der Reiz der Freiheit, vor allem unter Dads strahlender Ermutigung und regelmäßiger Teilnahme, war so groß, dass wir uns nicht darum scherten, was unsere Mutter dachte.

Manchmal versuchte ich, die Stimmung meiner Mutter aufzuhellen – ich brachte ihr Lupinen mit, die ich am Straßenrand gepflückt hatte, oder ein Stück Seeglas vom Strand für ihre Schale, doch in Wahrheit liebte ich es, wenn Daddy das Sagen hatte. Während unsere Mutter immer spröder wurde, blühte unsere Liebe zu unserem Daddy immer weiter auf. Einst hatte ich Freunde gehabt – Cara Macklemore und Billy Ides –, aber sie kamen nicht mehr vorbei, nachdem ich ihre Einladungen, zum Spielen zu ihnen zu kommen, einmal zu oft ausgeschlagen hatte. Zu Hause hatte ich mehr Spaß. Lily und ich brauchten keine Freunde. Wir hatten einander und Dad. Und Mom. Klar. Die auch.

Also tat ich so, als gäbe es die Spannung zwischen unseren Eltern nicht. Mom arbeitete mit grimmiger Miene, Dad schrieb sein Buch und spielte mit uns, und das Leben war größtenteils wunderbar.

Abgesehen von den Momenten, in denen Mom uns aufspürte. Ich weiß nicht, woher sie wusste, wo wir waren, aber ab und zu tauchte ihr Wagen auf, während wir gerade Abenteuer erlebten, und sie stieg aus und schrie unseren Vater an. »Was macht ihr hier draußen? Bist du denn total verrückt geworden?«

»Sharon, entspann dich!«, erwiderte Dad grinsend und außer Atem von unseren Abenteuern. »Sie haben Spaß. Sie sind draußen an der frischen Luft und spielen.«

»Wenn du damit nicht aufhörst, werden wir noch eines Tages an einem Sarg stehen!«

Dads Lächeln fiel wie ein Stein aus seinem Gesicht. »Glaubst du, ich würde zulassen, dass einem meiner Mädchen etwas zustößt? Glaubst du, ich liebe sie nicht auch? Mädchen, glaubt ihr, Daddy liebt euch?«

Natürlich sagten wir Ja. Woraufhin meine Mom die Lippen noch fester aufeinanderpresste und ihre Augen ganz hart wurden. Dann befahl sie uns entweder, in ihren Wagen zu steigen, oder, schlimmer noch, sie stieg selber ein und fuhr einfach davon, was einen Schatten über den Rest unseres Tages warf.

»Ihr seid so mutig, meine Mädchen«, sagte Dad immer. »Warum sollte man am Leben sein, wenn man keine Abenteuer erleben kann, oder? Wer will schon ständig verkniffen und wütend sein?«

Um seinen Standpunkt zu verdeutlichen, gingen wir noch einmal schwimmen oder springen oder fuhren noch einmal den Eastman Hill mit den Fahrrädern hinunter. Blieben eine weitere halbe Stunde draußen, aßen Eis zum Abendessen.

Lily war besonders gut darin, sich Dads Philosophie zu eigen zu machen. Einst ein Mutterkind, fing sie nun an, ihr aus dem Weg zu gehen, sie zu ignorieren oder – was noch schlimmer war – vor ihr darüber zu reden, wieso sie mit Daddy immer so viel Spaß hatte.

Meine Blumen und Seeglasscherben kamen dagegen nicht an. »Danke, Nora«, sagte Mom. Aber ich konnte ihren Schmerz nicht ungeschehen machen – ich war nicht Lily, die magische, wunderschöne Tochter.

Nichts, was ich tat, schien bei meiner Mutter Eindruck zu hinterlassen. Nicht die Einsen in meinem Zeugnis, nicht das Kunstprojekt zum Muttertag – eine kleine, selbst getöpferte gelbe Vase mit blauen Punkten darauf. (Lily meinte, sie hätte ihres in der Schule vergessen; es fand nie den Weg zu uns nach Hause.)

Ich lernte, meiner Mutter zur Begrüßung einen Kuss zu geben, wenn sie nach Hause kam, und ihr von meinem Tag zu erzählen, damit ich den Punkt *Mit Mom reden* von meiner mentalen Liste abhaken konnte. Ab und zu bedachte Mom mich mit einem Blick, der mir verriet, dass ich hier niemandem etwas vormachen konnte. Unsere Mutter war keine kleine schwarze Regenwolke, die über uns hing, aber in ihrer Gegenwart war der Himmel immer von einem unnachgiebigen Grau.

Doch Daddy lachte viel, und mit ihm und Lily hatte ich so viel Spaß, so viele lustige Spiele und Abenteuer und eingebildete Mahlzeiten, so viele lange Geschichten vor dem Ins-Bett-Gehen oder im Auto, wenn wir einen Ausflug ins Nirgendwo unternahmen. Natürlich liebte ich ihn am meisten.

Nur selten regten sich Schuldgefühle in mir. Lily war diejenige, die wirklich gemein zu Mom war, nicht ich. Ich bemühte mich wenigstens.

Eines Frühlingstages, ich war elf, gingen Lily und ich von der Bushaltestelle nach Hause und fanden unsere Mutter unerwarteterweise am Küchentisch sitzend vor, wo sie einen Kaffee trank. Lily lief einfach an ihr vorbei die Treppe hinauf in unser Zimmer und ließ ihren Rucksack auf den Boden und sich aufs Bett fallen, wie sie es immer tat.

»Hi Mom!«, sagte ich mit gespielt fröhlicher Stimme. »Rate mal! Brenda Kowalski hat sich während unserer Mathearbeit übergeben, und es ist beinahe bis auf meinen Tisch gespritzt! Sie musste früher nach Hause gehen.«

»Tja, das ist schade.« Sie schaute nicht auf, sondern saß nur da und starrte geradeaus, die Finger fest um den Kaffeebecher gekrallt. Sie hatte ihre Arbeitsuniform aus schwarzer Hose und weißer Bluse gegen eine Jeans und ein Flanellhemd getauscht.

Mehr sagte sie nicht. Mom saß einfach da und spielte mit ihrem Ehering.

»Wo ist Dad?«, platzte es aus mir heraus, als ich die Stille nicht mehr ertrug.

Ihr Blick huschte zu mir, dann wieder fort. »Er ist weg«, sagte sie.

»Wo?«

»Ich weiß es nicht. Er hat die Insel verlassen.«

Ohne uns? Das war seltsam. Normalerweise wartete er immer, bis wir aus der Schule kamen, um uns mit der Fähre nach Portland mitzunehmen, wo es eine Bäckerei mit dem köstlichsten Gebäck gab, von dem wir uns aussuchen durften, was wir wollten.

»Wann kommt er zurück?«, wollte ich wissen.

»Ich bin mir nicht sicher.«

Mein Herz wummerte in meiner Brust. »Was meinst du damit, du bist dir nicht sicher?«

»Ich weiß es nicht, Nora. Er hat es nicht für nötig befunden, es mir zu sagen.«

Etwas stimmte hier nicht. Etwas Großes. In der Sekunde spürte ich, wie meine Kindheit ins Wanken geriet.

Ich lief die Treppe hinauf. Unser Zimmer hatte Dachschrägen und war genau in der Mitte geteilt: meine Hälfte sauber und aufgeräumt, wie Mom es verlangte, Lilys ein einziges Chaos. Meine Schwester lag mit Kopfhörern auf den Ohren auf ihrem ungemachten Bett und wartete darauf, dass Mom ging und Dad mit dem Unterhaltungsprogramm für den Nachmittag auftauchte, denn es gab immer irgendeinen Spaß. An jedem einzelnen Tag.

Ich ging ins Schlafzimmer meiner Eltern, und der Atem verließ mich in zitternden Stößen.

Der Schrank stand offen, genau wie die beiden oberen Schubladen der Kommode – seine Schubladen.

Offen und leer. Die Schuhe unseres Vaters – er besaß mehr Paare als Mom – waren fort. Seine Socken waren fort. Seine T-Shirts. Alles war weg, und die nackten Kleiderbügel hingen wie Knochen an der Stange im Schrank.

Mitten auf der Kommode lag sein Ehering.

Ich rannte ins Badezimmer und übergab mich. Mein Magen drehte sich, mein Körper zuckte unter den explosionsartigen Würgeanfällen, die mein Schinken-Tomaten-Sandwich und zwei Haferkekse mit Gewalt aus meinem Körper katapultierten. Auf der Oberfläche schwammen ein paar kleine Apfelstückchen.

»Was ist los?«, fragte Lily. Obwohl sie erst zehn war, klang ihre Stimme oft schon sehr spöttisch.

»Daddy ist weg«, sagte ich. Meine Augen tränten. Ich übergab mich erneut, und die Galle brannte in meiner Kehle.

»Was meinst du mit *weg*? Wovon redest du da?«

Während ich vor der Toilette kniete, rannte meine Schwester ins Schlafzimmer unserer Eltern und dann nach unten. Sie schrie meiner Mutter Anschuldigungen ins Gesicht, die sie mit flacher, unversöhnlicher Stimme beantwortete. Etwas aus Keramik zerbrach – Moms Becher, wie ich wettete, bevor ich bei dem Gedanken an den Geruch von Kaffee wieder spucken musste.

»Ich hasse dich!«, schrie Lily. »Ich hasse dich!«

Dann fiel die Tür ins Schloss, und es war wieder still.

Ich wartete darauf, dass meine Mom nach oben kommen und sich um mich kümmern würde. Das tat sie nicht.

Später an jenem Abend erzählte Lily mir, was passiert war. Oder zumindest ihre Version der Ereignisse. Unsere Mutter, die so langweilig und hassenswert und gemein war, hatte unseren Vater vertrieben. Er war es leid gewesen, sich mit ihr herumzuschlagen, also hatte er sich seinen Roman geschnappt und war nach New York City gezogen, immerhin sein Geburtsort, wo er nun vermutlich kurz davorstand, ein berühmter Schriftsteller zu werden. Er würde uns anrufen und uns sagen, dass wir unsere Taschen packen sollten, weil New York der größte Platz für Abenteuer wäre, und wir würden umziehen, und Mom könnte hier auf ihrem dummen Scupper Island bleiben.

Wenn das stimmte … wenn unser Dad unsere Mutter nicht mehr ertrug, konnte ich ihm das ehrlich gesagt nicht vorwerfen. Er war eine Scharlachtangare, ein seltener, wunderschöner Vogel, den ich nur einmal im Leben gesehen hatte. Er glänzte tiefrot, und sein Gesang war hell und fröhlich. Meine Mom hingegen war eine Trauertaube, grau und langweilig, die endlos die gleichen Töne seufzte.

Aber ich wollte nicht, dass sie sich *scheiden* ließen.

In meiner Version der Ereignisse, die ich mich nicht traute Lily zu erzählen, würde Dad mit einem Strauß Rosen zurückkommen. Mom würde das weiße Kleid mit den roten Blumen darauf tragen – das einzige Kleid, das sie besaß –, und sie würden einander umarmen, und wir würden alle zusammen nach New York ziehen, aber im Sommer nach Scupper kommen, so wie die reichen Leute.

Tage vergingen. Eine Woche. Lily weigerte sich, zur Schule zu gehen, und mir wurde die Zubereitung des Frühstücks übertragen, während Mom zur Arbeit ging. Nachts lauschte ich den mit einem Mal furchteinflößenden Geräuschen unseres alten Hauses, den gedämpften Schluchzern von Lilys Zimmerseite. Ich versuchte, in ihr Bett zu klettern, um sie zu trösten, aber sie schubste mich von sich.

Ich wartete auf einen Anruf meines Vaters. Doch er meldete sich nicht.

Er hatte auch keine Telefonnummer hinterlassen. Sein Bruder wohnte in Pennsylvania – Jeff, acht Jahre älter als mein Vater, ein Mann, den wir nur zweimal getroffen hatten. Eines Nachmittags rief ich ihn an, als meine Mutter zu einem Treffen in der Schule gefahren war – es ging um Lilys Benehmen. Nachdem ich meinen Onkel gefragt hatte, ob er wüsste, wo mein Vater sein könnte, herrschte erst einmal langes Schweigen.

»Es tut mir leid, meine Süße«, sagte er. »Ich weiß es nicht. Aber wenn ich etwas von ihm höre, sage ich dir Bescheid.«

An seinem Tonfall hörte ich, dass er nicht damit rechnete.

Eine weitere Woche schlich dahin. Mom kam am Samstagmorgen nach Hause und erklärte uns, sie hätte ihre Arbeitszeiten geändert, damit sie nach der Schule bei uns sein könnte.

»Hier will dich keiner«, sagte Lily mit einer so kühlen, gemeinen Stimme, dass ich zusammenzuckte.

»Und dich hat niemand gefragt«, erwiderte Mom sanft.

Und das war das Ende unserer tiefschürfenden Familiendiskussion.

Was, wenn Mom unseren Dad umgebracht hatte? War das möglich? Sie konnte innerhalb weniger Sekunden einem Wolfsbarsch den Kopf abhacken, ihm mit dem Messer den Bauch aufschneiden und ihn ausnehmen ... Sie wusste, wie man mit einer Waffe umging ... Wir lebten auf einer Insel, also könnte sie seinen Körper überall abladen und den Rest von den Gezeiten erledigen lassen. Ich bedauerte es, den Roman von Patricia Cornwell gelesen zu haben, den ich aus der Bücherei geschmuggelt hatte. Ganz zu schweigen von Stephen King, dem Schutzheiligen von Maine. Lag mein Vater in irgendeinem Brunnenschacht wie Dolores Claibornes Ehemann?

Nun, auf der Insel gab es keinen Brunnenschacht. Und Mom hatte nicht mit der Polizei gesprochen.

Dad hatte gepackt. Seinen Ehering zurückgelassen. Klar, das hätte Mom auch vortäuschen können, aber ich wusste, das hatte sie nicht.

Er war einfach ... verschwunden. Doch Lily und ich waren das Licht seines Lebens. Das hatte er uns immer wieder gesagt. Er würde uns nicht einfach allein lassen. Ganz sicher käme er bald zurück, um uns zu holen.

Aber er kam nicht. Er kam nicht, er schrieb nicht, er rief nicht an.

Die Wochen wurden zu Monaten. Ich versuchte, Lily so gut es ging zu trösten, fragte sie, ob wir gemeinsam etwas unternehmen wollten, aber sie ignorierte mich und vergrub sich in ihrer Trauer, die aus ihrer Sicht wesentlich tiefer war als meine. Ich hatte meinen Vater und seine heitere, beglückende Liebe verloren und damit, wie es aussah, auch Lilys.

Nachts lag ich mit hämmerndem Herzen wach, während die Tränen mir in die Haare rollten und ich die beiden so schmerzhaft vermisste, dass es alles andere überschattete. Meine Kindheit war vorbei, und ich hatte nicht einmal die Möglichkeit gehabt, mich von ihr zu verabschieden.

# 4. Kapitel

Jake half mir, von der Fähre zu steigen. Eine dreistündige Fahrt lag hinter uns, und ich war ein wenig seekrank. Oder die Übelkeit kam von meinem pochenden Knie.

Vielleicht lag es auch nur daran, dass ich wieder zu Hause war.

Ohne ein Wort holte Jake meine Koffer und führte Boomer von Bord. Ich hoppelte auf meine Krücke gestützt die Gangway hinunter und auf den alten Anleger.

Obwohl es schon Mitte April war, hatte der Frühling sich auf der Insel noch nicht eingefunden. Meine Mom war noch nicht da, und im Ort war es ruhig. Ein rauer Wind blies den Geruch von Fisch und Salz und Donuts aus Lala's Bakery in meine Richtung, und mit ihm kamen Kindheitserinnerungen. An kalten Wintersonntagen hatte mein Vater Lily und mich immer um fünf Uhr morgens geweckt, damit wir die ersten Donuts von Lala bekamen. Sie waren beinahe zu heiß, um sie in den Händen zu halten, und der Zucker verkrustete unser ganzes Gesicht, während die Hitze in der Winterluft dampfte.

Bald würde ich sie sehen – meine Schwester. Ich würde alles wiedergutmachen. Das war die Chance, die mir die Beantown Bug Killers gegeben hatten, und ich war entschlossen, sie zu nutzen.

Ich würde auch herausfinden, was mit meinen Eltern passiert war. Wo mein Vater war. Ob er noch lebte. Ich würde ihn finden, verdammt noch mal.

In meinem ersten Jahr am Krankenhaus hatte ich einen ehemaligen Polizisten aus Boston zusammengeflickt, der inzwischen als Privatdetektiv gearbeitet hatte. Ich hatte ihn engagiert, um meinen Vater zu finden, doch er war mit leeren Händen zurückgekommen. Mit einem so gewöhnlichen Namen – William Stuart – und keinen weiteren Ansatzpunkten seit dem Tag seines Verschwindens hatte der Cop nichts finden können. Es war an der Zeit, es erneut zu versuchen.

Doch im Moment musste ich erst mal vom Anleger herunterkommen. Eins nach dem anderen.

Mit Schlinge, Kniemanschette und Krücke musste ich über jeden Schritt genau nachdenken, und das raue, gesplitterte Holz des Anlegers machte die Sache nicht leichter. Schritt, Schlurf, Krücke. Schritt, Schlurf, Krücke. Es ging nur langsam voran.

Jake hatte Boomer bereits am Fahrradständer angeleint – und ich hatte noch nicht einmal die Hälfte des Weges dorthin geschafft. Er kehrte zu seinem Boot zurück. »Ich danke Ihnen vielmals, Mr. Ferriman«, sagte ich, als er an mir vorbeikam. Er grunzte, sah mich aber nicht an, der alte Charmeur.

Leicht außer Atem erreichte ich das Ende des Anlegers und tätschelte meinem Hund den Kopf. Eine Möwe landete auf einem Holzpfahl, und Boomer bellte leise. Ansonsten herrschte auf der Insel eine unheilvolle Stille wie in einer von Stephen Kings Städten. Ich vermisste die fröhlichen Duck-Boats aus Boston, die eleganten Geschäfte auf der Newbury Street. Hier hatte nichts geöffnet.

Das Scupper Island Clam Shack, in dem ich zwei Sommer lang gearbeitet hatte, lag am Ende der Main Street direkt am Wasser. Wenn alles noch so war wie früher, würde es erst am Memorial Day, dem letzten Montag im Mai, öffnen.

Ich hatte dort mit Sullivan Fletcher zusammengearbeitet, einem der beiden Fletcher-Jungen aus meiner Klasse. Sully hatte in unserem letzten Schuljahr, kurz bevor ich Scupper verließ, einen Autounfall erlitten, und ich fragte mich, wie so oft in den letzten Jahren, wie es ihm ging. Ich hatte gehört, dass er sich erholt hatte, aber nie nach Einzelheiten gefragt (nun ja, meine Mutter war auch nicht gerade der Typ für Einzelheiten).

Ich schaute nach rechts, und da bog gerade der alte Subaru meiner Mutter auf die Main Street ein. Ich winkte – als ob sie mich verfehlen könnte. Ich war die Einzige hier. Sie fuhr vor, stellte den Motor ab und stieg aus. Sie sah so aus wie immer, und mit einem Mal stiegen mir Tränen in die Augen. »Hi Mom«, sagte ich und humpelte auf sie zu, um sie zu umarmen.

Sie nickte stattdessen nur und hievte meine beiden Koffer in den Kofferraum. »Ich wusste nicht, dass du deinen Hund mitbringst«, sagte sie. Boomer wedelte fröhlich mit dem Schwanz. »Ich hoffe, er lässt Tweety in Ruhe.«

Tweety war Moms Sittich (und ihr liebstes Lebewesen auf der ganzen Welt). »Tweety lebt also noch?«

»Natürlich tut er das. Wo soll der Hund schlafen?«

»Ich freue mich auch, dich zu sehen, Mom«, sagte ich. »Mir geht es gut, danke. Okay, ich habe fürchterliche Schmerzen, aber das wird schon. Ich wurde auf der Straße von einem Lieferwagen überfahren und habe verschiedene Verletzungen davongetragen, falls du das vergessen hast.«

»Ich habe es nicht vergessen, Nora«, erwiderte sie. »Steig ein.«

Bei den magischen Worten sprang Boomer ins Auto und füllte die gesamte Rückbank aus.

Eine füllige Frau mit gelbstichigen Haaren näherte sich unserem Wagen. »Hey Sharon. Wen hab'n wa denn da?« Es war schön zu hören, dass der Maine-Akzent hier noch sehr lebendig war. Die Sprecherin war Mrs. Hurley, Mutter von Carmella Hurley, einem der gemeinen Mädchen von der Highschool. Ich hatte sie damals die Cheetos genannt (natürlich nicht laut) – die beliebten, fiesen Mädchen, die nach Portland fuhren, um dort im Solarium dem Hautkrebs zu huldigen, was mit einem Teint endete, den man in der Natur nicht finden konnte.

»Das ist meine Tochter«, antwortete Mom.

»Lily, du bist zurück, Süße?«

»Äh, nein. Ich bin Nora. Hi, Mrs. Hurley. Schön, Sie zu sehen. Wie geht es Carmella?«

Ihre Miene versteinerte sich. Richtig. Ich war keine Einheimische, auf die ihre Heimatstadt stolz war. Ich war das Mädchen, das dem Prinzen die Krone gestohlen hatte. Außerdem sah ich ganz anders aus als früher, als ich ein fetter, klobiger Teenager mit schlechten Haaren und noch schlechterer Haut gewesen war.

»*Cahmella* geht es wunderbar«, stieß Mrs. Hurley aus. »Nun. Habt einen schönen Tag, Sharon. Nora.«

Bald würde jeder in der Stadt wissen, dass ich wieder zurück war.

Mom setzte sich hinters Lenkrad, und ich ließ mich ziemlich unelegant auf den Beifahrersitz fallen, wobei ich mir die Krücke ins Gesicht stieß.

»Also, wie geht es Carmella wirklich?«, fragte ich, während ich mich anschnallte.

»Gut. Fünf Kinder. Im Sommer ist sie Zimmermädchen im Hotel und Barkeeperin im Red's. Sie arbeitet hart.« Als ich so zuhörte, wie meine Mom die Silben dehnte und verschluckte, wurde mir bewusst, dass mein Akzent stärker nachgelassen hatte, als es mir bewusst gewesen war. In den letzten Jahren hatte ich nicht sehr oft mit Mom gesprochen. Oberflächliche Telefonate, ihr jährlicher Zwölf-Stunden-Besuch in Boston.

»Du teilst dir ein Zimmer mit Poe«, sagte sie.

»Ach ja?«

»Was hast du denn gedacht, wo du schläfst?« Mom fuhr los.

Guter Punkt. Ich unterdrückte einen Seufzer und schaute aus dem Fenster. Die Gentrifizierung hatte auch vor der Main Street nicht haltgemacht. Es gab einen Buchladen, den ich noch nie gesehen hatte und der sich *The Cracked Spine* nannte. Süßer Name. Lala's Bakery, vor der die Warteschlange im Sommer jeden Tag bis um die Ecke reichte, lag verlassen da. Ein Laden für Küchenartikel. Huch.

»Wie geht es Poe?« Ich hatte meine Nichte seit fünf Jahren nicht mehr gesehen.

Meine Mutter zuckte mit den Schultern.

»Mom, kannst du mir einfach mal antworten?« Na toll, keine fünf Minuten hier, und ich war schon genervt.

»Sie ist launisch. Sie hasst es hier.« Mom bog auf die Perez Avenue ein, die nach dem Mann benannt worden war, der seit einem Vierteljahrhundert jedes Jahr ein Kind von Scupper Island aufs College schickte ... darunter mich. Wir kamen an dem typischen Made-in-China-Souvenirladen vorbei, der vollkommen fantasielos Scupper Island Gift Shoppe hieß (ich hatte diese Schreibweise von *Shop* schon immer gehasst), an einem Restaurant, das ich nicht kannte, einer Kunstgalerie und noch einem Restaurant.

Wir würden nie Martha's Vineyard sein – zu weit weg, zu kalt, zu klein –, aber wie es aussah, war meine Heimatstadt aufgeblüht.

»Ist in Seattle alles gut gelaufen?«, fragte ich und bezog mich damit auf den kürzlichen Besuch meiner Mom dort, um Poe abzuholen.

»Eine dreckige Stadt«, sagte sie. »Viel Müll. Und Bettler.«

Natürlich. Immer auf die düstere Seite schauen, war das Motto meiner Mutter. Da sie selber in armen Verhältnissen aufgewachsen war, konnte sie Bettelei nicht ausstehen. Aber ihre Version von Armut war lückenhaft. Sie bedeutete, die eigene Nahrung zu jagen oder zu angeln, wenn man musste, zu wissen, wie man das Gemüse aus dem Garten einlegte, Fisch trocknete, Fleisch räucherte. Wenn man nichts hatte, musste man sich zu helfen wissen.

Ich war viermal in Seattle gewesen, um meine Schwester zu treffen. Ich wäre öfter hingefahren, aber Lily war immer etwas wankelmütig gewesen, was Besuche bei meiner Nichte anging. Einmal hatte mich Roseline begleitet, was gut war, denn Lily war mit einem Mal »zu beschäftigt« gewesen, um mich zu treffen, sodass ich Poe nur eine knappe Stunde sehen konnte. Ich war am Boden zerstört, denn ich hatte mir vorgestellt, wie wir zu viert Kuchen essen gehen, den Pike Place Market besuchen, in der Spitze der Space Needle etwas essen. Rosie hatte dafür gesorgt, dass wir trotzdem Spaß hatten – wir aßen Krebse und Lachs, bis wir selber ganz orange waren, fuhren mit dem Kajak auf dem Puget Sound, machten uns beinahe in die Hose, als keine hundert Meter von uns entfernt eine Gruppe Orcas auftauchte, und kicherten hysterisch vor Angst und Begeisterung.

Aber im Hinterkopf war immer dieser Gedanke: *Wenn Lily nur hier wäre. Das nenne ich mal ein Abenteuer! Wenn es nur wieder wäre wie in alten Zeiten.* Tatsache war, die alten Zeiten waren zu dem Zeitpunkt schon über zehn Jahre alt gewesen.

»Und wie geht es Lily?«, fragte ich, als klar war, dass meine Mutter sie nicht erwähnen würde.

Sie hielt den Blick fest auf die Straße gerichtet. »Sie sitzt im Gefängnis, Nora. Was glaubst du wohl?«

Ich atmete tief ein, bevor ich weitersprach. Ich wusste, dass sie im Gefängnis war. Da musste meine Mom nicht so arschig sein. »Kommt sie einigermaßen klar? Hast du sie besucht?«

»Jaja, ihr scheint es ganz gut zu gehen.«

*Gut?* Wirklich? War sie am Boden zerstört? War ihr Herz gebrochen? War sie von Reue erfüllt oder wütend? Ja, vermutlich war sie wütend. Das war sie ja seit vierundzwanzig Jahren, zumindest soweit ich das beurteilen konnte. Seit dem Tag, an dem unser Vater uns verlassen hatte.

Innerhalb von drei Monaten nach ihrer Ankunft in Seattle hatte Lily sich tätowieren, piercen und schwängern lassen. Sie hatte eine ganze Reihe Liebhaber gehabt. Poes Vater hatte ich nie kennengelernt, und soweit ich weiß, hatte Poe das auch nicht. Lilys beruflicher Lebenslauf war ziemlich bunt – Barista (natürlich, immerhin lebte sie in Seattle), Managerin für eine örtliche Band, Zeitarbeiterin, noch mal Barista, Tattookünstlerin.

Außerdem war meine Schwester eine Kleinkriminelle. Identitätsdiebstahl, Kreditkartenbetrug und Drogenhandel, wobei die Legalisierung von Marihuana ihrem Geschäft einen erheblichen Schlag versetzt hatte. Ich hatte nichts davon gewusst und es erst letzten Monat erfahren, als meine Mutter mir erzählte, sie müsse nach Seattle fliegen und Poe zu sich holen, weil meine Schwester zu zwei Jahren Knast mit Aussicht auf Entlassung im August bei gutem Betragen verurteilt worden war.

Die Beantown Bug Killers hatten mir einen Plan geschenkt: auf Scupper Island bleiben, bis Lily aus dem Gefängnis kam. Dann würde sie entweder hierherkommen, um ihre Tochter zu holen, oder ich würde mit Poe zu ihr fliegen. Und die Dinge … geraderücken.

Wie, war mir allerdings noch nicht ganz klar.

Wir bogen auf den Schotterweg ein, der zu unserem Haus führte, und ich presste meinen Arm fest an meine Brust, um die Erschütterungen so gut es ging abzufedern. Mein Schlüsselbein schmerzte. Mom warf mir einen Blick zu, sagte aber nichts. Boomer jaulte auf dem Rücksitz vor Aufregung, weil er spürte, dass wir unserem Ziel ganz nah waren. Der Wagen fuhr durch ein Schlagloch, und ich atmete scharf ein. In meinem Knie und in meiner Schulter flammte glühend heißer Schmerz auf. Mein Rücken tat auch weh und fühlte sich dank der geprellten Nieren schwer und dumpf an. Hoffentlich würde ich nachher kein Blut im Urin haben.

Und da war es. Mein Zuhause. Ein bescheidenes, mit grauen Schindeln gedecktes Cape-Haus mit einer überdachten, von Fliegengittern eingerahmten Terrasse auf der einen Seite. Es sah beinahe noch genauso aus wie an dem Tag, an dem ich es verlassen hatte. Nur die Büsche davor waren größer als in meiner Erinnerung.

Ich war so lange fort gewesen.

Meine Mom bog auf die ungepflasterte Einfahrt ein – wir hatten keine Garage – und stellte den Wagen ab. Sie stieg aus und öffnete die hintere Tür, um Boomer herauszulassen, der sofort aus dem Auto sprang, um zu schnüffeln und sein Territorium zu markieren.

Lily und ich dachten eine Zeitlang, unser Zuhause wäre der magischste Ort auf Erden – das Geräusch der Meisen und Krähen und Möwen, das eiskalte Meer, das ein paar Hundert Meter entfernt gegen die Felsen schlug, die grauen Seelöwen, die mit ihrem Nachwuchs die Küste besuchten. Der Wind kratzte und röhrte beinahe konstant über den Himmel, und im Winter gesellte sich ein Heulen dazu. Der Garten bestand aus einem Teppich aus Kiefernnadeln, und dahinter gab es nur den Wald und das Meer. Die Krazinskis waren unsere nächsten Nachbarn, und ihr Haus befand sich eine halbe Meile entfernt. Lily und ich – und manchmal auch Dad – saßen oft stundenlang auf den Bäumen oder in unseren selbst gebauten Festungen und warteten darauf, Tiere zu sehen – Füchse, Rehe, Fasane, Streifenhörnchen, Stachelschweine und Waschbären.

Ich öffnete die Wagentür, und sofort stieg mir der dichte, reiche Duft von Kiefern und Holzrauch in die Nase.

Auch wenn ich nicht so weit gehen würde zu sagen, es war gut, wieder daheim zu sein – noch nicht –, so wusste ich doch, dass ich genau hier sein musste.

Mein Versuch auszusteigen endete dank der Manschette, die es mir unmöglich machte, mein Knie zu beugen, damit, dass ich sofort wieder auf den Sitz zurückplumpste, was mein Schlüsselbein so erschütterte, dass der Schmerz mir bis in die Fingerspitzen schoss.

Hilflos zu sein war ätzend.

Und meine Mutter war nicht die liebevollste Pflegerin. Sie hatte mit meinen Koffern bereits den halben Weg zum Haus zurückgelegt. »Mom? Kannst du mir kurz helfen?«

»Poe!«, rief sie. »Komm raus und hilf deiner Tante!« Damit verschwand sie im Inneren des Hauses.

Der Wind wehte in Böen, schnitt durch meine Jacke, presste mich in den Sitz, während ich versuchte, doch noch alleine auszusteigen. Der Hund aller Hunde kam, um nach mir zu sehen, und ich tätschelte seinen Kopf mit meiner guten Hand. Hunde schlugen Menschen jedes Mal um Längen. »Bist du mein Hübscher?«, fragte ich, und er wedelte zustimmend mit dem Schwanz, bevor er wieder davontrottete.

Endlich ging die Tür auf, und meine Schwester kam heraus.

Nein. Es war Poe, aber die Ähnlichkeit war schockierend.

Meine Nichte war *wunderschön*. Die Haare hatte sie blau gefärbt und an einer Seite abrasiert, an der anderen waren sie fransig geschnitten. Sie trug zerrissene Leggins und ein T-Shirt mit einem Totenschädel darauf. Als sie näher kam, sah ich, dass sie mehr schwarze Gummiarmbänder und Ohrpiercings hatte, als ich zählen konnte. Und ein Tattoo am Hals.

Sie wirkte wesentlich älter als fünfzehn. Aber ihre Haut war noch so rein und weich, und ihre Augen hatten den gleichen Blaubeerton wie die von Lily.

»Hi Honey«, sagte ich. »Mann, was bist du groß geworden.« Meine Stimme war rau. Als ich Poe vor fünf Jahren das letzte Mal gesehen hatte, war sie zu mir gekommen und hatte darum gebettelt, huckepack genommen zu werden, was ich nur zu gerne tat. Damals hatte sie lange schwarze Haare, und ich hatte ihr gezeigt, wie man einen französischen Zopf flicht.

Sie bedachte mich mit einem tödlichen Blick und sah Lily so noch viel ähnlicher.

»Äh, kannst du kurz …« Ich streckte meine Hand aus. »Nimm bitte meine Krücke, okay?«

Sie tat es, und ich hievte mich aus dem Wagen, dann hüpfte ich auf meinem gesunden Bein, um das Gleichgewicht zu halten, bis ich mich mit meiner unverletzten Hand an Poe festhalten konnte. Ich nahm ihr die Krücke wieder ab. »Danke, Poe.«

»Was ist mit dir passiert?«

Ich blinzelte. »Hat Gran es dir nicht erzählt?« War es nicht wichtig genug, um erwähnt zu werden? »Ich bin von einem Lieferwagen angefahren worden.«

»Ernsthaft?«

»Jupp. Ich habe mir das Schlüsselbein gebrochen, eine Gehirnerschütterung und eine verrenkte Kniescheibe. Und geprellte Nieren.«

»Igitt.«

»Wem sagst du das.«

»Kannst du die verklagen oder so?« In ihrer Stimme lag auf einmal ein Hauch von Interesse. »Also, wenn es FedEx oder die Cops waren oder so.«

»Es waren die Beantown Bug Killers, und nein, ich habe verkehrswidrig die Straße überquert.«

Das Interesse verschwand, und die Abscheu kehrte zurück.

Wir gingen hinein. Obwohl sie schneller war als ich – was für ein Wunder –, hielt sie mir nicht die Tür auf. »Komm, Boomer«, rief ich, und er kam angetrottet, wobei er mich fast umgestoßen hätte. Ihm war noch nicht bewusst, dass er nicht mehr sechs Kilo wog. Ich folgte ungelenk. Poe lungerte bereits wieder auf der Couch und war ganz in ihr Handy vertieft. Mom stand in der Küche, der gelbe Sittich saß auf ihrer Schulter.

Von innen war das Haus noch genauso wie früher. Ich schaute in das kleine Büro und erwartete beinahe, meinen Vater dort zu sehen, wie er auf seinem Computer vor sich hin hippte. Oder Lily, die auf dem Boden im Wohnzimmer mit ihren Barbiepuppen spielte. In dem steinernen Kamin stand ein Holzofen – er war sicher eine effizientere Möglichkeit, das Haus zu heizen. Das gleiche braun karierte Sofa, der alte Fernsehsessel, der gleiche Couchtisch, an dem Lily und ich gemalt und gequatscht hatten.

Natürlich war alles noch wie früher. Mom war nicht der Typ, der Sachen wegwarf, und außerdem konnte sie alles reparieren.

Ich dachte an meine Wohnung – nicht an Bobbys, sondern an meine, in der ich vor dem großen bösen Vorfall gelebt hatte. Die blassgrüne Couch, der Balkon, die hübschen Dekokissen auf dem Bett. All die schönen Sachen, die nun in einem Lager in Brookline auf mich warteten.

»Lass mich in Ruhe, Hund«, sagte Poe. »Wird er wirklich bei uns wohnen?«

»Das ist Boomer. Er liebt Menschen.« Boomer jaulte zur Bestätigung und leckte Poes Hand ab. Poe drehte sich weg, ohne den Blick von ihrem Handy zu wenden.

Ich humpelte in die Küche. Der gleiche zerkratzte Tisch, an dem ich so viele Hausaufgaben erledigt hatte.

Mom schenkte sich gerade einen Kaffee ein. Der Vogel saß auf einem Regal in der Nähe seines Fressens.

»Geht der Vogel eigentlich jemals in seinen Käfig?«

»Manchmal. Nachts. Aber meistens fliegt er herum, wo es ihm gerade gefällt. Willst du auch einen Kaffee?«

»Gerne.«

Als ich noch Medizin studierte, kam meine Mutter einmal zu einem ihrer jährlichen *Trips nach Boston, weil ich meine Tochter sehen muss* und teilte mir mit, sie hätte sich einen Vogel zugelegt. Tweety – nicht gerade der originellste Name. Sie brachte ihm (oder ihr?) Tricks bei, wie zum Beispiel, einen Cracker zu essen, den sie mit ihren Lippen festhielt, oder auf ihrem Kopf zu sitzen, während Mom Kaffee trank. Tweety konnte Küsschen geben, was mich erschaudern ließ und in mir Bilder von meiner Mutter hervorrief, wie sie einen qualvollen Tod durch von Vögeln übertragene Enzephalitis starb. Wenn ich sie zweimal im Monat anrief, hörte ich Tweety oft im Hintergrund. Es klang, als würde jemand mit Fingernägeln über eine Tafel kratzen.

Aber meine Mutter liebte den Vogel und lachte sogar manchmal, wenn sie Tweetys Intelligenz beschrieb, also wer war ich, sie zu verurteilen?

Mom stellte einen Becher vor mich hin. *Handelskammer Scupper Island* – so langweilig und uninspiriert, wie ein Becher nur sein konnte. Wieder stellte ich mir meine hübschen

Sachen vor – meine grün-blauen Kaffeetassen, die hoffentlich in Knallfolie verpackt waren; ich hatte sie nicht selber einpacken können.

Ich setzte mich, und der Schmerz flammte in meinem Knie auf. »Mom, hast du ein Kühlpack?«

»Geht auch ein Beutel mit Erbsen?«

»Das ist noch besser.«

Sie holte ihn und lagerte mein Bein auf einem weiteren Stuhl, dann legte sie mir den Beutel mit den Erbsen aufs Knie. »Wie ist das?«

»Super. Danke.« Ich nippte an meinem Kaffee (schwarz; Mom hielt nichts von verdünnten oder gesüßten Getränken) und versuchte, mich nicht zu schütteln.

Sie setzte sich mir gegenüber. »Also, was hast du für Pläne, Nora?«

»Ich dachte, ich könnte hierbleiben, bis es mir ein wenig besser geht. Und dann … Na ja, ich weiß es noch nicht genau.«

*Ich will, dass wir uns näherkommen. Ich vermisse Lily. Ich will Poe mögen. Ich wurde von einem Auto angefahren, und gemäß aller kitschigen Hollywoodfilme heißt das, ich soll nach Hause kommen.*

*Ich will herausfinden, warum Dad uns verlassen hat, wo er all die Jahre war … und ob er noch lebt.*

»Wie lange dauert es, bis es dir besser geht?«

Sie meinte, wie lange es dauern würde, bis ich wieder ausziehen konnte. Tweety kreischte, wahrscheinlich, weil er sich dasselbe fragte, und ich warf dem Vogel einen misstrauischen Blick zu. »Vermutlich brauche ich noch ein oder zwei Wochen lang Hilfe.«

Sie nickte. »Okay. Und danach? Ich nehme an, du wirst nach Boston zurückgehen?«

»Ich dachte, ich bleibe den Sommer über hier. Ich habe mich freistellen lassen.«

»Was? Warum das denn? Du bist Ärztin, Nora!«

»Dessen bin ich mir wohl bewusst. Aber Mom, komm schon. Ich bin von einem Lieferwagen angefahren worden. Ich wäre beinahe gestorben.«

»Das klang bei Bobby aber ganz anders.«

»Oh, tut mir leid. Wäre es dir lieber gewesen, ich hätte mich schwerer verletzt? War bewusstlos mit gebrochenen Knochen auf der Straße zu liegen nicht dramatisch genug?«

Eine Sekunde lang überlegte ich, ihr von dem großen bösen Vorfall zu erzählen, aber ich bezweifelte, dass das etwas ändern würde. Ich hatte immerhin überlebt, also wie schlimm konnte es schon gewesen sein?

»Nun, ich meine ja nur, dass wir hier nicht viel Platz haben, jetzt, wo Poe da ist.«

»Ich werde mir in ein paar Wochen etwas Eigenes mieten, okay?« Ich atmete langsam ein und aus und erinnerte mich an meinen Entschluss, das Leben anders anzugehen. Ich würde wieder glänzen, verdammt noch mal. »Ich habe dich vermisst, Mom. Ich will, dass wir Zeit miteinander verbringen.«

Ich spürte, dass sie die Augen verdrehen wollte, aber sie tat es nicht. »Sollen wir uns an den Händen halten und ›Kumbaya‹ singen?«

»Ja«, sagte ich. »Das ist mein Lieblingslied.«

Das brachte mir ein kleines Lächeln ein.

»Ich gehe jetzt mal duschen.« Ich stand mühsam auf. »Und nehme eine Schmerztablette.«

»Pass bloß auf, dass du von denen nicht abhängig wirst«, warnte meine Mutter.

Falsche Tochter für eine Lektion in Sachen Drogen, dachte ich. »Danke für den Rat.«

Auf meine Krücke gestützt, hoppelte ich ins Wohnzimmer. »Poe, könntest du meine Koffer raufbringen?«

Sie atmete ganz langsam und hörbar ein und wieder aus. Dann verdrehte sie die Augen. »Klar.«

Ich quälte mich eine Stufe nach der anderen nach oben.

Boomer versuchte, mir zu helfen, indem er hektisch hoch- und runterlief und mich dabei beinahe umbrachte. Der Vogel flog direkt über meinem Kopf – entweder war das ein Angriff, oder er wollte ein Nest in meinen Haaren bauen. »Mein Gott! Ab mit dir, Tweety!« Er rauschte wieder an mir vorbei, und Boomer hechtete ihm hinterher. »Nein, Boomer! Platz.« Man stelle sich vor, mein Hund würde an meinem ersten Tag daheim den geliebten Vogel meiner Mutter fressen.

»Keinen Vogel«, ermahnte ich ihn ernst, und er sah zutiefst beschämt drein. Zum Glück rief Mom nach Tweety, und das gruselige kleine Ding flitzte erneut an mir vorbei, schoss kurz auf Boomer herab, der sich wegduckte, und flog weiter in die Küche.

Als ich endlich oben ankam, war ich schweißgebadet, und mein Körper stand vor Schmerzen in Flammen. Guter Gott, meine Rippen brachten mich um! Und mein Rücken. Und mein Knie! Und mein dummes Schlüsselbein. Ich war ein einziger wandelnder Schmerz.

Mit zusammengebissenen Zähnen humpelte ich in mein Zimmer. Den zerknüllten Laken nach zu urteilen, hatte Poe mein altes Bett in Beschlag genommen. Das andere Bett, das einst Lily gehört hatte, verschwand unter einer Schicht aus Klamotten, Zeitschriften und Schminke.

Poe kam mit meinen Koffern herein und ließ sie fallen.

»Du musst das Bett freiräumen«, sagte ich.

»Und wo sollen dann alle meine Sachen hin?«

»In die Kommode? In den Schrank? In den Müll? Ich weiß es nicht, Süße, aber ich muss da schlafen. Versuchen wir, miteinander klarzukommen, okay? Ich werde den ganzen Sommer über hier sein.«

»Heißt das, ich soll den ganzen Sommer über das Zimmer mit meiner ältlichen Tante teilen? Muss ich dir auch die Füße eincremen und die Schulter mit Tiger Balm einreiben?«

»Ich hatte gehofft, du könntest mir die Hühneraugen entfernen.«

»Großer Gott!«

»Poe, ich mache nur Witze. Und ich bin nicht ältlich, okay? Ich bin fünfunddreißig. Sobald ich wieder allein zurechtkomme, miete ich mir eine Wohnung. Wenn ich gut schlafe und mir nicht noch etwas breche, weil ich über deinen Kram stolpere, bin ich früher weg. Siehst du? Das Bett freizuräumen liegt in unser beider Interesse.«

»Wie du meinst.«

Mein Auge zuckte. »Würdest du mir bitte ein Glas Wasser holen?«, fragte ich lieblich. »Ich muss meine Medikamente nehmen.« Ich räumte ein Eckchen vom Bett frei und zog dann mit meiner Krücke meine Handtasche heran, während Poe ins Badezimmer ging. Sie kehrte umgehend mit einem leicht schmutzigen Glas Wasser zurück, das, wenn meine Erfahrung mich nicht täuschte, lauwarm sein würde, weil sie das Wasser vorher nicht hatte laufen lassen.

Okay, es war lauwarm, aber gut, mein Knie brannte, und mein linker Arm fühlte sich an wie aus Blei. Ich schluckte eine Tablette. Poe nahm die Dose in die Hand. »Oh, gutes Zeug«, sagte sie. »Keine Generika für Ärzte, nehme ich an. Kann ich eine haben?«

»Stell das weg, und halte dich davon fern.«

»Ich habe nur einen Witz gemacht. Meine Güte.« Sie stapfte nach unten.

Boomer kam hoch und vergrub seine Schnauze in meiner Hand. »Du liebst mich, oder?« Zur Bestätigung leckte er über meine Finger.

Die Reise und der Stress, den meine Verletzungen verursachten, holten mich ein. Ich legte mich rücklings auf Poes Sachen und schloss die Augen. Zu meiner Überraschung liefen mir Tränen über die Wangen. Auch wenn er es nicht verdient hatte, vermisste ich Bobby. Ich vermisste Boston. Ich vermisste Roseline und das Krankenhaus und Dr. Breckenridge, den alten Flirter.

Ich vermisste mein altes Leben und mein altes Ich. Ich vermisste, wie es vorher gewesen war, als das mit Bobby und mir noch frisch war und das Leben so perfekt und rein und pur ausgesehen hatte.

Hier war ich nicht erwünscht. Und die Chancen standen sehr gut, dass es ein großer Fehler gewesen war zurückzukommen.

# 5. Kapitel

Mit der Geschwindigkeit einer altersschwachen Schnecke verging die erste Woche. Poe hatte die Angewohnheit, ihren Wecker zu überhören (ein zauberhaftes kleines Liedchen namens »Black Dying Rose«, in dem jemand so laut schrie, dass ich fürchtete, er würde eines Tages eine Varizenblutung erleiden). Irgendwie wurde Poe davon nicht in Panik versetzt so wie ich, also musste ich jeden Morgen mein Kissen nach ihr werfen.

»Was? Mein Gott!«, lautete ihre übliche Reaktion. Dann stolperte sie durchs Zimmer, warf mit Klamotten um sich, grummelte, beschuldigte mich, ihre Sachen verlegt zu haben, bevor sie bei ihrer viel zu langen Dusche das ganze heiße Wasser verbrauchte. Danach stapfte sie wie Hagrid, der Halbriese, die Treppe hinunter, weigerte sich zu frühstücken und stieg zu meiner Mutter in den Wagen, die sie auf dem Weg zum Hotel an der Schule absetzte. Zumindest ließen sie dabei Boomer raus.

Mein Hund liebte es hier. Nach einer halben Stunde, in der er durch den Wald gestreift war, kam er mit Kletten oder kleinen Zweigen im Fell wieder zurück. Ich versuchte, ihn mit meinem unverletzten Arm so gut es ging zu bürsten, und Boomer genoss es so sehr, dass er in eine Hundetrance fiel.

Meinem Knie ging es bereits wesentlich besser, obwohl ich immer noch Sterne sah, wenn ich es zu stark belastete. Die Heilung des Schlüsselbeins würde noch etwas länger dauern, aber der Schmerz war zu einem dumpfen Pochen verebbt.

Ich machte Nickerchen. Las. Schaute drei Staffeln *House of Cards*. Du bist nicht faul, du erholst dich von einem Schock, sagte ich mir. Tweety beobachtete jede meiner Bewegungen, und wenn ich es richtig interpretierte, erstattete er meiner

Mutter später am Tag flüsternd Bericht über meine Aktivitäten.

Faul zu sein fühlte sich ziemlich gut an. Ich begann langsam, mich … sicher zu fühlen. Seit dem großen bösen Vorfall hatte ich mich in meinem Leben sehr angestrengt, vor allem, was Bobby anging – ich hatte versucht, kein zu großer Trauerkloß zu sein, immer etwas Interessantes zu sagen zu haben, meinen Schlafanzug wirklich nur im Bett zu tragen und so zu tun, als würde es mir nichts ausmachen, wenn er abends mit seinen Freunden loszog und Boomer und ich jedes Fenster verschlossen, egal, was für ein Wetter herrschte, und einen Stuhl unter die Türklinke klemmten.

Hier fühlte es sich überraschend gut an, mal nichts zu tun. Alleine in dem Haus meiner Kindheit zu sein ließ mich nicht so paranoid werden, wie ich es allein in Boston immer gewesen war.

Abends, bei einer Mahlzeit mit besagtem *Essen, das uns am Leben erhält*, aß Tweety ab und zu ein Stück Brot von den Lippen meiner Mutter, während ich den Drang bekämpfte, nicht zu würgen oder von Vögeln übertragene Krankheitserreger zu erwähnen. Manchmal fragte ich Poe, ob sie Scrabble oder Monopoly spielen wollte. Schockierenderweise wollte sie nicht und ging immer nach oben, um sich ihre Kreischmusik anzuhören. Anstelle eines Glases Wein nahm ich eine Schmerztablette, legte mir ein Kühlpack aufs Knie und schaute mit meiner Mutter *Glücksrad*. Dabei zu reden war nicht erlaubt, die Antworten laut hinauszuschreien hingegen schon. Mom schlug mich jedes Mal.

Am achten Abend meines aufregenden neuen Lebens lagen Boomer und ich auf der Couch. Bernard aus Duluth, Georgia, hatte es endlich geschafft, vier Buchstaben nach meiner Mutter den Lösungssatz *Die Stadt, die niemals schläft* zu erraten und damit eine Reise nach Hawaii zu gewinnen. Mom schaltete den Fernseher aus und ging ins Büro. Tweety kam von irgendwoher angesaust und landete auf ihrem Kopf. Igitt.

Der Spaß war vorbei. Ich beschloss, im Cyberspace Gesellschaft und Ablenkung zu suchen.

Mist. Mein Laptop war oben. »Poe?«, rief ich, um die laute Musik zu übertönen. »Könntest du mir bitte meinen Laptop bringen, Süße?«

Nichts. Ich wartete zehn Sekunden.

»Poe?«

»Ich komm ja schon! Meine Güte.« Acht wütende Schritte erschütterten das Haus, als sie die Treppe hinunterdonnerte. Sie schmiss mir den Computer förmlich zu.

»Vielen Dank, Liebes.«

Sie stapfte wieder nach oben.

War es falsch, wenn man seine Nichte treten wollte? Vermutlich ja. Ich zwang mich zu einem Lächeln, kraulte Boomers Ohren, atmete tief durch und ermahnte mich, dass Poe gerade eine schwere Zeit durchmachte. Ihr ganzes Leben war schwer gewesen. Also, vielleicht. Ich wusste es nicht wirklich, oder?

Aber meine Schwester saß im Gefängnis, Poe war weit, weit weg von ihren Freunden, und gestern Abend hatte ich vergessen, ein Handtuch ins Bad mitzunehmen, sodass sie mich nur mit einem Waschlappen als Bedeckung in der Badewanne hatte liegen sehen, was so ziemlich der Albtraum schlechthin für jeden Teenager war.

Eines Tages, dachte ich, werde ich sie für mich gewinnen (Pause für Gelächter).

Ich öffnete meine E-Mails. Ah, da war eine lustige Nachricht von Roseline, die mich nach heißen Hummerfischern (keine), meiner Mutter, Boomer und meiner Nichte fragte. Sie hatte ein Foto von sich angefügt, auf dem sie breit lächelte und eine kleine Voodoo-Puppe von Bobby hochhielt – das erkannte ich an dem Arztkittel und dem Mundschutz; außerdem hatte Roseline *Bobby* auf sein Hemd geschrieben. Bezauberndeweise steckten unzählige Nadeln in ihm.

Meine Vorfahren sind für dich da!, lautete Roselines Botschaft dazu. Bei Bobby sollte jeden Moment eine explosive Diarrhöe ausbrechen.

Ich lachte schnaubend auf.

Ah! Du bist die Beste, tippte ich. Außerdem will Harvard den Doktortitel zurück. Hier ist alles gut. Ich liebe mein Vicodin! Der Vogel meiner Mutter versucht mich umzubringen. Schicke bitte Hilfe.

Ich wollte noch mehr schreiben, aber irgendwie hatte ich nicht viel zu sagen. Die Wahrheit über meine Mom und Poe würde ihr nur Sorgen bereiten – *Wir reden kaum miteinander, aber sie tolerieren mich!* Außerdem hatte ich mir die berühmte »steife Oberlippe« der Engländer zugelegt. Ich jammerte oder beschwerte mich nicht, weil ich schließlich kein von Blumen bedeckter Blutfleck auf der Straße war, sondern überlebt hatte. Super. Außerdem war das hier meine erste Woche (plus ein Tag). Also stellte ich ihr Fragen über Amir und das Eheleben und ob sie in letzter Zeit irgendwelche lustigen Begebenheiten bei ihren Geburten erlebt hatte.

Ein kurzes *Ping* verkündete den Eingang einer weiteren E-Mail … dieses Mal von Bobby.

Hey du. Ich vermisse dich. Ohne dich und Boomer wirkt die Wohnung viel zu groß. Geht es dir gut? Machst du die Übungen, die der Physiotherapeut dir gezeigt hat? Schläfst du gut? Vielleicht können wir morgen mal telefonieren.
Bobby

Verdammt. Ich wollte seine Stimme hören, und ich wollte seine Stimme auf keinen Fall hören. War er bereits mit Jabrielle zusammen? Warum sagte er, er vermisse mich? Ich hoffte, dass er mich vermisste. Ich war so froh, dass er mich vermisste. Ich wünschte mir, er würde leiden *und* explosive Diarrhöe bekommen.

Aber nein. Ich war jetzt ein besserer Mensch. Nahtoderfahrung und so weiter und so fort.

> Mir geht es gut! Boomer liebt die Insel und findet beinahe jeden Tag etwas Totes, das er mit nach Hause bringt. Ich fühle mich schon wesentlich besser und genieße es, meine Nichte neu kennenzulernen. Sie ist fabelhaft! – Lügen, alles Lügen – Boomer vermisst dich auch – die Wahrheit – Mom schickt liebe Grüße – Lüge – Klar, ruf mich morgen an. Ich habe Pläne für abends – Überlebensnahrung mit Mom und Poe essen –, aber am Nachmittag bin ich erreichbar.

Ich schickte die E-Mail ab.

Es kam mir so lange her vor, dass Bobby und ich *das* Paar gewesen waren. Das Paar mit den Halskrausen, das ich in der Notaufnahme gesehen hatte – okay, das war nicht das romantischste Bild, aber ihr wisst, was ich meine. Das Paar, das durch eine spezielle Energie miteinander verbunden war. Dessen Liebe andere Menschen verschwinden ließ, sodass sie die einzigen beiden Personen auf der Welt waren.

*Er hat dich fallen lassen, nachdem du von einem Auto angefahren wurdest, Nora*, sagte meine klügere Hälfte.

Die Chancen standen ziemlich gut, dass er morgen nicht anrufen würde. Wenn die Vergangenheit ein Indikator war, würde Bobby von einem Patienten oder Kollegen gebraucht werden.

Ich seufzte und schaute dann zum Büro, wo meine Mutter noch arbeitete. Ich öffnete Google und tippte die gleichen Worte ein wie schon Hunderte Male zuvor.

*William Stuart, Maine, Todesanzeige.* Im Büro gab Tweety eine überraschend gute Imitation von Edgar Allen Poes Raben zum Besten. Boomer winselte. Vor ein paar Tagen hatte Tweety ihm in den Kopf gehackt, und jetzt fürchtete er sich vor dem Vogel. Wie der Herr, so's Gescherr.

Aus irgendeinem seltsamen Grund hatte mein Vater keinen zweiten Vornamen, was Lily und ich versucht hatten zu ändern. Von *Toad* nach unserem liebsten Kinderbuch *Frog and Toad Are Friends* bis zu *Denzel* wie Denzel Washington hatten wir alles Mögliche vorgeschlagen. Ein zweiter Vorname würde es definitiv leichter machen, ihn aufzuspüren.

Da draußen gab es jede Menge tote William Stuarts und Bills und Wills. Aber diejenigen mit dem gleichen Geburtsjahr wie mein Vater schienen alle nicht zu passen.

Dieses Mal war es nicht anders. Sollte mein Vater tot sein, würde ich es nie erfahren.

Hier in dem Haus, in dem ich mich einst so geliebt und sicher gefühlt hatte, fiel es mir schwer zu glauben, dass mein Vater nie zurückgekommen war.

Er hatte nicht einmal angerufen.

Aber vielleicht konnte ich jetzt, da ich wieder auf der Insel war, herausfinden, was passiert war.

# 6. Kapitel

Am neunten Abend meines Genesungsprozesses schickte meine Mutter Poe und mich aus dem Haus. »Ich habe hier was vor«, sagte sie. »Könnt ihr nicht ein Eis essen gehen oder so?«

»Ich bin verletzt«, erwiderte ich. »Und ich habe gerade eine Schmerztablette genommen, darf also nicht Auto fahren.« Außerdem lief gerade *Game of Thrones,* und wie jede gute Zuschauerin war ich in Jon Snow verliebt.

»Dann geht nach oben und schließt die Tür«, sagte sie.

»Ich bin ein wenig zu alt, um in mein Zimmer geschickt zu werden.«

»Glaub mir, du willst lieber oben sein«, warf Poe ein.

»Warum?«

»Es ist etwas Berufliches«, sagte meine Mutter und errötete dabei.

Das war seltsam. Meine Mutter wurde nie rot. Niemals. Nichts war ihr peinlich. Einmal, ich war noch auf der Highschool, und Mom steckte in den Fängen einer besonders schmerzhaften Menopause (oder in diesem Fall Noch-nicht-ganz-Meno-pause), blutete sie im Supermarkt so stark, dass sie eine Spur hinter sich herzog. Sie öffnete ein Paket Papierhandtücher, wischte alles auf und legte eine Maxipackung Erwachsenenwindeln in unseren Einkaufswagen. Und das alles, ohne auch nur mit der Wimper zu zucken.

Also war ihr Erröten jetzt ... verdächtig. Gab sie eine Sexspielzeugparty? »Was genau?«, fragte ich.

»Es ist ein neues Projekt«, erwiderte sie nur und steckte Tweety in seinen Käfig. Immerhin.

»Was für ein Projekt?«

»Nora, geh einfach nach oben«, knurrte sie.

»Es ist eine Umarmungstherapie«, sagte Poe.

Ich schnaubte, aber niemand sonst lächelte auch nur. »Ernsthaft?« Keine Antwort. »Mom, wenn du eine Umarmung brauchst, ich stehe direkt vor dir.« Ich versuchte, mich an unsere letzte Umarmung zu erinnern, scheiterte aber kläglich.

»Ich *gebe* die Umarmungen, Nora. Ich empfange sie nicht.«

»Wirklich?«

»Die Leute zahlen dafür«, erklärte Poe.

»Wie bei einer Prostituierten?«

Meine Mutter runzelte die Stirn. »Das ist eine anerkannte Therapieform …«

»Von wem anerkannt?«

»… und die Menschen sind verzweifelt und zahlen für beinahe alles«, fuhr sie fort.

»Das ist schön.«

»Und manchmal machen sie hier ein Nickerchen.«

»Machst du Witze?«

»Wisch den erstaunten Ausdruck aus dem Gesicht und geh nach oben. Und nimm deinen Hund mit.«

»Willst du ihn nicht für eine Tiertherapie hierbehalten? Was tatsächlich eine *anerkannte* Therapieform ist.«

»Nora, geh.«

Ich schaute zu Poe, die zum ersten Mal meinen Blick auffing. »Verwandelt sie sich in eine Salzsäule, wenn jemand sie berührt?«, fragte ich.

»Raus hier!« Das Gesicht meiner Mutter war jetzt tiefrot.

Boomer rannte die Treppe hinauf und wieder hinunter, dann wieder rauf, während ich die Stufen hochhopste. Anstatt in unser Zimmer zu gehen, hielt ich auf dem oberen Treppenabsatz inne. »Lass uns spionieren«, schlug ich vor.

»Das ist eklig«, erwiderte Poe.

»Umso besser.«

Ich positionierte mich am Treppenrand, wo ich nicht zu sehen war, aber einen guten Blick nach unten hatte. Poe ging in unser Zimmer und kehrte mit dem pinkfarbenen Beanbag zurück. Sie setzte sich und sah mich an. Dann seufzte sie, stand wieder auf und schob ihn mir zu.

»Du bist ein gutes Kind«, flüsterte ich.

Sie verdrehte die Augen.

»Gran macht das also jede Woche?«, fragte ich.

»Erst seit letztem Monat.«

Ein paar Minuten später klopfte es an der Tür. »Hallo, Hazel«, sagte Mom. *»Bahb. Jahn.«*

Wer waren Bob und John? Ich schaute hinunter. Heilige Scheiße! Da standen acht oder neun Leute. Für Umarmungen! Von meiner Mutter!

»Wie viel nimmt sie dafür?«, fragte ich flüsternd.

»Zwanzig Dollar«, flüsterte Poe zurück und lächelte beinahe.

Meine Mutter würde fast zweihundert Dollar damit verdienen, Leute zu umarmen? Hm. Vielleicht war sie da auf etwas gestoßen.

»Ihr seid alle herzlich willkommen«, sagte sie. Oh mein Gott, da war auch Amy, die auf der Highschool mit Sullivan Fletcher zusammen gewesen war! Sie brauchte eine Umarmung von meiner Mutter? Und Mrs. Downs, die im entspannten Zustand immer so aussah, als wäre sie schwer genervt. Ich machte mir Sorgen um meine Mom; Mrs. Down wirkte wie jemand, der einem Babyeisbären den Kopf abbeißen und ihn essen würde. Neben ihr stand Mr. Dobbins, seit zwanzig Jahren erster Stadtrat von Scupper Island und Witwer, wenn ich mich nicht irrte.

Mir kam ein Gedanke.

Meine Mutter brauchte einen Mann.

»Hat Gran jemand Besonderen?«, flüsterte ich Poe zu.

»Jemand was?«

»Einen Freund.«

»Oh mein Gott, Nora. Nein.«

»Ich denke, wir sollten ihr einen suchen.«

Poes Handy vibrierte, und sie stand auf und ging in unser Zimmer, wo sie die Tür hinter sich schloss. Was meinen Plan vereitelte, beim gemeinsamen Ablästern über die Umarmungstherapie mit ihr eine Bindung aufzubauen.

Seufzend richtete ich meine Aufmerksamkeit wieder nach unten. Das hier war die gleiche Stelle, von der aus Lily und ich am Weihnachtsabend immer auf das Eintreffen des Weihnachtsmannes gewartet hatten. Doch es war uns nie gelungen, lange genug wach zu bleiben.

Die Sehnsucht nach meiner Schwester packte mich so hart, dass ich eine Sekunde nicht atmen konnte. Meine dünne kleine Schwester mit der milchweißen Haut und den großen blauen Augen, die immer so anhänglich gewesen war, mich immer irgendwie berührt hatte. Entweder hatte sie sich an meine Seite gekuschelt oder meine Hand gehalten oder hatte mir einen Arm um die Schultern gelegt, und ihr süßer, schläfriger Duft hatte mein Herz jedes Mal vor Liebe anschwellen lassen.

Lily. Meine kleine Blume.

Wie hatten wir das verloren? Wie hatten so viele Jahre vergehen können, in denen wir uns nicht nahestanden?

Die Stimme meiner Mutter riss mich aus meinen Erinnerungen.

»Nun, ihr seid alle wegen der Umarmungstherapie hier, also lasst uns anfangen.« Moms Akzent wurde immer stärker. »Amy, Süüüße, hier rüber.« Ich sah dünne Beine in Skinnyjeans und Ballerinas auf die stämmigen Beine meiner Mutter zugehen. Ich neigte den Kopf, woraufhin ein brennender Schmerz durch mein Schlüsselbein schoss, aber ich musste das einfach sehen.

Ja. Meine Mutter umarmte jemanden. Und zwar ganz schön lang. »Du bist ein guter Mensch«, sagte sie. »Du bist ein nettes Mädchen.«

Ehrlich gesagt war Amy eine Furie gewesen – die Königin der Cheetos –, die der Tochter meiner Mutter das Leben zur Hölle gemacht hatte, aber hey, einige Menschen veränderten sich. Okay, vermutlich nicht, aber trotzdem.

Sie hielten einander immer noch in den Armen. Amy bekam mit dieser Umarmung mehr Zuwendung, als ich in den letzten zwanzig Jahren von meiner Mutter erhalten hatte. War ich eifersüchtig? Darauf könnt ihr aber wetten.

»Was ist da los?«, flüsterte ich dem Hund zu. Er wusste es auch nicht.

Mom ließ Amy los, die sich schniefend in die Küche zurückzog.

Als Nächste war Mr. Dobbins dran. »*Bahb*, du bist ein guter Mann. Du hast einen klugen Kopf auf den Schultern.« Er beugte sich vor, um meine kräftige Mutter zu umarmen, und sie erwiderte die Geste zärtlich und doch fest.

Das war echt gruselig. Vielleicht lag es am Vicodin. Vielleicht sollte ich zwanzig Dollar zusammensuchen und mir auch eine Umarmung abholen.

Ich schaute Boomer an, der den Kopf senkte und meine Hand ableckte. Ach was. Wer brauchte schon eine Mutter, wenn man die männliche Version von Nana aus *Peter Pan* hatte? Außerdem war ich mir ziemlich sicher, dass irgendwo im Handbuch für Mütter stand, die eigenen Kinder sollten einen nicht bestechen müssen, um eine Umarmung zu bekommen.

Meine Mutter arbeitete sich durch die Menge, umarmte die Leute und sagte ihnen nette Sachen. Ich holte mein Handy heraus und schrieb Roseline eine Nachricht, dass ich entweder wegen der Schmerzmittel halluzinierte oder meine Mutter wirklich gerade in unserem Wohnzimmer Umarmungen für zwanzig Dollar das Stück anbot.

Video oder es ist nicht passiert, lautete ihre Antwort.

Mr. Dobbins kehrte für einen Nachschlag zurück.

Jupp. Meine Mutter brauchte einen Mann, das schien offensichtlich zu sein. Vielleicht war das hier auch zu ihrem Besten. Sie war all die Jahre allein gewesen (hallo, Schuldgefühle, wie ist es euch so ergangen?). Und da ich den Sommer über auf der Insel bleiben würde, konnte ich genauso gut jemanden für sie finden. Ich meine, warum nicht? Schnell tippte ich eine weitere Nachricht an Roseline. Ich werde einen Freund für meine Mom finden.

Unter Einfluss starker Schmerzmittel solltest du keine übereilten Entscheidungen treffen, schrieb sie zurück. Geh ins Bett.

Okay, mir *war* ziemlich schwindelig. Und auch wenn ich sehen wollte, wie meine Mom Leute auf unserer alten Couch und den Sesseln liebevoll zudeckte, wusste ich, dass ich zu eifersüchtig war, um das mitanzusehen.

# 7. Kapitel

Am Tag nach der Umarmungstherapie unternahm ich wie immer einen kleinen Spaziergang mit meiner Krücke. Jedes Mal kam ich ein Stück weiter. Die Sonne schien hell und klar vom Himmel, an den Eichen sprossen bereits blassgrüne, flauschige Knospen, und die salzige Meeresluft füllte meine Lungen und erweckte Teile meiner Seele zum Leben, die ich ganz vergessen hatte. Boston lag zwar auch am Wasser, aber das war nicht das Gleiche. Hier war die Luft klar und erfüllt von verschiedenen Düften – manchmal mit dem Versprechen von Regen, manchmal wehte der Geruch von Pfeifentabak herüber, vermutlich von Burke Hollawell, einem Hummerfischer aus meiner Kindheit (und einem potenziellen Kandidaten für meine Mutter?). Letzte Woche hatte ich einen Hauch von Blaubeeren gewittert – irgendwo war gerade ein Kuchen frisch aus dem Ofen geholt worden. Und immer, immer lag der Duft von Pinien in der Luft.

Ich humpelte zu einem Stein am Ufer und setzte mich, um Atem zu holen. Boomer kam mit einem fetten Hundegrinsen im Gesicht auf mich zugerannt und ließ einen Kiefernzapfen vor meine Füße fallen. »Oh, was für ein guter Junge!«, sagte ich und warf den Zapfen. Boomer rannte hinterher, vergaß auf halbem Weg seine Mission und jagte stattdessen ein Eichhörnchen auf einen Baum.

Ich setzte den Rucksack ab, holte meine Wasserflasche heraus und trank. Dann nahm ich Notizbuch und Stift und fing an, meiner Schwester zu schreiben.

*Liebe Lily,*
*ich hoffe, es geht dir gut. Ich weiß nicht, ob Mom oder Poe es dir erzählt haben, aber nachdem ich einen kleinen Unfall hatte, bin ich für eine Weile wieder auf der Insel. Poe und ich teilen uns unser altes Zimmer. Du hast fantastische Arbeit mit ihr geleistet. Sie ist wirklich toll und klug, und ich liebe es, mich mit ihr zu unterhalten.*

Nun, das war gelogen. Ich riss das Blatt heraus, knüllte es zusammen und steckte es in meine Tasche.

*Liebe Lily,*
*ich bin für eine Weile zurück auf der Insel und wollte dich wissen lassen, dass ich für dich ein Auge auf Poe habe. Auch wenn du aufgehört hast, meine E-Mails und Nachrichten und Briefe zu beantworten, liebe ich dich immer noch und werde versuchen, Poe auf jede nur denkbare Weise zu helfen.*

Nein, das klang herablassend mit einem guten Schuss Verbitterung. Diese Seite zerknüllte ich auch.

*Liebe Lily,*
*du wirst nie erraten, wo ich in diesem Moment gerade sitze. Am Lookout Rock. Ich bin für eine Weile auf Scupper und werde vermutlich ein paar Monate hier verbringen; ich habe mich vom Krankenhaus freistellen lassen, nachdem ich von einem Auto angefahren wurde. Unser Zuhause ist noch das Gleiche, und Moms Vogel versucht, mich umzubringen. Um ehrlich zu sein, ist die Liebe zwischen den beiden ein bisschen gruselig.*
*Gerade tauchte ein Kormoran vor mir auf und ist gleich wieder unter die Wasseroberfläche geglitten. Das Meer ist heute ziemlich rau und veranstaltet ein großes Getöse am Ufer.*

*Mom und Poe geht es gut. Ich hoffe, dir auch.*
*Alles Liebe*
*Nora*

Diesen Brief könnte ich abschicken. Zumindest hatte ich jetzt ihre Adresse. *Washington State Women's Correctional Facility.*

Aus mir unbekannten Gründen hatte meine Schwester mich vor langer Zeit aufgegeben. Sicher, ich war nicht gerade eine Spaßkanone gewesen, seit Dad uns verlassen hatte, aber sie auch nicht. Warum sind wir uns nach seinem Verschwinden nicht nähergekommen? Gott weiß, wie sehr ich mir das gewünscht hatte. Aber Schwestern, die nicht miteinander auskamen, waren kaum ein sonderlich originelles Problem. Da gab es das *Hässliche-Schwester/hübsche-Schwester*-Thema. Das *Fett/dünn*-Problem. Die Tatsache, dass ich es von der Insel in eine bessere Zukunft geschafft hatte und sie ... nun ja, als alleinerziehende Mutter erst am Rande der Armut und nun im Gefängnis gelandet war.

Aber sie hatte Poe. Nach allem, was ich von den wenigen Besuchen sagen konnte, liebte meine Schwester ihr Kind.

In dieser Nacht, als Poe und ich in unseren Betten lagen, beschloss ich, es einfach zu wagen. Es war dunkel, und die Nacht war klar und kalt. Durch das Deckenfenster konnte ich die Milchstraße sehen.

»Hast du in letzter Zeit mit deiner Mom gesprochen?«, fragte ich.

Poe ließ sich mit ihrer Antwort beinahe eine Minute Zeit. »Was interessiert es dich?«

»Ich habe mich nur gefragt, wie es ihr geht.«

»Ihr geht es gut.« Poe wandte mir den Rücken zu.

»Wenn du irgendwann darüber reden willst, bin ich für dich da, Süße.«

Sie murmelte etwas.

»Was hast du gesagt?«

»Ich muss nicht mit dir reden«, wiederholte sie überdeutlich, als spräche sie zu einem Raum voller halbtauber Einfaltspinsel. »Auch wenn meine Situation eine Herausforderung ist, bin ich ein sehr ausgeglichener Mensch.«

»Super«, sagte ich. »Darüber bin ich froh.« Während ich immer noch zu den Sternen hinaufsah, atmete ich langsam ein. »Deine Mom und ich standen uns einst sehr nah.«

»Na und?«

»Ich habe sie mehr geliebt als jeden anderen Menschen auf der Welt.«

»Wie toll für sie.«

»Und ich liebe dich, egal, was passiert. Ich würde dich gerne besser kennenlernen, und ich …«

»Kannst du jetzt bitte den Mund halten? Ich versuche zu schlafen.«

Ich streckte die Hand aus, um Boomer zu streicheln, der auf dem Boden neben mir schlief, weil das Bett für uns beide zu klein war. Sein Schwanz schlug auf den Boden, womit er mich wissen lassen wollte, dass ich auch geliebt wurde. *Guter Gott, bitte gib mir die Gelassenheit, meiner Nichte nicht zu sagen, was für eine Nervensäge sie ist.* »Gute Nacht, Poe. Schlaf gut.«

Am zweiten Wochenende nach meiner Rückkehr fragte meine Mom, ob ich etwas aus der Stadt benötigte. Es war Samstag, ihr Tag für den Großeinkauf.

»Kann ich mitkommen? Bitte? Bitte?«, fragte ich.

»Klar, aber nur, wenn du dich beruhigst.« Sie gab Tweety einen Kuss auf den Schnabel – ich unterdrückte einen Schrei – und ging zur Treppe. »Poe, brauchst du etwas?«, rief sie hinauf.

»Nein.«

»Schick mir eine Nachricht, wenn dir doch noch etwas einfällt.«

Keine Antwort.

»Gib mir ein paar Minuten«, sagte ich zu meiner Mom. »Ich muss mir noch die Haare kämmen.« Und mich umziehen und schminken. Denn mit Sicherheit würden wir irgendjemandem begegnen, den ich kannte.

Eine halbe Stunde später war ich frisch und bereit loszuziehen. »Geh zu Poe«, sagte ich zu meinem Hund. Im Laufe der Zeit würde er ihr Herz schon noch für sich gewinnen. Er gehorchte und galoppierte die Treppe hinauf, das kleine Genie.

Ich konnte mittlerweile eine schlichte Sportlermanschette um mein Knie tragen, was es etwas klobig aussehen ließ, aber eine wesentliche Verbesserung zu dem vorherigen Modell darstellte. Meine Mutter wartete mit verschränkten Armen und leicht genervtem Blick an der Haustür auf mich.

Während der Fahrt in die Stadt nörgelte Mom über die »Menschenmengen«, die sich jetzt über den Markt drängten, weil es schon zehn Uhr war. Mit »Menschenmengen« meinte sie sechs bis zehn Leute.

Wir stellten den Wagen auf dem Parkplatz des Supermarkts ab. »Ich denke, ich humple ein wenig herum, wenn das für dich in Ordnung ist«, sagte ich.

»Was immer du willst.«

»Hier, nimm meinen Anteil für die Lebensmittel.« Ich holte mein Portemonnaie heraus.

»Lass gut sein.«

»Ich verdiene gut, Mom. Lass mich dir helfen.«

Sie warf mir einen bösen Blick zu und zog den Autoschlüssel ab. »Ich kann es mir leisten, Essen auf den Tisch zu bringen, Nora.«

»Na ja, ich bin ein hungriges Maul mehr, das gestopft werden muss, und …«

Sie stieg einfach aus und ging. Ihre Leinenbeutel flatterten entrüstet an ihrer Seite.

»Danke!«, rief ich, doch sie schaute sich nicht um.

Ich benötigte ganz dringend eine eigene Wohnung. Ansonsten gäbe es bald ein Blutbad. Ich hasste es, ein Wort wie *Amoklauf* zu benutzen, aber dank Poe, die bis heute Nacht um drei Uhr telefoniert hatte, um dann wieder das ganze heiße Wasser zu verbrauchen, und der Weigerung meiner Mutter, eine Unterhaltung zu führen, die aus mehr als zwei Sätzen bestand, wurde ich langsam von Mordfantasien heimgesucht.

Ich quälte mich aus dem Auto. Sammy's Grocery lag hinter der Main Street, dem Herzen unserer fröhlichen Innenstadt, und für mich war es vermutlich an der Zeit, ohne Krücke zu laufen.

Außerdem wollte ich nicht so ... mitleiderregend aussehen. Es war schlimm genug, dass ich immer noch humpelte.

Langsam und vorsichtig wankte ich die leichte Anhöhe hinauf. Inzwischen war es Ende April, und in den Jahren meiner Abwesenheit hatte die Stadt an der gesamten Main Street entlang Holzapfelbäume gepflanzt, die nun kurz vor der Blüte standen – die kleinen Knospen waren noch geschlossen, doch die rosigen Blütenblätter schimmerten schon hindurch. In den Blumenkästen an den Fenstern des Stone Cellar wuchsen Stiefmütterchen. Ich schaute zur Tür hinein. Hölzerne Deckenbalken, ein dunkler Fußboden, eine einladend aussehende Bar. Und siehe einer an – auch außerhalb der Saison hatte das Restaurant an den Wochenenden geöffnet. Das war doch mal was. Nur das Red's, die Bar, die gerne von den Hardcore-Trinkern frequentiert wurde, hatte in meiner Kindheit das ganze Jahr über geöffnet gehabt.

An der Ecke machte ich eine kleine Pause. Das Haus mit den grauen Schindeln beherbergte zufällig einen Makler, und in den Fenstern hingen Bilder von Immobilien.

Ein Wink mit dem Zaunpfahl, dass es an der Zeit war, mir endlich meine Unabhängigkeit zurückzuerobern.

Mit einem Mal vermisste ich Bobby. Das Gefühl war so schwer, als hätte mir jemand eine Bleidecke umgehängt, die mich langsam nach unten zog. Er hatte an diesem Tag angerufen, um Viertel nach zwei am Nachmittag, und seine Stimme hatte mir die Tränen in die Augen getrieben. Wir hatten ganz sanft und lieb miteinander geredet, nach unserer Arbeit gefragt, was der andere gerade machte. Wir hatten einander atmen gehört, und das war … nett gewesen.

Wenn er mit Jabrielle zusammen war, so hatte er es nicht erwähnt.

Einst hatte ich mir vorgestellt, Bobby zu heiraten. Das war, noch bevor wir anfingen, miteinander auszugehen. Und sobald wir ein Paar waren, konnte ich mir niemanden mehr vorstellen, der besser zu mir passen würde. Wir hatten so viel Spaß zusammen! Das Leben war mir damals unglaublich wundervoll vorgekommen.

Dann war der große böse Vorfall passiert, und selbst das hatte mir gezeigt, wie großartig er war. Ungefähr drei Monate nach dem großen bösen Vorfall sagte er: »Wenn wir es eines Tages offiziell machen« – es war nur eine Randbemerkung gewesen, die mich jedoch so unglaublich glücklich gemacht hatte, dass ich das Gefühl hatte zu schweben. Ich hatte Roseline davon erzählt, die damals bereits verlobt gewesen war, und sie hatte mich mit in den noblen Brautsalon genommen, in dem sie ihr Hochzeitskleid gekauft hatte. Eine Stunde lang hatten wir dort Verkleiden gespielt.

Jetzt suchte ich nach einer eigenen Wohnung in meiner Heimatstadt, in die ich nie hatte zurückkehren wollen.

Zumindest gab es hier keine Erinnerungen an unsere guten Zeiten. Bobby war nie auf der Insel gewesen. Ich hatte ihn nie herkommen lassen. Ich selber war ja nie hergefahren, sondern hatte es immer so eingerichtet, dass Mom nach Boston kam, was sie auch stoisch und ohne viel Aufhebens getan hatte. Aber sie war nie länger als einen Tag geblieben.

Der Mann in dem Maklerbüro sah mich vor dem Fenster stehen und öffnete die Tür. »Kann ich Ihnen helfen?«, fragte er.

»Ich suche nach etwas, das ich für ein paar Monate mieten kann«, erwiderte ich. *Bis Lily zurückkommt. Bis ich alles wieder geraderücken kann.*

»Kommen Sie herein!«, sagte er so fröhlich, dass ich wusste, er stammte nicht von der Insel. »Ich bin Jim Ivansky. Wir haben viele Objekte zur Vermietung im Angebot. Was bringt Sie nach Scupper?«

Ich erklärte es ihm, erwähnte auch Boomer, und er lächelte und lächelte, wie Makler es nun einmal tun. »Wir haben ein paar großartige Häuser. Sie wollen über den Sommer mieten, das bedeutet, nach dem Memorial Day steigt der Preis, aber ich bin mir sicher, wir finden etwas Passendes für Sie.«

Die ersten Häuser, die er mir zeigte, waren die typischen Villen der Sommerleute – fünf Schlafzimmer, sechs Badezimmer, direkt am Wasser gelegen und mit eigenem Bootshaus.

»Es ist nur für mich und meinen Hund«, sagte ich. »Vielleicht haben Sie etwas mit zwei Schlafzimmern für den Fall, dass meine Nichte ab und zu bei mir übernachten möchte.«

Er überflog seine Liste. »Wie wäre es hiermit?« Er drehte den Computermonitor herum, sodass ich das Angebot sehen konnte. Es war das Haus der Krazinskis, eine unscheinbare Ranch an der Route 12, das nächste Haus neben dem meiner Mom. Ich fragte mich, warum es leer stand. Es hatte ein ziemlich langweiliges, etwas heruntergekommenes Inneres mit einer Küche, die aussah, als wäre sie das letzte Mal in den Siebzigern renoviert worden.

»Haben Sie nicht etwas mit ein wenig mehr … Charakter?« Ich fühlte mich schuldig. Lizzy Krazinski – oder Lizzy Krizzy, wie alle sie genannt hatten – war in der Klasse unter mir gewesen. Wir waren zusammen mit dem Schulbus gefahren. Sie war eigentlich ganz okay gewesen.

»Ich weiß, was Sie meinen.« Jim scrollte weiter herunter. Es schien, als hätte ich die Wahl zwischen einer Villa oder nichts.

»Oh, warten Sie mal, was ist das?«, fragte ich.

»Das hier? Das ist ein Hausboot.«

»In Maine? Ist die See dafür nicht ein wenig zu rau?«

»Eigentlich schon, aber es liegt in Oberon Cove«, erklärte Jim. »Irgendein reicher Tech-Freak hat es bei WoodenBoat bauen lassen und dann den Großteil der Bucht gekauft, um es dort festzumachen. Er hat auch einen hübschen Anleger bauen lassen. Soweit ich weiß, hat er noch nicht ein einziges Mal auf dem Boot gelebt. Er ist einer dieser Typen, die auf der ganzen Welt Häuser haben.«

»Glauben Sie, er würde es vermieten?«, fragte ich.

»Es steht nicht zum Verkauf, ich habe es nur aus steuerlichen Gründen gelistet. Ich sitze im örtlichen Gutachterausschuss. Aber ich kann ihn ja mal anrufen. Ich glaube, im Moment ist er auf irgendeiner Seelenreise in Neuseeland.«

»Natürlich.« Ich lächelte. So etwas machten reiche Tech-Freaks nun einmal.

Jim drückte eine Reihe von Tasten auf seinem Telefon, und – welch Wunder – der Typ ging tatsächlich ran. »Collier, Jim Ivansky von Island Real Estate hier. Ich habe eine zauberhafte junge Frau bei mir sitzen, die total verliebt in Ihr Hausboot ist.« Er schaltete den Lautsprecher ein. »Darf ich vorstellen: Nora Stuart – Collier Rhodes.«

»Hallo!«, sagte ich mit meiner Süße-Nora-Stimme. »Ich freue mich so, mit Ihnen zu sprechen! Jim hat recht, ich bin total verknallt. Was für ein tolles Hausboot Sie da gebaut haben.«

»Vielen Dank«, sagte er. »Sie suchen also nach einer Unterkunft und Inspiration, sehe ich das richtig?«

Nicht ganz, aber … »Ganz genau!« Ich erzählte ihm die Geschichte meiner Heimkehr nach dem Unfall, dem Sirenenruf des Meeres, der rauen Schönheit Maines. »Ich habe mich gefragt, ob Sie sich wohl vorstellen könnten, mir das Hausboot zu vermieten. Es ist so bezaubernd, und ich würde mich sehr gut darum kümmern. Irgendetwas daran hat mich einfach angesprochen.«

»Ich weiß, was Sie meinen. Zu den Wurzeln zurückzukehren, sich eine Auszeit zu nehmen, um die kosmische Macht einzuatmen, die Ihr Leben gerettet hat. Das verstehe ich vollkommen. Es wäre mir eine Ehre, es Ihnen zu vermieten. Wissen Sie was? Sie müssen mir dafür nicht einmal etwas bezahlen.«

Jim zuckte zusammen. Da ging seine Provision dahin.

»Nein, nein«, protestierte ich. »Ich zahle nur zu gerne dafür.«

»Okay. Das respektiere ich. Gut, ich lasse Jim die Details ausarbeiten. *Namaste*, Nora Stuart.« Damit legte er auf.

»Ah, Tech-Freaks«, sagte ich, und Jim lachte.

Zehn Minuten später gehörte das Hausboot bis Mitte September mir, obwohl ich vorhatte, im August nach Boston zurückzugehen. Aber vielleicht würden Poe und Lily gerne dort bleiben, wenn Lily aus dem Knast kam. In der Zwischenzeit war es ganz allein meins. Es war sogar möbliert. Ich konnte es nicht erwarten, das Hausboot zu sehen, und fragte mich, ob Mom und Poe mich wohl begleiten wollten. Vermutlich nicht.

Aber Boomer würde es lieben, das wusste ich.

Mit den Schlüsseln in der Hand verließ ich das Maklerbüro und ging weiter die Straße hinunter. Ich war ziemlich zufrieden mit mir. Kein Tweety mehr, der mich mit bösen Blicken erdolchte.

Ich würde wieder allein leben. Das erste Mal seit dem großen bösen Vorfall.

Mit einem Mal fühlte sich mein Herz an, als wäre ein Kolibri in meiner Brust eingesperrt, der panisch versuchte herauszukommen. Mein Mund war staubtrocken und meine Handflächen schwitzig.

Ich würde das schaffen. Mir ging es gut. Ich hatte jetzt Boomer. Und das hier war Scupper Island, ein sehr sicherer Ort.

Mist. Ich konnte es nicht. Ich würde bei meiner Mom wohnen bleiben müssen. Sie würde mich nicht rausschmeißen. Ich machte auf dem Absatz kehrt, um zum Makler zurückzugehen, und drehte sofort wieder um.

Nein. Jetzt oder nie. Kein Grau mehr, keine Ängste mehr. Außerdem, wenn Lily zurückkam, konnte sie bei mir wohnen.

»Zeit für einen Donut«, murmelte ich und atmete tief ein und ganz langsam wieder aus. Lala's lag vier Shops (oder Shoppes) die Straße hinunter. Ein Zuckerschub wäre jetzt genau das Richtige, denn meine Mom hielt nichts von Nachtischen – sie betrachtete Desserts als moralische Schwäche, genau wie ihre calvinistischen Vorfahren es schon getan hatten. Arme Mom. Ich meine, klar, ich war Gastroenterologin und glaubte an eine gute Ernährung, aber ich hatte außerdem ein Herz, das noch schlug.

Da. Der Gedanke an Donuts hatte geholfen. Ich war ruhiger.

»Lassen Sie mich Ihnen die Tür aufhalten«, sagte ein älterer Gentleman, der mit einer Zeitung unter dem Arm näher kam – Mr. Carver, der für die Sommerleute als eine Art Hausmeister arbeitete: Er lüftete die Häuser, bereitete die Gärten vor, ließ die Besitzer wissen, wenn im Winter ein Baum umgefallen war, und solche Sachen.

Mein Dad hatte ihm ab und zu geholfen.

»Hi, Mr. Carver«, sagte ich.

»Äh … hallo, junge Lady.«

»Nora Stuart. Die Tochter von Bill und Sharon.« Ich schaute auf seine linke Hand. Verheiratet und daher kein Kandidat für Mom.

»Wirklich? Meine Güte, bist du aber groß geworden. Hab einen schönen Tag.« Er lächelte und schlenderte von dannen.

Es war nett zu wissen, dass mich nicht jeder hier hasste. »Hey, Mr. Carver«, sagte ich und humpelte hinter ihm her. »Haben Sie eine Minute?«

»Aber sicher.« Dampf stieg aus seinem Kaffeebecher auf.

»Äh …« Es war peinlich, dass ich jemandem, den ich seit beinahe zwei Jahrzehnten nicht mehr gesehen hatte, eine so persönliche Frage stellen musste. »Erinnern Sie sich an meinen Dad?«

»Natürlich. Er war ein sehr netter Kerl.«

»Haben Sie je wieder von ihm gehört? Ich meine, nachdem er die Insel verlassen hat?« *Weil er sich nämlich nie die Mühe gemacht hat, mich zu kontaktieren.* Mein Gesicht fühlte sich ganz heiß an.

»Ah, das kann ich nicht behaupten, Süße.« Er dachte kurz nach. »Nein. Ich glaube nicht.« Seine schon leicht blassen blauen Augen blickten so gütig, dass ich wegschauen musste.

»Ja, das dachte ich mir schon. Aber danke.«

»Gern geschehen. Schön, dich wiederzusehen.«

Okay. Der erste Stein war umgedreht worden, und darunter hatte sich nichts befunden. Das war nicht wirklich eine Überraschung, aber … nun ja.

Die feuchte, süße Luft im Lala's war wie eine lang ersehnte Umarmung.

Vor mir in der Schlange wartete eine Mutter mit drei kleinen Kindern. Die älteren beiden standen schweigend da, starrten auf ihre Handys, den Nacken in der unmissverständlichen Haltung gebeugt, die besagte: *Stör mich nicht. Ich bin emotional tot.* Das kleinste Kind jedoch, ein Junge von ungefähr sechs Jahren mit blonden Haaren und einem dicken Wintermantel, zog an der Hand seiner Mutter. »Ich will einen Keks«, sagte er.

»Du bekommst aber keinen. Das habe ich dir schon gesagt.« Sie richtete den Riemen ihrer Handtasche und seufzte.

Der kleine Junge schob seine Unterlippe vor, dann sah er, dass ich ihn beobachtete. »Was hast du gemacht?«, fragte er und beäugte meine Armschlinge.

»Ich habe beim Überqueren der Straße nicht ordentlich geguckt und bin von einem Auto angefahren worden«, sagte ich. »Also pass bloß auf, dass du immer in beide Richtungen guckst und die Straße nur an der Hand eines Erwachsenen überquerst.«

Die Mom schaute mich an.

Es war Darby Dennings, Handlangerin von Amy Beckman, früher Königin der Cheetos und jetzt Empfängerin von Umarmungen. Erstaunlich, wie ich jeden sofort erkannte, obwohl ich fünfzehn Jahre lang fort gewesen war.

»Tut mir leid, wenn er Sie nervt«, sagte Darby mit einem entschuldigenden Lächeln. Ihr Blick glitt an mir hoch und runter, sie betrachtete meine Verletzungen, ehe sie an meiner Handtasche hängen blieb. »Das ist eine tolle Tasche«, sagte sie. »Darf ich fragen, wo Sie die herhaben?«

»Oh, äh … Ich glaube, die habe ich von …«

Ich hatte sie an dem Tag, an dem ich von Boston Gastroenterology Asscociates angestellt worden war, in einer schnöseligen Boutique in der Newbury Street gekauft. Roseline, die ernsthaft kaufsüchtig war, fand, dass jede Frau eine Handtasche besitzen sollte, die viel zu teuer war. Wir hatten uns einen großartigen Tag gemacht. Uns war aufgrund unserer neuen Gehälter ganz schwindelig gewesen, und ich hatte mir diese Tasche gegönnt, die aus einem so butterweichen braunen Leder gemacht war, dass ich sie am liebsten geheiratet hätte.

Den Preis fand ich immer noch zu gleichen Teilen peinlich und herrlich aufregend.

»Ich habe sie von T. J. Maxx«, sagte ich.

»Ja, da findet man tolle Sachen«, bestätigte sie. »Bei dem in Portland?«

»In Boston.«

»Kommen Sie daher?« In ihren Augen flackerte nicht der Hauch des Erkennens auf.

»Mommy, ich will einen Keks!«

Sie ignorierte den Kleinen und lächelte mich an. Für eine zutiefst zufriedenstellende Sekunde sah ich mich durch ihre

Augen. Okay, da war die Armschlinge, aber dennoch … Meine Haare glänzten von dem Glätteisen und den Friseurprodukten, die ich benutzte, um es zu zähmen. Mein Make-up war von Chanel. Ich trug einen blauen Kaschmirpullover und Lucky-Brand-Jeans und Lederballerinas von Kate Spade.

»Ich bin eigentlich von hier«, sagte ich. »Nora Stuart. Wie geht es dir, Darby?«

Ihr blieb der Mund offen stehen, und das eben noch freundliche Lächeln wurde von einer tiefen Röte vertrieben. »Ach du Scheiße.«

»Sind das deine Kinder?«

»Ja. Matthew, Kaylee und Jordan.«

»Hi Kids«, sagte ich. »Ich bin mit eurer Mutter zur Schule gegangen.«

Die Kinder reagierten nicht – entweder hatten sie es nicht gehört, oder es war ihnen egal.

»Du hast ganz schön viel Gewicht verloren. Mein Gott. Ich habe dich gar nicht erkannt.« Ihre Augen verengten sich, als vermutete sie, dass ich ihr einen Streich spielte.

»Was willst du, Darby?«, fragte Lala, die hinter dem Tresen stand.

In dem Moment ging die Tür wieder auf, und in einem Schwall kalter Luft trat ein sehr gut aussehender Mann ein.

Darby schaute ebenfalls zu ihm. »Hey, Sully.«

Guter Gott. Sullivan Fletcher. Zwillingsbruder von Luke Fletcher, Gott der Highschool. Eine Sekunde lang wankte ich auf meinem verletzten Knie.

Er musste zweimal hinsehen, als er mich bemerkte.

»Nora! Hey, wie geht es dir?« Er lächelte nicht, sah mich aber auch nicht finster an.

»Hi«, hauchte ich. »Danke, gut, Sullivan. Und … wie geht es dir?«

Er sah gut aus. Gott sei Dank. Ich hatte nie erfahren, was genau ihm bei dem Autounfall im letzten Schuljahr passiert war, nur, dass er eine Gehirnverletzung erlitten hatte. Ich erinnere mich noch an die Diagnose, dass man mit seiner vollständigen Genesung rechnete, aber man konnte nie wissen, was das wirklich bedeutete.

Doch die Jahre waren zu Sullivan Fletcher gütig gewesen. Damals war er ein durchschnittlich aussehender Junge – braune Haare, braune Augen. Das Alter hatte ihm Charakter verliehen. Sein Gesicht hatte die jungenhafte Weichheit verloren, und sein Kiefer und die Wangenmuskeln waren kantig und gut definiert. Seine welligen Haare wirkten ein wenig zerzaust. Er war groß, vielleicht einsfünfundachtzig, langgliedrig und … nun ja, interessant.

Und er war *normal*. Meinem Adrenalinrausch folgte die Erleichterung. Diese Worte – *Schädel-Hirn-Trauma* – hatten mich die ganzen Jahre verfolgt. Jedes Mal, wenn wir während meiner AiP-Zeit so einen Fall behandelten, hatte ich an Sullivan Fletcher denken müssen.

Aber hier war er nun und sah total gesund und … ja, gut aus.

Wirklich, wirklich gut. Mein Mund war vor Erleichterung ganz trocken.

»Ich habe schon gehört, dass du wieder da bist«, sagte er.

»Jupp, das bin ich.« Was für eine unglaublich geistreiche Antwort.

Ich fragte mich, ob Luke sich auch so sehr zum Positiven gewandelt hatte. Einst war ich mal in Sullivan Fletchers Zwillingsbruder verliebt gewesen … bis zu dem Punkt, an dem ich angefangen hatte, ihn zu hassen.

»Darby, was willst du? Ich habe nicht den ganzen Tag Zeit«, sagte Lala.

»Einen Laib Roggenbrot. Meine Güte, als ob ich je etwas anderes kaufe.«

»Ich will einen Keks, Mommy!«, forderte der kleine Knirps. Die anderen beiden hatten immer noch nicht von ihren Handys aufgesehen.

Lala schnitt das Brot mit der Maschine, packte es ein und reichte es Darby, die ihr das Geld dafür gab. »Und Sie?«, fragte Lala an mich gewandt.

»Ich hätte gerne einen Donut.«

»Nur einen?«

»Ja, bitte.«

»Du lebst jetzt in Boston?«, fragte Sullivan.

»Richtig.« Ich nickte. »Ich bin nur für ein paar Monate hier. Holst du dir auch Donuts? Ich liebe sie. Ich meine, wer tut das nicht, oder? Donuts sollten das universelle Glückszeichen sein. Wir könnten Kriege mit ihnen gewinnen. Und niemand macht so gute Donuts wie Lala, richtig?«

*Du bist eine hoch qualifizierte Ärztin*, ermahnte mich mein Gehirn. *Reiß dich endlich zusammen.*

Sullivan zog ein wenig die Augenbrauen zusammen.

»Als was arbeitest du?«, fragte Darby, die keinerlei Anstalten machte zu gehen.

Ich riss meinen Blick von Sully los und versuchte, meine Haltung zurückzugewinnen. »Ich bin Ärztin.«

»Ärztin?«, fragte sie. »Also ein richtiger *Doktor*?«

»Jupp. Ich bin Gastroenterologin.«

»Was ist das?«

»Magen-Darm-Trakt.«

»Igitt«, sagte Darby.

Normalerweise hatte ich eine Antwort auf solche Reaktionen, ein Zitat über die Freuden des Stuhlgangs, das angeblich von Mark Twain stammte. Aber in diesem Moment war mein Gehirn leer. War Sullivan sauer auf mich? Was war mit Luke passiert? Lebte er noch hier? Sollte ich mich entschuldigen? Vielleicht sollte ich einfach gehen.

Ja, das wäre das Beste.

»Bitte sehr«, sagte Lala, und ich reichte ihr ein paar Dollar, dann humpelte ich aus dem Laden. Mein verletztes Bein war steif und das andere seltsam schwach.

Sully hielt mir die Tür auf. »Wir sehen uns«, sagte er.

»Ja.« Noch so eine unglaublich eloquente Antwort.

Bevor ich mich noch mehr zur Idiotin machen konnte, ging ich steifbeinig und mit gesenktem Kopf die Straße hinunter. Die Angst, die vorher meine Zehen nur leicht umspielt hatte, stieg jetzt an wie die Flut.

Luke Fletcher würde nun definitiv wissen, dass ich wieder zurück war.

# 8. Kapitel

Als schließlich klar wurde, dass mein Vater nicht so bald zurückkommen würde, tat ich, was jedes unglückliche Mädchen auf der Welt – und vor allem in Amerika – tat.

Ich aß.

Dieser erste freudlose Sommer kroch in Zentimetern voran. Das neue Schuljahr begann, und ich war ständig hungrig. Die Einsamkeit nach dem Verschwinden meines Vaters war wie ein Krater, und ich fand nicht genügend Essen, um ihn zu füllen, obwohl ich mir immer einen Nachschlag nahm und alles bis aufs letzte Krümelchen verputzte.

Irgendwann fing ich an, heimlich zu essen. Ich schlich mich nachts in die Küche, wenn meine Mutter im Bett lag, und stopfte mir übrig gebliebene Frikadellen in den Mund. Ich kaute auf dem kalten, nach nichts schmeckenden Bällchen herum und griff nach dem nächsten, bevor ich das erste heruntergeschluckt hatte. Meiner Mutter sagte ich, ich könne mir mein Schulbrot jetzt selber zubereiten, und legte extra Scheiben Käse auf mein Sandwich. Eine Scheibe faltete ich klein zusammen, um sie mir in den Mund zu schieben, während ich das Brot mit Mayonnaise bestrich.

In der Schule begann ich, Nachtische in der Cafeteria zu klauen. Pudding oder Götterspeise mit künstlicher Sprühsahne obendrauf, die großen harten Kekse, die ihre Krümel überall verteilten. Ich schob mich durch die Schlange der wartenden Kinder und tat, als bräuchte ich eine Serviette, während ich mir verstohlen eine kleine Schüssel oder einen Keks oder einen Schokoriegel schnappte und mich in die Sporthalle zurückzog, die zur Mittagszeit immer leer war. Dort schluckte ich meine

Belohnung so hastig herunter, dass ich nur den ersten Bissen schmeckte.

Ich hatte keine Freunde mehr. Die ganzen Jahre, in denen ich nach Hause geeilt war, um zu sehen, was Dad und Lily und ich tun würden (denn das war besser als alles andere auf der Welt), hatten mich in der harten Welt der Junior-High zu einer Außenseiterin gemacht. Cliquen waren hier in Stein gemeißelt, und die Sitzordnung in der Cafeteria war komplizierter als der britische Adelskalender.

Zu Hause nahm ich mir jedes Mal eine zweite Portion von den langweiligen, immer gleichen Abendessen, die meine Mom für uns kochte. Montagabend: Hühnchen, Ofenkartoffeln, Erbsen und Möhren. Dienstagabend: Hackbraten, Kartoffelpüree, grüne Bohnen. Mittwochabend: Schweinekotelett, Reis und wieder Erbsen. Ihr versteht, was ich meine. Aber ich aß und aß und aß.

»Du wirst fett«, warf Lily mir vor. Sie selbst blieb elfendünn. Bald, das wusste ich, würde sie anfangen, wunderschön zu werden. »Hör auf zu essen, Nora. Das ist eklig.« Sie schob ihren eigenen, unangerührten Teller von sich, und in ihren blaubeerblauen Augen schimmerten Überlegenheit und Abscheu. Eine unserer gemeinsamen Pflichten war es, nach dem Essen die Küche sauberzumachen. Ich meldete mich immer freiwillig, das alleine zu übernehmen, denn so konnte ich auch ihre Portion noch aufessen.

»Mach deine Hausaufgaben, Lily«, sagte Mom, während ihr Blick auf mir ruhte.

Wie es aussah, war mein Vater nicht der Einzige, den ich verloren hatte. An dem Tag, an dem er verschwand, hatte meine Schwester aufgehört, mich zu lieben.

Ich aß und saß das Jahr ab, indem ich versuchte, mich in der Schule so unsichtbar wie möglich zu machen. Innerlich zählte ich die Wochen bis zum Sommer, wenn Lily und ich, so betete ich, die magischen Zeiten wiederaufleben lassen würden, die wir mit Dad gehabt hatten. Wenn sie mich wieder lieben würde. Wenn ich endlich wieder einen Platz in der Welt hätte.

Als der Sommer schließlich kam, versuchte ich, einige der Dinge, die wir früher gemacht hatten, neu zu erschaffen – ich malte kleine Landkarten der geheimen, uralten mexikanischen Städte, von denen Dad uns erzählt hatte, in den Staub oder baute Vogelnester, in denen vielleicht wirklich mal ein echter Vogel wohnen wollte. Ich kletterte die Bäume am felsigen Ufer hinauf und baute Burgen.

Aber es funktionierte nicht.

Lily wollte mit all dem nichts zu tun haben. Einmal sprach ich das Verschwinden unseres Vaters an und legte einen Arm um ihre Schultern, um sie zu trösten – immerhin war ich die große Schwester. Sie schüttelte ihn ab, als würde mein Arm sie verbrennen. »Komm drüber hinweg, Nora«, sagte sie verbittert und ging wieder ins Haus.

Auf viele Arten wirkte Lily älter als ich. Sie hatte eine gewisse Schärfe an sich, eine Komplexität, die mir fehlte. Während ich mich in der sechsten Klasse versteckt hatte, hatte Lily das Schuljahr damit begonnen, ohne Angst oder Zögern mit den hübschesten, reichsten Mädchen unserer Schule zu reden, als wäre sie eine von ihnen. Und sie hatten sie akzeptiert.

Alle wussten, dass unser Vater gegangen war. In Lilys Fall machte sie das interessant und cool. In meinem Fall machte es mich zur Loserin.

Meine Einsamkeit hielt auch im nächsten Schuljahr an. Ich lernte fleißig, weil Hausaufgaben eine Möglichkeit waren, die Stunden zu füllen. Denn wenn ich am Küchentisch über meinen Matheaufgaben saß, musste ich nicht sehen, wie meine jüngere, einst von mir so geliebte Schwester mich missbilligend anfunkelte. Ich bat um Extraufgaben, damit ich mehr Zeit in der Bücherei verbringen konnte, wo ich zwischen Bücherstapeln saß, las und mir Notizen machte, damit ich nicht in das Haus zurückkehren musste, in dem mein Vater nicht mehr wohnte.

Der einzige Lichtblick in meinem Leben waren meine Einser-Zeugnisse jedes Semester.

Ich machte mir Sorgen, dass unser Dad Lily anrufen und sie holen, mich aber bei Mom zurücklassen würde. Jeden Tag, wenn ich nach Hause kam, sah ich nach dem Anrufbeantworter. Jeden Tag weigerte er sich, mit einer neuen Nachricht zu blinken.

Einmal nahm ich all meinen Mut zusammen, als meine Mutter mich zum Zahnarzt fuhr. Irgendwie war es im Auto immer leichter zu reden. »Glaubst du, dass Dad je zurückkommt?«, fragte ich und sah dabei aus dem Seitenfenster.

Eine kleine Pause, dann: »Ich weiß es nicht.«

Das war das Ende unserer Unterhaltung.

Ich hatte also meine Hausaufgaben, mein geheimes Essen (was nicht wirklich ein Geheimnis war). Und dann kam die Pubertät. Über Nacht fielen die ägyptischen Plagen über meinen Körper her. Ich verwandelte mich von einem pummeligen Kind in jemanden mit Brüsten und einem Bierbauch, mit Oberschenkeln, die aneinanderschabten, und einem Hintern, der sowohl breit als auch flach war. Die Haare an meinen Beinen waren so dicht wie die auf meinem Kopf. Ich musste meine Achseln täglich rasieren, sonst piksten die Stoppeln mich. Ich hatte einen Flaum auf der Oberlippe, schlimme Akne und Warzen an meinen Händen.

Keine Demütigung war zu groß. Meine erste Periode – weiße Hose. Meine zweite Periode hinterließ im Matheunterricht eine Pfütze auf dem Stuhl. Während dieser speziellen Zeit im Monat schwitzte ich, als wäre ich gerade während einer Hitzewelle den Boston-Marathon gelaufen. Ich hatte unerklärlichen Mundgeruch, obwohl ich mir dreimal am Tag die Zähne putzte und sie mit Zahnseide reinigte. Eine neue Ungeschicklichkeit befiel mich, als mir Brüste wuchsen und mich aus dem Gleichgewicht brachten – es kam mir vor, als stolperte ich mehr als jeder andere Mensch auf der Welt.

Ich begann, über Hexerei zu recherchieren, um herauszufinden, wem ich das alles zu verdanken hatte.

Und wie ich vorhergesehen hatte, wurde meine Schwester wunderschön.

Eine Weile existierte ich einfach nur, beobachtete, wie meine Schwester ohne mich lebte, obwohl sie nur anderthalb Meter von mir entfernt schlief. Meine Mutter arbeitete weiter im Hotel, machte abends die Buchhaltung für ihre selbstständigen Kunden, kochte unsere Mahlzeiten, schmierte unsere Pausenbrote. Sie sagte nichts über meine Gewichtszunahme. Falls sie wusste, wie erbärmlich es mir ging, so verlor sie darüber kein Wort. Sie lobte mich nur, wie gut mein Zeugnis wäre, wobei sie kurz eine Hand auf meine Schulter legte, was mich beinahe zum Weinen brachte.

Jeden Tag betete ich, dass mein Vater anrufen würde. Dass er wiederkommen und das Glück in unser Leben zurückbringen würde.

Dann kam die neunte Klasse, und ich verliebte mich.

Es war eigentlich lächerlich. Da war ich, ein »kräftiges« Mädchen in einer Welt voller wunderschöner Feen, mit meinen selbst gemachten Trägerkleidern (denn Jeans schnitten in das weiche Fett an meinen Hüften ein), einem Rollkragenpullover darunter, um so viel Haut wie möglich zu verdecken, mit dicken Schuhen und Kniestrümpfen, um zu verbergen, dass die Warzen sich inzwischen auch an meinen Füßen ausgebreitet hatten. Meine Haare waren eine grauenhafte Mischung aus kraus, drahtig, lockig *und* glatt. Weil kleine Spuckebällchen besonders gut in ihnen hafteten, trug ich sie meistens zum Pferdeschwanz gebunden. Schon mit vierzehn schaute ich im Lexikon die Bedeutung von »alter Jungfer« nach.

Natürlich würde Luke Fletcher mich nicht einmal bemerken.

Aber die Liebe ist dumm, nicht wahr? Mein Gehirn konnte den freien Fall meines Herzens nicht aufhalten. Ich wusste, allein die Vorstellung war lachhaft, aber meine Eingeweide hüpften und tanzten, wenn er vorbeikam. Er war immer süß gewesen – der besser aussehende, lustigere, sportlichere Fletcher-Zwilling. Sullivan war nicht hässlich oder so, sondern einfach nur … durchschnittlich.

Luke hingegen war atemberaubend. Bei seinem Anblick stellten meine Lungen ihre Arbeit ein. Er hatte sandblondes Haar, grüne Augen und Grübchen. Dazu ein lässiges, strahlendes Lächeln und ein Lachen, das in den Kammern meines geschwollenen, leeren Herzens widerhallte.

Er war super im Sport, bereits einsachtzig groß und über den Sommer ziemlich muskulös geworden. Vom Arbeiten im Freien hatte er einen schönen Teint – seinem Vater gehörte Scupper Island Boatyard, die örtliche Werft, und beide Jungen arbeiteten für ihn. Lukes Haut war goldfarben und perfekt, hypnotisch. Und er spielte in der Fußballmannschaft.

Meine Verknalltheit war schrecklich, absurd, peinlich. Ich wünschte mir von ganzem Herzen, dass sie verdorren und absterben würde, aber das tat sie nicht. Sie wuchs immer weiter. Sie war ein Virus.

Und als ob Gott Luke nicht schon ausreichend gesegnet hätte, war er auch noch *klug*. So klug wie ich, sogar noch klüger, denn meine guten Noten waren das Resultat der vielen Stunden, die ich lernte und las. Seine schienen ihm dagegen einfach so zuzufliegen. Luke und ich waren die einzigen Schüler aus unserer Klasse, die Algebra II belegten. Die einzigen beiden Schüler, die an der Begabtenklasse in Englisch teilnehmen durften. Die einzigen beiden, die im Zwischenzeugnis in Biologie eine Eins plus bekamen.

Noch dazu war er nett.

Jedenfalls, wenn er entsprechend aufgelegt war.

Ich wusste, bei einem Jungen wie ihm hätte ich nie eine Chance. Natürlich nicht. Aber mein dummes, albernes Herz lebte trotzdem für jede Beachtung, jede Gelegenheit. Einmal saß ich bei einer Schülerversammlung durch irgendein Wunder neben ihm und schwitzte und errötete die gesamte Stunde über. Ich war trunken von seinem Duft – Shampoo und Schweiß. Sein Arm streifte meinen, und mein gesamter Körper zog sich vor Lust zusammen.

Zweimal in der Woche ließ uns Mr. Abernathy, unser Englischlehrer, nach der Schule länger bleiben, um Aufsätze auf Collegeniveau zu üben (als wäre das ein Opfer für mich). Der Mathelehrer wollte, dass wir als Team bei der Mathe-Olympiade antraten, und in den zwei glorreichen Wochen davor hockten wir insgesamt vier Abende zusammen in der Bücherei. Mit Luke bei dem Wettbewerb zu sitzen, Notizen zu machen, einander anzuschauen und zu lächeln, wenn unsere Antwort korrekt war ... Es war Magie. Wir wurden Dritte im gesamten Bundesstaat. Als der Rektor unsere Ergebnisse bei den morgendlichen Verkündungen bekanntgab, errötete ich so sehr, dass mein Gesicht schmerzte.

»Gut gemacht, Fletcher!«, rief Joey Behring. »Zu schade, dass es mit dem Troll war.«

Ach, hatte ich meinen Spitznamen schon erwähnt? Ja. Meine körperliche Erscheinung war meinen Mitschülern nicht entgangen. Hatte ich auch irgendwelche guten Eigenschaften? Wen interessierte das in dem Alter schon.

»Sie ist ganz okay«, erwiderte Luke, und meine Wangen brannten angesichts der galanten Verteidigung noch mehr.

Sullivan Fletcher blieb am Ende der Stunde an meinem Tisch stehen. »Gut gemacht, Nora«, sagte er.

»Danke«, murmelte ich.

Und so lief es auf der Highschool. Lernen und jede Sekunde genießen, die mir mein akademischer Erfolg mit Luke schenkte. Mehr als das College, mehr als der Drang, gut zu sein, motivierte mich seine Anwesenheit.

Im Sommer zwischen dem vorletzten und dem letzten Schuljahr ergatterte ich einen Ferienjob im Scupper Island Clam Shack, der Imbissbude am Strand, was bedeutete, dass ich sehr viele Meeresfrüchte frittierte. Und auch aß. Dort zu arbeiten fühlte sich an wie eine Erlösung; die meisten Kunden waren Sommernervensägen, und ich versuchte, fröhlich und sonnig zu sein und so zu tun, als wäre ich nicht fett. Die Gehaltsschecks gab ich meiner Mutter – bei uns war das Geld immer knapp –, und sie sagte mir, ich wäre ein gutes Kind.

Sullivan Fletcher arbeitete sowohl im Clam Shack als auch auf der Werft seines Vaters. Er war nicht so sportlich begabt wie sein Zwilling, nicht überragend klug, aber auch nicht dumm. Er war nicht gemein, redete nicht viel, und ich hätte ihn vielleicht gemocht, wäre er nicht mit Amy Beckman zusammen gewesen, der Königin der wunderschönen Cheetos und eine aus Lilys Clique. Amy überschlug sich förmlich in ihren Anstrengungen, sich über mich lustig zu machen, und Lily tat, als würde sie es nicht merken (oder als wäre es ihr egal).

Lily … scharfzüngig, dünn wie ein Model, blauäugig und elegant, ungezwungen sexy, eine Expertin darin, alles mit nur einem Blick sagen zu können. Ihre Noten waren im Keller, aber das interessierte sie nicht. Wenn Mom vorschlug, dass ich ihr Nachhilfe geben könnte, verzog Lily so angeekelt das Gesicht, dass mir die Tränen in die Augen stiegen.

Am schlimmsten war, dass wir uns immer noch ein Zimmer teilten. Unser kleines Haus hatte nur zwei Schlafzimmer. Jeden Tag zog Lily sich völlig ungeniert vor mir um – ihre Rippen pressten sich gegen die Haut, ihre Wirbelsäule bog sich elegant, wenn sie sich eine Hose anzog. Sie war zierlich und perfekt und in meinen Augen immer noch so wunderschön, wie sie es als kleines Kind gewesen war. Ich versuchte, nicht hinzusehen, aber ihr Körper faszinierte mich. Wie wäre es, sich vornüberzubeugen und keine Fettrollen am Bauch zu haben? Wie wäre es, keinen BH tragen zu müssen? So lange und schlanke Arme wie die einer Ballerina zu haben, einen Hintern, der sowohl rund als auch wohlgeformt war und trotzdem in eine Size-Zero-Jeans passte?

Nachts weinte ich manchmal und gab mich vollständig meinem Elend hin, wie es sich für einen Teenager gebührte. Mir mangelte es an dem eisernen Pragmatismus meiner Mutter, an Lilys Selbsterhaltungstrieb. Stattdessen hüllte ich mich in Melancholie, erinnerte mich an die Zeit, als meine Schwester und ich noch klein waren, uns nahestanden, glücklich waren. Ich vermisste meinen Vater, und ich hasste ihn, und ich liebte ihn, und ich hasste ihn noch ein wenig mehr, weil er alles zerstört hatte. Tränen rannen mir in die Ohren, während ich Lilys Atem lauschte.

Oder hörte, wie sie sich nachts hinausschlich, aus dem Fenster aufs Dach kletterte, auf den Rasen hinuntersprang, so leicht und still und schön wie eine Libelle.

Ich vermisste sie so sehr, dass es bis in die Knochen schmerzte. Fakt war, meine Schwester war eine Zicke geworden, und es würde mir gut zu Gesicht stehen, ihr das zu sagen und ein wenig Mumm zu zeigen, wie meine Mutter es nennen würde … aber das war das Geschenk der Retrospektive. Damals sehnte ich mich nach ihrer Liebe, der Freundschaft, die ich vor dem Verschwinden unseres Vaters nie infrage gestellt hatte. »Wann bist du im Bad fertig?«, war so ungefähr die längste Unterhaltung, die wir seit Jahren geführt hatten.

Und so war Luke Fletcher mein Himmel und meine Hölle. Alles Aufregende in meinem Leben entstammte den gelegentlichen Augenblicken, in denen ich mit Luke in der Schule zusammenarbeiten durfte. Jedes Mal war es etwas anderes. So mussten wir zum Beispiel an der Tafel ein Mathematikproblem lösen, und derjenige von uns, der zuerst fertig war, bekam Extrapunkte. Mir war bewusst, dass meine Oberarme schwabbelten, während ich schrieb, und dass die ganze Klasse Luke die Daumen drückte.

Aber egal, ob er gewann oder ich, er lächelte mich jedes Mal an, und das war alles, was zählte.

Zumindest bis zu unserem Abschlussjahr.

Zwanzig Jahre bevor ich auf die Highschool kam, hatte Scupper Island ein Supergenie namens Pedro Perez hervorgebracht, den Sohn eines Fischers, der über alle Maße brillant war. Er ging auf die Tufts, dann nach Harvard, Oxford und Stanford, und noch vor seinem dreißigsten Geburtstag hatte er drei Doktortitel erworben und einen Computeralgorithmus entwickelt, der Konsumentendaten sammelte und das Marketing für immer verändern sollte. Er besaß neunundsiebzig Patente auf alle möglichen Dinge, von landwirtschaftlichen Geräten bis zu Raketenmotoren (und Zeitmaschinen, wenn man den Gerüchten glauben wollte). Wie jeder gute, milliardenschwere Einsiedler gehörte ihm eine Ranch in Montana, auf der er mit seiner Familie wohnte.

Aber einmal im Jahr kam Dr. Perez nach Scupper, um seiner Heimatstadt seine Dankbarkeit zu zeigen, indem er das Kind mit dem besten Notendurchschnitt auf die Tufts University schickte. Dieser freie Studienplatz für Scupper Island hatte eventuell etwas damit zu tun, dass Dr. Perez der Uni zehn Millionen Dollar gespendet hatte. Vielleicht war er aber auch nur eine Bestätigung für unsere gute öffentliche Schule, die von den Steuergeldern der Sommergäste bezahlt wurde. Jedes Jahr ging ein Scupper-Island-Kind nach Medford, Massachusetts, und schaute nie mehr zurück.

Das Stipendium deckte alles ab: Studiengebühren, Unterkunft, Verpflegung, Bücher, ein großzügiges Taschengeld, das, wie Gerüchte besagten, alles von Möbeln für das Wohnheim bis zum Essengehen abdeckte. Dr. Perez' einzige Anforderung war, dass der Stipendiat das Studium beendete. Wer vorzeitig abbrach, musste ihm alles zurückzahlen.

Niemand hatte je abgebrochen.

Scupper Island war so dankbar gewesen, dass es eine Straße nach ihm umbenannt hatte – die Maple Street wurde zur Perez Avenue, und jedes Jahr zu Beginn des zweiten Halbjahres verließ Dr. Perez Montana, kehrte auf die Insel zurück und verkündete den Gewinner. Er bat darum, dass die Noten vor den

Weihnachtsferien nicht mehr öffentlich in der Schule ausgehängt wurden, damit der Gewinner bis zur ersten Januarwoche geheim bleiben konnte, wenn die gesamte Schule sich versammelte, um zu hören, wer der Glückliche war.

In den meisten Jahren war klar, wer gewinnen würde, aber ab und zu wurde es richtig spannend.

Zu Beginn unseres Abschlussjahres lagen Luke und ich gleichauf. Ich hatte dank meiner Zusatzkurse auf Collegeniveau 4.115 Punkte, während Luke 4.124 Punkte hatte, weil er in Sport immer eine Eins plus bekam … Ich hingegen stand seit Jahren auf einer Eins minus, als wäre es nicht schon Strafe genug, mich jede Woche vor meinen schlanken Klassenkameradinnen umziehen zu müssen.

Ich strengte mich an. Ich war gut im Sport, jubelte meinen Mitschülern zu, selbst wenn sie mich ignorierten. Ich schwitzte und rannte und spielte Volleyball, tauchte nach Bällen, gab mein Bestes und bekam trotzdem eine Eins minus. Ich fragte mich, ob das Absicht war – der Sportlehrer war auch Trainer der Fußballmannschaft. Wenn Luke an die Tufts ginge, würde er definitiv weiter Fußball spielen und wäre so eine Feder am Hut des Trainers.

»Eine Eins minus ist eine gute Note«, sagte der Sportlehrer, als ich ihn im vorletzten Schuljahr kleinlaut ansprach und fragte, was ich tun müsste, um meine Note zu verbessern. »Ich würde sogar sagen, für ein Mädchen mit deiner Figur ist es eine sehr großzügige Note. Du hast hart gearbeitet. Du schlägst dich gut.« Die Bedeutung seiner Worte war klar – nur die wirklich fitten Kids bekamen eine Eins.

Luke war natürlich ein Gott.

Im Frühling meines vorletzten Jahres setzte sich meine Mutter mit mir hin und erklärte mir, wenn ich aufs College wollte, müsste ich das selber schaffen. Das hatte ich bereits gewusst. Sie wollte nicht, dass ich mir Hoffnungen machte, irgendwo würde Geld »für so etwas herumliegen«.

Wenn ich das Perez-Stipendium gewänne, würde ich *umsonst* studieren können. An der *Tufts*! Der Name an sich war schon so wunderschön – hell und sonnig und voller Versprechen.

Es standen nur wenige Punkte zwischen Luke und mir.

Und so wurde es ernst – zumindest für mich. Luke und ich belegten die gleichen Kurse auf Collegeniveau. Wenn ich hier nur eine halbe Note besser wäre als er, könnte ich damit mein Defizit ausgleichen.

Luke wirkte nicht besorgt. Er war in Englisch und Geschichte sehr begabt, während ich über diesen Themen schwitzen musste, um gute Noten zu kriegen. Aber ich hatte ein Gespür für Naturwissenschaften, und das war ein Fach, das doppelt zählte. Biologie für Collegestudenten war also meine Chance.

Ich stellte mir vor, wie es wäre, auf die Tufts zu gehen. Ich hatte mir Informationen zuschicken lassen, und Lukes Mutter, die bei der Post arbeitete, knurrte mich beinahe an, als ich den fetten Prospekt abholte, weil sie genau wusste, warum ich ihn haben wollte. Sie ignorierte mich, als ich mich bei ihr bedankte, aber es machte mir fast nichts aus. Kurz atmete ich den scharfen, schweren Duft des Katalogs ein, bevor ich mich auf eine Parkbank setzte und mich in die Bilder und Beschreibungen der Studiengänge vertiefte.

O, dieser Campus! Die Backsteingebäude und unnatürlich grünen Rasenflächen! Ich sah mich schon in einem der Zimmer des Studentenwohnheims, eine dicke, weiße Decke auf meinem Bett, ein paar Dekokissen und … und was immer Leute sonst mit aufs College nahmen. Ich wäre in der wunderschönen Stadt Boston (nun ja, Medford, aber das war praktisch Boston). Ich sah mein zukünftiges Ich: schlank und hübsch, mit besseren Haaren, entspannt, wie ich mit Freundinnen lachte – Freundinnen! – und sie von Dr. Perez' Spesenkonto auf eine Pizza einlud.

In Biologie würde ich eine Eins plus bekommen. Ich glaubte nicht, dass Luke das auch schaffen würde.

Aber er zog ein Kaninchen aus dem Hut … oder genauer gesagt einen Menschen. Xiaowen Liu war ein chinesisches Mädchen, dessen Familie gerade von Boston nach Maine gezogen war und das in einem großen Haus an den Klippen lebte. Am ersten Schultag fragte Luke sie, ob sie seine Laborpartnerin sein wollte.

»Hey Nora«, sagte er grinsend. »Rate mal, wer perfekte Noten in Biologie hat?« Er legte einen Arm um Xiaowen, was sie erröten ließ. Ich konnte es ihr nicht vorwerfen. Ich verstand es. Sie hatte einen Akzent; die Cheetos taten sofort so, als verstünden sie sie nicht, und versuchten nicht einmal, ihren Namen auszusprechen – *Schi-ao-uen.* So schwer war das nun auch nicht. Aber sie bestanden darauf, sie »Ix-I-ach-was-auch-immer« zu nennen, die verwilderten dürren Zicken.

Ich begrüßte Xiaowen an ihrem ersten Tag, sie sagte: »Hi«, aber das war es auch schon mit dem großen *Außenseiter-verbünden-sich*-Moment. Mir fehlte das Selbstbewusstsein, sie zu fragen, ob wir mal etwas zusammen unternehmen wollten, und außerdem wurde sie von ihrer Mutter in einem neuen Mercedes zur Schule gebracht und abgeholt. Die Geldsache, wisst ihr. Ich war eine Inselbewohnerin; sie war ein reiches Mädchen von woanders. Sie hatte das, was ich gerne hätte, aber nie hinbekam: ruhiges Selbstbewusstsein.

Wir alle drei bekamen in der ersten großen Biologiearbeit eine Eins plus.

Damit war mein Wissenschaftsvorteil dahin.

Dann kamen die Referate in Englisch.

Luke wusste, dass er sie rocken würde. Ich war immerhin der Troll, und er war Apollo.

Öffentlich zu reden, war mein größter Albtraum – vor meinen Mitschülern stehen, deren Verurteilung und Verachtung mich wie Giftgas umhüllten. Ich würde meinen Bauch einziehen müssen. Ich würde zu meiner Akne noch Ausschlag bekommen. Ich würde schwitzen. Meine Kopfhaut würde fetten. Ehrlich, ich war verflucht.

Aber ich brauchte jede Eins plus, die ich kriegen konnte. Uns wurden Themen zugeteilt. Meines war das Versagen des Jugendstrafsystems in Maine. Lukes war Gentechnik, ein ungleich faszinierenderes Gebiet.

Ich arbeitete *Wochen* an meinem Vortrag. Recherchierte und lernte und entwarf und organisierte. Ich ging in die Bücherei, um mir Reden von Martin Luther King und Gandhi und Maya Angelou anzusehen und ihre Körpersprache und ihren Sprachrhythmus zu studieren. Ich übte vor dem Spiegel. Filmte mich. Lernte auswendig. Korrigierte. Lernte wieder auswendig.

Luke hielt sein Referat, und es war – wenig überraschend – ein Erfolg. Er war entspannt und selbstsicher, freundlich und informativ. War es ein Vortrag, an den man sich noch lange erinnern würde? Eher nicht. Aber ich als seine Lehrerin hätte ihm eine Eins gegeben. Vielleicht sogar eine Eins plus.

Mr. Abernathy gratulierte ihm freundlich und erklärte der Klasse, dass morgen ich dran wäre. Bei der Erwähnung meines Namens floss Schweiß aus meinen Achseln und über meinen Rücken. Die Cheetos stöhnten und seufzten.

»Keine Sorge, Nora«, sagte Mr. Abernathy abwesend, als ich den Klassenraum verließ. »Du wirst das schon machen.«

»Nach heute wird es nicht leicht werden«, sagte ich.

»Ich bin sicher, du hast hart gearbeitet, meine Liebe. Versuch, dir keinen Kopf zu machen.«

Ha.

Ich hatte das Gefühl, Mr. Abernathy mochte mich. Vielleicht drückte er mir sogar die Daumen. Er war der klassische Englischlehrer – zerknittert und nett, unorganisiert und eloquent. In seinem Klassenzimmer herrschte eine fröhliche Unordnung, ein zu voll gepacktes Bücherregal, verblichene Poster von großen Schriftstellern an den Wänden, ein paar wuchernde Pflanzen auf der Fensterbank. Sein Schreibtisch quoll über vor Zetteln und Büchern, und die staubige Tafel war vollgeschrieben mit Hausaufgaben, die er nicht geschafft hatte wegzuwischen, mit Zitaten aus der Literatur und mit Abkürzungen wie ZMK für *Ziel, Motivation, Konflikt* und KISS für *Keep It Simple and Stupid*, dazu Kritzeleien von Walt Whitman und Emily Dickinson. Auch wenn ich eher Naturwissenschaftlerin war, hatte er in mir die Liebe zum Lesen geweckt.

»Keine Sorge«, wiederholte er, als spüre er meine Unsicherheit. »Ich habe vollstes Vertrauen in dich.«

Zumindest einer. Ich ging nach Hause und übte mein Referat wieder und wieder und wieder im Keller, damit Lily und Mom mich nicht hörten. In der Nacht schlief ich kaum, ich hatte fürchterliche Albträume, in denen ich mich verirrte, mein Referat verpasste, es dann doch noch hielt, nur um festzustellen, dass meine Beine von Fell bedeckt waren. Ich konnte am Morgen nichts essen (was wirklich selten vorkam, das könnt ihr mir glauben), und mein Herz pochte und hämmerte den ganzen Vormittag.

Ich schlich mich in die Englischklasse und an meinen Platz.

»Okay«, sagte Mr. Abernathy. »Nora, du bist dran, meine Liebe.«

Ich ging nach vorne, und bevor der Schweiß aus allen Poren ausbrechen konnte, fing ich an.

Die Klasse würde verblüfft sein. Und ich auch.

Dieser Spruch, Übung macht den Meister? Er funktionierte.

Anstatt mit Statistiken um mich zu schmeißen (wie Luke es getan hatte), hatte ich mich dazu entschieden, einen Mitschüler als Beispiel zu nehmen.

»Sullivan Fletcher wurde nach einem verstörenden Autounfall, bei dem er am Steuer gesessen hatte, wegen Alkoholkonsums als Minderjähriger und Missbrauchs illegaler Drogen verurteilt«, begann ich. »Tragischerweise saß sein Zwillingsbruder Luke Fletcher ebenfalls im Wagen. Ihm wurde bei dem Unfall der Penis abgetrennt.«

Die Klasse brach in erstauntes Lachen aus. Nur Luke nicht.

Der Rest des Vortrags folgte dem fiktiven Leben des jugendlichen Delinquenten Sullivan Fletcher, seiner schlechten Ausbildung, der Gewalt, der er sich in den elendig unterfinanzierten Jugendgefängnissen ausgesetzt sah, seinen Schwierigkeiten, eine Arbeit zu finden, eine Frau zu finden. Ich erklärte, wie hoch seine Chancen standen, geschieden zu werden und als Vater ein Versager zu sein. Ich sprach über seine Kämpfe mit Drogenmissbrauch und Alkoholismus.

Während meines Referats ging ich zwischen den Tischen entlang und sprach die anderen Schüler mit Namen an. »Stell dir das mal vor, Lonnie. Sieben von zehn. Was, wenn du einer von ihnen wärst? Caroline, du hast eine kleine Schwester. Stell dir vor, sie müsste dich im Gefängnis besuchen.«

Ich schloss meinen Vortrag an Sullivans Tisch. »Ich hoffe, du wirst nie in einen Unfall verwickelt werden, mein Großer«, sagte ich liebevoll, als könnte ich tatsächlich eine Unterhaltung mit einem der Fletcher-Jungen führen, ganz zu schweigen davon, ihm einen Kosenamen zu geben. Dann wandte ich mich an seinen Zwilling. »Und Luke, ich hoffe, deine wichtigen Teile bleiben alle intakt.« Wieder wurde gelacht. »Aber jetzt wisst ihr alle, was euch erwartet, wenn ihr auf die dunkle Straße der Kriminalität einbiegt.«

Dann … schockierenderweise … Applaus. Ich glaube, Xiaowen fing an.

»Sehr unterhaltsam, Nora«, sagte Mr. Abernathy. »Gut gemacht.«

Ich kehrte an meinen Platz zurück. Mein Gesicht brannte, ich war schweißgebadet, mein Gesicht ölte so sehr, dass ich meinen Namen damit schreiben könnte, aber der Vortrag war *vorbei*. Ich hatte diese gefasste, entspannte, lustige Person gespielt, und es hatte funktioniert. In der Minute, in der die Stunde vorbei war, rannte ich zur Toilette, bevor mein Darm sich selbstständig machen konnte.

Dank einer nervösen Diarrhöe verpasste ich meine nächste Stunde.

In der folgenden Woche kamen unsere Vorträge benotet zurück, und auf meinem prangte ganz oben eine fette Eins plus.

Ich bedeckte die Note mit der Hand, aber Luke hatte sie gesehen ... und ich sah seine. Eins minus.

Er bedachte mich mit einem kühlen, abschätzenden Blick. Es schien, als ob Luke Fletcher in dem Moment klar wurde, dass er vielleicht etwas nicht bekommen würde, was er haben wollte, was ihm, wie er fand, zustand.

Später am Tag stieß er mich auf dem Flur mit der Hüfte an, sodass ich hinfiel und mein Cordkleid über meine dicken Oberschenkel rutschte und meine Bücher sich überall verteilten. »Pass auf, wo du hingehst, Troll«, sagte er mit dem gleichen Hohn in der Stimme, den die Cheetos immer nutzten, und der einem ins Fleisch schnitt wie ein Rasiermesser, weil er aus diesem perfekten Mund kam.

Er stellte einen Fuß auf mein Notizbuch, drehte ihn herum und riss so den Umschlag ab.

Er hatte mich noch nie zuvor Troll genannt.

Es war November, die erste Hälfte des Schuljahres endete im Dezember, kurz vor Weihnachten. Gemäß Dr. Perez' Bitte würden unsere Noten von jetzt an bis zur Verkündung nicht mehr öffentlich gemacht werden. Das Zwischenzeugnis stand kurz bevor, und anhand dessen, was ich wusste, ging ich im Kopf die Zahlen durch.

Trotz seiner Eins minus für den Vortrag würde Luke mindestens eine Eins, wenn nicht eine Eins plus in Englisch kriegen. Wegen meiner dummen Sportnote läge Luke selbst dann 0,008 Punkte vor mir, wenn ich ab jetzt in jeder Arbeit null Fehler machte (was mein Plan war). Er würde das Stipendium bekommen. Er würde auf die Tufts gehen.

Ich würde irgendwo anders hingehen müssen. Ich würde Schulden anhäufen, müsste ein paar Jobs annehmen, mich auf jedes Stipendium bewerben, das es gab. Es war möglich, ich könnte es irgendwie schaffen.

Ich hatte mich bei Colleges wie Harvard und Yale beworben, die großzügige Stipendienprogramme für Kinder wie mich hatten, aber es war unwahrscheinlich, von ihnen genommen zu werden. Alle anderen Bewerber hatten auch ausgezeichnete Noten, und leider waren meine Noten *alles*, was für mich sprach. Mir fehlten, abgesehen von der Mathematik-Olympiade, außerschulische Aktivitäten. Ich war zu sehr damit beschäftigt gewesen zu lernen. Kein Sport, um meine Bewerbung zu versüßen, kein Ehrenamt in der Gemeinde, keine Auslandsreisen, bei denen ich Brunnen gebaut hatte.

Ich wollte Ärztin werden – ich liebte Naturwissenschaften und sah mich schon im OP, wo ich Leben rettete. Ich würde von meinen Kollegen geliebt werden und müsste mir keine Gedanken machen, was ich anziehen soll, weil ich den ganzen Tag OP-Kleidung tragen würde. Damit dieser Berufswunsch wahr werden konnte, brauchte ich einen Superabschluss von einem Supercollege, denn nur so würde ich für das Medizinstudium zugelassen werden, was dann mindestens noch mal eine Viertelmillion Dollar kosten würde.

Ohne das Perez-Stipendium wäre es ein langer, steiniger Weg.

Die Fletcher-Jungs hatten alles. Zwei Elternteile, die sie und einander liebten. Ihrem Vater gehörte die Werft, ihre Mutter war nicht nur die Postmeisterin der Stadt, sondern führte auch den Gemischtwarenladen (im gleichen Haus, sehr süß, muss man sich als Tourist unbedingt mal angeschaut haben). Unter den einheimischen Inselbewohnern waren sie am solidesten. Sie waren nicht reich, aber gut situiert. Ich konnte mir vorstellen, dass Luke an vielen Colleges angenommen werden und sowohl leistungs- als auch sportbezogene Stipendien erhalten würde.

Aber ich *brauchte* das Perez-Stipendium. Und es sah aus, als würde ich es nicht bekommen.

An einem Tag Anfang Dezember, als ich in der Cafeteria saß, ohne etwas zu essen (dicke Mädchen essen nicht in der Öffentlichkeit), und *Der scharlachrote Buchstabe* las, kam Luke auf mich zu. Seine Speichellecker folgten ihm.

»Hey Troll, rate mal, wer mich gestern angerufen hat?«

Obwohl er mich beleidigte, konnte ich den Anflug von Anziehung nicht unterdrücken, der in meiner Brust und meiner Kehle brannte. »Keine Ahnung.«

»Der Fußballtrainer von der Tufts. Er meinte, er kann es kaum erwarten, mich im Team zu haben. Ich schätze, das Stipendium gehört mir. Netter Versuch. Aber du wusstest, dass es an mich gehen würde, oder? Tief in deinem fetten Herzen hast du es gewusst.«

Sein Fanclub lachte. Luke klopfte mit den Fingerknöcheln auf meinen Tisch, sodass ich zusammenzuckte, was zu erneutem Gelächter führte, dann ging er.

Tränen brannten in meinen Augen, und Hass – auf Luke, auf die Highschool, auf mich – brannte in meinem Magen. Es musste doch *irgendetwas* geben, das ich tun konnte. Etwas, das Luke nicht konnte. Aber ich hatte keine Ahnung, was das sein sollte.

Die Abschlussarbeiten näherten sich, und Luke und ich wussten, dass wir jede einzelne davon mit Bravour bestehen mussten. Es war ganz untypisch für ihn, dass er lernte, doch jetzt tat er es, um mir ja nicht den Sieg zu überlassen. Jeden Tag nach der Schule sah ich ihn in der Bücherei, die einst meine Zuflucht gewesen war, und er sagte jedes Mal stumm: »Sorry, Troll.«

Ich war verdammt.

Die Aussicht, dass mir nur noch zwei Wochen verblieben und die Verkündung des Perez-Stipendiaten direkt nach den Ferien stattfinden würde, ließ mich verzweifeln. Wieder und wieder holte ich meine Notenübersicht heraus und rechnete hin und her. Selbst wenn ich in jedem Test eine Eins plus schreiben würde – wenn Luke das auch täte, würde er gewinnen.

Doch da war noch meine Eins plus für das Referat gegen seine Eins minus. Ein winziger Hoffnungsfunke. Es war möglich, dass eine Eins minus seinen Durchschnitt auf eine Eins absenken würde. Und wenn das passierte … Ach Scheiße. Selbst wenn das passierte, läge er immer noch um Haaresbreite vorn.

Am letzten Schultag vor den Prüfungen wünschte Mr. Abernathy uns Glück und riet uns, hart zu lernen. »Das wird nichts mehr ändern«, sagt Luke, als er an meinem Tisch vorbeikam und ihn mit der Hüfte anstieß.

Ich saß da mit brennenden Wangen und tat, als machte ich mir noch ein paar letzte Notizen, dabei wartete ich nur darauf, dass alle gingen. Es dauerte nicht lange.

»Ist alles in Ordnung, Nora?« Mr. Abernathy sah mich an, während er seine Sachen von seinem unordentlichen Schreibtisch zusammensammelte.

»Oh, klar«, log ich.

»Ich fürchte, ich habe jetzt eine Verabredung. Macht es dir etwas aus, das Licht auszuschalten, wenn du gehst?«

»Überhaupt nicht, Mr. A.«

Er lächelte und ging, und ich blieb noch eine Minute sitzen. Ich sagte mir, ich hatte alles getan, was ich konnte. Dass die Universität von Maine mir ein gutes Paket anbieten würde. Oder ich könnte für ein paar Jahre aufs Community College gehen und dann irgendwo anders hin wechseln. Der Weg in mein Erwachsenenleben wird ohne Stipendium zwar länger und härter, sagte ich mir, aber es ist trotzdem noch ein Weg, den ich gehen kann.

Doch mein Herz, dieses dumme Organ, schmerzte. Mein Magen, das bodenlose Loch, knurrte. Ich würde nach Hause gehen, mich vollstopfen, ein wenig weinen und noch schnell einen Fressanfall bekommen, bevor Lily von dem, was auch immer sie nach der Schule machte, zurückkehrte.

Die Tufts war *so* nah gewesen. Ein Freifahrtschein. Das

wunderschöne Zimmer im Studentenwohnheim. Spesen. Die Pizzas. Die Freundinnen.

Ich stand auf, um das Licht auszuschalten.

Da sah ich es.

Dort, auf der chaotischen, staubigen Tafel voller Zitate von Shakespeare und Frederick Douglass und Sojourner Truth und Hausaufgaben der letzten zwei Monate stand meine Chance.

Sie war die ganze Zeit da gewesen, während der ersten Woche des Schuljahres in Mr. As krakeliger Handschrift in die linke Ecke der Tafel geschrieben. Unter einer Karikatur von Edgar Allan Poe und über einem Zitat aus *Herz der Finsternis* stand meine Zukunft.

Die Worte waren verblasst und verschmiert, aber trotzdem noch einigermaßen lesbar.

EPP: 12 Große Werke

EPP stand für *Extrapunkte-Projekt*.

Jetzt erinnerte ich mich wieder. Am ersten Tag des Schuljahres, als die Tafel noch sauber gewesen war, hatte Mr. Abernathy mit funkelnden Augen, die unter seinen buschigen Augenbrauen hervorblitzten, vor uns gestanden und uns erzählt, dass jeder, der etwas Zeit übrig hatte, einen fünfundzwanzigseitigen Aufsatz über irgendein gemeinsames Thema von zwölf großen Werken der Literatur schreiben konnte. In den neunundzwanzig Jahren, die Mr. Abernathy schon an der Highschool von Scupper Island unterrichtete, so sagte er uns, hätte noch nie jemand diese Aufgabe angenommen. Nicht einmal Dr. Perez. Nichtsdestotrotz hatte Mr. A eine Liste von hundert Titelvorschlägen verteilt – zusätzlich zu denen, die wir sowieso lesen mussten, von Homers *Odyssee* bis zu *Wir waren die Mulvaneys* von Joyce Carol Oates. Der Aufsatz war Ende des Semesters fällig.

Das waren noch zehn Tage.

Selbst ich hatte nicht die Zeit, dieses Projekt anzugehen. Nicht mit meinen ganzen anderen Klassen und Kursen.

Zwölf Bücher, ein fünfundzwanzigseitiger Aufsatz während der Halbjahresprüfungen. Das war einfach unmöglich.

Mein Herz fing an, sich Übelkeit erregend in meiner Brust zu drehen. Ich wusste bereits, dass ich das Projekt angehen und eine Eins dafür kriegen würde, verdammt noch mal. Und Luke würde das Projekt *nicht* machen.

Das würde ich nicht zulassen.

Wenn er mich nicht Troll genannt hätte ... wenn er mir nicht gesagt hätte, das Stipendium wäre seins ... wenn er mich an jenem Tag nicht zu Fall gebracht hätte ... wenn ich ihn nicht einst mit all dem Eifer, den jedes fette, hässliche, ignorierte Mädchen hegt, geliebt hätte ...

Ich steckte meinen Kopf aus der Tür. Die Schule war vorbei und die Flure leer. In der Ferne hörte ich Mr. Paul, den netten Hausmeister, pfeifen. Der scharfe Geruch von Desinfektionsmitteln war kaum wahrnehmbar. Das bedeutete, er wischte gerade die Böden bei der Sporthalle. Ich war allein.

EPP: 12 große Werke

Mein Herz fühlte sich riesig und krank an und als ob es sich gleich übergeben wollte.

Vorsichtig presste ich meinen Arm gegen die bereits verschmierten Worte. Nur ein klein wenig verwischen – es sollte nicht zu offensichtlich sein. Ich entfernte den runden Teil des einen Ps und fügte dem anderen einen zweiten Bogen hinzu. Dann wischte ich kurz über die 1 von der 12, verschmierte das *k*, hob ein Stück Kreide auf und malte einen Schnörkel daran. Zum Schluss nahm ich den trockenen Schwamm und klopfte ihn an der Tafel aus, sodass eine nette dünne Schicht aus Kreidestaub mein Werk auf einen Schlag altern ließ.

Nur für den Fall.

Ich trat zurück und schaute es mir an. Ich war mir sicher, diese Extraaufgabe hatte lange genug dort gestanden, um beinahe unsichtbar zu sein – ich hatte sie ja auch nicht gesehen –, aber falls nun jemand hinschaute, sah es mehr aus wie *EIB 2 große Worte*.

Wie gesagt, nur für den Fall.

War ich stolz? Nein. Aber der Hass brannte weiß glühend in meiner Brust und löschte mein moralisches Empfinden aus.

Es war zwar möglich, dass Luke das Projekt bereits abgegeben hatte, aber ich war mir ziemlich sicher, dass dem nicht so war. Er war ein Angeber, und wenn er einen fünfundzwanzigseitigen Aufsatz verfasst und ein Dutzend Bücher zusätzlich zu unserer bereits ellenlangen Leseliste gelesen hätte, hätte er etwas gesagt.

Außerdem stellte ich mir vor, dass Mr. Abernathy mich informiert hätte, wenn mein Konkurrent die Aufgabe eingereicht hätte. Ein sanftes: »Vergiss das Extrapunkte-Programm nicht, Nora. Luke hat es schon gemacht.« So war Mr. A.

Aber er wäre nicht in der Lage, Luke darüber zu informieren, weil ich meinen Aufsatz in der letztmöglichen Minute einreichen würde. Er war am letzten Tag des Semesters fällig – am 23. Dezember. Und genau an diesem Tag würde Mr. Abernathy ihn auch bekommen.

Denn ich war organisiert. Die Liste der Bücher hatte ich noch in meiner Englischmappe. Ich ging in die Bücherei von Scupper Island und tat etwas, das ich noch nie zuvor getan hatte – ich stahl sechs Bücher und stopfte sie in meinen Rucksack. Wenn ich sie normal ausgeliehen hätte, könnte Luke davon erfahren. Die Mutter seiner Freundin arbeitete in der Bücherei. Jeder wollte, dass Luke das Perez-Stipendium bekam. Mir drückte niemand die Daumen.

Ich wusste nicht, ob das Projekt den entscheidenden Unterschied machen würde, aber ich musste es versuchen.

In den nächsten zehn Tagen arbeitete ich wie eine Besessene.

Ich las und lernte, selbst wenn ich mir einen Snack zubereitete, aß oder auf der Toilette saß. Ich erlaubte mir nur zwei Stunden Schlaf am Stück pro Nacht; dafür zog ich auf die Couch im Wohnzimmer und behauptete, ich wäre krank und wollte Lily nicht anstecken. Wenn Lily nachmittags zu Hause war, verzog ich mich in den Keller, um diese verdammten Bücher zu lesen. Denn ich hatte höllische Angst, dass meine Schwester mich verpfeifen könnte.

Ich las, machte mir Notizen, lernte für die Prüfungen. Ich stahl sechs weitere Bücher aus der Bücherei. Las noch mehr. Schrieb. Lernte. Las. Schrieb. Stopfte mir alles in den Kopf.

»Geht es dir gut?«, fragte meine Mutter. »Du siehst müde aus.«

»Prüfungen«, murmelte ich. »Mir geht es gut.«

Sie wusste, dass irgendetwas anderes vor sich ging, bedrängte mich aber nicht. Das tat sie nie. Ich hatte keine Zeit, mir zu wünschen, sie wäre die Art Mutter, die sich zu mir setzte und fragte: »Was ist los, Liebling?« Ich war auf einer Mission.

Als die Abschlussprüfungen anstanden, war ich ein Wrack und zitterte vor Müdigkeit. Fünf Minuten vor dem Ende des letzten Tages des Semesters übergab ich Mr. Abernathy meinen Aufsatz.

Er sah mich überrascht an. »Meine Güte, Nora«, sagte er. »Ich fasse es nicht. Du bist die Erste, die diese Aufgabe je gemacht hat.«

»Und Sie glauben nicht, wie müde ich bin.« Ich lehnte mich an die Tafel und seufzte dramatisch, wobei ich unauffällig das verschmierte, was ich getan hatte – nur für den Fall, dass Mr. A näher hinsah. »Puh.«

Draußen regnete es, und der Himmel war dunkel und schwer, als ich nach Hause ging. Tränen rannen mir aus den Augen, und ich machte mir nicht die Mühe, sie wegzuwischen. Ich ging direkt nach oben, krabbelte ins Bett und schlief siebzehn Stunden am Stück.

Weihnachten kam. Lily schaffte es, sich eine Stunde lang zivilisiert zu benehmen, während wir unsere Geschenke austauschten, aber sie blieb nicht zum Abendessen. Mom und ich aßen allein und schauten danach fern. Die Ferien verbrachte ich damit, zu schlafen und fernzusehen. Meinen Pyjama zog ich kaum einmal aus.

Ich wusste nicht, wie ich bei den Prüfungen abgeschnitten hatte, weil die Lehrer die Noten gemäß Dr. Perez' Bitte nicht veröffentlichten. Ich wusste auch nicht, wie viele Extrapunkte ich von Mr. Abernathy bekommen würde und ob das einen Unterschied machte. Ich wusste nur, dass ich es versucht hatte und es einen hässlichen, harten Teil in mir gab, der vorher nicht existiert hatte.

Technisch gesehen hatte ich nicht geschummelt. Moralisch gesehen jedoch schon. Ich hatte mir eingeredet, es wäre mir egal; dass es mir das wert wäre, dass Luke Fletcher nicht jedes schimmernde, glänzende Objekt in der Welt verdient hatte.

Am 4. Januar, dem ersten Tag des neuen Semesters, kam Dr. Pedro Perez in die Schule, und die gesamten Schüler und der Lehrkörper versammelten sich um Punkt neun Uhr in der Aula. Ich saß ganz hinten, nah bei der Tür, denn ich wusste, wenn Luke gewann, würde ich weinen.

Xiaowen saß direkt neben mir, und mir brach der kalte Schweiß aus.

Xiaowen Liu. Heilige Scheiße, was war mit ihr? Ich wusste nicht mal, wie viele Punkte sie hatte! Meine Collegekurse, Luke … was, wenn das alles unwichtig war? An Xiaowen hatte ich keinen einzigen Gedanken verschwendet. Seit drei Jahren hatte es geheißen, Luke oder ich, und jetzt könnte diese neu dazugekommene Schülerin sich die größte Ehre unserer Stadt schnappen.

»Hi Nora«, sagte sie.

»Hey«, erwiderte ich mit erstickter Stimme.

»Viel Glück.«

»Dir auch.«

Luke kam mit seiner Clique an uns vorbei, den Arm um Dara gelegt, die Hand in ihrer hinteren Hosentasche. Ich schaute auf meine Füße, weil ich sein triumphierendes, perfektes Gesicht nicht sehen wollte. Ich hörte das Wort *Speckarsch*, gefolgt von lautem Gelächter.

Mein Herz schlug so schnell, ich hörte kaum, als der Rektor Dr. Perez in höchsten Tönen lobte und ihm beinahe vor aller Augen ans Bein gesprungen wäre wie ein Hund. Das Milliardärsgenie saß neben der Bühne auf einem Klappstuhl und sah mit einem leichten Lächeln im Gesicht zu Boden.

Endlich, *endlich*, erhob er sich. »Hallo Kids«, sagte er. »Es ist mir eine Ehre, das Perez-Stipendium an den Scupper-Island-Schüler mit der höchsten Punktzahl zu verleihen. Die Gewinnerin dieses Jahr mit einer Punktezahl von 4.153 ist Nora Stuart.«

Es folgte ein kollektives Aufkeuchen. Eine Sekunde lang wusste ich nicht, warum.

Weil Luke nicht gewonnen hatte.

Und Xiaowen auch nicht.

Sondern *ich*.

Es gab ein wenig Applaus. Nicht viel – vermutlich klatschten nur die Lehrer.

»Herzlichen Glückwunsch«, sagte Xiaowen. Ich sah sie an. Meine Augen fühlten sich zu weit aufgerissen an. »Geh«, fügte sie hinzu.

Auf wackligen Beinen ging ich zum wartenden Dr. Perez hinauf. »Gut gemacht.« Er schüttelte meine feuchte Hand.

»Danke«, hauchte ich. »Danke, Dr. Perez. Ich … ich … Danke.« Tränen liefen mir übers Gesicht, und Dr. Perez lachte leise.

*Wenn Daddy das nur sehen könnte.*

Es war sechseinhalb Jahre her, dass ich ihn gesehen oder mit ihm gesprochen hatte, und doch war das mein erster Gedanke.

Mein Blick fand Lily in der Menge. Sie starrte mich an, während sie Janelle Schilling lauschte, die ihr etwas ins Ohr flüsterte.

Vielleicht lag da der Anflug von einem Lächeln auf ihrem Gesicht.

Mit einem Mal stand Luke auf und marschierte aus der Aula. Jeder seiner Schritte zeugte von Wut. Dara, seine Freundin, folgte ihm, dann Tate Ellister, der auch Fußball spielte, und der Rest der Mannschaft. Sie sagten nichts. Amy stand ebenfalls auf und ging.

»Tja«, sagte der Rektor. »Äh, herzlichen Glückwunsch, Nora. Harte Arbeit zahlt sich aus. Ihr anderen, hört alle gut zu. Nächstes Jahr könntet ihr das hier sein.«

Damit war die Versammlung beendet. »Wenn du irgendetwas brauchst, lass es mich wissen«, sagte Dr. Perez und reichte mir seine Visitenkarte. »Viel Glück.«

Ein Mann der wenigen Worte. »Dr. Perez«, sagte ich, als er sich wegdrehte. »Sie … Sie haben mein Leben verändert.« Ich hielt kurz inne. »Und es brauchte eine Veränderung.«

Er sah mich lange an. »Mach das Meiste daraus.« Dann zwinkerte er mir zu, ließ sich vom Rektor noch einmal die Hand schütteln und mich zitternd, beschwingt … und allein zurück.

Meine Schwester kam zu mir. »Glückwunsch.« Sie betrachtete mich von Kopf bis Fuß, und ihre Augen funkelten amüsiert. »Du siehst aus, als würdest du dir gleich in die Hose machen.«

»So fühle ich mich auch.« Meine Stimme klang seltsam, meine Knie zitterten immer noch.

»Dann wirst du also nächstes Jahr in Boston sein.«

»Ja.« Das würde ich tatsächlich. Ich würde auf dem perfekten Rasen sitzen. Ich würde Freunde haben.

Ich wäre nicht mehr der Troll. Vielleicht. Ehrlich gesagt, vielleicht, nur ganz vielleicht, könnte ich jemand ganz anderes sein.

»Ich muss los«, sagte Lily.

»Bye«, erwiderte ich, aber sie war schon halb durch die Aula.

Im Flur gratulierten mir ein paar Lehrer. Im Klassenzimmer – in dem Luke auffällig abwesend war – wurden unsere Zeugnisse ausgeteilt.

Ich hatte in allen Fächern perfekte Noten – bis auf die Eins minus in Sport.

Perfekte Prüfungsergebnisse.

Mr. Abernathy, der auch unser Klassenlehrer war, gab mir meinen fünfundzwanzigseitigen Aufsatz zurück. Am Rand standen ein paar Notizen, aber am Ende hatte er geschrieben: *Ich bin stolz auf dich, Nora.* Und die Note: eine Eins.

»Nora Stuart, bitte komm ins Sekretariat«, rief die Stimme der Sekretärin über den Lautsprecher. »Nora Stuart, ins Sekretariat bitte.«

Ich hatte einen Anruf – ein Mitglied des Zulassungsausschusses der Tufts gratulierte mir und sagte, wie sehr sie sich darauf freuen würden, mich am Einführungstag zu sehen, und wie gut sich bisher alle Perez-Stipendiaten geschlagen hatten. Sie hatten keinen Zweifel, dass es bei mir genauso sein würde.

Es passierte wirklich.

In der Mittagspause mied ich die Cafeteria, weil die Aufsicht dort sehr dünn war, und marschierte stattdessen zu dem Hotel, in dem meine Mutter arbeitete. »Mom, ich habe es!«, sagte ich, als ich in ihr Büro platzte. Der Schweiß rann mir über den Rücken, und meine Oberschenkel juckten vom Aneinanderreiben.

»Was hast du, Nora?« Sie schaute erwartungsvoll von ihrem Schreibtisch auf.

Mein Gott. Sie wusste es nicht, weil ich es ihr nicht erzählt hatte. Das ganze Halbjahr war vergangen, ohne dass ich ihr gesagt hatte, dass ich die Zweitbeste war.

»Das Perez-Stipendium. Ich gehe auf die Tufts.« Ich fing an zu weinen. »Sie haben mich angerufen. Die Leute von der Tufts. Ich bin drin, und Dr. Perez zahlt für alles.«

Sie öffnete den Mund und schloss ihn wieder. »Ist das wahr?«

»Ja. Ich habe die meisten Punkte an meiner Schule.«

»Oh Nora!« Sie stand auf und umarmte mich ungelenk. »Gutes Mädchen. Du hast immer hart gearbeitet. Ich bin stolz auf dich.« Sie hielt inne. »Nun, du gehst jetzt besser wieder in die Schule, oder?«

So viel zu den Festlichkeiten. Es war egal. Ich würde diesen höllischen kleinen Ort verlassen, genau wie mein Vater. Und vielleicht würde er mich finden, sobald ich nicht mehr auf der Insel war. Okay, das war ein wenig weit hergeholt, aber heute war alles möglich.

Ich ging zur Schule zurück und hoffte, dass das alles nicht nur ein Traum war. Ich würde das Meiste daraus machen. Ich würde Ärztin werden. Ich würde mich neu erfinden, abnehmen, Spaß haben, vielleicht sogar einen Freund. Ich würde in jeder Vorlesung ganz vorne sitzen und meine Hand heben und mich nicht dafür schämen, klug zu sein. Ich würde mich am ersten Tag meinen Dozenten vorstellen und …

»Du findest dich wohl ganz toll, was?«

Es war Luke, der mit seiner Gang vor der Schule auf mich wartete. Der kalte Wind wehte scharf durch meinen Daunenmantel.

»Hi«, sagte ich, und mein Blick schoss hin und her.

»Hi«, wiederholte er mit gespielt weinerlicher Stimme. »Sag nicht Hi zu mir, Fettarsch. Das Stipendium gehörte mir.«

»Offensichtlich nicht.« Wie es aussah, hatte mein Selbstbewusstsein einen Schub bekommen.

»Du hast betrogen, oder? Ich weiß nicht wie, aber du hast betrogen.«

»Ich habe gelernt, Luke.« Meine Wangen fingen an zu brennen.

»Ich habe gelernt, Luke«, äffte Joey Behring mich nach.

»Weißt du was?«, knurrte Luke mit verzerrtem Gesicht. »Du hast vielleicht das Stipendium gewonnen, aber du wirst nie etwas anderes sein als ein Troll. Das weißt du, oder, Nora?«

»Lass sie in Ruhe«, sagte jemand. Es war Sullivan.

»Fick dich«, erwiderte Luke. Er trat auf mich zu und stach mir mit seinem Finger schmerzhaft fest in die Brust. »Du bist ein Troll. Du bist fett, du bist hässlich, und alle hassen dich. Selbst deine Schwester.«

Ich zuckte zusammen. Sein Atem roch süß und Übelkeit erregend nach Alkohol. Ich versuchte, um ihn herumzugehen, aber Luke ließ mich nicht vorbei.

»Hast du Angst? Das solltest du auch.«

»Luke, lass es sein«, befahl Sully mit barscher Stimme.

Luke gehorchte nicht. »Du passt besser auf, Nora. Dir könnte etwas Schlimmes zustoßen. Wenn Jungs wütend sind, passieren böse Dinge. Ich denke, du weißt, was ich sagen will, oder?«

Ich wusste es. Vergewaltigung. Körperlicher Angriff.

Schlimmeres.

»Komm, Luke, gehen wir.« Sullivan stellte sich neben seinen Bruder. »Sie hat fair gewonnen. Lass sie in Ruhe.«

»Wo verfickt noch mal ist deine Loyalität?«

»Was ist hier los?« Mr. Abernathy kam vom Parkplatz. Gott sei Dank. »Geht rein, Kinder.«

»Ficken Sie sich«, sagte Luke.

»Du bist suspendiert«, erwiderte Mr. Abernathy. »Nora, geht es dir gut? Komm, Liebes.«

»Pass gut auf, Nora«, rief Luke ihr hinterher. »Man kann nie wissen, was passiert.«

Mr. Abernathy blieb abrupt stehen. »Ich schreibe das deiner tiefen Enttäuschung darüber zu, dass du das Stipendium nicht erhalten hast, Luke. Aber wenn du sie noch mal bedrohst, werde ich dich verhaften lassen.«

Und dann fing Luke schrecklicherweise an zu weinen. »Sie hat betrogen. Ich weiß nicht wie, aber sie hat es getan. Das hast du, Nora, und du weißt es.«

Schuldgefühle stiegen in mir auf, aber sie konnten meine neue innere Härte nicht durchdringen. Ich hatte *gewonnen*. Luke hätte den Aufsatz auch schreiben können, aber er hatte sich entschieden, es nicht zu tun. Also Scheiß auf ihn. Sollte er doch heulen. Ich hatte zur Genüge geweint, und es hatte auch niemanden interessiert.

Sully ging zu seinem Bruder und legte ihm einen Arm um die Schultern. »Komm«, sagte er. »Nehmen wir uns den Rest des Tages frei und fahren nach Portland rüber, okay?« Er schaute zu uns herüber. »Mr. A, könnten Sie im Sekretariat Bescheid sagen?«

»Sicher, Sullivan.«

Sullys Blick blieb eine Sekunde an mir hängen, und ich dachte, er würde etwas sagen.

Doch das tat er nicht. Mr. Abernathy begleitete mich hinein und schnalzte mit der Zunge über die Leidenschaft von Teenagern.

Sullivan und Luke fuhren an jenem Nachmittag nach Portland. Sie übernachteten in einem Hotel, und Luke benutzte einen gefälschten Ausweis, um ein Auto zu mieten.

Um drei Uhr morgens, auf dem Rückweg von einem Diner, das die ganze Nacht geöffnet hatte, wurden die beiden in einen Autounfall verwickelt. Es war ein seltsames Echo meines Englischreferats, aber in dieser Version, der echten Version, saß Luke am Steuer. Er hatte Kokain genommen und einen Alkoholpegel, der doppelt so hoch war wie erlaubt. Die Jungs waren mit über achtzig Meilen pro Stunde unterwegs gewesen, als sie von der Straße abkamen, fünfzig Meter über den Straßenrand schlitterten und gegen einen Baum prallten.

Luke passierte nichts.

Sullivan erlitt eine Kopfverletzung. Er lag im Koma. Wir wurden gebeten, für ihn zu beten.

Dies alles wurde uns zwei Tage nach der Verleihung des Perez-Stipendiums in der zweiten Versammlung dieser Woche mitgeteilt. Amy Beckman war nicht in der Schule. Die Cheetos schluchzten. Eine wurde ohnmächtig. Die Fußballmannschaft weinte, genau wie einige der Lehrer.

Sully wurde von allen gemocht.

Ich dachte daran, wie er sich für mich eingesetzt hatte. Wie er seinen Bruder meinetwegen aus der Stadt gebracht hatte.

Ich starrte zu Boden und fühlte, wie der heiße, scharfe Hass der anderen Schüler wie Pfeile in mich eindrang. Das war meine Schuld, glaubten sie. Natürlich. Denn immerhin hatte ich das Stipendium gestohlen.

Was ja irgendwie auch stimmte.

Noch nie hatte ich mich so allein gefühlt. Als die Versammlung endete, spuckte mir jemand in die Haare. Ein Junge trat gegen meinen Stuhl. Ich bekam einen Ellbogen gegen den Kopf.

Anstatt in den Unterricht zurückzukehren, ging ich nach draußen. Ich machte mir nicht mal die Mühe, meinen Mantel oder meinen Rucksack zu holen. In dem feuchten, rauen Wetter ging ich die vier Meilen zu Fuß nach Hause. Der Wind ließ meine Ohren vor Schmerzen brennen und trieb mir die Tränen über meine Schläfen in die Haare.

Sobald ich das Haus betrat, nahm ich das Telefon in die Hand und rief die Tufts an. Ich hatte genügend Punkte, um meinen Abschluss zu machen, wäre es in Ordnung, wenn ich schon dieses Semester anfinge?

Das war es. Die Beratungslehrerin der Scupper High, die mich dreieinhalb Jahre lang ignoriert hatte, fand es auch eine gute Idee, als ich sie anrief. Sie kontaktierte Dr. Perez, und damit war alles erledigt.

Und so verließ ich Scupper Island drei Wochen später ohne großes Aufheben. Mit einem Koffer und zwei Kisten, in denen meine Habseligkeiten verstaut waren, nahm ich die Fähre nach Boston. Meine Mutter und ich hielten noch an einem Kaufhaus an, um alles Nötige zu besorgen – die weiße Bettdecke, die Dekokissen und was ich sonst noch brauchte. Wir bezahlten alles mit der Kreditkarte, die man als Perez-Stipendiat erhielt.

Im Studentenwohnheim machte meine Mom das Bett und sagte die richtigen Sachen, als die anderen Studenten vorbeikamen, um mich zu begrüßen. Mit verschränkten Armen sah sie zu, wie ich ein Poster von *Casablanca* aufhängte – den Film hatte ich nie gesehen.

»Alles bereit, Nora?«, fragte sie.

»Ich schätze schon.« Ich schaute sie an, meine kräftige Mutter, sah die grauen Strähnen in ihren Haaren. Jetzt wären es nur noch sie und Lily. Eine Sekunde lang blitzte Traurigkeit in mir auf.

»Nun, wir sehen uns im Sommer«, sagte sie. »Lern fleißig.« Sie gab mir zum Abschied einen Kuss auf die Wange, und vom Fenster aus sah ich zu, wie sie in ihr altes Auto stieg.

Aber sie würde mich im Sommer nicht sehen, weil ich nicht nach Scupper Island zurückkehrte. Ich bekam einen Job als Pflegerin in einem Krankenhaus und blieb in Boston. An Thanksgiving hielt mich ein Sturm davon ab, die Fähre nach Hause zu nehmen (wofür ich dankbar war). An Weihnachten kehrte ich für sechsunddreißig Stunden zurück und entschuldigte mich damit, dass ich noch einen Laborbericht fertigzuschreiben hätte, was auch stimmte.

Doch in Wahrheit fürchtete ich mich, wieder auf der Insel zu sein. Ich hatte Angst, jemand könnte mich sehen – vor allem Luke oder Sullivan (der sich, laut meiner Mom, »mehr oder weniger« erholt hatte). Ich kam mir vor wie eine Diebin, schlich mich in das Haus meiner Mutter und wieder zurück auf die Fähre, und ja, ich trug auf beiden Wegen eine Mütze, einen Mantel und einen dicken Schal, damit niemand mein Gesicht sehen konnte.

Danach kehrte ich nie wieder auf die Insel zurück.

Zu Lilys Abschlussfeier schaffte ich es nicht wegen der Abschlussprüfungen, aber sie kam im folgenden September zu mir nach Boston und blieb eine Nacht, bevor sie ein Flugzeug nach Seattle nahm. Irgendwann im Laufe des Sommers hatte sie sich ihren einen Arm bunt tätowieren lassen. Sie trug Ringe in Nase, Lippe und Augenbraue und war immer noch umwerfend schön.

Ich brachte Mom dazu, mich zu besuchen, täuschte den Wunsch vor, ihr die Stadt zu zeigen, die sie hasste, nannte mein heftiges Lernpensum und meinen Job als Rechercheassistentin als Gründe, um nicht auf die Insel zu kommen. Ein- oder zweimal im Jahr nahm Mom die Fähre und fuhr zu mir. Sie kehrte immer vor Anbruch der Dunkelheit nach Hause zurück.

In meinem ersten Studienjahr wurde Lily schwanger und bekam Poe, und Mom und ich flogen zu ihr, um sie zu besuchen. Ein Jahr später fuhr ich erneut zu ihr, dann zwei Jahre darauf. Ich rief oft an, erwischte aber meistens nur den Anrufbeantworter. Ich schickte Geschenke für das Baby, das auf den wenigen Fotos, die Lily mir sandte, wunderschön und fröhlich aussah.

Aber als Poe ungefähr fünf war, wechselte Lily ihre Telefonnummer und gab mir die neue nicht. Ab und zu beantwortete sie eine meiner E-Mails. Ich bat sie, sie besuchen zu dürfen, und Lily gestattete es noch ein- oder zweimal. Das letzte Mal, als Poe zehn war. Lily ging mit ihren Freunden aus und ließ mich mit meiner Nichte allein. Sie kehrte erst am nächsten Tag zurück.

Ich verstand die Botschaft. Meine Schwester wollte nichts mit mir zu tun haben. Unsere magische Kindheit war nur eine Erinnerung, mehr nicht.

Ich hatte derweil das getan, was Dr. Perez mir geraten hatte: Ich hatte das Meiste aus meinem Stipendium herausgeholt. In meinem ersten Semester wurde ich das Mädchen, das zu sein ich während meines Englischreferats vorgegeben hatte – offen, herzlich, freundlich. Vielleicht lag es am Alter, vielleicht daran, nicht mehr auf der Insel zu sein, aber ich verlor dreizehn Kilo in sechs Monaten, schloss mich der Rudermannschaft an (ich war schon immer stark gewesen) und begann, am Mystic River entlangzujoggen.

Ich fand Freunde, lud sie zum Pizzaessen ein. Ich wurde zum ersten Mal geküsst, gedatet und verlor meine Jungfräulichkeit an einen netten Jungen. Meine Dozenten liebten mich. Ich war gut genug, um direkt nach dem Abschluss zum Medizinstudium zugelassen zu werden. Ironischerweise absolvierte ich mein erstes praktisches Jahr in Portland, drei Seemeilen von Scupper Island entfernt. Dann lockte mich das Boston City Hospital mit einem netten Jobangebot.

Jeden zweiten Sonntag rief ich meine Mutter an, fragte nach Lily und Poe – meine Schwester hatte besseren Kontakt zu unserer Mutter gehalten als zu mir. Mom durfte sie besuchen, und ich schenkte ihr jedes Jahr zu Weihnachten ein Flugticket. Nach allem, was sie mir berichten konnte, ging es Poe und Lily gut.

Was mich und Scupper Island betraf – ich schaffte es, fünfzehn ganze Jahre nicht zurückzukehren.

Bis jetzt.

# 9. Kapitel

*Liebe Lily,*
*in den letzten Tagen hat es viel geregnet. Ich hatte vergessen, wie laut das auf dem Dach über unserem Zimmer ist. Der Wind war wild, und eine abgestorbene Kiefer ist in der Mitte durchgebrochen. Es klang wie ein Schuss. Poe hat das alles verschlafen. Habe ich dir erzählt, dass ich einen großen Hund namens Boomer habe, der mit in unserem Zimmer schläft? Manchmal legt er seine Schnauze auf Poes Bett, als wolle er sie zudecken.*
*Alles Liebe*
*Nora*

Die Mauer zwischen meiner Mutter und mir war, wie es schien, nicht zu überwinden. Ein paar Mal versuchte ich, mit ihr zu reden, fragte sie, wie es ihr ging. Ich wollte wissen, ob sie einsam oder traurig oder glücklich oder was auch immer war. Aber alle sozialen Fähigkeiten, die ich in Boston erlernt hatte, ließen sie kalt. Sie ignorierte meine Fragen über die Umarmungstherapie und sagte mir, ich sollte Besseres zu tun haben, als sie zu nerven.

Wie schon auf dem College konnte ich nur eine Unterhaltung mit ihr führen, wenn ich so tat, als wäre sie jemand anderes ... Jemand, der mit mir sprechen wollte. Also war ich diejenige, die redete, und sie gab ab und zu ein undefinierbares Geräusch von sich oder sagte: »Was war das, Nora? Ich habe nicht zugehört.«

An dem Abend nach meinem ersten Ausflug in die Stadt versuchte ich, sowohl meine Mutter als auch meine Nichte in eine Unterhaltung zu verwickeln und dabei Tweety zu ignorieren, der neben dem Teller meiner Mutter stand und mich hasserfüllt anstarrte.

»Hast du auf der Insel schon Freunde gefunden, Poe?«, fragte ich und riss meinen Blick von dem fiesen gelben Vogel los, während ich mir ein Stück trockenes Hühnchen in den Mund steckte. *Das könntest du sein, Tweety.*

»Nein.«

»Ich wette, dich finden alle cool. Du weißt schon, weil du aus Seattle kommst und wegen deiner …« *Piercings.* »Deines Styles.«

Sie antwortete nicht und stellte auch keinen Blickkontakt her.

Okay. Auf zu der anderen Stuart-Frau am Tisch. »Mom, rate mal, wen ich heute gesehen habe.«

Sie zuckte mit den Schultern.

»Darby Dennings. Erinnerst du dich noch an sie?«

»Jupp. Ich sehe sie ständig.«

»Okay. Ich habe auch Sullivan Fletcher getroffen.«

Mom nickte. Ich fragte mich, ob sie und Poe jeden Abend schweigend aßen oder ob ich, wie ich vermutete, der Stimmungskiller war. Immerhin verband die beiden mehr, weil sie in Kontakt hatten bleiben dürfen.

»Ja«, sagte ich. »Also, äh … wie geht es Luke Fletcher? Was macht er so?«

Meine Mutter schaute mich ausdruckslos an. »Ihm geht es gut.«

»Wohnt er noch hier? Auf Scupper?«

»Jupp.« Ich wartete auf mehr, doch es kam nichts.

»Dir kann man wirklich nicht vorwerfen, eine Klatschbase zu sein, Mom.«

»Das ist doch gut, oder?«

»Wer ist Luke Fletcher?«, fragte Poe.

Wow. Ein vollständiger Satz. »Wir sind zusammen zur Schule gegangen.«

»War er dein Freund?«

Ich schnaubte, wobei ich ein Stück Hühnchen inhalierte und kurz glaubte zu ersticken. »Nein. Wir waren beide im Rennen für ein Stipendium, und ich habe es bekommen. Er war … ziemlich sauer.«

»Davon hat meine Mom mir erzählt.«

»Wirklich?« Lily wusste, dass Luke mich gehasst hatte? Mich angeschrien und mich bedroht hatte?

»Sie meinte, du wärst aufs College gegangen und nie zurückgekommen.« Ihre blauen Augen schimmerten anklagend.

Ich nahm noch einen Bissen von dem lebenserhaltenden, geschmacklosen Essen. »Nun, deine Mom ist nach Seattle gegangen und nie wiedergekommen. Ich habe dich besucht. Erinnerst du dich noch, als wir …«

»Wie auch immer.« Und das war das Ende dieser Unterhaltung.

»Ich habe übrigens ein Häuschen für mich gefunden, Ladys.« Ich tat immer noch so, als wären wir die Art Menschen, die sich miteinander unterhalten. »Es ist echt süß. Ein Hausboot.«

»Wirklich?«, fragte Mom. »Das unten in der Nähe der Werft?«

»Äh … ja. In Oberon Cove.« Was, wie mir jetzt auffiel, nur eine halbe Meile vom Scupper Island Boatyard entfernt lag – und die Werft gehörte immer noch den Fletchers.

»Dann wirst du Luke oft sehen.« Meine Mutter fütterte Tweety mit einem Maiskorn. »Er wohnt da.«

Mist. Die Erinnerung an meine Angst vor ihm und seiner Clique aus Speichelleckern ließ mir erneut die Knie weich werden. Und zwar nicht auf gute Art. Tweety krächzte und flog zur Lampe hinauf.

»Wann ziehst du aus?«, wollte Poe wissen.

»In ein paar Tagen, denke ich.« Boomer schlug mit dem Schwanz auf den Boden. »Es gibt dort ein Gästezimmer, Poe, wenn du mal bei mir übernachten willst. Ich würde mich freuen.«

Sie sah mich aus vor Fassungslosigkeit und Ekel weit aufgerissenen Augen an. »Klar.«

»Du auch, Mom. Wir könnten uns einen Mädelsabend machen. Popcorn essen, einen Film schauen.« Und danach könnten wir zum Mars fliegen, denn das war genauso wahrscheinlich.

»Jupp. Klingt lustig.« Sie biss von ihrem Maiskolben ab, und es quietschte leicht, als sie kaute. »Übrigens«, fügte sie hinzu. »Die Klinik hier könnte eine Ärztin gebrauchen. Also nur, wenn du eine Weile bleibst.«

»Wirklich? Wow, ja! Das wäre super.« Etwas, das mich beschäftigen würde, bis Lily aus dem Gefängnis kam. »Weißt du, wer dort verantwortlich ist?«

Natürlich wusste sie das, und nach dem Essen suchte sie die Nummer heraus und gab sie mir. Das Krankenhaus war ein Teil des Maine Medical Center, in dem ich kurz mal gearbeitet hatte.

Als ich noch Kind war, hatte es die Klinik auf der Insel nicht gegeben. Dr. Locke kümmerte sich um alle, von Neugeborenen bis zu denen, die an Altersschwäche starben. Die Ames-Familie hatte das Geld für die Klinik vor ungefähr zehn Jahren aufgebracht (was Mom mir gegenüber nie erwähnt hatte). Dr. Locke war gerade in den Ruhestand gegangen, und das gleiche Krankenhaus in Portland, in dem ich ein Jahr lang gearbeitet hatte, schickte junge Ärzte her, um die Zeit zu überbrücken, bevor sich ein neuer Arzt fand.

Ich hatte noch meine Lizenz, in Maine praktizieren zu dürfen – nur für den Fall, dass meine Mom mich jemals in einem Notfall brauchte, auch wenn sie nicht der Typ für Notfälle war und ganz sicher nicht der Typ, der mich anrufen würde, sollte sie doch mal einen haben. Mal angenommen, ein Grizzlybär käme aus Kanada herunter und würde Mom den Arm abbeißen, dann würde sie den Bären einfach erschießen, sich den

Arm mit dem dicken schwarzen Garn wieder annähen, mit dem sie damals immer unsere Knöpfe angenäht hatte, dann den Bären schlachten und sein Fleisch zu Chili und sein Fell zu einem Teppich verarbeiten.

Es wäre nett, ein wenig zu arbeiten. Wieder allein zu leben (was ich definitiv konnte, egal, was mein Kolibri-Herz sagte). Nützlich zu sein.

Zum ersten Mal seit meiner Rückkehr verspürte ich einen Anflug von Hoffnung.

Ein paar Tage später brachte Poe meine Habseligkeiten und mich zu dem Hausboot. Ich fuhr immer noch nicht selber, auch wenn ich mir ziemlich sicher war, dass ich es könnte. Aber Poe hatte den vorläufigen Führerschein und brauchte die Übung. Für den Sommer benötigte ich ein Auto. In Boston hatte ich keines gehabt, weil ich ein großer Fan des öffentlichen Personennahverkehrs war. Also hatte ich Mom gebeten, mit mir nach Portland zu fahren, und mir dort für die nächsten Monate einen dunkelgrünen MINI Cooper gemietet. Poe war entsprechend beeindruckt, und damit wir unsere Bindung weiter vertiefen konnten (ha), schlug ich vor, dass sie fahren sollte.

Eine ganz schlechte Idee. Sie hielt einen Fuß immer auf der Bremse, trat zu heftig aufs Gas, überfuhr ein Stoppschild und kam dann mit kreischenden Bremsen mitten auf der Kreuzung zum Stehen, sodass mein Hund auf der Rückbank seinen Halt verlor.

»Alles gut. Du machst das prima«, log ich und trat beinahe das Bodenblech durch, als ich die imaginäre Bremse betätigte. »Jetzt den Fuß ganz langsam lösen …«

Wir schossen los und hätten beinahe einen Baum mitgenommen. Die Neunzig-Grad-Kurve auf die nicht asphaltierte Spruce Brook Road nahm Poe mit dreißig Meilen pro Stunde, sodass der Staub nur so aufwirbelte. Boomer stöhnte auf dem

Rücksitz. »Vielleicht ein klein wenig langsamer«, schlug ich angespannt vor.

Wir waren beide schweißgebadet, als wir auf den kleinen Grasweg einbogen, der zur Oberon Cove führte. »Das war gar nicht schlecht«, log ich.

Poe schaltete auf Parken, bevor das Auto stand, und wir wurden nach vorne gerissen und von den Gurten aufgefangen. »Perfekt«, sagte ich.

Poe stieg aus, stapfte um den Wagen herum und öffnete die Heckklappe, um meine beiden Koffer herauszuholen. Sie mochte zwar mürrisch sein, aber sie hatte zwei gesunde Arme. Boomer sprang hinten hinaus und trottete davon, um zu schnüffeln.

Ich kletterte aus dem Wagen und verlagerte mein Gewicht auf mein gesundes Knie. Keine Krücken mehr für mich, nur noch nachts ein Kühlpack.

Wie immer kamen mit dem Duft von Pinien und Meer die Erinnerungen an meinen Vater in mir hoch. Damals hatten wir ein kleines Boot gehabt und waren ab und zu zur Werft gekommen, um ein Ersatzteil zu kaufen oder etwas reparieren zu lassen.

Jetzt wohnte Luke hier. Früher oder später würde ich ihm begegnen. Vielleicht hatte die Zeit ihre Arbeit getan und seine Wut gemildert. Das hoffte ich von ganzem Herzen. Zum Glück hatten weder er noch Sullivan bei dem Unfall dauerhafte Schäden davongetragen. Ich wusste nicht, ob ich ansonsten hier auf der Insel wäre.

Doch ich war hier, und ich wollte mein neues Zuhause sehen.

Nach dem, was ich über Collier Rhodes erfahren hatte, besaß er mehr Geld, als er zählen konnte, und so, wie die Dinge hier aussahen, stimmte das. Allein die Kosten für Strom und Wasser mussten hier draußen überwältigend sein. Er hatte sogar ein eigenes Abwassersystem installieren lassen, wie Jim, der Makler, mir erzählt hatte.

Eine kleine Wiese trennte die Bucht von der Straße, und mein Parkplatz, wenn man ihn denn so nennen wollte, war eine kleine Ausbuchtung neben dem Schotterweg. In das Gras war ein Weg hineingemäht worden, der mich zum Wasser führte, das von Pinien und Felsen umgeben war. Kleine Wellen schlugen murmelnd ans Ufer, und der Wind rauschte durch die Bäume. Der Steg, der zum Hausboot führte, war aus glattem grauen Holz gefertigt, und ein Seil schwang sich elegant als Brüstung von einem Pfosten zum nächsten. In den Boden eingelassene Lampen aus Kupfer erhellten den Weg, sodass ich nach einem Drink am Abend nicht ins Wasser fallen würde.

Das Hausboot selber war … wow. Noch schöner als auf den Fotos.

Es war ebenfalls aus blassgrauem Holz, eine modern aussehende Struktur aus Winkeln und seltsamen Kurven. Interessanterweise passte es damit sehr gut zur Oberon Cove. Und es gab sogar eine Terrasse auf dem Dach! Wie süß! Und was war das? Eine Satellitenschüssel? Gott segne Collier Rhodes. Ich konnte immer noch *The Biggest Loser* sehen.

Ich schloss zu meiner Nichte auf, die gerade jemandem eine Nachricht auf dem Handy schrieb, und öffnete die Tür.

»Woah«, sagte Poe, bevor sie sich zurückhalten konnte.

Wirklich woah.

Die Tür öffnete sich zu einer eleganten, modernen Küche. Arbeitsplatten aus Rauchglas und ein Viking-Herd aus Edelstahl. Ein riesiger Kühlschrank, eine Sitzbank, die sich um einen Tisch wand und auf der bequem sechs Leute Platz hatten. Es gab überall Fenster, und der gesamte Raum wurde von goldenem Licht durchflutet. Das Wohnzimmer hatte sogar einen Kamin. Auf einem Boot! Ein Sofa, wunderschöne Ledersessel, ein Couchtisch aus Glas.

»Wow«, sagte ich. »Ist *das* schön.«

Meine Nichte sagte nichts, sondern stapfte einfach herein und ließ die Koffer fallen. Ich zuckte zusammen. »Kannst du die vielleicht ins Schlafzimmer bringen, Süße?«, fragte ich.

»Ich weiß nicht, wo das ist«, erwiderte sie.

»Dann lass es uns suchen.«

Wir mussten nicht weit gehen – das ganze Hausboot hatte vielleicht knapp achtzig Quadratmeter. Poe öffnete eine Tür, trat ein und legte die Koffer auf das Bett – ein Doppelbett, dem gegenüber sich eine Wand mit eingebauten Schubladen und einem Schrank befand. Das Badezimmer war netter als das in Bobbys Wohnung und mit Kieseln gefliest. Es gab sogar eine Badewanne.

»Das ist wie in einem sehr schönen Hotel«, sagte ich und versuchte, mich mir hier vorzustellen.

»Keine Ahnung«, sagte Poe.

»Wo ist dein Zimmer?«, fragte ich.

»Ich *habe* hier kein Zimmer.«

»Doch, hast du.« Ich schaute mich um. »Ich denke, es ist oben.«

Ich hatte recht. Oben gab es noch ein kleineres Schlafzimmer, das jedoch größer war als das bei Mom. Dazu ein weiteres Badezimmer, einen kleinen Stauraum mit einem Futon und eine Leiter zur Dachterrasse, von der aus man einen umwerfenden Blick über die Bucht und bis aufs Meer hinaus hatte. Möbel aus Teakholz mit rot-orange gestreiften Kissen standen neben einer Bar. Ich könnte hier oben Kräuter ziehen und Blumentöpfe aufstellen. Es war der fabelhafteste Ort, an dem ich je gelebt hatte. Danke, Collier Rhodes!

Lächelnd drehte ich mich zu meiner Nichte um. »Ist das nicht super? Ich hoffe wirklich, dass du mal über Nacht hierbleibst.«

»Wie du meinst.«

Ich zögerte. »Wenn ich ehrlich bin, liebe ich … Gesellschaft. Manchmal drehe ich so ganz allein ein wenig durch. Die Einladung ist also ernst gemeint, okay? Du kannst mich besuchen kommen, wann immer du willst, Süße.«

»Hörst du wohl endlich auf, mich so zu nennen? Ich habe einen Namen, weißt du?«

*Nur weil wir zu fünfundzwanzig Prozent die gleiche DNA haben, bedeutet das nicht, dass du dir diesen Mist gefallen lassen musst*, riet mir mein weiseres Ich.

»Hallo? Ist das Ihr Hund?«, drang eine Mädchenstimme zu uns hinauf.

Poe und ich gingen nach unten. Mein Knie erinnerte mich daran, dass es kürzlich seines natürlichen Bewegungsradius beraubt worden war.

An der Küchentür stand ein Mädchen mit braunen Haaren und einem süßen Lächeln. »Hi. Sorry, dass ich störe. Da ist ein großer Hund draußen. Er ist echt freundlich. Ich schätze, er gehört Ihnen?«

Sie war ungefähr in Poes Alter, vielleicht ein wenig jünger, und hatte ein bezauberndes rundes Gesicht. Ein molliges Mädchen, genau wie ich als Teenager.

»Hi«, sagte ich. »Ja, der gehört mir. Boomer, sag Hallo.« Ich lächelte sie an, und ihr Lächeln wurde breiter – was nach zwei Wochen mit meiner Nichte ein kleiner Schock war. »Ich bin Nora. Ich habe das Haus hier gemietet. Und das hier ist meine Nichte Poe.«

»Wir kennen uns«, sagte das Mädchen. »Hi Poe.«

Poe gab nur einen undefinierbaren Laut von sich.

»Ich bin Audrey.« Das Mädchen streckte mir seine Hand hin, und ich schüttelte sie lächelnd.

»Geht ihr zusammen zur Schule?«, wollte ich wissen.

»Ja.« Audrey sah Poe an, die schon wieder auf ihrem Handy herumtippte. Ich unterdrückte einen Seufzer. Soweit ich es beurteilen konnte, hatte Poe nicht eine einzige Freundin auf der Insel. Sie kam direkt nach Schulschluss nach Hause und ging an den Wochenenden nie aus.

»Komm doch rein«, sagte ich. »Wie heißt du mit Nachnamen?«

»Fletcher.«

»Oh.« Ich schluckte. »Ich bin mit Luke und Sullivan in die Schule gegangen. Bist du mit denen verwandt?«

»Sullivan ist mein Dad.« Sie lächelte wieder.

Sully hatte ein Kind. Wow. Und er hatte es offensichtlich ziemlich jung bekommen.

»Er und ich haben früher zusammen im Clam Shack gearbeitet«, sagte ich.

»Wirklich? Das ist so cool!«

»Wenn man frittiertes Essen mag, auf jeden Fall. Und das mochte ich.« Ich lächelte wieder. »Lebt ihr hier in der Nähe?«

»Nein, wir wohnen in der Stadt«, erklärte sie. »Aber meinem Dad gehört die Werft, also bin ich oft hier.«

»Und wie geht es deinem Onkel?« So clever von mir, der Kleinen die gewünschten Informationen zu entlocken.

»Ich schätze, ganz gut.«

»Ich würde dir ja etwas zu trinken anbieten, aber ich habe noch nichts da. Außer du möchtest ein Glas Wasser?«

»Oh nein, ist schon gut. Ich wollte nur Hallo sagen und sichergehen, dass dieser tolle Hund ein Herrchen oder Frauchen hat. Ich liebe Hunde.«

»Poe, hast du das gehört? Sie liebt Hunde, genau wie du.«

»Ich hasse Hunde.«

»Abgesehen von Boomer natürlich«, ergänzte ich. Wie auf Kommando drückte Boomer seine Schnauze gegen ihre Hüfte.

»Wirst du auch hier wohnen, Poe?«, fragte Audrey.

»Nein. Werde ich nicht.« Ihr Blick flatterte mit einer unausgesprochenen Herausforderung, die an mich gerichtet war.

»Manchmal schon«, sagte ich. »Das hoffe ich zumindest. Und du kannst jederzeit vorbeikommen, Audrey.«

»Danke.« Ihre Miene erhellte sich. »Das ist das coolste Haus aller Zeiten, oder?«

»Finde ich auch. Ich bin so froh, dass ich es mieten konnte.«

»Es war wirklich nett, Sie kennenzulernen. Wir sehen uns in

der Schule, Poe.« Mit einem letzten Lächeln verschwand sie.

Ich schaute aus der Tür und sah ihr nach (auch um sicherzugehen, dass sie nicht vom Steg fiel und ertrank). »Sie ist unglaublich nett.«

Keine Reaktion von Poe.

»Findest du nicht?«, hakte ich nach.

»Sie ist in Ordnung.«

»Vielleicht könntet ihr beide …«

»Stopp. Hör auf, mich verkuppeln zu wollen.«

»Ich dachte nur, es wäre nett, wenn du …«

»Nora. Hör auf, deine Lippen zu bewegen.«

Ich spürte, wie mein Auge zuckte. »Willst du mich zum Supermarkt fahren, Süße? Ich meine, Poe?« Mir fiel auf, dass ich gar nicht wusste, ob meine Nichte einen zweiten Vornamen hatte.

»Habe ich eine Wahl?«

»Weißt du, der ›mürrische, aber wunderschöne Teenager‹ ist so 2011. Vielleicht könntest du etwas Nachsicht mit mir haben und versuchen, nicht so ein Klischee zu sein. Immerhin liebe ich dich. Ich bin verletzt und brauche Hilfe.«

»Ich habe doch gesagt, dass ich es mache.«

Yoga-Atem, Yoga-Atem. »Danke. Wenn wir zurück sind, backe ich Brownies, okay?«

Und so, bestochen mit dem Versprechen auf Schokolade, fuhren meine Nichte und ich zum Supermarkt, um meine perfekte kleine Küche zu füllen. Es brachte Spaß, durch die schmalen Gänge von Sammy's zu schlendern … es gab mehr Leute, die Poe kannten als mich. Sobald sie ihr zugenickt oder sie begrüßt hatten – die Enkelin von Sharon Stuart zu sein, verlangte nach etwas Respekt – sah ich, wie einige mich musterten, dann dämmerte die Erkenntnis, und Verwirrung malte sich auf ihren Zügen ab. *Nora? Wirklich? Der fette kleine Niemand, der Luke Fletcher das Stipendium gestohlen hat? Diejenige, deretwegen Sully im Krankenhaus gelandet ist?*

Dank meiner Praxisphasen in der Psychologie wusste ich alles über Projektion und selbsterfüllende Prophezeiungen. Seit dem Tag, an dem ich Scupper mit achtzehn Jahren verließ, hatte ich versucht, jemand anderes zu sein.

Was hier, wo die Erinnerungen niemals starben, wesentlich schwerer war.

An diesem Abend versuchte ich, mich nicht von der Angst in die Knie zwingen zu lassen, als die Sonne unterging. Boomer war ein Trost. Er hatte jede Ecke des Hausboots ausgiebig beschnüffelt und es sich dann vor dem Gaskamin gemütlich gemacht. Ich wusch ab, was in der neuen Küche Spaß brachte. Ich las, schaltete den gigantischen Fernseher ein, schaltete ihn wieder aus. Dann führte ich eine kleine Sicherheitsüberprüfung durch, schloss alle Fenster – mein Gott, waren das viele – und die Haustür, um danach noch einmal alles zu checken.

Mann, war das *ruhig* hier. In Moms Haus gab es immer Poes Musik oder Mom, die in ihre Tabellen vertieft auf ihrem Computer tippte. Das Klopfen des Ofens, die Stelle vor dem Kühlschrank, an der die Dielenbretter knarrten, das hohle Heulen des Windes im Schornstein. Selbst nach fünfzehn Jahren Abwesenheit kannte ich die Geräusche wie alte Freunde.

Hier war alles anders. Das Boot war ständig in Bewegung, mal hierhin, mal dorthin, es hob sich mit der Flut und den größeren Wellen, obwohl es so fest verankert war. Das Wasser klatschte leise gegen den Rumpf und gegen die Felsen der Bucht. Ich erhaschte das ferne Dröhnen eines Bootes, das irgendwohin unterwegs war … Das ist ganz zauberhaft, redete ich mir gut zu.

Und *ruhig*. Nach dem großen bösen Vorfall hasste ich das. Ich hatte jeden Abend einen Podcast gehört, weil ich Angst davor hatte, über das nachzudenken, was passiert war. Selbst mit Bobbys Armen um mich brauchte ich etwas, um meinen Kopf zu füllen.

Aber wenn ich das hier täte, würde ich nicht hören, wenn jemand käme.

Boomer würde mich beschützen.

Außerdem hatte ich eine Pistole. Hatte ich das schon erwähnt? Jupp. Nur für den Fall. Und ja, ich wusste, wie man sie benutzt. Sie war das Erste, was ich (außerhalb von Poes Sichtweite) ausgepackt hatte. Allein bei dem Gedanken daran, dass sie in meiner Nachttischschublade lag, fühlte ich mich schon ein wenig besser.

Bald würde ich ins Bett gehen müssen. Bei der Vorstellung wurde mein Mund ganz trocken.

Es klopfte, und ich schrie auf. Boomer rappelte sich hoch und bellte hysterisch.

Da war jemand. Aber dieser jemand klopfte, also war es … vermutlich Mom. Oder Poe. Durch das Fenster sah ich einen Mann, und die Angst schlug über mir zusammen. Meine Blase wollte nachgeben … aber im nächsten Augenblick erkannte ich Sullivan Fletcher.

Der vermutlich kein Vergewaltiger war. Den ich mein ganzes Leben lang kannte. Dessen Tochter mich heute besucht hatte.

Mit immer noch heftig klopfendem Herzen und zitternden Beinen ging ich nach vorne und öffnete die Tür. »Hi«, sagte ich mit quietschiger Stimme.

»Hey«, sagte er. »Meine Tochter hat mir erzählt, dass du hier eingezogen bist.«

»Ja, das bin ich. Äh …« Sollte ich ihn hereinbitten? Sicher, er hatte eine Tochter, die sehr nett wirkte, aber es waren viele Jahre vergangen. Wusste ich noch irgendetwas über ihn? Außerdem glaubten die Leute (ich vielleicht eingeschlossen), dass ich für seinen Krankenhausaufenthalt verantwortlich war. Andererseits hatte er sich von seinen Verletzungen erholt.

Wir waren hier draußen ganz allein. Abgesehen von Boomer würde mich niemand hören, wenn ich Hilfe bräuchte.

Aber ich war mutig und hatte allen möglichen gruseligen,

lebensbedrohlichen Mist überlebt. Ich war es leid, Angst zu haben (das redete ich mir zumindest ein). Neue Seite im Buch des Lebens, bla, bla, bla.

»Komm doch rein, Sully«, sagte ich.

Er tat es, und sofort wirkte das Hausboot wesentlich kleiner. Boomer, mein angeblicher Wachhund, stupste Sullys Hand mit der Nase an. Sully lächelte und kraulte ihm die Ohren, was bedeutete, von diesem Augenblick an könnte Sullivan Fletcher mich mit einer stumpfen Axt in Stücke hacken, und Boomer würde schwanzwedelnd zuschauen und darauf warten, dass er ihm den Bauch kraulte.

»Äh, kann ich dir ein Glas Wein anbieten? Oder ein Bier?«

»Nein, danke.« Er musterte meine Armschlinge, sagte aber nichts. Schätzte er meine Schwäche ein? Mein Schlüsselbein fühlte sich wesentlich besser an, aber ich war noch lange nicht fit für einen Kampf.

Reiß dich zusammen, Nora, ermahnte ich mich. Sullivan war letzte Woche in der Bäckerei sehr nett gewesen. Ich hatte keinen Grund, Angst zu haben. »Deine Tochter ist wirklich süß«, sagte ich.

Er lächelte, und meine Ängste halbierten sich. »Das ist sie.«

»Hast du noch mehr Kinder?«

»Nein.« Mehr sagte er nicht.

»Du warst ziemlich jung, als du sie bekommen hast.« *Mist, Nora, das geht dich nichts an.*

»Hmmm.«

Er erwähnte nicht, wer die Mutter war. Ich warf einen Blick auf seine linke Hand. Kein Ring.

»Also, was bringt dich her, Sullivan?«

Er schaute aus dem Fenster. »Ich schätze, ich wollte dich nur in der Nachbarschaft willkommen heißen«, erwiderte er.

»Danke.«

»Und dir Bescheid sagen, dass Luke im Moment auf der Werft wohnt.«

Da war es wieder, das schmerzhafte Summen der Angst. Mein Mund übernahm die Kontrolle. »Ja. Das hat mir meine Mom schon erzählt. Wie geht es ihm? Ich meine, was macht er so? Ist er verheiratet? Hat er auch Kinder? Oder, ich weiß nicht, einen Hund oder so?«

Sullivan runzelte leicht die Stirn.

»Sorry«, sagte ich. »Ich nehme an, ich mache mir Sorgen, dass er mich immer noch … hasst.«

»Das tut er.«

Mist.

Boomer legte sich Sullivan zu Füßen und bettete seinen Kopf auf dessen Schuhe. Hierher, Dummkopf, wollte ich sagen. *Mommy braucht dich. Kämpfen bis zum Tod, weißt du noch?*

»Er hat die Insel nach der Highschool nie verlassen«, fuhr Sullivan fort und massierte sich den Hinterkopf – vielleicht die Stelle, an der er sich verletzt hatte? Dann sah er wieder aus dem Fenster. »Nun, er hat ein Semester an der UMaine studiert, dann aber abgebrochen.«

Ich schluckte. »Und du, Sully? Was ist mit dir passiert?«

Er sah mich wieder an. »Sorry, was hast du gesagt?«

»Geht es dir gut? Ich meine, nach dem Unfall?«

»Oh, ja. Mehr oder weniger.«

Was sollte *das* denn heißen? »Es hat mir sehr leidgetan, davon zu hören. Dass du verletzt wurdest, meine ich.«

»Es war nicht deine Schuld.«

»Es fühlte sich aber so an.«

Er zuckte mit den Schultern. »Soweit ich mich erinnere, war mein Bruder derjenige, der sich mit Koks vollgedröhnt ans Steuer gesetzt hat, nicht du. Wie auch immer, er hat gehört, dass du wieder da bist, und das hat ein paar Dinge wieder aufgewühlt. Vermutlich wird er irgendetwas Hässliches zu dir sagen, wenn du ihm über den Weg läufst.«

Ich versteifte mich. Nein … scheiß drauf. Mir waren von

gemeinen Männern genügend hässliche Sachen gesagt worden. »Tja, wenn du ihn siehst, sag ihm von mir, er kann mich mal, okay?«

Ja. Das fühlte sich gut an. Das war mein mutiges Ich. Boomer wedelte zustimmend mit dem Schwanz.

Sullivan sah mich lange an. Dann grinste er schief. »Klar, Nora«, sagte er. »Aber er ist mein Bruder und schläft auf der Couch im Büro, also wird er hier in der Nähe sein.«

»Verstanden.«

»Er hatte ein paar Probleme mit Drogen und Alkohol, aber jetzt ist er auf dem Weg, clean zu werden.«

Oh, verdammter Mist. Als wäre es nicht schlimm genug, dass er immer noch sauer auf mich war. Nein, er war auch noch drogensüchtig. Und wohnte nur die Straße runter. »Glaubst du, er ist gefährlich?«

»Glaubst du, ich würde ihn in die Nähe meiner Tochter lassen, wenn ich das denken würde?«

»Ich habe keine Ahnung. Ich habe dich seit siebzehn Jahren nicht mehr gesehen.«

»Nein, er ist harmlos. Eher mitleiderregend als gefährlich, aber es hat ihm nie gefallen, dass du das Stipendium erhalten hast.«

Ich nickte. Mitleiderregend, sicher. Also, ich hatte einen großen Hund, der trotz seines Benehmens dazu ausgebildet worden war, mich zu beschützen. Außerdem hatte ich meine Smith & Wesson.

»Ich wünsche dir eine gute Nacht«, sagte Sullivan.

»Ja, ich dir auch, Sullivan. Danke für die Warnung.«

Er nickte und wandte sich zum Gehen. Und da sah ich es.

Ein Hörgerät. Ein HdO-Gerät, dass er hinter dem linken Ohr trug.

»Sully?«, fragte ich, bevor ich mich zurückhalten konnte.

Er antwortete nicht, weil er mich nicht hörte. »Sullivan?«, wiederholte ich etwas lauter und legte eine Hand auf seinen Arm.

Er drehte sich um. »Hm?«

»Du trägst ein Hörgerät.«

Er hielt kurz inne und nickte dann.

»Wie schlimm ist dein Hörverlust?«

Eine Sekunde zögerte er. »Kompletter Verlust auf dem rechten Ohr, ansteigender Verlust auf dem linken.«

Der Ruf eines Seetauchers hallte durch die Nacht, und sofort fragte ich mich, ob Sullivan ihn wohl gehört hatte.

»Wir sehen uns«, sagte er und zog die Tür sanft hinter sich zu.

Sobald er weg war, ging ich an meinen Laptop und googelte, um zu bestätigen, was ich bereits wusste.

*Beidseitiger Hörverlust nach traumatischer Gehirnverletzung.*

Luke war immer noch sauer auf mich. Na und? (Ich dachte diese Worte mit großer Tapferkeit.) Schlimmer war, Sullivan hatte so schwere Verletzungen erlitten, dass er teilweise taub war. Wenn das, was er gesagt hatte, stimmte – ich würde einen der HNO-Ärzte vom Boston City Hospital fragen müssen –, würde er irgendwann komplett taub werden. Vielleicht sogar schon bald.

Auch wenn ich wusste, dass es technisch gesehen nicht meine Schuld war, fühlte ich mich trotzdem wie etwas, das unter der Schuhsohle klebte.

Um 3.15 Uhr in der Nacht wachte ich auf. War das nicht die Uhrzeit, zu der Harry Potter sich in *Harry Potter und der Stein der Weisen* aus dem Bett gestohlen und in die Bibliothek geschlichen hatte? Oder war es die Stunde, in der in *The Amityville Horror* jede Nacht der paranormale Wahnsinn begann? Oder die Zeit, zu der die Zwillinge aus dem Hotel in *The Shining* … Okay, das waren keine gesunden Gedanken.

Es war aber auch keine gute Zeit, um an einem fremden Ort aufzuwachen, wo mich niemand hören würde, sollte ein ehemaliger Drogenabhängiger oder ein Vergewaltiger oder Psychopath beschließen, mich umzubringen.

Warum hatte ich noch mal das Hausboot gemietet? Was genau war denn so falsch daran, sich mit Poe ein Zimmer zu teilen?

Boomer kuschelte sich ein wenig enger an mich, und ich streichelte seinen großen Kopf. Der Hund aller Hunde würde mich beschützen. Einmal hatte sich uns auf dem Boston Common ein Mann genähert, und Boomer hatte geknurrt. Das erste und einzige Mal. Ich glaubte ja, dass mein Hund die Absichten von anderen Menschen riechen konnte. Er mochte Sullivan. Und Sullivan wirkte … nun ja, nicht gefährlich.

Ich nahm mein Handy zur Hand und schrieb Bobby eine Nachricht. Er hatte entweder Dienst oder schlief. Aber es war mir egal. Mit einem Mal vermisste ich ihn schrecklich.

Hey du. Ich bin ganz allein in meinem neuen Zuhause. Es ist umwerfend. Ein Hausboot – echt cool. Sehr ruhig hier.

Eine Sekunde später tauchten drei blinkende Punkte auf. Er war wach und antwortete. Gott sei Dank.

*Geht es dir gut?*

Etwas panisch.

*Du bist in Sicherheit, Süße. Ich bin direkt hier am anderen Ende der Leitung.*

Tränen der Dankbarkeit stiegen mir in die Augen. Er wusste es. Natürlich wusste er es.

Zwischen Handys gibt es keine Leitungen mehr, aber trotzdem danke ☺

Eine weitere Nachricht von ihm poppte auf.

*Willst du ein wenig reden?*

Danke. Gibt's im Krankenhaus was Neues?

Eine Sekunde später kam seine Antwort.

*Heute Morgen kam ein Mann, der seinen eigenen Arm in der Hand hatte. Das war ziemlich cool.*

Ich: Hat die Ortho ihn wieder angenäht?

*Bobby: Nein, zu schwer verletzt. Was für ein Anblick.*

Ich: Darauf wette ich.

*Er: Alle vermissen dich.*

Das war nett. Und schön zu hören.

Grüß sie lieb von mir. Maine ist wunderschön. Ich habe ein Gästezimmer und kann Hummer frisch vom Boot kaufen. Lily kommt am 5. August raus. Sobald ich sie getroffen habe, kehre ich nach Beantown zurück.

Es entstand eine längere Pause. War Jabrielle bei ihm? Waren die beiden jetzt ein Paar? Lag sie neben ihm im Bett, nackt und genervt, weil seine Ex-Freundin ihren Schlaf störte?

*Er: Ich freue mich drauf, dich zu sehen, wenn du Boomer herbringst.*

Mein Herz zog sich vor Traurigkeit und Liebe zusammen. Das mit Bobby und mir war gut gewesen. Eine Sekunde später folgte eine weitere Nachricht von ihm.

*Was machen deine Verletzungen?*

Ich: Sind schon viel besser. Könnte sein, dass ich hier in der Klinik aushelfe. Mich juckt es in den Fingern, wieder zu arbeiten.

Eine Pause. Dann:

*Das ist super, Honey.*

*Honey.*

Es war an der Zeit, aus dieser Unterhaltung auszusteigen, bevor ich etwas sagte, das ich bereuen würde.

Danke fürs Reden, Bobby. Ich mache mir jetzt ein Sandwich und gucke Naked Survival.

Die Sendung hatten wir immer zusammen geguckt.

*Er: LOL. Schlaf gut.*

Ich hatte nicht vor, das Bett zu verlassen. Das wäre zu furchteinflößend.

Stattdessen lag ich da, streichelte Boomer und fragte mich, ob Bobby und ich wohl jetzt verheiratet wären und unser erstes Kind erwarten würden, wenn der große böse Vorfall nie passiert wäre.

# 10. Kapitel

Es gibt eine Zeit im Leben, in der man seine Vergangenheit neu schreibt. Erst die Teenagerjahre. Dazu muss man nur mal eine Reality-Show gucken. All diese angehenden Sänger und Models oder Designer oder Köche sprechen über ihre tragische Kindheit, über ihre Kämpfe und die Opfer, die sie gebracht haben. Im Fernsehen kommt es besser an, über seine »Obdachlosenphase« zu reden, anstatt die Wahrheit zu sagen: »Ich war so sauer auf meine Mutter, ich habe an dem Wochenende bei einem Freund geschlafen.«

Ich hatte meine Vergangenheit auch umgeschrieben, und zwar ab der Minute, in der ich an jenem kalten Januartag mein Zimmer im Studentenwohnheim betrat. Aber ich tat das Gegenteil. Ich wollte *nicht* für all das Elend bekannt sein, das ich durchgemacht hatte. Ich wollte als der glücklichste Mensch auf Erden wahrgenommen werden.

Und das war ich. Gott, wie ich das war.

Mit dem Glück kam das Ende meines durch Stress verursachten Hautausschlags, meiner fettigen Haare und meines nervösen Schwitzens. Weil es mir nicht mehr so schlecht ging, aß ich nur, wenn ich Hunger hatte, und meine überflüssigen zwanzig Kilo schmolzen nur so dahin. Ich wurde Mitglied in diesem übertrieben noblen Fitnessclub, joggte am Mystic River entlang, nahm Yoga-Unterricht, schwamm, schloss mich der Rudermannschaft an. In den Vorlesungen ergriff ich das Wort und fand heraus, dass ich lustig war. Ich hörte zu und war schon bald eine beliebte Freundin.

Niemand sah mich als jemanden, der dem Goldjungen der Stadt das Stipendium geklaut hatte. Stattdessen bewunderten meine Kommilitonen mich dafür, die diesjährige Perez-Stipendiatin zu sein und Dr. Perez persönlich kennengelernt zu haben. Und wegen Dr. Perez' Großzügigkeit konnte ich neue Kleidung für meinen sich verändernden Körper kaufen, mit meiner Clique auf eine Pizza ausgehen, einen kleinen Trip nach London einlegen. Das Stipendium beinhaltete *zehntausend Dollar* im Jahr für Spesen. Und deswegen war ich sozusagen eines von den reichen Kids.

Ich begann, mein altes Ich von dieser neuen Person zu trennen. Mein Insel-Ich von meinem Perez-Ich.

Wenn ich über mein Leben sprechen musste, erwähnte ich nur die grundlegenden Fakten und bekam daraufhin zu hören, wie ausgeglichen und erwachsen ich sei. Wenn ich das Zuhause meiner Kindheit beschrieb, sagte ich: »Es ist eine wunderschöne Insel. Und *sehr* klein.« Ich lachte dann immer reumütig. – *Glaubt mir, es war gut, das Provinzstädtchen hinter mir zu lassen!*

Aber ich sagte nie etwas Negatives über Scupper Island. Ein wenig Inselstolz war mir dann doch geblieben. Und Scupper war immer noch der Ort von nächtlichen Fahrradrennen den Eastman Hill hinunter, von Unterwasserhöhlen und Pinien, die einander Geheimnisse zuzuflüstern schienen.

Lily bezeichnete ich als meine unkonventionelle künstlerische Schwester und nicht als jemanden, der vermutlich mit Drogen handelte und sie höchstwahrscheinlich auch selber nahm. Nachdem Poe auf die Welt gekommen war, rahmte ich ein Bild von ihr ein und erzählte die Wahrheit: Ich wünsche, ich könnte meine Nichte öfter besuchen. Meine Mutter … nun ja. »Sie ist eine klassische Mainerin«, sagte ich. »Sie kann einen Bootsmotor reparieren, Holz hacken und ein Eichhörnchen vom Baum schießen, um es sich zum Dinner zu braten. Sie ist unglaublich.«

Unerwähnt ließ ich, dass meine Mutter und ich seit über zehn Jahren keine bedeutungsvolle Unterhaltung mehr geführt hatten. Dass sie weder beeindruckt von mir noch stolz auf mich war. An den Elternwochenenden schlüpfte ich in die Rolle der Touristenführerin, plapperte über die Gebäude auf dem Campus, die Programme der Uni, das Essen, meine Mitbewohnerin. Meine Mutter nickte hier und da, sagte wenig und fuhr am Samstagnachmittag wieder ab, weil sie, wie sie sagte, noch arbeiten müsse. Die meisten Eltern blieben bis Sonntag.

Das Grundstudium bestand ich mit wehenden Fahnen und konnte danach das Medizinstudium an der *Tufts School of Medicine* beginnen. Diese Jahre rauschten nur so an mir vorbei. Der Druck war unglaublich, die Informationen endlos, und die Hälfte der Zeit (okay, mehr als die Hälfte) hatte ich keine Ahnung, ob ich nur Fakten nachplapperte oder tatsächlich lernte. In einigen Nächten erwachte ich aus einem unruhigen Schlaf, total verängstigt, dass alles ein Fehler war, dass ich als Hochstaplerin entlarvt würde, dass man mich von der Uni werfen und ich niemals eine Assistenzstelle bekommen würde. Ich hatte Albträume davon, Patienten zu töten, bis zu den Ellbogen in jemandes Bauchhöhle zu stecken, mich dann zu erinnern, dass ich zu keiner Mathevorlesung gegangen war, und mich im Krankenhaus versteckte, damit der Oberarzt mich nicht feuern konnte. Dass er mich schlussendlich doch feuerte und ich nach Scupper zurückkehrte.

Aber ich schlug mich tapfer. Als es Zeit war, die Spezialisierung zu wählen, entschieden meine Kommilitonen sich für die schwersten Bereiche – Kardiologie, Onkologie, Chirurgie –, und ich wählte innere Medizin mit Schwerpunkt Gastroenterologie.

Ich war nicht so wettbewerbsorientiert. Die meisten Menschen, die zu mir kamen, starben nicht. Wenn ich einen Fehler machte, standen die Chancen gut, dass er zu korrigieren war. Obwohl ich so weit gekommen war, fühlte ich mich immer noch ein wenig wie eine Hochstaplerin.

Meine Mutter kam zu meiner Abschlussfeier. »Du bist jetzt also Ärztin. Wer hätte das gedacht.« Sie lächelte. Dr. Perez kam auch, umarmte mich und sagte mir, wie stolz er auf mich sei. Dann zog er los, um ein weiteres Gebäude zu spenden.

Schnelldurchlauf durch meine Zeit als Ärztin im Praktikum, die schockierenderweise überhaupt nicht war wie in *Grey's Anatomy* – keine Schönheitschirurgen, die Gehirn-OPs durchführten, keine Bomben, die im Krankenhaus hochgingen. Ich erhielt ein Angebot als Assistenzärztin in meinem Bereich und wurde ein Jahr später von Boston Gastroenterology Associates angeheuert, einer der besten Gruppen im Bundesstaat.

Ich mietete mir eine Neubauwohnung und hatte zum ersten Mal in meinem Leben keine Mitbewohnerin. Ich konnte mir *Möbel* leisten ... und nette Sachen. Meine Wohnung sah aus wie einem Katalog entsprungen – ein offener Grundriss mit einer kleinen, aber perfekten Küche, ein Schlafzimmer mit Fenstern zu zwei Seiten. In dem Glücksrausch, endlich allein zu leben, mir ein Gemälde leisten zu können, eine blassgrüne Couch, flauschige weiße Handtücher, hielt ich sie tadellos sauber. Ich kaufte Martinigläser mit dünnem, elegantem Stil, moderne Lampen und einen flauschigen weichen Teppich. Ich freundete mich mit Tyrese, dem Sicherheitsmann, und mit den Ambersons an, der Familie mit drei Kindern aus 3F. Avi, die Besitzerin des süßen kleinen Lebensmittelladens zwei Straßen weiter, wusste, wie ich meinen Kaffee am liebsten mochte, und nannte mich Doc. Ich gehörte hierher.

Es war berauschend.

Ich hatte es von der Insel geschafft, eines der härtesten Colleges der Welt durchstanden, mein Medizinstudium absolviert, meine AiP- und Assistenzzeit. Ich war nicht länger fett, meine Haut war rein, ich kaufte mir stylishe Klamotten. Ich war sogar einigermaßen attraktiv. Ich liebte es, in einem Krankenhaus zu arbeiten, diese kleinen Städte, in denen sich alle möglichen Dramen abspielten. Der gesamte Kreislauf des Lebens aus *Der*

*König der Löwen* fand auf unseren Fluren statt, und wir Ärzte waren das Herz von allem.

Das Hochstaplergefühl verebbte. Nora der Troll, Nora, deren Vater gegangen war, ohne sich zu verabschieden, die hässliche Schwester, die langweilige Schwester, das Mädchen, das Luke Fletcher das Stipendium geklaut und seinen Zwillingsbruder ins Krankenhaus gebracht hatte … Sie war ein Wesen aus der Vergangenheit. Jetzt wachte ich jeden Morgen in meiner bezaubernden Wohnung auf und konnte es nicht erwarten, zur Arbeit zu gehen, herauszufinden, was meine Patienten plagte, meine Visite im Krankenhaus zu absolvieren. Obwohl ich noch neu war, war ich eine gute Ärztin, und die Partner in der Praxis mochten mich. Ich bekam super Patientenbeurteilungen. Einige meiner Kommilitonen von der Tufts arbeiteten ebenfalls am Boston City, und wir gingen oft gemeinsam essen oder auf Partys in Common oder Back Bay.

Ich ging mit Männern aus, mit meinen Freundinnen, verbrachte ab und zu ein Wochenende zufrieden allein, las, kochte, ging laufen, schlenderte durch Boston. Ich war so glücklich.

Auftritt Bobby Byrne.

Ich hatte ihn schon mal gesehen – er war auch schwer zu übersehen. In den unsterblichen Worten von Derek Zoolander: Er sah wirklich, wirklich, wirklich unfassbar gut aus. Knapp einsneunzig groß, muskulös, mit dichten, lockigen dunklen Haaren und aquamarinfarbenen Augen, wie man sie normalerweise nur nach einer Bearbeitung mit Photoshop sieht. Er war der attraktivste Mann, den ich je im echten Leben gesehen hatte. Noch schöner als Luke Fletcher.

Einst hätte ich, weil er so unglaublich weit außerhalb meiner Liga spielte, den Blick zu Boden gesenkt, wenn er an mir vorbeiging. Doch jetzt nicht mehr. Jetzt waren wir Gleichgestellte. Ich war zweiunddreißig, mir meiner Fähigkeiten bewusst, fühlte mich wohl in meiner Haut. Kurz, ich war eine Frau, die ihre eigene Gesellschaft genoss und ihre Freunde liebte.

Bobby war der Leiter der Notaufnahme, ein Job für junge Adrenalinjunkies und Ärzte, die kein Interesse an einer Interaktion mit ihren Patienten hatten. »Zusammenflicken und weiterschicken« war das Motto der Notaufnahme, und niemand lebte das mehr als Bobby. Ab und zu wurde ich wegen einer Rektalblutung in die Notaufnahme gerufen (normalerweise waren es nur Hämorrhoiden, aber jeder glaubte immer, er würde sterben, also war es irgendwie nett, ihnen helfen zu können). Wenn ich Bobby sah, lächelte ich ihn an.

Im Krankenhaus gab es eine Gruppe unverheirateter Ärzte und Ärztinnen, die sich Ärzte ohne Partner nannten, und gemeinsam gingen wir ab und zu ins Fenway-Stadion oder in den Durgin Park, um indischen Pudding zu essen. In den ersten sechs Monaten, die wir uns kannten, ging Bobby ab und zu mit Mia aus, einer Sozialarbeiterin aus dem Krankenhaus. Sie war ganz hübsch, wenn auch viel zu dünn, und ständig unglücklich. Ab und zu begleitete sie die Ärzte ohne Partner. Unsere Gruppe irritierte sie aber sichtlich; sie war keine Ärztin und verstand den Witz nicht – die Gruppe bestand nicht nur aus Ärzten, und ganz eindeutig hatte Mia noch nie von Ärzte ohne Grenzen gehört, denn jedes Mal, wenn sie mitkam, mussten wir ihr den Namen unserer Gruppe neu erklären. Aber schlimmer noch, sie war genervt, weil sie ganz eindeutig sehr gerne Bobbys Partnerin gewesen wäre.

Sie war weinerlich und zog ständig die Aufmerksamkeit auf sich, weil es ihr so sichtbar erbärmlich ging. Sie mochte uns andere nicht, beantwortete Fragen nur einsilbig und saß mit finsterer Miene zwischen uns. Jedes Mal, wenn sie mitkam, lieferte sie sich flüsternd einen Streit mit Bobby und ging dann meistens, wobei sie sich nicht sonderlich verstohlen die Tränen von den Wangen wischte. Es war alles sehr dramatisch, und ich hasste, in welche Situation es ihn brachte … und mich.

Sie aß *nie*, und als Gastroenterologin zuckte ich jedes Mal zusammen, wenn sie nur ein Glas Wasser mit einer Scheibe

Zitrone bestellte, aber nie etwas zu essen. Ihre Finger waren geschwollen (Missbrauch von Abführmitteln), ihre Arme baumelten wie Äste von ihren Schultern. Wegen ihrer von mir vermuteten Angewohnheit, sich zu übergeben, waren ihre Wangen aufgedunsen, ihre Lippen trocken und rissig, und ihre Zähne wirkten durch den Zahnsteinverlust beinahe durchsichtig.

Ich wollte ihr helfen – und sie mögen –, aber das war schwer. Sie hatte offensichtlich Probleme und wollte, dass jeder das wusste.

Einmal traf ich sie auf dem Flur im Krankenhaus. Sie wirkte abgezehrt und den Tränen nahe, was der normale Ruhezustand ihres Gesichts war. »Mia, hast du eine Sekunde?«, fragte ich sie. Wir gingen in ein leeres Wartezimmer.

»Was willst du?«, fragte sie nicht sonderlich höflich.

»Nun, um ehrlich zu sein, mache ich mir ein wenig Sorgen um dich.«

»Warum?«, gab sie zickig zurück. »Weil du mir meinen Freund ausspannen willst?«

Das ließ ich einen Herzschlag lang im Raum stehen. »Du bist sehr dünn, Mia.«

»Ich bin von Natur aus schlank.« Sie betrachtete meinen Größe-40-Körper mit offensichtlichem Missfallen.

»Du zeigst alle Anzeichen einer Essstörung. Ich bin Gastroenterologin, ich sehe so etwas.«

Sie verdrehte angeekelt die Augen. »Mir geht es gut.«

»Wenn du Hilfe möchtest, bin ich da, okay? Ich kann ein paar gute Programme empfehlen und …«

»Das geht dich nichts an, Nora.« Sie stapfte aus dem Zimmer, das verwundete Reh auf seinen Zahnstocherbeinchen. Anorexie war so ein Horror, das verzerrte Selbstbild, das bizarre Vergnügen, das die darunter Leidenden an ihrer Selbstzerstörung fanden. Wenn sie nicht etwas änderte, würde sie ihr Leben lang unter ihrer schlechten Gesundheit leiden. Ihr vermutlich sehr kurzes Leben lang. Ich fragte Roseline nach ihr, und meine Freundin erklärte, dass jeder ihr Hilfe angeboten hätte und sie Bobbys aktuelle Jungfrau in Nöten sei.

Glaubt mir, darüber habe ich lange nachgedacht.

Ich dachte viel zu viel an Bobby, wenn ich mit einem Glas Wein auf meinem winzigen Balkon saß und hinüber zur Zakim Bridge sah, diesem architektonischen Wunder. Ich mochte Bobby, aber ich würde nicht mit einem Mann flirten, der in einer Beziehung war.

Eines Nachts, als die Ärzte ohne Partner (und ohne Mia) ausgingen, liefen Bobby und ich nebeneinander. Mit leiser Stimme fragte ich ihn, ob er sich wegen Mias Gesundheit Sorgen machte.

»Du meinst ihre Anorexie?«, fragte er.

»Äh … ja.«

Er seufzte. »Ich versuche zu helfen, aber sie ist ziemlich glücklich damit, unglücklich zu sein.«

»Ja, das merkt man.«

»Es wäre so nett, mit einer normalen Frau auszugehen«, sagte er und sah mich an.

»Wer ist schon normal?«, fragte ich, und als er lachte, zog sich mein Magen aufgeregt zusammen.

Zwei Wochen später kündigte Mia im Krankenhaus, zog zu ihren Eltern nach Minnesota zurück und begab sich wegen ihrer Essstörungen in stationäre Behandlung. Bobby schrieb mir eine Nachricht. Mias wegen war ich erleichtert. Meinetwegen war ich zutiefst erfreut.

Bobby war frei, und er hielt mit seinem Interesse für mich nicht hinterm Berg.

Über die nächsten paar Monate behielten wir eine Freundschaft mit flirtendem Unterton bei – ich behandelte ihn genauso, wie ich Dr. Breckenridge behandelte, einen Arzt um die siebzig, der von allen geliebt wurde. Auf den ich allerdings nicht scharf war.

Bobby war fantastisch. Lustig, klug, bissig. Beinahe wollte ich nicht mit ihm ausgehen, weil unsere Freundschaft so viel Spaß brachte. Wir gingen gemeinsam am Charles Hotel laufen, besuchten ein Blueskonzert in einer angemessen schäbigen Kneipe. Wir aßen zusammen in der Krankenhauskantine zu Mittag. Wir wanderten den Freedom Trail entlang und tranken danach Sam-Adams-Bier.

Eines Abends, als wir von einem Pizzaessen mit den Ärzten ohne Partner zurückkamen – im echten Regina's im North End –, nahm Bobby meine Hand, und es war zauberhaft. Er hielt einfach nur meine Hand, aber wir wussten es und alle anderen auch.

»Wie lange wollt ihr beide noch so tun, als wärt ihr nicht zusammen?«, fragte Roseline.

»Wir sind nicht zusammen«, sagte ich. »Wir sind zwei faszinierende, wunderbare Zellhaufen.«

»Die total aufeinander stehen«, warf Tom aus der Orthopädie ein.

»Das auch«, erwiderte Bobby, und alle lachten. Es war ein großartiger Moment – nach einem langen Winter war endlich der Frühling da, eine Gruppe von jungen Freunden am beruflichen Anfang von etwas, das zu einer großartigen Karriere heranwachsen würde, Liebe am Horizont. Und Pizza, wie ich es mir auf der Highschool immer vorgestellt hatte.

Zwei Tage später küsste Bobby mich. »Wirst du je mit mir schlafen?«, fragte er.

»Vielleicht eines Tages«, erwiderte ich. »Aber natürlich nicht heute.«

Ich hatte vorher schon Freunde gehabt (drei ... na gut, zweieinhalb), aber ich war nie verliebt gewesen. Ich war mir allerdings ziemlich sicher, dass sich das ändern würde.

Ein weiterer Monat mit Flirten und Küssen und Händchenhalten verging, bevor wir schließlich in meine Wohnung gingen und weiterlachten, einander auszogen, noch mehr lachten, uns küssten und endlich zur Sache kamen.

Das ist es, dachte ich, als wir danach zusammenlagen. Fabelhafter Sex, ein Mann, der lustig und beliebt und klug war, und ich, die endlich und unglaublicherweise auch all das war – nur als Frau natürlich.

Drei Monate hatte ich die beste Zeit meines Lebens. Alles lief wie am Schnürchen – beruflich, persönlich, romantisch, gesundheitlich. Bobby und ich verbrachten mehrere Nächte in der Woche zusammen, und wir lachten und schauten alte Horrorfilme aus den Sechzigern und liebten uns und aßen morgens um zwei Uhr Pfannkuchen und lachten noch ein bisschen mehr.

Bobby war überraschend einfühlsam – für mich war das überraschend, weil er als Arzt sehr forsch und effizient agierte. Er hielt seinen Patienten nicht die Hand, wie ich es so gerne tat. Eines Sonntags brachte er mir Seifenblasen mit, und wir saßen auf meinem Balkon und schauten zu, wie sie auf und ab schwebten. Als ich die ganze Nacht am Bett eines kritischen Patienten saß, der nach einer Blutung im Verdauungstrakt einen massiven Blutverlust erlitten hatte, kam Bobby mit einer Schüssel Softeis und einer Decke. Eines Nachts, wir lagen gerade zusammengekuschelt im Bett, sagte er: »Wenn ich nicht für den Rest meines Lebens mindestens einmal am Tag an deinen Haaren riechen kann, muss ich mich vermutlich umbringen.«

Das klang wie ein Heiratsantrag. »Bring dich nicht um.« Ich drückte seine Hand und badete in dem Gefühl, geliebt zu werden.

Bei der Arbeit hatte ich unendliche Energie und ein Lächeln für jedermann. Der Drang loszusingen war übermächtig. Wenn ich nicht mit Bobby zusammen war, war ich irgendwie in mich verliebt. Eines Nachts, als ich auf meinem Balkon saß, versuchte ich mich an ein wenig Achtsamkeit, ein bisschen *Sieh dich an*. Ich war eine erfolgreiche Ärztin, die ihren Job liebte, in einer tollen amerikanischen Stadt lebte, eine wundervolle

Wohnung mit Ausblick hatte. Meine Freunde waren großartige, lustige, kluge und liebevolle Menschen.

Und jetzt hatte ich auch noch einen fantastischen Freund dazu.

Das war weit entfernt davon, die meistgehasste Einwohnerin von Scupper Island zu sein. Die Erinnerung an meinen letzten Highschooltag ließ mich erschaudern, aber ich schob den Gedanken beiseite. Das lag weit in der Vergangenheit.

Auf der Straße unter mir ging ein Mann mit seinem braun-weißen Hund. Der Typ schaute auf, und ich winkte ihm. Er winkte zurück. »Süßer Hund«, rief ich, der freundlichste Mensch in den New-England-Staaten.

»Danke. Schöner Ausblick von da oben?«, fragte er.

»Der Beste«, erwiderte ich. Ja. Das Leben *war* wundervoll.

Und dann war es das nicht mehr.

An einem Dienstag verließ ich die Praxis und schaute noch schnell im Krankenhaus vorbei, um nach ein paar Patienten zu sehen. Ich ging auch in die Notaufnahme und schaffte es, vier Minuten heißer Küsse in einem Lagerraum mit Dr. Byrne zu ergattern. Dann nahm ich die U-Bahn in mein Viertel und ging kurz zum Supermarkt an der Ecke, um ein paar Salatzutaten und ein Snickers zu kaufen. Außerdem wollte ich mit Avi plaudern. Als ich mich wieder auf den Weg nach Hause machte, hielt mir ein Typ die Supermarkttür auf.

»Danke!« Die Sonne strahlte mir förmlich aus dem Gesicht, weil ich so verliebt ins Leben war.

»Es ist mir ein Vergnügen«, erwiderte er.

Eine Wolke schob sich vor meine Sonne.

Ich wusste es. In diesem Moment *wusste* ich instinktiv, dass er kein guter Mensch war. Er trug eine Red-Sox-Kappe, die er tief ins Gesicht gezogen hatte. Dazu eine zu große Jacke. Er hatte keinerlei Einkäufe bei sich, obwohl er gerade den Laden verließ.

Nett, Nora, sagte ich zu mir. *Ein Mann hält dir die Tür auf, und du stempelst ihn gleich als Terroristen ab.*

Wie sich herausstellte, war er ein Terrorist. Mein ganz persönlicher Terrorist.

Nun, ich war ja nicht gerade erst frisch von der Fähre gestiegen. Sicher, ich bin auf einer Insel aufgewachsen, wo wir nicht einmal einen Haustürschlüssel hatten, weil abzuschließen etwas für die Sommerleute war, die etwas im Haus hatten, das man stehlen konnte, aber doch nicht für uns.

Seitdem ich achtzehn war, lebte ich allerdings in Boston. Nicht ein einziges Mal hatte ich ein Problem mit einem Verbrechen gehabt, aber ich wusste, wie man sich im Gehen groß machte, seine Handtasche quer über dem Oberkörper trug, damit sie nicht geklaut wurde. Ich stieg nicht mit Leuten in den Fahrstuhl, die schlechte Schwingungen ausstrahlten. Ich lebte in einem Gebäude mit einem Wachmann, dem beruhigenden, lächelnden Tyrese. Ich schloss meine Tür immer ab, sogar die vom Balkon, und ich wohnte im dritten Stock.

Ich winkte Avi zu und ging die drei Blocks nach Hause – nicht zu schnell, nicht zu langsam. Zweimal schaute ich mich um, wie ich später der Polizei erzählte. Niemand folgte mir, aber ich fühlte mich trotzdem unbehaglich. Ich rief Bobby an und erwischte nur die Mailbox, aber ich tat so, als wäre er rangegangen. »Hey mein Hübscher, wie geht es dir? Willst du später vorbeikommen?« Er hatte an diesem Tag eine Doppelschicht, wie ich wusste, denn ich hatte ja gerade mit ihm herumgemacht. »Okay, mein Großer. Wir sehen uns später.« Ich würde ihm die Nachricht erklären, wenn wir uns das nächste Mal sahen.

Ich erreichte mein Gebäude und war dankbar für den großen, starken Tyrese. Ich fragte ihn nach seinen Zwillingstöchtern und bewunderte einige Fotos von ihnen auf seinem Handy. Dann stieg ich in den Fahrstuhl, drückte auf den Knopf für den dritten Stock und versuchte, mich zu entspannen. »Hör auf mit deiner Unruhe«, hatte meine Mutter immer gesagt, wenn ich nervös war.

Meine Mutter würde sich nicht fürchten. Sie hatte niemals Angst.

Außerdem war ich jetzt zu Hause. Ich war in Sicherheit. Vielleicht war der Typ wirklich abartig gewesen, aber das war jetzt nicht mehr wichtig.

Nur für den Fall holte ich mein Handy heraus und wählte 9-1 … und ließ den Daumen über der zweiten 1 schweben.

Meine Tür sah nicht so aus, als hätte sich jemand daran zu schaffen gemacht. Das Telefon noch in der Hand, schloss ich auf. Die Wohnung war genauso, wie ich sie verlassen hatte – aufgeräumt und hübsch, ein Strauß roter Gerbera auf dem Wohnzimmertisch, sechs Zitronen in einer Schüssel auf dem Küchentresen, einfach nur, weil es nett aussah. Der Balkon war leer, wie er es sein sollte.

Die Wohnung war nicht groß. Das einzige Versteck boten der Kleiderschrank im Schlafzimmer und die Badewanne mit zugezogenem Vorhang. Und ich zog den Vorhang nie ganz zu, weil ich genug Horrorfilme gesehen hatte. Ich wusste über diese Sachen Bescheid. Ich ließ ihn jeden Tag halb zugezogen, weil mir das Muster aus Vögeln und Blumen so gefiel.

Ich stellte meine Einkäufe ab, ging ins Schlafzimmer und schaute in den Schrank, wobei ich mir ein wenig albern vorkam. Niemand da. Dann warf ich einen Blick ins Badezimmer. Auch niemand. Der Duschvorhang war halb zugezogen, so wie ich ihn verlassen hatte.

Ich löschte die 9-1 und legte mein Handy auf meinen Schreibtisch. Beinahe hätte ich über meine Paranoia gelacht. Während ich die Jalousien herunterließ, überlegte ich, dass ich mir meinen Gryffindor-Pyjama (goldene und rote Streifen, Seide, vollkommen unwiderstehlich) anziehen und ein wenig fernsehen könnte. Bobby würde später anrufen, und wir würden über all das lachen, wie wir es immer taten.

Doch weil das gruselige Gefühl blieb, beschloss ich, Roseline anzurufen und zu fragen, ob sie Zeit hatte. Sie wohnte nur zwei Blocks entfernt, und ich hatte eine leckere Flasche Fumé Blanc im Kühlschrank.

Ich ging ins Badezimmer und beugte mich übers Waschbecken, um mich ein wenig frisch zu machen.

Irgendetwas war anders.

*Lauf.*

Dieser Befehl kam aus jeder Zelle meines Körpers, aus meinem Reptiliengehirn, dem ältesten Teil des menschlichen Gehirns, wo vollkommen ungerührt von Gefühlen und Rationalisierungen der Instinkt saß. *Lauf*, rief es und sagte mir, dass mein Leben in Gefahr sei. Ich gehorchte, bevor ich den Gedanken noch vollständig verarbeitet hatte. Mein Gehirn schaltete den Turbo ein, die Gedanken kamen schnell und klar.

Ich war mir jedes Muskels in meinem Körper überdeutlich bewusst – Quadriceps femoris, Iliopsoas, Gluteus maximus drängten mich vor, Deltamuskeln und Bizeps streckten und zogen sich wie in Zeitlupe zusammen. Ein Schritt, mein Fuß traf auf Teppich, linker Arm vor, rechter zurück, hinterer Fuß kam nach vorne, Bein zum Laufen gestreckt, berührte den Boden. Ich trug Schuhe mit Absätzen, aber meine Schritte waren sicher und stark und von Adrenalin angetrieben.

Der Duschvorhang war komplett geschlossen gewesen.

Er war im Badezimmer.

Ich hörte die Metallringe rasseln, als er den Duschvorhang zur Seite riss.

Der zweite Schritt. Ich sprintete lautlos. Die Luft schien sich in dickes, rotes Plasma verwandelt zu haben.

*Beeil dich.*

Der Teppich im Flur dämpfte seine Schritte. Ich war im Wohnzimmer, nur drei Schritte von der Wohnungstür entfernt, und streckte die Hand nach der Klinke aus. Ich warf mich dagegen, als er mich angriff, mein Gesicht zu Boden drückte und sich auf meinen Rücken setzte.

»Hallo«, sagte er, und eine Angst, wie ich sie noch nie zuvor empfunden hatte, durchflutete mich.

Ich schrie. Er schlug mir mit der Faust gegen meine linke Wange, was meinen Schrei effektiv unterbrach. Schock und Schmerz und ein vollkommen irreales Gefühl betäubten meine Gedanken. Ich war noch nie zuvor geschlagen worden, und mein Gesicht pochte unter dem glühend heißen Schmerz. Ich schlug und trat um mich, erreichte damit jedoch nichts. Dann war sein Gesicht auf einmal verschwunden, und er zog mich an den Knöcheln über den Boden, während ich mich drehte und wand. Da war mein Schuh. Konnte ich ihn erreichen und den Kerl damit schlagen? Ich streckte den Arm aus, doch die Entfernung war zu groß.

»Nein!«, schrie ich. »Lass mich los!«

Er zog mich den Flur hinunter. Ich klammerte mich am Türrahmen zum Badezimmer fest, aber meine Finger waren nicht stark genug. Weiter den Flur entlang, mein Kinn schabte über den Teppich, in mein Schlafzimmer, das hübsche Schlafzimmer mit den hellgrauen Wänden, der dunkelblauen Überdecke mit den pinkfarbenen Blumen darauf, der roten Vase, den Dekokissen.

Ich hörte mich mit jedem Atemzug wieder und wieder und wieder schreien. Das hier war ein Neubau, und die Wände waren dick, damit die Bewohner nicht vom Lärm ihrer Nachbarn gestört wurden. Ich versuchte, mich von ihm loszureißen, und er verlor den Griff um einen meiner Knöchel. Mein Bein schoss nach oben, aber da ich mit dem Gesicht nach unten lag, konnte ich mein Ziel nicht sehen, und mein Fuß flatterte nur hilflos durch die Luft. Er packte ihn wieder und verdrehte meine Beine so, dass ich mit einem Mal auf dem Rücken lag.

»Hilfe!«, schrie ich – das schwächste, traurigste Wort –, und er trat mir in die Rippen. Heilige Muttergottes, er hatte noch seine Schuhe an. Der Schmerz flammte in mir auf, verbreitete sich in meinem gesamten Oberkörper. Ich bekam keine Luft mehr – kleine Quietscher kamen über meine Lippen.

Ein Teil meines Gehirns gab mir ruhig Instruktionen, der andere Teil wimmerte vor Panik. *Alles ist okay, du bist noch hier.*

*Oh Jesus, Jesus, hilf mir.*

*Er hat dir nur die Luft aus den Lungen gepresst. Dir geht es gut. Vielleicht hast du eine gebrochene Rippe.*

*Bitte, bitte, bitte. Was soll ich tun – was soll ich nur tun?*

*Du hast einen Schock. Bleib ruhig. Bleib ganz ruhig.*

Der Mann schaute auf mich hinunter. Er ragte wie ein Riese über mir auf.

Er würde mich vergewaltigen. Vielleicht sogar umbringen. Die Panik gewann. In meinem Gehirn wurde es blendend weiß und dann still. Ich sah nur noch ihn und wie er mich zerstören würde.

Seine Miene war so unglaublich banal und leicht zu vergessen. Voldemort, Harry Potters Nemesis mit dem bösen Gesicht und der fehlenden Nase – an den Kerl konnte man sich wenigstens erinnern.

Wenn ich in der Vergangenheit über diese Situation nachgedacht hatte – denn das tut jede Frau; jede Frau sieht vor sich, wie sie vergewaltigt und ermordet wird, und auch, wie sie ihrem Angreifer die Scheiße aus dem Leib prügelt –, hatte ich mir vorgestellt, diese schnell denkende Kriegerin zu sein, die ihm gegen die Kehle trat, ihm das Knie in die Eier rammte, ihn bewusstlos schlug, dieses *Arschloch*, das es *gewagt* hatte, sich an mir zu vergehen. Und nur zur Sicherheit würde ich noch einmal zutreten. Ich würde triumphieren, eine Heldin sein, ein Vorbild für Frauen überall auf der Welt.

Aber jetzt, während es passierte, wollte ich nur sterben.

Meine Mutter würde kämpfen. Und gewinnen. Genau wie Lily. Niemand würde es wagen, Lily wehzutun.

Mit einem Mal funktionierten meine Lungen wieder, und ich atmete tief ein und rollte von meinem Angreifer weg. Ich rappelte mich auf die Füße und schlug, so fest ich konnte, mit der Faust zu. Ich erwischte seinen Kopf, und meine Faust wurde sofort taub.

Es war kein guter Treffer. Der Mann schlug beinahe ruhig zurück, seine Faust landete mitten in meinem Gesicht, und mein Kopf flog nach hinten. Tränen strömten aus meinen Augen, meine Nase füllte sich mit Blut. Ich fiel hin, versuchte, ihn zu treten, da beugte er sich vor und riss meinen Kopf an den Haaren zurück.

Ich schrie noch lauter, aber es war April, und der April in Boston kann so kalt sein wie der Winter. Die Fenster meiner Wohnung waren neu und fest gegen den plötzlichen Kälteeinbruch geschlossen, der morgen enden sollte. Dann sollten wieder um die fünfzehn Grad herrschen. Typisch New England.

Die Wände waren aus Backstein. Vor zwei Tagen hatte Bobby nach etwas sehr sportlichem Sex noch Witze darüber gemacht. »Gut, dass die Nachbarn uns nicht hören können«, hatte er gesagt und mich fest in den Arm genommen.

Vor zehn Minuten hatte ich die Jalousien heruntergelassen. Niemand würde den Angriff auf mich sehen. Niemand würde sehen, wie eine Frau um ihr Leben kämpfte. Ich dachte an den Common, der im Frühling so schön war, die Statue von Paul Revere, die Tulpen. An das kleine Backsteinrestaurant, in dem Bobby und ich vor Kurzem zum Dinner gewesen waren. Daran, wie gut es sich immer noch anfühlte, in meinem weißen Kittel das Krankenhaus zu betreten.

Heute Abend würde ich sterben.

*Konzentrier dich, Nora. Bleib am Leben. Bleib hier.*

Das war die Stimme meiner Mutter.

Der Mann zog mich an den Haaren auf die Füße. »Ich will dir nicht wehtun«, sagte er, und ich hätte beinahe gelacht, denn mein Gesicht schwoll bereits an. Ich versuchte erneut, ihn zu schlagen, dieses Mal gegen die Kehle, aber mir war schwindelig, und er fing meine Faust ab und gab mir eine brennende Ohrfeige. Ich schrie auf – nein, ich wimmerte, und das schwache Geräusch brach mir das Herz.

Ich würde nicht gewinnen, nicht triumphieren, mir nicht von den Cops anhören dürfen, wie großartig ich sei. Niemand würde wissen, dass ich es versucht hatte.

*Versuch es trotzdem.*

Der Mann, dessen Namen ich nie erfahren sollte, beobachtete mich nur. Ich schlug noch einmal mit schwachen Armen nach ihm und traf ihn seitlich am Hals anstatt auf den Kehlkopf, denn in der letzten Sekunde versagte meine Kraft ein wenig. Der Kerl schlug mir so fest gegen den Kopf, dass es in meinen Ohren rauschte und mein Kopf nach hinten rollte.

»Tu einfach, was ich sage. Wenn du das machst, gehe ich. Wenn du dich wehrst, bringe ich dich um.«

Ich stellte mir vor, dass er mich sowieso umbringen würde, aber vielleicht würde bis dahin ein Wunder geschehen, vielleicht würden die Ambersons aus 3F mich als Babysitter für die kleine Chanelle benötigen und an die Tür klopfen. Vielleicht könnte ich ein wenig Zeit herausschinden.

»Wie heißt du?«, fragte er.

»Nora«, flüsterte ich. Das hätte ich nicht sagen sollen. Ich hätte mir etwas ausdenken müssen.

»Zieh dich aus, Nora.«

Mit unkontrolliert zitternden Händen knöpfte ich mein Hemd auf. Zog den Reißverschluss meines Rocks hinunter und schob ihn über meine Hüften, während mir die Tränen vom Kinn tropften. Runter mit dem BH. *Denk nicht darüber nach, denk nicht daran, dass du nackt bist.* Runter mit dem Slip.

»Leg dich aufs Bett. Auf den Rücken.«

Ich gehorchte. Meine Beine zitterten, meine Zähne klapperten. »Sie müssen das nicht tun«, flehte ich. »Bitte. Tun Sie es nicht. Sie sind kein schlechter Mensch.«

Er öffnete seine Jeans und steckte seine Hand hinein, dabei hielt er meinen Blick fest.

Ich begann zu beten. *Bitte, lass mich leben. Bitte, lass mich leben.*

Der Mann fing an, auf und ab zu gehen, wobei er sich befummelte und vor sich hin murmelte, was er alles mit mir anstellen wollte. Er befahl mir, ihm zu sagen, dass er mir wehtun, mich vergewaltigen, alle möglichen obszönen, unaussprechlichen Dinge mit mir tun sollte.

Ich sagte die Worte.

Offensichtlich reichten sie nicht. Er bekam keinen hoch.

Ein winziger Hoffnungsfunke flammte in der Schwärze meiner Angst auf.

»Vielleicht sollten wir eine Pause machen«, schlug ich vor, und er knallte mir seinen Handrücken so hart gegen das Gesicht, dass mein Kopf nach links geschleudert wurde. Der Schock schützte mich ungefähr eine Sekunde, dann stand mein gesamtes Gesicht in Flammen. Ich schmeckte Blut, und einer meiner Zähne fühlte sich locker an.

Er schob seine Hand zurück in die Hose, murmelte grauenhafte Worte, bedachte mich mit Schimpfworten. Hure. Schlampe. Schlimmeres.

Denk nach, befahl ich mir, denk dir etwas aus. Ich sollte mich übergeben, aber das Mittagessen war so lange her, dass mein Essen sich schon im Verdauungstrakt befand und vermutlich bereits auf dem Weg in meinen Darm war. Könnte ich pinkeln? Würde ihn das ekeln? Ich versuchte es, aber es kam nichts.

*Denk nach.*

Bobby und ich hatten letzte Woche zusammengekuschelt auf der Couch *Der Marsianer* gesehen. Wie wäre es damit? Matt Damon, der anbetungswürdige Junge aus Boston, war allein auf dem Mars gestrandet. *Er* hatte nicht die ganze Zeit Angst, obwohl er dazu guten Grund gehabt hätte.

*Ich denke nicht, dass Matt Damon hier helfen kann*, sagte der ruhigere Teil meines Gehirns. *Außerdem ist das nur Fiktion.*

Also nicht hilfreich, außer ich wollte versuchen, aus Hydrazin Wasser zu gewinnen.

Mein Terrorist tigerte weiter auf und ab. Er schlug sich gegen den Kopf, und aus irgendeinem Grund machte mir das mehr Angst als die Hand in seiner Hose.

Ich spürte, wie mein Körper taub wurde. Der Schmerz pochte, war aber irgendwie weiter weg. Es war einfach zu viel. Ich versank in der Matratze. Ich wollte nur noch schlafen. Gut möglich, dass ich eine Gehirnerschütterung hatte.

Das ist die Sache mit dieser elenden Panik – man kann nicht in diesem Zustand bleiben. Okay, vielleicht kann man es. Wenn man zum Beispiel eine Mutter ist, deren Kind in Gefahr schwebt. Und ja, ich war elendig verängstigt. Da war ein Eindringling in meiner Wohnung, und er hatte mich geschlagen und versuchte, lange genug eine Erektion aufrechtzuerhalten, um mich zu vergewaltigen, und mich möglicherweise danach zu töten. Glaubt mit, furchteinflößender ging es nicht. Und doch lag ich hier und fragte mich, warum Matt Damon so verdammt anziehend war.

Der heutige Morgen schien so weit weg zu sein. Ein ganz anderes Leben, in dem ich mich angezogen hatte, in dem ich mir Mühe gegeben hatte, auszusehen wie eine erfolgreiche Ärztin. Ich liebte diese weiße Bluse. Sie war aus einem Baumwoll-Seide-Gemisch. Wenn da Blut draufkam, würde ich die Flecken herauswaschen können?

*Denk nach, Nora. Konzentriere dich.*

Ich versuchte, mir das Gesicht des Mannes zu merken. Er sah wie ein durchschnittlicher weißer Mann aus Boston aus – nicht sonderlich groß, nicht sonderlich fit, dürr, aber mit einem Bierbauch, teigiger Haut, ein paar Pickeln, schiefen unteren Zähnen. Braune Haare. Blaue Augen.

Er sah so *normal* aus.

»Hör auf, mich anzustarren!« Er kam mit erhobener Faust auf mich zu. Ich rollte mich in Fötusstellung zusammen, um mich zu schützen, aber er hämmerte auf meine Rippen ein, und das tat weh. Verdammt, es tat so weh, dass der Schmerz durch meinen ganzen Körper vibrierte – ein wildes, brennendes Pochen.

»Roll dich auf den Rücken und spreiz die Beine«, befahl er.

Die Panik war wieder da, chaotisch und aufgewühlt, und mein Gehirn leerte sich. Wieder gehorchte ich. In der Ecke, wo die Wand auf die Decke traf, hing ein Spinnennetz. Am Wochenende würde ich beim Putzen der Wohnung die Trittleiter nehmen und wirklich jede Ecke reinigen.

Oder auch nicht. Bis dahin könnte ich ein Mordfall sein.

Ich sah den Mann an. Er hatte immer noch keine Erektion. Als er sah, dass ich hinschaute, stürzte er sich auf mich, sodass ich zusammenzuckte. Er lachte – ein dünnes, gemeines Geräusch.

Was könnte ich als Waffe nutzen? Die rote Vase von Home Goods? Würde es reichen, wenn ich sie ihm über den Kopf schlüge? Könnte ich ihm mit einer Glasscherbe die Kehle aufschlitzen?

Wo war mein Handy? Warum hatte ich es beiseitegelegt? Ich hätte die letzte 1 drücken können. Ich hatte *gewusst*, dass etwas nicht stimmte, warum hatte ich nur nicht auf mich gehört? Ich hätte den Anruf tätigen, das Handy wegwerfen und ganz laut schreien können. Die Polizei hätte meine Nummer verfolgt (zumindest glaubte ich das), und sie hätten die Tür aufgebrochen, und ich wäre in Sicherheit.

Seine Hand bewegte sich schnell in seiner Hose auf und ab.

*Denk nach, Nora. Denk. Sei so klug wie Matt Damon. Er würde einen Weg finden.*

»Ich habe nur eine Frage«, sagte ich. Vielleicht könnte ich mir ein wenig Zeit erkaufen. Meine Worte klangen schleppend, was mir Sorgen bereitete. »Wie sind Sie hier reingekommen?«

Er strahlte tatsächlich voller Stolz auf.

Er hätte es geplant, sagte er. Er hatte mich vor ungefähr einem Monat in dem Supermarkt an der Ecke gesehen und war mir in sicherem Abstand nach Hause gefolgt, um zu sehen, wo ich wohnte.

Dann war er mit seinem Hund in meiner Straße spazieren gegangen, um meinen Zeitplan zu lernen und herauszufinden, wann mein Freund vorbeikam. An einem Abend hatte er mich auf dem Balkon gesehen.

Er war der Mann, dem ich zugewunken hatte. Aus dem dritten Stock hatte ich sein Gesicht nicht klar erkennen können.

Er hatte darauf gewartet, mich wiederzusehen. Heute Abend, nachdem er mir im Supermarkt die Tür aufgehalten hatte, war er um den Block gerannt, um vor mir in meiner Wohnung zu sein. Das Apartment unter meinem stand leer. Er war auf den Magnolienbaum geklettert, auf den Balkon gesprungen und von dort auf meinen hinaufgeklettert, wo er das Schloss aufgebrochen hatte. Es ist unglaublich, was man auf YouTube lernen kann, sagte er. Er hatte sich in die Badewanne gelegt, damit ich ihn nicht auf den ersten Blick sehen würde.

Er meinte, er hätte gerade erst seine Position eingenommen gehabt, als ich in die Wohnung gekommen war.

Wenn ich nicht angehalten und mit Tyrese gesprochen hätte, hätte ich ihn vielleicht über den Balkon kommen sehen und weglaufen können. Stattdessen hatte ich mich mit Tyrese unterhalten wollen, weil ich mich nicht sicher gefühlt hatte.

Ironie konnte manchmal eine so kaltherzige Schlampe sein.

Ich hatte ihm *zugewunken*. Ich hatte meinem zukünftigen Vergewaltiger zugewunken, als er mich gestalkt hatte. So ein netter Mensch, diese Nora Stuart.

Ich schaute zur Uhr. Eine Stunde war vergangen … vielleicht ein wenig mehr.

Er hatte immer noch keine Erektion.

Mein Reptiliengehirn warf ein neues Wort in den leeren Raum meiner Gedanken.

*Schlimmer.*

»Willst du ein Glas Wasser, Nora?«, fragte Voldemort. Und auch wenn dieser gesamte Abend total surreal war, war das vermutlich der seltsamste Moment von allen.

»Ja, bitte«, sagte ich.

»Bleib hier. Rühr dich nicht vom Fleck. Ich hole dir ein Wasser, und dann gehe ich, wenn du versprichst, nicht die Polizei zu rufen. Okay?«

»Okay.« *Sicher, Mister. Machen Sie sich keine Gedanken.*

»Bleib hier«, sagte er noch einmal und wandte sich ab.

*Jetzt*, sagte das Reptiliengehirn. *Los.*

Ich war aus dem Bett gesprungen, bevor er noch das Zimmer verlassen hatte. Er bemerkte es nicht.

Meine Rippen schrien vor Schmerz auf, und Blut floss aus meiner Nase. Mein linkes Auge war zugeschwollen, aber ich folgte dem Mann den Flur hinunter. Ich konnte ihn *riechen*, seinen Schweiß, seinen ekelerregenden Moschusgestank.

Er blieb stehen. Ich auch – nur zwei oder drei Schritte hinter ihm. Die Angst schien sich in mir zu versammeln und mich von den Füßen zu heben. Ich atmete nicht einmal. Jedes Molekül in meinem Körper war auf ihn konzentriert. Ich spürte meinen Herzschlag, rührte mich ansonsten aber kein Stück.

Er ging weiter, ins Wohnzimmer hinein, um die blassgrüne Couch herum und in die Küche. Leise schlich ich zur Tür, ohne ihn aus den Augen zu lassen.

Er ging direkt ans Ende des Küchentresens, denn da stand, für alle sichtbar, mein Messerblock; einer meiner freudigsten Käufe – ein Wüsthof-Messerset von Wiliams-Sonoma. Messer für alle Gelegenheiten – schneiden, schälen, hacken, filetieren. Morden.

Er streckte die Hand aus, und seine Finger schlossen sich um den Griff des größten Messers im Block.

Er würde mich töten.

Das sah ich aus dem Augenwinkel, denn ich war beinahe da. So nah dran.

Dann fühlte ich das kalte Metall des Türknaufs unter meinen Fingern und öffnete das Bolzenschloss.

*Raus hier. Raus. Raus. Raus.*

Und dann *war* ich draußen, rannte den Flur hinunter und schrie. Meine Stimme klang heiser, hysterisch, brachte die Botschaft aber klar rüber.

»Ruf 911! Ruf 911! Ruf 911!«

Jim Amberson, der Vater aus 3F, öffnete die Tür und sah mich.

»Hilf mir!«, schrie ich und stolperte auf ihn zu.

»Mein Gott!«, rief er. »Komm rein!«

Er schlug die Tür hinter uns zu, legte das Sicherheitsschloss vor und rief nach seiner Frau. Die Kinder kamen angelaufen und blieben bei meinem Anblick stehen: blau geschlagen, nackt, blutend, geschwollen. Chanelle fing an zu weinen.

Meine Beine gaben nach, meine Blase auch, und ich saß in einer Pfütze meines eigenen Urins, den Rücken gegen die verschlossene Tür gelehnt. »Die Polizei«, schluchzte ich. »Ruft die Polizei an.«

Ich wurde ins Krankenhaus gebracht, geröntgt, umsorgt, von meinen Kollegen wie ein Staatsgast behandelt. Der medizinische Direktor des Boston City kam persönlich, um mich zu besuchen, und seine Augen füllten sich mit Tränen, als er meine geschundenen Hände in seine nahm. Die Röntgenaufnahmen zeigten, dass ich eine angebrochene Rippe und eine Knochenprellung im Gesicht hatte. Mein linkes Auge war zugeschwollen, mein Gesicht …

Nun. Wir alle haben Bilder von Frauen gesehen, die geschlagen worden sind. Ich hatte auch Prellungen an meinen Beinen, Knöcheln und Rippen. Aber keine inneren Verletzungen.

Die Polizei sagte mir, ich wäre klug und mutig gewesen und hätte Glück gehabt. Ich sagte ihnen, sie sollten sich die Bänder der Videoüberwachung von Avis Supermarkt ansehen. Die Beamten machten Fotos von meinen Verletzungen und fragten immer wieder, ob ich vergewaltigt worden wäre. Dann schickten sie eine weibliche Beamtin zu mir, die mich das Gleiche fragte, und danach einen Krisenberater für Vergewaltigungsopfer. Als sie sicher waren, dass ich wirklich nicht vergewaltigt worden war, kam ein Phantombildzeichner. Und eine Sozialarbeiterin, die mit mir über posttraumatische Belastungsstörungen und Schock redete. Mir wurde ein Beruhigungsmittel gegeben; meine Zähne hörten nicht auf zu klappern, wodurch mein Kiefer grauenhaft schmerzte.

»Ich rufe deine Mom an«, sagte Bobby. Er war mir seit meiner Einlieferung nicht von der Seite gewichen.

»Nein.«

»Sie sollte es wissen, Nora.«

»Nein. Es ist vorbei. Ruf sie nicht an.«

»Bist du sicher?«

»So eine Art Mutter ist sie nicht. Sie würde nur … Tu es einfach nicht.«

Außerdem wollte ich schlafen. Meine Mutter … Da war immer dieser Anflug von Schuldzuweisung oder … oder so etwas. Ich war zu müde, um darüber nachzudenken.

Ich sah Bobby an. Ich erinnerte mich daran, wie er sich laut gefragt hatte, wie es wäre, mit einer normalen Frau auszugehen. Und wir waren *so* normal gewesen, so glücklich, hatten so viel Spaß zusammen gehabt. Und nun sah mich einer an. Mein Gesicht hatte alle möglichen Farben angenommen, und ich wäre beinahe getötet worden. So viel zu Sonnenschein und fröhlich singenden Vögeln. »Lass uns alles erst mal auf Eis legen«, flüsterte ich und drückte seine Hand, wodurch der Schmerz in meinen Knöcheln, mit denen mir der eine Schlag gelungen war, wieder aufflammte. »Das hier ist nicht das, was du dir vorgestellt hast.«

»Ich werde nirgendwo hingehen«, sagte er entschlossen, aber mit leicht zitternder Stimme. »Ich bleibe genau hier. Ich liebe dich, Nora.«

Alle meine Freunde und Kollegen besuchten mich am nächsten Tag, und mein Zimmer füllte sich mit Blumen. Bobby blieb bei mir. Ich war zwei Nächte im Krankenhaus, was mehr der professionellen Höflichkeit als einer tatsächlichen Notwendigkeit zuzuschreiben war.

Der Vorfall kam in allen Nachrichten – *Junge Ärztin vereitelt Überfall in eigenem Haus, überlebt Vergewaltigungs- und Mordversuch. Verdächtiger auf der Flucht.* Ich ließ sie meinen Namen nicht veröffentlichen, weil ich nicht als *das arme Ding* bekannt sein wollte. Schlimm genug, dass alle meine Kollegen es wussten.

Die Polizei hat ihn nie gefasst. Offenbar war er auf dem gleichen Weg aus meiner Wohnung entwischt, auf dem er hineingekommen war: über den Balkon. Sie durchsuchten die Nachbarschaft, doch er wurde nie gefunden.

Ich konnte nicht in meine Wohnung zurückkehren.

»Du ziehst bei mir ein«, sagte Bobby. »Versuch gar nicht erst zu widersprechen. Es war eh nur eine Frage der Zeit, bis wir zusammenziehen.« Ich war dankbar. Ich war so unglaublich dankbar.

Tyrese, der beim Anblick meines Gesichts geweint hatte, als der Krankenwagen kam, kümmerte sich um den Umzug. Meine gesamten Sachen wurden eingelagert.

Ich hatte Albträume und wachte schweißgebadet und vor Angst zitternd auf. Ich fürchtete mich, irgendwo allein hinzugehen. Bobby nahm sich zwei Wochen frei – was er noch nie getan hatte – und war absolut und unglaublich wundervoll. Er ließ mich darüber reden. Und verstand, wenn ich *nicht* darüber reden wollte. Er erzählte mir Geschichten aus seiner Kindheit, und ich klammerte mich an meine Liebe für ihn und versuchte, das Hässliche, die Angst, das Obszöne von ihr fortspülen zu lassen.

Ich wartete, bis die Prellungen verblasst waren, bevor ich zur Arbeit zurückkehrte. Ich tat, als wäre ich mutig gewesen.

Ich war dem Tod von der Schippe gesprungen, und es ging mir gut.

Doch das tat es nicht.

»Hast du von diesem Wohnungseinbruch gehört?«, fragte meine Mutter bei einem unserer Telefonate. »Ich habe es auf NECN gesehen. War das nicht ganz in deiner Nähe?«

»Ja«, sagte ich. »Ich bin allerdings inzwischen bei Bobby eingezogen und, äh, wohne da nicht mehr.«

»Das ist gut, schätze ich. Man kann nie wissen.« Es entstand eine kleine Pause. »Aber dir geht es gut, Nora?«

»Ja, alles bestens. Was gibt es Neues von Lily und Poe?«

»Oh, denen geht es auch gut, glaube ich. Sie sind mal wieder umgezogen.«

Wir plauderten noch ein wenig oberflächlich dahin. Ich sagte ihr, sie solle mich besuchen kommen, denn Boston wäre im Frühling wunderschön. Sie erinnerte mich daran, dass Scupper im Frühling auch wunderschön war. »Vielleicht kommen Bobby und ich im Juni«, log ich. Auflegen zu können war eine Erleichterung. Meine Mom konnte mir nicht geben, was ich brauchte – das hatte sie noch nie gekonnt –, aber Bobby war für mich da.

Wenn ich nicht im Krankenhaus war, rief er mich tagsüber an, und er sorgte dafür, dass immer einer unserer Freunde in der Nähe war und ich nicht alleine sein musste. Er führte mich in schicke Lokale aus, füllte unsere Tage mit lustigen Aktivitäten wie einer Fahrt im Duck Boat oder Trampolinspringen. Er brachte mich zum Lachen, kochte mir Abendessen, schenkte mir Blumen, schaute mit mir fröhliche Filme und Renovierungssendungen, weil alles Gewalttätige, alles über Verbrechen mich immer noch zittern ließ.

Wenn ich schreiend aufwachte, nahm er mich fest in die Arme. »Ich bin hier«, sagte er. »Ich hab dich, Baby. Ich bin direkt neben dir.«

Trotz seiner Worte fühlte ich mich nie sicher. Roseline, die in einem etwas raueren Viertel von Port-au-Prince aufgewachsen war, verstand mich. »Wenn so etwas geschieht«, sagte sie mit gedankenverlorenem Blick, »erkennt man, dass dieser Mist überall und ständig passiert. Die Welt hat sich nicht verändert, du hast jetzt nur ihre hässliche Seite kennengelernt.« Sie nahm meine Hand und hielt sie lange fest.

Ich versuchte, mich zu bessern. Ich besuchte eine Beraterin, die auf solche Fälle spezialisiert war. Sie versicherte mir, was ich empfand, wäre normal, doch das wusste ich bereits. Ich ging zu einem Selbstverteidigungskurs, wo man auf einen in einem Schutzanzug steckenden Mann einschlug. Ich war nicht die Einzige, die überfallen worden war, und es half ein wenig zu wissen, dass andere Frauen Gleiches oder Schlimmeres durchgemacht und überlebt hatten.

Bobby und ich fingen ungefähr einen Monat nach dem großen bösen Vorfall wieder an, miteinander zu schlafen. Ich hatte begonnen, das, was passiert war, so zu nennen, um die Wirkung abzumildern, denn die Worte »Angriff« und »Einbruch« klangen viel zu furchteinflößend. Wann immer Gedanken an meinen Angreifer in mir hochkamen (also ständig), versuchte ich, ihn mir als Voldemort vorzustellen. Immerhin stirbt der am Ende. Was den Sex anging – ich brauchte es, dass Bobby mehr Raum in meinem Kopf einnahm und Voldemort verdrängte.

Ich wollte guten körperlichen Kontakt, lebensbejahenden Sex, Normalität. »Bist du sicher?«, fragte Bobby.

Das war ich. Er war sanft und zärtlich, und ich war froh, als es vorbei war. Eine Hürde überwunden.

Aber es war nicht mehr das Gleiche.

Mein Sonnenschein war fort, und jeder Tag kam mir ein wenig grauer vor. Wir holten uns Boomer, das bunte, lustige Fellbündel, und einzig wenn er herumalberte, schienen sich die dunklen Wolken ein wenig zu verziehen. Er schlief neben mir, wenn ich ein Mittagsschläfchen machte. Sein Kopf ruhte auf meiner Hüfte, eine Pfote auf meinem Bein.

Nach ungefähr zehn Monaten verspürte ich einen Anflug von … Ungeduld bei Bobby. Er war die Sache langsam leid. So war es ihm mit Mia und ihrer Magersucht auch gegangen. Der Ritter in schimmernder Rüstung zu sein war für eine Weile ganz lustig, aber dieser Ritter bleiben zu müssen … das wurde langweilig.

Der Gedanke daran, ohne ihn zu sein, verursachte mir Panikattacken. Ich würde wieder zu meinem alten Ich zurückfinden, zu der glücklichen, erfolgreichen Frau mit den großartigen Klamotten – in den letzten paar Monaten hatte ich sehr oft meine OP-Kleidung getragen, was gegen niemandes Regeln außer meine eigenen verstieß. Ich würde wieder offen und lustig sein, klug und unabhängig. Bobby würde mich mit der gleichen Inbrunst lieben, die er an meinem Krankenhausbett gezeigt hatte … und noch besser, mit der gleichen Freude und Begeisterung wie vor dem großen bösen Vorfall.

Also verdoppelte ich meine Anstrengungen. Zwang mich, Dinge zu tun, die ich nie zuvor getan hatte. Ich lief wieder am Charles River entlang, nun aber mit Pfefferspray und einer Trillerpfeife bewaffnet und mit einem großen Hund an meiner Seite – Boomer wuchs rasend schnell. Ich ging mit den Ärzten ohne Partner aus, organisierte eine Verlobungsparty für Roseline und war auf ihrer Hochzeit Brautjungfer. In einer Klinik in Dorchester half ich ehrenamtlich aus, allerdings ließ ich mich von einem Taxi direkt bis zur Haustür bringen und telefonierte auf dem Weg in die Wohnung mit Bobby. Ich hatte so eine Angst, *ihn* oder jemanden seines Schlages zu sehen, verfolgt zu werden, angegriffen zu werden, noch einen großen bösen Vorfall zu erleben … der dieses Mal nicht so glimpflich enden würde.

Es wurde besser. Zumindest sah es von außen so aus. Aber die Sonnenstrahlen, die ich vorher verbreitete hatte, dieses glückliche Staunen über mein Leben … das musste ich vortäuschen. Alles, was mich so weit gebracht hatte, schien weg zu sein. Die Frau, die das Perez-Stipendium gewonnen und ihr Medizinstudium unter den Besten fünfundzwanzig Prozent der Klasse abgeschlossen hatte, der es gelungen war, eine Assistenzarztstelle in einem der besten Krankenhäuser der Welt zu ergattern … die Frau, die Bobbys Liebe gewonnen hatte, war nun nur noch eine Erinnerung, und an ihre Stelle war jemand getreten, der einfach nur Dienst nach Vorschrift machte.

Was Bobby betraf – er sagte, er liebe mich immer noch. Es wirkte nur nicht, als würde es so von Herzen kommen wie zuvor.

Das Grau blieb bis zu dem Moment, in dem ich von dem Lieferwagen mit dem Riesenkäfer auf dem Dach angefahren wurde.

# 11. Kapitel

»Du bist engagiert, Darling. Und bist du nicht einfach bezaubernd?«

Ich blinzelte. »Äh … danke. Gut. Das ist super.« Mein Bewerbungsgespräch hatte gerade einmal vier Minuten gedauert.

Dr. Amelia Ames, emeritierte medizinische Direktorin der Ames Clinic, stand leicht schwankend auf und schüttelte meine Hand. »Wir sehen uns dann … morgen? Hatten wir morgen gesagt?«

»Ja, das hatten wir. Also bis morgen.«

Ich war mir ziemlich sicher, dass Dr. Ames' Kaffeetasse nicht nur Kaffee enthielt.

Drei Tage nach meinem Umzug auf das Hausboot hatte ich meine Armschlinge abgelegt und festgestellt, dass mein Arm zwar noch ein wenig schmerzte, aber ansonsten voll funktionstüchtig war. Sofort hatte ich der Leiterin der Scupper Island Care Clinic eine E-Mail mit meinem Lebenslauf und allen notwendigen Papieren geschickt. Sie hatte mich gestern Abend angerufen, und hier war ich nun – angestellt.

»Tada!«, sagte Dr. Ames und wackelte zur Bürotür, um mich hinauszubegleiten. »Schön, dich wiederzusehen.«

»Wir haben uns nie zuvor …«

»Ciao!« Die Tür fiel ins Schloss.

Keine Führung durch das Gebäude, keine Fragen zu meinen Erfahrungen.

»Hey«, sagte eine Frau, die ungefähr in meinem Alter war. »Ich bin Gloria Rodriguez. Sind Sie Dr. Stuart?«

»Ich bin Nora. Schön, Sie kennenzulernen. Ich bin mir ziemlich sicher, dass ich eben gerade eingestellt wurde.«

Gloria lachte. »Ich bin Gloria. Wir können uns gerne duzen. Und ja, du bist eingestellt. Du bist Ärztin, du hast eine Lizenz für Maine, und das ist ausreichend. Ehrlich gesagt schafft die Klinik es nicht, irgendjemanden herzulocken – außer die Praktikanten aus Portland. Niemand mag die Stille. Und gerötete Augen und verstauchte Knöchel sind nicht gerade aufregend, aber mit so etwas haben wir es hier zu neunzig Prozent zu tun. Komm, ich führ dich herum.«

Gloria war Krankenschwester mit Zusatzausbildung in medizinischer Versorgung, was bedeutete, sie konnte gewisse Patienten auch selber behandeln. Insgesamt gab es in der Klinik vier Krankenschwestern, einen halb in Rente befindlichen Arzt, der sich um nächtliche Notfälle kümmerte, dann waren da noch der ein oder andere Arzt im Praktikum und Dr. Ames.

»Ihre Familie hat vor ungefähr zwölf Jahren das Geld für die Praxis aufgebracht, also ist sie die ›Leiterin‹«, sagte Gloria und malte Gänsefüßchen in die Luft. »Sie praktiziert nicht.«

»Ich bin froh, das zu hören«, erwiderte ich. Gloria war sündhaft hübsch mit glatten, unglaublich weichen dunklen Haaren und der Figur eines Pin-ups aus den Vierzigerjahren. Sie war jünger als ich, hatte vor einem Jahr ihren Abschluss gemacht, und ich mochte sie jetzt schon.

Die Klinik entsprach so ziemlich dem Standard, war aber dank des Geldes der Ames' netter als die meisten, die ich gesehen hatte. Es gab sechs Zimmer für stationäre Behandlungen und sechs Behandlungsnischen für Notfälle. Ab und zu war ein Fall so schwerwiegend, dass der LifeFlight-Helikopter landen und den Patienten nach Portland bringen musste.

»Meistens ist es aber nur das Übliche«, erklärte Gloria. »Streptokokkeninfektionen im Winter, Bienenstiche im Sommer, ab und zu eine Unterkühlung, weil jemand zu lang im Wasser geblieben ist. Hin und wieder haben wir auch mal einen Fischer, der sich ziemlich übel geschnitten hat. Ich bin mir sicher, das ist alles kein Vergleich zum Boston City.«

»Für mich klingt es perfekt.«

»Darf ich fragen, warum du hier bist?«, fragte sie.

Die Geschichte von dem Käfer-Lieferwagen konnte warten. »Meine Nichte verbringt den Sommer hier bei meiner Mom, und ich kriege die beiden viel zu selten zu Gesicht. Kennst du meine Mutter? Sharon Stuart?«

»Oh klar, ich habe sie schon getroffen.«

»Ja. Also, da bin ich. Ich habe mir eine Auszeit im Boston City genommen, werde aber im August dorthin zurückkehren.«

»Wie schön.« Gloria schaute auf ihre Uhr. »Wollen wir gemeinsam zu Mittag essen? Um diese Jahreszeit ist es hier ziemlich ruhig, und wenn jemand kommt, sagt uns die Rezeptionistin Bescheid. Wir könnten ins Red Fox gehen, das ist gleich um die Ecke.«

Die Rezeptionistin hatte, als ich eine Stunde zuvor angekommen war, nicht an ihrem Platz gesessen. Es war Mrs. Behring, die Mutter von Joey, der zu Luke Fletchers Freundeskreis gehört hatte.

»Hallo, hallo«, sagte sie warmherzig. »Ich bin Ellen Behring. Wie schön, Sie kennenzulernen! Ich habe gehört, dass sich heute eine neue Ärztin vorgestellt hat. Was bringt Sie nach Scupper Island? Werden Sie länger hierbleiben?«

Eine weitere Einheimische, die mich nicht erkannte.

»Hi, Mrs. Behring. Nora Stuart. Ich bin mit Joey zur Schule gegangen.«

Ihr Blick flackerte. »Oh! Das stimmt. Ich … ich habe dich gar nicht erkannt, Nora. Du siehst so … anders aus. Bist du jetzt Ärztin?«

»Das bin ich. Und ich verbringe den Sommer hier«, erwiderte ich.

»Oh«, sagte sie noch mal. Die Verwirrung war ihr deutlich anzusehen.

»Wir gehen ins Red Fox«, sagte Gloria. »Sagen Sie Bescheid,

wenn Sie uns brauchen, okay? Können wir Ihnen etwas mitbringen?«

»Ich habe mir etwas von zu Hause mitgebracht.« Offensichtlich war Mrs. Behring von meinem Anblick immer noch verwirrt. Inzwischen war ich daran gewöhnt.

Es war ein wunderschöner Tag für Mai – die Kriebelmücken wurden von einer steifen Brise, die vom Wasser herwehte, in Schach gehalten, und der Himmel strahlte blau und klar. In zwei Wochen würde die Sommersaison offiziell beginnen.

»Wie bist du auf Scupper gelandet, Gloria?«, wollte ich wissen.

»Meine Familie ist aus Boston«, erklärte sie. »Wir sind ab und zu in den Ferien nach Maine gekommen – Kennebunkport, Camden, Bar Harbor. Ich habe es hier immer geliebt. Und ich hatte diese romantische Vision, hierherzukommen und mich in einen Hummerfischer zu verlieben ...«

»Davon träumt jede Frau«, murmelte ich.

»Ganz genau. Was bisher allerdings noch nicht passiert ist. Trotzdem. Es ist hier so schön. Außerdem sind die Leute nett, und die Bezahlung ist nicht übel. Ich bin seit einem knappen Jahr hier.«

»Wo wohnst du?«, fragte ich.

»Ich habe mir ein Haus in der Rock Ledge Street gemietet. Ein kleines Doppelhaus mit Blick aufs Wasser.«

Das Red Fox war (zumindest für mich) neu. Wir bekamen einen Tisch am Fenster, weil außer uns kaum Gäste da waren.

»Willkommen im Red Fox«, sagte die Kellnerin. »Wie geht es ... oh. Du. Ich habe gehört, dass du zurück bist.«

Es war Amy Beckman, Königin der Cheetos, einst die Nemesis jedes Mädchens, das Kleidergröße 38 oder größer trug, und während der gesamten Highschoolzeit die Freundin von Sullivan Fletcher.

Sie sah noch beinahe genauso aus – strahlend blaue Augen, ausgeprägte Wangenknochen, sportliche Figur. Sie schien ihre

Bräunungssucht überwunden zu haben, denn ihre Haut war nicht mehr orangefarben. Das Alter hatte ihr auch ein wenig Würde verliehen, und aus *hübsch* war *attraktiv* geworden.

Trotzdem fand ich sie immer noch etwas furchteinflößend. Wie viele Male hatte sie mich zum Weinen gebracht? Sich über meine Kleidung lustig gemacht? Gekichert, wenn ich in der Cafeteria mit einem Salat an ihr vorbeiging, weil sie wusste, ich würde mich mit Käse vollstopfen, sobald ich zu Hause war?

»Amy«, sagte ich mit dem Enthusiasmus eines toten Eichhörnchens am Straßenrand. »Wie geht es dir?«

»Ah, ihr kennt euch offensichtlich«, sagte Gloria. »Amy ist in meinem Lesekreis. Hey, da solltest du auch mitmachen, Nora! Eigentlich ist es mehr ein Cocktail-Club, aber wir hätten dich gerne dabei.«

»Tja, vielleicht mache ich das.« Auf keinen Fall. »Danke für die Einladung.«

Amy starrte mich immer noch an. »Was kann ich euch bringen?«

Wie früher erwachte der alte Instinkt, mein Essen danach auszusuchen, wie viele abfällige Blicke ich wohl dafür kassieren würde. Ein Salat? Nein, das wäre ein zu großer Rückfall. Ein Cheeseburger, um zu beweisen, dass ich inzwischen mit Kalorien umgehen konnte (wenn ich zu Hause eine Stunde Pilates einlegte, was mein Schulterblatt und mein Knie bislang noch nicht zuließen)?

»Ich nehme den Hummersalat auf Rucola«, sagte Gloria lächelnd. »Und dazu ein Mineralwasser mit Zitrone bitte. Danke, Amy.«

»Für mich das Gleiche«, sagte ich.

»Super.« Amy klappte ihren ledergebundenen Block zu. »Bin gleich wieder da.«

»Ich verspüre da einen seltsamen Vibe«, bemerkte Gloria. »Hast du Typhus verbreitet? Bist du eine Serienmörderin? Hast du mit allen Ehemännern auf der Insel geschlafen?«

»Hast du mein Tagebuch gelesen?« Ich hielt inne. Gloria wirkte nett, aber … nun ja, ich kannte sie erst seit einer halben Stunde. »Ich glaube, manchmal ist es schwer, wenn eine Person eine eng verbundene Gemeinschaft verlässt, weißt du?«

»Oh Gott, ja«, sie lachte leise auf. »Meine Familie? Man würde glauben, ich hätte meinem Neffen das Bein abgenagt, als ich gesagt habe, ich würde Newton verlassen. Meine Mutter hat geweint und im Wohnzimmer einen Schrein aufgebaut und davor Kerzen für die Muttergottes angezündet, damit ich meine Meinung ändere. Mein Vater hat einen Monat lang nicht mit mir gesprochen. Als hätte ich vorgehabt, auf den Mars zu ziehen.«

»Irgendwie ist das doch aber auch süß. Ich meine, dass sie so traurig über deinen Wegzug waren.« Anders als meine Mutter, die es kaum bemerkt hatte.

»Heilige Scheiße, bist du das, Nora Stuart?«

Gloria und ich drehten uns um. »Xiaowen?« Mir blieb der Mund offen stehen. Das musste sie sein. Sie sah noch genauso aus wie früher.

»Du willst mich doch verarschen!«, rief sie. »Wie geht es dir, Bitch?« Mit ausgebreiteten Armen kam sie auf mich zu und grinste dabei von Ohr zu Ohr.

»Mir geht es gut.« Ich stand auf und erwiderte die Umarmung. »Wie schön, dich zu sehen! Wow!«

»Du siehst umwerfend aus. Du bist gar nicht mehr fett. Nein, du bist verfickt noch mal *wunderschön*. Okay, nicht wunderschön, aber meine Güte, du siehst super aus! Sieh sich einer deine Haare an! Ich würde meine Seele für diesen Glanz verkaufen. Frisch vom Friseur oder was? Spuck's aus, oder ich tu dir weh.«

»Eine Stunde mit dem Glätteisen«, gestand ich und zeigte dann auf Gloria. »Kennt ihr beide euch?«

»Nein«, sagte Gloria. »Ich bin Gloria Rodriguez. Krankenschwester in der Inselklinik, in der Nora morgen anfängt. Warum setzt du dich nicht zu uns?«

»Xiaowen Li. Danke, sehr gerne. Ich esse normalerweise immer allein, was auf Dauer ziemlich langweilig ist. Ich bin beruflich auf der Insel, kenne aber kaum noch jemanden.«

Xiaowens Akzent war ein wenig verblasst, und ich konnte mich beim besten Willen nicht erinnern, dass sie so ein ... nun ja, farbenfrohes Vokabular gehabt hatte, aber es war *so schön*, jemanden zu treffen, der sich wirklich über meine Anwesenheit freute.

»Was bringt dich hierher, wenn du hier keine Freunde mehr hast?«, fragte ich lächelnd.

»Ich bin Meeresbiologin«, antwortete sie. »Ich arbeite im Darling Marine Center, wohne aber in Cape Elizabeth.«

»Was genau machst du?«

»Nun, wie man so schön sagt, ich bin heißer Scheiß. New Englands führende Expertin in der Verjüngung der Molluskenpopulation. Im Moment lege ich ungefähr eine Meile vor der Küste Austernbänke an, um die überfischten Gegenden zu ersetzen. Cool, oder? Ich rette die Welt mit Schalentieren.« Mit einem Lächeln in den Augen sah sie mich an. »Du hast immer gewusst, dass ich mal knallhart sein werde.«

»Das habe ich«, bestätigte ich. »Ihr stand ›knallhart‹ ins Gesicht geschrieben, Gloria. Absolut eine Gryffindor.«

Xiaowen lachte. »Du bist immer noch Harry-Potter-Fan, wie ich sehe.«

»Na klar. Ich würde Hogwarts niemals hintergehen.« Da war er wieder, ein Anflug von meinem Perez-Ich.

»Bist du verheiratet, Xiaowen?«, fragte Gloria. »Und habe ich den Namen richtig ausgesprochen?«

»Ja, das war ganz gut. Nö, nicht verheiratet. Ich war mal verlobt, hab ihn aber abserviert. Doch das, meine Freundinnen, ist eine Geschichte, die sich am besten bei ein paar Martinis erzählt. Du solltest zu mir nach Hause kommen, Stuart. Du auch, Gloria. Du bist doch keine Serienmörderin, oder? Also kannst du auch kommen. Aber Stuart, du musst mir eines sagen: Was *zum Teufel* machst du wieder hier? Wenn man behauptet, du hättest bei deinem Abflug Beschleunigungsspuren auf dem Asphalt hinterlassen, wäre das noch untertrieben.«

Ich gab ihr die gleiche vage Antwort, die ich Gloria gegeben hatte – Familie, ein kleiner Autounfall, bei dem ich mich verletzt hatte.

Amy brachte unser Essen und begrüßte Xiaowen nur mit einem undefinierbaren Laut, bevor sie in die Küche zurückkehrte. Ganz eindeutig waren sie und Xiaowen keine Freundinnen. Womit sich ein kleiner Teil von mir sehr gut fühlte. Wie oft hatten Amy und die Cheetos mir das Leben zur Hölle gemacht? Dieses Mal war sie diejenige, die außen vor war.

Am Ende unserer Mittagspause hatten Gloria, Xiaowen und ich uns für später in der Woche auf meinem Hausboot zu Wein und Käse verabredet.

Ich übernahm die Rechnung und sagte den beiden, sie wären nächstes Mal dran. Amy hinterließ ich fünfzehn Prozent Trinkgeld, wie immer, wenn alles ganz in Ordnung war. Mein Standard waren zwanzig Prozent. Ich hatte wegen ihrer säuerlichen Haltung ein paar Punkte abgezogen.

Am Parkplatz verabschiedeten wir uns voneinander, und weil mein Knie und meine Schulter mich nicht umbrachten, beschloss ich, die paar Blocks in die Stadt zu laufen, um nach meinem Postfach zu sehen.

Vielleicht hatte Bobby mir etwas geschickt.

Sofort erstickte ich den Gedanken. Aber nächste Woche würde ich ihn sehen – da würde unser erster Austausch mit Boomer stattfinden.

Vor den meisten Läden auf der Main Street nickten Narzissen und Tulpen mit den Köpfen, und ein paar Geschäfte hatten ihre Blumenkästen bereits mit Stiefmütterchen bepflanzt, obwohl es immer noch zu Nachtfrost kommen konnte. Ich ging am Buchladen vorbei, in den ich auf dem Rückweg einkehren würde … Ich brauchte etwas zu lesen für die ruhigen Nächte auf meinem Boot (natürlich nur als Ergänzung zu Harry Potter). Allerdings nichts Gruseliges. Stephen King würde mich in ein paar Monaten zurückgewinnen müssen.

Der Scupper Island General Store, das Kaufhaus der Insel, war das Juwel der Innenstadt und noch in seiner ursprünglichen Verfassung – ein Holzfußboden, der von den Füßen, die in hundert Jahren über ihn gelaufen waren, ganz glatt poliert war, in der Mitte ein Holzofen, dazu Regale aus Eichenholz. Man fand hier alles, was man brauchen konnte, Waschmittel genauso wie Geschirrtücher, aber auch Dinge aus der guten alten Zeit – blau-weiße Blechtassen, Handcreme aus Ziegenmilch, hausgemachte Kekse, gusseiserne Pfannen und alles, was man zum Hummeressen benötigte: Hummerzangen, Hummergabeln und riesige weiße Emailletöpfe, Siebe und Servierlöffel und kleine Schälchen für geschmolzene Butter. Hier wurden auch unzählige Postkarten angeboten, im Sommer wurde durch das Fenster im hinteren Bereich Eis verkauft, und es gab T-Shirts, auf denen riesige Mücken kleine Kinder wegtrugen. Die Geschäfte waren immer gut gelaufen. Für Stadtbewohner waren die Fletchers sehr gut situiert.

Ich ging in die andere Hälfte des Gebäudes, in der sich die Post mit ihren hundert Messingfächern mit Zahlenschloss befand.

Ich holte meine Post heraus – ein Umschlag war mit Roselines hübscher Handschrift beschrieben, Gott segne sie, und es gab tatsächlich eine Nachricht von Bobby! Ein handschriftlicher Brief von meinem Freund, dem Chefarzt der Notaufnahme?

Streicht das. Von meinem Ex-Freund.

Trotzdem wurde mir ganz warm. Den würde ich heute Abend auf der Dachterrasse lesen, wenn ich die Muße hatte, ihn zu genießen (ich hoffte, es war nicht nur eine Rechnung, die er mir weiterschickte). Ich wäre eine moderne Lizzie Bennet mit Wein anstelle von Tee.

Außerdem hatte ich einen gelben Zettel erhalten, der mich informierte, dass ein Paket für mich angekommen war. Also ging ich zum Schalter. Mrs. Fletcher, Lukes und Sullivans Mutter, stand auf der anderen Seite und kämpfte mit ein paar Papieren.

Sie ignorierte mich.

»Entschuldigung«, sagte ich. »Hi, Mrs. Fletcher.«

Nichts.

Ich verdrehte die Augen. »Hallo? Ich habe ein Paket.«

Immer noch nichts. Auf dem Tresen stand eine Klingel, und ich drückte fest darauf.

»Was willst du?«, fragte Mrs. Fletcher barsch.

»Wie geht es Ihnen, Mrs. Fletcher? Ich weiß nicht, ob Sie sich erinnern, aber ich bin zusammen mit Ihren Söhnen zur Schule gegangen.« Ich lächelte, bemühte mich aber nicht einmal, es aufrichtig wirken zu lassen. »Nora Stuart.«

»Oh, ich erinnere mich nur zu gut.« Hier bitte bösartige Musik vorstellen – *du-du-dumm*.

»Kann ich bitte mein Paket haben? Postfach achtundachtzig. Vielen Dank.«

Sie knurrte kurz, drehte sich um und warf das Päckchen auf den Tresen.

»So ein zuvorkommender Service«, sagte ich und betrachtete den dicken Umschlag.

Er kam aus dem Frauengefängnis in Washington State. Mein Mund öffnete sich vor Erstaunen.

»Deine Schwester mag im Gefängnis sein, aber sie ist zwanzigmal so viel wert wie du«, sagte Mrs. Fletcher.

Ich blinzelte. Die Worte taten weh. Meine Schwester, die Drogendealerin. Die Diebin.

Andererseits hielt Mrs. Fletcher mich auch für eine Diebin. »Einen schönen Tag noch, Teeny«, sagte ich und benutzte absichtlich ihren lächerlichen Vornamen.

Draußen schob ich ihre Gemeinheit aus meinen Gedanken.

Meine Schwester hatte mir zum ersten Mal etwas geschickt. Das war vollkommen neu. Nicht ein einziges Mal, weder auf dem College noch auf der Uni oder danach, hatte sie mir je etwas geschickt. Sie hatte nur – und zwar sehr selten – auf meine E-Mails und SMS geantwortet, aber sie nie von sich aus initiiert. In den vergangenen drei Jahren hatte ich nicht einen Piep von ihr gehört.

Was könnte meine Schwester mir wohl schicken? Es war ein kleiner Jiffy-Umschlag. Auf dem Weg zu meinem Auto starrte ich ihn unentwegt an.

Auch ihn würde ich erst später öffnen.

Bei Island Flowers, dem für mich neuen Blumenladen, hielt ich an und plauderte ein wenig mit dem Besitzer, einem zauberhaften Mann mit Schmutz an den Händen. In meiner alten Wohnung hatte ich auf dem Fensterbrett in der Küche Kräuter gezüchtet. Es gab keinen Grund, das hier nicht auch zu tun. Ich roch am Koriander und wäre vor Wonne beinahe ohnmächtig geworden, dann schnappte ich mir Pfefferminze, Rosmarin und Oregano. Dazu ein paar Blumentöpfe. Ich meine, warum nicht?

»Ich fahre eben mein Auto vor«, sagte ich.

»Perfekt«, erwiderte der Besitzer. »Ich packe alles für Sie ein, damit die Töpfe während der Fahrt nicht umkippen.«

Als ich zur Klinik ging, wo ich geparkt hatte, schaute ich über das Meer, das dunkelblau schimmerte. Heute Nacht war Vollmond, also stünde das Wasser ziemlich hoch. Ich würde auf meiner Dachterrasse sitzen und …

Ich knallte mit jemandem zusammen. Mein Schlüsselbein pochte. »Tut mir leid!«, entschuldigte ich mich. »Ich habe nicht …«

Es war Luke Fletcher.

Der Junge, der mir einst – dessen war ich mir ziemlich sicher – gedroht hatte, mich zu vergewaltigen, weil ich etwas genommen hatte, was seiner Meinung nach ihm gehörte.

Ich richtete mich auf. »Luke«, sagte ich.

»Troll.«

Genau wie sein Bruder hatte auch er mich wiedererkannt.

Er war immer noch *so* schön, auch wenn ich die Anzeichen für einen harten Kampf mit Alkohol und Drogen sah. Er war dünner, als ich ihn in Erinnerung hatte, und auf seinen Wangen waren ein paar Äderchen geplatzt. Außerdem hatte er einige Narben im Gesicht, vermutlich vom Kratzen, was bei vielen Junkies typisch ist.

Aber Drogen und Alkohol hatten ihn weder seiner Knochenstruktur noch seines dichten, sandfarbenen Haars beraubt. Oder seiner Ausstrahlung, mit der er den Bürgersteig zu beherrschen schien.

»Hab gehört, wir sind jetzt Nachbarn.« Er schaute über meinen Kopf hinweg. »Mein Bruder meinte, er wäre schon bei dir gewesen.«

»Deine Nichte auch.«

»Halt dich von meiner Familie fern«, sagte er.

»Sie haben *mich* besucht«, entgegnete ich. Dann fügte ich in dem Versuch, freundlich zu sein – neue Seite im Buch des Lebens und so –, hinzu: »Audrey ist sehr süß.«

»Du findest dich wohl besonders toll, was?«, gab er angespannt zurück. »Auf dem Hausboot leben, mit deinem Doktortitel hier angerauscht kommen …«

»Ich bin hier, um Zeit mit meiner Nichte zu verbringen, Luke. Das ist alles.«

»Ich habe deine Schwester gefickt. Hast du das gewusst?«

Die Worte trafen mich wie ein Baseballschläger gegen die Brust. Ich sagte nichts.

»Andererseits, das haben die meisten Jungs«, fuhr er fort. »Sie war heiß. Im Gegensatz zu dir.«

Ich schluckte. »Bist du jetzt fertig damit, die Highschool noch mal zu durchleben? Denn als ich das letzte Mal nachgeschaut habe, lag unser Abschluss siebzehn Jahre zurück.«

Ein guter Spruch, aber Luke wusste, dass seine Worte mich verletzt hatten.

»Einige Dinge ändern sich nie«, meinte er.

»Und andere schon. Nun, ich muss arbeiten. Solltest du auch mal probieren. Könnte gut für dich sein.«

»Wir sehen uns, *Nachbarin*.«

»Ja, vermutlich.« Meine Stimme klang lässig, beinahe gelangweilt.

Ich ging um ihn herum auf meinen kleinen Wagen zu und wünschte mir, ich hätte mir einen riesigen Range Rover oder Escalade gemietet. Meine Beine zitterten, was er hoffentlich nicht sehen konnte.

Ich hatte schon wesentlich Schlimmeres als Luke Fletcher überlebt.

Meine Beine zitterten trotzdem.

Als ich zurück beim Hausboot war, lud ich meine Sachen aus, trug die Pflanzen auf die Terrasse hinauf und erklärte Boomer, dass er die Pfefferminze nicht essen dürfe.

Dann setzte ich mich für ein paar Minuten hin und übte meine Yogaatmung.

Luke hatte nur eine große Klappe. Die klassische Geschichte – der Goldjunge, der zu einem verbitterten Mann herangewachsen war.

Jim, der Makler, hatte mir versichert, dass das Hausboot so sicher war wie jedes andere Gebäude. Im Moment fühlte es sich allerdings nicht so an. Aber ich hatte einen großen Hund, der mich anbetete, und eine Pistole.

Den Rest des Nachmittags verbrachte ich damit zu putzen – eine Tätigkeit, nach der ich mich immer gleich besser fühlte. Nach dem Abendessen und ein paar Kapiteln aus *Harry Potter und der Gefangene von Askaban* ging ich auf die Dachterrasse hinauf. Die Kräuter und Blumen waren genau das, was ich gebraucht hatte. Hier oben war es himmlisch.

Außerdem hatte ich eine gute Sicht, falls jemand sich nähern sollte.

Es war an der Zeit, meine Post zu öffnen. Ich würde mir von Luke Fletcher nicht den Abend ruinieren lassen. Das hatte er bereits zu oft getan.

Roseline hatte mir eine Karte mit zwei alten Damen darauf geschickt, die auf obszöne Weise Würstchen aßen. Dazu eine süße Nachricht, dass sie an mich dachte und ihren Mann für vier Monate zurücklassen und mit mir auf dem Hausboot leben wollte, ich sollte also schon mal guten Wodka besorgen. Ich wusste, dass sie das nur um meinetwillen schrieb, denn sie und Amir waren total vernarrt ineinander, aber ich war ihr dafür trotzdem dankbar.

Der nächste Umschlag – Bobbys oder Lilys?

Ich entschied mich für den von Lily.

In dem dicken Umschlag befand sich ein einziges Blatt. Die Worte waren mit Bleistift geschrieben, die Schrift selbst nach all diesen Jahren herzzerreißend vertraut.

*Schreib mir nicht mehr.*

Die Worte schnitten durch mein Herz wie ein Messer durch eine überreife Pflaume. Eine Sekunde lang konnte ich nicht atmen, dann sog ich die pinienschwangere Luft tief in meine Lungen. Meine Lippen zitterten unter der Anstrengung, die Flüche zurückzuhalten – oder die Schluchzer.

Ich glaube, meine Nachrichten über den Kormoran und den Regen hatten ihr nicht gefallen.

Sie schrieb nichts darüber, wie es ihr ging. Nichts darüber, wie es mir ging. Keine Frage über Poe oder Mom oder sonst etwas.

»Boomer!« Meine Stimme brach, als ich ihn rief, und mein Hund kam mit flatternden Ohren und einem dicken Grinsen angerannt. Mit einem beherzten Sprung setzte er vom Steg auf das Boot über, krabbelte dann die schmale Treppe zur Dachterrasse hinauf und kam direkt in meine Arme.

Ich wusste nicht, was ich ohne meinen Hund tun würde, und ich wollte es auch gar nicht wissen. Mit dem Gedanken konnte ich im Moment nicht umgehen. Ich schlang meine Arme um seinen haarigen Hals und ließ meine Tränen in sein Fell tropfen, während er in mein Ohr hechelte und mit dem Schwanz wedelte.

Ich war nicht sicher, ob ich jemals akzeptieren würde, dass meine Schwester mich nicht mehr liebte. Das tat sie schon seit Jahren nicht mehr. Seit Jahrzehnten.

Ich hatte Roseline, die mehr wie eine Schwester war, als Lily es in den letzten zwanzig Jahren gewesen war. Ich hatte andere Freunde in Boston, dieser verdrehten kleinen Stadt. Ich hatte Bobby, auch wenn wir nicht mehr zusammen waren. Und hier auf Scupper hatte ich … nun ja, Gloria und Xiaowen, noch sehr frisch, aber voller Potenzial. Ich hatte irgendwie meine Mutter. Ich hatte Poe …

Ich hörte besser auf, solange ich noch in Führung lag.

Ich ließ meinen Hund los und öffnete den Umschlag von Bobby. Dass er mir Aufmerksamkeit schenkte, weckte nicht mehr die gleichen erhebenden Gefühle wie vorher. Das Briefpapier war ein Geschenk seiner Mutter, und oben waren seine Initialen RKB eingeprägt – Robert Kennedy Byrne. Wenn man Ire war und in Boston lebte, war mindestens ein Familienmitglied nach Kennedy benannt.

*Hey Nora,* las ich.
*Ich hoffe, es geht dir besser. Ich wollte dich nur wissen lassen, dass Jabrielle und ich nicht zusammen sind. Es war dumm und impulsiv und ein Fehler.*
*Außerdem ist sie nicht du.*
*Wir sehen uns nächste Woche. Lass mich wissen, wenn du irgendetwas brauchst.*
*Bobby*

Tja. Das war etwas, worüber ich nachdenken konnte.

*Sie ist nicht du.*

Das war definitiv nett zu hören, vor allem nachdem meine Schwester, ganz allein in einem Gefängnis einen Kontinent entfernt von ihrer Familie, keinen Platz für mich in ihrer Zelle hatte – oder in ihrem Herzen.

# 12. Kapitel

Etwas Schockierendes passierte.

Meine Mutter kam, um mich zu besuchen *und* mich um Rat zu fragen.

Eines der netten Dinge an dem Hausboot war, dass ich Besucher kommen sehen konnte, da sie über den Steg gehen mussten, um zu mir zu gelangen. Und eines Mittwochabends, als ich gerade Gemüse für ein Wok-Gericht schnippelte, bog meine Mutter von der Straße ab und kam mit forschen Schritten über den Steg zu meiner Haustür und in meine Küche. Ohne zu klopfen.

»Ich mache mir Sorgen um Poe«, verkündete sie. Boomer rappelte seinen großen Körper vom Teppich hoch, um sie schwanzwedelnd zu begrüßen, wobei er einen Untersetzer vom Couchtisch fegte.

»Hey Mom«, sagte ich. »Setz dich doch. Möchtest du ein Glas Wein oder ein Bier oder so?«

»Ein Wasser«, sagte sie. »Danke.« Sie musterte meine neue Umgebung. »Ziemlich nobel, was?« Da war er wieder, der kleine Stich des Missfallens.

»Es ist ein ganz besonderer Ort«, sagte ich ruhig und holte ihr ein Glas Wasser (Gott möge verhüten, dass sie etwas zu sich nahm, das nicht einfach nur dem Erhalt des Lebens diente). »Also, was ist mit Poe los?«

Meine Mutter saß steif am Küchentresen, als hätte sie noch nie zuvor auf einem Barhocker gesessen. »Nun, ihre Noten sind unter aller Kanone, und obwohl sie ein wenig gesprächiger war, bevor du gekommen bist …«, eine kleine Pause, damit die Schuldgefühle sacken konnten, »… ist sie total verschlossen.

Sie hat keine Freunde, soweit ich das beurteilen kann. Sitzt den ganzen Tag mit dem Handy vor der Nase da und kommt fast nie aus ihrem Zimmer.«

»Klingt wie ein typischer Teenager«, sagte ich.

»Tja, ihre Mutter ist im Gefängnis, Nora, falls du das vergessen hast. Das ist wohl kaum typisch.«

Ich hatte Mom nichts von Lilys Nachricht erzählt. Und das würde ich auch nicht tun.

»Vielleicht kann Poe am Freitag hier übernachten«, schlug ich vor.

»Wozu sollte das gut sein?«

Mit meiner Mutter zu reden war, wie von Hühnern totgepickt zu werden.

»Ein Ortswechsel. Vielleicht können wir einen Film anschauen, reden, Schokolade essen, Dinge tun, die Frauen normalerweise miteinander verbinden.«

Meine Mutter runzelte die Stirn. »Wenn du meinst, dass das hilft, nur zu, versuch es. Auch wenn ich nicht sehe, was das ändern sollte.«

»Soll Lily immer noch im August rauskommen?«, fragte ich.

»Jupp.«

»Dann schätze ich, das Beste, was wir tun können, ist, Poe bis dahin das Gefühl zu geben, beschützt und geliebt zu sein. Selbst wenn sie nicht darauf reagiert, ist es wichtig, jemanden sagen zu hören, dass er einen liebt oder froh ist, einen zu sehen. Oder dass er Zeit mit einem verbringen will.«

»Haben sie dir das auf dem College beigebracht?«

»Ja. Und während des Medizinstudiums und meiner Assistenzzeit. Ich habe ein Praktikum in der Psychologie absolviert. Wir sollten nicht vergessen, dass ich Ärztin bin. Also, wie wäre es, wenn wir das mal üben? Ich sage etwas Nettes zu dir, und du sagst mir, ob du dich danach besser fühlst.«

»Mir geht es gut.«

»Gönn mir den Spaß.«

»Na gut.« Sie trank einen Schluck Wasser und verdrehte die Augen.

»Mom«, sagte ich. »Ich habe immer bewundert, wie ruhig und zupackend du bist.«

»Wie sollte ich denn sonst sein? Wie ein Huhn, dem man den Kopf abgeschlagen hat?«

»Super gemacht, Mom. Und jetzt sagst du etwas Nettes zu mir.« Ich weiß, es war ganz schön gerissen von mir, so nach mütterlicher Anerkennung zu fischen.

Sie seufzte. »Nun, ehrlich gesagt finde ich, du siehst mit ein bisschen Fleisch auf den Knochen besser aus.«

»Nein, Mom. Du hast das falsch verstanden. Du sollst etwas Nettes sagen.«

»Das war nett.«

»Also sagst du, ich bin zu dünn.«

»Ich sage, du warst immer ein ordentlich aussehendes Mädchen und musstest nicht abnehmen und schnieke Klamotten tragen, damit die Leute das sehen.«

Sie machte eine entsprechende Geste mit der Hand.

»Danke, Mom. Das ist sehr süß von dir. Zurück zu Poe – vielleicht könntest du zu ihr etwas sagen wie: ›Auch wenn die Umstände nicht die besten sind, bin ich froh, dass wir Zeit miteinander verbringen können.‹«

»Pah, aber ich bin nicht froh, Nora! Meine Tochter ist im Gefängnis!«

»Wir lügen hier, Mom, okay? Ich persönlich bin innerlich tot, aber ich täusche es so lange vor, bis ich es fühle. Siehst du dieses Lächeln? Siehst du, wie ich mir ein nahrhaftes, angenehmes Dinner für mich zubereite? Siehst du mich das Leben mit einem Glas Wein am Tag genießen? Das ist es, was Menschen tun.«

Sie runzelte die Stirn. »Warum bist du innerlich tot?«

»Das bin ich nicht. Ich habe nur übertrieben.« Ich widmete mich wieder den Karotten. Collier Rhodes hatte fabelhafte

Messer, und ich musste aufpassen, mir nicht die Fingerkuppe abzuschneiden, weil ich in der Nähe von Messern immer noch nervös war.

»Du hast dich im letzten Jahr verändert.«

»Wirklich, Mom? Woher willst du das wissen?« Feindselig trank ich einen Schluck Wein, wenn so etwas überhaupt möglich war. »Ich schicke Poe eine Nachricht und sorge dafür, dass sie herkommt, okay? Super. Danke fürs Vorbeikommen.«

»Du solltest mehr Fleisch essen«, sagte meine Mutter. »Du siehst blass aus.«

»Okay. Bye.«

Erst als sie wieder in ihrem Auto saß, schüttete ich den Rest meines Weins herunter. »Ich bin Gastroenterologin, Mom. Wie viele Därme hast *du* schon gereinigt, hm? Meinst du nicht, dass ich ein wenig mehr über gesunde Ernährung weiß als du? Vielleicht habe ich Medizin nicht nur studiert, um die Zeit totzuschlagen?«

Es klopfte an der Tür. Hups. *Ich sollte meine Wutausbrüche für mich behalten.*

Es war Audrey Fletcher, Sullivans Tochter.

»Hi Audrey!«, sagte ich.

»Ist es okay, wenn ich reinkomme?«, fragte sie schüchtern.

»Klar! Gerne. Ich bin gerade beim Kochen. Setz dich. Kann ich dir etwas zu trinken anbieten?«

»Haben Sie eine Cola?«

»Leider nicht, Süße. Wie wäre es mit Mineralwasser und einer Scheibe … warte mal …« Ich öffnete den Kühlschrank. »Wie wäre es mit ein paar Blaubeeren darin für den Geschmack?«

»Das wäre super. Hi Boomer! Hey, Kumpel.« Sie kniete sich auf den Boden und umarmte den Hund.

»Hast du auch einen Hund?«, fragte ich, während ich ihr Getränk zubereitete.

»Nein. Einen Kater. Sooty. Er ist toll. Aber er ist schon ziemlich alt, und sich an einen Hund zu gewöhnen wäre für ihn ein bisschen zu viel.«

»Ja, das kann ich verstehen. Also, was gibt es Neues? Wie läuft es in der Schule?«

»Alles gut.« Sie lächelte unsicher, und ich verspürte einen Anflug von Seelenverwandtschaft mit ihr.

»Ich habe die Schule gehasst.« Ich reichte ihr den Drink, der mit den Eiswürfeln und den schwimmenden Beeren lustig und zugleich kultiviert aussah.

»Warum?«, fragte sie.

Ich gab ein paar Karottenstücke in eine Schüssel, streute ein wenig Pfeffer darüber, stellte sie zwischen uns auf den Tresen und nahm mir eines zum Essen. Dann wandte ich mich wieder meinen Dinnervorbereitungen zu und schnitt den Koriander, dessen frischer, sauberer Duft die Luft erfüllte. »Na ja, ich war nicht wirklich beliebt. Zu klug, zu seltsam, zu ungeschickt. Und meine Schwester war unglaublich hübsch, was es mir nicht gerade leichter machte, Selbstbewusstsein zu entwickeln.«

»Meine Mom ist auch sehr hübsch«, sagte sie sehnsüchtig und trank einen Schluck von ihrem Wasser. »Und mein Dad ist wahnsinnig attraktiv.«

»Das stimmt«, bestätigte ich, obwohl Lukes Gesicht vor meinem inneren Auge aufblitzte – und zwar nicht auf die sympathischste Weise. »Dein Dad war auf der Highschool echt nett.«

Sie strahlte. »Darauf wette ich. Er ist der Tollste.«

»Bist du ein Einzelkind?«

»Ich habe einen Halbbruder. Rocco. Er ist sieben.« Sie hielt inne. »Meine Eltern haben sich scheiden lassen, als ich drei war.«

»Kenne ich deine Mom?«

»Amy Beckman? Sie war, glaube ich, auch in Ihrer Klasse.«

Ich schaute auf. »Oh. Dann sind sie also zusammengeblieben.«

»Aber nicht sehr lange. Sie waren zwanzig, als ich auf die Welt kam, und dreiundzwanzig, als sie sich scheiden ließen.«

Ich verspürte einen Hauch von Zufriedenheit. Ich hatte immer gedacht, dass Sullivan jemand Besseres verdient hatte als die klischeehafte Amy.

Andererseits erinnerte ich mich auch, wie sie eines Nachmittags mit einem Strauß Lupinen für Sully beim Clam Shack vorbeigeschaut hatte. Sie hatte gestrahlt und gelächelt, und ich hatte so getan, als würde ich nicht hinsehen, als sie sich küssten.

Jeder Mensch hatte zwei Seiten. Oder drei. Oder sieben.

»Verstehst du dich gut mit deinem Bruder?«, wollte ich wissen.

»Oh ja. Ich liebe ihn. Ich meine, er wohnt bei meiner Mom und ich bei meinem Dad, also wühlt er nicht in meinen Sachen herum oder so. Aber er ist super und echt süß.« Sie strahlte, und ich lächelte. »Ab und zu mache ich T-Shirts für ihn. Ich stemple Dinosaurier und so darauf.«

»Wow, du kannst nähen?«

»Ich bin im Fashion-Club der Schule. Wir machen Kleider und solche Sachen, und am Ende des Jahres gibt es eine große Modenschau. So wie bei *Project Runway.*«

»Ich liebe diese Sendung! Nähst du deine Sachen auch selber?«

Sie schaute an sich herab, an ihrem T-Shirt und der zu engen, wenig schmeichelhaften Jeans. »Nein. Ich bin eher wie Michael Kors – meine Entwürfe sind besser als mein Kleidungsstil.«

Ich lachte. »Poe liebt Mode auch«, sagte ich. Zumindest glaubte ich das. Sie blätterte oft in Zeitschriften, und in vielen von denen waren Prominente auf dem roten Teppich abgebildet. Und ganz eindeutig hatte Poe mit ihren blauen Haaren einen ganz eigenen Look.

»Ich dachte, sie würde sich vielleicht unserem Club anschließen, aber …« Audrey zuckte mit den Schultern, und ihre Wangen wurden rot. Ganz eindeutig hatte Poe sie abgewiesen.

Meine Nichte konnte ein nettes Mädchen als Freundin gebrauchen. Und vielleicht konnte Audrey eine Freundin gebrauchen, die sich nichts gefallen ließ.

»Hey Audrey. Hast du zufällig Lust, am Freitag hier zu übernachten? Poe kommt vorbei, und ich würde mich freuen, dich auch hierzuhaben.«

»Wirklich?« Ihre Miene erhellte sich so schnell, dass ich wusste, sie bekam nicht viele Einladungen. Mist. Es war, als würde ich mein Teenager-Ich anschauen.

Nur war ihr Vater da und liebte sie. Und ihr Bruder. Und hoffentlich Amy auch.

»Ja. Aber nur, wenn du wirklich willst. Und wenn du mich Nora nennst. Natürlich musst du vorher deine Eltern fragen.«

»Ich rufe Dad gleich an!« Sie holte ihr Handy heraus. »Dad? Hi! Ich bin gerade bei Nora … Aha … Nein, ich bin mit dem Fahrrad da … Ich weiß nicht, ich habe ihn nicht gesehen. Hör mal, kann ich am Freitag hier übernachten? Poe wird auch da sein … Ihre Nichte … Okay, einen Moment.«

Sie reichte mir das Telefon. »Hi Sullivan«, sagte ich.

»Nora?«

»Genau die.« Ich zuckte zusammen. »Wie geht es dir?« Ich versuchte, deutlich zu sprechen, ohne es zu übertreiben.

»Mir geht es gut. Und dir?«

»Super. Äh, meine Nichte übernachtet am Freitag hier, und ich dachte, es wäre vielleicht ganz lustig, wenn Audrey auch kommen würde. Wäre das okay?«

Es entstand eine Pause, in der alle meine Unsicherheiten ihre Augen aufschlugen und sich langsam streckten. *Warum sollte ich mein Kind zu dir nach Hause kommen lassen, Troll? Warum sollte ich wollen, dass sie sich mit deiner gemeinen kleinen Nichte anfreundet? Stehst du auf kleine Mädchen, oder wieso willst du, dass meine Tochter bei dir schläft?*

»Klar«, sagte er. »Danke.«

»Großartig! Was hältst du davon, wenn sie vor dem Dinner rüberkommt?«

»Das wäre toll. Kann sie irgendetwas mitbringen?«

»Nein, aber danke, dass du fragst.«

»Ich danke *dir*«, sagte er. »Ich bringe sie dann gegen fünf Uhr vorbei.«

Ich gab Audrey das Telefon zurück, die ihrem Vater noch sagte, dass sie bald zu Hause wäre. Dann legte sie auf und strahlte mich an.

»Hör mal«, sagte ich. »Poe ist nicht die … Also, sie macht gerade eine schwere Zeit durch. Ich bin dir wirklich dankbar, dass du zugesagt hast.«

»Machst du Witze? Ich werde nie irgendwohin eingeladen.« Sie zuckte zusammen und schlug sich die Hand vor den Mund, während ihr die Röte in die Wangen stieg.

»Mir ging es genauso, Audrey. Also lass uns drei zusammen die Außenseiter sein.« Ich lächelte, und Erleichterung breitete sich auf ihrem Gesicht aus. Auch wenn sie es mir jetzt noch nicht glauben würde, aber eines Tages würde Audrey Fletcher umwerfend aussehen. Nicht hübsch – dazu sah sie ihrem Dad zu ähnlich –, aber attraktiv auf eine Weise, die Jahrzehnte anhielt und nicht nur das letzte Schuljahr.

Am Freitagabend war ich bereit. Ich hatte einen *Project Runway*-Marathon aufgenommen, gesundes Essen eingekauft, ein paar nicht allzu ungesunde Snacks, vier verschiedene Farben Nagellack und eine Schlammmaske, die angeblich mit Zutaten aus dem Toten Meer (oder *La Mer Morte*, wie es auf der Verpackung stand) hergestellt worden war. Mit der Fähre war ich zum Target nach Portland gefahren, um mich in dem riesigen Supermarkt mit allem einzudecken, was wir benötigen könnten, dazu hatte ich den aktuellsten Weltuntergang-Jugendfilm und ein paar Brettspiele besorgt (ja, ich weiß, altmodisch, aber es würde schwer werden, mit Poe eine wirkliche Unterhaltung zu führen).

Außerdem hatte ich mir Mühe gegeben, Poes Zimmer behaglich herzurichten. Ich hatte Blumen gepflückt, ein paar davon ins Badezimmer gestellt und auch auf ihren Nachttisch, neben mein Exemplar von *Harry Potter und der Stein der Weisen* (das Buch hatte ich so oft gelesen, dass ich es nicht mehr zählen konnte).

Audrey würde im Loft unter dem Spitzgiebel schlafen. Auch dort hatte ich Blumen hingestellt.

Um fünf Uhr kam meine Nichte durch die Tür.

»Hey Süße«, sagte ich und ging zu ihr, um sie zur Begrüßung zu umarmen. Sie drehte sich weg.

»Warum bin ich hier? Ist das eine Strafe für irgendetwas?«, fragte sie.

»Ehrlich gesagt ist es eine Belohnung. Du darfst Zeit mit deiner lustigen und dich anbetenden Tante verbringen.«

»Ich wäre lieber zu Hause.«

»Bei Gran?«

»Egal wo, nur nicht hier.«

Du bist zwanzig Jahre älter als Poe, ermahnte ich mich. Doch der Drang zu fragen: »Wieso bist du so gemein zu mir?«, und in Tränen auszubrechen war stark.

»Warum bist du so gemein zu mir?«, fragte ich (ohne in Tränen auszubrechen, yay).

»Warum tust du so, als ob es dich interessiert?«, erwiderte sie. »Ich weiß, dass du nur den Sommer über hier bist.«

»Also soll ich dich den ganzen Sommer über ignorieren?«

»Ja-ha.« Sie schaffte es, das einsilbige Wort zu einer zweisilbigen Zurückweisung zu machen, und ich seufzte. Boomer, herrlich ignorant gegenüber Teenagern und ihren bleiernen Launen, stupste Poes dünnen Oberschenkel mit der Nase an.

»Nun, hier ist ein anderer Vorschlag: Vielleicht könnten wir Zeit miteinander verbringen, was zusammen unternehmen, uns kennenlernen und uns wie Verwandte verhalten«, sagte ich achselzuckend.

»Nach allem, was ich gehört habe, hauen unsere Verwandten einfach ab, und man sieht sie nie wieder«, sagte sie. »Lass mich in Ruhe, Hund.«

»Ich schätze, du meinst meinen Vater.« Gut! Endlich! Wir konnten darüber reden. »Was hat Lily dir erzählt?«

»Kann ich ein Glas Wein haben?« Poe glitt auf den Barhocker und hockte darauf wie ein Fragezeichen.

»Nein. Was weißt du?«

Poe seufzte. »Dass er irgendwie super war und Gran eine Zicke. Er hat an diesem Buch geschrieben, und sie hat sein Talent gehasst und ihn rausgeworfen, und danach ist das Leben echt mies geworden.«

»Das mit dem miesen Leben stimmt, aber das ist nicht die ganze Geschichte.« Nicht, dass ich die ganze Geschichte kennen würde. »Bevor er ging, war unser Leben ziemlich fantastisch.« Wie dumm von mir, meinen immer noch abwesenden Vater zu verteidigen.

Poes Blick flackerte auf, aber sie sah mich nicht direkt an. Aha. Interesse. »Meine Mutter sagt was ganz anderes.«

»Ach wirklich? Nun, vielleicht kann ich dir ein paar von den Dingen zeigen, die wir zusammen unternommen haben, und du kannst selber entscheiden.«

Ihr Blick wanderte zurück zum Tresen. »Vielleicht«, murmelte sie.

»Wie bitte?«

»Vielleicht.«

»Wie in ›Ja, warum nicht, sonst gibt es hier ja nichts zu tun‹?«

Ich schwöre, sie hätte beinahe gelächelt. »Vielleicht«, wiederholte sie.

»Hi! Bin ich zu früh? Oder zu spät?« Audrey stand in der Tür. Hinter ihr stand ihr Vater, eine Hand auf ihrer Schulter.

»Hey Audrey! Nein. Du kommst genau richtig.« Ich trat meiner Nichte gegen das Schienbein.

»Hi Audrey. Willst du mit Barbies spielen?«, sagte sie.

Audrey lächelte unsicher.

»Komm rein«, sagte ich. »Hey Sully.«

Er nickte.

»Hat sie irgendwelche Lebensmittelunverträglichkeiten, muss sie Medikamente nehmen, oder gibt es sonst etwas, das ich wissen sollte?«, fragte ich ihn und versuchte, nicht auf sein Hörgerät zu starren.

»Nein«, sagte er. »Ihr seid heute Nacht ganz allein hier?«

»Meinst du damit, ob Nora irgendwelchen Männerbesuch erwartet?«, fragte Poe.

»Jupp. Genau das habe ich gemeint.« Es zuckte um seine Mundwinkel.

»Es sind nur wir Mädels«, sagte ich. »Hey, hast du eine Sekunde?«

Er sah Audrey an, die gerade Boomer streichelte.

»Sullivan?« Ich legte ihm eine Hand auf den Arm. Sein Blick schoss zu mir. Braune Augen, ruhig und tief. »Kann ich eine Minute mit dir reden?«

Wir gingen auf den Steg hinaus und sahen, dass Poe nicht mit Audrey redete und Audrey so tat, als mache es ihr nichts aus, während sie Boomer den Bauch kraulte.

»Was ist?«, fragte er.

»Ich habe vor Kurzem Luke getroffen.«

Er wartete.

»Er würde mir nichts tun, oder?«

»Nein. Er ist nur …« Sullivan zuckte mit den Schultern. »Er ist ein wenig verbittert. Vor allem jetzt, wo du wieder hier bist …« Er nickte mit dem Kinn in Richtung Hausboot. »Und dich mit Audrey anfreundest und so.«

»Nimmt er immer noch Drogen?«

»Nein. Ab und zu trinkt er zu viel, aber er fährt nicht mehr Auto. Er hat seinen Führerschein verloren.«

Ich nickte.

»Ich habe gehört, du hast Amy getroffen«, sagte Sullivan.

»Jupp.«

»Sie weiß nicht, dass Audrey heute hier ist. Ich habe das Sorgerecht für sie.«

»Das hat Audrey mir erzählt.« Ich war mir sicher, dass dahinter eine Geschichte steckte.

»Wenn Amy es wüsste«, sagte Sullivan leise, »hätte sie Audrey gefragt, ob sie nicht bei ihr übernachten will, und Audrey hätte Ja gesagt, weil sie ihre Mutter liebt und Amy nicht viel … Nun ja, Audrey hätte Ja gesagt.«

»Ah.«

»Also habe ich es nicht erwähnt, weil ich es schön fände, wenn meine Tochter eine Freundin hätte, und Poe kommt mir wie ein nettes Mädchen vor.«

»Wirklich?«

Er zuckte mit den Schultern. »Sie wirkt zumindest nicht schrecklich.«

»Nein. Schrecklich ist sie nicht.«

Er lächelte ein wenig, und etwas in meiner Brust zog sich zusammen. »Danke, dass Audrey heute hier sein darf. Ruf mich an, wenn du etwas brauchst.« Er reichte mir einen Zettel. »Meine Handynummer.«

Wir gingen wieder hinein, und Sullivan sagte: »Ich gehe jetzt, Süße. Hab viel Spaß, okay?«

Sie rappelte sich auf die Füße – ungefähr fünfzig Pfund Übergewicht. Ich erinnerte mich daran, wie schwer das war, an den Neid auf die Mädchen, die sich elegant wie ein Fischreiher aus dem Schneidersitz erheben konnten.

»Bye Daddy.« Sie umarmte ihn und küsste ihn auf beide Wangen.

Ein weiteres Ziehen in meiner Brust.

»Bye, Kleine. Ich hab dich lieb.« Er nickte Poe zu. »Viel Spaß, Poe.«

»Danke«, sagte sie, ohne ihn anzusehen.

Sullivan ging, und für einen Augenblick senkte sich Schweigen über uns drei. »Also, ich dachte, zum Abendessen machen wir Pizza selber. Ich habe außerdem ein paar Spiele gekauft und *Project Runway* aufgenommen und, äh … wir könnten eine Kanutour unternehmen, wenn ihr wollt.«

»Eine Kanutour?«, fragte Poe. »Machst du Witze? Ich passe.«

»Äh, ich auch«, sagte Audrey. »Vielleicht ein andermal. Die Mücken sind um diese Tageszeit ziemlich aggressiv.«

»Guter Punkt«, sagte ich. »Also, wer mag was auf seiner Pizza?«

»Pizza macht fett«, sagte Poe und senkte den Blick auf ihr Handy, um mit ihren mysteriösen Freunden aus Seattle zu chatten.

Super. Audrey würde auf keinen Fall Pizza essen, wenn Poe, die Gazelle, diese gerade als Fettmacher verurteilt hatte. Vor Ärger über meine Nichte verkrampfte sich mein Kiefer.

»Ich mag Tomaten und Salami«, sagte Audrey. Ich wirbelte zu ihr herum.

»Super! Ich auch. Was hältst du von frischen Champignons?«

»Ich liebe sie.«

»Poe, warum machst du nicht einen Salat?«

»Nein, danke.«

»Lass mich das anders formulieren. Poe, bitte mach den Salat. Du findest alle Zutaten im Kühlschrank.«

Nach einer langen, langen Pause stand Poe mit einem Märtyrerseufzen auf, zog ihre Lederjacke aus, worunter ihr Tanktop und ihre zierlichen Schulterblätter zum Vorschein kamen. Auf ihrem Rücken hatte sie ein frisches Tattoo – Engelsflügel. Die Haut war immer noch von der Nadel gerötet.

»Was kann ich tun?«, fragte Audrey, und ich reichte ihr Teller, um den Tisch zu decken.

Sie plapperte bezaubernd vor sich hin, während wir arbeiteten, erzählte von ihrem Job auf der Werft, wie gerne sie angeln ging, was sie diesen Sommer vorhatte. »Mein Dad meinte, wir könnten für ein langes Wochenende irgendwo hinfahren«, sagte sie. »Ich würde gerne mal in eine große Stadt fahren. Bisher war ich nur ein paar Mal in Boston. Vielleicht New York. Oder Seattle? Ich habe gehört, da soll es ziemlich cool sein.«

Wir beide warteten auf eine Reaktion von Poe. Die kam aber nicht. Stattdessen fuhr Poe fort, die Schalotten zu schneiden, als wöge das Messer vierzig Pfund.

»Seattle ist wunderschön«, sagte ich.

»Oh, du bist also eine Expertin, weil du dreimal da gewesen bist?«, warf Poe ein.

»Fünfmal. Und ja. Audrey, die Space Needle ist …«

»Für dumme Touristen«, unterbrach Poe mich.

»… von außen seltsam anzusehen, aber ganz oben kann man essen und hat einen fantastischen Ausblick. Das Essen dort ist super. Ich habe in Seattle ehrlich gesagt nicht ein einziges Mal schlecht gegessen. Überall Lachs und Krebse, frische Meeresfrüchte. Ich meine, nicht, dass wir die hier nicht auch hätten, aber …«

»Können wir das Thema wechseln?«, fragte Poe.

»Klar.« Audrey lächelte. »Worüber würdest du gerne reden?« Poe erwiderte das Lächeln mit einem gequälten Blick.

»Ich weiß es nicht, Audrey«, sagte sie. »Wie wäre es mit den Pfadfinderinnen? Du bist doch bestimmt eine, oder?«

»Nicht mehr«, erwiderte Audrey. »Aber es hat ziemlich viel Spaß gebracht.«

*Touché, Poe*. Audrey ließ sich ihre gute Laune nicht verderben. Gott segne das süße Ding.

So ging der Abend weiter. Audrey war bezaubernd, aber ein wenig nervös, als wenn ich sie nach Hause schicken würde, wenn sie nicht der kleine Sonnenschein wäre. Poe hingegen war fest entschlossen, mürrisch zu bleiben. Wir spielten ein paar Spiele, schauten *Project Runway*, aßen unsere Pizza. Das heißt, Audrey und ich aßen, wobei mir auffiel, dass Audrey, nachdem sie ihr Stück aufgegessen hatte, zu dem Rest der Pizza schielte. Poe kaute auf einem Spinatblatt aus dem Salat herum und ließ alles andere auf ihrem Teller unberührt.

Als ich schließlich verkündete, dass es Zeit wäre, ins Bett zu gehen (halb zwölf, eine, wie ich fand, respektabel späte Zeit), war ich erschöpft. Ich zeigte ihnen ihre Zimmer und wünschte eine gute Nacht. Poe schloss ihre Tür sofort vor meiner Nase.

»Tut mir leid«, flüsterte ich Audrey zu.

»Das habe ich gehört«, sagte Poe durch die geschlossene Tür.

»Sie spricht!«, erwiderte ich. »Schlaf gut, Süße.« Keine Reaktion. »Du auch, Audrey.«

»Danke vielmals, dass ich hier sein darf«, sagte sie. »Ich habe noch nie auf einem Hausboot geschlafen.« Aus einem Impuls heraus umarmte sie mich und ging dann mit hochroten Wangen hinauf ins Loft.

Ich hatte Schuldgefühle, weil ich sie hundertmal lieber mochte als Poe. »Komm, Boomerang«, sagte ich zu meinem Hund. »Noch eine Gassirunde, dann darfst du auch ins Bett.«

Ich ließ meinen Hund hinaus und ging ein paar Schritte auf dem Steg entlang, während Boomer im Wald verschwand, um zu schnüffeln und seine Geschäfte zu erledigen.

Der Himmel sah aus, als hätte jemand Glitzerstaub darüber verteilt. Kein Wind, nur das leichte, kaum spürbare Heben und Senken des Stegs in der hereinströmenden Flut. Die Pinien hoben sich schwarz gegen den pflaumenfarbenen Himmel ab. Ich atmete tief ein und stellte mir vor, wie die frische Inselluft meine Lungen reinigte. Auch wenn ich Boston liebte, gab es da doch ein paar sehr unangenehme Gerüche – die Abgase von Lastwagen auf dem Mass Pike, der Gestank nach menschlichen Exkrementen von der Back Bay, die Orange Line, in der es immer nach Urin roch, der Schwefelgeruch der North Station im Winter.

Hier war die Luft so rein, man spürte förmlich, wie die Lunge wieder rosig wurde.

»Komm, Boomer!«, rief ich leise nur für den Fall, dass die Mädchen schon schliefen. Mein Hund sprang gehorsam auf den Steg. »Guter Junge«, sagte ich und kraulte seine Ohren. »Danke, mein Süßer.«

Gerade, als ich mich umdrehte, um die Tür zu öffnen, sah ich etwas.

Ein winziges Licht im Wald, das kurz orange aufglühte und dann verblasste.

Da draußen war jemand und rauchte eine Zigarette. Sobald ich das dachte, roch ich auch schon den Rauch. Wieder glühte die orangefarbene Spitze auf, als die Person erneut einen Zug nahm.

Boomer knurrte.

Dieses Land gehörte mir nicht. Es war nicht mein Grundstück, also konnte ich ihn nicht wegen unbefugten Betretens bei der Polizei melden. Ich ging hinein, schloss die Tür ab und sicherte alle Fenster, bevor ich die Jalousien herunterließ. Dann sah ich nach den Mädchen, die beide bereits schliefen.

Ich schrieb Sullivan eine Nachricht.

Jemand steht rauchend in dem Wald an der Nordseite meines Stegs.

Die drei Punkte auf meinem Display bewegten sich tröstend. Er war wach und dabei zu antworten.

*Sullivan: Schließ die Türen ab.*

Ich: Habe ich bereits getan.

*Sullivan: Ich rufe meinen Bruder sofort an.*

Ich ging in mein Zimmer und kehrte mit meiner Smith & Wesson 1911 ins Wohnzimmer zurück, wo ich mit Blick auf die Tür wartete.

Wenn jemand hereinkäme – wenn Luke Fletcher hereinkäme –, würde ich ihn erschießen? Ihn töten, während seine Nichte oben schlief? Könnte ich tatsächlich den Abzug betätigen? Würde es reichen, dass ich eine Waffe und einen großen Hund bei mir hatte, oder würde ich schießen müssen? Ich könnte auf sein Bein zielen. Ich wollte ihn nicht umbringen.

Den *anderen* Typen – meinen persönlichen Terroristen – ja. Den würde ich eventuell umbringen. Aber der wusste nicht, dass ich hier war. Es gab keinen offiziellen Eintrag zu meinem Umzug nach Scupper. Oder? Was war mit meinem Mietvertrag? War der öffentlich einsehbar?

Eine Sekunde später klingelte mein Telefon, und ich zuckte zusammen, als hätte mir jemand ein Messer in die Rippen gerammt. »Hallo?«

»Ich bin's, Sullivan.«

»Hi.«

»Luke meinte, er wäre nur im Wald spazieren gegangen. Er wollte dir keine Angst machen.«

Ich atmete tief durch. Mein Herz raste. »Ja, klar.«

»Ich habe ihm gesagt, er soll dich in Ruhe lassen und auf die Werft zurückkehren.«

Meine Schultern sackten vor Erleichterung zusammen. »Danke, Sully.«

»Wie bitte?«

»Ich danke dir.«

Es entstand eine kurze Pause. »Soll ich vorbeikommen?«

Ja, sollte er.

Aber ich erinnerte mich daran, wie ich auf der Straße gelegen hatte, während das Maskottchen der Beantown Bug Killers über mir aufragte, und dachte, dass ich nicht der Mensch war, der ich sein wollte, und nun meine Chance verpasst hatte.

Ich räusperte mich. »Nein, mir geht es gut. Wir sehen uns morgen. Hey, ich muss sowieso auf die Fähre nach Boston … Soll ich Audrey nicht einfach bei dir vorbeibringen?«

Eine weitere Pause, in der ich mich fragte, ob er mich verstanden hatte. »Nein, sie kann zur Werft laufen«, sagte er. »Sie arbeitet morgen da.«

»Oh. Okay.« Ich biss mir auf die Unterlippe. »Also dann. Sorry, dass ich dich geweckt habe.«

»Du hast mich nicht geweckt.«

Ich stellte ihn mir allein zu Hause vor (oder vielleicht auch nicht allein), wie er auf der Bettkante saß.

Er hatte ein gutes Gesicht, dieser Sullivan Fletcher. Ein gelassenes, beruhigendes Gesicht. Allein daran zu denken gab mir ein sichereres Gefühl.

»Gute Nacht«, sagte er.

»Gute Nacht«, erwiderte ich.

Dann gingen wir ins Bett – ich, mein Hund und meine Pistole … nur für den Fall.

# 13. Kapitel

*Liebe Lily,*
*ich weiß, du hast mich gebeten, dir nicht mehr zu schreiben, aber wen kümmert es, was du denkst?*
*Also, rate mal! Ich arbeite den Sommer über in der Klinik auf Scupper. Gestern kam eine Frau mit einem ganz frisch geschlüpften Baby, und der Geruch seines Kopfes hat mich an Poe erinnert, als sie noch klein war. Sie war das hübscheste Baby, das ich je gesehen habe. Das ist sie immer noch. Sie vermisst dich. Und ich auch.*
*Alles Liebe*
*Nora*

*Die Schüssel mit sechs Zitronen stand auf dem Tresen. Die roten Gerbera auf dem Couchtisch. Mein hübsches kleines Apartment, genauso aufgeräumt und bezaubernd, wie ich es verlassen hatte. Mein perfektes Zuhause.*

*Aber dieses Mal stand die Balkontür offen, und ich wusste bereits, dass er hier war. Ich tat so, als wüsste ich es nicht, und glaubte, wenn ich das nur fest genug vorspielte, würde er verschwinden. Ich hörte ihn im Badezimmer, wie er in die Wanne stieg, das Rasseln der Ringe, als er den Vorhang zuzog. Aber ich war mir so sicher, dass er, wenn er glaubte, ich wäre nicht hier, irgendwie verschwinden würde.*

*Dann wurde der Duschvorhang zurückgezogen, und dieses Mal hielt er das Messer bereits in der Hand.*

Ich schreckte aus dem Albtraum hoch – schweißgebadet und hechelnd wie Boomer nach einer Laufrunde.

Wo ich gerade an ihn dachte – wo war mein Hund? Was war

mit dem Kerl gestern Nacht im Wald? War das wirklich Luke gewesen, oder hatte Voldemort mich gefunden?

Heilige Scheiße, wo waren die Mädchen?

Ich stürmte aus meinem Zimmer, und da saßen sie am Küchentisch. Poe lümmelte auf einem Stuhl, und Audrey saß ihr gegenüber. Sie schauten mich beide an.

»Geht es euch gut?«, platzte es aus mir heraus.

»Schockierenderweise ja«, antwortete Poe.

»Willst du einen Kaffee?«, bot Audrey an.

Mein Herz hämmerte und hüpfte in meiner Brust. »Äh … sicher. Gerne. Danke.«

Audrey brachte mir einen Becher. Zucker und Milch standen bereits auf dem Tisch.

»Schlimmer Traum?«, fragte Poe und sah mich von oben bis unten an.

Ich nickte.

»Du hast bei Gran immer im Schlaf geredet.«

»Sorry«, murmelte ich. Ich fragte mich, ob ich irgendetwas gesagt hatte, dass ihr Sorgen machte. Andererseits schien es nicht gerade eines von Poes Problemen zu sein, sich Sorgen um ihre Tante zu machen, was gut war. Ich wollte ihr helfen und sie nicht noch zusätzlich belasten.

»Wollen wir Waffeln machen?« Collier Rhodes' Hausboot war mit allem ausgestattet, was Williams-Sonoma zu bieten hatte.

»Ich muss zur Arbeit«, sagte Audrey. »Ich gehe gleich zur Werft rüber. Aber danke tausend Mal, dass ich hier übernachten durfte«, sagte sie an mich gewandt. »Und Poe, es war schön, Zeit mit dir zu verbringen.«

»Ja, gleichfalls.« Poe lächelte verlegen, und mein Herz zog sich ein winziges bisschen zusammen. Ich war mir beinahe sicher, dass unter ihrer zähen Schale ein einsames Kind steckte.

Ich nahm Audrey in den Arm. »Danke, dass du hier warst, Süße. Komm gerne jederzeit wieder.«

»Das mache ich! Danke. Das hat echt Spaß gebracht. Tschüss, Boomer.« Sie streichelte noch einmal meinen Hund, dann schnappte sie sich ihren Rucksack und ging.

»Sie ist echt nett.« Ich setzte mich an den Tisch.

»Ich wette, du wünschst dir, sie wäre deine Nichte und nicht ich.«

Ich trank einen Schluck Kaffee, bevor ich antwortete. »Nö. Sie hat keine blauen Haare, und ich liebe blaue Haare.«

Poe verdrehte die Augen so sehr, dass sie ihr beinahe aus dem Kopf fielen. Dann griff sie nach ihrem Kaffee und zuckte zusammen. Im Schulterbereich war ihr T-Shirt feucht.

»Was macht das Tattoo?«, fragte ich.

»Alles gut.«

»Macht es dir etwas aus, wenn ich mir das mal ansehe?«

»Ja, es macht mir was aus. Das ist mir zu pervers.«

»Ich fürchte, es könnte sich entzündet haben. Ich bin Ärztin, weißt du noch?«

Sie zögerte kurz, dann zog sie ihr T-Shirt hoch.

Jupp, die Engelsflügel nässten. »Warte kurz. Ich hole dir eine antibiotische Salbe.«

Als Poe ungefähr vier war und ich sie besuchte, hatte sie es geliebt, so zu tun, als wäre sie krank, damit ich sie bemuttern konnte. Sie hielt ihre kleine Hand hoch, und ich klebte ein Pflaster auf ihren Finger und gab ihr einen Schokobonbon, um alles wieder besser zu machen. Dann maß ich ihre Temperatur und bettete sie mit vielen Kissen auf die Couch. »Du musst dich ein wenig ausruhen«, sagte ich, »und deine Tante massiert dir die Füße.«

Das war der beste Besuch gewesen. Ich hatte wirklich geglaubt, Lily und ich wären uns damals nähergekommen. Sie hatte mich sogar umarmt, als ich ging.

Meinen Anruf eine Woche später nahm sie nicht an und rief auch nicht zurück oder beantwortete die E-Mail, die ich daraufhin geschrieben hatte.

Ich ging ins Badezimmer, nahm meine Erste-Hilfe-Tasche und befeuchtete einen frischen Waschlappen unter heißem Wasser. Poe saß mit dem Rücken zu mir am Tisch. Ihre Schulterblätter wirkten so dünn und zerbrechlich wie die eines kleinen Mädchens.

»Ist es sehr eklig?«, wollte sie wissen, und zum ersten Mal lag kein Hohn in ihrer Stimme.

»Für mich nicht.« Sanft drückte ich den Waschlappen auf ihr Tattoo. »Ich habe eklige Sachen gesehen, und das hier kommt nicht mal in die Nähe davon.«

»Was für eklige Sachen hast du gesehen?«, fragte sie.

Schnappatmung! Sie zeigte Interesse am Beruf ihrer Tante!

»Nun, da war diese Frau, die zu mir in die Praxis kam, weil sie Mundgeruch hatte. Und ich rede hier nicht von Zwiebelatem nach dem Mittagessen.« Ich entfernte die heiße Kompresse und verteilte die Salbe auf der Haut, dann deckte ich sie mit Gaze ab und legte ein Kühlpack darauf, damit die Schwellung schneller abklang. »Ihr Atem roch nach Fäkalien. Oder nach Jauche.«

»Igitt.«

»Ja. Es fiel mir schwer, nicht zu würgen.«

»Was stimmte mit ihr nicht?«

»Foetor hepaticus. Lebergeruch. Man nennt es auch den Atem des Todes. Leberversagen im Endstadium, was bedeutete, ihre Leberenzyme sickerten in ihre Lungen.«

»Oh Gott!« Poe gab ein würgendes Geräusch von sich. »Hat sie überlebt?«

»Nein. Sie ist ein paar Stunden später gestorben.« Beatrice LaPonte aus Dorchester. Mein zweiter Todesfall.

»Ist es schwer zu sehen, wie jemand … du weißt schon?«

Ich nahm das Kühlpack weg und zog Poes T-Shirt herunter. »Ja.«

Einen Moment schwieg sie. Ihr Hals war schmal, das blaue Haar passte seltsamerweise gut zu ihrer hellen Haut. Ich konnte nicht widerstehen und streckte die Hand aus, um ihren Hinterkopf zu berühren.

Poe sprang auf. »Was machst du da? Werde jetzt nicht komisch, okay? Meine Güte …«

Ich schloss kurz die Augen. »Willst du heute mit mir nach Boston fahren?«

»Warum?«

»Ich bringe Boomer zu Bobby, meinem Ex-Freund. Wir beide könnten vielleicht shoppen gehen? Oder uns einen Film ansehen?«

»Ich passe.« Der mürrische Teenager war zurück.

»Okay, aber bevor ich dich zu Gran bringe, will ich dir noch was zeigen, einverstanden?«

»Habe ich eine Wahl?«

»Die hast du nicht. Ich war nur höflich.«

Fünfzehn Minuten später saßen wir im Auto. Boomer verkündete seine Freude lauthals von der Rückbank. Seinen enormen Kopf hatte er aus dem offenen Fenster gesteckt. Poe hatte das Angebot zu fahren abgelehnt, also hatte ich die Ehre. Erst über den sandigen Schotterweg, dann auf die Hauptstraße und in Richtung Stadt. Der Verkehr war durch die Wochenendbesucher dichter als üblich. Und ich freute mich zu sehen, dass die Schlange bei Lala bereits wieder bis auf die Straße reichte.

Wir fuhren im Westen am Penniman State Forest vorbei und den Eastman Hill hinauf. Dorthin hatte Dad Lily und mich so oft mitgenommen. Er hatte die Straße immer den Adrenalinhügel genannt.

Sie war steiler, als ich sie in Erinnerung hatte.

Mein kleiner Wagen schaltete automatisch einen Gang runter und tuckerte den Hügel hinauf, der eine gute halbe Meile lang war. Oben gab es einen riesigen Granitfelsen, der von Pinien und Eichen umgeben war. Die Eichen fingen gerade an auszuschlagen, und obwohl sich die Luft noch kühl anfühlte, war es in der Sonne schon warm.

»Du hast mich hergebracht, um mit mir einen Stein anzugucken?« Poe quälte sich aus dem Wagen, Boomer dicht auf den Fersen.

»Hier sind deine Mom und ich oft hergekommen. Unser Vater hat unsere Fahrräder in seinen Truck geladen, und wir sind nachts hier heraufgefahren. Wir saßen immer ein paar Minuten auf dem Felsen, während unser Vater uns eine aufmunternde Rede gehalten hat.«

Gegen ihren Willen interessiert schaute sie mich an. »Worüber?«

»Darüber, keine Angst zu haben. Abenteuer zu erleben. Das Leben in vollen Zügen zu genießen.« Hatte ich das getan? Hatte ich seine Hoffnungen und Erwartungen erfüllt? Wäre mein Vater mit mir als Erwachsener zufrieden? Oder entsprach Lilys Lebensentwurf eher dem, was er sich vorgestellt hatte?

Nicht, dass er das beste Vorbild gewesen war, so, wie er seine Töchter hatte fallen lassen. Aber die Liebe zu ihm war in sehr jungen Jahren in mein Herz geschnitzt worden, und sie auszuradieren war leichter gesagt als getan.

Egal. Der Sinn dieses kleinen Ausflugs war, Poe zu zeigen, dass ihre Mutter und ich uns einst nahegestanden hatten. Vielleicht könnte ich ihr auch ein Gefühl für die Zeit geben, in der Lily … anders gewesen war. Ich sagte: »Wir saßen hier, schauten auf die Stadt hinunter und betrachteten die Lichter, und nichts hat jemals gemütlicher ausgesehen. Aber um nach Hause zurückzukommen, mussten wir den Berg bezwingen.«

Schweigen von Poe.

»Also stiegen wir auf unsere Fahrräder – Lily musste bei Dad mitfahren, weil sie noch zu klein war – und rasten so schnell wir konnten den Hügel hinunter.«

Weiteres Schweigen. Dann: »Hast du je einen Unfall gehabt?«

»Beinahe.« Und ich hatte trotz der ermunternden Worte meines Dads immer Angst gehabt.

Als ich nun den Hügel hinunterschaute, erinnerte ich mich, wie ich jedes Mal befürchtet hatte, die Kontrolle über den Lenker zu verlieren, ein Schlagloch zu treffen und durch die Luft zu segeln. Jedes Mal schoss die Angst durch mich hindurch, wenn ich ins Schleudern geriet und das Knirschen des Schotters hörte und das Piksen von Kies und kleinen Steinen an meinen Schienbeinen spürte.

Ich erinnerte mich auch an die Euphorie – und Erleichterung –, wenn wir unten angekommen waren.

»Deine Mom hat es geliebt«, sagte ich. »Sie saß mit ausgebreiteten Armen auf dem Lenkrad unseres Dads, als würde sie fliegen.«

»Ja, sie liebt Speed.«

Ich war mir nicht sicher, ob die Doppelbedeutung beabsichtigt war oder nicht.

»Ist sie eine gute Mutter?«, fragte ich.

»Sie sitzt im Gefängnis, Nora. Was glaubst du wohl?« Doch ihre Lippen zitterten bei den Worten.

Ich wollte einen Arm um ihre Schultern legen. »Trotzdem musst du sie doch vermissen.«

»Ich muss noch Hausaufgaben machen. Können wir diese Reise auf der Straße der Erinnerungen bitte abbrechen?«

»Klar.« Seufzend kehrte ich zum Auto zurück. Der Rest der kurzen Fahrt verlief schweigend. Poe sprang heraus, sobald ich in die Einfahrt, die zum Haus meiner Mom gehörte, eingebogen war.

»Poe?« Ich stieg ebenfalls aus.

»Was?«

»Wasch das Tattoo dreimal täglich mit warmem Wasser, und creme es danach mit der Salbe ein. Du willst doch nicht, dass es schlimmer wird.«

Sie schaute nicht mal zurück.

Vier Stunden später tauchte die Skyline von Boston vor mir auf, und mein Herz machte einen Sprung. Boomer schien ebenfalls zu wissen, dass wir wieder daheim waren – natürlich, er konnte Boston weit vor mir riechen. Er wedelte mit seinem buschigen Schwanz, und ich streichelte ihm lächelnd über den Kopf.

Ich würde ihn furchtbar vermissen. Aber ich käme auch allein klar. Ich hatte keine andere Wahl. Wie mein Vater vor so vielen Jahren sagte: Im Leben ging es darum, sich seinen Ängsten zu stellen.

Als die Fähre im Hafen einfuhr, sah ich Bobby. Seine Haare konnten mal wieder einen Schnitt gebrauchen, und mit seinem Bartschatten sah er aus, als wäre er einer Anzeige von J. Crew entsprungen. Der Mann, den die süße Nora, die erfolgreiche Ärztin, die Perez-Stipendiatin, für sich gewonnen hatte.

Er lächelte, als er mich sah. »Hey Fremde«, sagte er. »Du siehst *wesentlich* besser aus.«

Boomer sprang auf ihn zu, wedelte mit dem Schwanz, sabberte und schmiegte sich an ihn, wie es sich für einen Berner Sennenhund gehörte.

Ich ging ebenfalls zu ihm, und Bobby öffnete die Arme für eine Umarmung.

Eine lange Umarmung.

Er roch so gut. Ich spürte seine Rippen und presste meine Wange gegen seine Schulter.

»Hey«, sagte ich mit rauer Stimme.

»Ich hoffe, du musst nicht gleich wieder zurück.« Er nahm Boomers Leine in die Hand. »Ich dachte, wir könnten zusammen zu Mittag essen.«

»Klar«, sagte ich.

»Du siehst wirklich toll aus.« Vorsichtig betastete er mein Schlüsselbein, und ein aufgeregtes Kribbeln durchfuhr mich. »Alles wieder heil?«

»So ziemlich.«

»Nichts heben, was mehr als zwanzig Pfund wiegt, okay?«, warnte er.

Ich lächelte. »Ja, Dr. Byrne.«

»Wo würdest du gerne hingehen? Ich habe den ganzen Tag frei.«

Hm, das war seltsam. Er nahm sich nie einen ganzen Tag frei. »Ich habe für heute Abend Pläne mit Roseline, aber ... wie wäre es mit einem Spaziergang? Hier ist es wesentlich wärmer als auf Scupper.«

»Hält dein Knie das schon aus?«

»Im Moment schon.«

»Super.« Er nahm meine Hand, und ein warmes, leicht nervöses Gefühl legte sich über mich. Ich war froh, dass ich heute etwas Nettes anhatte – Jeans und Wildlederstiefel mit flachem Absatz, einen flaschengrünen Kaschmirpullover, dazu eine braune Lederjacke und ein Vintage-Carré von Hermès, das ich für einen Bruchteil seines Werts in einem Secondhandladen gefunden hatte.

»Wie läuft es im Krankenhaus?«, wollte ich wissen, und Bobby erzählte mir Geschichten von Patienten und Angestellten und dem Kind, das zwölf Minuten lang verschwunden war, weil es keine Tetanusspritze bekommen wollte. Das hatte zum Auslösen des Alarms und der kurzfristigen Abriegelung des gesamten Krankenhauses geführt. Wir schlängelten uns durch die Menschen in Boston, wichen den Red-Soxs-Fans auf ihrem Weg ins Fenway Stadium aus und machten einen Bogen um die zu laut redenden und herumalbernden Studentengruppen.

Es war schön, wieder hier zu sein.

Wir suchten uns einen Tisch im Außenbereich des kleinen Cafés neben dem Institut für moderne Kunst, beobachteten die Leute und ließen uns die Haare vom Wind zerzausen. Die Kellnerin kam zu uns, bewunderte den Hund aller Hunde, und wir bestellten Wein und etwas zu essen.

Es war so romantisch – die Sonne schien, aus der Bucht

wehte ein leichter Wind, Bobby schenkte mir sein flirtendes Lächeln. Genau wie in alten Zeiten.

»Nun erzähl mir, wie es auf Scupper läuft«, sagte er, nachdem unser Essen serviert wurde. Ich erzählte ihm eine etwas aufgeräumte Version der Ereignisse. Ich erzählte, wie schön mein Hausboot war und dass meine Nichte am Vorabend bei mir übernachtet hatte. Von alten Schulkameraden, die ich getroffen hatte, von meiner Mom.

Und während ich sprach, begannen die Ereignisse sich nach meinen Worten neu zu formen. Meine Mom wirkte freundlicher und nicht mehr so distanziert; die Geräusche des nächtlichen Maine waren wunderschön und nicht mehr eine Erinnerung daran, wie verletzlich ich mich auf dem Hausboot gefühlt hatte. Poe war bunt und farbenfroh, nicht wütend.

Immerhin hatte ich Bobby nie die ganze Wahrheit über meine Familie erzählt, und es gab keinen Grund, jetzt damit anzufangen.

Die Kellnerin brachte uns die Rechnung, und Bobby bezahlte. Ich schaute auf meine Uhr. »Willst du noch mit zu mir kommen?«, fragte er und streckte die Hand aus, um mir eine Haarsträhne hinter das Ohr zu schieben. Diese Geste hatte mich schon immer irritiert. Ich konnte mich gut allein um meine Haare kümmern, vielen Dank. »Zu uns meine ich natürlich.«

»Wir haben Schluss gemacht, Bobby.«

»Ich weiß. Aber ich bin nicht mit Jabrielle zusammen.«

»Mit mir auch nicht.« Ich hob eine Augenbraue und lächelte dazu, um der Bemerkung die Spitze zu nehmen.

»Du fehlst mir.«

*Gut. Du hast es verdient, mich zu vermissen.*

Er lehnte sich auf seinem Stuhl zurück und tätschelte Boomer, der versuchte, auf seinen Schoß zu krabbeln. »Ich meine, natürlich vermisse ich dich. Wir waren lange zusammen. Und noch länger Freunde. Aber ich schätze, ich habe nicht gewusst, wie leer sich mein Leben ohne dich anfühlen würde.«

Mit Worten hatte er schon immer umgehen können. Mein Weinglas war leer, aber ich tat trotzdem so, als nippte ich daran, weil ich einen Schutzschild brauchte.

»Okay«, sagte er. »Keine Antwort ist auch eine Antwort. Es tut mir leid.«

»Ich weiß den Gedanken zu schätzen. Aber ich denke ... nun, ich denke, wir brauchen noch ein wenig mehr Zeit getrennt voneinander.« Ich stellte mein Glas ab. »Ich gehe dann mal. Kümmere dich gut um meinen Jungen.« Ich beugte mich vor und zuckte zusammen, als mein Knie mich daran erinnerte, dass ich dumm genug gewesen war, mich von einem Lieferwagen anfahren zu lassen. Mit einem Kuss auf seinen Kopf verabschiedete ich mich von meinem Hund. »Wir sprechen bald, okay?«, sagte ich an Bobby gerichtet.

»Schick mir eine Nachricht, wenn du wieder auf der Insel bist, damit ich weiß, dass du gut angekommen bist.« Bobby stand auf und umarmte mich erneut, dann gab er mir einen Kuss auf die Wange.

Und dann einen auf den Mund. Einen kurzen Kuss nur, aber warm und fest. Eine Erinnerung an das Leben vor dem großen bösen Vorfall.

»Pass auf dich auf«, sagte ich und ging so schnell davon, wie ich konnte.

Zum ersten Mal dachte ich, dass diese Pause vielleicht genau das war, was Bobby und ich brauchten.

## 14. Kapitel

Ein paar Tage nachdem ich Boomer in Boston abgeliefert hatte, saß ich in der Inselklinik am Computer und arbeitete. Wie von Gloria angekündigt, hatten wir es hauptsächlich mit einfachen Problemen zu tun – ein Mädchen mit einem verstauchten Knöchel, ein Teenager, der von vier Bienen gestochen worden und nun hysterisch war (obwohl er keine Allergie hatte), und soeben eine ältere Dame mit schlimmen Bauchschmerzen aufgrund einer Verstopfung.

»Ich war seit elf Tagen nicht mehr auf dem Klo«, hatte sie geknurrt. Ich unterdrückte ein Wimmern. Das war bei älteren Leuten zwar nicht ungewöhnlich, aber große Güte! Kein Wunder, dass sie schlechte Laune hatte.

»Diesen Fall übergebe ich an Dr. Stuart.« Dr. Ames strahlte die Patientin an. Gloria und ich vermuteten stark, dass ihr Kaffee mit Alkohol verdünnt war, aber eines musste ich ihr lassen: Ihr Lippenstift war immer perfekt. »Ich hatte mal eine Patientin mit so schweren Verstopfungen, dass sie *sieben Pfund* leichter war, nachdem wir ihr geholfen haben, sich zu lösen! Ich habe noch nie so viel Stuhl in meinem Leben gesehen!« Sie lächelte, die Erinnerung schien ihr zu gefallen.

»Danke für die Anekdote«, sagte ich.

»Gern geschehen!« Sie hob die Stimme. »Mrs. Constantine, Nora ist *wunderbar bei Verstopfungen*. Nicht wahr, Darling? So *sanfte* Hände! Nun, ich muss ein paar Anrufe tätigen. Nora, lass mich wissen, wenn du mich brauchst, meine Liebe.« Damit wankte sie zurück in ihr Büro.

»Sie hat wirklich eine einzigartige Persönlichkeit«, sagte ich. »Aber sie hat recht, ich bin gut in diesen Dingen.«

»Schön«, sagte meine Patientin. »Das letzte Mal, als ich mich deswegen behandeln lassen musste, fühlte es sich an, als hätte der Arzt den Stoßzahn eines Elefanten benutzt.«

»Wir haben unsere Elefantenstoßzähne alle letztes Jahr entsorgt.« Ich lächelte.

Ich erspare euch die Details, aber einen sanft durchgeführten Einlauf später verließ Mrs. Constantine die Klinik mit einer Packung Glyzerin-Zäpfchen in der Hand als glücklichere Frau.

»Viel zu tun heute«, merkte Gloria an, als ich den Bericht fertiggestellt und an die Versicherungsgesellschaft geschickt hatte. »Stirbst du schon an Langeweile?«

»Überhaupt nicht. Es bringt Spaß, diese ganzen unterschiedlichen Fälle zu behandeln.«

»Fehlt dir Boston?«

»Ein bisschen. Und dir?«

»Ich bin nicht gerade ein Stadtmensch, weißt du«, sagte sie.

»Was hat dich überhaupt hierhergebracht? Abgesehen von der Fantasie über den Hummerfischer, meine ich.«

»Ich wollte eine Veränderung. Mir gefällt das langsamere Tempo auf der Insel, und ich mag es, diesen Laden hier zu leiten. Nicht persönlich gemeint.« Sie grinste. »Meine Familie ist ziemlich anstrengend. Alle paar Tage hat jemand eine Kommunion oder Taufe oder bekommt ein Baby. Meine Mutter ruft mich viermal am Tag an, nur um zu hören, wie es so geht. Ich muss immer so tun, als wäre der Handyempfang hier mies, nur um etwas Ruhe und Frieden zu haben. Ich liebe sie, aber zu viel des Guten ist nicht mehr schön, verstehst du?«

»Nicht wirklich. Vielleicht können wir unsere Familien tauschen.«

»Das hört sich an, als wenn du deiner Familie nicht nahestehst?«

Ich zuckte mit den Schultern. »Du hast meine Mom kennengelernt.«

»Eine sehr beeindruckende Frau.«

In mir blitzte unerwartet Stolz auf. »Das stimmt. Allerdings nicht sonderlich warmherzig und kuschelbedürftig.«

Die Klingel ertönte und verkündete einen weiteren Patienten. »Vier an einem Tag.« Gloria verzog das Gesicht. »Das ist hier ja wie auf dem Hauptbahnhof. Ich gehe mal gucken, was los ist.«

Ein paar Minuten später rief Gloria mich ins Untersuchungszimmer. Der Patient war Mr. Carver, der Mann, der meinen Vater ab und zu beschäftigt hatte. Laut seiner Patientenakte hieß er mit Vornamen Henry. »Hi Mr. Carver«, sagte ich. »Schön, Sie wiederzusehen.«

»Oh, Nora.« Er errötete. »Äh … dich hatte ich nicht erwartet.«

»Blutdruck ist normal, Puls perfekt, Sauerstoffsättigung bei 98 Prozent«, sagte Gloria. »Sag Bescheid, wenn du mich brauchst.« Sie verließ den Raum.

»Was kann ich für Sie tun?«, fragte ich.

»Nun … Gibt es hier noch einen anderen Arzt?« Er sah mich hoffnungsvoll an. »Einen Mann?«

»Ich fürchte nicht.«

Er seufzte.

»Alles, was Sie mir sagen, wird streng vertraulich behandelt, Mr. Carver.«

»Du siehst nicht alt genug aus, um Ärztin zu sein.«

Diese Bemerkung liebte ich immer. »Nun, ich bin fünfunddreißig. Grundstudium an der Tufts, Hauptstudium an der Tufts Medical School, Assistenzzeit im Boston City, jetzt Partnerin bei Boston Gastroenterology Associates, zertifizierte Allgemeinärztin und Gastroenterologin … Soll ich weitermachen?«

»Es ist etwas … Persönliches.«

»Ich versichere Ihnen, ich habe schon alles gehört.«

Er errötete.

»Erektile Dysfunktion?«, riet ich.

Er wandte den Blick ab und lief noch dunkler an. »Bingo.«

Ihm waren blutdrucksenkende Medikamente verschrieben worden – die klassische Ursache für ED. Ich stellte ihm ein paar Fragen und untersuchte ihn. Er war der Typ Mann, für den Viagra erfunden worden war. Ich schrieb ihm ein Rezept aus, klärte ihn über die Nebenwirkungen und Warnsignale auf und empfahl ihm eine Apotheke in Portland, falls er das Rezept nicht hier auf der Insel einlösen wollte.

»Das ist toll«, sagte er erleichtert. »Danke, Nora. Ich meine, Dr. Stuart.«

»Nora ist schon in Ordnung«, erwiderte ich.

»Deine Mom muss sehr stolz auf dich sein.«

»Das hoffe ich. Wo wir gerade von ihr sprechen … Kennen Sie jemanden, der Interesse hätte, mit ihr … also mit meiner Mutter auszugehen? Ich mache mir Sorgen, dass sie zu einsam ist.«

Wieder liefen seine Wangen rot an. »Sie ist … Nun, ich, äh, darüber muss ich nachdenken.«

»Ich weiß, ich weiß, ich benehme mich wie eine Kupplerin.« Ich lächelte. »Aber was soll ich sagen? Jeder hat es verdient, geliebt zu werden, oder? Sprechen Sie mich gerne jederzeit an, wenn Sie zu dem Medikament Fragen haben.«

Immer noch mit hochroten Wangen, ging er. Zu schade, dass er verheiratet war. Gegen ihn als Stiefvater hätte ich nichts einzuwenden.

Meine Mom hatte ich schon seit einigen Tagen nicht mehr gesehen, ihr aber eine Nachricht auf dem Anrufbeantworter hinterlassen – auf Handy-Nachrichten reagierte sie normalerweise nicht. Poe war an einem Abend, an dem mal wieder die Umarmungstherapie anstand, zum Abendessen rübergekommen und hatte als Antwort auf meine Fragen ein paar Mal gegrunzt. Wir machten langsam Fortschritte.

Ich steckte den Kopf in Glorias Büro. »Ich fahre zu meiner Mom«, sagte ich. »Soll ich dir was zum Mittagessen mitbringen?«

»Ich habe einen Salat.« Sie verzog das Gesicht. »Grünkohl.«

»Dein Verdauungstrakt wird es dir danken. Okay, bis später.«

Das Excelsior Pines, in dem Mom schon so lange arbeitete, war ein wunderschönes dreistöckiges weißes Hotel am Wasser mit einer Aussicht, die ihresgleichen suchte. Im Sommer war es für Hochzeiten sehr beliebt, und in der Nebensaison und im Winter bot es spezielle Aktionspakete an, um die Festlandbewohner anzulocken.

Mrs. Krazinski stand an der Rezeption – sie war die Mutter von Lizzy Krizzy. »Hi Mrs. K«, sagte ich beim Hereinkommen. Auf ihrem Namensschild stand »Donna«. Lustig, dass man als Kind nie die Vornamen der Erwachsenen gewusst hatte.

»Hallo Nora«, begrüßte sie mich. »Deine Mutter hat mir erzählt, dass du den Sommer über hier bist. Wie geht es dir?«

»Sehr gut. Und Ihnen? Was macht Lizzy?«

»Oh, ihr geht es prima. Sie wohnt jetzt in Connecticut und arbeitet an der Wall Street. Ihr Mann bleibt zu Hause bei den Kindern. Sie hat inzwischen drei.« Sie holte ihr Handy heraus und zeigte mir das Foto einer lächelnden Familie. Lizzy sah noch genauso aus wie früher.

»Ah, das ist toll. Grüßen Sie sie schön von mir, ja?« Ich erinnerte mich, dass ihr Haus zu vermieten war. »Wo wohnen Sie und Mr. K denn inzwischen?«, fragte ich. »Ich habe Ihr Haus beim Makler gesehen.«

»Nun, wir haben uns vor über fünf Jahren scheiden lassen.«

»Verdammt. Das tut mir leid. Sie kennen ja meine Mom, sie ist keine, die tratscht.«

»Das stimmt. Ich habe mir hier in der Stadt etwas Kleines gemietet, nur ein paar Meter vom Clam Shack entfernt. Ich nehme an, du bist hier, um deine Mom zu besuchen?«

»Stimmt. Hat sie gerade Zeit?«

»Ach, du kennst sie doch. Immer am Arbeiten. Aber geh nur rein, Liebes.«

Mrs. K. Sie war immer nett gewesen. Ich hielt kurz inne.

»Mrs. Krazinski«, sagte ich leise. »Ich hoffe, ich bringe Sie damit nicht in eine unangenehme Situation, weil Sie mit Mom arbeiten, aber ich habe mich gefragt, ob Sie je etwas von meinem Vater gehört haben. Wohin er gegangen ist, nachdem er die Insel verlassen hat.«

Sie zog die Augenbrauen zusammen. »Nein, Liebes, tut mir leid. Ich habe deine Mom damals danach gefragt, aber sie wusste auch nicht viel, und nach einer Weile habe ich einfach aufgehört nachzuhaken. Ich dachte, wenn sie es mich wissen lassen wollte, hätte sie es mir gesagt.«

Das klang ganz nach Mom. »Ja, sicher. Ich würde nur so gerne wissen, was passiert ist, also wenn Ihnen jemand einfällt, mit dem ich reden könnte …«

»Sicher, Liebes. Und nun geh deine Mom besuchen.«

Ich gehorchte. Meine Mutter saß an ihrem Schreibtisch. Neben ihr auf einem Stapel Akten stand ein angebrochener Joghurtbecher.

»Hey Mom.«

»Hi Nora. Was ist los?«

»Nichts. Ich wollte nur mal Hallo sagen.«

»Oh. Na dann. Hallo.«

Meine zwei brennendsten Fragen – *Wurdest du in letzter Zeit eigentlich mal flachgelegt?* und *Was ist mit Dad passiert?* – waren zu verquer, um in der gleichen Unterhaltung gestellt zu werden. Ich entschied mich für die Operation *Einen Liebhaber für Mom finden.*

»Ich habe mich gefragt, ob du am Freitag vielleicht zum Essen aufs Hausboot kommen willst«, sagte ich. »Ich gebe eine kleine Dinnerparty.« Das hatte ich zwar bis eben nicht vorgehabt, aber warum nicht? Es war an der Zeit, mein neues Zuhause einzuweihen.

»Ich hab's nicht so mit Partys, Nora.«

»Bitte komm, Mutter.« Ich starrte sie an.

»Äh, was ist mit Poe?«

»Poe kann mitkommen oder alleine bleiben. Sie ist beinahe sechzehn.«

»Ich muss arbeiten.« Sie wandte sich wieder ihrem Computer zu.

»Du musst immer arbeiten.«

»Stimmt. Aber danke trotzdem.«

»Mom. Bitte komm zum Dinner zu mir. Bitte. Für mich.«

Sie seufzte.

»Ansonsten sehe ich mich gezwungen, zur Umarmungstherapie zu kommen und …«

»Gut, gut. Ich komme. Um wie viel Uhr? Mach es nicht zu spät. Ich bin gerne vor halb zehn im Bett.«

Sieg. »Um sieben?«

»Sind wir hier in Frankreich oder was? Meinetwegen.«

Yoga-Atem, Yoga-Atem. »Danke, Mom. Es wird nett.«

»Wer kommt noch?«

»Nur ein paar Freunde.« Jeder unverheiratete Mann unter achtzig, den ich finden konnte. Ich würde Mr. Dobbins (*Bahb*) fragen, unseren umarmungshungrigen ersten Stadtrat, und … äh … nun, ich würde noch einen oder zwei mehr finden. Spontan fielen mir drei ein. Ich würde auch Xiaowen und Gloria einladen. Ich war mir sicher, dass zehn Leute bei mir zu Hause Platz hatten – an Größe hatte Collier Rhodes nicht gespart.

Eine Dinnerparty wäre lustig. Ich kochte gerne, und seien wir mal ehrlich, ohne Boomer war ich einsam.

Da meine Mission für den Moment erledigt war, verließ ich das Hotel und ging zur Klinik zurück. Die Hartriegelbäume entlang der Main Street standen in voller Blüte, und ihre Blütenblätter schwebten auf eine Weise in der Luft, die mich immer wieder begeisterte. Ich kehrte kurz im The Cracked Spine ein, um mir (gegen meinen Willen, aber der Mann hatte mich fest im Griff) den neuesten Roman von Stephen King zu kaufen und ein paar Postkarten mit Bildern von Scupper Island, die ich an meine Freunde in Boston schicken wollte.

»Woher kommen Sie?«, fragte die Frau an der Kasse, als ich bezahlen wollte. Sie kam mir irgendwie bekannt vor. Penny, so hieß sie. Penny Walters. Sie war in die gleiche Kirche gegangen wie wir und hatte keine Kinder, wenn ich mich recht erinnerte.

»Ich bin ehrlich gesagt von hier«, sagte ich. »Die Tochter von Sharon Stuart.«

»Ach sicher! Ich liebe Ihre Tochter. Es ist so schön, einen Teenager zu sehen, der liest.«

»Poe ist meine Nichte«, korrigierte ich sie. »Ich bin Nora, die andere Tochter.« Als sie mich ausdruckslos ansah, fügte ich hinzu: »Die Ärztin, die in Boston lebt. Meine Mutter hat zwei Töchter.«

»Ich erinnere mich wieder. Du siehst nur so … jung aus.«

»Danke.«

Es lag nicht daran, dass ich jung aussah. Es lag daran, dass ich nicht mehr das dicke Kind mit Akne und fettigen Haaren war.

Hinzu kam, dass ich seit fünfzehn Jahren nicht mehr hier gewesen war. Und meine Mutter offensichtlich nicht viel über mich sprach.

Penny beschäftigte sich hinter dem Tresen.

Die Tür ging auf, und Xiaowen kam herein. »Hey!«, strahlte ich sie an.

»Selber hey. Was hast du gekauft? Oh, Stephen King. Ich hasse diesen Mann.«

»Ich weiß. Er ist schrecklich. Wonach suchst du?«

»Ich habe den traurigen Fehler begangen, *Harry Potter und die Kammer des Schreckens* an meinen Neffen auszuleihen, und rate, wer es in die Badewanne hat fallen lassen? Er ist aus meinem Testament gestrichen, das lass dir gesagt sein.«

»Du verleihst einen deiner Harry-Potter-Bände?«, fragte ich entsetzt.

»Nun nicht mehr. Der kleine Mistkerl schuldet mir fünfundzwanzig Dollar. Haben Sie das Buch vorrätig?«, fragte sie Penny. »Natürlich als Hardcover.«

»Ich kann es Ihnen bestellen«, erwiderte Penny.

Xiaowen seufzte. »Tja, da geht mein Wochenende dahin.«

»Hör mal«, sagte ich. »Nur dieses eine Mal leihe ich dir meins. Aber ich erwarte, dass du es wie deinen Augapfel hütest, okay?«

»Ich werde beim Lesen Handschuhe tragen.«

»Kein Wasser, Essen oder Feuer in seiner Nähe.«

»Verstanden.« Sie lächelte.

»Was machst du Freitagabend?«, fragte ich. »Ich gebe eine kleine Dinnerparty.«

»Wie eine richtige Erwachsene?«

»Ganz genau. Hast du Lust?«

»Scheiße, ja! Um welche Uhrzeit? Und lädst du auch Männer ein? Denn ich muss dich warnen, ich bin zwar nicht auf dem Markt, aber sie werden mich alle anmachen. Das ist das Kreuz, das ich tragen muss – alle Heteros und die Hälfte der Schwulen wollen mich.«

»Wer kann es ihnen vorwerfen?«, fragte ich lächelnd.

»Bist du etwa auch in mich verknallt? Wer könnte es *dir* vorwerfen? Ich würde gerne kommen. Können wir irgendwelche alten Klassenkameraden damit quälen, wie gut wir gealtert sind?«

»Hast du jemand Speziellen im Sinn?«

»Georgie Frank. Mein Gott, ich war auf der Highschool so in ihn verschossen. Er wohnt noch hier, oder?«

Ich zog eine Grimasse. »Äh … ich weiß es nicht. Ich erinnere mich gar nicht an ihn.«

»Machst du Witze? Er war so heiß. Zurückweichender Haaransatz? Große Zähne? Komm schon! Er war praktisch Neville Longbottom! Und hat mich damals nicht mit dem Hintern angeguckt.«

»Oh der! Ja, klar. Ich rufe ihn an.«

»Vielleicht auch die Fletcher-Jungs? Wer war noch mal der Heiße von denen? Er war mein Laborpartner. Mike?«

»Luke. Ihn werde ich vermutlich nicht einladen.« Nein, man lud keine Arschlöcher zu sich nach Hause ein.

»Oh, warte mal. Du hast ihn in irgendetwas geschlagen … Was war das noch mal? Ein Stipendium! Du warst die Perez-Stipendiatin! Das hatte ich ganz vergessen!«

»Wirklich? Ich meine, warst du nicht auch dafür im Rennen?«

Sie schnaubte. »Sorry, dass ich das sagen muss, aber ich hatte keine Tiger-Mom, Nora. Sie ist mehr wie ein Kätzchen. Ich hatte nicht ansatzweise so viele Punkte wie du. Ich war nur gut in Mathe und Naturwissenschaften. Englisch und Sozialkunde habe ich gerade so mit Ach und Krach bestanden, und zwar nicht, weil ich aus China komme, sondern weil ich es gehasst habe zu lesen – bis J. K. Rowling mich ins Licht geführt hat.«

»Ich mache jetzt über Mittag zu«, sagte Penny. »Wenn die Damen dann fertig sind …?«

»Gut, wir gehen. Bestellen Sie mir das Buch, okay? Ich hole es nächste Woche ab.« Sie umarmte mich kurz. »Die Austernbänke warten. Wir sehen uns Freitag. Soll ich früher kommen, auf deinem Sofa herumliegen, Wein trinken und dir bei der Arbeit zugucken?«

»Au ja!«, sagte ich. »Ich freu mich so, dass du kommen kannst. Diese Party ist gerade so viel besser geworden.«

»Stimmt.« Sie grinste.

Wir verließen den Buchladen, und Xiaowen stieg in ihren sportlichen silbernen Porsche und fuhr los.

Mein Handy summte. Es war Bobby, der mir ein paar Fotos schickte – Boomer, der mitten auf unserem ehemaligen gemeinsamen Bett lag, den Kopf auf dem Kissen; Boomer, der im Park einen Chihuahua beschnüffelte und sehr stattlich aussah.

Du fehlst uns, lautete der Text dazu. Wir hoffen, du hast einen schönen Tag.

Du willst nicht wieder mit Bobby Byrne zusammen sein, ermahnte ich mich.

Aber … wir hatten lediglich drei normale Monate zusammen gehabt. Wenn es wieder so werden könnte wie damals …

Doch das konnte es nicht. Nach dem Einbruch in meine Wohnung war er meinen Kummer leid geworden. Er hatte mit Jabrielles Haaren gespielt und mit ihr geflirtet, während ich bewusstlos und verletzt vor ihm lag. Er war meiner nicht würdig.

Trotzdem war es verstörend *fantastisch* zu wissen, dass er mich zurückhaben wollte.

An jenem Abend lag ich mit einem Glas Rotwein (der Gesundheit wegen) auf der Couch und war höchst zufrieden mit meinen Plänen für die Dinnerparty. Ratet mal, wer nicht verheiratet war, obwohl er immer noch einen Ehering trug? Mr. Carver, der mit dem Viagra-Rezept (möge Mrs. Carver in Frieden ruhen, aber er war eindeutig bereit, ins Spiel zurückzukehren, also …). Und ja, er hatte am Freitag Zeit, auch wenn ihn meine Einladung ein wenig verwirrte.

Bob Dobbins sagte in der Sekunde zu, in der die Worte *meine Mutter* meinen Mund verlassen hatten. Außerdem kam Jake, der grummelige Fährmann, weil er auch Single war (zweimal geschieden, aber ich urteilte nicht). Hoffentlich duschte er vorher, denn angesichts seines Geruchs war das kein tägliches – oder gar wöchentliches – Ritual von ihm. Ich hatte demnach drei mehr oder weniger geeignete Junggesellen für meine Mutter, dazu Gloria, Xiaowen und meine Wenigkeit.

Georgie Frank gehörte das Hotel, in dem meine Mutter arbeitete. Wer hätte das gedacht? Und angesichts seines LinkedIn-Profils war er in seinen Körper hineingewachsen, so wie der Schauspieler, der Neville Longbottom gespielt hatte. Unglücklicherweise hatte Georgie am Abend der Dinnerparty schon eine andere Verpflichtung, also sagte ich ihm, wir würden uns ein andermal mit Xiaowen treffen und über alte Zeiten reden. Er klang so nett.

Es war lustig, wie sich meine Erinnerungen verschoben, seit ich wieder daheim war. In der Highschool hatte ich mich wie das einsamste Mädchen auf der Welt gefühlt. Aber Georgie hatte so froh geklungen, von mir zu hören. Ich fragte mich, ob ich wohl so darauf konzentriert gewesen war, mich elend zu fühlen, dass ich potenzielle Freunde übersehen hatte.

Die Vögel sangen – Lily hatte das immer ihr Pyjama-Lied genannt. Wie süß war das bitte? Aus einem Impuls heraus stand ich auf und holte mir eine der Postkarten, die ich heute gekauft hatte. Es war eine beliebige Aufnahme von einem Sonnenuntergang über dem Hafen: Die Segelboote (die alle den Sommerleuten gehörten) spiegelten sich im stillen Wasser, die in Gold getauchten Felsen und Pinien der Insel ragten wie eine Festung hinter ihnen auf.

*Liebe Lily,*
*die Vögel singen ihr Pyjama-Lied, und die Fledermäuse fliegen durch die Luft. Vor Kurzem war ich mit Poe am Eastman Hill. Er ist steiler, als ich ihn in Erinnerung hatte. Du hast deine Arme immer ausgebreitet, als würdest du fliegen, aber du bist nie runtergefallen. Das hat Dad nicht zugelassen.*
*Alles Liebe*
*Nora*

Na und, dann hatte sie eben nicht zurückgeschrieben. Oder Poe gesagt, sie solle mich grüßen. Oder mich in den letzten fünf Jahren auf irgendeine andere Weise kontaktiert. Meine Schwester würde trotzdem von mir hören, verdammt noch mal. Ich schrieb die Gefängnisadresse darauf, klebte eine Briefmarke auf und schob die Karte in meine Handtasche, damit ich sie morgen in Teeny Fletchers blödem kleinen Postamt einwerfen konnte. Trotzig trank ich einen Schluck Wein. Niemand stellt Nora in die Ecke.

Dann gingen mit einem Mal alle Lichter aus. Ich sprang auf und spürte, wie Wein auf mein T-Shirt schwappte. Mist.

Wenn ich sage, es war dunkel, dann meine ich damit mehr als die Abwesenheit von Licht. Es war, als hätte die Dunkelheit eine Textur und eine unheilvolle Präsenz.

Außerdem hatte ich anderthalb Gläser Wein getrunken und gerade einen Stephen-King-Roman angefangen und war leicht angesäuselt.

Ohne das Summen des Kühlschranks und des Wasserboilers, ohne die kleinen Lichter, die ich als selbstverständlich angesehen hatte – das Ladegerät vom Laptop, die Uhr an der Mikrowelle, das Lämpchen am Rauchmelder –, fühlte ich mich komplett verloren. Ich spürte die Bewegungen des Hausboots auf dem Wasser auf eine vollkommen andere Weise, als ich tat, wenn ich etwas sehen konnte.

Ein Poltern vom Steg. Das war normal, oder? Das Boot und der Steg machten andauernd Geräusche, klopften, knarrten, quietschten. Vielleicht polterten sie auch ab und zu.

Wenn Boomer nur hier wäre, dann würde ich mich wesentlich sicherer fühlen.

Mein Herz setzte kurz aus und schlug dann umso schneller.

*Das ist nur ein Stromausfall, Nora. Reiß dich zusammen.* Auf kleinen Inseln wie dieser fiel der Strom alle naselang aus. Ganz sicher. Beinahe jeder hatte einen Generator für die Stürme – Orkane und der berühmte Nor'Easter im Herbst, Schneestürme im Winter.

Nur stürmte es gerade nicht.

Hatte jemand meine Stromversorgung durchtrennt?

Luke Fletcher. Oder … oder *er.* Voldemort, der nicht gefasst werden konnte, vielen Dank auch, Boston Police Department.

Hatte er mich gefunden?

Das war durchaus möglich. Er hätte mir hierher folgen können. Wenn er wirklich von mir besessen war, hätte er es herausfinden können. Dieses Mal *war* etwas veröffentlicht, worden: In der *Scupper Island Weekly*, die auch eine Online-Ausgabe hatte, war ich vor zwei Wochen kurz erwähnt worden. *Dr. Nora Stuart, Absolventin der Scupper High, wird vier Tage die Woche in der Ames Medical Clinic praktizieren.*

Ich wirbelte herum und suchte mein Handy – es hatte eine Taschenlampe, Gott segne Apple – und rannte gegen den Tisch, der im Fußboden verschraubt war. Der Atem verließ zischend meine Lungen. Das würde einen blauen Fleck geben, aber ich konnte nicht aufschreien, denn wenn da draußen jemand war, wollte ich nicht, dass er erfuhr, wo ich mich aufhielt.

Krabbeln. Ja. Das war eine Superidee. Ich war nicht sicher, warum, aber in den Filmen krabbelten auch immer alle, oder? Und vielleicht würde ich nicht gegen den Tisch knallen, wenn ich mich auf dem Boden fortbewegte.

Ich fiel auf die Knie und tastete herum. Wo zum Teufel hatte ich mein Handy gelassen? Auf dem Tisch? Nö. Äh … auf der Couch? Ich krabbelte vorwärts, und mein Knie brannte vor Schmerzen. Richtig, richtig, ich hatte es mir ja ausgerenkt. Also versuchte ich zu krabbeln, ohne dieses Knie zu benutzen, was eher ein Humpeln war, aber technisch gesehen immer noch als Krabbeln anzusehen war. Ich fühlte mich wie ein Werwolf in den Fängen der Verwandlung.

Ich tastete weiter herum. Und noch weiter. Nichts.

Mist! Ich hatte mir den Kopf am Couchtisch angehauen. Mussten denn alle Möbel im Boden verankert sein? Ich meine, ja, ich schätze schon, denn das hier war ein Hausboot, aber es war ziemlich umständlich, wenn man vor einem potenziellen Mörder davonkrabbelte, oder?

Ich konnte mein Handy nicht finden.

Aber ich wusste genau, wo meine Smith & Wesson war. Yes, Sir.

Ich humpel-krabbelte zum Flur, stieß mit dem Kopf gegen die Wand – nennt mich einfach Audrey Hepburn – und ertastete mir den Weg zum Schlafzimmer, bis ich den Türrahmen fand.

*Er hat mich an den Füßen den Flur hinuntergeschleift. Ich habe mich am Rahmen der Badezimmertür festgehalten, aber meine Finger waren nicht stark genug.*

Mist. Jetzt war nicht der richtige Moment für einen Flashback.

»Du bist in Maine«, flüsterte ich. »Es ist alles okay. Hol deine Waffe, und finde dein Handy.«

Ein weiteres Poltern auf dem Steg. Oh Gott, oh Gott, oh Gott. Jetzt war ich in meinem Zimmer, mein Knie brannte höllisch. Mit meinen Händen suchte ich den Nachttisch und fand ihn.

Ich stand auf. Ich wusste jetzt, wo ich mich befand; meine Augen hatten sich an die Dunkelheit gewöhnt. Wie ein Ninja (mit einem verletzten Knie und einem bösen Fall von Ganzkörperzittern und nach pflaumigem Merlot mit Untertönen von Tabak riechend) schlurfte ich den Flur entlang zurück und versteckte mich hinter dem Küchentresen. Du bist eine tapfere, starke Frau, Nora, sagte ich mir. Mein Ich glaubte mir nicht.

Ein Mann kam den Steg hinunter. Der Strahl seiner Taschenlampe war auf den Boden vor seinen Füßen gerichtet.

Könnte ich einen Menschen erschießen? Jemanden, der mich vielleicht umbringen wollte? Wie lautete das Gesetz in Maine bezüglich des Tötens von Eindringlingen? War es in Ordnung? Vermutlich nicht. Ich meine, es gab Gesetze und Vorschriften zur Tötung von Elchen. Menschen standen höchstwahrscheinlich auch unter Schutz.

Außerdem war da dieser Schwur, »nicht zu schaden«, den ich als Ärztin geleistet hatte. Jemanden mit einer Pistole zu erschießen kam mir jedoch recht schädlich vor.

*Beruhige dich, Nora. Atme tief durch.*

Bevor ich mich in Dirty Harry verwandelte, sollte ich vermutlich erst einmal in Erfahrung bringen, wer das da draußen war.

»Nora?«

Wer auch immer es war, er kannte meinen Namen. Luke kannte meinen Namen.

Genauso wie der Mann, der versucht hatte, mich umzubringen.

»Nora? Ich bin's, Sullivan Fletcher.«

»Oh Jesus.« Ich sackte auf dem Boden zusammen und ließ die Waffe aus meinen schlaffen Fingern gleiten.

»Nora, bist du zu Hause?«, rief er.

Ich rappelte mich auf und humpelte zur Tür. »Hi«, sagte ich. Seine Silhouette hob sich von dem sternenübersäten Himmel ab, es war tatsächlich Sullivan.

»Ich dachte, ich sehe mal nach dir. Ich war gerade auf der Werft.« In dem Moment ging das Licht wieder an, und ich blinzelte. Sully runzelte die Stirn. »Geht es dir gut?«, fragte er.

»Klar«, erwiderte ich.

Sein Blick glitt zum Fußboden in der Küche. »Das ist eine ziemlich beeindruckende Waffe.«

»Jupp.«

»Bist du sicher, dass alles in Ordnung ist? Du wirkst ein wenig … verstört.«

Wirklich? Ich warf einen Blick in den Spiegel, der links von der Tür hing. Oh Mist, tatsächlich, verstört war sehr zutreffend. Und großzügig. Meine Haare sahen aus wie ein Steppenläufer, und meine Wimperntusche war unter den Augen verschmiert. Der Weinfleck auf meinem T-Shirt befand sich direkt über meiner Brust. »Mir geht es gut!«, sagte ich. »Nur ein wenig … Hi! Wie geht es dir? Komm doch rein.«

Etwas argwöhnisch folgte er meiner Einladung.

»Entschuldigst du mich eine Sekunde? Ich, äh, muss mich eben umziehen.«

»Klar.«

Ich griff nach meiner Pistole.

»Lass mich das doch machen«, sagte er und beugte sich vor. In Sekundenschnelle hatte er sie aufgehoben, das Magazin entfernt, die Kammer geöffnet und die darin steckende Kugel herausgenommen. »Ich hatte nicht vor, heute erschossen zu werden.«

»Nein. Ich auch nicht.« Ich atmete zitternd ein. »Okay. Ich bin sofort wieder da.«

Ich ging ins Bad und schloss die Tür hinter mir. Dann zog ich mich schnell aus und schlüpfte hastig in eine Yogahose und ein locker sitzendes T-Shirt, bevor ich meine Haare zum Zopf band. Mit etwas Feuchtigkeitscreme entfernte ich die Wimperntusche unter meinen Augen. Meine Hände zitterten immer noch.

Sully saß auf der Couch, als ich ins Wohnzimmer zurückkam. Mr. Smith & Wesson lag auf dem Küchentresen.

»Also«, sagte er.

»Möchtest du etwas trinken, Sully?«

»Gerne.«

Ich holte ihm ein Bier – er wirkte wie ein Biertyp –, schenkte mir ein Glas Wasser ein und setzte mich Sully gegenüber in den Sessel.

Eine Minute lang beäugten wir einander. Er trank einen Schluck und stellte die Flasche danach auf dem Tisch ab, an dem ich mir den Kopf gestoßen hatte. »Öffnest du die Tür immer mit einer schussbereiten Pistole in der Hand?«

»Nicht immer.«

»Das Ding könnte einigen Schaden anrichten.«

»Deswegen habe ich sie.«

Er sah mich fasziniert an; wegen seines schwindenden Hörvermögens musste er vielleicht meinen Mund beobachten, während ich sprach.

Es war ein wenig verstörend.

»Wie geht es deinen Ohren?«, fragte ich und schloss sofort die Augen. »Ich meine, deinem Hörvermögen.« Ich sah ihn an und spürte, wie meine Wangen brannten.

Er antwortete nicht. Erst hoffte ich, er hätte mich nicht gehört, dann schämte ich mich für diesen Gedanken.

»Wie geht es Audrey? Ich meine, ist sie bei dem Stromausfall allein gewesen?«

»Sie ist bei ihrer Mutter.«

»Oh, gut! Das ist super. Ich meine, weil du gesagt hast, sie würden nicht so viel Zeit miteinander verbringen und … nun ja. Wie nett, dass sie zusammen sind.« Ich atmete tief ein, hielt den Atem einen Moment an und stieß ihn ganz langsam wieder aus.

Hier gab es keine Bedrohung für mich. Ich konnte mich entspannen. Ich war lustig. Ich war mutig und klug.

»Wie geht es dir, Sully?«

Seine Augen zogen sich ein kleines bisschen zusammen. »Mir geht es gut.«

»Schön.«

Sein Lächeln wurde ein wenig breiter. Er hatte ein gutes Gesicht, vor allem, wenn er lächelte. Ein ruhiges Gesicht. Ein nettes Gesicht.

»Willst du am Freitag zum Dinner herkommen?«, fragte ich aus einem Impuls heraus. »Ich gebe eine kleine Party.«

»Klar.«

»Du musst nicht kommen, aber … oh. Super. Um sieben Uhr.« Er hatte Ja gesagt. Das war … Das war wirklich nett.

Er sah mich ruhig an. Ich schätze, das musste er, wegen seines Hörverlusts. Erneut atmete ich tief durch und versuchte, mich normal zu geben. »Kann ich dir ein paar Fragen stellen, Sully?«

»Schieß los.«

»Wie ist das? Nichts hören zu können?«

Er betrachtete die Bierflasche. »Nun, ich *kann* offensichtlich noch etwas hören. Nur nicht … so gut. Und auf dem rechten Ohr gar nicht. Links wird es immer schlimmer.« Er trank einen Schluck. »Einige Worte verschwinden oder werden undeutlich. Ich muss mir die Sachen zusammenreimen. Manchmal verstehe ich es falsch, vor allem, wenn ich müde bin.«

Also war er nicht nur auf dem rechten Ohr taub, sondern hatte auch noch eine auditive Wahrnehmungsstörung. Sehr typisch für ein Gehirntrauma. »Kannst du Lippen lesen?«

»Jupp.«

»Was ist mit Zeichensprache?«

»Damit habe ich gerade angefangen. Und Audrey auch.«

Die Vorstellung, wie die beiden zusammen die Gebärdensprache lernten, ließ mein Herz schmerzhaft anschwellen. »Sullivan, das mit dem Unfall tut mir so leid.«

»Ich habe dir schon gesagt, dass es nicht deine Schuld war.«

»Aber es hatte etwas mit mir zu tun.«

»Nein, hatte es nicht.«

Wieder war er so großzügig. »Nun, für mich fühlt es sich aber so an.«

»Kann ich *dich* jetzt etwas fragen?«, wollte er wissen.

»Klar.«

»Warum hast du Angst vor der Dunkelheit? Hier fällt andauernd der Strom aus, das weißt du.«

Ich zögerte. »Erzähl es niemandem, okay?« Er nickte, und ich vertraute ihm. Immerhin war er Audreys Dad. Der gute alte Sullivan, der Ruhige. »Ich, äh, hatte da letztes Jahr so ein Erlebnis.«

»Was für ein Erlebnis?«

»Eines von der nicht so schönen Art.« Ich verzog das Gesicht und versuchte, es zu verharmlosen. Je weniger ich sagte, desto besser für mich.

Er schwieg einen Moment, und ich fragte mich, ob er mich gehört hatte.

»Wurdest du verletzt?«, fragte er dann.

Die Erinnerung an mein blauviolettes Gesicht, den Schnitt auf meiner Wange, mein zugeschwollenes linkes Auge stieg in mir auf. An die Tage, an denen ich nur beim Anblick meiner schizophrenen Haare sicher war, dass ich *mich* da im Spiegel sah. »Ein wenig.«

Er fragte nicht weiter nach, und dafür mochte ich ihn. »Aber nun bist du hier«, sagte er nur.

Diese Worte waren nicht viel, aber sie stabilisierten mich irgendwie.

Bobby hatte mich immer in den Arm genommen und gemurmelt, er wäre da und ich in Sicherheit, er würde nicht zulassen, dass jemand mich verletzt. Damals war ich so dankbar gewesen, ihn zu haben. Ich fühlte mich wie ein zerbrochener kleiner Vogel und brauchte ihn auf eine Weise, die mich schwach machte.

Sully und seine ruhigen braunen Augen hingegen ... sie sagten etwas anderes. Ich war mir nicht sicher, was, aber es war besser.

»Ist jetzt alles okay bei dir?«, fragte er abrupt. »Ich meine, wo das Licht nun wieder an ist?«

»Ja. Danke. Ich danke dir sehr, Sullivan, dass du nach mir gesehen hast.«

Er holte sein Portemonnaie heraus und reichte mir eine Visitenkarte. »Darauf steht meine Nummer und die von der Werft. Meine Handynummer hast du ja bereits. Solltest du jemals irgendetwas brauchen, ruf mich an.« Er stand auf und sah mich an. »Gute Nacht.«

Damit ging er. Seine Schritte hallten über den Steg. Nach einer Sekunde hörte ich seinen Truck starten. Das Geräusch verklang in der Ferne, und dann war es wieder still.

Noch vor einer halben Stunde hatte ich solche Angst gehabt, dass ich beinahe meinen alten Schulkameraden erschossen hätte. Jetzt hingegen ging es mir einfach gut.

# 15. Kapitel

Am Freitag wachte ich spät auf. Da ich freihatte, musste ich mich mit den Partyvorbereitungen nicht beeilen.

Am Ende hatte ich auch noch Amelia eingeladen. Gloria meinte, sie hätte nicht viele Sozialkontakte, und sofort war mein mir innewohnendes lutherisches Pflichtgefühl aufgeflammt. Außerdem unterschrieb sie meine Gehaltsschecks, das durfte man nicht außer Acht lassen.

Wegen einer Fortbildung war die Schule heute geschlossen, also überlegte ich, Poe auf einen Ausflug mitzunehmen, und fuhr zum Haus meiner Mutter. Nach nur zwanzig Minuten des Schmeichelns, Befehlens, Bettelns und Bestechens hatte ich meine kostbare Nichte endlich überzeugt, ihre Arme in eine Jeansjacke zu stecken und mit mir nach draußen zu schlurfen.

Die Straße, die zu unserem Haus führte, ging noch knappe dreißig Meter weit in den Staatsforst hinein, an dessen Eingang ein Schild das Abladen von Müll verbot und darauf hinwies, dass Schwimmen auf eigene Gefahr stattfand. Ich ging um die Kette herum, die quer über den Weg gespannt war, und Poe folgte mir.

»Wo gehen wir hin?«, wollte sie wissen.

»An einen Ort, an dem deine Mom und ich oft gespielt haben«, erwiderte ich.

»Supi«, murmelte sie.

Der Weg durch den Wald war von Piniennadeln übersät und federte leicht nach. Der Wind war heute sanft, der Himmel beinahe schmerzhaft blau. Über uns kreischten die Möwen, und eine Krähe flatterte von Baum zu Baum, wobei sie ab und zu

Klickgeräusche von sich gab, als wolle sie an unserer Unterhaltung teilnehmen.

Poe wäre beinahe gegen einen Baum gelaufen, so sehr war sie mit ihrem Handy beschäftigt. »Hier draußen gibt es keinen Empfang«, beklagte sie sich.

»Tja.«

»Albern«, murmelte sie und steckte ihr Handy weg.

»Wie läuft es so in der Schule?«, fragte ich.

»Gut.«

»Verbringst du ab und zu Zeit mit Audrey?«

»Nicht wirklich.«

»Mit irgendwelchen anderen Freundinnen?«

»Gibt es einen Grund, Freundschaften zu schließen, wenn ich in ein paar Monaten nach Seattle zurückkehre?«, fragte sie übertrieben geduldig.

»Guter Punkt«, gab ich zu. »Aber es könnte nett sein, hier eine Freundin zu haben für die Zeiten, wenn du Gran besuchst.« Ich schob einen Ast aus dem Weg und hielt ihn für Poe zurück. Der Geruch des Meeres wurde stärker. »Übrigens, ich würde mich wirklich freuen, wenn du mich auch besuchen kommst. Jederzeit. Vielleicht willst du in Boston aufs College gehen. Es gibt dort sehr gute Unis und so viele tolle Restaurants und Dinge, die man unternehmen kann.« Ich klang wie eine Tourismusbroschüre.

»Hast du eine Wohnung?«, fragte sie.

»Im Moment nicht. Mein Freund und ich haben zusammengewohnt. Aber davor hatte ich ein wirklich tolles Apartment.« Es war besser, nicht daran zu denken. »Okay, wir sind fast da.«

Wir verließen den Wald und betraten die großen goldfarbenen Felsplatten, aus denen das Ufer bestand. Es herrschte Ebbe, und die Steine, die eben noch vom Wasser bedeckt gewesen waren, schimmerten dunkelbraun.

Meine Füße hatten nichts vergessen. Die Spalten, über die man springen musste, den leicht geneigten Felsen, der perfekt war, um sich abzustoßen, das kleine Plateau mit dem besten Gezeitenbecken. Und tatsächlich hockten zwei Winkerkrabben darin und liefen in ihrer eigenen kleinen Welt umeinander herum. Ich kannte den Weg, als hätte ich die Insel nie verlassen.

Da war der Felsen, der aussah wie das Profil einer alten Dame, und der Stein, den Lily den »Zahn« genannt hatte, weil er kleine Erhebungen und Einkerbungen hatte wie ein Backenzahn.

Und dann waren wir da. Ich sprang hinunter auf den kleinen Kiesstrand. »Tada!« Ich wedelte mit den Armen wie die Moderatorin vom *Glücksrad* und tat dabei so, als versetzte es mir keinen Stich ins Herz, diesen Ort wiederzusehen. »Komm rein.«

Um die Höhle zu betreten, musste man ein wenig ins Meer hinausgehen. Nur bei Niedrigwasser, so wie heute, machte man sich dabei die Füße nicht nass. Bei Flut stand die Höhle unter Wasser. Ich ging voran, meine Schuhe knirschten auf dem Kies, der den Strand bedeckte.

Die Luft im Inneren war feucht und salzig, und die Erinnerungen schlugen wie eine Sturmflut über mir zusammen.

Beinahe konnte ich Lily sehen, ihr unerwartetes, schallendes Lachen hören, als sie sich neben mich hockte. Ihr süßes Lächeln, das Grübchen in ihrer linken Wange, ihr glänzendes schwarzes Haar.

Poe folgte mir in die Höhle. Selbst sie konnte bei dem Anblick nicht desinteressiert tun. »Cool«, sagte sie, und der Mund blieb ihr ein wenig offen stehen.

»Wir haben immer so getan, als wäre das hier unser Haus«, erklärte ich mehr mir als Poe. »Als Tür haben wir Seetang über die Öffnung gehängt, damit keiner der Fischer uns vom Meer aus sehen konnte.« Ich zeigte auf eine Stelle im hinteren Bereich, wo die Höhle sich verjüngte und ein Stück Felsen vom Ufer hereinragte und eine beinahe ebene Fläche bildete. »Das war unser Bett.« Ich hatte meine Schwester ganz eng an mich gedrückt, weil die Stelle nicht breit genug für zwei war. Ihr knochiger kleiner Körper hatte sich warm gegen meinen gepresst.

Ich schluckte. »Wir haben hier Steine hingelegt und so getan, als würden wir ein Feuer machen. Gran hat uns Sandwiches mit Erdnussbutter und Apfelmus gemacht, die wir hier gegessen haben. Die Möwen sind uns bis hier hinein gefolgt, um einen Happen abzukriegen.«

Und später, als Dad sich um uns kümmerte, hatten wir die sogenannte Höhlen-Challenge ausgetragen – wer würde am längsten drinbleiben, wenn das Wasser stieg? Das ist eine Überlebenstechnik, hatte er gesagt, und ich erinnerte mich an meine Angst, als das Wasser bis an unsere Knie stieg, unsere Taillen, unsere Schultern.

Ich war immer als Erste draußen und wartete angespannt am Zahnfelsen darauf, dass ihre Köpfe aus dem Wasser auftauchten. Dad und Lily blieben so lange drin, bis ich Panik hatte, sie würden ertrinken, und immer dann, wenn ich gerade loslaufen und Hilfe holen wollte, tauchten sie lachend, keuchend und triumphierend auf.

Davon würde ich Poe nichts erzählen.

Die Höhle war so hoch, dass wir gerade darin stehen konnten. Wie so viele Dinge aus meiner Kindheit schien sie geschrumpft zu sein. Aber sie roch noch wie damals – nach feuchten, kalten Steinen und dem Salzwasser, das schäumend gegen das Ufer schlug.

»Deine Mom und ich haben geglaubt, wir wären die Einzigen, die diese Höhle kannten«, sagte ich. »Dad dachte das auch. Wir haben einen Pakt geschlossen, sie nie irgendjemandem zu zeigen.«

»Und, hast du je jemand anderen hergebracht?«, wollte Poe wissen.

»Vor heute nicht.«

»Und sie?«

Vielleicht hatte sie das. Vielleicht war sie mit den Jungs hergekommen, mit denen sie geschlafen hatte, oder mit Amy Beckman, um Gras zu rauchen. Der Gedanke stach wie ein dumpfer Speer in meine Brust. Wenn Lily sich hier über mich lustig gemacht hatte, wenn sie unsere kleinen Spiele verspottet hatte, wenn dieser Ort für sie nicht so heilig war wie für mich …

»Ich weiß es nicht.« Meine Stimme klang rau.

Es war egal. Sie hatte mich vor langer Zeit aufgegeben.

Eine kleine Welle schwappte über meine Schuhe. »Wir sollten besser gehen«, sagte ich. »Die Flut kommt, und die Höhle füllt sich schnell. Es wäre nicht schwer, hier zu ertrinken.«

»Igitt«, sagte Poe. »Nora …«

Lustig, ich konnte mich nicht erinnern, dass sie je zuvor meinen Namen gesagt hatte.

»Ja, Süße?«

»Danke, dass du sie mir gezeigt hast.«

»Gern geschehen.« Ich lächelte sie an, und sie lächelte beinahe zurück.

Als wir wieder zu Hause ankamen, war meine Mutter bereits da. Ich schaute auf meine Uhr: Mittagspause. Mom kam zum Essen oft nach Hause. Noch öfter nahm sie sich jedoch etwas mit zur Arbeit. Niemals kaufte sie etwas in der Stadt, und sie ging auch niemals essen. Das wäre in ihren Augen Verschwendung.

»Hey, ihr zwei«, begrüßte sie uns.

»Ich gehe in mein Zimmer«, sagte Poe. Sie warf mir einen Blick zu, dem schockierenderweise eine kurze Umarmung folgte – beinahe wie im Vorbeigehen und darum umso süßer. Meine Kehle zog sich zusammen.

»Kommst du auch zum Dinner?«, fragte ich Poe.

»Mit den ganzen alten Leuten? Äh, nein. Danke.« Sie verdrehte die Augen, aber nicht mit dem üblichen Ekel, und ging nach oben.

Mom war in der Küche und sah die Post durch. Ich setzte

mich an den Tisch. Wie alles im Haus war er stabil und in die Jahre gekommen, genau wie meine Mutter. Letztes Wochenende war Muttertag gewesen. Ich hatte ihr einen Geschenkgutschein für ein Spa in Portland überreicht – Maniküre, Pediküre, Gesichtsbehandlung; das Gleiche wie jedes Jahr. Aber dieses Jahr hatte ich gesehen, wie sie ihn ins Gewürzregal geschoben hatte, und als sie den Raum verließ, hatte ich nachgeschaut. Und wie erwartet steckten dort alle Geschenkgutscheine aus den letzten Jahren. Sie hatte sie nie eingelöst.

Andererseits sagte sie immer, was für ein nettes Geschenk das war. Meine Mutter war für mich einfach ein Rätsel.

»Wie war dein Tag, Mom?«

»Gut. Und deiner?«

»Zauberhaft. Ich freue mich schon auf unsere kleine Dinnerparty nachher.«

»Was das angeht, Nora … Ich möchte wirklich nicht kommen.«

»Aber du wirst kommen, und du wirst eventuell sogar Spaß haben.«

Sie schnaubte und öffnete dann den Kühlschrank, um sich ein Sandwich zu machen. Das gleiche Sandwich wie immer – zwei Scheiben Hühnchenbrust, eine Scheibe amerikanischer Käse, Senf und Butter, Vollkornbrot. Sie sah, dass ich sie beobachtete. »Willst du auch eins?«

»Nein danke. Hey, dieser Käse besteht nur aus Fett, wusstest du das? Es ist noch nicht mal echter Käse.«

»Ich mag ihn.«

Ich auch. Wer auch nicht? »Pass nur auf dein Cholesterin auf.«

Sie legte das Sandwich auf einen Teller, goss sich ein Glas Milch ein und setzte sich an den Tisch. Dann biss sie von ihrem Brot ab und kaute gemütlich, wie eine Kuh.

Einen intimeren Moment würden wir beide nicht haben. »Mom, ich habe eine Frage.«

»Die hast du immer.«

»Nun, es geht um Dad.«

Sie kaute weiter. »Was ist mit ihm?«

»Hast du je von ihm gehört? Ich meine, irgendwann mal?«

Sie schluckte und trank einen Schluck Milch. »Nora, das haben wir doch schon tausendmal durchgekaut.«

»Nein, haben wir nicht.«

Ein Seufzen. »Ich habe seit über zwanzig Jahren nichts mehr von deinem Vater gehört.«

»Aber hast du *jemals* etwas von ihm gehört? Ich meine, er muss doch irgendwo sein.«

»Dessen bin ich mir sicher.«

»Ich will einfach wissen, was mit ihm passiert ist. Ob er überhaupt noch lebt. Weißt du das?«

»Glaubst du, ich habe ihn umgebracht?«

»Das ist mir durchaus in den Sinn gekommen, aber nein, das glaube ich nicht.«

Sie biss erneut von ihrem Sandwich ab. »Es gab Tage, an denen hätte ich es am liebsten getan.«

»Das glaube ich. Aber komm schon, Mom. Ich habe ihn tausendmal gegoogelt. Vielleicht hatte er einen Freund, von dem ich nichts weiß?«

»Ich weiß es nicht, Nora. Ich verstehe auch nicht, was das nach all den Jahren für einen Sinn haben soll.«

»Er war ein toller Vater. Es hat nie einen Sinn ergeben.«

Eine volle Minute schwieg sie. »Wenn er ein toller Vater gewesen wäre, hätte er euch Mädchen nicht verlassen.«

Ich nickte. »Ja, es ist schwer, diese beiden Dinge unter einen Hut zu bringen.«

»Nun, du hattest zwanzig Jahre Zeit, um genau das zu tun, Darling. Vierundzwanzig, aber wer zählt schon mit? Ich muss zurück an die Arbeit. Wir sehen uns heute Abend. Um wie viel Uhr?«

»Um sieben.«

»Ich schätze, dann bin ich fürs *Glücksrad* wohl nicht wieder zu Hause.« Noch ein Seufzer. Sie stand auf und fing an, ihren Teller und ihr Glas abzuwaschen.

»Das kann ich doch machen, Mom.«

»Ich mach das schon«, sagte sie, ohne mich anzusehen. Sie war genervt – sowohl von der Dinnerparty als auch von unserer Unterhaltung.

»Okay.« Ich wandte mich zum Gehen. »Wir sehen uns später.«

Xiaowen hielt ihr Versprechen, früher zu kommen, Wein zu trinken und die Austern zu knacken, die sie mitgebracht hatte. Sie stammten von den Austernbänken, die sie selber angelegt hatte. Wir schlürften ein paar zu einem Glas Wein. Unter den frischen Geschmack nach Meer mischte sich ein Hauch Süße, was, wie Xiaowen erklärte, dem Flusszulauf zu verdanken war, in dem die Bänke angelegt worden waren. Xiaowen war so cool, sie hatte sich sogar ihren Neoprenanzug übergestreift und war selber nach ihnen getaucht.

Es war nett, sie hier zu haben. »Hast du die Highschool auch so sehr gehasst wie ich?«, fragte ich, während ich den grünen Spargel in gleichmäßige Stücke schnitt.

»Oh Gott, ja«, erwiderte sie. »Diese gemeinen Mädchen waren so brutal zu mir. Ich habe es immer zu schätzen gewusst, dass du mich auf dem Flur gegrüßt hast.«

»Gleichfalls.« Ich hielt inne. »Ich wünschte, wir hätten uns damals nähergestanden.«

»Ja, ich auch. Ich war damals schüchtern, und du … du wirktest ständig so traurig.«

»Das war ich auch.« Ich hackte ein wenig Petersilie und schaute Xiaowen nicht an. »Mein Vater hat uns verlassen, als ich in der fünften Klasse war, und meine Schwester und ich standen uns danach nicht mehr wirklich nah.«

»Wenn ich mich richtig erinnere, war sie eine ganz schöne

Zicke«, sagte Xiaowen. »Sie hat einmal in der Toilette einen benutzten Tampon nach mir geworfen.«

Ich riss den Kopf hoch. »Machst du Witze?«

»Nein.«

»Das tut mir so leid! Mein Gott, das ist … das ist wirklich grausam.« Ich hatte immer vermutet, dass Lily so war. Ich wollte es nur nicht wahrhaben.

Mein Handy vibrierte – eine Nachricht von Gloria, dass sie es leider nicht schaffte. Ihr Bruder hätte eine Krise und sie wäre mit der letzten Fähre nach Boston gefahren. Wir würden uns am Montag sehen. Ich schrieb zurück, dass ich hoffte, alles würde wieder gut.

»Ich fürchte, Gloria kann nicht kommen«, sagte ich.

»Schade«, sagte Xiaowen. »Kennt ihr beide euch gut?«

»Noch nicht. Aber sie ist eine tolle Krankenschwester, und auf der Arbeit verstehen wir uns wirklich prima. Hey, wo wir gerade von Arbeit sprechen, ich habe diese Woche mindestens drei Mädchen mit Essstörungen gesehen. Zwei, die zu viel essen, und eine Magersüchtige. Vielleicht erinnerst du dich, dass ich selber ein Problem mit Essen hatte.«

»Ihr Amerikaner.« Xiaowen seufzte.

»Ich weiß. Aber ich hatte überlegt, etwas auf die Beine zu stellen, um die Öffentlichkeit für das Thema zu sensibilisieren.« Ich dachte an die süße Audrey. »Eine Art Spaßlauf. Alle Formen, alle Größen, so in der Art.«

»Willst du Hilfe? Da ich diesen Sommer nicht heiraten werde, habe ich ausreichend Zeit zur Verfügung.«

»Das wäre super!« Ich reichte ihr noch eine Auster. »Willst du über deinen Verlobten reden?«

»Wenn du mit *darüber reden* meinst, ob ich ihn *umbringen* will, lautet die Antwort Ja.« Sie schlürfte die Auster. »Aber ehrlich? Nein. Die klassische Geschichte – ich habe gesehen, was ich sehen wollte, und wurde dann von der Realität geohrfeigt. Er hat mich betrogen.«

»Ich hasse ihn.«

»Danke.«

Es klopfte an der Tür, und da standen sie alle in einer Reihe auf dem Steg, als träten sie vor ein Exekutionskommando: Mom, Bob Dobbins, Henry Carver, Jake Ferriman, der ein Zwölferpack Bier in den Händen hielt, Amelia mit einer Flasche im Arm. Und gerade kam Sullivan den Weg hinunter. Es war Punkt sieben Uhr.

»Sullivan Fletcher«, murmelte Xiaowen zustimmend. »Wenn mein Herz nicht in Eisen gegossen wäre, würde ich ihn erklimmen wie einen Baum.« Sie warf mir einen Blick zu. »Du könntest es schlechter treffen.«

»Seine Tochter kommt mich ab und zu besuchen«, erklärte ich. »Und vor Kurzem hat er mir abends einen Gefallen getan.« Aber sie hatte nicht unrecht. Ich öffnete die Tür. »Hey, ihr alle! Ihr seid so pünktlich! Kommt rein.«

»Nach dir, Sharon«, sagte Bob. Meine Mutter warf ihm einen genervten Blick zu. Ich schätze, wenn Bob nicht für die Umarmungen bezahlte, hatte sie keine Verwendung für ihn.

Andererseits trug Bob eine hellgelbe, äh, Bluse mit Rüschen, und wenn ich mich nicht irrte, hatte er in einem Fass *Polo by Ralph Lauren* gebadet. »Bob.« Ich nieste, als er mich auf die Wange küsste. »Wie schön, dass du kommen konntest. Mr. Carver! Wie geht es Ihnen?«

»Nenn mich Henry«, sagte er. »Ich habe Wein mitgebracht.«

»Danke!« Ich nahm die Flasche entgegen. *Boone's Farm Strawberry Hill.* »Die müssen wir zum Dessert öffnen.« Oder einem Obdachlosen auf den Straßen Bostons zustecken.

»Was für ein charmantes Plätzchen«, gurrte Amelia. »Ist! Das! Nicht! Bezaubernd! Ich bin Amelia Ames«, sagte sie zu Jake. »Wie schön, Sie kennenzulernen.«

»Wir kennen uns bereits«, antwortete er und drückte sein Zwölfpack enger an die Brust.

»Wirklich? Ich kann mich nicht erinnern. Nora, Darling,

ich habe dir etwas Wodka mitgebracht.« Sie stellte die Flasche auf den Tresen. »Sei ein gutes Mädchen und schenk mir etwas ein, ja?«

»Das ist nicht ihr erster, vermute ich«, murmelte Xiaowen. »Kommt rein, Leute! Geht durch, hier in der Küche ist es zu eng.«

Sullivan kam als Letzter. »Hi«, sagte ich.

»Hi.« Er reichte mir einen Kuchen.

Einen *Kuchen*.

Er war noch warm. »Erdbeer-Rhabarber«, erklärte Sullivan.

»Hast du den gebacken?« Wegen des Geplappers aus dem Wohnzimmer schaute ich ihn direkt an, damit er mich verstehen konnte.

»Jupp.«

»Macht es dir etwas aus, wenn ich mich in mein Schlafzimmer verziehe und ihn gleich aufesse?«

Er lächelte – nur ganz leicht. Meine weiblichen Körperteile lächelten ebenfalls. Ich räusperte mich. »Möchtest du etwas trinken?«

»Klar.«

Ich schenkte meinen Gästen Wein ein (Wodka für Amelia) und reichte Jake ein Glas für sein Bier, das er jedoch ablehnte. Er war bereits dabei, seine zweite Dose zu leeren, wobei er den Blick fest auf Xiaowens Brust geheftet hatte.

»Wann gibt es was zu essen?«, fragte Mom.

»Bald«, erwiderte ich. »Wir haben Käse, Cracker und Shrimps, und Xiaowen hat uns ein paar wunderbare Austern mitgebracht.«

»Wie heißt du noch mal?«, fragte Bob.

»Xiaowen«, sagte sie.

»Sch… was? Gar nicht so einfach, der Name.« Er sah sie fragend an. »Hast du vielleicht einen Spitznamen, der einfacher auszusprechen ist?«

»Den habe ich tatsächlich. Es ist *Leck mich.* Kannst du das aussprechen?« Sie schlürfte eine Auster und zeigte ihm den Mittelfinger. Bob blinzelte und senkte dann den Blick.

Ich unterdrückte ein Lachen. »*Schi-ao-wen*, Bob«, sagte ich. »Drei kleine Silben. Mom, möchtest du ein Glas Wein?«

»Für mich ein Wasser, bitte.«

Natürlich. Bloß nicht Gefahr laufen, durch einen Drink ein wenig lockerer zu werden. Ihre Miene sagte, sie würde sich im Moment im Todestrakt wesentlich wohler fühlen.

»Wo wir gerade von Namen sprechen, ich bin nach Amelia Earhart benannt«, warf Amelia ein und schaute an die Decke. »Sie war meine Großtante.«

»Wirklich?«, fragte Mr. Carver. »Ich habe sie immer bewundert. Meine Frau …« Seine Stimme klang mit einem Mal belegt. »Meine Frau ist einmal als sie verkleidet auf eine Halloween-Party gegangen.«

Jake öffnete die nächste Bierdose. »Magst du ältere Männer?«, fragte er.

»Ich mag ältere Männer, die regelmäßig baden«, erwiderte sie. »Wann hast du das letzte Mal unter der Dusche gestanden?«

»Lass mich dir zur Hand gehen, Nora«, schlug meine Mom vor und stand auf. »Damit wir diese Show ins Laufen bringen.«

Sullivan beobachtete derweil nur. Ich hoffte, dass er der Unterhaltung folgen konnte. Er sah, dass ich ihn anschaute, und nickte mir zu.

»Warum sind alle diese Männer hier?«, zischte meine Mutter mir in der Küche zu.

»Äh … ich weiß es nicht. Ich bin ihnen einfach über den Weg gelaufen«, log ich. »Xiaowen ist kein Mann. Ich bin kein Mann. Du bist kein Mann.«

»Willst du mich verkuppeln, Nora Louise?«

Oh-oh. Der volle Name. »Nein! Ich habe Mr. Carver zufällig in der Bäckerei getroffen und mich erinnert, dass er Dad ab und zu engagiert hat, und natürlich kannte Bob aus der

Umarmungstherapie Dad auch. Ich dachte, sie wüssten vielleicht etwas.«

Meine Mutter seufzte. »Du bist von deinem Vater besessen.«

Ich hatte zwar gelogen, aber sie lag dennoch nicht falsch.

»Du magst doch alle, die hier sind, oder?«, fragte ich. »Du hast mit keinem von ihnen Streit, oder?«

»Nein, Nora. Das sind alles feine Menschen.« Ihre Genervtheit verstärkte ihren Akzent. »Es ist nur eine seltsame Gruppe für eine Fünfunddreißigjährige.«

Ich versuchte, unschuldig zu schauen, und machte mich an die letzten Vorbereitungen fürs Dinner.

Es gab Lamm und Jakobsmuscheln, Kartoffelpüree mit Speck, grünen Spargel und zum Nachtisch Crème brûlée. Sullivans Kuchen wollte ich für mich aufbewahren. Vielleicht für Poe und mich. Und Audrey. Und natürlich Xiaowen.

Ich schaute nach dem Lamm, holte den Spargel aus dem Kühlschrank, scheuchte meine Mutter zurück ins Wohnzimmer und schnappte mir ein Stück Käse. »Wie geht es Audrey?«, fragte ich Sullivan.

»Wie bitte?«

Ich schluckte den Käsehappen hinunter. »Wie geht es deiner Tochter?«, fragte ich etwas deutlicher.

»Oh. Sehr gut.«

»Sie wird pummelig«, warf meine Mutter ein.

Ich zuckte zusammen. »Mom!«

»Stimmt doch.« Sie zuckte mit den Schultern. »Du solltest sie auf Diät setzen. Fett zu sein ist kein Spaß.«

Das war wie eine Ohrfeige, sowohl für mich als auch für Sullivan.

Sullivan sah meine Mutter an. »Danke für den Hinweis«, sagte er.

»Es tut mir leid«, murmelte ich. Er hörte mich nicht.

»Eine gute Ernährung ist für die Gesundheit so wichtig«,

sagte Amelia. »Natürlich stimmt Nora mir da zu. Sie ist immerhin Gastroenterologin. Wer will noch einen Drink? Kann ich irgendjemandem nachschenken?« Sie stand auf und ging zum Kühlschrank, wo der Wodka stand.

»Eine Leber ist für die Gesundheit auch *so* wichtig«, sagte Xiaowen. »Jake, wenn du nicht aufhörst, meine Brüste anzustarren, werde ich dir ins Auge stechen.«

»Also, Sharon«, begann Bob Dobbins. »Diese Umarmungstherapie hilft mir wirklich. Ich habe mich gefragt, ob ich vielleicht eine Privatstunde buchen könnte.«

»*Bahb*, wir haben doch schon darüber gesprochen. Die Antwort ist Nein.«

»Trägst du etwa Schuhe aus Straußenleder?«, fragte Xiaowen ihn.

»Ja«, erwiderte er stolz.

»Du hast einen ziemlichen Sinn für Stil.«

»Ich *liebe* Männer, die Schmuck tragen können!«, flötete Amelia. »Die Armbänder sind aus Kupfer, nicht wahr?«

Bob streckte seinen Arm aus. »Ja«, sagte er. »Sie helfen gegen meine Arthritis. Siehst du diese Ringe? Die sind auch aus Kupfer.« Er trug einen an jedem Finger, abgesehen von den Daumen. Gott helfe ihm in der Nähe von Meth-Abhängigen, die auf der Suche nach schnellem Geld waren.

Meine Mutter schaute auf ihre Uhr. »Wie wäre es mit der Suppe, Nora?«

»Zehn Minuten, Mom. Halte durch. Nimm dir eine Auster.«

»Nein, danke. Macht es jemandem etwas aus, wenn ich das *Glücksrad* anschalte?«

Verdammt. Niemand sagte Nein. »Wo ist deine Fernbedienung?«, fragte Mom.

»Auf dem Bücherregal neben dem Globus«, murmelte ich. Sie holte sie sich, drückte auf den Knopf, und schon tauchten Vanna und Pat, die Moderatoren, in HD vor uns auf.

»Ich weiß nicht, wie die das all diese Jahre durchziehen«, sagte Mom. »Und diese Vanna ist immer noch eine umwerfende Frau.«

»Meine Frau hat die Sendung geliebt«, warf Mr. Carver ein. Dieses Mal füllten sich seine Augen mit Tränen. Ich setzte mich neben ihn und tätschelte ihm die Schulter.

»Wie lange ist es her?«, fragte ich.

»*Der Zauberwald!*«, rief Mom. »Meine Güte, wie kann man das vermasseln?«

»Drei Jahre«, sagte Mr. Carver. »Es kommt mir vor, als wäre es erst gestern gewesen.«

Er fing an zu weinen.

Oh Gott. Ich reichte ihm eine Cocktailserviette und flehte Xiaowen mental um Hilfe an. Aber wie es so oft der Fall war, waren alle Augen auf den Fernseher gerichtet, einschließlich ihrer.

»*Das Kartell!*«, rief Xiaowen hämisch. »Ich hab Sie, Mrs. Stuart.«

»Nich' schlecht«, sagte Mom.

»Ich war mal bei *Wer wird Millionär*«, sagte Amelia.

»Du bist Millionärin?« Jake öffnete das nächste Bier. Ein weiterer Gast mit einem Alkoholproblem. Ich fragte mich, ob es auf Scupper schon *Uber*-Taxis gab.

»Ja«, bestätigte Amelia. »Aber nicht wegen der Sendung. Mein Großvater war ein Räuber-Baron! Ist das nicht lustig?«

Ich tätschelte Mr. Carver noch ein wenig, dann ging ich in die Küche und warf den Spargel in die Pfanne, in der ich zuvor den Speck angebraten hatte.

»Brauchst du Hilfe?« Sullivan gesellte sich zu mir.

»Nein, danke, ich komme klar, Sully. Es tut mir leid, was meine Mutter vorhin gesagt hat. Audrey ist ein bezauberndes, wundervolles Mädchen.«

»Ich weiß«, sagte er. »Und sie ist übergewichtig. Amy liebt es ...« Er rieb sich den Hinterkopf. »Sie liebt es, Audrey Junkfood zu kaufen, und wenn ich ihr sage, sie soll das nicht tun, wird sie wütend. Sie meint, ich wollte sie nur davon abhalten, Spaß zu haben.«

»Das ist hart.« Ich schwenkte die Pfanne mit dem Spargel, der langsam hellgrün wurde.

»Ich will einfach nicht, dass Audrey Probleme bekommt. Weder gesundheitlich noch in der Schule. Kinder in dem Alter können so gemein sein.« Dann schien er sich daran zu erinnern, mit wem er hier sprach. »Oh, äh, übrigens ... Es tut mir leid, wie mein Bruder dich aufgezogen hat.«

*Aufgezogen* war nicht das Wort, das ich verwendet hätte. Und es war nicht nur sein Bruder gewesen, sondern auch seine Ex-Frau und die meisten seiner Freunde. »Ja. Das war nicht angenehm.« Wir sahen einander eine Minute lang an.

Das Wetter hatte kleine Falten um seine Augen gegraben, und er besaß bereits eine leichte Bräune. Ich stellte mir vor, dass man auf der Werft viel im Freien arbeitete. Sein Gesicht hatte nichts Besonderes – braune Augen, gerade Nase, alles andere normal. Aber wenn man alles zusammenpackte, fing in meinem Hinterkopf sofort die Pornomusik an zu spielen.

Er war ein Mann, der sehr viel mit seinen Augen sagte. Im Moment wirkten sie unter meinem liebäugelnden Blick amüsiert.

Die Pornomusik wurde lauter.

»Okay«, sagte ich. »Kannst du das schon mal zum Tisch bringen?« Ich reichte ihm die Schüssel mit dem dampfenden Kartoffelpüree.

»Einen Hund adoptieren!«, rief meine Mutter. Xiaowen klatschte mit ihr ab.

»Das Essen ist fertig«, verkündete ich.

»Die Sendung ist sowieso vorbei.« Mom schaltete den Fernseher aus. »Wo wir gerade von Hunden sprechen – wo ist Boomer?«

»Der ist bei Bobby. Setzt euch doch bitte.«

»Wer ist Bobby?«, wollte Amelia wissen. Sie wankte zum Tisch und hätte sich beinahe neben ihren Stuhl gesetzt.

»Ihr Freund«, sagte Mom.

»Mein Ex-Freund«, korrigierte ich.

»Setz dich ja nicht neben mich, Jake. Ich vertraue dir nicht«, sagte Xiaowen. »Sully, setzt du dich bitte zwischen uns, ja? Guter Mann.« Sie schob ihn auf den Platz, an dem sie ihn haben wollte. Was nicht der neben mir war.

Ich fragte mich, wie das wohl war, nicht alles hören zu können, sich vielleicht zu fragen, warum jemand einen herumschob, zu versuchen, sich aus den Worten, die man verstand, einen Reim zu machen.

Ich hoffte, er hatte gehört, dass ich *Ex-Freund* gesagt hatte. Seine Miene war schwer zu lesen.

Bob glitt an mir vorbei. Sein Aftershave war wie der Nebel des Grauens. »Das riecht wundervoll!«, erklärte er.

Vielleicht tat es das, aber meine Nase war mit *Polo by Ralph Lauren* verstopft.

»Wo ist Jake?« Ich hätte schwören können, dass er gerade noch da gewesen war.

In diesem Moment ging die Badezimmertür auf. »Hast du Febreze?«, fragte er.

»Ich habe dich gewarnt, dass das hier eine ganz schlechte Idee ist«, sagte meine Mutter.

»Ist das Lamm?«, fragte Mr. Carver. »Meine Frau hat das beste Lamm gemacht.« Noch mehr Tränen. Meine Güte.

»Hatte ich erwähnt, dass ich Veganerin bin?«, fragte Amelia fröhlich. »Das hatte ich doch, oder, Nora?«

»Nein, hattest du nicht«, sagte ich.

»Ist dein Wodka vegan?«, wollte Xiaowen wissen.

»Das ist er«, erwiderte sie selbstzufrieden. »Keine Sorge, Nora. Ich esse einfach nur diesen wunderbaren Spargel.« Bevor ich sie aufhalten konnte, hatte sie schon einen Bissen genommen. »Oh! Köstlich! Du musst mir verraten, wie du den zubereitet hast.«

In Schweinefett, dachte ich. Ach, was sie nicht weiß, macht sie nicht heiß, sagte ich mir.

Jake setzte sich neben meine Mutter. Als die Schüssel mit dem Kartoffelpüree bei ihm ankam, kostete er einen Happen vom Servierlöffel. »Ich hole einen neuen Löffel«, sagte ich und sprang auf. Ich ging in die Küche, kehrte mit einem sauberen Löffel zurück und setzte mich. »Ich bin so froh, dass ihr alle kommen konntet.«

»Oh, oh. Ich verschwinde besser noch mal«, sagte Jake. »Ich muss zum Mittag was gegessen haben, das mir nicht bekommen ist, wenn ihr wisst, was ich meine.« Er stürzte so schnell davon, dass sein Stuhl umfiel. Sully richtete ihn wieder auf.

Ich hoffte, dass ich genug Bleiche im Haus hatte.

»Sharon, du siehst heute Abend besonders hübsch aus.« Bob beugte sich vor und faltete seine Hände, wobei seine Ringe leise aneinanderklickten.

»Hör auf, *Bahb*.«

Er richtete seine Aufmerksamkeit auf Xiaowen. »Weißt du, ich habe in letzter Zeit ein Interesse für den Koreakrieg entwickelt.«

»Und warum erzählst du mir das?«, gab sie zurück.

»Weil du Koreanerin bist?«

»Ich bin Chinesin.«

»Magst du chinesisches Essen?«, hakte Bob nach. »Ich bin ein großer Fan von General Tsos Hühnchen.«

Xiaowen seufzte. Wenigstens kamen sie und meine Mutter miteinander klar – ich hatte meine Mutter sogar lachen hören, was sehr selten vorkam. Jake kehrte aus dem Bad zurück, nur um fünf Minuten später wieder zu verschwinden. Amelia trank ihren Wodka. Mr. Carver riss sich lange genug zusammen, dass ich ihn fragen konnte, wie ihm die Pensionierung gefiel, doch ansonsten sprach er nur über seine verstorbene Frau. Man wunderte sich, wofür er die kleinen blauen Wunderpillen hatte haben wollen.

»Wie hieß sie?«, fragte Sullivan ihn.

»Beatrice.« Seine Augen wurden wieder feucht. »Sie war eine wundervolle Frau.« Nun fing er an zu schluchzen.

»Nora«, sagte meine Mutter. »Warum legst du nicht los, damit wir alle nach Hause gehen können?« Sie fixierte mich mit ihrem Schildkrötenblick – unerbittlich und ruhig.

»Äh ... womit soll ich loslegen, Mom?«

»Du hast uns hergebeten, um zu schauen, ob wir wissen, was mit deinem Vater passiert ist.«

Oh, stimmte ja! Meine Lüge kehrte zurück und biss mir in den Hintern. Nun ja, eine Halblüge. Ich wollte ja wirklich etwas über meinen Vater in Erfahrung bringen. »Ja. Nun, wie viele von euch wissen, hat mein Vater die Insel verlassen, als ich elf war. Das war vor vierundzwanzig Jahren. Ich hatte gehofft, irgendeiner von euch könnte sich daran erinnern, wohin er gegangen ist.«

»Bisschen spät, um jetzt danach zu fragen, findste nicht?«, sagte Jake, der gerade aus dem Bad kam. »Übrigens ist das Klopapier alle.« Er schnappte sich eine Rolle Haushaltspapier aus der Küche und kehrte ins Bad zurück. Ich unterdrückte einen Schrei.

»Ich erinnere mich an deinen Vater«, überlegte Bob Dobbins laut. »Ein guter Mann.«

»Jake hat recht«, sagte ich. »Es ist lange her, aber ich habe mich gefragt, ob irgendjemand irgendetwas gehört hat. Ich habe ihn tausend Mal gegoogelt, aber er hat einen so weit verbreiteten Namen und ... Na ja, ich habe nie etwas gefunden.«

Sullivan sah mich eindringlich an, sagte aber nichts.

»Also weiß niemand etwas?«, hakte meine Mom für mich nach.

»So viele Menschen sind gegangen«, sinnierte Mr. Carver. »Dein Vater. Meine Beatrice. Und mein Hund Licorice wird auch nicht jünger.«

»Nun, wenn mein Vater ... verschieden ist, würde ich das auch gerne wissen«, sagte ich.

Eine Sekunde lang herrschte Schweigen.

»Da hast du deine Antwort«, sagte Mom. »Danke fürs Essen, Nora.« Sie schob ihren Stuhl zurück. »Kann ich dir beim Aufräumen helfen? Wir wollen deine Gastfreundschaft nicht überstrapazieren.«

»Ich, äh …« Ich hatte bisher erst einen Bissen Lamm gehabt, aber als ich mich nun am Tisch umschaute, sah ich, dass alle anderen Teller leer waren.

»Kein Grund zur Eile«, setzte ich an, hielt mich dann aber zurück. Jake tat meinem Badezimmer Gewalt an. Bob war kein Kandidat für den Posten als Stiefvater. Und Mr. Carver weinte gerade in seine Serviette.

»Ich habe Amelia und Jake mit hergebracht«, sagte Bob. »Als erster Stadtrat kann ich ja schlecht jemanden unter Alkoholeinfluss Auto fahren lassen«, fügte er hinzu. »Nein, das geht nicht. Sharon, willst du auch …?«

»Nein«, unterbrach sie ihn.

Gut. Dann sollten doch alle gehen. Vielleicht hätten Xiaowen und Sully Lust, noch zu bleiben.

Und wo war überhaupt Amelia? Ich hatte Angst, ins Badezimmer zu gehen, nachdem Jake dort drin gewesen war. Also klopfte ich an die Tür. »Gib mir eine Minute!«, rief Jake von drinnen. Ich hörte Geräusche, die jeder Gastroenterologe kannte, und unterdrückte den Drang, in Tränen auszubrechen. Vielleicht würde ich das Hausboot einfach niederbrennen.

Amelia musste auf den Steg hinausgegangen sein. Alternativ war sie ins Wasser gefallen und ertrunken, was nicht so super wäre.

Aber nein. Als ich an meinem Schlafzimmer vorbeikam, erspähte ich sie auf meinem Bett. Tief schlafend. Und auf mein Kissen sabbernd.

»Hey Amelia. Amelia? Zeit, nach Hause zu gehen.« Ich schüttelte sie sanft an der Schulter. Sie rührte sich nicht. Ich schüttelte härter.

»Ich bin sehr müde«, sagte sie. »Ich habe diese Woche so viel gearbeitet.« Sie setzte sich auf. Ihr Lippenstift war immer noch perfekt. »Ich fühle mich nicht so gut«, sagte sie und presste sich eine Hand auf den Bauch.

»Dann bringen wir dich am besten nach Hause«, schlug ich vor. »Bob ist abfahrbereit.«

»Kann ich helfen?« Das war Sullivan.

»Würdest du mir eine Hand reichen, Darling?« Amelia streckte ihren Arm elegant in seine Richtung aus.

»Sicher.« Er ging zu ihr, legte seine Arme um sie und half ihr auf.

»Du bist aber ein kleiner Charmeur«, sagte sie – und übergab sich auf ihn.

Ich meine, direkt *auf* ihn. Es traf ihn am Hals und rann dann über sein Hemd. Ich spürte, wie mir die Galle hochkam.

»Hupsala«, sagte sie. »Das tut mir fürchterlich leid. Aber ich fühle mich schon viel besser.« Dann übergab sie sich noch mal, nur für den Fall, dass Sullivan es beim ersten Mal nicht mitbekommen hatte. »Habe ich vielleicht Butter gegessen? War da Butter am Spargel? Ich lebe schon so lange vegan, dass Tierprodukte meinen Magen stören.«

»Keine Butter«, sagte ich. »Äh, Sully, mein Badezimmer ist gleich nebenan. Da findest du auch Handtücher und so. Ich bin gleich zurück.«

Er warf mir einen Blick zu und ging ins Bad, während ich Amelia den Flur hinunter zum anderen Badezimmer führte – dem von Poe, nicht das Gästebad, das Jake benutzt hatte. Ich reichte ihr einen Waschlappen.

»Was für ein wunderschönes Boot«, sagte sie, während sie sich frisch machte. »Weißt du zufällig, wer der Architekt war?«

»Nein, leider nicht. Aber danke, dass du gekommen bist, Amelia. Jetzt bringen wir dich nach Hause, okay? Es ist schon spät.« Es war noch nicht einmal halb neun. Ich führte sie den Flur hinunter zum Steg, wo die anderen bereits warteten.

»Kommt gut nach Hause, Leute«, sagte ich. »Wo ist Mr. Carver? Ich habe mich gar nicht von ihm verabschiedet.«

»Er ist schon weg«, sagte Mom und zeigte auf ein paar Rücklichter, die sich auf der Straße entfernten. »Oh, oh.« Sie legte die Hände um den Mund: »Pass auf das Reh auf, Henry!«, rief sie. »Henry! Das Reh! Um Himmels willen.«

Wir anderen schauten entsetzt zu, als Mr. Carver direkt in einen der wilden Bewohner von Scupper Island hineinfuhr.

Xiaowen gab ein Geräusch von sich, das sich verdächtig nach Lachen anhörte.

Ich rannte vom Steg. Mr. Carvers Auto befand sich keine fünfzehn Meter von der Stelle entfernt, an der es den ganzen Abend über gestanden hatte, aber offensichtlich hatte er trotzdem eine ziemliche Geschwindigkeit draufgehabt.

Das Reh lag hechelnd auf der Seite. Oh Gott, das arme Ding! Wir würden den Polizeichef anrufen müssen, damit er es erschoss, und Gott allein wusste, wie lang es dauern würde, bis er hier einträfe.

Die Augen des Rehs waren weit aufgerissen. Sollte ich es streicheln? Das könnte das arme Wesen vielleicht noch mehr ängstigen. Aber wenn es gerade im Todeskampf lag, sollte ich es vielleicht trösten. Oder sie. Es war eine Ricke.

»Ist es tot?«, schluchzte Mr. Carver. »Ist es verletzt?«

»Äh … noch ist es nicht tot«, sagte ich und holte mein Handy heraus, um den Notruf zu wählen. Natürlich hatte ich mal wieder kein Signal. Mist. Ich stieg auf die Motorhaube von Mr. Carvers Wagen und hielt mein Handy in die Höhe. Aha. Zwei Balken. Das reichte.

»Neun-eins-eins. Um was für einen Notfall handelt es sich?«

»Hi, hier ist Nora Stuart von der Spruce Brook Road. Hier ist gerade ein Reh von einem Auto angefahren worden.«

»Hi Nora, hier ist Mrs. Krazinski! Wie geht es dir, Liebes?«

»Na ja, nicht so toll. Und Ihnen?«

»Ganz gut. Deine Mutter erwähnte, dass du heute Abend eine Dinnerparty gibst.«

»Das habe ich, und, tja, ich fürchte, Henry Carver hat ein Reh erwischt und …« Ich senkte meine Stimme. »Es muss vermutlich erlöst werden.«

»Verdammt. Und der Chief ist nicht da. Erinnerst du dich noch an seine Tochter? Caroline? Ja, also die hat gerade ein Baby bekommen! Einen Jungen. Ihren dritten.«

»Das ist toll. Aber was ist mit dem sterbenden Reh?«

»Kann sich deine Mom nicht darum kümmern?«

»Vermutlich schon.« Die Chancen standen gut, dass Mom einen dieser Jason-Bourne-Griffe am Hals anwenden könnte, der Bambi auf den Weg in den Himmel schickte.

Die gesamte Dinnerparty war inzwischen vom Steg heruntergekommen.

»Mit ein wenig Physiotherapie, wer weiß«, sagte Xiaowen. »Es könnte nächste Woche schon wieder Grünzeug futtern.«

»Ich erlöse es von seinem Leid«, sagte meine Mutter. »Nora, lauf zu mir nach Hause und hol meine Schlachtmesser.«

»Was?«

»Das ist ein *frisches Reh*«, sagte sie, als wäre ich der dümmste Mensch der Welt. »Das werde ich nicht verkommen lassen.«

»Macht es dir was aus, wenn ich mir ein Hinterbein mitnehme?« Jake öffnete sich ein neues Bier.

»Oh Gott«, jammerte Mr. Carver. »Beatrice … Sie hat Tiere so geliebt.«

»Als ich als Kind in unserem Camp in den Adirondacks war«, erzählte Amelia, »ist ein Rehkitz in unser Haus gewandert und hat sich direkt neben den Hund gelegt. Es war unglaublich bezaubernd. Also, zumindest bis unser Irish Setter es getötet hat. Whiskey hieß er. Ein wunderschöner Hund.«

»Es macht dir doch nichts aus, wenn ich bleibe, um zuzusehen, oder?«, fragte Xiaowen mich. »Ich habe mich ein wenig in deine Mom verknallt.«

»Du bist eine schreckliche Freundin«, erwiderte ich.

Meine Mutter kam vom Steg zurück, ein Messer fest in der Hand.

*Er streckte die Hand aus, und seine Finger schlossen sich um den Griff des größten Messers im Block.*

Eiskalte Furcht schlängelte sich über meinen Rücken, und für eine Sekunde waren der dunkle Himmel über Maine und der schwere Halbmond verschwunden, und ich befand mich in meiner Wohnung … die Tür war so nah. Würde ich es schaffen? Würde er mich erneut packen? Der Türknauf, so glatt und hart unter meinen schmerzenden Fingern; ich draußen, rennend, schreiend …

Nein, nein. Da gehen wir nicht hin. Das hier war meine Mutter, die fähigste Frau der Welt. Kein Mörder, kein Vergewaltiger. Und hinter ihr Sullivan Fletcher mit nacktem Oberkörper im schwindenden Licht, das angekotzte Hemd in der Hand. *Konzentrier dich darauf. Konzentriere dich auf ihn. Du bist in Sicherheit. Du bist in Sicherheit. Du hast es geschafft.*

Mein Herzschlag beruhigte sich. Sullivan Fletcher strahlte eine Ruhe aus, die mich berührte. Vielleicht weil er ein Vater war. Vielleicht weil ihm das ganze Geplapper und Gesumme auf dieser Welt erspart blieb. Vielleicht weil er auch verletzt worden war und sich erholt hatte.

Ich nahm an, dass ich ihm ein T-Shirt hätte anbieten sollen. Andererseits hatte ich mich um eine spuckende Chefin und ein sterbendes Reh zu kümmern.

Außerdem war der hemdlose Sullivan ein sehr schöner Anblick.

Mit einem Mal sprang das Reh auf. Ich schrak zurück, als es sich aufrappelte und etwas schief in den Wald hineinlief.

Eine Minute lang sagte niemand ein Wort.

»Okay!«, durchbrach ich die Stille. »Was für ein lustiger Abend! Passt gut auf euch auf! Mr. Carver, fühlen Sie sich in der Lage zu fahren?«

»Es ist nicht gestorben«, flüsterte er und wischte sich die Augen ab. »Vielleicht war das Beatrice, die ein kleines Wunder bewirkt hat.«

»Das Gleiche habe ich auch gedacht«, log ich. »Tschüss. Danke, dass ihr da wart.«

Alle stiegen in ihre Autos. Xiaowen umarmte mich, während sie noch vor Lachen bebte. »Ich rufe dich morgen an«, brachte sie heraus, bevor sie sich in ihren silbernen Porsche gleiten ließ. Dann rauschte sie davon, und ich war mit Sully allein.

»Komm, ich hole dir ein T-Shirt.« Ich ging den Steg hinunter, und Sully folgte mir.

»Ich hatte ein bisschen darauf gehofft zu sehen, wie deine Mutter das Reh häutet«, gab er zu, und mit einem Mal wurde auch ich von Lachen geschüttelt. Sullys Lächeln blitzte in der Dunkelheit auf, und er packte meinen Arm, damit ich nicht ins Wasser fiel.

Ich lachte den ganzen Weg nach drinnen.

Im Haus herrschte das reinste Chaos – Teller auf dem Esstisch, dem Couchtisch, dem Boden. Gefühlte eintausend benutzte Gläser. Überall Essen. Ich ging in mein Schlafzimmer und nahm das größte T-Shirt, das ich finden konnte – eines von Blackbeards Bait & Tackle, ein Souvenir von einem lange zurückliegenden Ausflug nach Cape Cod mit den Ärzten ohne Partner, damals, als Bobby und ich nur Freunde waren.

»Bitte sehr.« Ich kehrte in die Küche zurück und reichte Sullivan das T-Shirt. Er zog es in einer schnellen Bewegung über den Kopf. Die Muskeln an seinem Bauch spannten sich, seine Schultern bewegten sich wie das perfekte Beispiel für die männliche Anatomie.

Xiaowen hatte recht. Ich könnte es wesentlich schlechter treffen als mit Sullivan Fletcher.

Aber ich war nicht auf der Suche nach einer Sommeraffäre. Im August wäre ich wieder in Boston. Sullivan würde die Insel nie verlassen. Außerdem hatte er ein Kind. Hinzu kam, ich hatte keine Ahnung, ob Sullivan überhaupt auf der Suche nach einer Affäre war. Er hatte eine Tochter, eine Ex-Frau, eine Firma und einen gestörten Bruder, um die er sich alle kümmern musste.

»Komm, ich helfe dir beim Aufräumen«, sagte er.

»Auf keinen Fall«, widersprach ich. »Du gehst schön nach Hause.«

»Ich lass dich mit diesem Chaos nicht allein.« Diese Augen waren so köstlich wie Karamell – warm und verlockend.

»Oh doch«, sagte ich. »Wer sich von einem Dinnergast aufs Hemd spucken lässt, hat einen Freifahrtschein.«

Er runzelte ein wenig die Stirn. »Ich helfe dir wirklich mehr als gerne.«

»Ich schaff das schon, Bobby.« Ah, Mist! Wo war das denn hergekommen? »Ich meine, Sullivan. Wie auch immer, ich bin echt penibel, was das Aufräumen angeht, und außerdem muss ich noch ein paar Anrufe tätigen.«

Ohne dass sich ein Muskel bewegte, veränderte sich sein Gesicht. »Verstanden. Wir sehen uns dann. Danke für das nette Dinner.«

Er ging zur Tür, und ich schloss die Augen. So ein netter Mann, und ich warf ihn raus.

Ich ging zur Tür. Er war schon halb den Steg hinunter. »Sully? Sullivan? Danke für den Kuchen.«

Entweder hörte er mich nicht oder er wollte mir nicht antworten.

# 16. Kapitel

*Liebe Lily,*
*ich hatte ganz vergessen, wie hübsch der Mai auf der Insel ist. Die Blätter an den Bäumen sprießen, und die Vögel wachen jeden Morgen um 4.47 Uhr auf. Heute früh habe ich drei Kaninchenbabys gesehen. Die waren so süß! Vor Kurzem war Poe abends hier, um ihre Hausaufgaben zu machen, und ich habe uns gegrillte Käsetoasts mit Tomate zubereitet. Das haben wir immer am ersten Wintertag gegessen, erinnerst du dich noch?*
*Alles Liebe*
*Nora*

Am Wochenende vor dem Memorial Day fuhr ich mit der Fähre nach Boston, um meinen Hund abzuholen. Ich freute mich unbändig darauf, ihn wiederzuhaben, an seinen seidigen Ohren zu zupfen, in seine hübschen braunen Augen zu schauen und seine tröstende Anwesenheit am Fußende meines Bettes zu spüren. Bobby liebte Boomer auch, aber der Hund aller Hunde gehörte mir. Er war mein Seelengefährte.

Es war meine Entscheidung gewesen, zwei Monate nach dem großen bösen Vorfall einen Hund zu holen. Bobby und ich waren ins Tierheim gegangen, und da saß er – zwölf Wochen alt, das Ergebnis einer Affäre zwischen einer Berner Sennenhündin und einem Rottweiler. Für die meisten Einwohner Bostons und ihre Wohnungen würde er zu groß werden. Aber ein Blick in seine besorgten Augen, und die Sache war geritzt. Und ihr wisst ja, was man über Hunde aus dem Tierheim sagt: Sie vergessen nie, dass man sie gerettet hat.

Wie sich herausstellen sollte, war es bei uns umgekehrt. Boomer rettete mich. Er zwang mich rauszugehen (bewaffnet mit Pfefferspray und Trillerpfeife). Wenn sich ein Fremder näherte, ließ mich Boomers Schwanz wissen, ob dieser Mensch in Ordnung war, denn ich fürchtete mich vor jedem.

Zu Hause, wenn mein Herz sich in einer Panikattacke gegen mich wandte und flatterte wie ein verdammter Kolibri und ich nicht atmen oder mich erinnern konnte, wo ich war, spürte Boomer das und stieß meine Hand mit seiner samtigen Schnauze an und winselte vor Liebe und Besorgnis. Wenn Bobby Nachtschicht hatte, klebte der Hund an meiner Seite, und wenn ich ehrlich war, fühlte ich mich bei ihm sicherer als bei Bobby.

Also ja, wenn ich sage, ich war froh, ihn wiederzuhaben, war das eine Untertreibung.

Ich freute mich ebenfalls darauf, Bobby zu sehen. Er war in den letzten beiden Wochen ganz bezaubernd gewesen, hatte mir Fotos geschickt, sich in Textnachrichten nach mir erkundigt, und einmal hatten wir sogar abends lange telefoniert, während ich auf der Dachterrasse meines Hausboots saß und den Sonnenuntergang betrachtete. Beinahe hatte ich mich wieder wie mein Perez-Ich gefühlt.

Ich fragte mich, was im August passieren würde, nachdem Lily und Poe wiedervereint und nach Seattle zurückgekehrt waren. Ich würde nach Boston gehen – und Mom hätte bis dahin hoffentlich einen Freund, denn trotz all ihrer Unabhängigkeit musste sie einsam sein. Was würde mich wohl erwarten? Ich bräuchte eine neue Wohnung. Vielleicht würde ich sie so sehr lieben, wie ich die alte geliebt hatte. Vielleicht würde ich mich dort sicher fühlen.

Vielleicht sollte ich Bobby eine zweite Chance geben. Ich hätte mich nicht meinen Fantasien von Sully hingeben sollen – schließlich war ich nur vorübergehend hier.

Und Bobby *wollte* wieder mit mir zusammen sein. Wenn ich das Grau hinter mir gelassen hatte, wäre es vielleicht wieder wie in alten Zeiten. Beinahe konnte ich es ihm nicht mehr vorwerfen, Jabrielles Haare befummelt zu haben. Sie war wirklich schön, wenn auch eine herablassende Zicke ohne jede Moral.

Diese drei perfekten Monate, in denen Bobby und ich frisch zusammen gewesen waren … vielleicht waren sie einen zweiten Versuch wert.

Also hatte ich mir an diesem Morgen ein wenig mehr Mühe gegeben, hübsch auszusehen, ohne total zu übertreiben. Die Jeansjacke hatte ich gegen einen leichten Brokatmantel eingetauscht, und anstelle der robusten Gummistiefel, die man im Frühling hier tragen musste, war ich in meine Cowboystiefel geschlüpft. Dazu trug ich noch einen Schal und baumelnde Ohrringe.

Auf der Fähre beschloss ich, Jake nach meinem Vater auszuquetschen. Ich war der einzige Gast auf dem Boot, das über die Wellen hüpfte und tanzte. Das salzige Spritzwasser zerstörte alle Mühe, die ich mir mit dem Föhnen meiner Haare gemacht hatte. Dann sollten es heute eben krause Haare sein. Für den Fall hatte ich mir extra ein Zopfgummi eingesteckt.

Ich ging ins Ruderhaus. »Jake, erinnerst du dich, dass ich bei unserem gemeinsamen Dinner nach meinem Dad gefragt habe?«

»Hä? Ich glaube, da war ich vielleicht im Bad.«

»Ja, und wo wir gerade davon sprechen – wenn du eine kostenlose Beratung von einer Gastroenterologin brauchst, bin ich für dich da. Oder du könntest es nächstes Mal mit ein wenig Imodium versuchen.«

»Was ist mit deinem Vater?«

Ich zog meinen Mantel enger um mich. »Na ja, du bist schon immer der Fährkapitän gewesen. Erinnerst du dich daran, dass er damals die Insel verlassen hat? Er müsste einen oder zwei Koffer bei sich gehabt haben. Vielleicht war er aufgewühlt.«

Jake zündete seine Pfeife an, und ein süßer, rauchiger Geruch erfüllte die Luft. »Aye. Ich erinnere mich.«

Mein Herz machte einen Sprung. »Wirklich? Also ... kannst du mir davon erzählen?«

Er zog an seiner Pfeife und klemmte sie sich dann zwischen seine gelblichen Zähne. »Du hast recht. Er hatte einen Koffer oder zwei dabei. Er war zappelig, hat mit sich selbst gesprochen. Hat mit mir geredet und mit diesem ... wie heißt er noch? Dem Fletcher-Jungen und seiner Mutter.«

»Welcher Fletcher-Junge? Sullivan?«

»Der Sportler.«

»Luke?«

»Schätze schon. Der, der vor Kurzem nicht auf deiner Party war. Wie auch immer, dein Vater war ziemlich durch den Wind. Ich schätze, deine Mutter hatte ihn rausgeschmissen. Er war darüber nicht glücklich. Meinte, sie hätte bekommen, was sie wollte, und nörgelte weiter darüber, was fair war und was nicht, und dass niemand ihm sagen durfte, was er zu tun hätte.«

Also hatten sie sich doch gestritten. Mom hatte es nie zugegeben, aber Lily hatte es irgendwie gewusst.

»Erinnerst du dich, ob er nach Portland oder nach Boston gefahren ist?«

»Portland.«

Ich schaute über das graue Meer hinaus, sah die Bojen der Hummerfallen auf den weißen Wellenkämmen tanzen. »Fällt dir sonst noch etwas ein, Jake? Irgendetwas?«

Jake sah mich an, und sein verwittertes Gesicht wirkte unerwartet gütig. »Jupp. Er hatte ein Foto von euch beiden Mädchen in der Hand. Hat es die ganze Zeit angestarrt. Vielleicht hat er sogar ein wenig geweint.«

Meine Kehle zog sich zusammen. »Danke, Jake«, flüsterte ich.

»Keine Ursache.«

Ich kehrte an Deck zurück und setzte mich auf einen der harten Plastikstühle.

Das Bild von meinem Vater, wie er gestresst und wütend mit

einem hastig gepackten Koffer und einem Foto von Lily und mir hier auf der Fähre stand … ich hätte am liebsten meinen Kopf sinken lassen und geweint.

Wie es aussah, würde ich mit Teeny und Luke reden müssen, wenn ich mehr herausfinden wollte.

Als wir eine Stunde später anlegten, wartete Bobby bereits auf mich. Boomer drehte total durch, als er mich sah.

»Boomer!« Ich kniete mich hin und umarmte meinen zappelnden Hund. »Mein Großer! Du hast mir so gefehlt!« Er winselte vor Freude und leckte mir übers Gesicht, dann versuchte er, mich zu umarmen, indem er seine großen Pfoten auf meine Schultern legte. »Wer ist ein guter Junge? Ja, genau, du. Das sagt jeder.« Ich bedeckte seinen seidigen Kopf mit Küssen und stand dann auf, ohne meine Hände von Boomer zu nehmen. »Hi Bobby.«

»Hey.« Er steckte sein Handy ein, auf das er die ganze Zeit gestarrt hatte, und reichte mir Boomers Leine. »Wie geht es dir?«

»Super. Und dir?«

»Gut. Hör mal, es tut mir echt leid, aber ich kann nicht bleiben. Die Arbeit.«

Oh. Mein Herz sackte ein Stück tiefer. »Kein Problem. Ist bei dir alles in Ordnung?«

»Ja. Ausgezeichnet. Ich werde den Großen hier vermissen, aber ich schätze, ich komme klar.« Er beugte sich vor und kraulte Boomer am Kopf. »Wir sehen uns in zwei Wochen, Boomer. Hab dich lieb.«

Diese letzten Worte waren definitiv an den Hund gerichtet. Bobby hob seine Hand zum Gruß und schlenderte einfach davon.

Okay.

Lunch mit Bobby konnte ich von meiner mentalen To-do-Liste für heute streichen. Es war definitiv anders als vor zwei

Wochen, als er sich den ganzen Tag Zeit für mich genommen hatte.

Das war gut. Es war die Bestätigung, dass Schluss zu machen richtig gewesen war. Denn sein Verhalten war genau die klassische Bobby-Nonchalance, die ich zu hassen gelernt hatte.

Trotzdem warf es mich ein wenig aus der Bahn.

Da es ein schöner Tag war, rief ich Roseline an und sagte ihr, dass ich früher Zeit hatte als erwartet. Sie meinte, sie würde mich in zehn Minuten in der Newbury Street treffen, damit wir ein wenig shoppen und etwas essen gehen könnten.

»Oh mein Gott, ich habe dich so vermisst!«, rief sie, als sie mich sah, und schlang die Arme um mich. »Und dich auch, Boomer!« Sie beugte sich für einen Schlabberkuss zu ihm herunter. »Dich habe ich ehrlich gesagt mehr vermisst, aber verrate das nicht Nora.« Sie hielt mich auf Armeslänge von sich. »Meine Freundin, du siehst fantastisch aus.« Wir umarmten uns noch einmal und marschierten dann untergehakt los.

Die Backsteinhäuser an der Newbury Street waren wunderschön. Roseline plapperte ohne Unterlass und erzählte mir alle neuesten Gerüchte über unsere Freunde und Bekannten. Sie und Amir würden für ihre verspäteten Flitterwochen nach Haiti fliegen und ihre Familie besuchen, von denen ich die meisten im Laufe der Jahre bereits kennengelernt hatte. Wir schauten uns in verschiedenen Läden um und banden Boomer solange an einem Laternenpfahl fest, damit er die sonnenhungrigen Bostoner um den Finger wickeln konnte. Dann gaben wir uns unserer Lieblingsbeschäftigung hin, befühlten Handtaschen und probierten Schuhe an. Es war so schön, wieder zusammen zu sein.

Aber war Boston schon immer so laut gewesen? Musste jeder Autofahrer laute Flüche aus dem Fenster brüllen? (Ja klar, schließlich war das hier Boston.) Diese Schimpfwörter regneten in einer so freundlichen Art herab und waren in dieser Stadt so üblich, dass ihr Effekt gegen null ging.

»Du solltest hören, wie still es auf der Insel ist«, erklärte ich Roseline beim Lunch. Boomer lag zu unseren Füßen, der Sonnenschein wärmte unsere Haare. »Abends sitze ich auf meiner Dachterrasse, beobachte den Sonnenuntergang und verscheuche die Kriebelmücken. Es ist einfach wunderschön. Bitte sag mir, dass du mich besuchen kommst.«

»Dir gefällt es dort?«, fragte sie.

Ich antwortete nicht direkt, sondern aß erst einen Löffel von meiner Clam Chowder, dieser köstlichen Muschelsuppe, für die Boston berühmt war. »Manchmal schon«, gestand ich. »Auf der einen Seite kennt mich dort jeder und …« Ich zuckte mit den Schultern. »Es ist, als wäre ich wieder der Mensch, der ich mit fünfzehn war, und nicht eine Erwachsene.«

»Das kenne ich. Wenn ich nach Haiti zurückgehe, verlieren Harvard und Yale auf der Stelle ihre Bedeutung. Ich bin immer noch das kleine Mädchen, das einmal an Ostersonntag in die Kirche gepinkelt hat«, sagte Roseline.

»Ganz genau. Diese Woche wurde ich in der Klinik einmal ›die Fette‹ und einmal ›Sharons andere Tochter, nicht die hübsche‹ genannt.«

»Das ist so süß.« Roseline verdrehte die Augen. »Zuerst einmal, du bist sehr hübsch. Und *fett*? Komm schon! Haben die keine Augen im Kopf?« Sie biss von ihrem Burger ab. »Wie geht es deiner Schwester eigentlich?«

Roseline wusste, dass Lily im Gefängnis saß. Ich hatte es ihr damals erzählt und schämte mich mit einem Mal für die Art, auf die ich es ihr mitgeteilt hatte. Als wäre es keine große Sache. Immerhin war Lilys Haftstrafe nicht lang und ihr Verbrechen nicht allzu schlimm, aber trotzdem saß sie im Gefängnis. Andererseits hatte ich mich vor ein paar Monaten verzweifelt danach gesehnt, über *irgendetwas* zu reden, bei dem ich mich besser fühlte, und dass meine Schwester in den Knast gegangen war, gehörte irgendwie dazu. Ich meine, ich war nur knapp dem Tod von der Schippe gesprungen, aber zumindest war ich nicht Lily.

Ja. Ich schämte mich.

»Ich schätze, es geht ihr ganz gut«, sagte ich, aber ich wusste es nicht. »Ich habe viel Zeit mit Poe und diesem anderen Mädchen verbracht, der Tochter meines alten Klassenkameraden. Die Kleine ist nett. Ich hatte ganz vergessen, dass ich Teenager mag.« Audrey hatte mich diese Woche sogar zweimal besucht. Wir hatten uns über Filme unterhalten, und am Donnerstag wollte sie vorbeikommen, damit wir gemeinsam *Project Runway* schauen konnten. Ich wollte eine weitere Pyjamaparty mit den Mädchen veranstalten, war mir aber nicht sicher, ob Sullivan das gutheißen würde, nachdem ich ihn an dem Abend meiner Dinnerparty so rüde abgewiesen hatte.

»Und, wie steht es mit Dr. Bobby Byrne?«, wollte Roseline wissen.

»Ich weiß es nicht«, gab ich zu. »Er war wirklich sehr ... aufmerksam. Viele Nachrichten und E-Mails, ein paar Telefonate. Heute hingegen hat er mir die Leine förmlich zugeworfen und ist verschwunden.«

»Denkst du darüber nach, wieder mit ihm zusammenzukommen?« Ihre Stimme klang verdächtig neutral.

»Ich weiß es nicht«, sagte ich. »Wir hatten so einen guten Start und dann ...«

»Dann bist du zusammengeschlagen und beinahe umgebracht worden, und nachdem die Aufregung, nobel zu sein, schwand, fing er an, sich zu langweilen«, ergänzte sie.

»Danke, dass du mich daran erinnerst. Aber ich war ja auch ziemlich erbärmlich. Ich wäre von mir auch gelangweilt gewesen.«

»Nora! Du warst nicht erbärmlich! Du bist beinahe getötet worden!«

Die älteren Damen am Nebentisch schauten mit offensichtlichem Interesse zu uns herüber. »Die Geschichte ist wahr«, sagte ich zu ihnen. »Wie ist Ihr Hummer?« Sie wandten sich wieder ihrem Essen zu.

Rosie senkte die Stimme. »Er hat sich also gelangweilt, weil seine Freundin auf etwas wackligen Füßen stand … Das ist ziemlich ätzend.«

»Ich weiß, aber ich habe mich auch nicht gemocht. Ich hasse wackelige Füße.«

»Nun, wir alle müssen ab und zu auf ihnen gehen, meine Liebe. Am besten funktioniert das, wenn man jemanden hat, der einen dabei an der Hand hält und nicht vorausläuft und anfängt, mit einer nuttigen Assistenzärztin zu flirten.«

Ich lächelte. »Du bist so gut zu mir.«

»Ich weiß, ich weiß. Und du bist so eine furchtbar vernachlässigende Freundin für mich.«

»Komm nächstes Wochenende zu mir«, schlug ich vor. »Da ist Memorial Day, es gibt eine Bootsparade, und *rauer Charme* ist unser zweiter Vorname. Bitte? Dann lernst du auch meine andere Freundin kennen.«

»Du hast eine andere Freundin? Ich bin am Boden zerstört.« Sie grinste. »Okay. Ich lasse Amir zu Hause. Du weißt, was er von Schiffen hält. *Titanic* hat bei ihm einen bleibenden Schaden hinterlassen.«

»Das hat er bei uns allen. Auf dieser Tür war genügend Platz für zwei.«

»Wem sagst du das, Schwester. Aber diese letzten beiden Minuten sind alles andere wert.«

Sie bezahlte die Rechnung, und den Rest des Nachmittags verbrachten wir so, wie wir es früher getan hatten – vor ihrer Hochzeit und vor meinem Überfall.

Am Montagabend nach einem Tag in der Klinik, an dem ich einen Angelhaken aus Jeb Coffins Handfläche entfernt und mit einem Stich genäht hatte, ging ich nach Hause, zog mir Jeans und ein süßes Oberteil mit winzigen Knöpfen im Rücken an, fütterte meinen Liebling und spielte mit ihm und einem Ball auf der kleinen Wiese, die sich zwischen der Bucht und der Straße erstreckte.

Dann sperrte ich Boomer im Haus ein. Heute Abend würde ich die örtlichen Bars abklappern und gucken, ob ich Luke fand, um mit ihm über meinen Dad zu reden.

Das Red's war die Bar für die ernsthaften Trinker und diejenigen, die Touristen hassten. Auf dem Parkplatz drängten sich rostige, verbeulte Pick-up-Trucks und ein paar Autos aus den Siebzigern – keine Klassiker, sondern solche, die mit Klebeband und Draht zusammengehalten wurden.

Ich war nie dort gewesen. Als ich die Insel verließ, war ich noch zu jung gewesen, um in Bars zu gehen. Es war an der Zeit zu gucken, ob es hier wirklich so war, wie ich früher immer gehört hatte.

Den Mini Cooper ließ ich am Rand des Parkplatzes stehen und betrat das Red's. Es war eine schäbige, dunkle kleine Kneipe mit klebrigem Fußboden, ein paar schmuddelig aussehenden Tischen und einer Bar, an der die Alkoholiker der Insel in einer Reihe nebeneinandersaßen. Hierher verirrten sich keine Festlandbewohner, so viel war klar. Es war eine Bar rein für Einheimische, und selbst die Luft hatte eine bittere, wütende Färbung.

An der Bar, sich schwer auf seine Ellbogen stützend, saß Luke Fletcher. Und obwohl er mir gegenüber schrecklich gewesen war, konnte ich das Mitleid nicht unterdrücken, das durch mein Herz marschierte. Er war ein Mann, dessen Leben nicht wie geplant verlaufen war und der keinen Weg hinausfand. Hier würde es für mich keinen Sieg geben.

Der Hocker neben ihm war frei, also setzte ich mich darauf. Luke bemerkte mich nicht.

»Was kann ich dir bringen, Süße?«, fragte die Barkeeperin, eine Frau, die mindestens dreihundert Pfund wiegen musste und vermutlich einen Body-Mass-Index von um die vierzig hatte. Angesichts ihres Gewichts und ihres geröteten Gesichts ging ich von Bluthochdruck aus, und wenn sie nicht schon Diabetes hatte, würde es nicht mehr lange dauern.

»Äh … ein Bier?« Ich würde in dieser Bar keine Granatapfel-Margarita bestellen, so viel war mal sicher.

»Was für eins? Bud, Bud Light, Miller, Miller Light, Genesee, Old Mil.«

»Old Mil«, sagte ich – nicht, dass ich das je probiert hatte. Ich mochte Bier nicht einmal.

Luke drehte den Kopf in meine Richtung und zuckte dann zurück. »Du bist das.«

»Hey Luke, wie läuft's so?«

Er wirkte schon ziemlich daneben; trübe Augen und leicht schleppende Sprache. »Einfach super.«

»Ich bin froh, dich hier zu treffen. Ich habe mich gefragt, ob ich mal mit dir reden kann.«

»Das tust du doch schon.«

Die Barkeeperin stellte das Bier vor mich hin. Es hatte die Farbe vom Urin einer schwer dehydrierten Person – dunkelgelb und, nun ja, einfach eklig.

»Luke, ich weiß, wir haben da eine kleine Geschichte zwischen uns mit dem Perez-Stipendium, aber ich fände es schön, wenn wir trotzdem Freunde sein könnten.«

»Eine kleine Geschichte? Warum verrätst du mir nicht, wie du es bekommen hast? Du hast irgendetwas gemacht, das weiß ich. Es gab da irgendeinen fetten kleinen Trick, den du aus deinem fetten Ärmel gezogen hast.«

Was für ein Charmeur. »Ich habe sehr hart gelernt, Luke. Es tut mir leid, dass du das Stipendium nicht bekommen hast, aber es tut mir nicht leid, dass ich es erhalten habe.«

»Tja, das ergibt keinen Sinn.«

»Wie auch immer. Vielleicht kann ich dich auf einen Drink einladen?« Ich hielt kurz inne. »Bist du mit dem Auto da?«

»Nein«, sagte er mürrisch. »Ich habe meinen Führerschein verloren.«

Gut. »Also, ich wollte mit dir über etwas reden.« Ich zeigte zur Barkeeperin. »Noch einen für meinen alten Klassenkameraden, bitte.«

Sie sah mich aus leicht zusammengekniffenen Augen an. »Heilige Scheiße. Ich war auch Lukes Klassenkameradin. Wer bist du?«

»Nora Stuart.«

Ihr blieb der Mund offen stehen. »Wow! Du hast also das ganze Fett verloren, und ich habe es und noch ein bisschen mehr gefunden.« Sie lachte. »Ich bin Carmella Hurley. Lange nicht gesehen.«

Eine der Cheetos, zusammen mit Darby Dennings und Amy Beckman. Nur wirkte sie jetzt nicht mehr gemein.

»Stimmt es, dass du jetzt Ärztin bist?«, fragte sie, während sie ein Bier für Luke zapfte.

»Ja, das stimmt. Den Sommer über arbeite ich in der Inselklinik.«

»Cool! Das freut mich für dich. Du bist schon immer klug gewesen. Vielleicht komme ich mal vorbei. Macht ihr auch Magenbänder?« Sie lachte wieder. »Ich mache nur Witze. Aber ehrlich, vielleicht könntest du mir eine Diät verschreiben. Ich würde gerne ein paar Pfund verlieren, weißt du? Hups, Froggy da drüben braucht noch einen Drink. Ich komme schon, Froggy. Mein Gott, mach dir nicht gleich in die Hose.« Sie warf mir einen Blick zu. »Das Bier geht aufs Haus. Ich war in der Schule echt gemein zu dir. Um ehrlich zu sein, schulde ich dir vermutlich ein ganzes Fass.«

Und einfach so schloss sich eine Wunde. Menschen veränderten sich doch. Die Sache mit gemeinen Teenager-Mädchen war die: Sie waren niemals glücklich. Da waren der Druck und die Dunkelheit, die damit einhergingen, ein beliebtes Mädchen zu sein. Ich wusste das, weil ich zugesehen hatte, wie Lily ihre Seele abgestreift hatte, nur um mit den hippen Mädchen abhängen zu dürfen.

Aber jetzt sah es so aus, als hätte Carmella ihr Glück gefunden, auch wenn siebzig überflüssige Kilos dazugehörten.

»Also, was willst du?«, fragte Luke.

Ich schaute ihn an.

Er war immer noch unglaublich attraktiv, selbst jetzt, selbst betrunken. Das Ironische war, er hatte ein Gesicht, das immer fröhlich aussah, immer ein wenig lächelte. Sogar wenn seine Augen blutunterlaufen und seine Augenbrauen zusammengezogen waren, war es unmöglich, ihn nicht mögen zu wollen, nicht eine bessere Version von ihm irgendwo unter diesem abweisenden Äußeren zu sehen.

Der arme Luke. Er hatte so viel Potenzial gehabt.

»Ich weiß nicht, ob du dich daran erinnerst«, fing ich an, »aber mein Vater hat Scupper Island vor langer Zeit verlassen. Wir beide waren da gerade in der fünften Klasse.«

Er runzelte die Stirn. »Ach ja?«

»Ja. Jake Ferriman sagte, du und deine Mom wären an jenem Tag mit ihm auf der Fähre nach Portland gewesen. Also an dem Tag, an dem er gegangen ist.«

»Daran kann ich mich nicht erinnern.«

Ich nickte. »Ja, das dachte ich mir schon.«

»Meine Mom könnte sich aber vielleicht erinnern. Ma! Komm her!«

Ich blinzelte. Beim Reinkommen hatte ich Teeny Fletcher nicht gesehen, und wenn ich ehrlich sein sollte, flößte sie mir mehr Angst ein als Luke.

Als sie sah, wer da bei ihrem kleinen Jungen saß, kniff sie die Augen zusammen. »Was willst du?«, fragte sie. »Warum belästigst du meinen Jungen? Reibst du ihm deinen schnieken Job unter die Nase?«

Lee Harvey Oswald soll auch eine miese, überbehütende Mutter gehabt haben, sagte man.

»Hi Teeny«, sagte ich. »Nein, ich hatte nur eine Frage zu meinem Vater.«

Sie hob eine zu schmal gezupfte Augenbraue. »Was sollte Luke darüber wissen?«

»Ich habe gehört, dass ihr beide an dem Tag, an dem er die Insel verlassen hat, auf der Fähre wart. Jake Ferriman meinte, ihr wärt nach Portland gefahren. Mein Dad hat mit euch beiden gesprochen. Er war sehr aufgewühlt.«

Ihre Lippen verzogen sich zu einem hässlichen Lächeln. »Oh ja. Jupp. Wir waren da.«

»Waren wir? Ich kann mich nicht erinnern«, warf Luke ein und trank von seinem Bier.

»Ich hatte gehofft herauszufinden, was mit ihm passiert ist«, sagte ich zu Teeny.

»Und was springt dabei für mich raus?«

Was für eine bezaubernde Frau. »Was hättest du denn gern?« Verdammt. Das war ein Fehler gewesen. Ich hätte ihr zwanzig Dollar anbieten sollen.

»Was ich gerne *hätte*?«, kreischte sie. »Ich *hätte* gerne, dass mein Sohn auf die Tufts University gegangen wäre, das hätte ich gerne. Aber du hast ihn seiner Chancen beraubt, nicht wahr? Und jetzt willst du etwas von mir? Ich glaube kaum, Flachländerin.«

Ooooh, die ultimative Beleidigung. Jemanden aus Maine als Flachlandbewohner zu bezeichnen.

In der Bar war es mucksmäuschenstill geworden.

»Mrs. Fletcher, es tut mir leid, dass Sie immer noch dem Irrglauben unterliegen, dass ich Luke irgendetwas gestohlen habe. Wie Sie sehr wohl wissen, geht das Perez-Stipendium an den Schüler oder die Schülerin mit dem höchsten Punktestand. Diese Schülerin war ich. Ich habe jedoch gehört, dass Luke ein schönes Stipendium für die University of Maine bekommen hat, die ebenfalls eine fabelhafte Uni ist. Xiaowen Liu hat dort ihren Doktor gemacht, und sehen Sie sie sich heute an. Also was auch immer mit Luke nach der Highschool passiert ist, es hat nichts mit mir zu tun.«

»Fick dich«, sagte Luke.

»Du bist eine kleine Rotzgöre, oder?« Sie rieb auf eine, wie ich fand, leicht abstoßende Art über den Rücken ihres Sohnes, der immerhin schon fünfunddreißig war. Er schien es nicht zu bemerken.

»Danke für eure Zeit«, sagte ich. »Carmella, es war schön, dich wiederzusehen.« Das zumindest meinte ich ehrlich.

Dann ging ich, eher wütend als verstört, hinaus zu meinem Auto.

Teeny Fletcher hatte nicht *ein* Wort über ihren anderen Sohn verloren. Den, der vollkommen unschuldig war. Sie hätte sagen können: *Deinetwegen hat mein Sohn ein Schädel-Hirn-Trauma erlitten und verliert jeden Tag mehr von seinem Hörvermögen*. Auch wenn das nicht komplett zutreffend gewesen wäre, wäre so eine Reaktion verständlich gewesen – eine Mutter, die die Verletzungen und Schwierigkeiten ihres Kindes betrauert.

Stattdessen war sie immer noch von diesem verdammten Stipendium besessen.

Nein. Sie hatte Sullivan mit keiner Silbe erwähnt.

# 17. Kapitel

Am Freitag des Memorial-Day-Wochenendes kam Roseline nach Scupper und wäre beim Anblick des Hausboots vor Freude beinahe ohnmächtig geworden. Sie meinte, sie würde nie wieder gehen. Wir leerten eine Flasche Rosé, aßen Kokosnusskuchen und schauten bis zwei Uhr morgens Filme.

Am Morgen zogen wir uns an, tranken einen Kaffee und nahmen Boomer mit in die Stadt, um uns die Bootsparade anzusehen. Die war so ziemlich das Größte, was es auf Scupper gab, und wesentlich mehr als nur eine Parade. Es war unsere Art, die Sommerleute zu begrüßen, indem wir sie ihre hübschen Holzsegelboote und ihre kleinen Jachten zeigen ließen.

Die Main Street war in Rot, Weiß und Blau geschmückt, und Lala's hatte ein Schild aufgestellt, auf dem stand: *Zeig, dass du Amerika liebst – iss einen Donut.* Roseline und ich hatten unseren Patriotismus bewiesen und bahnten uns nun mit einer Tüte Donuts in der Hand einen Weg durch die Menge, um uns auf dem hölzernen Hafenkai direkt am Wasser niederzulassen.

Der breite Steg war von dicken Holzbohlen umgeben, damit kleine Kinder und Radfahrer nicht ins Wasser fielen. Wir setzten uns darauf, so wie die Hälfte der Stadt, und ließen unsere Füße über den Rand baumeln. Unsere Finger waren vom Zucker klebrig, und die Donuts waren noch ganz warm und weich.

»Das ist so schlecht für den Verdauungstrakt«, sagte ich und nahm noch einen Bissen.

»Halt den Mund.« Sie holte ihren zweiten Donut aus der Tüte. »Wen interessiert schon, was du denkst? Bist du eine Art Expertin oder was?«

»Oh, da ist meine Freundin!«, rief ich aus. »Xiaowen! Hier drüben! Wir haben Donuts für dich.«

»Ich dachte, die wären alle für mich«, grummelte Roseline, doch sie lächelte und begrüßte Xiaowen und rückte ein Stück, um ihr Platz zu machen, während ich die beiden einander vorstellte.

»Du bist so schön, Roseline«, sagte Xiaowen. »Nora, du hast die tollsten Freundinnen, oder?«

»Stimmt.« Ich nickte. »Die Leute machen mir oft Komplimente über meinen Frauengeschmack.«

»Hi«, sagte eine Stimme hinter uns, und ich zuckte zusammen.

»Poe! Hi Süße! Hi Mom! Ihr erinnert euch an Roseline, oder?«

»Hallo«, sagte meine Mom steif. Sie fühlte sich nie wohl mit Menschen, die sie nicht schon ihr ganzes Leben lang kannte.

Roseline stand auf. »Wow, Poe, du erinnerst dich vermutlich nicht an mich, aber ich habe dich mal mit Nora zusammen besucht.«

»Ich erinnere mich«, sagte Poe schüchtern. »Du hast mir ein Tuch mitgebracht und es mir um den Kopf gebunden.«

»Genau! Du hast so süß ausgesehen.« Roseline lächelte und setzte sich wieder. »Setz dich zu mir. Ich liebe deine Haare! Wie lange hält die Farbe, bevor sie sich auswäscht?«

Mrs. Krazinski kam auf uns zu. In der einen Hand hielt sie einen Donut, in der anderen eine Tüte von Lala's, die sie meiner Mutter reichte. »Für dich, Shar«, sagte sie. »Und es ist auch einer für dich dabei, Poe, Liebes.« So eine nette Lady.

»Hi Mrs. K«, begrüßte ich sie.

»Darling, findest du nicht, es ist an der Zeit, mich beim Vornamen zu nennen?«

Ich lachte. »Ich weiß nicht, ob ich das kann.«

»Versuch es mal. Er lautet Donna.« Oder *Donner*, wenn man ihn auf ihre Weise aussprach. »Macht es euch was aus, wenn ich mich zu euch geselle?«

»Natürlich nicht. Setz dich.«

Meine Mom und Mrs. K setzten sich neben Xiaowen, womit ich genau in der Mitte saß. Boomer sabberte zwischen den Happen Donut, mit denen ich ihn fütterte.

Das hier war nett. Es war sogar nahezu perfekt – meine Mädels und ich. Ein Nebelhorn ertönte, ein langer, trauriger Ton, und die Parade begann. Mr. Brogan, ein älterer Navy-Veteran, war der Parademeister und steuerte aus Tradition die *Miss Magalloway*, einen alten Schlepper, der während des Ersten und Zweiten Weltkriegs im Einsatz gewesen war.

Jubel ertönte, und beim Anblick des alten Mannes in seiner Uniform schnürte sich mir die Kehle zu. Wir standen alle auf und wedelten mit den kleinen USA-Flaggen, die der Exchange Club den ganzen Vormittag über verteilt hatte. Mr. Brogan salutierte.

Neben ihm auf dem Deck stand Audrey. Richtig – der Schlepper gehörte der Fletcher-Familie.

»Du siehst super aus, Audrey!«, rief ich, und sie drehte den Kopf. Als sie mich sah, erhellte ein Lächeln ihr Gesicht.

»Hey Audrey!«, rief Poe. »Gut gemacht!«

»Das ist meine kleine Freundin«, erklärte ich Roseline. »Die mich ab und zu besuchen kommt.«

Sullivan stand am Ruder. Er schaute zu uns herüber und ließ dreimal kurz das Horn erklingen, was die Menge wieder zum Jubeln brachte.

Und wenn ich mich nicht irrte, lächelte er mich an.

Den letzten Rest Donut noch in der Hand, winkte ich, und Sully nickte mir zu.

Es reichte, um mich erröten zu lassen.

Der Schlepper bog um die Kurve der Bucht, gefolgt von den Hummerbotten, die weitere Zurufe aus der Menge erhielten. Dann kamen die Sommernervensägen mit ihren Booten, die nur zum Spaßhaben gemacht waren. Doch freundlich, wie wir nun einmal waren, winkten und jubelten wir auch ihnen zu, obwohl unser Enthusiasmus im Vergleich zu dem Empfang, den Mr. Brogan erhalten hatte, natürlich sehr blass war.

Als das Ende der Parade in Sicht kam, standen wir auf. »Wollt ihr heute Abend zu mir kommen?«, fragte ich Mom und Poe. »Wir veranstalten ein nettes Dinner. Gloria von der Klinik kommt auch. Und Sie hoffentlich auch, Mrs. K. Ich meine Donna.« Unter dem funkelnden Blick meiner Mom fügte ich hinzu: »Nur Frauen.«

»Klar!«, sagte Poe. Enthusiasmus? Das war so aufregend. Ich würde auch Audrey einladen. Und ihren Dad fragen, ob es okay wäre. Vielleicht könnten er und ich ein wenig reden. Die Vorstellung ließ meinen Magen kribbeln.

»Was haben wir denn hier?«, erklang eine dünne, gemeine Stimme. »Die Vereinten Nationen oder was?«

Es war Teeny Fletcher, die die schockierende Tatsache kommentierte, dass sich zwei nicht weiße Menschen in der Stadt befanden. Sie sah Xiaowen finster an. »Bist du nicht die Asiatin, die mit meinen Söhnen zur Schule gegangen ist?«

»Ich weiß es nicht. Bin ich?«, antwortete Xiaowen.

»Ihr seht alle gleich aus.«

»Mein Gott«, sagte Roseline. »Das hat sie gerade nicht gesagt, oder?«

Teeny grinste spöttisch. »Und wer bist du?«

»Das ist meine beste Freundin aus Boston«, sagte ich. »Teeny, darf ich dir Dr. Roseline Baptiste vorstellen. Roseline, unsere Postmeisterin Teeny Fletcher.«

»Ich fand schon immer, dass du einen ganz bezaubernden Namen hast, Roseline«, warf meine Mutter ein. Es war untypisch für sie, jemandem ein Kompliment zu machen. Vielleicht wurde sie doch langsam etwas weicher.

»Danke, Mrs. Stuart«, sagte Roseline. »Ich werde es meiner Mom ausrichten.«

»Da wird aber jemand ganz schön hochnäsig hier«, merkte Teeny an. »All die Doktortitel.«

»Was für ein Glück für dich – für den Fall, dass du krank wirst«, erwiderte ich.

»Als wenn ich dann dich aufsuchen würde«, schnaubte sie. »Ich würde nach Portland gehen, vielen Dank.«

Sie drehte sich um, und ihr Ellbogen traf mich in den Magen. Ich stolperte rückwärts gegen etwas – Mist, die Kante des Stegs. Und dann fiel ich auch schon durch die Luft und sah nur noch Roselines entsetztes Gesicht. Ich prallte hart mit dem Rücken aufs Wasser, dann ging ich unter. Es war eiskalt. Meine Kopfhaut schmerzte sofort. Die Kälte wäre gut gegen Entzündungen und Prellungen, dachte ich, während ich immer tiefer sank. Meine Augen brannten, meine Arme schwebten seitlich neben meinem Kopf.

Dann berührte ich den Grund, drückte mich ab und schoss durch das grünliche, eiskalte Wasser nach oben an die Luft.

»Geht es dir gut? Nora! Alles in Ordnung?«, riefen die Leute.

»Alles prima!« Ich spuckte Salzwasser aus und würgte ein wenig. Igitt. Ich schmeckte den Diesel von den Booten. Einfach reizend.

Ich sollte besser so schnell wie möglich aus dem Wasser. Mit ein paar schwachen Armzügen machte ich mich auf den Weg zum Ufer. Mein Kopf führte eine kurze Inventur durch: Kopf, Augen, Ohren, Nase, Kehle – alles normal. Nacken: geschmeidig (wenn auch kalt). Herz und Lungen – so weit, so gut. Magen – voller Donuts. Extremitäten – funktionierten, auch wenn sie im Moment verdammt kalt waren. Neurologie – ich kam mir normal vor. Wenn ich am Ufer war, würde ich mich von Rosie durchchecken lassen. Mein Rücken brannte vom Aufprall auf dem Wasser, aber ansonsten war ich mir ziemlich sicher, in Ordnung zu sein.

Teeny Fletcher war eine Zicke. Zum Glück herrschte Hochwasser, sonst wäre ich zwei bis drei Meter tiefer gefallen.

Poe kam auf mich zugerannt, und mein Herz zog sich beim

Anblick ihres vor Sorge verzerrten hübschen Gesichts zusammen. »Geht es dir gut?«, fragte sie.

»Ich glaube schon. Das Wasser ist allerdings *arschkalt.*« Ich lächelte ihr beruhigend zu.

Sie zog ihre Jacke aus und gab sie mir. »Komm. Stütz dich auf mich.«

Das tat ich, und sei es nur, weil sie es mir anbot.

Meine Mom und meine Freundinnen wärmten mich in einem kleinen, besorgten Kreis. Xiaowen zog mir Tang aus den Haaren, und Roseline fing an, mir typische Arztfragen zu stellen: welcher Tag heute war und so weiter. Ich verdrehte die Augen und antwortete, während sie meinen Kopf, Nacken und Rücken abtastete.

»Keine Schmerzen?«, fragte sie.

»Nah«, sagte ich. Meine Zähne fingen an zu klappern. »Mir geht es gut.«

Meine Mutter, die bis jetzt geschwiegen hatte, wirbelte zu Teeny Fletcher herum. »Du arbeitest besser an deiner Einstellung, und zwar schnell, Louanne Peckins«, knurrte sie. Oh, oh. Sie benutzte Teenys ursprünglichen Namen. Ich konnte mir das Lächeln nicht verkneifen.

»Das war ein Unfall …«

»Halt den Mund«, sagte Mom. »Ich habe genug von deinen Sticheleien über all die Jahre. Wenn du meine Tochter noch einmal berührst, werde ich dir den verdammten Kehlkopf eindrücken.«

Mir blieb der Mund offen stehen.

»Und ich werde nachtreten«, warf Poe ein. »Komm, Nora. Du brauchst eine heiße Dusche und frische Klamotten.«

Und so wurde ich, umgeben von Frauen, die ich liebte, zu meinem Wagen begleitet.

Wer hätte geahnt, dass von einem Steg zu fallen auf gewisse Weise der glücklichste Moment meines Lebens sein würde?

Sieben Stunden später hatten wir einen Heidenspaß auf der Dachterrasse des Hausboots. Roseline, Mom, Poe, Donna Krazinski, Xiaowen und Gloria – unsere kleinen Vereinten Nationen der Frauen. Wir aßen und lachten und unterhielten uns. Ich erzählte ihnen von dem Spaßlauf – Xiaowen und ich hatten uns einen Namen ausgedacht: *Lauf weit, sei stark*. Und Bob Dobbins hatte uns grünes Licht gegeben. Donna fand die Idee toll, und selbst Mom sagte, sie würde helfen. Poe grummelte nur ein wenig, als ich sie fragte, ob sie mitlaufen würde.

»Ich bin nicht so ein Sportfreak wie du«, meinte sie.

»Ich laufe viermal in der Woche, das kann man wohl kaum als Freak bezeichnen.«

»Oh doch, das kann man«, warf Xiaowen ein. »Poe, du hast recht, aber ich brauche jemanden, mit dem ich zusammen laufen kann, also musst du das machen, oder unsere Serena Williams hier wird uns in einer Staubwolke zurücklassen.«

»Serena ist eine Tennisspielerin«, sagte Poe.

»Ja und? Glaubst du, deswegen kann sie nicht laufen?«

»Guter Punkt.«

Ich hatte heute Notdienst, also tranken Poe und ich Cranberry-Schorle, während alle anderen die Mojitos mit meiner selbst gezogenen Minze schlürften.

Mrs. K war so lustig … Was ich nie geahnt hatte. Sie brachte Mom dazu, Geschichten von ihren schrecklichsten Hotelgästen zu erzählen: dem Mann, der sich nur mit einer Socke über seinem Penis aus dem Zimmer ausgeschlossen hatte; dem Pärchen, das darauf bestand, es nur bei angelehnter Tür zu tun; und von der Frau, die sich so betrank, dass sie sich in die Badewanne übergab und dann hineinkrabbelte, um darin zu schlafen.

Rosie und Poe verstanden sich auf Anhieb – Rosie erzählte ihr von einer Geburt, bei der als Erstes die zur Siegesfaust geballte Hand des Babys herausgekommen war, und wie sie mit beiden Händen in die Vagina der Mutter hatte hineingreifen müssen, um den Kopf des Babys zu drehen, damit es hinauskommen konnte, ohne sich die Schulter zu brechen. Poe wirkte angemessen ehrfürchtig (und als wäre ihr ein wenig blümerant). Die gute alte Roseline – es gab keine bessere Geburtenkontrolle als gruselige Geschichten aus dem Kreißsaal.

Audrey hatte am Nachmittag auf meine Nachricht geantwortet, dass sie etwas mit ihrer Mom unternahm und es ihr so leidtat, dass sie nicht dabei sein konnte. Ich hörte beinahe die Sehnsucht in ihrer Stimme. Mit uns hätte sie viel Spaß gehabt, dachte ich und versuchte, meine nicht ganz so spaßigen Gedanken über ihre Mutter und Teeny zu unterdrücken. Aber ja, es könnte ihr guttun, unter Frauen zu sein, die ein wenig netter waren als die beiden.

»Ich habe übrigens jemanden kennengelernt«, verkündete Gloria, als wir uns zum Essen hinsetzten. »Einen Mann, der einen Job hat, nicht bei seiner Großmutter wohnt, gut aussieht, das passende Alter hat und Kinder will.«

»Ein Einhorn?«, fragte ich, und alle lachten.

»Wo hast du ihn getroffen?«, wollte Xiaowen wissen.

»Als ich das letzte Mal nach Boston gefahren bin, um meine Familie zu besuchen. Er trug ein grün-graues Rugby-Shirt …«

»Nein!«, rief Xiaowen.

»Schieß ihn ab«, sagte ich.

Die anderen wirkten verwirrt. »Wovon redet ihr da?«, fragte Poe schließlich.

»Er ist ein Slytherin«, erklärte ich. »Grün und Silber sind die Slytherin-Farben.«

»Ihr seid solche Freaks«, verkündete Poe.

»Das ist mir gar nicht in den Sinn gekommen«, sagte Gloria. »Allerdings habe ich Harry Potter auch nur zweimal gelesen, so wie jeder vernünftige Mensch. Wie auch immer, wir standen bei Starbucks an, dem am Fährterminal, wisst ihr? Und die Schlange war ungefähr fünfzehn Personen lang, also haben wir angefangen, uns zu unterhalten, und er war echt süß, und vielleicht habe ich ihm meine Nummer gegeben.«

»Lade ihn doch mal hierher ein«, schlug ich vor. »Dann können wir ihn beobachten, dir Ratschläge geben und unser Urteil fällen.«

»Auf keinen Fall«, wehrte Gloria ab. »Er wird mindestens noch einen Monat lang nicht erfahren, wo ich wohne. Ich meine, ich habe ihm nicht mal meinen Nachnamen verraten.«

»Warum nicht, Liebes?«, fragte Donna.

»Der letzte Kerl, mit dem ich ausging, hat angefangen, mich zu verfolgen«, sagte sie. »Nicht sonderlich schlimm, aber wenn man nachts um drei aufsteht, um auf Toilette zu gehen, und da steht er auf dem Bürgersteig und schaut zu meinem Fenster hoch? Nein danke.«

Die kalte, starke Schlange der Angst schlängelte sich wieder über mein Rückgrat. Ich räusperte mich. »Was ist dann passiert? Wie bist du ihn losgeworden?«

»Ich habe die Polizei, meine vier Brüder und meinen Dad angerufen. Mit so einem Scheiß will man kein Risiko eingehen. Entschuldigt meine Ausdrucksweise.«

»Das war total gerechtfertigt«, sagte Donna. »Männer sind Schweine. Okay, viele Männer sind Schweine. Ich habe gehört, einige sind es nicht.«

»Wirst du Slytherin wiedersehen?«, fragte Poe.

In dem Moment summte mein Handy. Die Klinik.

»Hey Doc«, sagte Timmy, der diensthabende Pfleger (einer der Männer, die keine Schweine waren). »Kannst du sofort kommen? Wir haben hier ein Teenagermädchen mit akuten Bauchschmerzen.«

»Ich bin schon auf dem Weg«, versprach ich. »Ladys, es tut mir leid. Ich muss in die Klinik. Wartet mit dem Essen nicht auf mich. Mom, du hast das mit dem Grill und dem Fisch im Griff, oder?«

»Deine Mutter ist ein Profi am Grill«, sagte Donna. »Und ich gehe ihr zur Hand, nur für den Fall.«

»Sag Bescheid, wann du wiederkommst«, bat Gloria und schenkte sich Wein nach.

»Wir versuchen, das Haus nicht abzubrennen«, versicherte Xiaowen. »Aber versprechen tun wir nix.«

Ich stieg in den Wagen und bog auf die Spruce Brook Road ein. Es tat mir ein wenig leid, meine Feier zu verlassen, aber ich freute mich auch darauf, einen Notfall behandeln zu können. Der Streptokokken-Abstrich bei den Robinson-Zwillingen gestern hatte mein Blut nicht wirklich in Wallung gebracht, auch wenn die Kinder wirklich süß gewesen waren. Aber der Fall heute war genau mein Fachgebiet – Bauchschmerzen. Angesichts des Alters der Patientin konnte es sich um eine Blinddarmentzündung handeln. Dafür würden wir sie nach Portland fliegen lassen müssen, und wenn ich einen Abszess oder einen Durchbruch vermutete, würde ich sie begleiten. Es könnte auch eine Entzündung im Beckenbereich sein.

Keine zehn Minuten später fuhr ich bei der Klinik vor, ging hinein und fing an, mir die Hände gründlich zu waschen. Timmy kam durch die Schwingtüren aus dem Untersuchungsbereich. »Sorry, dass ich dich am Samstagabend anrufen musste.«

»Kein Problem«, sagte ich. »Was haben wir?«

»Die Patientin sagt, sie kennt dich. Audrey Fletcher? Sie ist mit ihrem Vater und ihrer Großmutter hier.«

Audrey? Mist. Ich runzelte die Stirn und spülte meine Hände ab, dann zog ich meinen Arztkittel über und ging durch die Tür.

Audrey war die einzige Patientin. Sie lag zusammengekrümmt wie ein kleiner Ball auf dem Bett und trug ein Krankenhaushemd. Sullivan saß neben ihr und streichelte ihren Rücken. Er sah auf einen Schlag zehn Jahre älter aus. Teeny flatterte herum wie eine nervöse Motte. »Wann kommt der Arzt denn endlich?«, beschwerte sie sich in dem Moment, in dem ich eintrat.

»Ich bin schon da.« Ich trat an Audreys Bett. »Hey Kleine. Du fühlst dich nicht so toll, oder?«

»Gar nicht«, flüsterte sie. Sie hatte die Knie angezogen, und ihre Augen glänzten feucht. Ich tätschelte ihr Bein.

»Na großartig. Gibt es hier keinen anderen Arzt?«, sagte Teeny.

»Mom, halt den Mund.« Sullivan sah mich an. Sein Gesicht war von Sorgenfalten überzogen. »Die Magenschmerzen haben ungefähr vor einer Stunde angefangen.«

Ich schaute auf den Computer, in den Tim ihre Werte und Beschwerden eingetragen hatte. Alles war normal bis auf einen leicht erhöhten Blutdruck und Puls, was für jemanden mit Schmerzen nicht ungewöhnlich war.

»Macht eine Röntgenaufnahme oder so was«, forderte Teeny. »Vielleicht sollte sie lieber aufs Festland. Ich würde mich wohler fühlen, wenn sie in Portland wäre.«

»Mom, bitte«, sagte Sullivan.

»Muss Grandma hier sein?«, flüsterte Audrey

»Nein«, sagte ich. »Teeny, würde es dir etwas ausmachen, vorne zu warten?«

»Ich bleibe.« Sie verschränkte die Arme vor der Brust.

»Geh, Mom«, sagte Sullivan. »Es gibt keinen Grund, warum du hier sein solltest.«

Sie rührte sich nicht. »Tim, würdest du Mrs. Fletcher ins Wartezimmer begleiten?«, bat ich, ohne Audrey aus den Augen zu lassen. Ihr Gesicht war ein wenig erhitzt.

Hinter mir erklang ein Zischen, dann Tims tiefe Stimme. Gut.

»Ist es der Blinddarm?«, fragt Sullivan.

»Das finden wir sofort heraus. Ist es in Ordnung, wenn ich deinen Bauch abtaste?«, fragte ich Audrey und zog mir Handschuhe an.

»Sicher.« Sie drehte sich auf den Rücken und verzog vor Schmerzen das Gesicht.

»Übelkeit oder Durchfall?« Sie schüttelte den Kopf. »Wann haben die Schmerzen angefangen?«

»Äh ... heute Nachmittag. Und nachdem Mom mich bei Dad abgesetzt hat, wurde es richtig schlimm.«

»Hast du irgendetwas Ungewöhnliches gegessen?« Ich drückte auf den McBurney-Punkt. Kein Zucken, also war es nicht ihr Blinddarm.

»Nein. Nicht wirklich.«

»Hast du diese Schmerzen zuvor schon mal gehabt?«, fragte ich.

Sie warf ihrem Vater einen Blick zu. »Äh ... vielleicht ein- oder zweimal?«

»Hast du Blut im Stuhl?«

»Stuhl?«

»A-a.«

»Oh.« Sie errötete. »Nein, ich glaube nicht.«

»Hast du in letzter Zeit Gewicht verloren?«

»Schön wär's.« Sie lief noch dunkler an.

Als ich den linken oberen Quadranten betastete, zuckte sie zusammen. »Wann warst du das letzte Mal auf Toilette?«

»Dad, kannst du draußen warten oder so? Das ist so peinlich.«

»Ja. Aber ich habe deine Windeln gewechselt. Ich gehe nirgendwohin.«

Ich sah ihn an und lächelte. »Ich denke nicht, dass es sich um eine Blinddarmentzündung handelt, Sully. Aber vielleicht würde Audrey sich wohler fühlen, wenn wir alleine reden könnten.«

»Definitiv«, sagte sie.

»Ich bleibe.«

»Ich bin jetzt Audreys Ärztin«, erklärte ich ihm. »Sie ist immer noch minderjährig, also kannst du bleiben, wenn du wirklich willst, aber sie fühlt sich mit dir hier sehr unwohl.«

»Das stimmt, Dad.« Ah, ein wenig Aufsässigkeit. Das war immer ein gutes Zeichen.

Er runzelte die Stirn, und zwischen seinen Augenbrauen bildeten sich zwei dünne Linien. »Okay«, grummelte er. »Ich bin direkt vor der Tür, mein Engel.« Er gab ihr einen Kuss auf die Stirn, und mein Herz zog sich schmerzhaft zusammen.

»Ich passe gut auf sie auf«, versprach ich.

Er nickte und ging raus. Dabei wischte er sich mit dem Handballen über die Augen – eine Geste, bei der ich mich ein wenig in ihn verliebte.

»Es geht doch nichts über einen überbehütenden Vater«, sagte ich.

»Ich rede nur nicht gerne über meine Körperfunktionen, wenn er dabei ist.«

»Das verstehe ich. Okay, einige dieser Fragen sind tatsächlich ein wenig peinlich, aber ich kann dich nur behandeln, wenn du mir ehrlich antwortest, okay?«

Sie nickte.

»Wann warst du das letzte Mal auf der Toilette?«

»Heute Morgen.«

»Und war alles normal?«

»Ja.«

»Gut. Nächste Frage – bist du sexuell aktiv?«

»Nein! Gott, nein. Das werde ich vermutlich auch die nächsten dreißig Jahre nicht sein. Oder ich sterbe als Jungfrau.«

Ich drückte ihre Hand. »Wie würdest du den Schmerz beschreiben?«

»Es fühlt sich an, als hätte ich einen Knoten im Magen. Oder besser gesagt, ein wenig weiter unten.«

Ich betastete die Stelle, auf die sie deutete. Audrey war ernsthaft übergewichtig, also war es ein wenig schwieriger, ihre Organe zu deuten. »Dreh dich mal auf die Seite, Liebes.«

Sie tat es, und da sah ich, dass sie zwei violette Striemen auf der Haut hatte. »Hast du die schon immer?« Sie sahen wie Dehnungsstreifen aus – was bei Kindern nach einem plötzlichen Wachstumsschub oder starker Gewichtszunahme nicht ungewöhnlich war.

»Ich bin mir nicht sicher«, sagte sie. Dann entstand eine kleine Pause. »Ich versuche, mich nicht zu oft im Spiegel anzusehen.«

Das versetzte mir einen Stich ins Herz. Wie gut ich das Gefühl kannte. Wieder verzog sie das Gesicht.

»Ist der Schmerz hier?« Ich zeigte auf ihre linke Seite. Sie nickte. »Ich werde jetzt auf deinen Magen drücken, Süße. Wenn du dabei Luft ablassen musst, mach nur. Danach wirst du dich besser fühlen.«

»Ich kann doch nicht vor dir pupsen!«, sagte sie.

»Kleine, Menschen haben sich auf mich übergeben, mich angekackt, mich angepieschert, mich vollgeblutet.« Ich drückte sanft mit der flachen Hand. »Einmal habe ich eine Rektaluntersuchung durchgeführt, und in der Sekunde, in der ich meinen Finger herauszog, ist der Patient quasi mit Durchfall explodiert.«

Sie lachte … und ließ Luft ab. Sehr viel Luft.

»Oh Mann, das tut mir so leid.« Ihr süßes rundes Gesicht wurde puterrot.

»Aber du fühlst dich besser«, sagte ich.

»Stimmt.« Sie klang verwundert.

Ich betastete noch einmal den gesamten Bauchbereich, aber sie schien geheilt zu sein. »Was hast du heute gegessen?«

»Ich wollte es meinem Dad nicht sagen«, gab sie zu, »weil er es hasst, wenn Mom und ich das machen, aber wir haben Oreo-Kekse gegessen und ganz viel Limo getrunken. Das machen wir manchmal und gucken uns dabei Filme an. Es ist … Na ja, es bringt Spaß. Also irgendwie. Ich versuche aber, mich die meiste Zeit richtig zu ernähren.« Sie wirkte verärgert. »Es ist nur so, Mom und mein kleiner Bruder sind dünn, also denken sie nicht darüber nach.«

Ich strich mit der Hand über ihre Wirbelsäule. Sie bog sich

am unteren Hals. Witwenbuckel wurde das unfreundlicherweise genannt. »Kommt deine Periode regelmäßig, Audrey?«

»Eher nicht. Nur so alle paar Monate.«

»Wie alt bist du noch mal?«

»Fünfzehn.«

Ich betrachtete ihre Akte auf dem Laptop. Sie war einsfünfundfünfzig groß und wog achtundachtzig Kilogramm. »Wie sieht es mit Rückenschmerzen aus?«, fragte ich. »Hast du die oft?«

»Ja. Woher weißt du das?«

»Und noch eine viel zu persönliche Frage: Bist du ein wenig behaarter, als du erwartet hattest?«

Sie schlug sich die Hand vor den Mund. »Ja. Das ist so peinlich.«

Ich war mir beinahe sicher, dass sie unter dem Cushing-Syndrom litt.

»Okay, die Sache ist die.« Ich setzte mich zu ihr aufs Bett. »Deine Magenschmerzen kamen vermutlich nur durch zu viel Gas nach den Oreos und der Limo, das ist nämlich eine ziemlich schreckliche Kombination für deinen jungen Magen. Aber ich glaube, da ist noch etwas anderes los. Etwas, das man behandeln kann und das einige der anderen Dinge erklären würde, über die wir gesprochen haben. Ist es in Ordnung, wenn ich deinen Dad wieder hereinhole?«

Sie nickte, und ich ging ins Wartezimmer, wo Sullivan hin und her lief und Teeny in ihr Handy flüsterte.

»Es geht ihr schon viel besser«, sagte ich, und Sully sackte vor Erleichterung ein wenig zusammen. Dann fuhr er sich mit den Händen durch die Haare. »Komm, Sullivan«, sagte Teeny und stand auf.

»Du bleibst hier, Ma.« Er sah sie nicht an.

»Natürlich komme ich mit rein.«

»Bleib!«, bellte er. Ich mochte ihn gleich ein wenig mehr, weil er sich von dem alten Drachen nichts gefallen ließ.

Im Untersuchungszimmer bedeutete ich Sullivan, sich zu setzen. Timmy kam dazu. Ich sorgte dafür, dass Sully mich gut sehen konnte, und sprach sehr deutlich, damit er alles verstand.

»Die Schmerzen kamen nur von einem quer sitzenden Pups. So etwas kann zu extremen Bauchkrämpfen führen. Das haben wir jedoch gelöst, also kannst du sie gleich mit nach Hause nehmen. Aber Audrey zeigt auch einige Anzeichen für das Cushing-Syndrom, und darauf würde ich sie gerne testen lassen.«

Ich erklärte, um was für eine Krankheit es sich handelte – ein möglicher Tumor an ihrer Hirnanhangdrüse, die deswegen zu viel Kortisol produzierte, was in all dem resultierte, was bei Audrey los war: der Fettansatz um ihre Bauchgegend, die wesentlich dünneren Arme und Beine, die starke Behaarung, das volle, runde Gesicht, die Biegung ihrer Wirbelsäule.

Sullivan sah mich die ganze Zeit aufmerksam an. Die Falten auf seiner Stirn vertieften sich. »Wodurch wird so etwas verursacht?«, fragte er. »Haben wir etwas falsch gemacht?«

»Nein, überhaupt nicht«, versicherte ich ihm. »Wenn sie es wirklich hat, wird ein Chirurg sich des Tumors annehmen.«

»Eine OP?«, fragte Sully.

»Ja. Sie ist nicht schlimm, wenn auch ein wenig eklig. Vermutlich gehen sie durch deine Nase rein, Audrey. Das ist wirklich eine gut behandelbare Krankheit.«

Audrey starrte mich mit einer Mischung aus Angst und Erleichterung an. »Also gibt es einen Grund, warum ich so bin?«, fragte sie.

»Warum du *wie* bist?«, wollte Sullivan wissen.

Audrey fing an zu weinen. »Ich bin fett und hässlich und klein, Dad. Ich bin ständig müde und habe Rückenschmerzen wie eine alte Frau! Ich habe Haare auf meinem Rücken! Ich hasse mich!«

Er schlang seine Arme um sie und zog sie an sich. »Schhhh«, sagte er. »Du bist wunderschön. Du bist das Beste auf der Welt.

Und wenn du diese Cushing-Sache hast, kümmern wir uns darum. Aber sag nicht, dass du dich hasst. Immerhin redest du hier von meinem besten Mädchen. Meinem allerliebsten Lieblingsmenschen auf der ganzen Welt. Ich liebe dich, und Mom liebt dich, und wir finden, dass du perfekt bist.«

Sie klammerte sich an ihn und weinte. Sully murmelte ihr gut zu, strich ihr über die Haare, und ich drehte mich weg, um ihnen ein wenig Privatsphäre zu geben. Timmy und ich sahen einander an und lächelten mit feuchten Augen.

Mit einer Packung Taschentüchern in der Hand ging ich zu Audreys Bett zurück und gab sie ihr. Dann nahm ich je eins für Timmy und eins für mich raus.

»Ich denke, ihr solltet hierfür nach Boston gehen«, sagte ich. »Ich kenne ein paar großartige Ärzte am Boston City, die sich darauf spezialisiert haben. Ich rufe sie gleich morgen an, okay? In der Zwischenzeit geh einfach nach Hause, Audrey, und genieße den Rest des Wochenendes.«

Sie zog sich von ihrem Dad zurück und schenkte mir ein umwerfendes Lächeln. »Tausend Dank, Nora«, sagte sie. »Mein dummer Kinderarzt hat nie irgendetwas in dieser Richtung gesagt. Er meinte nur, ich solle mehr Gemüse essen.«

»Nun ja, das Cushing-Syndrom ist sehr selten. Ich bin mir immer noch nicht hundertprozentig sicher, ob du es hast, aber das werden wir bald wissen.« Ich war mir total sicher, aber so etwas dürfen Ärzte nicht sagen.

»Ich kann nicht glauben, dass jemand mir helfen kann! Heute ist vermutlich der beste Tag meines Lebens.« Sie stieg vom Bett, schnappte sich ihre Kleidung und hüpfte ins Bad, um sich anzuziehen.

»Ich bin vorne«, sagte Timmy und verließ den Raum. Wir hörten Teenys entrüstetes Quäken. Also ich hörte es. In diesem Fall hatte Sully vermutlich Glück, nicht alles mitzubekommen.

Sullivan stand auf. »Ich danke dir«, sagte er rau.

»Ich mache nur meine Arbeit.«

»Du bist gut.« Er atmete zitternd aus. »Was wäre passiert, wenn es niemandem aufgefallen wäre? Ich meine ... ist es, du weißt schon ... tödlich?«

Ich zögerte. »Das kann es sein.«

»Heilige Scheiße.«

»Wenn du Fragen hast, und ich bin mir sicher, die werden kommen, frag mich einfach, okay? Hab keine ...«

Meine Worte wurden von seiner Umarmung abgeschnitten. Einer langen, festen Umarmung.

Sullivan Fletcher war schlank und stark, und die Haut an seinem Hals roch wie die Sonne. Er hielt mich sehr lange fest. »Danke«, sagte er noch einmal leise, und seine Stimme jagte einen Schauer über meinen Rücken.

Dann ließ er mich los, und die Badezimmertür ging auf. Ich bekam noch eine Fletcher-Umarmung, dieses Mal von Audrey. »Ich kann das alles noch gar nicht fassen«, sagte sie.

»Nun warten wir erst einmal die Untersuchung ab«, sagte ich. Wir Ärzte schützen uns immer vor zu viel Hoffnung oder zu viel Düsterkeit.

»Wenn ich groß bin, will ich du sein.« Audrey strahlte mich an. Dann schlang sie einen Arm um die Taille ihres Vaters und lehnte ihren Kopf gegen seinen Oberarm.

Sullivan warf mir einen Blick zu. Er legte seine Finger ans Kinn und zog sie dann nach vorne und unten weg. Beinahe als wolle er mir eine Kusshand zuwerfen, aber nicht ganz.

Ich kannte die Geste. Es war Gebärdensprache für *Dankeschön.*

Tja. Mich nicht in Sullivan Fletcher zu verlieben würde eine ziemliche Herausforderung werden.

# 18. Kapitel

In meinem vorletzten Schuljahr wollten Lily – die eine Klasse unter mir war – und ich beide zum großen Abschlussball am Ende des Schuljahres.

Ich ging mit einem anderen Mädchen – Emily Case, wie ich eines der unsichtbaren Mädchen der Schule mit bläulich-weißer Haut und Haaren, deren Farbe an schmutziges Spülwasser erinnerte. Wir waren keine Freundinnen, sondern einfach nur in dem Wissen vereint, dass niemand uns einladen würde. Aber wir wollten hingehen, und zu mehreren war man stärker, auch wenn dieses »mehrere« nur aus zwei Personen bestand.

Ich erinnere mich wirklich nicht mehr, woher ich den Mut nahm, das durchzuziehen. Ich weiß noch, dass ich gleichzeitig nicht hingehen wollte, aber auch nicht *nicht* hingehen konnte. Ich machte mir keine Illusionen, dass es eine *Carrie*-ähnliche Wendung der Ereignisse geben würde, bei der das freakige Mädchen, wenn auch nur für einen kurzen Moment, auf einmal beliebt wäre. Selbst wenn ich dafür mit einem Eimer Schweineblut übergossen werden würde, wäre das ein geringer Preis.

Doch ich wusste, wie es sein würde. Emily und ich würden auf dem Ball kaum existieren, außer irgendjemand (und es wäre auf jeden Fall ein Mädchen) würde es auf sich nehmen, uns zu verspotten. Doch selbst mit siebzehn wusste ich, dass die Cheetos am Abend des Abschlussballs viel zu sehr mit sich beschäftigt wären, um Menschen wie Emily oder mich auch nur wahrzunehmen.

Ohne es jemandem zu verraten, nahm ich die Fähre nach Portland, ging dort in einen Secondhandladen und kaufte mir das erste Kleid, das nicht zu stark kniff. Ein vollkommen unauffälliges, dunkelblaues Kleid, dessen Haltertop mit Pailletten bestickt war. Neben dem Reißverschluss hatte es einen Riss, aber den konnte ich flicken.

Am Samstag des Balls verkündete meine Schwester, dass sie zu Darby gehen und sich dort vorbereiten würde.

»Ich würde dich aber gerne hübsch angezogen sehen«, sagte Mom.

»Dann komm zu Darby«, erwiderte Lily. »Wenn es unbedingt sein muss.« Der Ekel in ihrer Stimme war so dicht, man hätte ihn mit einem stumpfen Messer schneiden können.

»Gehst du auch zu Darby?«, fragte Mom mich.

Lily drehte den Kopf so schnell, dass er ihr beinahe von den Schultern gefallen wäre. »Du gehst auf den Abschlussball?«

»Ja«, sagte ich gespielt ruhig. »Emily und ich dachten, dass das Spaß bringen würde.« Genauso viel Spaß würde es uns bringen, uns selber die Gliedmaßen zu amputieren oder eine lebendige Ratte zu essen. Trotzdem. Ich musste es einfach tun.

»Emily wer?«, fragte Lily.

»Case.«

»Wer ist das?«

Ich seufzte. »Eine aus meiner Klasse, Lily.«

»Warum willst du da überhaupt hin?«

Eine ausgezeichnete Frage. Ich fing an zu antworten, aber Lily unterbrach mich sofort. »Versuch einfach, nicht mit mir zu reden.« Auch nach all dieser Zeit schnitt ihre Grausamkeit wie eine Rasierklinge.

»Lily, entschuldige dich sofort«, befahl meine Mutter.

»Sorry«, sang sie.

»Wer ist dein Date?«, fragte ich. Natürlich wusste ich es. Jeder wusste es.

»Luke Fletcher.« Sie sah mich an und lächelte böse. Ihre blauen Augen verengten sich wie die einer Katze.

Und das war natürlich der Grund, weswegen ich hinging. Um die beiden zusammen zu sehen. Um zu sehen, wie es wäre, so mühelos schön und selbstbewusst zu sein wie meine sechzehnjährige Schwester und die Aufmerksamkeit des attraktivsten, beliebtesten Jungen der Insel zu haben. Um mich mit meiner unerwiderten Liebe der beiden zu quälen.

Natürlich ging ich nicht zu Darby. Ich blieb zu Hause und versuchte, meine Haare zu glätten, die davon allerdings nichts wissen wollten. Am Ende fasste ich sie in einem puritanischen Dutt zusammen. Emilys Vater holte mich ab. Em saß vorne und ich hinten im Minivan, der nach Hund roch. Auf dem Boden lag eine Tüte Salzbrezeln, die mich daran erinnerten, dass ich Hunger hatte.

Damals konnte sich Scupper Island keine große Party in einem Ballsaal oder Hotel leisten, also fand sie jedes Jahr in der Sporthalle statt. Die Dekoration bestand aus müden Kreppbändern in Gelb und Schwarz – unsere Schulfarben – und Luftballonsträußen, die an die Blumengestecke auf den Tischen gebunden waren.

Emily und ich waren uns unseres Status als Unsichtbare bewusst und hielten uns am Rande der Halle. Wir suchten uns einen Tisch, der am weitesten vom Eingang entfernt stand. Ich versuchte, mich mit ihr zu unterhalten (vielleicht würden wir wirklich Freundinnen werden!), und stellte alle Fragen, die mir einfielen: *Welche Band magst du? Hast du in letzter Zeit einen guten Film gesehen? Magst du Mathe?* Ich erhielt nur einsilbige Antworten und gab schließlich auf. Emily schüttete den Hawaii-Punsch hinunter und verputzte beinahe manisch den Knabbermix wie eine verhungernde Maus. Ab und zu gab ich einen Kommentar von mir, egal, wie banal er war, nur um es so aussehen zu lassen, als würden wir uns unterhalten – nicht, dass irgendjemand darauf geachtet hätte.

»Guck dir mal Mr. Severys Krawatte an!« Ich lachte, obwohl seine Krawatte vollkommen normal war. Emily reagierte nicht.

Vermutlich sahen wir beide mental nicht sonderlich stabil aus, aber das war uns egal.

Die Cheetos waren noch nicht eingetroffen. Die Veranstaltung lief schon seit über einer Stunde, und vermutlich hatten sie die Zeit genutzt, um sich zu betrinken oder high zu werden. Bis dahin hatten alle (abgesehen von den Freaks wie Em und mir) eine ziemlich gute Zeit, sie tanzten, redeten, die Mädchen waren in ihren hübschen Kleidern ein wenig nervös, die Jungen ungelenk und verschwitzt.

Dann gingen die Türen auf, und sie traten ein – Amy, Darby, Carmella, alle so hassenswert schön mit ihrer falschen Bräune und den zu weiß gebleichten Zähnen. Ich hätte meine Seele verkauft, um wie sie auszusehen. In ihren bunten Kleidern mit den funkelnden Pailletten waren sie wie wunderschöne exotische Vögel. Sullivan, Brett, Lars und Luke liefen hinter ihnen, denn sie waren sich bewusst, dass der Abschlussball eigentlich für die Mädchen war.

Und dann sah ich Lily – oh Lily, sie war das schönste Mädchen auf der Welt. Sie war Schneewittchen – rein und bezaubernd und perfekt, und ich konnte den Stolz und die Liebe nicht unterdrücken, die mich bei ihrem Anblick überfluteten.

Meine Schwester war, obwohl sie zu der Clique gehörte, nicht wirklich eine Cheeto – ihre Haut war elfenbeinfarben, ihre Haare von Natur aus schwarz und glänzend und kurz geschnitten, während die anderen Mädchen auf der Schule, einschließlich mir, ihre Haare lang trugen. Sie trug ein schwarzes Kleid, das eine Schulter frei ließ. Der lange Rock wurde von einer Lage seidigen Stoffes bedeckt, sodass sie im Gehen aussah, als würde sie schweben. Ich wusste nicht, wo sie das Kleid herhatte; womöglich hatte sie es geklaut, aber egal, wie sie dazu gekommen war, es wirkte *ätherisch* und ließ mein dunkelblaues Kleid so billig und gewöhnlich aussehen, wie es war.

Zum ersten Mal war Lily nicht zu stark geschminkt und ließ damit die Cheetos wie Dragqueen RuPaul bei einer seiner

Shows aussehen. Ja, meine Schwester war einfach nur umwerfend. Sie war Audrey Hepburn. Sie war Anne Hathaway. Sie war Lily Stuart, das schönste Mädchen in Maine. Ach was, auf der ganzen Welt.

Und sie war mit Luke da, der schon ein wenig fertig aussah. Seine Krawatte hing schief, sein Gang war etwas schleppend.

»Das ist deine Schwester«, merkte Emily ausdruckslos an.

»Ja.«

»Ihr seht euch überhaupt nicht ähnlich.«

Ich würdigte sie keiner Antwort. Wenn ich ehrlich sein sollte, konnte ich den Blick nicht von Lily nehmen. Alles an ihr war makellos. Sie schien das Licht sowohl zu absorbieren als auch zu reflektieren, und ich wurde von der gleichen Zuneigung zu ihr erfasst wie früher, als wir noch klein waren und sie eingeschlafen war und ich ihr übers Haar gestreichelt hatte, bis meine Mom mir sagte, ich solle aufhören.

Dann stieß Lily gegen meinen Stuhl und brach in lautes Lachen aus, und der Bann war gebrochen.

Meine Schwester war high. Das war vermutlich nichts Neues, aber es war das erste Mal, dass ich es so offensichtlich mitbekam. Ich stand auf. Der Metallstuhl kratzte über den Boden. Lily verlor sich in der Gruppe der Cheetos und ihrer Freunde. Sullivan und Amy tanzten, wie mir auffiel. Sie hatten die Stirn aneinandergelegt. Ich hatte immer gedacht, dass er es besser treffen könnte.

Allein ging ich über die Tanzfläche, bewegte mich wie ein stummes Nilpferd durch die Menge, die sich widerstrebend für mich teilte. Ein paar abschätzige Blicke der Mädchen auf mein Kleid, meine Haare, die sich aus dem Dutt lösten, meine gewöhnlichen Sandalen. Es war mir egal. Ich wollte meine Schwester nach Hause bringen.

Ihre Pupillen waren geweitet, ihre Stimme schrill. »Halt den Mund, Brett!«, sagte sie wild kichernd. »Das habe ich nicht. Noch nicht zumindest.«

Das löste ein dröhnendes Gelächter und viel Schubserei unter den Jungen aus. Was auch immer Lily noch nicht getan hatte, es war etwas Sexuelles. Ich war nicht dumm.

»Da hat Conrad aber etwas ganz anderes gesagt«, meinte jemand.

»Na und? Ist doch keine große Sache«, sagte Darby und versuchte, die Aufmerksamkeit von Lily auf sich zu lenken. »Ich hab es schon gemacht.«

»Ich auch«, warf Carmella ein.

»Ja, ohne Witz.« Das war Brett. »Komm, Lil. Nimm noch 'nen Schluck.« Er hielt ihr einen Flachmann hin.

»Lily«, sagte ich. »Hey.«

Schweigen senkte sich über die kleine Gruppe. »Hey Nora«, sagte Luke. Immerhin war es noch das Jahr, bevor er erkannte, dass ich eventuell seine Zukunft bedrohen könnte.

»Was machst du hier?«, fragte Lily. »Oh, stimmt ja! Du bist mit diesem anderen Mädchen gekommen. Bist du lesbisch, Nora?«

Weiteres Gelächter. »Lily, komm bitte mal eine Sekunde mit, okay?« Ich nahm ihren Arm und zog sie daran in Richtung Badezimmer. Sie wehrte sich kurz, aber hey, ich wog mindestens siebzig Pfund mehr als sie.

»Ist alles okay?« Luke kam hinter uns her. Er blinzelte zu oft. Vermutlich war er auch stoned.

In meiner Fantasie wäre er nüchtern. Ich würde ihm sagen, dass jemand Lily Drogen gegeben hatte, und er wäre wütend. Es wäre Brett gewesen, und Luke würde herumwirbeln und Brett mit der Faust ins Gesicht schlagen und sich dann Lily und mich schnappen und zum Stony Point Lookout fahren (ich hatte keine Ahnung, warum). Lily würde auf dem Rücksitz einschlafen, und Luke und ich würden reden und reden, uns an die guten alten Zeiten während der Mathe-Olympiade und im Roboterclub in der Siebten erinnern. Er würde etwas sagen wie: »Du bist so lustig, Nora.«

Und das würde reichen. Das würde mir die Welt bedeuten.

Aber in der Realität wusste ich es besser. »Uns geht es gut«, sagte ich.

Ich bugsierte Lily in den Waschraum. »Was hast du genommen?«, fragte ich, ganz die zukünftige Ärztin.

»Mach dir keine Sorgen um mich«, sagte sie. »Mir geht es *super*. Wo zum Teufel hast du eigentlich dieses Kleid her?«

»Lily. Weißt du, was du genommen hast? Wie es aussah?«

»Nora. Weißt du, wie du in dem Kleid aussiehst? Wie eine fünfzigjährige Hausfrau, die den Abschlussball crasht. Genau so.«

Wut und Hass und Liebe knüllten sich zu einem Ball in meiner Kehle zusammen. »Du bist so eine Zicke, Lily«, zischte ich.

Es war das erste Mal, dass ich etwas Gemeines zu ihr gesagt hatte. Einen Moment lang sah sie mich mit diesen klaren blauen Augen schockiert an.

Dann stürzte sie in eine Kabine und fing an zu würgen.

Oh Gott. Und andererseits auch gut. Was auch immer es war, Ecstasy oder Roofies oder Schmerztabletten, sie würde es aus ihrem Körper spülen.

Ich hockte mich neben sie und legte eine Hand in ihren Nacken, so wie Mom es immer getan hatte, wenn wir eine Magen-Darm-Grippe hatten.

»Nora.« Sie schaute zu mir auf. Ihre Augen tränten, und sofort war es um mich geschehen.

»Ist schon gut, Baby«, sagte ich. »Lass es alles raus.«

Sie übergab sich noch einmal, zweimal, und dann kam nur noch trockenes Würgen. Ich strich über ihre kurzen Haare, bis sie ganz ruhig wurde und ihr schmaler, otterähnlicher Kopf auf ihrem dünnen Arm ruhte.

»Komm mit mir, Süße«, flüsterte ich. »Lass uns nach Hause gehen und fernsehen, ja?«

Sie drehte den Kopf zu mir und sah mich an. »Du verstehst das nicht, Nora.« Sie schloss die Augen, und ihre Stimme klang so erschöpft und alt, dass sich meine Augen mit Tränen füllten. »Du verstehst es einfach nicht.«

»Nein, und ich will es auch nicht verstehen. Nicht, wenn es bedeutet, mit ihnen zusammen zu sein. Sie sind so gehässig, Lily. Sie benutzen dich nur.«

»Ich habe keine andere Wahl, oder?«

»Doch, die hast du. Du kannst mit mir nach Hause kommen.«

Beinahe hätte sie gelacht. Ihre Augen waren immer noch geschlossen. »Ja, klar. Wenn ich nicht mit ihnen zusammen bin, was bin ich dann? Was glaubst du, wie ich überleben würde, wenn ich nicht beliebt wäre?«

*Genauso wie ich, aber wir könnten wieder zusammen sein.* »Lass mich dich nach Hause bringen und mich um dich kümmern. Bitte, Blaubeere.« Mein alter Spitzname für sie.

»Ich vermisse Daddy.«

Die Worte trafen mich mitten ins Herz. »Ich weiß«, flüsterte ich und tätschelte ihren Kopf. Die schlanke Wölbung ihres Hinterkopfes fühlte sich unter meinen Fingern so gut an. »Komm, Süße. Lass uns gehen.«

Lily öffnete die Augen und schaute mich eine Sekunde lang an. Ich sah, wie müde sie war, wie leer, und ich wollte nichts mehr, als sie zu retten.

Doch dann knarrte die Tür zu den Waschräumen, und Amy kam herein. »Äh, geht es euch beiden gut?«, fragte sie.

Kurz dachte ich, Lily würde sich für mich entscheiden. Eine Sekunde lang sah ich in ihren Augen etwas anderes als Ekel.

Dann sah sie Amy an. »Ich musste mich übergeben«, sagte sie fröhlich und rappelte sich auf. »Jetzt geht es mir besser. Hast du ein Kaugummi?«

»Ja. Bist du sicher, dass alles in Ordnung ist?«

»Total. Ich bin das nur nicht gewohnt, weißt du?« Sie spülte sich den Mund aus und spuckte ins Waschbecken, wobei sie es schaffte, das irgendwie nicht eklig aussehen zu lassen.

Amy warf mir einen Blick zu, dann sah sie wieder meine Schwester an. »Lily … äh, pass auf Luke auf, okay? Er kommt viel rum.«

»Ich weiß.«

Wieder sah Amy mich an.

»Warum kommst du nicht mit mir nach Hause?«, fragte ich. »Lily? Ich denke, es wäre am besten, wenn wir gehen.«

Sie schaute mich durch den Spiegel an. »Ich bleibe, Nora«, sagte sie, und in ihrer Stimme lag wieder die gewohnte Verachtung. Was auch immer wir gerade für einen Moment geteilt hatten, er war vorüber.

Tränen sammelten sich in meiner Kehle. »Okay«, flüsterte ich. Den Blick auf den Boden gerichtet, diesen hässlichen, beige gefliesten Boden, stand ich da, während Amy meiner Schwester ein Kaugummi gab und sie dann schnatternd und lachend gingen.

Man fragt sich, wie viel Misshandlungen man ertragen und jemanden trotzdem lieben kann. Man fragt sich, wie lange sie einen als Niemand behandeln können und man sie trotzdem zurückwill. Man fragt sich, wie lange es dauern wird, um zu vergessen, wie es einst war, wie lange man diese kleine Flamme der Hoffnung am Leben erhalten kann, bis die Flut ihrer Vernachlässigung sie auslöscht.

In meinem Fall eine lange Zeit. Eine sehr, sehr lange Zeit.

Ungefähr eine Stunde nachdem ich am Donnerstag von der Arbeit gekommen war, rief Sullivan Fletcher an und fragte, ob er mich zum Abendessen einladen dürfe. »Um dir für alles zu danken, was du für Audrey getan hast«, sagte er.

»Äh … klar!« Ich hatte in Tanktop und Pyjamahose auf der Couch gesessen und Nachrichten geschaut (immer eine schlechte Idee), dabei Sonnenblumenkerne gegessen und von Käse fantasiert.

»Wie wäre es mit dem Stone Cellar?«, schlug er vor – das

schicke Restaurant, das ich bisher noch nicht mit meiner Anwesenheit beehrt hatte. »Soll ich dich in einer Stunde abholen?«

»Klar!«, flötete ich wieder. »Bis dann!«

Ich legte auf und rannte in mein Zimmer. Es war nicht wirklich ein Date, also sollte ich es auch nicht als solches behandeln. Es war eine Verabredung mit einem Vater, der mir dafür danken wollte, eine so brillante (hüstel) Ärztin zu sein, denn Audreys Diagnose war in Boston tatsächlich bestätigt worden. Sullivan wollte mir vermutlich nur einen Haufen Fragen über die Behandlung stellen.

Was nicht bedeutete, dass ich mich nicht ein wenig aufhübschen konnte.

Hier in Maine hatte ich meine Haare aufgegeben. Mein Glätteisen war einfach kein Gegner für das Leben auf einer windigen Insel, auf der es viel regnete. Ich band es zu einem Pferdeschwanz und zog ein paar abgeschnittene Jeans, eine süße, rosafarbene Hippiebluse und eine Wildlederjacke an. Dazu Sandalen mit Blockabsatz, ein wenig Rouge und Wimperntusche, und voilà – ich war bereit für ein Date, auch wenn es keines war.

»Wie sehe ich aus?«, fragte ich den Hund aller Hunde.

»Wunderschön«, sagte er. Nun ja, sein Blick sagte es. Ich streichelte seine seidigen Ohren und schaute in seine liebevollen Augen. Hunde. Das Beste, was Gott je erschaffen hatte.

Sullivan kam fünf Minuten zu früh. Er sah aus, als käme er direkt von der Werft – ausgeblichene Jeans und ein T-Shirt. Ich war froh, dass ich mir nicht allzu große Mühe gegeben hatte (Pause für Gelächter). Obwohl es schon Juni war, wehte ein kühler Wind. Heute Abend würde es nur um die zehn Grad sein, verdammt noch mal.

»Hey«, sagte er. »Bist du fertig?«

Wir waren in Maine. Hier hatte man es nicht so mit Unterhaltungen. »Darauf kannst du wetten.« Ich schaltete das Verandalicht an, und wir fuhren los.

»Die Einladung kam unerwartet«, sagte ich, als wir in seinem Pick-up die Spruce Brook Road entlangfuhren.

Sully antwortete nicht. Richtig. Auf dem mir zugewandten Ohr war er taub, und wenn er nicht seinen Kopf drehte, konnte er mich nicht hören. Er schaute mich an, lächelte nicht und sah wieder auf die Straße.

Das war ein wenig seltsam. Ich würde mich daran gewöhnen müssen, nicht im Auto zu reden. Oder nein, ich würde mich nicht daran gewöhnen müssen, denn schließlich war ich nur den Sommer über hier. Mit Sullivan Fletcher im Auto zu fahren würde nicht zu einer Gewohnheit werden.

Fünfzehn schweigende Minuten später saßen wir an einem Tisch im Restaurant. Es war noch relativ neu und bot eine perfekte Mischung aus behaglich und schick.

»Die Bedienung wird gleich bei Ihnen sein«, sagte der Oberkellner und reichte uns die Speisekarten.

»Danke.« Sully schlug seine auf.

Das Restaurant war gut gefüllt, und im Hintergrund erklang das angenehme Summen der Essenszubereitung. »Danke für die Einladung«, sagte ich.

Keine Antwort.

Ach ja. Ich berührte seine Hand. Er sah auf. »Hey. Das ist nett. Danke.«

Er schaute mich lange an. »Es ist wirklich nett«, wiederholte ich.

»Tja. Es ist das Mindeste, was ich tun konnte.«

»Audrey ist gestern bei mir gewesen. Sie scheint ganz aufgeregt zu sein.«

»Ja. Es ist schon seltsam, wenn ein Kind sich auf eine OP freut.« Aber er lächelte. Vielleicht war er genauso nervös wie ich.

»Hi, ich bin Amy, und ich bin heute Ihre … oh.«

Wir schauten auf. Da stand seine Ex-Frau mit einem Block in der Hand. Ihre Miene war erstarrt. Sullivan stand auf. »Wann hast du angefangen, hier zu arbeiten?«, fragte er.

»Gestern.«

»Das hättest du mir sagen müssen.«

»Was ich tue, geht dich nichts an.«

»Natürlich geht es mich etwas an. Diese Unterhaltung hatten wir schon mal, Amy.«

»Tja, du überschlägst dich ja auch nicht gerade damit, mir Dinge zu erzählen, oder?« Sie deutete mit dem Ellbogen auf mich. »Meinst du nicht, ich sollte es wissen, wenn du eine Freundin hast?«

Oh nein, das hier war überhaupt nicht unangenehm.

»Hey«, sagte ich. »Wie geht es dir, Amy? Ich bin nicht seine Freundin.«

»Ja, klar«, sagte sie. »Also, hör zu. Danke wegen Audrey. Wir sind am Montag in Boston gewesen, und sie ist bereit, operiert zu werden. Sully und ich sind dir was schuldig.«

Sie standen immer noch beide. »Warum setzt du dich nicht kurz?«, schlug ich vor. »Nimm dir einen Stuhl. Sully hat mich eingeladen, um offene Fragen zu klären. Hast du auch Fragen zu der OP oder etwas anderem?«

Sullivan setzte sich wieder. Ich war mir ziemlich sicher, dass er nichts von dem mitbekommen hatte, was ich gerade gesagt hatte.

Amy zögerte. »Ich muss arbeiten.«

»Hier.« Ich holte einen Stift und einen alten Tankbeleg aus meiner Handtasche und schrieb meine Handynummer darauf. »Ruf mich gerne an. Audrey ist ein süßes Mädchen, und ich mag sie sehr. Ihr habt das mit ihrer Erziehung fabelhaft gemacht.«

Amys Miene wurde weicher. »Danke«, sagte sie leise. »Okay. Was wollt ihr trinken? Sully, ein Sam's Summer für dich?«

»Klar«, sagte er. »Danke.«

»Ich nehme einen Mojito«, antwortete ich. »Angeblich ist ja Sommer, egal, was das Wetter sagt.«

»Ich bin gleich zurück.« Sie klappte ihren Block zu und ging.

Sullivan und ich sahen einander an. »Meine Ex-Frau ist heute unsere Bedienung«, sagte er, und wir lachten beide.

»Ist schon gut. Sie ist immer noch sehr …« *Sag etwas Nettes, Nora.* Ich schaute auf die Speisekarte. *Saftig? Nein.* »Sehr hübsch.«

»Wie bitte?«

Ich sah ihn an. »Sie ist immer noch sehr hübsch.«

»Ah. Ja.«

Eine Minute später kehrte Amy mit unseren Getränken zurück. »Der geht auf mich«, sagte sie, als sie das Glas vor mich stellte.

»Vielen Dank.«

Sie lächelte – *Amy Beckman lächelt mich an!* kreischte mein innerer, freakiger Teenager – und stellte Sullys Bier ab. »Was möchtet ihr gerne essen? Wollt ihr die Tagespezialitäten hören?«

Sully würde sich sehr anstrengen müssen, bei dem Geräuschpegel etwas zu verstehen.

»Nein, ist schon gut«, sagte ich. »Also, außer du willst, Sullivan.«

»Nein, ich weiß, was ich will.«

Ich bestellte eine Lobster-Roll (das Brötchen um den Hummer würde ich morgen bei einer Joggingrunde abtrainieren, versprach ich mir) und einen Salat, um die Butter zu neutralisieren (ha). Sully entschied sich für Jakobsmuscheln.

Nachdem Amy unsere Bestellung aufgenommen hatte, beugte ich mich vor. Diese Art der intensiven Kommunikation war ein wenig nervenaufreibend. »Hast du Fragen wegen Audrey?«, wollte ich wissen.

»Nein«, sagte er. »Der Arzt, den du empfohlen hast … Patel?« Ich nickte. »Er hat alles gut erklärt. Sie wird nächste Woche operiert.«

»Es ist ein tolles Krankenhaus, und Raj ist der Beste. Ich bin mir sicher, dass alles glatt über die Bühne gehen wird.«

»Amy und ich … wir können dir gar nicht genug danken.«

Ich zuckte ein wenig beschämt (und insgeheim sehr erfreut) mit den Schultern. »Ich habe nur meine Arbeit gemacht. Du weißt schon, wie ein Feuerwehrmann, der in ein brennendes Gebäude läuft und Menschenleben rettet.«

»Es tut mir leid. Ich habe nicht verstanden, was du gerade gesagt hast.«

Das war nicht schlimm, ich hatte sowieso nur vor mich hin geplappert.

»Hey, ihr zwei.« Amy schon wieder. »Ich habe euch einen anderen Tisch besorgt, an dem es ruhiger ist. Er ist taub wie ein Stein, weißt du«, sagte sie zu mir.

»Das habe ich gehört«, sagte er.

Und so wechselten wir in ein Hinterzimmer, in dem es nur drei Tische gab, die alle unbesetzt waren. »Danke, Amy«, sagte er.

»Ja, wie auch immer«, sagte sie. »Hier hinten ist Brian euer Kellner. Sagt Bescheid, wenn ihr etwas braucht.« Sie wandte sich zum Gehen und drehte sich noch einmal um. »Wie geht es deiner Schwester?«, fragte sie.

»Sie ist … es geht ihr ganz gut«, erwiderte ich.

»Grüß sie schön von mir.«

»Das mache ich. Danke.«

Sie ging, und eine relative Stille legte sich um uns.

»Wie geht es deiner Schwester wirklich?«, wollte Sullivan wissen.

»Ich weiß es nicht«, erwiderte ich. »Sie spricht nicht mit mir.«

»Warum nicht?« Seine braunen Augen waren ruhig auf mich gerichtet, und die intensive Art, auf die er mich anschaute, und die sanfte Ruhe seines Gesichts lösten etwas in mir aus. Mit einem Mal hatte ich einen Kloß in der Kehle. Ich zuckte mit den Schultern.

»Du und ich, wir haben beide Problemgeschwister«, sagte er.

»Wie geht es deinem Bruder?«

Sully schaute aus dem Fenster. Ein reuevoller Ausdruck legte sich über sein Gesicht. »Nun, er hat letzte Woche ungefähr tausend Dollar von der Werft gestohlen.«

»Das tut mir leid.«

»Tja, was will man machen.«

»Die Polizei informieren?«

»Das ist keine Option.«

»Warum nicht?«

Er seufzte. »Na ja, du weißt schon. Er hat in seinem Leben viel verloren.«

»Sprechen wir immer noch über das verfickte Stipendium?«

Sully lachte laut auf. »Hör dich einer an! Dr. Stuart lässt die F-Bombe fallen.« Ich spürte, wie meine Wangen warm wurden, und nippte an meinem Drink. »Nein«, fuhr er fort. »Nicht das Stipendium. Oder besser gesagt, nicht *nur* das Stipendium. Er hat die Chance verloren, etwas aus seinem Leben zu machen.«

Ich verdrehte die Augen. »Tja, er ist ja noch nicht ganz tot, oder? Er könnte viele Entscheidungen treffen, die ihm besser dienen würden, als Drogen zu nehmen und sich zu betrinken. Und was Verluste angeht, muss ich dich fragen – was ist mit dir? Ich meine, du bist derjenige, der bei dem Unfall verletzt wurde, Sullivan. Weil dein Bruder in der Nacht zugekokst war. Und du bist derjenige, der erst im Krankenhaus und dann sechs Monate in der Reha war. Du bist derjenige, der deswegen sein Hörvermögen verliert. Wenn irgendjemand etwas verloren hat, würde ich sagen, das warst du.«

Er sah mich lange an. »Einige Menschen können mit so etwas besser umgehen als andere.«

»Also ist es deine Aufgabe, dich um ihn zu kümmern?«

»Aye. Kümmerst du dich nicht um deine Schwester?«

»Nein. Sie ist im Gefängnis und weigert sich, meine Briefe zu beantworten.«

»Aber du kümmerst dich um ihre Tochter.«

Da hatte er mich erwischt. »Ja.«

»Und ich schätze, du hast auch einige Verluste erlebt. Aber du bist besser mit ihnen umgegangen.«

Darüber dachte ich nach. »Ist das ein Kompliment oder ein Tadel?«, fragte ich.

»Beides?« Er grinste, und von jetzt auf gleich wandelte sich sein Gesicht von durchschnittlich in sündhaft attraktiv.

Sullivan Fletcher war ... ja. Er war. Meine Knie kribbelten bei dem Gedanken an all das, was er war.

»Hast du einen Freund?«, fragte er. Nicht gerade subtil, aber wie ich schon sagte, wir waren in Maine.

»Nicht wirklich.«

»Bist du sicher?«

»Wir haben Schluss gemacht, kurz bevor ich hergekommen bin.«

Unser Kellner wählte diesen Moment, um unser Essen zu servieren. »Hi, ich bin *Brian*«, sagte er, als hätte man ihm gerade erst diesen Namen gegeben und er könnte es noch gar nicht fassen. »Hier haben wir die köstliche Lobster Roll für die wunderschöne Frau – eine ausgezeichnete Wahl, möchte ich hinzufügen. Dazu Süßkartoffel-Pommes-frites – mein persönlicher Favorit – und einen Coleslaw, den unser Koch mit einem Hauch Meerrettich zubereitet, um den Geschmack richtig hervorzuheben. Und für den Gentleman haben wir Jakobsmuscheln, die ich übrigens *liebe*, Kartoffelpüree mit Frühlingszwiebeln und ein wenig Sour Cream – hey, wir alle müssen das Leben genießen, richtig? – und dazu Rosenkohl, mein Lieblingsgemüse, das kann ich Ihnen versichern. Alle unsere Zutaten sind aus einheimischem und natürlich biologischem Anbau. Kann ich Ihnen sonst noch etwas bringen? Frisch gemahlenen Pfeffer, geriebenen Käse, Extra-Brot, Ketchup, mehr Butter, Meersalz, rosa Salz, Himalaya-Salz, eine Fußmassage?«

Okay, das Letzte schwang nur unterschwellig mit. »Ich denke, wir haben alles, danke«, sagte ich.

»Fabelhaft! Genießen Sie das Essen!«, gurrte Brian. »Ich sehe gleich wieder nach Ihnen. *Mangia!*«

»Manchmal ist es ein Segen, kaum etwas hören zu können«, merkte Sully an.

»Ich habe nach zehn Sekunden auch nicht mehr zugehört«, gestand ich, und er grinste.

Ein paar Minuten lang aßen Sullivan und ich einfach nur. Ich war kurz vorm Verhungern, wie ich merkte. Und ein Hummer, der noch vor wenigen Stunden in den eisigen Tiefen des Atlantiks geschwommen war und nun in Butter getränkt auf einem weichen, portugiesischen Brötchen vor mir lag … ja, ja, ich würde morgen ja laufen gehen. Aber heute würde ich einfach Hummer essen. Essen und bohrende Fragen stellen, das war alles.

»Wie läuft es mit der Gebärdensprache und allem?«, fragte ich und leckte mir auf elegante Art die Finger ab.

»Ganz okay. Es ist schwer, das alleine zu lernen, also ist es prima, dass Audrey mir hilft. Sie lernt schneller als ich.«

Ich lächelte. »Sie scheint ziemlich klug zu sein.«

»Das ist sie.«

Ich trank einen Schluck und beobachtete Sully kurz. Als er von seinem Teller aufsah, sagte er: »Sorry, habe ich etwas verpasst?«

Ich schüttelte den Kopf. »Aber wo wir gerade bei dem sind, was du nicht hören kannst … Kommst du damit klar? Bist du traurig oder wütend oder … depressiv?«

Er ließ ein kleines Lächeln aufblitzen. »Nicht wirklich. Ich meine, ich weiß schon seit Langem, dass das passieren wird.« Das Lächeln verschwand. »Ich versuche, genauer hinzuhören. Geräusche in mir zu speichern. Die Vögel am Morgen. Meine Lieblingsmusik. Audreys Lachen. Ich versuche, meinen Kopf mit den besten Klängen zu füllen. In letzter Zeit habe ich viele alte Familienvideos angeschaut.« Er zuckte mit den Schultern und senkte den Blick wieder auf seinen Teller.

Ich hoffte, dass ich ihn nicht zu offensichtlich anhimmelte, aber ich war mir nicht sicher.

»Was ist deine Lieblingsmusik?«, wollte ich wissen.

»Die Cellosuiten von Bach«, sagte er. »Und ›Purple Rain‹.«

»Gott, ich liebe diesen Song! Und ich habe mir immer Bachs Cellosuiten angehört, wenn ich an der Uni mal wieder eine Nacht durchlernen musste.« Ich lächelte. »Angeblich sollen sie beim Lernen helfen.«

»Ich schätze, es hat funktioniert«, sagte er.

Als er lächelte, konnte ich sehen, dass seine äußeren Schneidezähne ein wenig spitzer waren als normal, was ihm ein leicht vampirhaftes Aussehen verlieh. Ich stellte mir diese Zähne an meinem Hals vor, und mein Unterleib fing an, sehnsüchtig zu pochen.

»Warum bist du wirklich hierher zurückgekommen, Nora Stuart? Du, die in all den Jahren nicht einmal hier war.«

Es war seine Stimme. Diese weiche, tiefe Stimme. Ich hoffte, er konnte sie hören, denn sie war so köstlich – dieses Timbre und die unterschwellige Rauheit darin, wie Steine am Ufer, die übereinanderfielen, nachdem sie von einer besonders harten Welle überspült worden waren.

Ich räusperte mich. »Wie war noch mal die Frage?«

Wieder ein sündiges Lächeln. Ein träges Bad-Boy-Lächeln von diesem ultimativen Vorzeige-Dad. »Warum bist du nach Scupper zurückgekommen?«

»Ach so. Ja. Ich bin von einem Kammerjägerlieferwagen angefahren worden. Beantown Bug Killers. Mein Leben zog vor meinen Augen vorbei.«

»Wirklich?«

»Nein. Aber ich ... ich wollte ein wenig Zeit mit meiner Mom verbringen. Und mit meiner Nichte.«

»Das hat dir einen ganz schönen Schrecken eingejagt, was?«

Ich nickte.

»Und diese Sache ... Diese nicht so gute Sache, die dir passiert ist. Die du an dem Abend, an dem du mich beinahe erschossen hättest, erwähnt hast. War das der Unfall mit dem Kammerjäger?«

Ich nahm mir eine Süßkartoffel-Pommes-frites und zerbrach sie in zwei Teile. »Nein.«

Sully wartete.

»Ein Mann ist in meine Wohnung eingebrochen, hat mich zusammengeschlagen und versucht, mich zu vergewaltigen. Als das nicht funktioniert hat, hat er, äh, versucht, mich umzubringen. Mit einem Messer. Aber ich konnte entkommen, und das war schon letztes Jahr. Bitte erzähl es nicht meiner Mutter.« Die letzten Sätze kamen in einem Rutsch heraus.

Ich atmete tief ein, nahm meinen Mojito und trank ihn in einem Zug leer. Ich hatte nicht wirklich vorgehabt, dem armen Sullivan die schlimmste Nacht meines Lebens einfach so in den Schoß zu werfen, aber nun war es passiert.

»Ist alles zu Ihrer Zufriedenheit?« Brian tauchte mit einem breiten Lächeln auf. »Den Hummer muss man einfach lieben, oder? Wir kaufen ihn direkt vom ...«

»Nicht jetzt«, sagte Sullivan.

»Verstanden!« Brian drehte sich weg. »Sagen Sie Bescheid, wenn Sie etwas benötigen!«

Er ging, und wieder legte sich Stille über uns.

Sullivan sagte nichts.

»Gruselige Geschichte, was?«, fragte ich und wünschte mir, ich hätte noch einen Drink bestellt.

»Wie bist du entkommen?«

Ich seufzte. »Ich bin einfach ... rausgelaufen. Ich hatte Glück. Ich bin gerannt. Ich ... ich wusste nicht mal, was er vorhatte.«

»Doch, das hast du gewusst.«

Er hatte recht. Ich *hatte* es gewusst. Mein Reptiliengehirn hatte nicht die Worte *Messer* oder *töten* gesagt, aber es hatte *jetzt* gerufen.

»Du hast mehr als nur Glück gehabt. Guter Gott.« Er atmete tief ein. »Ich bin froh, dass du entkommen bist, Nora. Sehr froh.«

Ich senkte den Blick auf den Tisch. »Danke.«

Sully streckte die Hand aus und hob mein Kinn, damit er mein Gesicht sehen konnte.

»Danke«, wiederholte ich.

Dieses Mal war sein Lächeln ganz sanft. »Du bist eine beeindruckende Person«, sagte er, und ich lachte. »Willst du ein Dessert? Ich glaube, du hast es dir verdient.«

Mit einem Mal wollte ich nackt mit dem Mann in diesem Raum im Bett liegen.

»Wie läuft es so, Leute?«, flötete Brian.

Nicht mit *dem* Mann. Mit Sullivan.

»Wir würden gerne zahlen«, sagte ich.

»Kommt sofort. Ich bin gleich zurück.«

»Ich hasse diesen Kerl«, sagte Sullivan, und ich lachte so lange und herzhaft, dass mir die Tränen über die Wangen liefen.

Sully lehnte sich nur zurück und beobachtete mich lächelnd.

Als wir wieder am Hausboot ankamen, war ich unglücklicherweise das reinste Nervenbündel.

Warum? Weil das hier Sullivan Fletcher war, ein Junge, den ich mein ganzes Leben lang kannte. Der jetzt ein Mann war, ein Mann, dessen Tochter zu mir aufschaute, ein Mann, der mit einem der Mädchen verheiratet gewesen war, das Narben auf meiner jugendlichen Seele hinterlassen hatte, ein Mann, dessen Bruder und Mutter mich hassten, und so weiter und so fort.

Außerdem gab es da noch Bobby. Also, nicht wirklich, aber … er hatte mich wieder verwirrt, dieses Mal, indem er mir eine sehr romantische E-Mail geschickt und all die Dinge ausgeführt hatte, die wir vor dem großen bösen Vorfall gemacht hatten. Mein altes Leben. Mein Perez-Ich.

Ich würde nicht für immer auf Scupper Island bleiben. Ich

war mir nicht sicher, ob ich etwas mit Sully anfangen sollte, egal, wie viele Pheromone in der Luft lagen, und ja, es war kindisch und albern, aber ich war mir auch nicht sicher, ob ich mein Perez-Ich sein konnte, wo Sully doch mein Insel-Ich kannte. Natürlich war das dumm, aber ich wusste, dass Sully es verdient hatte, darüber nachzudenken, bevor irgendetwas zwischen uns passierte.

Er war viel, viel zu gut, um für eine Frau einfach nur eine Sommeraffäre zu sein.

Sullivan schaltete den Motor aus. »Ich begleite dich zur Tür«, sagte er.

Mist. Wie sollte ich das ablehnen? Er war zu köstlich, zu nett, diese Stimme, diese Augen, diese Ausstrahlung von Ruhe und steinharter Verlässlichkeit. Und diese Umarmung nach Audreys Diagnose? Ja, die auch.

Boomer bellte einmal scharf. »Ich bin's, Kumpel«, sagte ich. Er bellte noch einmal. Er war nicht glücklich über Sullivan (oder eher, nicht glücklich, dass er ihn nicht anspringen konnte).

Sully und ich standen vor der Tür. Um uns herum flatterten Motten im Licht.

Jetzt würde ich ihn abweisen müssen. Verdammt. Das würde sich nicht gut anfühlen.

»Danke für den Abend«, sagte ich. »Ich fand es sehr schön.«

»Ich auch«, erwiderte er. »Danke, dass du so kurzfristig Zeit hattest.«

Vielleicht würde ich mich von ihm küssen lassen. Das wäre doch in Ordnung, oder nicht? Und dann, sobald er mich küsste, wären einige sexy Momente zusammen unausweichlich, das wusste ich.

»Gute Nacht«, sagte er in der Sekunde, in der ich fragte: »Willst du noch mit hineinkommen?«

»Wie bitte?« Ja, ja, ich war froh, dass er schlecht hörte. Verklagt mich doch.

»Nichts«, sagte ich. »Gute Nacht. Komm gut heim. Also zu deinem Haus. Wo wohnst du überhaupt?«

»In der Oak Street.«

»Dann gute Reise.« *Meine Güte, Nora, halt die Klappe.*

Er sah mich noch eine Minute an. Vielleicht war die Idee mit dem Kuss doch noch nicht gestorben.

Doch, war sie. Er nickte einmal und ging über den Steg zurück zu seinem Auto.

Date vorbei.

Andererseits war es ja gar kein Date gewesen.

Nur hatte es sich so *verdammt* romantisch angefühlt.

»Ja, klar, Nora, das war es«, sagte ich, als ich den Schlüssel herausholte. »Wer will nicht bei einem Date etwas über Gefängnisse und Wohnungseinbrüche hören. Total romantisch.«

»Was hast du gesagt?«, hörte ich eine Stimme und hätte mir fast in die Hose gemacht.

Luke Fletcher stand auf der Veranda meines Hausboots. Das Herz schlug mir bis zum Hals.

»W-was machst du hier?«, fragte ich. Drinnen bellte Boomer. Mist. Mein Fünfzig-Kilo-Hund war drinnen. Meine Hände fingen an zu zittern.

»Ich dachte, ich komme mal auf einen Drink vorbei. Du weißt schon, weil wir Nachbarn sind und so.«

»Dein Bruder ist gerade gefahren«

»Das habe ich gesehen.« Seine Stimme klang freundlich. Das machte mir aus irgendeinem Grund noch mehr Angst. Ah, klar. Weil die Stimme des anderen Kerls manchmal auch freundlich gewesen war. Wenn er mir nicht gerade die Scheiße aus dem Leib geprügelt hatte.

Ich schluckte. »Hör mal, ich bin müde, Luke. Vielleicht ein andermal.«

»Fick ja nicht mit meinem Bruder.«

»Das würde ich nicht. Keine Sorge.«

»Das würde ich nicht. Keine Sorge«, äffte er mich mit hoher Stimme nach. Boomer bellte wieder.

Dann sprang Luke vom Boot auf den Steg neben mich, und ich zuckte zusammen. Ich hasste mich dafür, aber ich konnte nicht anders. Drinnen drehte Boomer durch.

Aber Luke schob sich nur an mir vorbei – so nah, dass ich ausweichen musste. Er folgte dem Weg seines Bruders über den Steg, dann ging er links in Richtung Spruce Brook Road und Werft.

Meine Beine zitterten. Ich öffnete die Tür, und Boomer stürmte heraus. Bellend rannte er Luke hinterher. Gut. Sollte mein Hund ihn doch zerfleischen und auffressen.

»Boomer!«, rief ich nach einer Minute (ich war nicht wirklich der Typ, der seinen Hund andere Leute zerfleischen ließ), und mein Hund drehte um. Außerdem, was, wenn Boomer Luke einfach nur abgeleckt hätte? Besser, ich hielt die Illusion aufrecht, dass ich einen bösen Wachhund hatte, bevor er mir das Gegenteil beweisen konnte.

Als ich ein paar Minuten später aufschaute, fragte ich mich, ob Luke, wenn Sully doch mit hineingekommen wäre, auf der Veranda geblieben wäre.

Um uns zu beobachten.

# 19. Kapitel

*Liebe Lily,*
*ich wohne diesen Sommer in Oberon Cove. Nachts kann ich die Brandungsrückströmung von der anderen Seite der Insel hören. Erinnerst du dich noch daran, wie wir immer zum Angeln in diese Bucht gekommen sind und du einen Streifenbarsch gefangen hast, der größer war als du? Er ist von der Schnur gesprungen, und Dad hat ihn in der Luft gefangen.*
*Freitagnachmittag bin ich mit Poe angeln gewesen, aber als sie einen Wittling gefangen hat, haben wir ihn wieder freigelassen. Sie will jetzt Vegetarierin werden. Tut mir leid. Ihre Haare wachsen wieder schwarz nach, aber ich habe ihr gesagt, sie soll sie ruhig blau lassen, wenn es ihr gefällt.*
*Alles Liebe*
*Nora*

Am Sonntag fuhr ich bei meiner Mutter vorbei, bevor ich die lange Überfahrt mit der Fähre nach Boston antrat. Bobbys Zeit mit Boomer stand wieder an.

Mom hackte gerade Holz im Garten, was sie immer mit einer Axt, nicht mit einer Spaltmaschine machte. Tweety, dessen Hingabe an meine Mutter ihn selbst draußen immer in ihrer Nähe sein ließ, schoss auf mich zu, und Boomer sprang erschrocken hinter meine Beine. Ich wedelte den Vogel mit der Hand weg, ohne ihn zu schlagen (ah, wie gerne hätte ich …). Mom schaute kurz auf und hackte dann weiter.

»Vielleicht sollte Poe das machen«, schlug ich vor.

»Die würde sich den Daumen abhacken«, gab Mom zurück. »Außerdem liegt sie noch im Bett.«

»Na ja, Holzhacken ist eine nützliche Fähigkeit im Leben. Jeder sollte in der Lage sein, mit einer Axt umzugehen.«

»Es ist ein Beil.«

»Dann eben mit einem Beil. Vielleicht gibt es hier irgendeinen Jungen, den du dafür anheuern könntest? Einen der Bittermans? Haben die nicht vier Söhne?«

Sie schwang die Axt – pardon, das Beil –, und das Holzstück zersprang in zwei Teile. »Hast du ein Problem damit, dass ich Holz hacke, Nora?«

»Eigentlich nicht wirklich.« Meine Mutter war knapp über sechzig und stärker als die meisten Footballspieler in der NFL.

Aber eines Tages würde sie hierfür zu alt sein. Und ich würde in zwei Monaten nach Boston zurückkehren. Trotz meines schwachen Versuchs mit der Dinnerparty war Mom immer noch allein. Ich hatte sie jedoch bei *RüstigeSenioren.com* angemeldet und prüfte gerade ein paar Angebote.

Sie wurde älter. Die graue Strähne, die sie schon so lange hatte, wie ich mich erinnern konnte, war jetzt weiß und wurde mit jedem Jahr breiter.

Ich setzte mich auf einen Holzblock und sah eine Minute oder so zu, während Boomer noch ein letztes Mal an den Piniennadeln roch, bevor wir losmussten. »Mom, ich habe vielleicht ein Problem mit Luke Fletcher«, sagte ich.

Sie stellte ein weiteres Holzstück auf den Block und schlug ihn erst in zwei, dann in vier Teile. »Warum sagst du das?«

»Er war vor Kurzem abends auf meinem Boot. Uneingeladen.«

»Sag ihm, er soll dich in Ruhe lassen.«

»Das habe ich.«

»Soll ich mal mit ihm reden?«

Das Bild meiner Mutter, wie sie Luke in zwei Hälften teilte, war ziemlich nett. Andererseits war ich selber unglaublich mutig und stark. »Nein. Ich kriege das schon hin. Es ist nur … ich weiß nicht. Kannst du mir ein wenig mehr über ihn erzählen? Was hat er gemacht, seitdem ich gegangen bin?«

»Also, wenn wir uns schon unterhalten müssen, dann mach dich nützlich und staple die Scheite.«

Ich gehorchte und erwähnte nicht, dass ich eigentlich nicht wirklich für körperliche Arbeit gekleidet war. Mom würde nicht wollen, dass ich mich wegen meiner Klamotten anstellte.

Ich stapelte, sie hackte, und nach ein paar Minuten sagte sie: »Nun, er hat sein Studium an der UMaine abgebrochen. Ist hierher zurückgekommen und hat seinem Vater auf der Werft geholfen, aber dann ist Allan Fletcher ganz plötzlich gestorben, und der andere, Sullivan, hat übernommen. Nach allem, was ich höre, macht er seine Sache gut. Luke hingegen war nicht wirklich zu gebrauchen. Er war schon immer ein Trinker und Junkie.«

Ich nahm ein paar der Scheite hoch, die sie zerteilt hatte. Tweety kreischte, weil ich seiner Geliebten zu nahe gekommen war. Ich zeigte ihm mental einen Vogel. »Weißt du, was für Drogen?«

»Das Übliche. Heroin, Kokain, Hustensirup – alles, was man sich so reinpfeifen kann.«

»Wie ist Mr. Fletcher gestorben?« Ich warf meine Scheite auf den Holzstapel. Da ich Mom in den letzten Jahren nicht direkt nach Mr. Fletcher gefragt hatte, hatte sie mir auch nichts erzählt.

»Schwaches Herz, glaube ich. Oder eine Gehirnblutung. Irgend so was. Sully hat ihn tot bei seinem Truck gefunden. Wie auch immer, Luke … Teeny hat ihm ein wenig Geld gegeben, und er ist in die große Stadt gefahren.«

»Nach New York?«

»Nach Portland.«

»Wann ist er zurückgekommen?«

Moms Axt – Beil – sauste wieder durch die Luft. »Oh, er kommt immer mal wieder, normalerweise, wenn er Geld braucht. Teeny hat ihn immer aufgenommen, aber damit hatte Sullivan ein Problem. Ich glaube, Luke hat Teenys Verlobungsring geklaut und verpfändet. Also lässt Sully ihn auf der Werft wohnen.« Sie hielt inne und wischte sich die Stirn ab. »Diese Teeny hat schon immer die schlechte Saat vorgezogen. Sullivan tut mir leid.«

Ah, welch Ironie. Meine Mutter hatte auch immer ihre schlechte Saat vorgezogen. »Ach, Mütter sollen keine Lieblinge haben?«, konnte ich mir nicht verkneifen. Lily war trotz ihrer Dramen, ihrer Zickereien und Verbrechen immer Moms kleiner Liebling geblieben.

Mom antwortete nicht.

»War Luke jemals clean und trocken?«, kehrte ich zum eigentlichen Thema zurück

»Sicher. Oft. Genau wie deine Schwester.« Sie hieb die Axt in den Hackklotz und sah mich zum ersten Mal an diesem Tag direkt an. »Wo wir gerade von Lily reden, sie sagte, du hättest ihr geschrieben.«

»Jupp.«

»Sie wünschte, du würdest das unterlassen.«

»Warum? Ist sie zu sehr damit beschäftigt, Kennzeichen herzustellen?«

»Zieh nicht so über deine Schwester her, Missy.«

»Warum will sie keine Briefe?«

»Ich weiß es nicht, Nora.« Das war Mom. Sie schlug sich nie auf eine Seite, zumindest nicht offensichtlich.

Ich seufzte. »Ich muss nach Boston. Ich hatte gehofft, Poe würde vielleicht mitkommen.«

»Frag sie.«

Ich ging hinein, aber Poe hatte sich wieder in die Königin der Verdammten verwandelt. »Warum weckst du mich? Es ist erst halb elf! Geh weg!«

»Willst du mit nach Boston kommen?«

»Warum sollte irgendjemand nach Boston wollen?«

»Tapetenwechsel? Shopping? Clam Chowder? Freedom Trail? Red-Sox-Spiele? Das Juwel von New England? Nichts? Nein?«

»Ich bin *müde*.«

Ich atmete tief ein. »Okay, Süße. Wir sehen uns dann in ein paar Tagen.«

Sie zog sich das Kissen über den Kopf. Ich spürte, dass unsere Unterhaltung vorbei war.

Also waren es nur Boomer, ich, sein Waschbärspielzeug, sein Gummiknochen und seine lange Leine, die die Fähre bestiegen.

Ich setzte mich an Deck, zog mir die Red-Sox-Kappe fest auf den Kopf, damit der Wind meine Haare nicht unnötig belästigte, und setzte meine Sonnenbrille auf. Boomer lag zu meinen Füßen und kaute auf seinem Knochen. Ich hasste es, ihn nach Boston zu bringen, ich hasste es, ohne ihn zu sein. Was, wenn Luke jetzt vorbeikäme, hm? Dann wären es nur ich und meine Pistole, und das letzte Mal, als ich sie benutzt hatte, hätte ich beinahe Sullivan erschossen.

Vielleicht brauchte ich auch eine Umarmungstherapie. Xiaowen war irgendwo an der Küste von Oregon und rettete die dortigen Mollusken. Sie würde erst in ein paar Tagen zurückkommen. Roseline konnte sich dieses Mal nicht mit mir treffen, sie hatte irgendetwas mit ihren Schwiegereltern vor. Gloria besuchte ihre Familie und ihren Slytherin-Schönling, aber wir wollten zusammen die letzte Fähre nehmen.

Ich hörte das Geräusch von Schritten und schaute auf. Sullivan, Audrey und Amy kamen mit einem Koffer in der Hand den Steg hinauf.

»Hey!«, rief ich.

»Hi!« Audrey sprang an Bord und umarmte mich. »Morgen ist der große Tag, deshalb bleiben wir über Nacht. In einem Hotel!«

»Wow. Das ist aufregend. Ist dein kleiner Bruder nicht dabei?« Ich hatte Rocco noch nicht kennengelernt. Da er nicht Sullivans Sohn war, war er nicht so oft auf der Werft wie Audrey.

»Nein«, sagte sie. »Der ist bei meiner Großmutter. Er ist darüber auch nicht besonders glücklich. Aber ich bringe ihm Shampoo aus dem Hotel mit.«

»Wie nett.« Verdammt, sie war so ein gutes Kind.

Sully nickte mir zu und half Amy an Bord, dann kam er selber hinauf. Die Eltern wirkten beide ein wenig besorgt, ganz anders als die Patientin, die praktisch auf der Stelle tanzte.

»Hast du irgendwelche Fragen? Kann ich etwas für dich tun?«, fragte ich.

»Du warst bereits so super«, sagte Audrey.

Amy und Sullivan unterhielten sich mit gedämpften Stimmen. Ihre Körpersprache verriet, dass sie sich stritten, doch der Motor der Fähre verhinderte, dass ich lauschen konnte. »Wo übernachtet ihr denn, Audrey?«

»Im Copley Square Plaza. Mom und Dad haben mich das Hotel aussuchen lassen.«

»Da hast du das Beste gewählt«, sagte ich, denn ganz eindeutig wollte sie sich darauf konzentrieren. »Es gibt dort sogar eine echte englische Teezeit, wie ich gehört habe.«

»Ja, die wollen wir auch mitmachen. Hey, willst du mitkommen?«

Ich warf nicht einmal einen Blick in Amys und Sullivans Richtung. »Nein, aber danke. Ich treffe mich mit einem Freund.«

»Schade.« Sie beugte sich vor und kraulte Boomer hinter den Ohren. Mein Hund schaute zu ihr auf und wedelte grinsend mit dem Schwanz. Dann widmete er sich wieder der Zerstörung seines Knochens. Jake lenkte die Fähre in Richtung des offenen Meers, und wir nahmen an Fahrt auf.

Sullivan starrte über das Wasser. Amy tippte auf ihrem Handy.

»Tja, ihr habt ja meine Nummer, sollten noch irgendwelche Fragen auftauchen«, sagte ich zu Audrey.

»Danke«, antwortete sie.

»Ja, danke«, wiederholte Amy. Sully hatte uns den Rücken zugewandt und konnte uns nicht hören … Oder er hatte andere Dinge im Kopf.

»Wenn es euch nichts ausmacht, gehe ich hinein. Ich muss noch ein wenig lesen«, log ich. Es war ihre gemeinsame Zeit, und da wollte ich nicht stören.

Zumindest hatte ich meinen Hund. »Komm, Boomerang«, sagte ich, und mein treues Tier folgte mir in die kleine Kajüte.

Nach der Ankunft in Boston umarmte ich Audrey und wünschte ihnen allen das Beste. Amy und Sullivan waren mit ihren Gedanken woanders, und wer konnte es ihnen verdenken? Ihrem Kind würden chirurgische Instrumente durch die Nase in den Kopf geschoben werden. Egal, wie gut die Chancen für Audrey standen, sie hatten beide Angst.

Ich sah ihnen hinterher, dann schlang ich mir meine Tasche über die Schulter und ging zu Bobbys Wohnung. Er arbeitete und hatte mich gefragt, ob ich den Hund zu ihm bringen könnte. Und weil ich ein so toller Mensch war, hatte ich eingewilligt.

Es war sonnig und wesentlich wärmer als auf der Insel. Ich zog meine Jeansjacke aus und band sie mir um die Taille. Boomer und ich wurden von vielen Leuten angehalten, die ihn bewundern wollten, und ich gestattete es. Immerhin hatte ich keine anderen Pläne. Vielleicht würde ich shoppen gehen. Eine kleine Einkaufstherapie könnte meine schlechte Laune heben.

Auf dem Weg las ich die Schilder in den ersten und zweiten Etagen der Gebäude, an denen ich vorbeikam. Ich war immer neugierig, was andere Leute so beruflich machten. Klavierunterricht. Yogastudio. Anwalt. Ein Messerschleifer – *Gegr. 1938*. Erstaunlich, dass er noch im Geschäft war. Eine Ballettschule. Ein Privatdetektiv.

Ich blieb stehen.

James Gillespie, Privatdetektiv – lizenziert, versichert.

»Was meinst du, Boomer?«, fragte ich.

»Ich halte das für eine ausgezeichnete Idee«, sagte er. Nun ja, er deutete es an.

Wir gingen die Treppe hinauf und klopften. Eine Sekunde später öffnete ein älterer Gentleman die Tür. »Hallo«, sagte er mit einer bezaubernden Morgan-Freeman-Stimme.

»Hi«, sagte ich. »Ich habe vielleicht einen Fall für Sie.«

»Haben Sie den? Und wer ist das hier?« Er beugte sich vor und kraulte Boomers Ohren, was ihm ein erfreutes Winseln einbrachte.

Es dauerte nur sieben Minuten. Ich wusste ja auch nicht viel über meinen Vater.

»Wenn er gefunden werden kann, werde ich ihn finden«, sagte Mr. Gillespie. »Es gibt vieles, was ich versuchen kann.« Dieser Stimme glaubte ich alles.

Ich leistete die Anzahlung, unterschrieb einen Vertrag, und das war es schon. Mr. Gillespie verabschiedete uns, und Boomer und ich gingen in den Sonnenschein und die hohe Luftfeuchtigkeit hinaus und fühlten uns schon erheblich besser.

Zumindest hatte ich nun etwas, das ich Lily erzählen konnte, wenn sie käme, um Poe abzuholen. Ich könnte ihr sagen, dass ich es versucht hatte, und auch wenn Mr. Gillespie bereits der dritte Privatdetektiv war, den ich angeheuert hatte, fühlte ich mich besser, weil ich etwas unternahm.

Ich ging in Richtung Commons. Der Hund aller Hund würde das zu schätzen wissen. Außerdem gab es da noch mehr Herzen, die er für sich gewinnen konnte.

Bostons kleiner Park war voller Leute. Kinder zerrten an den Händen der Erwachsenen, bettelten um Eiscreme, plantschten im Frog Pond. Mindestens sechs Frisbeescheiben segelten durch die Luft und ließen Boomer verwirrt den Kopf hin und her drehen, als er sah, wie seine Hundekumpel diese fliegenden

Dinger jagten. Ein Pärchen von Mitte zwanzig lag einander zugewandt auf einer Decke und schaute sich gegenseitig tief in die Augen, ganz verloren in seiner eigenen Welt. Ich lächelte und schaute schnell weg. Junge Liebe. Was könnte süßer sein?

Dann sah ich ihn.

*Ihn.* Voldemort.

Mein Herz erstarrte, und meine Knie wurden zu Pudding. Ich sank aufs Gras und legte einen Arm um Boomer, ohne den Blick von dem Mann abzuwenden, der mich terrorisiert hatte.

Ich hatte im letzten Jahr ein paar Mal gedacht, ihn gesehen zu haben, und jedes Mal war die Angst wie ein Blitz durch mich hindurchgeschossen. Jedes Mal hatte ich mich geirrt.

Dieses Mal war mein Reptiliengehirn sich sicher.

Er saß auf einer Bank und aß ein Eis. Khakihose, blaues T-Shirt, dieses vollkommen unscheinbare Gesicht. Ab und zu warf er den vorbeigehenden Leuten einen Blick zu. Menschen, die keine Ahnung hatten, wozu er in der Lage war. Was er gerne machte.

Ich musste einen Polizisten finden. Oder anrufen. Ich holte mein Handy heraus und versuchte, die 911 zu wählen, ohne ihn aus den Augen zu lassen.

»Neun-eins-eins, um was für einen Notfall handelt es sich?«

»Hi. Ich bin letztes Jahr überfallen worden, und man hat den Täter nie gefunden. Ich sehe ihn hier gerade. Ich bin im Commons, direkt gegenüber vom Frog Pond. Wissen Sie, wo das ist? Ich meine, ich bin nördlich vom Teich. Und er sitzt auf einer Bank am Weg.«

»Okay, beruhigen Sie sich, Ma'am. Sie sagen, er hat sie überfallen?«

»Ja. Ich habe Anzeige erstattet. Ich war im Krankenhaus. Es war ... es war schlimm.«

»Wie heißen Sie, Ma'am?«

Eine Sekunde lang konnte ich mich nicht erinnern. Mein Gehirn war leer. »Äh ... Nora? Nora Stuart? Nora Stuart mit *u*.

Mist, er steht auf! Er steht auf und geht in östliche Richtung zur Toward Park Street. Er geht! Er ist an der Froschstatue vorbei! Beeilen Sie sich!«

»Ma'am, ich habe Ihren Fall gefunden. Die Polizei ist unterwegs. Können Sie den Mann beschreiben?«

»Einsfünfundsiebzig, ungefähr fünfundachtzig Kilo. Aschblondes Haar, blaue Augen. Er trägt eine Khakihose, ein blaues T-Shirt, eine Red-Sox-Kappe.« Wie jeder verdammte Kerl in Boston. Ich stand auf, nahm Boomers Leine in die Hand und ging los. Meine Schritte wurden immer schneller. »Ich folge ihm.«

»Bitte tun Sie das nicht, Ma'am.«

Mist. Mist, Mist, Mist, da näherte sich gerade eine Gruppe Menschen, die alle Namensschilder an Bändern um ihren Hals trugen. Ein Stadtführer erklärte ihnen lautstark die Wunder des Freedom Trails. Verdammte Touristen. Und er wurde von ihnen verschluckt, von diesen ganzen Menschen mit ihren in die Luft gereckten iPads und Handys. Ich schoss um sie herum.

»Oh, ich liebe Ihren Hund«, sagte eine Frau mit schwerem Südstaatenakzent.

»Nicht jetzt«, sagte ich und wich ihr aus, der Inbegriff des rüden Yankees. Wo war er? Wo war er?

Da. Ich fing an zu laufen.

Und vielleicht hatte er auch ein Reptiliengehirn, denn er fing an, an den Hotdog-Ständen vorbeizujoggen und an dem Jungen, der mit Bällen jonglierte, was Boomer innehalten ließ, weil er spielen wollte. Ich musste hart an seiner Leine zerren, aber das hier war wichtig. Da. Da war er wieder. Ja, *er*, an der Haltestelle der T-Linie.

»Er will in die T!«, sagte ich zu der Notrufzentrale. »Wo zum Teufel sind die Cops?«

Ich rannte die Treppe hinunter. Der Mann aus der Notrufzentrale schrie mich an. Boomer hechelte vor Aufregung. Der Zug stand schon da, die Leute stiegen ein und aus, und ich sah ihn nicht mehr. Wenn ich Boomers Leine fallen lassen würde und ihn zurückließ, könnte ich über das Drehkreuz springen.

Der Zug fuhr los. Tränen der Wut und der Frustration brannten in meinen Augen.

Er war weg. Einfach weg.

Als ich später am Nachmittag die Tür zu Bobbys (ehemals unserer) Wohnung aufschloss, war ich schockiert, ihn zu Hause vorzufinden.

»Ich dachte, du müsstest arbeiten«, sagte ich.

»Hey!« Er kam aus der Küche, um mich zu umarmen. »Wie geht es dir, Nora? Boomer! Wer ist mein guter Junge?« Er hockte sich hin und ließ zu, dass Boomer ihm die Pfoten auf die Schultern legte. Dann sah er zu mir auf. »Du siehst fabelhaft aus. Es ist schön, dich zu sehen.«

Mir war immer noch übel von dem Adrenalin, außerdem war ich vor Angst schweißnass und spürte, wie meine Haare sich in der Bostoner Luftfeuchtigkeit ausdehnten. Auf keinen Fall konnte ich *fabelhaft* aussehen, und es irritierte mich, dass der blöde Bobby das nicht sah.

Eine Minute nachdem der Zug abgefahren war, war die Polizei eingetroffen. Sie hatten sich Notizen gemacht, aber wir alle wussten, dass der Kerl nicht gefunden werden würde. Ich hatte eine Stunde spazieren gehen müssen, bevor mein Herzschlag sich wieder normalisiert hatte.

»Setz dich doch.« Bobby richtete sich auf. »Fühl dich wie zu Hause. Ich meine, es ist ja noch dein Zuhause, oder?«

»Nicht wirklich«, sagte ich. »Aber danke für die Geste.«

»Ein Glas Wein?«

»Ein Wasser bitte.«

In der nächsten halben Stunde redete Bobby, und ich hörte irgendwie zu und streichelte Boomers Kopf.

Das hier war der Ort, an den ich gekommen war, um mich zu

erholen. Bobbys Wohnung hatte sich genauso wenig wie mein Zuhause angefühlt wie mein Büro in der Innenstadt. Sie war hübsch und behaglich und vertraut, das schon, und hier und da waren noch Anzeichen von mir zu sehen – die Dekokissen auf der Couch, der Schirmständer, weil jeder in Boston einen Schirmständer haben sollte. Der fröhliche gelbe Wasserkessel in der Küche.

Heute, nachdem ich meinen Angreifer wiedergesehen hatte, fühlte die Wohnung sich wieder wie ein Zufluchtsort an. Und das gefiel mir nicht. Ich wollte Bobbys Zuflucht nicht. Ich wollte es allein schaffen.

Ich wünschte mir, wieder in Maine zu sein. Mit Boomer, der eigentlich mein Hund war, nicht unserer. Der ursprüngliche Deal lautete, dass wir uns mit der Fährfahrt abwechselten. Aber aufgrund meines nicht ganz so vollen Terminkalenders war ich bisher immer diejenige gewesen, die hin- und hergefahren war. Damit war jetzt Schluss.

»Was ist los, Babe?«, fragte er. *Babe*.

»Ich bin nur ein wenig abgelenkt, das ist alles. Ich sollte gehen.«

»Aber du hast mir noch gar nicht erzählt, wie es dir geht«, sagte er und kam ein wenig näher. »Und du weißt, mir liegt immer noch viel an dir.«

In dem Moment piepte mein Handy mit einer Nachricht von Jake Ferriman.

Überfahrt gestrichen wegen Unwetter. Melde dich morgen früh ab 7 Uhr wegen nächstmöglicher Fahrt.

»Mist«, murmelte ich.

»Was ist los?«

»Die Fähre wurde gestrichen.«

»Ja, es soll ein heftiges Gewitter aufziehen.« Er neigte den Kopf. »Lass uns zusammen zu Abend essen. Du kannst hier übernachten, wenn du willst.« Er streckte die Hand aus und berührte meine Wange. Nein, danke, das erinnerte mich ein wenig zu sehr an letztes Jahr, als mein Gesicht geschwollen und blau angelaufen war und mit jedem Herzschlag gepocht hatte. An die Zeit, als Bobby sich um mich gekümmert hatte. Gut gekümmert, wohlgemerkt. Bis er es leid wurde.

»Nein, danke.« Ich beugte mich vor und gab Boomer einen Kuss auf den Kopf. »Sei ein guter Junge, Boomer. Du wirst mir fehlen.« Ich schaute Bobby an. »Wir sehen uns.«

»Bist du sicher, dass du nicht bleiben willst?« Er sah mich seelenvoll an.

»Ja, bin ich. Aber danke.«

Draußen auf der Beacon Street – denn Bobby hatte unbedingt an der Beacon Street wohnen wollen, auch wenn die Mieten hier exorbitant teuer waren und meine alte Wohnung wesentlich größer und hübscher und billiger gewesen war – schrieb ich Roseline eine Nachricht und sagte ihr, dass ich über Nacht in der Stadt wäre.

Schwing deinen Hintern rüber!, antwortete sie. Das sind die besten Neuigkeiten aller Zeiten.

Ich seufzte vor Erleichterung. Dem Himmel sei Dank für Freundinnen.

Roseline tat alles für mich, was ich für sie getan hätte – sie fütterte mich, gab mir Wein, lieh mir einen weichen, frisch gewaschenen Pyjama und drängte mich, ein Bad in der riesigen Badewanne im Gästebad zu nehmen. Ihr Ehemann war ein ganz Süßer, die Art Mann, mit der man toll reden konnte, der aber auch wusste, wann er sich zu verdrücken hatte.

Ich erzählte ihr nicht, dass ich Voldemort gesehen hatte. Ich sah keinen Sinn darin.

Ich rief in der Inselklinik an und erklärte, dass ich in Boston festhing. Ein paar Minuten später erhielt ich einen Anruf von Gloria, die mir sagte, sie wäre mit dem Auto nach Portland aufgebrochen, um das neue Baby einer ihrer Schwestern zu sehen. »Dr. Larsen wird übernehmen«, sagte sie und meinte damit unseren Arzt für nächtliche Notfälle. »Er liebt es, gebraucht zu werden. Also mach dir keine Sorgen.«

»Hattest du Spaß mit Slytherin?«, fragte ich.

»Oh ja. Ich habe ihm drei Hinweise gegeben, wo ich wohne, und er hat es trotzdem nicht herausgefunden. Wir haben uns sogar ein wenig gestritten. Das war lustig.«

»Ich gehe davon aus, dass ihr euch wieder vertragen habt.«

»Jupp. Er hat mir vor einer Stunde geschrieben und um Verzeihung gebeten.«

»Ein wunderbarer Charakterzug bei einem Mann.« Das war eines der komplizierten Dinge mit Bobby: ihn dazu zu kriegen, sich zu entschuldigen, war genauso schwer, wie Knochenmark zu extrahieren.

»Hab viel Spaß mit Roseline«, sagte sie. »Und grüß sie schön von mir.«

Ich schlief nicht gut. Nicht, weil ich eine Panikattacke oder einen Albtraum hatte. Ich dachte nur zu viel nach.

Am Morgen prasselte der Regen gegen die Fenster. »Soll ich mich krankmelden?«, bot Roseline an. Sie war bereits für die Arbeit angezogen, und Amir war schon weg. »Wir könnten in ein Museum gehen, uns eine Pediküre gönnen, was immer du willst.«

»Nein, ist schon gut«, wehrte ich ab. »Ehrlich gesagt wollte ich mal im Krankenhaus vorbeischauen. Die Tochter eines Freundes wird heute operiert. Tumor an der Hypophyse. Cushing-Syndrom.«

»Na, dann los, *chouchoute*.« Rosies Praxis lag nur einen Block vom Boston City entfernt.

Auf dem Weg erhielt ich eine Nachricht von Jake Ferriman, dass seine Fähre auslaufen würde, Regen hin oder her.

Ich schrieb zurück, dass ich die späte Fähre nehmen oder nach Portland fahren und von dort nach Scupper übersetzen würde.

Die Unterschiede zwischen dem größten Krankenhaus New Englands und der Inselklinik waren immens. In der Klinik war es manchmal so ruhig wie in einem Yogastudio. Letzte Woche hatte ich Amelia sogar im Lotussitz schlafend in ihrem Büro vorgefunden.

Aber ich liebte die Arbeit dort mehr, als ich erwartet hatte. In meiner Bostoner Praxis hatte ich bis zu einem Dutzend Patienten am Tag betreut. An Behandlungstagen waren es zwischen sechs und sieben. Ich liebte mein Fachgebiet, aber die Klinik bot mehr Abwechslung. Jimmy McNulty, der mit acht Stichen genäht werden musste, nachdem er im Park vom Klettergerüst gefallen war. Aaron James hatte eine Lebensmittelvergiftung gehabt (das Mindesthaltbarkeitsdatum hat einen Sinn, Leute!). Er war von seinem Brechdurchfall so dehydriert gewesen, dass ich ihn über Nacht hatte dabehalten müssen. Außerdem war ich bei ihm geblieben, weil er Witwer war (allerdings schwul, also leider kein potenzieller Stiefvater). Da er auf der Insel keine Familie hatte, hatte ich mich in ein anderes Bett gelegt und alle zwei Stunden nach ihm gesehen. Als es ihm langsam besser ging, hatten wir uns unterhalten.

Und ich liebte meine Kollegen. Gloria und Timmy waren wie Felsen in der Brandung. Nichts von dem, was wir bisher gesehen hatten, konnte sie aus der Ruhe bringen. Auch nicht die Patientin mit dem Fremdkörper in ihrer Vagina – einer Parfümflasche –, auf die sie sich, trotz ihrer gegenteiligen Behauptungen, *nicht* aus Versehen gesetzt hatte. (Netter Versuch. Ich hatte während meiner Assistenzzeit mindestens ein Dutzend solcher Fälle gesehen.) Gloria und ich waren vor ein paar Abenden in das winzige Kino auf der Insel gegangen und hatten während der Vorschauen unangemessen laut gekichert.

Hier im Boston City gab es mehr Mitarbeiter, als Scupper Island Einwohner hatte. Ich lächelte und winkte den Leuten zu, die ich kannte, sprach kurz mit Del, meinem liebsten Chefanästhesisten, und machte mich dann auf den Weg in die Chirurgie. Ich meldete mich bei der diensthabenden Schwester, zeigte ihr meinen Ausweis und erkundigte mich nach Audrey. Sie war vor einer knappen Stunde in den OP gebracht worden. Dr. Einstein, eine Empfehlung von Raj, war der beste Chirurg für den Job. So ein tröstender Name, Einstein, und ein unglaublich netter Kerl.

»Ist es okay, wenn ich mal nachsehe?«, fragte ich.

»Immer hereinspaziert«, erwiderte die Schwester.

Ich ging in den OP-Trakt und fand es immer noch aufregend, hinter die Kulissen blicken zu dürfen. Aus offensichtlichen Gründen konnte ich nicht einfach in den OP-Saal hineinplatzen, egal, was sie bei *Grey's Anatomy* immer zeigten. Es gab jedoch ein Fenster und eine Gegensprechanlage. Ich konnte Audrey sehen – drei Chirurgen standen um sie herum, dazu der Anästhesist, zwei OP-Schwestern und ein Arzthelfer.

Ich drückte auf den Sprechknopf. »Hi Dr. Einstein, ich bin Nora Stuart, die überweisende Ärztin von Audrey. Ich wollte nur mal hören, wie es ihr geht.«

»Sie macht das wunderbar«, sagte er. »Ihre Vitalwerte sind stark und stabil. Der Tumor sitzt an einer ganz hervorragenden Stelle.« Ärztesprache für *Ich muss nicht allzu sehr im Gehirn herumstochern.* Das waren fabelhafte Neuigkeiten.

»Ich werde es ihren Eltern sagen. Vielen Dank.« Ich sprach ein kleines Gebet, dass der Rest der OP gut verlaufen würde, und ging dann den Korridor hinunter zum Warteraum.

Dort saß Sullivan mit vor der Brust verschränkten Armen, den Blick finster auf den Boden gerichtet. Er sah aus wie eine geballte Faust.

Er war allein.

»Hey«, sagte ich. Er schaute nicht auf.

Ich setzte mich neben ihn. »Hey«, wiederholte ich.

Er zuckte zusammen. »Geht es ihr gut?«, fragte er.

»Es geht ihr super«, versicherte ich ihm. »Gerade habe ich kurz mit dem Chirurgen gesprochen. Alles läuft ganz wunderbar.«

Er schluckte, nickte, dann fuhr er sich mit der Hand über die Augen. »Ich dachte, du würdest etwas … anderes sagen. Was machst du hier?«

»Die Fähre gestern Abend ist gestrichen worden. Ich habe bei einer Freundin übernachtet.« Er nickte erneut. »Sully, ich weiß, es ist schlimm, wenn ein Kind im OP liegt, aber es ist keine komplizierte Operation.« Sie war auch nicht gerade ein Picknick, aber die Erfolgschancen waren sehr hoch.

»Sag das, wenn es sich um dein Kind handelt.«

Ich lächelte. »Das kann ich mir nicht einmal vorstellen.« Ich schaute mich im Wartezimmer um. Auf einem Stuhl saß eine ältere Frau, neben sich ihre mittelalte Tochter. Und auf der Couch schlief eine Frau mit offenem Mund.

»Wo ist Amy?«

Sullivan schüttelte leicht den Kopf. »Sie musste wieder nach Hause. Rocco hat sich erkältet.« Er betrachtete seine Hände, und sein Kiefer spannte sich an.

»Ich verstehe.«

»Krankenhäuser machen sie sowieso immer ganz kribbelig. Sie war hier nicht sonderlich hilfreich, also hat sie heute Morgen die Fähre genommen.«

»Warum machen Krankenhäuser sie kribbelig?«, wollte ich wissen.

»Weil ich so lange in einem lag«, erwiderte er.

Oh Gott. Natürlich.

Trotzdem. Ihre *Tochter* lag unter Vollnarkose im OP, während eine Metallkanüle ihr einen Tumor an einer Drüse im Gehirn abschabte. Und Sully war ganz allein.

Ich berührte wieder seinen Arm. »Wenn du willst, bleibe ich bei dir.«

Er sah mich mit diesen dunklen, zauberhaften Augen an, die schon wieder feucht wurden. Dann nickte er und schaute wieder zu Boden.

Was soll's, dachte ich und schob meine Hand in seine und drückte sie. Er erwiderte die Geste. Seine Hand war groß und rau und schwielig.

Er ließ meine nicht los.

# 20. Kapitel

Während der gesamten drei Stunden, die die OP dauerte, blieb ich bei Sullivan. Und als Dr. Einstein kam und sagte, dass Audrey im Aufwachraum läge und alles »perfekt« gelaufen wäre, drehte Sully sich zu mir um und umarmte mich ganz fest.

»Kann ich sie sehen?«, fragte er und wischte sich die Augen mit den Handballen ab. Es war sehr schwer, dieser Verletzlichkeit, die die Sorge um seine Tochter in ihm zum Vorschein brachte, zu widerstehen. Der Arzt gab ihm grünes Licht, warnte aber, dass Audrey noch etwas groggy wäre.

»Ich sehe in ein paar Stunden nach euch«, sagte ich. »Grüß sie ganz lieb von mir.«

»Danke.« Ich spürte, dass Sullivan noch etwas anderes sagen wollte, doch dann änderte er seine Meinung und verließ das Wartezimmer.

»Gut erkannt übrigens«, merkte Dr. Einstein an, als er Sully die Tür aufhielt. »Vielen Ärzten wäre die Diagnose entgangen.« Er zwinkerte mir zu und begleitete Sullivan dann den Flur hinunter.

Einstein hatte gerade gesagt, dass ich klug war. Vielleicht würde ich mir seine Worte tätowieren lassen.

Ich sah auf mein Handy – drei Nachrichten. Eine von Rosie, die mich drängte, noch eine Nacht zu bleiben; eine von Bobby mit einem Bild von Boomer auf unserem – seinem – Bett. Und die letzte von Poe.

Ist heute Audreys OP? Dann sag ihr, dass ich ihr viel Glück wünsche & wir uns sehen, wenn sie wieder zu Hause ist.

Gutes Mädchen, Poe. Ich antwortete ihr, dass es Audrey gut ginge, und fragte, ob sie am nächsten Abend zum Dinner kommen wolle.

Sie schrieb sofort zurück.

*Okay. Danke.*

Hinter ihrer abwehrenden Haltung steckte ein gutes Kind, das nur darauf wartete, herauskommen zu dürfen. Dessen war ich mir sicher.

Andererseits hatte ich dasselbe von Lily gedacht, oder nicht?

Nein. Vielleicht war es mein damaliges zynisches Alter, aber ich hatte nie geglaubt, dass es eine bessere Version meiner Schwester gäbe. Die war gestorben, als unser Vater uns verlassen hatte.

Die nächste Fähre ging erst um sechs Uhr abends. Ich rief in meiner Praxis an, sagte, dass ich in der Stadt wäre und ob sie mich bräuchten. »Willst du zwei Kolonoskopien übernehmen?«, fragte Angela. »Waterman hat einen Notfall, und du würdest mir den Hintern retten. Und die der Patienten!« Sie lachte fröhlich.

Also ging ich die Straße hinunter zu unserer Praxis und quatschte mit den Ärzten und Schwestern und mit Angela, die die Praxis leitete. Dann führte ich die Darmspiegelungen durch, was nicht so schrecklich ist, wie es klingt, vor allem, wenn erstklassige Medikamente zum Einsatz kommen. Ich schnippelte ein paar Polypen ab, schickte sie ins Labor, erledigte ein wenig Papierkram.

Gegen drei Uhr klingelte mein Handy. Sullivan.

»Audrey schmeißt mich für ein paar Stunden raus«, sagte er. »Ich weiß nicht, warum, da ich ja eindeutig der Vater des Jahres bin.« Im Hintergrund hörte ich eine Stimme. »Sie will mit dir reden«, sagte Sullivan.

»Hi!« Audrey klang, als hätte sie eine fette Erkältung.

»Hi Audrey!«

»Mein Gott, Dad, die Lautstärke deines Telefons bringt einen ja um! Wie wäre es nächstes Mal mit einer kleinen Vorwarnung? Hi Nora.«

»Wie geht es dir, meine Süße?«

»Irgendwie fies, aber ich bin superfroh, dass ich es hinter mir habe. Weißt du, wann ich anfange …. Na ja, wann man anfängt, Veränderungen zu sehen?« Ich wusste, was sie meinte. Wann sie anfangen würde abzunehmen, vielleicht ein wenig zu wachsen, die Behaarung und die violetten Striemen loszuwerden. Immerhin war ich auch ein übergewichtiger Teenager gewesen.

»Dein Endokrinologe kann dir das besser beantworten als ich, aber ich denke, in ein paar Monaten wirst du anfangen, die Veränderung zu spüren und zu sehen.«

»Ich kann es nicht erwarten.«

Ich lächelte. »Das verstehe ich.«

»Die Schwester muss mir beim Duschen helfen, und Dad will nicht gehen. Er ist wie der nervtötendste Hund der Welt.« Den letzten Teil sagte sie sehr deutlich, damit ihr Vater ihn auch hörte.

»Ich bin in meiner Praxis gleich in der Nähe. Soll ich ihn eine Weile entführen?«

»Oh mein Gott, ja! Das wäre super. Dad, Nora kommt, um mit dir ein wenig spazieren zu gehen. Willst du Gassi gehen? Guter Junge.«

»Du kannst jetzt damit aufhören«, sagte er im Hintergrund. Ich hörte das Lächeln in seiner Stimme.

»Sag ihm, ich bin in fünfzehn Minuten da«, sagte ich. »Brauchst du irgendetwas?«

»Nein, ich habe alles. Danke, Nora. Du bist die Beste!«

Das Wetter war aufgeklart, und die Sonne schien. Der Regen hatte sich aufs Meer verzogen. »Wir können einfach um den Block gehen«, schlug Sully vor, nachdem ich ihn nach draußen geführt hatte. Er schaute zum Krankenhaus hoch, als könnte er in Audreys Zimmer gucken.

»Ich habe ihr versprochen, dich für zwei Stunden fernzuhalten«, sagte ich. »Lass nicht zu, dass ich deiner Tochter gegenüber zur Lügnerin werde.« Ich nahm seinen Arm und zog ihn daran die Straße hinunter. Was nicht leicht war. Sully war wie ein trotziger Vierjähriger, der sich bei jedem Schritt versteifte.

»Zwei Stunden ist viel, viel zu lang.«

»Sully, sie ist fünfzehn. Sie will auf Toilette gehen, ohne dass ihr Vater im Nebenraum zuhört. Sie will duschen und sich ihren Pyjama anziehen und mit ihren Freundinnen chatten. Ihr geht es gut.«

»Tja, dem stimme ich nicht zu. Ich denke, ich sollte da sein. Sie ist krank.«

»Nein, sie *war* krank, und nun erholt sie sich. Und mein Gott, siehst du, wie glücklich sie ist?«

Das brachte mir ein Lächeln ein. Dann wurden seine Augen wieder feucht. »Ich habe nie wirklich geahnt, wie unglücklich sie war, … weil sie ein wenig pummelig ist.«

Nach meinem begrenzten Wissen über Audrey wettete ich, dass sie versucht hatte, ihren Dad vor ihrem eigenen Elend zu beschützen. Meine Bewunderung für sie wuchs noch ein wenig an. Ich hatte mein Elend in die ganze Welt hinausgeplärrt. Es wäre mir nie in den Sinn gekommen, es zu verbergen.

»Sie betet dich an«, sagte ich. »Das Beste im Leben eines Mädchens ist ein Vater, auf den es sich verlassen kann.«

Okay, ich klang ein wenig wie ein Spruch auf Facebook. Ich spürte, wie meine Wangen heiß wurden, und senkte den Blick. Aber Sully stieß mich mit der Schulter an. »Danke«, sagte er lächelnd. »Hattest du zufällig Glück bei der Suche nach deinem Vater?«

Ich schüttelte den Kopf.

»Wie lange ist es her?«, wollte er wissen.

»Über zwanzig Jahre.«

»Heilige Scheiße.«

Der legendäre Bostoner Verkehr wurde dichter, also war eine Unterhaltung für jemanden, der unter Schwerhörigkeit litt, nicht mehr möglich. Und so gingen wir eine Weile schweigend nebeneinander her. Erst als wir auf dem Thoreau Path waren, merkte ich, dass ich den Weg nach Hause eingeschlagen hatte.

Zu meinem alten Zuhause. Meiner Wohnung am North End.

»Wohin gehen wir eigentlich?«, fragte Sully und sah mich eindringlich an, um meine Antwort zu verstehen.

»Äh … ich weiß es nicht. Ich schätze, ich habe den Autopiloten eingeschaltet.« Ich ballte meine Hände, die anfingen zu kribbeln. »Willst du sehen, wo ich mal gewohnt habe?«

»Klar. Wenn du es mir zeigen willst.«

»Ich war nicht mehr da, seit ich … seit ich ausgezogen bin.«

Sully nahm meine Hand und sagte nichts.

»Okay«, redete ich mir gut zu. »Lass uns gehen.« Mutig. Stark. Und dieses Mal in Begleitung eines Mannes, der den Vormittag damit verbracht hatte, ebenfalls mutig und stark zu sein. Ich würde das schaffen.

Es war nicht der malerischste Spaziergang – die üblichen Baustellen, die unhöflichen Autofahrer, das Hupen, der über uns aufragende graue TD Garden. Aber sobald wir das North End erreicht hatten, wurde es besser.

Ich bog in meine Straße ein, nicht sicher, was ich empfand. Wehmut nach dem Glück, das ich einst hatte, der Einfachheit meines damaligen Lebens, als Arbeit und Freunde alles waren, woran ich dachte. Und Tyrese, der süße Sicherheitsmann, der Spinnen auf einem Papier nach draußen trug, anstatt sie zu zertreten.

»Da wären wir«, sagte ich und blieb vor dem modernen Gebäude stehen.

»Nett.«

»Das war es. Ist es.«

»Willst du reingehen?«, fragte er.

»Klar.«

Jetzt fing mein Herz an zu pochen. Das letzte Mal hatte ich das Haus an *dem Tag* betreten. Plötzlich fiel mir das Atmen schwer. Sully drückte meine Hand. Wir gingen durch die Glastür und betraten die kühle Lobby mit ihrem Fliesenboden und der geschmackvollen Lounge.

Tyrese saß hinter dem Empfang. Er zuckte sichtlich zusammen, als er mich sah. »Dr. Nora! Mein Gott! Wie schön, Sie zu sehen!« Er kam um den Tresen herum und erdrückte mich förmlich mit seiner Umarmung. Als er mich wieder losließ, waren seine Augen feucht. »Sieh Sie einer an. Was für ein wohltuender Anblick für meine müden Augen.«

Als er mich das letzte Mal gesehen hatte, trug ich Jim Ambersons Bademantel, roch nach Urin und wurde von den Sanitätern hinausgetragen. »Hey Tyrese«, sagte ich mit rauer Stimme. »Das ist Sullivan Fletcher, ein Freund von mir.«

»Schön, Sie kennenzulernen, Kumpel. Wirklich schön.« Tyrese knetete Sullys Hand. »Die Lady hier ist die Beste.«

Sullivan lächelte.

»Wir waren gerade in der Gegend, Tyrese«, sagte ich. »Und ich dachte, ich schau mal vorbei und sage Hallo. Wie geht es den Kindern?«

»Super. Sie werden so schnell groß.« Er lächelte. »Es ist so schön, Sie zu sehen, Doc.«

»Es ist auch schön, Sie zu sehen.« Ich zögerte. »Ist meine Wohnung vermietet?«

Er nickte. »Sie haben sie neu gestrichen und draußen Kameras installiert, damit so etwas nicht noch einmal passiert. Ein Pärchen wohnt jetzt darin. Sie sind ganz okay.«

»Gut. Ich habe die Wohnung geliebt.« Ich atmete tief ein. »Okay, grüßen Sie die Ambersons schön von mir, ja?«

»Das mache ich. Passen Sie gut auf sich auf, Doc. Passen Sie sehr gut auf sich auf.« Er umarmte mich noch einmal, dann gingen Sully und ich.

»Komm, bringen wir dich ins Krankenhaus zurück«, schlug ich vor.

Er sah mich lange an, dann nickte er, nahm meine Hand und sagte dankbarerweise nichts, als mir eine Träne über die Wange rollte.

Zurück in der Krankenhaus-Lobby, begleitete ich ihn zum Fahrstuhl. »Ich versuche, die Fähre um sechs zu erwischen«, sagte ich. Jetzt war es gerade fünf.

»Okay.«

Ein Mann der wenigen Worte. Auf der Chirurgie stiegen wir aus und gingen zu Audreys Zimmer.

»Hey Daddy!« Sie wirkte etwas frischer – direkt nach einer OP sah niemand super aus. Die Haare hatte sie zu einem Zopf gebunden, und vor ihr stand ein Tablett mit ihrem Abendessen

»Hi Baby.« Sully beugte sich vor und gab ihr einen Kuss auf die Stirn.

»Wie fühlst du dich, Audrey?«, fragte ich.

»Gut. Ausgezeichnet.« Sie strahlte.

»Poe lässt dich grüßen und sagt, ihr seht euch, wenn du wieder zu Hause bist.«

Nun strahlte Audrey noch mehr. »Ich weiß! Sie hat mir geschrieben.«

»Vielleicht können wir mal wieder eine Pyjama-Party machen, wenn du dich besser fühlst.«

»Au ja! Das wäre toll.« Bei ihrem Enthusiasmus zog sich mein Herz zusammen. Es bestand kein Zweifel: Ich liebte dieses Mädchen.

»Okay. Ich muss dann mal los. Ruf mich an, wenn du etwas brauchst, okay? Und du auch, Sullivan.«

Er nickte und folgte mir in den Flur hinaus. »Willst du mit mir ausgehen, wenn wir zurück sind und Audrey sich besser fühlt?«

»Auf ein Date?«

»Auf ein Date.« Er grinste schief.

Alle Gründe, die dagegensprachen, mit Sullivan Fletcher auszugehen, lösten sich in nichts auf. Mit einem Mal war mein Mund ganz trocken. »Okay. Ja. Klar. Logo.« Ich atmete tief durch und riet mir, mich zu beruhigen. »Jetzt, wo ich dir genügend bestätigende Antworten gegeben habe, kann ich, glaube ich, gehen.«

Sein Lächeln wurde breiter.

»Bye, Sully. Danke für heute.«

»Bye, Nora. Ich danke *dir*.«

Auf dem gesamten Weg zur Fähre lächelte ich. Und auf dem halben Rückweg nach Maine auch.

# 21. Kapitel

Am folgenden Donnerstag überzeugte ich Gloria und Xiaowen, mit mir zur Umarmungstherapie zu kommen. Ich hatte am Morgen einen Aushang bei Lala's gesehen und hätte mich beinahe an meinem Kaffee verschluckt. *Umarmungstherapie von Umarmungstherapeutin Sharon Stuart, UT* (für Umarmungstherapeutin, wie ich vermutete). *Alle sind willkommen. Nur Umarmungen, kein Fummeln. 19 Uhr.* Es musste ihr ernst sein, wenn sie dafür sogar das *Glücksrad* ausfallen ließ.

Moms kleines Projekt, über das sie nicht mit mir sprechen wollte, war offensichtlich gewachsen. Sie hatte in das Untergeschoss der katholischen Kirche St. Mary's of the Sea umziehen müssen, wo wir nun alle standen und darauf warteten, dass die ehemaligen Süchtigen den Raum verließen – Luke befand sich nicht unter ihnen.

Poe war auch da und litt mächtig, wie sie mit ihren schweren Seufzern und dem Knabbern an ihren Fingernägeln zeigte. »Warum bist du hier?«, fragte sie. »Ich *musste* mitkommen, um das Geld einzusammeln, aber ihr seid frei und erwachsen. Ihr solltet irgendwo Cocktails trinken.«

»Hört, hört«, murmelte Xiaowen. »Andererseits, der Prunk, die Herrlichkeit der Umarmungstherapie.«

»Deine Mom ist da definitiv auf etwas gestoßen«, sagte Gloria. »Das müssen dreißig Leute sein.«

Das stimmte. Nicht nur Bob Dobbins war hier, sondern auch Mrs. Krazinski, Mrs. Downs, die mit dem zickigen Ruhegesicht, und ein paar der Sommernervensägen auf der Suche nach etwas Aufregung.

Und Amy war da (sie schien Stammgast zu sein). Sie winkte

mir kurz zu, blieb aber auf ihrer Seite des Raumes. Ich wusste, dass Audrey wieder auf der Insel war. Sully hatte sie heute zur Nachuntersuchung vorbeigebracht. Er war mit diesem angedeuteten Lächeln gegangen, das meine Libido in Aufregung versetzte, und hatte gesagt, dass er mich bald anrufen würde.

Ich mochte ihn. Ich mochte ihn sehr.

Mom kam an uns vorbei und sah mich böse an. »Was machst du hier?«, zischte sie.

»Ich brauche eine Umarmung«, sagte ich. »Außerdem ist Umarmungstherapie nichts Echtes, und du solltest aufhören, Abkürzungen hinter deinen Namen zu schreiben.«

»Fünfundzwanzig Dollar.«

»Ich sehe, da hat jemand seine Preise erhöht.«

»Jede Umarmung dauert zwanzig Sekunden, also habe ich es mir verdient. Und sprich übrigens leiser.«

»Ich liebe dich auch.«

Sie verdrehte die Augen und klatschte in die Hände. »Okay, alle, hört auf, den Kaffee der Anonymen Alkoholiker zu trinken, und setzt euch. Fangen wir an. Wer will zuerst?«

»Ich«, sagte Xiaowen.

»Hast du bei Poe bezahlt?«

»Habe ich.« Sie ging zu meiner Mom und stellte sich wie eine Büßerin vor sie.

Ich holte mein Portemonnaie heraus, zog einen Zwanziger und einen Zehner hervor und drückte sie Poe in die Hand. »Familienpreis«, flüsterte ich »Wir müssen mehr bezahlen.« Sie schnaubte.

»Okay, Süße«, sagte meine Mutter zu Xiaowen. »Komm her.« Sie breitete die Arme aus und umarmte meine Freundin – eine lange, feste Umarmung. Ein Streichen übers Haar. Dann zog sie sich zurück und sagte: »Du bist ein guter Mensch, Xiaowen.«

Zu meiner Überraschung wischte Xiaowen sich die Augen ab. »Danke, Mrs. Stuart.« Sie kam zu mir zurück. »Deine

Mutter hat da irgendeine verdammte Hogwarts-Magie am Laufen. Verdammt.« Sie holte ein Taschentuch aus der Handtasche und putzte sich die Nase.

Bob Dobbins war jetzt an der Reihe, wie ich sah. »Du bist ein guter Mann, *Bahb*«, sagte meine Mom und zog sich nach den erforderten zwanzig Sekunden zurück. Mrs. K kam als Nächste, und meine Mom lächelte. Diese Umarmung wirkte natürlich. Sie waren immerhin alte Freundinnen, und Mrs. K versuchte nicht, sich an meiner Mutter zu reiben, wie Bob es immer tat.

Amy folgte. »Es war eine schwere Zeit für dich, Darling«, sagte Mom. »Aber jetzt wird es besser. Halte durch. Du bist ein guter Mensch.«

Ein Sommermensch in pinkfarbenen Shorts mit Walen darauf und einem weißen Polohemd kam als Nächster. Meine Mom wirkte ihren Zauber an ihm, und er fragte, ob er ein Selfie mit ihr machen könnte. »Fünf Dollar«, sagte Mom.

Ich stellte mich in der Schlange an. Mom seufzte, als sie mich sah. »Ich bin zahlende Kundin«, sagte ich.

»Bist du dumm im Kopf? Na gut. Komm her.«

Sie nahm mich in ihre Arme und hielt mich ganz fest.

Xiaowen hatte recht.

Es war lange her, dass ich mehr als einen kurzen Schmatzer auf die Wange bekommen hatte. Sie fühlte sich so vertraut an – ihre starken Schultern, der Geruch nach Head-&-Shoulders-Shampoo. Meine Kehle wurde eng, und ich erwiderte die Umarmung zögernd. »Du bist ein guter Mensch, Nora. Und jetzt raus mit dir, und lass mich in Ruhe arbeiten.«

Ach Mütter. Als sentimentales Bündel schleppte ich mich zu meinen Freundinnen zurück. »Gloria? Holst du dir auch eine?«

»Nein, mir geht es gut. Meine Mutter will, dass ich in ihren Uterus zurückziehe, und ich muss mich jedes Mal förmlich von ihr losschneiden, wenn ich gehe.«

»Dann lasst uns zu mir fahren. Unsere Cocktails warten.«

»Ich wünschte, ich wäre erwachsen«, murmelte Poe.

»Ich sag dir was. Komm hinterher zu mir. Ich mache dir einen alkoholfreien Cocktail, und du kannst mit uns abhängen«, schlug ich vor.

Ihre Miene hellte sich auf, was ihr wohl auch auffiel, denn sofort setzte sie wieder ihre gelangweilte Maske auf. »Na gut. Vielleicht.«

Zwanzig Minuten später schlürften die drei coolsten Babes von Scupper Island ihre Mojitos mit der von mir gezogenen Minze und ließen es sich auf der Dachterrasse bei Käse, Crackern und Weintrauben gut gehen. Ich hatte Blumen gepflückt und ein paar Stängel Rosmarin mit in den Strauß gesteckt, des Duftes wegen. Die Sonne schien noch, und die Luft war klar und sauber.

»Große Neuigkeiten, Ladys«, verkündete ich. »Ich habe an einem noch unbestimmten Tag in der Zukunft ein Date mit Sullivan Fletcher.«

»Wer ist das noch mal?«, fragte Xiaowen.

»Nicht dein Laborpartner, sondern der andere.«

»Der ist nett«, sagte Gloria. »Ich mag seine Vampirzähne.«

Xiaowen lachte. »Meine Gedanken sind gerade so was von schmutzig. Also, Nora, wirst du es mit ihm tun?«

Meine Wangen wurden heiß. »Es ist nur ein Date. Er ist echt süß.«

»Aber sein Bruder ist lavaheiß«, sagte Xiaowen.

»Nur, dass er ein Arsch ist«, entgegnete ich.

»Ja, ich hasse es, wenn sie den Mund aufmachen und meine Fantasien zerstören«, stimmte sie zu. »Mein Ex-Verlobter war genauso.« Traurigkeit huschte über ihr Gesicht. »Was soll man machen?«

»Warum habt ihr euch getrennt?«, wollte Gloria wissen.

»Er hat mich betrogen. Mich! Ist das zu fassen?« Sie zeigte auf sich.

»Was für ein Idiot«, sagte ich und drückte ihre Hand. Xiaowen warf mir einen dankbaren Blick zu. »Willst du darüber reden?«

»Was? Nein! Gloria, was macht Slytherin?«

»Ich denke, Slytherin und ich werden den nächsten Schritt gehen«, sagte Gloria.

»War das ein Zauberstab in seiner Tasche, oder hat er sich nur gefreut, dich zu sehen?«, warf Xiaowen ein.

»Komm her zu mir, Süße, und ich zeig dir meinen Patronus.«

»Ihr zwei seid lustig«, sagte Gloria. »Auf kindische, alberne Art.« Sie nippte an ihrem Drink. »Ehrlich gesagt haben wir ein wenig Quidditch gespielt, wenn ihr wisst, was ich meine. Guter Gott, ich fasse es nicht, dass ich mich auf euer Niveau herabbegebe.«

»Hat er den Goldenen Schnatz gefangen?«, fragten Xiaowen und ich gleichzeitig und klatschten uns dann kichernd ab wie zwei Teenager.

»Nicht wirklich. Es ist noch früh, wisst ihr? Aber ich habe ihm meinen Nachnamen verraten und überlege, ihm zu sagen, wo ich wohne.«

»Ist das heutzutage der erste Schritt?«, fragte Xiaowen.

Gloria lächelte. »Nun ja, nachdem mein Ex-Freund sich als Stalker herausgestellt hat, ja. Aber Slytherin ist nett. Ich habe ihm sogar erzählt, dass wir ihn Slytherin nennen, und er fand es toll.«

»Also hat er Harry Potter gelesen«, sagte ich. »Das können wir dann zum Glück abhaken. Was arbeitet er?«

»Er ist Arzt im Boston City«, sagte Gloria.

»Da habe ich auch gearbeitet!«, rief ich. »Wie heißt er? Vielleicht kenne ich ihn!«

»Robert Byrne.«

Ich sog scharf die Luft ein – und ein Pfefferminzblatt, was meiner Luftröhre überhaupt nicht gefiel. Ich hustete und schluckte und nieste und keuchte.

»Heimlich-Griff«, befahl Xiaowen.

»Wenn sie husten kann, kann sie auch atmen«, erwiderte Gloria zu Recht, was mir aber egal war, da mir die Tränen nur so übers Gesicht liefen.

Außerdem ging sie mit meinem Ex-Freund.

Ich schaffte es, das Pfefferminzblatt hochzuwürgen (ganz sanft, ganz elegant) und wischte es an meiner Jeans ab. »Robert Byrne«, keuchte ich, während ich mir mit einer Serviette die Augen abtupfte. Es könnte ja auch Robert Burn sein. Oder Burns, wie der Dichter: »Ist er in der Notaufnahme? Blaue Augen, groß, wohnt in der Beacon Street?«

»Genau der! Du kennst ihn?«

Ich atmete ein. »Ich war mit ihm zusammen. Also, wir haben, erst kurz bevor ich hergekommen bin, Schluss gemacht.«

Schweigen senkte sich über uns. Xiaowens Blick schoss zwischen uns hin und her, während sie an ihrem Strohhalm nuckelte.

»Oh Mist«, sagte Gloria.

»Es ist okay, aber … wieso hast du das nicht gewusst? Ich meine, wieso weiß er nicht, dass du und ich zusammenarbeiten?« Hatte ich Bobby erzählt, dass ich mit einer Krankenschwester namens Gloria zusammenarbeitete? Ich glaubte nicht.

Gloria schloss die Augen. »Ich bin ihm gegenüber immer ziemlich vage geblieben. Ich meine, mal ehrlich, bis Freitag kannte er nicht einmal meinen Nachnamen. Er weiß, dass ich Krankenschwester bin und in der Nähe von Portland lebe und meine Familie außerhalb Bostons wohnt.«

»Ich nehme an, er hat mich nie erwähnt. Oder Boomer.« Vor nicht allzu langer Zeit hing an seinem Kühlschrank ein Foto von mir und Boomer.

»Er meinte …« Sie hielt inne. »Er meinte, seine Ex-Freundin hätte den gemeinsamen Hund mitgenommen und er überlege, sich einen eigenen zu holen. Wir waren am Samstag gemeinsam im Tierheim und haben uns die Hunde angeschaut.«

»Wir teilen uns Boomer«, sagte ich. »Und im Moment ist er gerade bei Bobby.«

»Er nennt sich jetzt Robert.«

»Wirklich?« Ich war sauer. Nicht weil Gloria mit ihm ausging … sondern weil er ihr eindeutig nichts von mir erzählt hatte.

Was war damit, dass er mir angeboten hatte, über Nacht zu bleiben, als meine Fähre gestrichen worden war? Ich war mir ziemlich sicher, dass es sich nicht um ein *Ich-nehme-die-Couch*-Angebot gehandelt hatte. Und was war damit, dass ihm immer noch etwas an mir lag? Mit den Andeutungen, dass er wieder mit mir zusammen sein wollte?

Er hatte Gloria nichts von mir erzählt, so viel stand fest. Und mal ehrlich, ich war eine ziemlich gute Geschichte. Überfall in der Wohnung. Von den Beantown Bug Killers angefahren.

»Ich sollte gehen«, sagte Gloria.

»Nein, nein«, sagte ich automatisch, und erst jetzt fiel mir auf, wie lange ich geschwiegen hatte. »Es ist nur überraschend, mehr nicht.«

»Ich … ich denke, ich gehe trotzdem. Das ist eine ganze Menge, was wir beide verarbeiten müssen und … Es tut mir leid.«

»Du hast nichts falsch gemacht«, sagte ich. »Wir sehen uns in der Klinik.«

»Darauf kannst du wetten.« Sie wirkte besorgt. »Okay. Danke. Bye, Xiaowen.«

»Bye.«

Xiaowen wartete, bis wir Glorias Wagen starten hörten, dann schenkte sie mir aus dem Mojito-Krug nach. »Wie klein die Welt ist.«

»Er hat ihr nichts von mir erzählt«, sagte ich.

»Ja, das habe ich mitbekommen.«

Was war ich – unsichtbar? Zuerst in der Highschool. Nein, zuerst für meinen Vater. Dann auf der Highschool. Später, als ich Lily in Seattle besucht hatte und mehr als einer ihrer Freunde zu mir gesagt hatte: »Was? Ich wusste ja gar nicht, dass Lily eine Schwester hat!« Dann kam ich her, und die Hälfte der Stadt glaubte, ich *wäre* meine Schwester, da sie offensichtlich die einzige Tochter war, über die meine Mutter redete.

Und nun hatte Bobby mich ausradiert. *Und* behauptete, ich hätte den Hund mitgenommen, obwohl ich mich krumm gemacht hatte, um Boomer hin und her zu schiffen, seitdem ich hier angekommen war.

Xiaowen fummelte in ihrer Tasche herum und holte ihr iPad heraus. »Wie heißt er mit zweitem Vornamen?«, fragte sie.

»Kennedy«, erwiderte ich automatisch.

»Natürlich«, murmelte sie. »Wie originell.« Sie tippte etwas ein. »Schwupps, da ist er. Er hat ein Foto von sich und Gloria gepostet.«

Sie hielt mir das iPad hin, und da war er, lächelnd, mit Sonnenbrille, mitten auf Instagram, wo ich mich immer noch nicht angemeldet hatte.

»Danke«, murmelte ich.

»Auf wen bist du sauer? Auf ihn oder auf sie?«

»Hm, es wäre sicher leichter gewesen, wenn sie seinen richtigen Namen benutzt hätte, wie es Erwachsene tun.« Ich trank einen großen Schluck.

»Ich glaube, wir waren diejenigen, die ihn Slytherin genannt haben.«

»Mist. Du hast recht.« Ich atmete tief durch und schaute über die Bucht. »Xiaowen, er hat mich am letzten Wochenende angemacht. Hat mich gebeten, über Nacht zu bleiben.«

»Willst du mich verarschen?«

»Nein.« Ich schloss die Augen. »Soll ich es ihr sagen?«

»Oh, ich denke, er hat einiges zu erklären. Ich wette, sie telefoniert gerade mit ihm und ist auch nicht wirklich glücklich.« Sie stand auf. »Komm. Lass uns schwimmen gehen.«

»Warum?«

»Um den Gestank deines Ex-Freundes abzuwaschen, der dein Gehirn verschmutzt.«

»Das Wasser hat vermutlich keine fünfzehn Grad.«

»Du bist hier aufgewachsen, und ich bin Meeresbiologin. Wir kommen damit schon klar.«

»Hast du einen Badeanzug?«

»Nein. Kannst du mir einen leihen?«

»Einen, der dir passt? Nein. Einen, der *vielleicht* nicht runterrutscht, wenn ich ihn festbinde? Ja.«

Zehn Minuten später suchten wir uns lachend einen Weg über das schroffe Ufer zum Rand der Bucht, wo ein Felsen ins Meer ragte. Es war gerade Flut, und das Wasser sah schwarz und tief aus. »Auf drei«, sagte sie und nahm meine Hand. »Eins … zwei … drei!«

Wir sprangen, und das Wasser schnappte mit seinen eisigen Zähnen nach uns. Ich tauchte sofort wieder auf, meine Haut brannte vor Kälte. Xiaowen schwamm weit hinaus, bevor ihr dunkler Kopf wie ein Seehund auftauchte. »Heilige Weihnachten, ist das ohne Neoprenanzug kalt!«, rief sie, und ich lachte. Unsere Stimmen hallten von den Felsen unter dem rötlich werdenden Himmel wider. Ich tauchte erneut unter, die Kälte legte sich um meinen Kopf, aber es war ein klarer Schmerz, einer, der mein wütendes Herz abkühlte. Ich war über Bobby hinweg. Die Tatsache, dass er ein glitschiger Aal war … nun, die war mir bereits bekannt gewesen. Ich hatte es nur beiseitegeschoben.

Da war Poe, sie stand wie Lilys Geist auf dem Felsen, von dem Xiaowen und ich gerade heruntergesprungen waren. »Nora? *Schwimmt* ihr etwa? Seid ihr verrückt?«

»Komm rein, Poe!«, rief ich.

»Auf keinen Fall!«, erwiderte sie.

»Sei keine Muschi!«, brüllte Xiaowen, obwohl sie schon anfing, mit den Zähnen zu klappern.

Ich schwamm zum Rand und kletterte vorsichtig hinaus, weil ich nicht ausrutschen und zum dritten Mal innerhalb eines Jahres im Krankenhaus landen wollte.

Poe streckte mir die Hand hin und half mir hoch. »Du frierst«, stellte sie fest.

»Komm in Tante Noras Arme«, sagte ich und schlang meine Arme um sie. Kreischend wich sie mir aus.

Sie trug Shorts, ein Tanktop und Flip-Flops. »Komm, meine Süße«, sagte ich. »Das Wasser ist toll. Ich bin Ärztin. Ich werde dich nicht sterben lassen.«

»Wie tröstlich.«

»Komm schon. Leb ein bisschen.«

Sie sah mich eine Sekunde lang an. »Das sagt meine Mom immer.«

Es war das erste Mal, dass sie meine Schwester erwähnte, ohne dass ich sie löcherte. Sie zog ihr Handy aus der Hosentasche und legte es weg.

»Auf drei«, wiederholte ich Xiaowens Worte, und dann sprangen wir, wobei wir einander an den Händen hielten. Meine Nichte klammerte sich fest an mich, als sie wieder auftauchte. »Heilige Scheiße ist das kalt«, sagte sie und drückte dann meinen Kopf unter Wasser. Ich kitzelte sie und tauchte wieder auf. Ich war inzwischen total taub. Poes verschmierter Eyeliner ließ sie wie einen Panda aussehen, aber sie lachte.

Der Klang legte sich um mein Herz, und ich genoss den Moment und gab Poe einen schnellen Schmatzer auf die Wange, bevor ich sie untertauchte. Xiaowen kam zu uns geschwommen, und zu dritt lachten und planschten und zitterten wir und lachten noch ein bisschen mehr.

Es war beinahe völlig dunkel, als wir vor Kälte bebend herauskamen.

»Heiße Dusche und etwas zu essen bei mir«, sagte ich. »Und ihr könnt beide bei mir schlafen. Nein, ihr könnt nicht nur, ich bestehe sogar darauf.«

»Als würde ich klitschnass nach Cape Elizabeth zurückfahren«, sagte Xiaowen und hakte sich bei mir unter.

»Ich rufe Gran an«, sagte Poe. »Vermutlich kann sie die Zeit allein ganz gut gebrauchen, nachdem sie so viele Umarmungen verteilt hat.«

Gerade als wir den Steg betraten, ließ mich etwas zum Wald hinüberschauen.

Da, in der Dunkelheit zwischen den Pinien, glühte ein orangefarbener Punkt auf, als Luke Fletcher an seiner Zigarette zog.

Wenn er glaubte, mir Angst machen zu können, hatte er sich geirrt.

»Geh nach Hause, Luke!«, rief ich. »Und such dir ein Leben, wie wäre es damit?«

Aber der orangefarbene Punkt rührte sich nicht.

# 22. Kapitel

*Liebe Lily,*
*du wärst überrascht, wie süß sich Scupper entwickelt hat. Ich kann es kaum erwarten, dich im August zu sehen. Mom und Poe geht es gut. Poe mag meinen Hund. Ich wette, du wirst ihn auch mögen. Er ist echt ein Süßer.*
*Alles Liebe*
*Nora*

Am nächsten Tag ging ich dank Xiaowen und Poe und des eiskalten, reinigenden Wassers von Maine frohen Herzens zur Arbeit. Ja, ich war immer noch schweinewütend auf Bobby – oder *Robert*. Sobald ich mich etwas beruhigt hatte, würde er einen Anruf von mir erhalten. Und ich würde außerdem Boomer für immer zu mir nehmen. Scheiß auf das geteilte Sorgerecht.

Ironischerweise war ich wütender darüber, dass er Boomer nicht erwähnt hatte. Die »Meine Ex war verrückt, aber ich habe sie geliebt«-Lüge war egal. Aber Boomer war die pure Liebe. Boomer war perfekt. Wenn Bobby mit Gloria ausgehen wollte, bewies das nur, dass er einen guten Frauengeschmack hatte. Sie war klug, umwerfend, lustig. Und nicht zu vergessen – er liebte die Jagd: Dass sie nicht gewillt war, ihm alles auf einmal zu erzählen, hatte definitiv sein Interesse verstärkt. Genauso wie meine Weigerung in unseren ersten Monaten als Paar, mit ihm zu schlafen.

Aber Boomer … Was für ein Typ erwähnt seinen treuen Hund nicht einmal mit Namen?

Ich begrüßte Mrs. Behring, die ihren Schock darüber, dass ich mich ganz gut zurechtgewachsen hatte, überwunden hatte und mich jetzt sogar ein wenig mochte, vor allem seitdem ich jeden Mittwoch meine selbst gemachten, gesunden und doch köstlichen Haferkekse mitbrachte. Amelia steckte ihren Kopf aus dem Büro. »Hallo, meine Liebe«, sagte sie. Eines musste ich ihr lassen – sie war immer so glücklich. Und dieser matte Lippenstift … den könnte ich niemals tragen.

»Wie geht es dir, Amelia?«

»Wunderbar! Darling, kommst du mal eine Minute rein?« Ich ging in ihr Büro, das mit schlichten, bequemen Möbeln und einem sehr coolen Gemälde, das nur aus Farbspritzern und Wirbeln bestand, eingerichtet war.

»Was kann ich für dich tun?« Ich setzte mich.

»Darling, für wie lange planst du, auf unserer kleinen Insel zu bleiben? Bis September?«

»Bis Mitte August. Ich bleibe, bis meine Schwester zurück ist.«

»Sie ist im Gefängnis, ja?«

Ich zuckte zusammen, weil ich nicht gewusst hatte, dass Amelia es wusste. »Ja.«

»Kann ich dich irgendwie überzeugen, bis Weihnachten zu bleiben? Der Arzt, der im Herbst kommen sollte, hat uns im Stich gelassen, und so ist unser kleines Schiff in der kommenden, sicher stürmisch werdenden Saison ohne Kapitän.«

Da es hier in der Nebensaison so still war wie in der Leichenhalle, war ich mir ziemlich sicher, dass sie übertrieb. »Es tut mir leid, Amelia. Meine Freistellung geht nur bis zum 30. August.«

»Nun ja. Natürlich hast du eine fabelhafte Karriere in Boston! Wie wundervoll für dich. Okay, mach weiter.«

»Aber danke, dass du gefragt hast«, sagte ich.

»Lass mich wissen, wenn du deine Meinung änderst. Du bist eine bezaubernde Ergänzung des Ames-Teams.«

»Amelia«, setzte ich an und hielt inne.

»Was ist, meine Liebe?«

»Äh, also wenn du mir eine persönliche Frage gestattest …«

»Schieß los, Darling!«

»Hast du je darüber nachgedacht, dich in Behandlung zu begeben?«

»Weswegen, Liebes?«

»Wegen des Trinkens.«

Ihr Lächeln erstarrte, und ein Anflug von Traurigkeit huschte über ihr Gesicht. Sie senkte den Blick auf ihren Schreibtisch, dann sah sie mich wieder an. »Ich bin sehr oft in Behandlung gewesen. Das hier ist das Beste, was ich zustande bringe.« Sie hielt inne. »Mein Verhalten auf deiner Dinnerparty tut mir leid. Es war mir unendlich peinlich, dass ich mich auf den jungen Mann übergeben habe.«

»Oh, mach dir darüber keine Sorgen. Ich denke, es könnte beim Spargel doch ein wenig Butter im Spiel gewesen sein. Aber ich mache mir Sorgen um dich, Amelia.«

Sie lächelte. »Vielen Dank. Du bist so lieb.«

»Wenn ich dir irgendwie helfen kann …«

»Danke«, wiederholte sie mit leiser Stimme. Ich hatte sowohl Mitleid mit ihr als auch größten Respekt für sie. Gott wusste, es war nicht leicht, Alkoholikerin zu sein. Vor allem wenn man einst brillant gewesen war und erkannte, was man verloren hatte. Es bedurfte großen Mutes, hier jeden Tag fröhlich aufzutauchen, wohl wissend, dass sie nicht mehr praktizieren konnte.

»Ich mache mich besser an die Arbeit«, sagte ich.

»Wundervoll!« Sie lächelte wieder. »Sag einfach Bescheid, wenn du etwas brauchst.«

»Danke. Lass uns doch diese Woche zusammen Mittagessen gehen.«

»Das wäre schön«, sagte sie.

Ich kehrte in den Hauptbereich der Klinik zurück, um zu sehen, was anstand.

»Explosive Diarrhoe in Raum eins«, sagte Gloria und reichte mir eine Patientenakte.

»Guten Morgen«, erwiderte ich lächelnd.

»Morgen.« Sie erwiderte das Lächeln nicht.

Meins glitt mir ebenfalls aus dem Gesicht. »Gloria, wir sollten reden, findest du nicht? Über Bobby?«

»*Robert* und ich haben gestern Abend geredet«, sagte sie. »Ich denke, für mich ist alles klar.«

Wow. Ich schloss den Mund. »Okay. Nein, ehrlich gesagt nicht okay. Ich finde, ich sollte dir ein paar Dinge erzählen.«

»Danke, aber das ist nicht nötig.« Sie drehte sich um und ging.

Botschaft erhalten. Nur nicht erwartet.

Ich ging in Raum eins und machte mich an die Arbeit. Der Durchfall war tatsächlich explosiv. Die arme Frau hatte einen nicht durchgegarten Hummer gegessen, und dieser Hummer wollte schnell wieder raus.

Weil Gloria schon länger hier war und ich ehrlich gesagt nur eine Zeitarbeiterin, selektierte sie die Fälle immer vor. Wenn sie sich selber darum kümmern konnte – zum Beispiel bei einem Streptokokken-Abstrich –, tat sie es und ließ es mich wissen. Wenn der Tag ruhig war, schaute ich bei ihr vorbei, und wir plauderten ein wenig. Wenn ein Fall sich als etwas komplizierter erwies, übergab sie ihn mir oder wir kümmerten uns zusammen darum.

Heute jedoch bekam ich alle Patienten. Und das waren ziemlich viele.

Schwerer Sonnenbrand bei einem Teenager, der keine Sonnencreme mochte; ein verstauchter Knöchel bei einer Siebenjährigen, Vitamin-B-Spritzen für eine ältere Frau, eine Mono-Diagnose und ein Pillenrezept für eine junge Kellnerin, begleitet von einem strengen Vortrag über die Wichtigkeit, zusätzlich Kondome zu benutzen. Zwei Stiche am Kinn für einen Jungen, der von seinem Rad gefallen war.

»Ärger auf zwei Beinen«, sagte Gloria barsch. »Raum vier.«

»Okay.« Ich betrat das Untersuchungszimmer, in dem ein etwas zerzauster alter Mann auf dem Stuhl saß. »Ernest Banks«, stand auf seiner Akte. Der Name sagte mir nichts. Der Mann strömte den unverkennbaren Geruch einer Person aus, die sich nicht regelmäßig wusch, und seine Haare und sein Bart waren ganz grau, so fettig waren sie.

»Hi Mr. Banks. Ich bin Nora Stuart.« Ich bot ihm meine Hand, und er ergriff sie. Seine blauen Augen wirkten ein wenig verwirrt. »Was ist denn heute unser Problem?«

»Es tut weh, wenn ich gehe.«

Ich wusch mir die Hände und stellte ihm ein paar Fragen über seine häusliche Situation: ob er allein wohnte (ja), ob er regelmäßig aß (ja, sagte er, aber seine Magerkeit erzählte mir die Wahrheit), ob er ansonsten gesund war (ja ... aber eventuell auch gelogen)?

Seine Schuhe waren abgetragen, seine Socken grau und feucht. Ich zog sie ihm vorsichtig aus und bemerkte, dass er dabei zusammenzuckte.

Es war nicht ungewöhnlich, dass ältere Leute ihre Füße vernachlässigten. Es konnte schwierig sein, die Zehen zu erreichen, und ein Bad oder eine Dusche zu nehmen, mochte ein Risiko sein, dass sie nicht gewillt waren einzugehen.

Aber mein Gott. Mr. Banks' Füße waren die schlimmsten, die ich je gesehen hatte. Seine Zehennägel waren so lang, dass sie sich über die Zehen bogen und in die Sohle seiner geschwollenen Füße gruben.

Und der Geruch. Da war eine Entzündung, die grünlich nässte.

»Wir kümmern uns gut um Sie, Sir«, sagte ich und schaute ihn lächelnd an. »Ich denke, wir schaffen es auf jeden Fall, dass Sie sich besser fühlen. Warten Sie eine Sekunde, während ich ein paar Sachen hole.«

Gloria war nicht in der Nähe. Was Mr. Banks benötigte, waren eine Dusche, eine medizinische Pediküre, ein orales Antibiotikum und eines für seine Füße. »Wo ist Gloria?«, fragte ich Mrs. Behring.

»Sie macht eine späte Mittagspause.«

»Super.« Ich klopfte an Amelias Tür. »Kannst du mir zur Hand gehen, Amelia? Wir haben einen älteren Herrn, der etwas Hilfe benötigt.«

Im Laufe der nächsten Stunde erledigten Amelia und ich eine Arbeit, die ich im Krankenhaus in der Stadt nie hatte tun müssen. Wir weichten Mr. Banks' Füße in warmem Wasser mit Hydroperoxid ein, und ich schnitt seine Fußnägel Stück für Stück. Sie waren dick und hart, eher wie Klauen als wie etwas, das an einem Menschen wächst. In der Klinik gab es eine Dusche, und wir brachten ihn dorthin, zogen ihn vorsichtig Lage für Lage aus und schäumten ihn ein paar Mal ein. Er hatte noch ein paar mehr Schnitte und Prellungen und war ernsthaft untergewichtig.

Wir zogen ihm einen OP-Kittel über, gaben ihm eine Vitamin-B12-Spritze und ein Antibiotikum, wickelten seine Füße in Gaze und steckten ihn ins Bett.

»Mr. Banks«, sagte Amelia. »Ich bitte Sie darum, ein paar Tage hierzubleiben.«

»Ich habe kein Geld«, sagte er.

»Das brauchen Sie auch nicht«, erwiderte Amelia. »Sie sind unser Gast. Der Aufenthalt ist kostenlos.«

»Ich schätze, dann geht das in Ordnung«, sagte er, und die Erleichterung stand ihm ins Gesicht geschrieben.

»Haben Sie Hunger?«, fragte ich.

»Ein wenig.« Doch seine Augen leuchteten auf.

»Ich kümmere mich darum«, sagte Amelia. »Das ist das Wenigste, was ich tun kann, Nora, und auf dich warten weitere Patienten. Mr. Banks und ich werden einander in der Zwischenzeit besser kennenlernen.« Sie lächelte ihn gütig an.

»Okay«, sagte ich. »Ich schaue später wieder nach Ihnen, Mr. Banks. Machen Sie es sich derweil bequem.«

Er lächelte und sah so viel besser aus als bei seinem Eintreffen hier.

Mein Herz fühlte sich zu groß an für meine Brust. Der arme Mann! Wir würden den Sozialdienst anrufen müssen, damit sie sich seine Wohnung ansahen, um zu gucken, wie schlimm es wirklich war.

Das warme Gefühl hielt nur kurz an. »Perinealer Abszess in Raum zwei«, sagte Gloria, die von ihrer Pause zurückgekehrt war. »Stark entzündet.«

Okay. Sie schickte mir definitiv eine Botschaft. Seufzend ging ich zu meinem nächsten Patienten.

Ich schaffte es, den Rest des Tages das Thema Robert Kennedy Byrne nicht wieder zu erwähnen. Der Feigling hatte sich nicht gemeldet – weder per SMS noch per E-Mail oder Telefon.

Wenn Gloria nicht reden wolle, war das ihr gutes Recht.

Doch sie änderte ihre Meinung.

Um 17:07 Uhr kam sie in mein Büro und schloss die Tür.

»Hey«, sagte ich.

»Also, ich kenne jetzt die ganze Geschichte«, fing sie an und setzte sich.

»Bevor wir anfangen«, unterbrach ich sie. »Lass mich nur eines sagen: Ich mag dich wirklich und möchte nicht, dass das ein Thema zwischen uns ist. Bobby hat mir gegenüber nicht erwähnt, dass er jemanden kennengelernt hat, deshalb hat mich das überrascht. Du weißt schon, kleine Welt und so. Aber du und ich, wir sind nicht nur Arbeitskolleginnen, sondern auch Freundinnen. Ich möchte wirklich nicht, dass sich das ändert.«

»Tja, es hat sich aber schon geändert«, sagte sie. »Er hat mir alles erzählt.«

»Ach ja?« Ich hatte bereits so meine Zweifel.

»Wir haben viel über unsere Verflossenen geredet«, fuhr sie fort. »Das war eine Gemeinsamkeit zwischen uns. Robert hat mir alles über dich erzählt, auch wenn er deinen Namen nicht genannt hat.«

Wirklich? Er hatte nicht einmal meinen Namen erwähnt? Und das kam ihr nicht seltsam vor? Also, diese *Robert*-Sache nervte mich zunehmend, genau wie Glorias wissend hochgezogene Augenbraue. »Das ist seltsam«, sagte ich. »Ich habe nie gehört, dass jemand ihn Robert nennt, nicht einmal seine Mom.« Gloria reagierte nicht. »Also, worüber würdest du gerne reden, Gloria?«

»Ich bin ehrlich gesagt etwas schockiert, wie unaufrichtig du mir gegenüber warst.«

»Ich? Ich war nicht unaufrichtig.«

»Du hast nie erwähnt, dass du ihn einfach so verlassen und ihm das Herz gebrochen hast.«

Ich schnaubte. »Hat er dir das erzählt?«

»Du hast ihn fallen lassen, als er gerade eine wirklich schwere Zeit durchgemacht hat, und bist zu deiner Mutter zurückgezogen.«

»Okay, also, zuerst einmal bin ich mir ziemlich sicher, dass *ich* diejenige war, die eine harte Zeit durchgemacht hat, wenn ich bedenke, dass ich von einem Lieferwagen angefahren wurde und bewusstlos und mit gebrochenen und ausgerenkten Knochen in der Klinik gelandet bin. Es war auch hart, in der Notaufnahme aufzuwachen und zu sehen, wie er geflirtet hat mit …«

»Er hat mir erzählt, dass du ihm seinen Hund weggenommen hast …«

»Boomer ist *mein* Hund.«

»… und wie du dich vorher total verändert hast, nachdem ihr angefangen habt, zusammen auszugehen. Du warst so klammerig und depressiv, dass er aufpassen musste, dass du dich nicht umbringst. Und als *er* dann eine stressige Phase hatte, hast du ihn fallen lassen.«

Ich atmete langsam und tief ein. »Ich habe nie mit Selbstmordgedanken gespielt. Guter Gott, ich weiß nicht, wo er das herhat. Und was seinen Stress angeht …« Ich hob hilflos die Hände. »Der ist mir vollkommen neu. Würdest du gerne eine andere Version von unserer Beziehung hören? Denn wie mir scheint, hat Bobby eine ganze Menge ausgelassen.«

»Nein«, sagte sie. »Ich weiß alles, was ich wissen muss.« Sie verschränkte die Arme vor der Brust und lehnte sich auf ihrem Stuhl zurück. Ihre ganze Haltung forderte mich geradezu heraus, dem zu widersprechen, was sie glauben wollte.

»Na gut«, sagte ich. »Glaub, was du willst, und viel Glück mit ihm.«

»Ich brauche kein Glück. Robert und ich kennen einander vielleicht erst einen Monat, aber ich weiß, dass er der Eine ist. Er hat mir bereits gesagt, dass er mich liebt.«

»Auch wenn er immer noch nicht deinen Nachnamen kennt oder weiß, wo du wohnst?«

»Jetzt weiß er es.« Sie neigte den Kopf.

Mist. Ich musste es versuchen. Die weibliche Solidarität verlangte es. »Gloria, er hat mich am Sonntag gefragt, ob ich über Nacht bleiben will. Ich hatte nicht den Eindruck, dass er meinte, ich solle auf der Couch schlafen.«

»Ja, klar. Sicher hat er das. Er hat mir erzählt, was passiert ist. Wie du aufgetaucht bist und gefragt hast, ob du bleiben könntest, und gesagt hast, dass du ihn noch immer liebst ...«

Dieser feige, lügende kleine Scheißer. »Okay, wir sind hier fertig.«

»Ich hoffe, wir beide können weiter zusammenarbeiten«, sagte sie. »Es wäre eine Schande, wenn du gehen müsstest. Andererseits ziehe ich vielleicht bald zurück nach Boston.«

Damit stand sie auf und ging.

Ich saß da, die Ohren heiß vor Wut, und nahm jeden großzügigen Gedanken, den ich je über Gloria gehabt hatte, zurück. Wenn sie begriffsstutzig sein wollte – wenn sie sogar darauf *bestand* –, würde ich sie lassen.

Ich nahm das Handy in die Hand, um Xiaowen anzurufen, und beschloss dann, es doch nicht zu tun. Immerhin waren die beiden auch befreundet. Stattdessen ging ich zu Glorias Facebook-Seite.

Seit gestern Abend waren fünfzehn Fotos von ihr und

Bobby hochgeladen worden. Ihren Beziehungsstatus hatte sie von *Single* zu *In einer Beziehung mit Dr. Robert K. Byrne* geändert.

Nur Bobby wäre Arschloch genug, um sich auf Facebook mit einem Doktortitel vor dem Namen zu registrieren.

Es war an der Zeit, ihn anzurufen. Die Mailbox ging an. Feigling.

»Hi, hier ist deine jämmerliche Ex-Freundin, die dir das Herz gebrochen und mit Selbstmordgedanken gespielt und dich angefleht hat, sie zurückzunehmen. Ich rufe nur an, um dir zu sagen, dass ich Boomer am Freitag abhole und das gemeinsame Sorgerecht danach vorbei ist. Außerdem bist du ein verlogener Scheißkerl.«

Dann legte ich auf und rief Poe an, um zu fragen, ob sie zum Abendessen kommen wollte und ob es ihr etwas ausmachte, wenn Audrey auch dazukäme. *Wenn du dir selber leidtust*, hatte meine Mutter immer gesagt, *tu etwas Nettes für jemand anderen.*

In diesem Sinne ging ich den Flur hinunter in das Zimmer von Mr. Banks. Amelia hatte für heute Feierabend gemacht, also war er allein. Er schlief und sah sehr friedlich aus. Ich schaute auf seine Akte – Amelia hatte bereits beim Sozialdienst angerufen, und unser Patient hatte etwas zu essen bekommen.

Ich trat an sein Bett und zog die Decke bis über Mr. Banks Schultern hoch.

Nach allem, was ich wusste, könnte dieser Mann mein Vater sein. Allein, schlug sich gerade so durch, krank und verdreckt.

Tränen stiegen mir in die Augen. Wenn mein Vater noch irgendwo da draußen war, würde ich ihn aufnehmen. Ich würde ihn bei mir wohnen und ihn wissen lassen, dass es jemanden gab, der ihn liebte.

Wenn ich es nur mit Sicherheit wüsste. Wenn ich ihn nur finden würde.

Audrey kam zu Fuß von der Werft zum Hausboot und Poe mit dem Fahrrad. Ich hatte uns einen Salat mit Jakobsmuscheln und Pekannüssen gemacht und ließ mir von den Mädchen über ihren Tag berichten. Audrey hatte drei Boote mit dem Hochdruckreiniger gewaschen, und Poe hatte bis Mittag geschlafen.

»Hast du einen Ferienjob über den Sommer, Süße?«, fragte ich meine Nichte.

»Nö«, erwiderte sie. »Gran meinte, ich solle mir etwas besorgen, und ich habe mich auf vier Stellen beworben, aber bisher hat keiner zurückgerufen.«

»Du kannst auf der Werft arbeiten«, bot Audrey an.

»Und was soll ich da tun?«

»Was immer getan werden muss. Boote putzen, streichen, auspumpen …«

»Was ist das?«

»Du weißt schon, die Toiletten ausleeren.«

»Igitt.«

»Wem sagst du das.« Sie lächelte.

Seit ihrer Operation waren zehn Tage vergangen, und sie sah bereits besser, gesünder, nicht mehr so müde aus. Und vom Arbeiten an der frischen Luft hatte sie schon einen leichten Teint.

»Meinst du wirklich, dass ich das könnte?«, fragte Poe. »Ich würde gerne mal aus dem Haus kommen.«

»Ich werde meinen Dad fragen, aber ich glaube schon.« Audrey aß noch einen Happen. »Übrigens, mir gefällt dein Shirt. Was bedeutet die Aufschrift?«

Poe trug ein bauchfreies Top mit kursiv gesetzten Wörtern auf Französisch.

»›Den Kopf voller Sterne‹«, sagte sie.

»Das ist so süß! Hast du das gemacht?«

Poe nickte.

»Wirklich?«, fragte ich.

»Gran bringt mir das Nähen bei.«

»Dann musst du im Herbst in den Fashion-Club kommen«, sagte Audrey. »Das bringt echt Spaß, und wir haben diese tollen Nähmaschinen und alles.«

»Ich kann noch nicht so viel«, sagte Poe.

»Das macht nichts. Darum geht es ja. Ich bin ziemlich gut. Ich kann dir einiges zeigen. Meine Mom ist eine Supernäherin.«

»Warum wohnst du nicht bei ihr?«, wollte Poe wissen. Ich zuckte innerlich zusammen, aber andererseits interessierte es mich auch.

»Sie hat geheiratet und noch ein Kind bekommen«, erklärte Audrey. »Ihr Mann mag mich nicht so sehr.«

»Was für ein Arschloch«, sagte Poe.

»Wer könnte dich denn nicht mögen?«, regte ich mich auf. »Ich stimme Poe vollkommen zu. Was für ein Arschloch.«

Audrey errötete und zuckte mit den Schultern. »Wie auch immer, ich bin bei Dad eingezogen, verbringe aber auch viel Zeit mit meiner Mom. Rocco ist toll. Okay, er ist auch eklig, aber was will man machen, er ist nun mal ein Junge. Er macht den ganzen Tag Furzwitze und kann immer noch nicht pinkeln, ohne dass die Hälfte danebengeht. Ich bin froh, dass ich mir nicht mit ihm ein Bad teilen muss. Und von dem Arschloch hat meine Mom sich schon wieder scheiden lassen.«

»Du bist so cool, Audrey«, sagte Poe. »Dich bringt echt nichts aus der Ruhe.«

»Das ist nur Fassade.« Audrey spießte eine weitere Gabel Salat auf. »Manchmal tue ich nur so, als würde mich das alles nicht stören. Du weißt ja, wie das ist. Wenn du Schwäche zeigst, greifen die gemeinen Mädchen sofort an.«

»Wenn dir jemand Probleme macht, komm zu mir. Ich bin ziemlich furchteinflößend«, bot Poe an.

Audrey lachte. »Oh ja, sehr furchteinflößend.« Beide Mädchen lachten über einen Insider-Witz, den ich nicht verstand. Denn ich fand Poe tatsächlich ab und zu ziemlich furchteinflößend.

Ich stand auf, um Kaffee zu machen … Okay, ehrlich gesagt um den Mädchen ein wenig Zeit zu geben, sich zu unterhalten, ohne dass die idiotische Tante in der Nähe herumlungerte. Angeblich hatte ich ja ein eigenes Sozialleben.

Ich checkte mein Handy, und tatsächlich, da war mein Sozialleben schon. Sullivan Fletcher.

Hast du Samstagabend Zeit für ein Dinner?

Ich errötete. Mein Handy war auf lautlos gestellt, weshalb die geforderte halbe Stunde Wartezeit, um nicht zu eifrig zu wirken, bereits verstrichen war.

*Klar. Was schwebt dir vor?*

Die drei Punkte der Erwartung waberten.

Essen bei mir. Audrey ist bei Amy. 19 Uhr?

Ich zählte bis sechzig (ehrlich, heutzutage zu daten, war lächerlich) und schrieb dann zurück.

*Klingt gut. Danke.*

Ich hatte ein Date mit Sullivan Fletcher.

Ich musste mir dringend neue Rasierklingen besorgen.

# 23. Kapitel

Das Date mit Sullivan entwickelte sich bereits zu einer Katastrophe, bevor es überhaupt angefangen hatte.

Das Erste, das schiefging, war, dass meine Mutter darauf beharrte, ich hätte ihr zugesagt, an diesem Abend zu ihr zum Essen zu kommen. Was natürlich total bekloppt war, weil sie mich noch nicht ein einziges Mal zum Abendessen eingeladen hatte (was mir angesichts ihrer kulinarischen Fähigkeiten auch durchaus lieb war).

»Nora, du hast gesagt, du würdest kommen, und Poe freut sich so darauf.« Ihre Stimme war hart wie Stahl. Tweety verkündete kreischend seine Unterstützung seiner Geliebten.

»Ich habe Pläne, Mom.«

»Ja, mit uns. Ich habe glasierten Schinken gemacht.«

Oh, glasierter Schinken. Das ganze köstliche Natrium und Cholesterin. Natürlich würde Mom ihn braten, bis er zäh war. »Es tut mir wirklich leid«, log ich.

»Ich habe nicht den ganzen Tag in der Küche gestanden, nur damit du beschließt, etwas Besseres vorzuhaben, Nora Louise.«

Mist. Mein zweiter Vorname. »Okay, okay, lass mich kurz einen Anruf tätigen.« Ich hielt inne. »Kann ich jemanden mitbringen?«

»Na gut.« Wütend auf mich, weil ich mich nicht an eine Einladung erinnerte, die sie nie ausgesprochen hatte, legte sie auf. Wenn Sully gewillt wäre, könnten er und ich bei Mom essen – immerhin dauerten die Mahlzeiten nicht mehr als siebzehn Minuten – und danach einen schönen Spaziergang machen, vielleicht bei ihm noch etwas trinken und dann gucken, wohin die Dinge führten. Womöglich sogar ins Bett. Hey, wir waren keine Kinder mehr.

Und warum nicht, jetzt, wo jeder noch so kleine Gedanke daran, Bobby eine zweite Chance zu geben, endgültig gestorben war.

Bobby. Ich zischte bei dem Gedanken an ihn. Oder *Robert*, sollte ich wohl besser sagen. Er hatte mich immer noch nicht angerufen, und als ich gestern die Fähre nach Boston genommen hatte, war er bequemerweise bei der Arbeit gewesen. Mein Hund hatte auf mich gewartet und mich schwanzwedelnd begrüßt. Auf dem Tisch hatte eine Nachricht gelegen: *Bitte lass deinen Schlüssel da.*

Dem war ich nur zu gerne nachgekommen. Außerdem griff ich mir meinen Wasserkessel und sah daraufhin ein wenig verrückt aus mit meiner Handtasche, meinem Hund und einem gelben Le-Creuset-Kessel, der mir bei jedem meiner wütenden Schritte gegen den Oberschenkel schlug.

Gloria durfte Bobby gerne haben.

Ehrlich gesagt war sie hier die große Enttäuschung. Von Männern erwartete man, dass sie oberflächlich und egoistisch waren, aber wenn eine Frau sich wie eine Idiotin benahm, war das immer ein Schock. Auch wenn ich Xiaowen erst seit ein paar Monaten kannte, war ich mir ziemlich sicher, dass mir so etwas mit ihr nie passieren würde. Und mit Roseline? Vergiss es. Sie würde nicht im Traum daran denken, mich fallen zu lassen, nicht einmal, wenn man ihr eine Pistole an den Kopf hielt.

Egal. Ich rief Sullivan an. »Hi«, sagte ich. »Meine Mutter hat diese wahnwitzige Idee, dass ich heute Abend zum Essen zu ihr kommen sollte, und nun ist sie genervt, weil ich es vergessen habe, obwohl sie mich nie eingeladen hat. Würde es dir etwas ausmachen, wenn wir zusammen hingehen?«

»Nein, kein Problem«, sagte er. »Ich habe noch nicht mal angefangen zu kochen.«

»Okay. Super. Ich danke dir.«

»Wann soll ich dich abholen?«

»Um fünf«, sagte ich. »Du kennst die Älteren. Sie essen gerne früh.« Meine Mutter würde mich treten, wenn sie wüsste, dass ich sie als »Ältere« bezeichnet hatte. »Hey, wie wäre es, wenn ich einfach zur Werft komme? Dann kann ich Poe mal in Aktion sehen.«

Denn er hatte ihr tatsächlich einen Job gegeben. Audrey hatte ihm gleich an dem Abend geschrieben, als die Mädchen bei mir waren, und Poe hatte heute Morgen ihren allerersten Job angetreten.

Also, Mom mit ihrer eingebildeten Dinner-Einladung war der erste Streich.

Der zweite Streich war Luke Fletcher, oder Luke Fucking Fletcher, wie ich ihn inzwischen gerne nannte.

Ich hatte mich für ein süßes kleines Sommerkleid in Hellgelb entschieden, dazu trug ich Wedges mit Korksohle, was sich als nicht unbedingt die beste Wahl für eine Meile auf einer Schotterstraße herausstellte. Mein Knöchel wollte ständig wegknicken, und es war wesentlich wärmer, als ich vermutet hatte. Der Schweiß rann mir über den Rücken, und mit einem Mal hatte ich das Gefühl, als hätte jede Mücke in Maine eine SMS mit meinem Aufenthaltsort erhalten.

Ich schlug um mich und versuchte, schneller zu gehen. Dabei spürte ich ein leises Brennen an meiner Ferse, wo sich eine Blase bildete. Ich könnte die Schuhe natürlich auch ausziehen, aber der Sand war heiß.

Verdammt! Ein Käfer verfing sich in meinen Haaren, die sich in alle Richtungen kräuselten. Ein großer Käfer. Ich versuchte, ihn herauszuziehen – es fühlte sich eher wie eine Libelle an –, und riss ihn dabei entzwei.

»Na, super«, murmelte ich und zupfte die Reste aus meinem Schopf. »Einfach super. Sorry, Libelle.« Natürlich musste es ein wunderschönes Insekt sein und keiner von diesen elendigen Blutsaugern.

Als ich an der Werft ankam, war ich schweißgebadet mit wirren Haaren, es juckte mich überall, und ich humpelte. Um ruhig und gelassen zu wirken, atmete ich ein paar Mal tief durch. Als das nicht half, setzte ich ein Lächeln auf und entschied mich, einfach so zu tun, als ob.

Gute fünf Meter über meinem Kopf war Audrey im Trockendock gerade dabei, das Deck eines Segelbootes abzuschmirgeln.

»Hey!«, rief ich.

»Hi!«

»Überanstrengst du dich auch nicht, Missy?«, fragte ich. »Vergiss nicht, du bist gerade erst operiert worden.«

»Ich bin ja kaum hier«, erwiderte sie. »Dad meinte, ich dürfte eine halbe Stunde arbeiten.«

Ein weiterer Kopf tauchte auf. »Hi Nora«, sagte Poe lächelnd.

*Lächelnd.* »Hi Süße«, sagte ich. »Wie war dein erster Tag?«

»Super. Audrey kann Boote fahren, hast du das gewusst?«

»Ich hatte es vermutet. Wie ich hörte, essen wir heute Abend bei Gran?«

»Aye«, sagte sie mit übertriebenem Akzent, und Audrey und ich lachten.

»Was machst du hier?«, ertönte eine tiefe Stimme hinter mir.

Ich drehte mich um. »Hey Luke. Ich bin hier, weil ich heute mit Sully und meiner Nichte zu Abend esse.«

Die Sonne hatte seine Haare ausgebleicht, und er sah gut aus. Gebräunt und schlank.

»Stimmt. Deine Nichte arbeitet jetzt hier.« Er kratzte sich träge am Arm. »Sie ist ein hübsches Mädchen.«

»Sie ist noch minderjährig«, sagte ich, nur um das klarzustellen.

»Das Alter für einvernehmlichen Sex liegt in Maine bei sechzehn Jahren.«

Mein Zeigefinger stieß ihm gegen den Adamsapfel, bevor ich überhaupt merkte, dass ich mich bewegt hatte. »Wenn du auch nur einen Finger an sie legst, reiße ich dich in Stücke, Luke Fletcher«, zischte ich.

»Ich habe doch nur einen Witz gemacht«, keuchte er.

»Ich nicht. Wage es ja nicht, sie auch nur anzusehen.«

»Hey, was ist hier los?« Das war Sullivan.

Ich drehte mich zu ihm um, damit er auch alles verstand, was ich sagte. »Dein Bruder hat einen angeblichen Witz über einvernehmlichen Sex in Maine gemacht, der auf meine Nichte abzielte.«

»Man macht keine Witze über Sex mit Minderjährigen, Arschloch.« Sully schubste ihn ein Stück zurück. »Pack deine Sachen und verschwinde.«

»Sully, komm schon. Das war geschmacklos, okay? Es tut mir leid. Es tut mir echt leid, Nora. So etwas würde ich nie tun, okay? Sorry.« Er sah mich reumütig an.

»Streitet ihr euch?«, wollte Audrey wissen.

»Wir diskutieren nur etwas hitzig«, rief Luke grinsend zu ihr hinauf.

»Sei nicht so ein Loser, Onkel Luke«, entgegnete sie und runzelte ein wenig die Stirn.

»Ich bemühe mich. Immerhin habe ich dich als Vorbild.«

Sie lächelte und flüsterte Poe etwas zu.

»Kann ich bleiben, Sully?«, fragte Luke. »Ich schwöre bei Gott, ich würde niemals jemanden unter fünfundzwanzig anrühren. Höchstens dreiundzwanzig.« Er hielt inne. »Ich kann nirgendwo hin. Du lässt mich nicht bei Mom wohnen, und ich arbeite hier umsonst.«

»Um abzubezahlen, was du geklaut hast.«

»Richtig. Mein Punkt ist, es ist gut für mich, hier zu sein, hart zu arbeiten. Das hilft mir, clean zu bleiben. Komm schon, Kumpel. Das war dumm von mir, und es tut mir wirklich leid.«

Beinahe glaubte ich ihm.

Sully atmete tief ein. »Wir reden morgen darüber.«

»Okay. Danke, Bruder. Habt einen schönen Abend.« Er lächelte, aber in seinen Augen lag eine Härte, die mir nicht gefiel. Er hielt meinen Blick einen Moment fest, neigte das Kinn und marschierte in eines der Gebäude.

»Ist er stabil?«, fragte ich geradeheraus. »Trocken? Keine Drogen?«

»Soweit ich das beurteilen kann, schon«, sagte Sullivan. »Es tut mir leid, Nora. Er macht die Menschen gerne wütend und ist ziemlich gut darin.«

»Wird Poe hier ein Problem haben?«

»Wie bitte?«

Meine Worte kamen schärfer heraus als beabsichtigt. »Wird Poe hier irgendwelche Probleme haben?«

»Nein. Dafür werde ich sorgen. Und du musst mich nicht anschreien. Sprich einfach deutlich, okay?«

»Ja. Okay. Sorry.«

Sullivan fuhr sich mit der Hand durch die dunklen Haare, und ich erhaschte einen Blick auf sein Hörgerät. »Ich glaube wirklich nicht, dass er diese Grenze jemals überschreiten würde. Luke hat nur dieses … Problem, was dich betrifft.«

»Tja, er sollte langsam mal darüber hinwegkommen.«

»Das stimmt. Vor allem, wenn aus uns beiden etwas wird.«

Die Worte überraschten mich, und mein Herz machte einen Hüpfer. »Was das angeht, das werden wir noch sehen, Mr. Flechter. Erst einmal musst du das Dinner bei meiner Mom überstehen.«

Mom begrüßte uns mit einem: »Ihr seid zu spät«, und schickte Poe nach oben, um zu duschen. »Was hast du heute gemacht, Nora? Du schwitzt ja wie ein Rennpferd.«

»Danke, Mom. Schön, dass wir das ausgesprochen haben.« Tweety krächzte und kam dann im Sturzflug auf meinen Kopf zu. »Sullivan, das ist das Haustier meiner Mutter, Tweety.«

»Süß«, sagte er.

»Ich hoffe, du magst Schinken«, sagte Mom.

Der Vogel griff mich erneut an. Ich duckte mich weg. »Mein Gott, Mom. Kannst du ihn nicht in den Käfig stecken?«

»Er ist ein guter Junge. Nicht wahr, Sweety-Tweety? Komm her.« Sie streckte einen Finger aus, und der Vogel landete darauf. »Hast du einen Kuss für deine Mama?«

»Mom, bitte. Vogelgrippe. Histoplasmose. Kryptokokkose.«

»Wovon redest du da? Er ist nicht krank, oder, Baby?« Sie gab ihm einen Kuss auf den Schnabel. Tweety krächzte erneut, dann erhob er sich von ihrem Finger und flog sonst wohin. Vermutlich, um Satan zu huldigen.

Ich sah Sullivan an und sagte stumm: »Sorry.«

»Also, du gehst mit meiner Tochter aus?«, wollte Mom von ihm wissen.

»Noch nicht ganz«, erwiderte er.

»Und du bist taub, ist das richtig?«

»Mehr oder weniger.«

»Verdienst du mit der Werft ganz gut?«

»Aye«, sagte Sully. Vielleicht hatte Mom in ihm jemanden gefunden, der es mit ihrer Art der Konversation aufnehmen konnte.

»Mom, bitte«, flehte ich. »Können wir nicht einfach nur Schinken essen?«

»Sieh mal nach«, sagte sie. »Ich glaube, er braucht noch ein paar Minuten.«

»Der ist fertig zubereitet. Man muss ihn nur noch aufwärmen.«

»Tu einfach, was ich sage, Nora. Ich will ein paar Minuten allein mit diesem Sullivan.«

»Das bringt Spaß, oder?«, fragte ich und drückte seinen Arm. Sully lächelte mich an, und ich fühlte mich wahnsinnig zu ihm hingezogen.

Vielleicht könnten wir diesen Abend noch retten. Ich kratzte mich an einem meiner Mückenstiche und tat, wie mir geheißen. Ich öffnete die Ofentür – der Schinken roch gut, und Mom hatte Ananasscheiben mit Maraschino-Kirschen auf ihm verteilt, was aussah, als wüchsen dem Schinken seltsame Brustwarzen. Auf dem unteren Rost lagen Ofenkartoffeln. Mom wickelte sie nie in Folie ein und bestrich sie auch nicht mit Öl, so wie ich es machte. Es würde auch keine Butter dazu geben.

Ach ja. Ich schloss den Ofen wieder.

Auf ihre seltsame Weise bemühte Mom sich hier gerade. Normalweise gab es den Schinken nur zu Weihnachten.

»Ich bin kurz vorm Verhungern.« Poe betrat die Küche. Ihre blauen Haare waren noch nass.

»Hey, ich wollte dir etwas sagen, Süße. Ich bin so froh, dass du einen Job auf der Werft hast. Aber Luke Fletcher … halte dich von ihm fern, okay?«

»Weil er ein Junkie ist und meine reine Seele verderben könnte?«

»Ganz genau. Außerdem könnte er ein alter Mann mit schmutzigen Gedanken sein.«

»Igitt.«

»Jupp.«

»Wenn es nötig ist, ramme ich ihm einfach mein Knie in die Eier.« Sie demonstrierte die Bewegung. »Nimm das, Motherfucker.«

»Deine Sprache! Wir sind bei Gran. Aber ja. Das ist mein Mädchen. Ich bin stolz auf dich.«

Zu meiner Überraschung füllten sich ihre Augen mit Tränen. Sie wandte peinlich berührt den Blick ab und wollte die Küche verlassen. Ich packte sie am Arm und drehte sie zu mir herum.

»Wirklich«, sagte ich. »Du machst mich sehr stolz.«

Sie umarmte mich lang und fest.

Es war ein wunderschöner Moment – meine dünne Nichte, die nur aus Armen und Beinen zu bestehen schien, ihre Haut so weich und süß duftend. Mein Herz floss über vor Liebe. *Das* war es, weshalb ich hier war. Deshalb war ich zurückgekommen.

Dann roch ich etwas anderes als Poes Shampoo.

Etwas Böses.

Etwas Unverkennbares.

Federn.

»Oh guter Jesus, nein. Nein, nein«, flüsterte ich und ließ meine Nichte los.

»Was ist?«, fragte sie.

»Psst! Äh … uh …« Ich öffnete die Tür des Backofens.

Da war Tweety. Und er war tot. Er lag, die kleinen Krallen an die Brust gezogen, direkt neben der letzten Ofenkartoffel auf der rechten Seite.

Ich schlug die Ofentür wieder zu.

»Heilige Scheiße, ist das Tweety?« Poe schlug sich die Hand vor den Mund und fing dann schrecklicherweise an zu lachen. »Ich hasse diesen Vogel.«

»Was soll ich jetzt machen?«, zischte ich.

»Mund-zu-Schnabel-Beatmung?«

»Dafür ist es zu spät. Hol Sully, okay? Und lass Gran nicht hier rein!«

»Nora«, rief Mom. »Was machst du da drin? Was ist das für ein Geruch?«

»Nichts! Mir ist nur etwas auf die Herdplatte gefallen«, rief ich. »Geh«, flüsterte ich und gab Poe einen Schubs.

»Gran«, sagte sie. »Ich habe in meinem Aufsatz eine Zwei bekommen. Willst du mal gucken? Mr. Fletcher, warum helfen Sie nicht … Nora? Sie braucht … *Hilfe.*« Inzwischen keuchte sie vor Lachen, das böse Kind.

»Warum?«, fragte meine Mutter. »Hat sie den Schinken ruiniert?«

*Nein, nur dein Haustier umgebracht.* »Ich dachte nur, Sully könnte den Tisch decken.«

Und dann stand sie im Türrahmen zur Küche. Ich schmiss mich rücklings gegen den Ofen, als würde ich darin Edward Snowden verstecken. »Hi!«, sagte ich strahlend. »Was gibt's?«

»Sullivan ist unser Gast, Nora. Wir werden ihn nicht bitten, uns zu helfen.«

»Mom, geh einfach nach oben und lies Poes Aufsatz, okay?«

Sie sah mich stirnrunzelnd an, ging dann aber dankenswerterweise nach oben.

Der Geruch war jetzt stärker. »Wobei brauchst du Hilfe?«, wollte Sully wissen.

Ich öffnete den Ofen, damit er es sehen konnte.

»Das ist ... Oje.«

»Er muss hineingeflogen sein, als ich nach dem Schinken gesehen habe.«

Meine Mutter rief von oben: »Der Geruch ist fürchterlich, Nora! Was machst du da unten?«

»Äh, ich habe mir meinen Ärmel ein wenig angesengt. Keine große Sache!«

»Was soll ich tun?«, fragte Sully.

»Bring ihn raus«, zischte ich und drückte ihm zwei Ofenhandschuhe in die Hand. »Ich habe ihn lebend gehasst, und tot finde ich ihn noch gruseliger.«

Sully griff in den Ofen. Oh, der arme Tweety! Er wurde schon ein wenig braun, seine gelben Federn hatten inzwischen die Farbe von gerösteten Marshmallows. Wenn das hier *Naked Survival* wäre, würden sie ihn essen. Ich schloss die Augen

»Werden wir es deiner Mutter erzählen?«

»Machst du Witze? Nein! Kannst du ihn nicht ... einfach in den Wald werfen oder so?«

Er sah mich stirnrunzelnd an. »Nora. Hat Tweety denn kein christliches Begräbnis verdient?«

»Das ist nicht lustig.«

»Doch, ist es.«

»Schaff ihn einfach nur hier raus.« Ich war dankbar, dass Sully von den Lippen ablesen konnte – das Haus war sehr hellhörig.

»Hast du einen Karton? Oder eine Tupperdose?«

»Nein! Wirf ihn einfach in den Wald.«

»Dann werden die Füchse ihn fressen.«

Ich dachte an all die Male, die Tweety nach mir gehackt oder meinen Hund im Sturzflug angegriffen hatte. »Das ist der Kreislauf des Lebens, Sully. Geh.« Ich schaute Tweety noch einmal an. »Tut mir leid.«

»Ich werde ein Gebet sprechen, wenn ich ihn entsorge«, sagte Sully.

»Die Mühe kannst du dir sparen. Satan hat ihn sich bereits geholt.« Aber Sully hatte sich schon umgedreht und hörte mich nicht.

Ich ging zur Spüle und wusch mir die Hände. Nicht, dass ich den Vogel angefasst hätte, aber ... igitt! Sullivan kam zurück und tat es mir gleich, dann vergrub ich die Ofenhandschuhe im Müll und schrubbte mir noch einmal die Hände. Auf dem Teppich vor der Spüle verstreute ich ein wenig Muskatnuss, um den Geruch zu überdecken.

»Dieser Schinken riecht nicht normal«, sagte meine Mutter, die gerade die Treppe hinuntergepoltert kam.

Oh Gott. Wir würden diesen Schinken essen müssen. Was, wenn Tweety ihn berührt hatte? Warum hatte meine Mutter diesem verdammten Vogel nur beigebracht, menschliche Nahrung zu essen?

Heimlich drehte ich die Temperatur am Ofen auf zweihundertdreißig Grad. Das würde alle Bakterien auf der Welt abtöten.

»Okay, worauf wartet ihr? Setzt euch, Nora, Poe. Sullivan, du auch.« Wir gehorchten. Sully setzte sich mir gegenüber und lächelte. Ich versuchte, das Lächeln zu erwidern.

»Wo ist Tweety?«, fragte Mom, und Poe fing an zu lachen,

was sie hinter einem Hustenanfall zu verbergen suchte. Ich sah sie aus zusammengekniffenen Augen an.

»Tweety!«, rief Mom. »Essenszeit! Komm, Sweety-Tweety. Wo ist er nur?«

»In der Hölle?«, schlug Poe vor.

Sullivan unterdrückte ein Lächeln, aber seine Schultern bebten vor Lachen. »Hör auf!«, flüsterte ich, als meine Mutter in ihrem Büro nachsah.

»Tweety, mein Junge!«

»Er kann dich nicht hören«, sang Poe leise, und Sullivan tupfte sich die vor Lachen tränenden Augen mit einer Serviette ab. Poe grinste.

»Mom«, sagte ich angestrengt. »Tweety ruht sich bestimmt nur aus.«

»Er schläft den ewigen Schlaf der Toten«, flüsterte Poe. »Er hat seine sterbliche Hülle verlassen und ist nun frei von Mühen und Schmerzen.«

»Pst, Poe«, zischte ich. »Mom! Komm schon. Wir haben Besuch.«

»Er liebt es, mit mir zu essen«, rief Mom. »Das weißt du.«

»Tja, das ist aber nicht gesund.« *Vor allem nicht, weil sein Verwesungsprozess schon eingesetzt hat.* »Lass uns einfach essen.«

»Na gut«, murmelte Mom. »Also wirklich, Nora, du hast den Schinken zu Tode gebraten. Die Ananas ist ganz schwarz. Was hast du gemacht?«

»Sorry! Wisst ihr was?« Ich stand auf. »Lasst uns stattdessen essen gehen.«

»Ich werde nicht einen vollkommen guten Schinken vergeuden. Sully, tu mir einen Gefallen und schneide die schwarzen Stellen ab, ja?«

»Ich bin Vegetarierin«, verkündete Poe. »Hatte ich ganz vergessen zu erwähnen.« Meine Mutter stellte die Schüssel mit den Kartoffeln auf den Tisch. »Und ich esse keine Kohlenhydrate mehr.«

»Was ist nur heute Abend mit dir los?«, fragte Mom. »Iss dein Essen, und hör mit diesem Diätunsinn auf.«

Und so aßen wir ledrigen Schinken und steinharte Kartoffeln, grüne Bohnen, die zu einem dumpfen Grau verkocht waren und beim Kauen quietschten. »Nora, da du ihn heute zum Dinner mitgebracht hast, glaubst du, du könntest diese Woche ein wenig Zeit für mich finden? Damit wir reden können?«

»Oh! Ja, sicher.« In Gedanken war ich bei Tweety und den Füchsen. Sully hatte recht gehabt. Auf Scupper Island gab es viele Wildtiere. Obwohl ich den Vogel hasste, erschauderte ich bei dem Gedanken daran, dass an seinem kleinen Kopf herumgenagt wurde. »Entschuldigt mich eine Sekunde«, sagte ich. »Mein Handy klingelt. Könnte ein Notfall sein. Sully, könntest du kurz mitkommen?«

»Warum? Er ist kein Arzt«, sagte Poe.

»Er … Stimmt.«

»Telefoniere ruhig, Nora, aber komm zurück. Du hast kaum etwas gegessen. Tweety! Tweety, es gibt grüne Bohnen. Wo zum Teufel ist dieser Vogel?«

Mein Gott. Ich stand auf und ging nach draußen. Ich wusste nicht, wo Sully den Vogel hingeworfen hatte, aber an der Rückseite des Hauses lehnte eine Schaufel. Ich nahm sie und hielt nach etwas Bräunlich-Gelbem Ausschau. Sah unter ein paar Bäumen nach. Nichts. Hier kein Tweety, dort kein Tweety.

Na gut. Das müsste bis nach dem Essen waren. Der Wald war zu groß, und ich hatte wirklich keine Ahnung, wo Sully den Kadaver entsorgt hatte. Ich würde ihn fragen, er würde es mir sagen, und vielleicht würde Poe den guten alten Tweety begraben, wenn ich sie dafür bezahlte. Sehr gut bezahlte.

Gerade, als ich wieder ins Haus zurückkehren wollte, sah ich etwas auf meinen Kopf zukommen und schwang instinktiv die Schaufel. Das Etwas flog wie ein Baseball durch die Luft.

Es war Tweety.

Fuckety fuck.

Ich hatte Tweety an einem Abend zweimal getötet. Er lag mit angekokelten, ausgebreiteten Flügeln auf dem Boden. Ich hätte schwören können, dass er seinen Kopf drehte und mich anklagend ansah. Vielleicht könnte ich ihn schienen, wenn er nur verletzt war, ihm eine winzige Halskrause basteln ... Nein. Er war tot. Seine kleine Brust bewegte sich nicht mehr.

Mist.

»Nora?« Meine Mutter stand in der Tür. »Ist das ... Ah, Tweety!«

»Mom, es tut mir so leid.« Vor Schuldgefühlen brach mir am ganzen Körper der Schweiß aus. »Es tut mir wirklich, wirklich leid.«

»Was ist passiert?«, fragte sie.

»Er kam auf mich zugeschossen und, äh ...«

»Ist gegen das Fenster geflogen«, sagte Poe laut. »Ich habe es gesehen. Das ist so traurig, Gran.«

Mom stand mit ausdrucksloser Miene da. Dann zuckte sie mit den Schultern. »Nun ja. Er war alt. Ich bin froh, dass er nicht leiden musste. Danke, dass du ihn für mich begraben willst, Nora. Das ist sehr süß von dir.«

Damit ging sie wieder hinein. Poe tätschelte ihr im Vorbeigehen die Schulter und sah mich dann mit großen Augen an. »Vogelmörder«, flüsterte sie.

»Das ist nicht lustig.« Okay, eines Tages wäre es lustig. So in drei bis vier Jahrzehnten.

Sully kam raus. »Ich glaube, ich habe etwas verpasst.«

»Lazarus hier hat versucht, mich anzugreifen.«

»Das kann ich ihm nicht vorwerfen.«

»Und ich habe ihn mit der Schaufel getroffen.«

»Also sollten wir uns keinen Vogel anschaffen, willst du das damit sagen?« Er nahm mir die Schaufel ab und hob den armen kleinen Vogel damit auf. »Willst du seinen Puls prüfen oder so?«

»Nein. Dieses Mal ist er wirklich tot. Sorry, Tweety«, sagte ich.

»Geh wieder rein«, bot Sullivan an. »Ich kümmere mich darum.«

Natürlich gab es keinen Nachtisch. Mom erinnerte mich noch einmal daran, dass ich diese Woche abends mal vorbeischauen sollte, und lehnte mein Angebot ab, ihr beim Abwasch zu helfen.

»Das mit Tweety tut mir echt leid, Mom. Ich weiß, du hast ihn geliebt.«

»Tja. Haustiere sterben. Was will man machen?«

Ich versuchte, sie zu umarmen, so wie sie es an jenem Abend in der St. Mary's of the Sea getan hatte. »Ja, ist schon gut, Nora. Nun lass uns nicht hysterisch werden.« Sie zog sich zurück. »Wir sehen uns, Sullivan. Sei gut zu meinem Mädchen.«

Und das war's. Wir verabschiedeten uns von Poe, die viel zu gute Laune hatte, stiegen in Sullys Truck und – da er auf die Straße schauen musste und mich nicht ansehen konnte – fuhren schweigend die zehn Minuten in die Stadt.

Ich sah ständig Tweetys traurigen, nicht mehr ganz gelben Kadaver vor mir.

»Das war lustig«, sagte Sully, als wir in eine schmale Auffahrt einbogen. Das Haus war klein, aber charmant – ein modifizierter, zweigeschossiger Bungalow mit den hier üblichen grauen Schindeln, weißen Klappläden und Fensterrahmen. Ein wenig Rasen, ein paar Tigerlilien am weißen Lattenzaun. Auf der Veranda standen zwei Blumentöpfe mit violetten Blumen.

Und Teeny Fletcher mit verschränkten Armen.

»Hallo Ma«, sagte Sully.

»Oh nein, *Hallo Ma* mich nicht«, sagte sie. »Lukie hat mir erzählt, dass du mit der da aus bist.« *Lukie.* Er war verdammt, wenn er mit fünfunddreißig von seiner Mutter immer noch so genannt wurde.

»Ich war nicht nur mit der da aus«, sagte Sullivan. »Ich bin es immer noch.«

»Hey Teeny«, sagte ich.

»Du wirst *nicht* mit meinem Sohn ausgehen«, knurrte sie.

»Hm, offensichtlich tue ich das schon«, erwiderte ich. »Wer hätte das gedacht?«

»Du kommst dir wohl ganz toll vor, was? Die kleine Miss Doktor glaubt, sie wäre zu gut für uns.«

»Ist es nicht ein wunderschöner Abend?«, fragte ich.

Sullivan seufzte. »Mom, geh nach Hause, okay? Ich bin alt genug, um mir meine Freundinnen selber auszusuchen.«

»Und was ist mit Amy? Was hält sie von all dem?«

Sullivan ging zu seiner Mutter, legte einen Arm um ihre Schultern und führte sie die Treppe hinunter. »Hab einen schönen Abend, Ma. Wir hören voneinander.«

»Du bist nicht gut genug für meinen Sohn!«, sagte sie, als sie an mir vorbeikam.

»Wir sehen uns«, antwortete ich fröhlich.

Beim Einsteigen in ihren Wagen zeigte sie mir den Mittelfinger.

»Was für eine süße Lady«, bemerkte ich, als Sullivan wieder zu mir kam.

»Tut mir leid. Komm rein und fühl dich wie zu Hause. Ich hole uns etwas zu trinken.«

»Bitte etwas Starkes«, bat ich, aber er hatte mir den Rücken zugewandt. Daran würde ich mich gewöhnen müssen. Oder auch nicht. So lange würde ich ja nicht hierbleiben.

Vielleicht könnten wir eine Fernbeziehung führen. Ich nahm an, das würde sich zeigen.

Ich mochte Sullys Haus auf Anhieb. Die Haustür öffnete sich zu einem großen Raum mit einer behaglichen Couch vor einem Fernsehschrank. Ich sah Sully und Audrey vor mir, wie sie sich ein Spiel oder einen Film anschauten. Es gab einen großen Ohrensessel und einen Teppich in Rot und Cremeweiß.

In dem Bücherregal standen Bücher, DVDs und mindestens ein Dutzend Bilder von Audrey, Audrey und ihm, Audrey und Amy und ihm.

Und eines von Audrey und Luke, das vor nicht allzu langer Zeit aufgenommen worden war. Vielleicht im letzten Sommer? Audrey sah ungefähr so aus wie jetzt und trug Shorts und ein ärmelloses Shirt. Sie beschossen einander mit Wasserpistolen und lachten beide. Die Sonne malte kleine Regenbögen in die Wassertropfen.

Also liebte Luke seine Nichte. Und sie ihn auch. Das war tröstlich.

Sully kam mit zwei Gläsern Weißwein zurück. »Bis jetzt war es ein eher mieses Date«, sagte er und setzte sich neben mich.

Ich nickte. »Dem kann ich nicht widersprechen.« Ich nippte an meinem Wein. »Dein Haus gefällt mir.«

»Danke.«

»Wie geht es Audrey? Fühlt sie sich gut? Hat sie irgendwelche Probleme?«

»Ihr geht es super, das hast du ja heute gesehen.«

Ich nickte und überlegte, was ich sagen könnte. Mir fiel nichts ein.

Genauso wenig wie ihm. Wir schauten einander gleichzeitig an, lächelten etwas gequält und wandten den Blick ab.

Einen Vogel umzubringen schien auf die Laune zu drücken.

Sully atmete tief ein. »Nun.«

»Ja.«

»Ich habe gehört, dass diese Krankenschwester jetzt mit deinem Ex-Freund geht.«

Ich zuckte so heftig zusammen, dass der Wein auf mein Kleid schwappte. »Wow? Das hast du gehört? Es stimmt. Sie haben sich in dem Starbucks am Fähranleger in Boston kennengelernt.«

»Sorry, aber ich kann dich nicht hören, wenn du mich nicht ansiehst.«

»Mist. Tut mir leid.« Ich sah ihn direkt an und wiederholte, was ich gerade gesagt hatte.

»Was für eine kleine Welt«, sinnierte er. »Ist es für dich in Ordnung?«

»Oh, sicher«, log ich. »Ich meine … ich schätze schon. Ich glaube allerdings nicht, dass er total ehrlich zu ihr war. Nein, ich weiß sogar, dass er es nicht ist. Er hat gelogen, was mich betrifft, und ihr ist es egal, und das sind die Momente, in denen man es wirklich hasst, eine Frau zu sein, weil Männer mit diesem Kram scheinbar wesentlich besser umgehen können.«

Er nickte.

Ich nickte auch. »Willst du ein bisschen rummachen?«, fragte ich, weil sich zu unterhalten heute Abend einfach nicht unser Ding zu sein schien.

Er lachte, und in meinem Bauch breitete sich ein warmes Gefühl aus. Wir beugten uns gleichzeitig vor, um unsere Weingläser abzustellen, und stießen mit den Köpfen aneinander.

»Au«, sagte er. Genau das, was dieser Mann brauchte. Noch eine Kopfverletzung, freundlicherweise zur Verfügung gestellt von mir.

»Ah, das ist Teil meines Balzrituals«, sagte ich. »Du könntest mein nächster Tweety sein.«

»Was ist mit dem Vogel überhaupt passiert?«

»Ich habe ihn mit der Schaufel erschlagen. Aber zurück zum Küssen. Was meinst du?«

Das hier war nicht, wie das normalerweise bei mir lief. Ich will nicht angeben, aber ich war mal ziemlich bezaubernd.

Super. Er beugte sich vor. Nahm mein Gesicht in seine Hände und betrachtete einen Moment meinen Mund. Mein Herz stolperte und flatterte wie ein … nun ja, wie ein sterbender Tweety.

In dem Moment, in dem Sully mich küsste, platzte ein Lachen aus mir heraus. Ich zog mich zurück. »Sorry. Tut mir leid. Versuchen wir es noch einmal.«

Das taten wir. Er war kein schlechter Küsser, und ich glaube, ich auch nicht, aber es passierte … nichts. Sein Mund war sanft, seine Hände glitten in meine Haare – was ein Fehler war, denn sofort krallten sich meine Locken wie bösartige Dornenranken um seine Finger. »Au«, sagte ich, als er versuchte, seine Hand zu bewegen.

»Tut mir leid.«

»Nein, das liegt an meinen Haaren. Die sind lebendig und böse.« Ich lehnte mich ein wenig zurück und half ihm, seine Hand zu befreien.

Mit reiner Willenskraft schafften wir es irgendwann in sein Schlafzimmer. Ich erspare euch die Einzelheiten. Technisch gesehen hatten wir Sex. Und er war nicht schrecklich. Es gab ein paar Momente, wo wir … uns verbanden. Es war nur nicht … super.

Danach fiel es mir schwer, Blickkontakt herzustellen, der aber unglücklicherweise nötig war, um sich mit diesem Mann zu unterhalten. Ich stützte mich auf einen Ellbogen und tat das Mutige.

»Habe ich dir wehgetan?«, fragte ich.

Er lachte. Wenigstens das. Ich strich mit der Hand durch sein Haar und schlug ihm dabei versehentlich das Hörgerät aus dem Ohr.

Seufzend reichte ich es ihm und sagte: »Vielleicht sollten wir nur Freunde sein. Ich meine, im August reise ich sowieso wieder ab und … nun ja.«

Er berührte meine Nasenspitze mit dem Finger. »Du warst nicht schrecklich.«

»Und du auch nicht. Vielleicht sollten wir unsere Jobs aufgeben und uns als Verfasser von Valentinskarten betätigen.« Ich gab ihm einen Kuss auf die Wange. »Freunde?«

»Klar.«

»Du bist ein guter Kerl, Sullivan Fletcher.«

Eine halbe Stunde später war ich wieder auf meinem Hausboot. Ich duschte und zog mir meinen Schlafanzug an, dann kuschelte ich mich mit Boomer auf die Couch. Ich schickte Sully eine Nachricht und bedankte mich noch einmal dafür, dass er den Vogel entsorgt, das Essen meiner Mom gegessen und es mir besorgt hatte.

Er schrieb zurück und bedankte sich, dass ich es mit seiner Mutter aufgenommen hatte, und er entschuldigte sich für seinen Bruder. *Wir sehen uns*, waren seine Abschiedsworte.

Also nicht das, was ich erwartet oder erhofft hatte. Alles in allem kein verzauberter Abend.

Trotzdem fiel es mir schwer einzuschlafen. Mit Sully im Bett hatte es ein paar Augenblicke gegeben, in denen … nun, in denen es sich angefühlt hatte, als würde etwas Besonderes passieren.

»Du reist in sechs Wochen ab«, ermahnte ich mich. »So ist es besser.«

Es fühlte sich nur nicht so an.

# 24. Kapitel

Ein paar Tage nach dem Date, das keines war, kam Poe nach der Arbeit zum Abendessen zu mir.

Sie war erst eine Woche auf der Werft angestellt, hatte aber trotz der Sonnencreme mit Faktor sechzig, mit der sie sich zum Schutz ihrer bläulich-weißen Haut eincremte, schon etwas Farbe bekommen. An diesem Abend konnte sie gar nicht aufhören, darüber zu reden, wie cool Audrey war, was Audrey alles wusste – wie man Hummerfallen auswarf, Gezeiten, Stürme, all die Dinge, die die Inselkinder wussten. »Sie möchte, dass ich irgendwann in dieser Woche bei ihr übernachte«, sagte Poe. »Damit wir Poster für die *Lauf weit, sei stark*-Aktion machen können.«

Ich dachte an das süße kleine Haus, die Stabilität, die Audrey in ihrem Leben hatte. Obwohl ihre Eltern geschieden waren, spielte Amy eine große Rolle im Leben des Mädchens, und auch wenn ich nicht allzu viel von Luke und Teeny hielt, liebten sie Audrey. Was Sullivan anging, würde ich eine Lunge darauf verwetten, dass es keinen besseren Vater auf der Welt gab.

Ich fragte mich, ob er je solche Dinge mit ihr unternahm, wie sie mein Vater mit Lily und mir unternommen hatte. Die mitternächtlichen Radfahrten den Eastman Hill hinunter, das Schwimmen im Frühling, die Höhlen-Challenge.

Ich hoffte nicht. Es war Aufgabe eines Vaters, seinen Kindern ein sicheres Gefühl zu geben.

Poe hatte ihren Vater nie kennengelernt. Sie hatte nur Lily und eine Großmutter gehabt, die sie pflichtbewusst einmal im Jahr besuchte … und eine Tante, die ein *Nein* nur allzu leicht akzeptiert hatte.

»Das klingt nach einem großen Spaß«, sagte ich und riss

mich aus meiner Grübelei. »Du willst doch bei ihr übernachten, oder?«

Poe zuckte mit den Schultern. »Ja, ich denke schon. Sie ist immer so positiv. Ich meine, nichts kann sie runterziehen, aber es ist auch nicht so, dass sie nicht mitbekommen würde, was um sie herum geschieht.« Sie hielt inne. »Übrigens, ich bin nicht lesbisch, falls du das fragen wolltest.«

»Wollte ich nicht, aber es wäre vollkommen in Ordnung, wenn du es wärst«, antwortete ich.

»Alle glauben das, wegen meiner Haare und der Tattoos. Aber ich glaube, ich mag Jungs. Nur ... jetzt noch nicht.«

»Du bist noch nicht einmal sechzehn. ›Jetzt noch nicht‹ ist eine sehr erwachsene Antwort.«

»Hattest du viele Freunde?« Sie spießte ein Stück Spargel auf. Ich hatte heute Abend extra gesund gekocht – Quinoa-Salat mit Spargel, Kichererbsen, roter Paprika, Gurke und Lachs. Als Belohnung wartete ein Kuchen auf dem Tresen.

»Auf der Highschool bin ich nie mit einem Jungen ausgegangen. Damals hatte ich die Attraktivität und Energie von einem Haufen verschwitzter Sportklamotten.«

Poe schnaubte.

»Aber auf dem College und während des Studiums schon.«

»Waren die Jungs nett?«

»Das waren sie.« Ich trank einen Schluck Wasser. »Geht deine Mom viel aus?«

Poe schwieg eine Minute. »Ja. Alle naselang ein neuer Kerl, selbst wenn sie so tut, als wären sie nur Freunde.«

»Wie war das für dich?«, wollte ich wissen.

Wieder zuckte sie mit den Schultern. »Es war okay. Ich meine, es waren immer Leute da. Beinahe jeden Tag hat jemand bei uns übernachtet, oder wir blieben woanders. Normalerweise war es einer von Moms Kerlen.« Sie spießte eine Kichererbse auf. »So lange wie bei Gran habe ich noch nie zuvor an einem Ort gewohnt.«

Mein Herz zog sich zusammen. Ich wollte ihr so gerne sagen, dass sie so lange, wie sie wollte, auf Scupper bleiben könnte. Ich wollte meine Schwester packen und schütteln und ihr sagen, dass Kinder Stabilität und Konstanz brauchten und sich auf die Erwachsenen in ihrem Leben verlassen können mussten. Und was zum Teufel sie sich dabei dachte, diese ganzen Kerle durch Poes Leben marschieren zu lassen.

In der Vergangenheit hatte ich ein paar vorsichtige Vorschläge gemacht. Als Poe noch ganz klein war, schlug ich vor, dass sie vielleicht etwas mehr Schlaf und etwas weniger Fastfood bräuchte. »Und wie viele Kinder hast du schon großgezogen?«, hatte Lily gefragt und mich aus kalten, harten Augen angeschaut. Am nächsten Tag hatte ich sie nicht besuchen dürfen und war gezwungen gewesen, alleine durch Seattle zu wandern und mich wütend und nutzlos zu fühlen.

Ich hatte meiner Schwester angeboten, ihr Geld zu leihen, ihre Miete zu übernehmen, Dinge für Poe zu kaufen. Die einzige Antwort, die ich darauf erhielt, war: »Wir kommen zurecht.«

In anderen Worten, ich hatte in Poes Leben nichts zu melden. Ich konnte nur den Sommer mit ihr verbringen und hoffen, dass er wenigstens eine kleine positive Erinnerung in ihrem Leben sein würde.

»Willst du mir helfen, für Gran einen Freund zu finden?«, fragte ich.

Poes Gesicht verzog sich zwar zu einer Grimasse, doch gleichzeitig leuchtete es auf.

»Ehrlich? Das ist eklig. Warum würdest du das wollen?«

»Ich mache mir Sorgen um sie. Sie ist schon sehr lange allein.« Und sowohl Poe als auch ich würden bald abreisen. »Komm«, sagte ich und sammelte unsere Teller ein. »Ich habe sie auf einem Dating-Portal angemeldet und checke die Männer, bevor ich sie ihr vorstelle.«

»Sie hat mir gesagt, dass sie glaubt, du würdest sie verkuppeln wollen.« Poe stellte ihr Glas in den Geschirrspüler. »Als du deine Dinnerparty gegeben hast?«

»Stimmt. Das hatte ich vor. Es lief aber nicht so gut. Jemand hat ein Reh angefahren.«

»Was ist das nur mit dir und den Tieren? Boomer, pass gut auf dich auf, Junge.« Sie beugte sich vor und kraulte ihm die Ohren. Es war das erste Mal, dass sie ihn nicht einfach nur *Hund* genannt hatte.

Ich wischte den Tisch ab und holte meinen Laptop. Poe nahm sich ein Stück Blaubeerkuchen (kein Zucker, sehr nahrhaft, abgesehen von dem Schmalz, das ich für den Teig verwendet hatte) und setzte sich neben mich.

Mit einem Mal hatte ich einen Kloß in der Kehle. Sie würde mir fehlen. Lily würde in etwas weniger als einem Monat freikommen. Der Countdown meiner Zeit mit Poe hatte begonnen, und der Sommer, der am Anfang so lang gewirkt hatte, floss vorbei wie ein schneller Strom.

Aber Poe war jetzt älter und würde, da sie mich nun kannte, mit mir in Kontakt bleiben.

Das hoffte ich zumindest.

»Okay.« Ich räusperte mich. »Legen wir los.« Ich rief die Dating-Website auf und loggte mich in das Profil ein, das ich für meine Mom angelegt hatte. Ich hatte ihr den Namen »SuperMainah« gegeben.

»›Geschiedene Frau‹«, las Poe laut vor. »›Mitte sechzig, liebt Tiere‹ – nun, das hat sie zumindest, bis du ihres umgebracht hast – ›lesen und die Zufriedenheit, die ein Tag harter Arbeit bringt. Ich bin ein nüchterner Mensch, ehrlich und geradeheraus. Attraktiv und fit. Großartiger Sinn für Humor.‹« Poe sah mich an. »Sinn für Humor? Gran?«

»So etwas muss man schreiben«, sagte ich.

»Also, wer hat angebissen?«, wollte sie wissen.

»Mal sehen. Drei Leute. Nicht schlecht.« Ich klickte auf den ersten Typen – *Servus.*

»›Hallo Supermainah!‹«, las ich vor. »›Du klingst, als hättest du dein Leben unter Kontrolle und könntest auch mich kontrollieren.‹ Oh Gott, das kann ja was werden. ›Ich bin ein sehr unterwürfiger Betta-Mann …‹ Guck dir nur die ganzen Rechtschreibfehler an, Poe ›… auf der Suche nach einer starken, dominaten Alpha-Frau. Ich aktzeptire meine Unterlegenheit und kenn meinen Platz. Ich wohne bei meiner Mutter, die einhundertdrei Jahre alt ist und mir die Liebe zum Gehorsam beigebracht hat. Wenn es dir nichts ausmacht, ihr beim Baden und Anlegen der Windeln zu helfen, sollten wir uns kennenlernen.‹«

»Er klingt perfekt«, sagte Poe.

»Sie kommandiert wirklich gerne Leute herum«, murmelte ich. »Schauen wir mal den Nächsten an.« Ich klickte auf den Text von *GotLove2Offer*.

»Jetzt bin ich dran mit Lesen.« Poe drehte den Laptop zu sich. »›Hallo SuperMainah, ich bin froh, dass du so tüchtig bist. Ich werde ganz ehrlich sein, ich bin arm. Ich habe kein Auto, meine finanzielle Situation ist schrecklich, und ich wohne immer noch mit meinen fünf Schwestern zusammen, die alle gemeine Zicken sind. Ich sehe auch nicht besonders gut aus. Ich suche nach jemandem, der mich finanziell unterstützt, gerne kocht (auch für meine Schwestern) und lange Spaziergänge mag, aber nicht unbedingt Sex will.‹« Sie fing an zu kichern. »›Ich werde dein Herz wieder füllen. Meine Interessen sind Wrestling, Militärwaffen und … und … und … kuscheln.‹« Sie kreischte vor Lachen.

»Oh Gott«, sagte ich. »Siehst du, worauf du dich freuen kannst? Okay, der Nächste.« Ich klickte den *MusicalFisherman* an. »›Hallo! Du klingst sehr nett und unkompliziert.‹« Ich schaute Poe an. »Bei *unkompliziert* würde ich zustimmen, du nicht?«

»Auf jeden Fall.«

»›Ich bin Witwer, pensionierter Musiklehrer, keine Kinder.

Ich gehe gerne angeln und schaue Dokumentationen auf dem History Channel. Vor vier Jahren bin ich von Florida nach Maine gezogen und liebe es hier. Wenn du dich mit mir auf einen Kaffee treffen möchtest, kann ich gerne in deine Gegend kommen. Ich wohne in Kennebunkport, und es macht mir nichts aus, ein Stück zu fahren.‹«

Wir sahen uns an und waren über seine Normalität ein wenig erschrocken. »Okay, dem antworten wir«, sagte ich.

»Du willst dich als Gran ausgeben?«, frage Poe.

»Nein. Ich werde ehrlich sein. Sieh zu.« Ich las laut vor, während ich tippte. »›Lieber Fisherman, hier ist SuperMainahs Tochter. Ich helfe meiner Mom mit dem Online-Dating. Sie klingen sehr nett. Gibt es noch etwas, das wir wissen sollten, bevor wir ein Treffen arrangieren?‹«

»Oh, du bist gut.«

»Sobald ich seinen Namen weiß, werde ich seinen Hintergrund überprüfen.«

»Siehst du? Deshalb bist du die Erwachsene.«

Wo wir gerade von Hintergrundüberprüfungen sprachen … »Wie hat sich Luke Fletcher dir gegenüber verhalten?«

Sie zuckte mit den Schultern. »Er ist in Ordnung. Er redet nicht viel mit mir. Er kümmert sich um die Motoren und ich mich um die niederen Arbeiten, also sehe ich ihn kaum.«

Das hatte Sullivan mir auch erzählt, als ich ihm vor zwei Tagen geschrieben hatte.

Der Computer piepte. »Das ist unser Galan!«, rief ich. »Er mag uns.«

»Arme Gran«, sagte Poe. »Du weißt, dass sie hierüber nicht glücklich sein wird.«

»Ja, ja«, sagte ich. »Aber vielleicht haut er sie ja um, wenn sie ihn erst mal sieht.«

»Kannst du dir das wirklich vorstellen?«

»Nein. Aber tun wir doch so, als ob.«

Zwei Tage später traf sich Richard Hemmings, aka *MusicalFisherman*, mit mir im Jitters, dem gerade neu eröffneten Coffeeshop der Insel. Innen war der Laden wirklich süß. Während Lala's eine echte Bäckerei war, handelte es sich hierbei um ein Kaffeehaus mit schwarz-weiß gemustertem Fußboden und einer bezaubernden alten Eichentür. Im Hintergrund stand eine Röstmaschine und verbreitete einen dunklen, reichhaltigen Duft im Raum. Es gab hier Gebäck (das sie von Lala's kauften, um die Einheimischen nicht gegen sich aufzubringen – guter Schachzug), und auf dem Bürgersteig standen ein paar Tische, an denen sich extrem schöne Hunde entspannen und ein wenig Wasser trinken konnten (oder, wie in Boomers Fall, kalten entkoffeinierten Kaffee).

Xiaowen traf ungefähr fünf Minuten nach Boomer und mir ein und bestellte sich am Tresen etwas zu trinken. Sie wollte sich den potenziellen Beau meiner Mutter anschauen, und außerdem mussten wir noch ein paar Dinge für *Lauf weit, sei stark* erledigen, was sich trotz des guten Zwecks als echt nervig herausgestellt hatte.

Die Tourismussaison war im vollen Gange, und das Jitters füllte sich langsam.

Xiaowen kam mit ihrer Bestellung zu mir herüber. »Ich habe die Jungs gerade überredet, uns zu sponsern«, sagte sie selbstgefällig und trank einen Schluck von ihrem mit einem Berg Schlagsahne bedeckten Kaffee.

»Super!«, sagte ich. »Und meine Praxis in Boston schießt auch ein wenig Geld dazu.«

Xiaowen holte ihr iPad aus der Tasche und zeigte mir den aktuellen Spendenstand.

Beinahe jedes Geschäft in der Stadt unterstützte *Lauf weit, sei stark*, sodass wir nach Abzug der Kosten für die Genehmigung, die Versicherung, die öffentliche Sicherheit und alles andere noch ausreichend Geld übrig hatten. Wir hatten T-Shirts bestellt, und ich arbeitete an einer Broschüre, in der wir die Nahrungspyramide vorstellten und erklärten, wie man die Angaben auf den Lebensmitteln richtig las. Dazu würde es eine Website geben mit Links zu vielen anderen Internetseiten voller Informationen über Gesundheit, Sport und Ernährung.

Die größte Botschaft, die ich aussenden wollte, war unser Slogan: *Gesund sieht an jedem anders aus.*

Ich hatte in diesem Sommer ein wenig an Gewicht zugelegt. Und das war ehrlich gesagt auch dringend nötig gewesen. Vielleicht hatte es an dem Stress nach dem großen bösen Vorfall gelegen, vielleicht daran, dass ich immer versucht hatte, perfekt zu sein – bei der Arbeit, mit Bobby, im Krankenhaus. Hier hingegen hatte ich ein wenig lockergelassen, hatte ab und zu Kuchen gegessen, manchmal sogar mit einer Kugel Eis dazu. Nicht jeden Abend, aber auch nicht nie. Ich ging immer noch regelmäßig laufen und fuhr wann möglich mit dem Rad, während der Hund aller Hunde majestätisch an meiner Seite galoppierte.

»Wir sollten jedes Jahr eine andere Unterzeile einbauen«, sagte Xiaowen. »Nächstes Jahr könnte es etwas sein wie *Du wirst erstaunt sein, was du alles erreichen kannst.*«

»Ich liebe die Idee«, sagte ich.

Aber wäre ich im nächsten Jahr in der Lage, das durchzuführen? Ich wäre in Boston, und die Organisation des Laufs war eine ziemlich große Verpflichtung.

Nun, ich könnte ein Komitee gründen.

»Muss ich wirklich mitlaufen?«, fragte Xiaowen zum vierundsechzigsten Mal.

»Ja. Um die Truppen zu ermutigen.«

»Wie Lady Godiva. Soll ich nackt laufen?«

»Nein. Wir wollen nicht, dass ein Aufruhr ausbricht. Oh, sieh nur, da ist er. Hi Richard!«

Er hatte mir ein Foto geschickt – er war groß, trug eine Brille, hatte noch ziemlich dichtes Haar, das ein wenig zerzaust war. Dass ich mich als Kupplerin betätigte, hatte er ziemlich gut aufgenommen. Er war ein wenig jünger als Mom, aber das fand ich in Ordnung.

Richard trug ein Polohemd, Khakihosen, Segelschuhe und zum Glück keine Baseballkappe. Was hatte es nur damit auf sich, dass Baseballkappen Männern gleich die Hälfte ihres Sexappeals raubten?

»Hallo.« Er errötete. »Sehr schön, Sie kennenzulernen, Nora.« Er schüttelte erst meine Hand, dann Xiaowens.

»Xiaowen Liu«, sagte sie. »Eine große Bewunderin von Sharon Stuart.«

»Schön, Sie beide kennenzulernen.«

»Und das ist mein Hund Boomer.« Obwohl er gerade ein Schläfchen machte, wedelte Boomer mit dem Schwanz.

»Er ist wunderschön«, sagte Richard, und Boomer wedelte noch heftiger. »Kann ich Ihnen noch einen Kaffee bestellen?«

Gute Manieren, sehr nett aussehend, ein wenig schüchtern. »Danke, ich habe noch«, sagte ich.

»Ach, zu einem Stück Schokokuchen würde ich nicht Nein sagen«, erklärte Xiaowen.

»Ich bin gleich wieder zurück.« Er lächelte und ging hinein.

»Das ist ein Test«, erklärte Xiaowen. »Wenn er mich nicht bezahlen lässt, hat er bestanden.«

Eine Minute später kam Richard zurück und stellte den Teller vor meiner Freundin ab. »Der geht auf mich«, sagte er.

Xiaowen und ich tauschten einen zufriedenen Blick.

»Xiaowen«, sagte Richard nachdenklich. »Wie schreibt man das auf Chinesisch?«

Sie schrieb ihren Namen auf einen Zettel. Die Zeichen waren so komplex und schön.

»Das bedeutet ›die Farbe der morgendlichen Wolken‹, oder?«, fragte Richard.

Xiaowen erstarrte, die Gabel auf halbem Weg zu ihrem Mund. »Äh … ja. Mehr oder weniger.«

»Ich habe ein paar Jahre in China gewohnt. Das ist ein ganz wunderbarer Name.«

»Danke.« Sie warf mir einen Blick zu. »Und was bedeutet Richard?«

Er lachte. »Mächtiger Anführer. Ich glaube, damit haben meine Eltern ein wenig danebengezielt. Ich bin Musiklehrer, jedoch nach einer Rückenverletzung in Rente. Mir fehlen meine Schüler, aber ich leiste ein wenig ehrenamtliche Arbeit in Portland.«

»Wie nett«, murmelte Xiaowen und aß ein Stück von ihrem Kuchen.

»Also!«, sagte ich fröhlich. »Richard, ich wollte Sie nur warnen, dass meine Mom eine … Nun, sie ist ein wundervoller Mensch. Die Vorstellung, verkuppelt zu werden, behagt ihr allerdings gar nicht, also …«

»Verstanden. Wir beide sind nur befreundet, und sie läuft uns zufällig über den Weg.«

»Bingo. Wir kennen uns von … Was meinen Sie, was sollen wir sagen?«

»Einem Vollmondspaziergang in einem Rosengarten«, schlug Xiaowen vor, und Richard lachte.

»Wie wäre es mit der Fährfahrt?«

»Perfekt.«

Ich schickte meiner Mutter eine Nachricht und hoffte, dass sie zur Abwechslung einmal antworten würde. Derweil unterhielten Richard und Xiaowen sich über Portland, Austern und Segeln.

Mom, komm in deiner Mittagspause ins Jitters. Ich bin gerade hier, und der Kaffee ist fabelhaft.

Sollte sie sich weigern (was sie würde), müsste ich die »Hier ist jemand, den ich dir vorstellen möchte«-Karte ziehen.

Eine Sekunde später tauchte unerwartet eine Antwort auf.

*Gerne. Bin in fünf Min. da.*

Das Excelsior Pines war nur die Straße hinunter.

Ich zeigte Xiaowen mein Handy. »Das ist vollkommen untypisch für sie, so spontan zu sein«, murmelte sie.

»Sie scheint den Kaffee zu riechen.«

»Der ist wirklich sehr gut.« Robert trank einen Schluck. »Xiaowen, waren Sie mal im Bard? Da gibt es meinen Lieblingskaffee.«

»Nein, nein, nein. Sie müssen die Speckled Axe probieren. Das Bard ist für Anfänger.«

»Klingt, als hätten Sie mir gerade den Kaf*fehde*handschuh hingeworfen«, sagte er lächelnd, und Xiaowen lachte über seine Wortspiel.

Ein paar Minuten später gesellte sich Mom in ihrer Hoteluniform, die aus einem weißen Hemd und einer schwarzen Hose bestand, zu uns. »Hi Mom!«, sagte ich.

»Hallo. Xiaowen, meine Liebe, wie geht es dir?« Sie sah Richard an. »Ich bin Noras Mutter. Und Sie sind?«

»Richard Hemmings.« Er stand auf und streckte ihr die Hand hin, die sie misstrauisch schüttelte. »Wie schön, Sie kennenzulernen, Sharon.«

»Für Sie immer noch Mrs. Stuart.« Sie sah ihn finster an. »Und woher kennen Sie meine Tochter?«

»Wir haben uns auf der Fähre kennengelernt.« Er zwinkerte mir zu. »Sie hat mich auf einen Kaffee mit ihrer bezaubernden Freundin eingeladen. Möchten Sie auch etwas trinken?«

»Nein danke.« Sie setzte sich.

»Xiaowen und ich haben gerade darüber diskutiert, wo es den besten Kaffee gibt«, sagte Richard. »Haben Sie ein Lieblingscafé?«

»Ich koche meinen eigenen Kaffee.«

»Das ist immer der Beste.«

»Aye.« Mom verschränkte die Arme vor der Brust und sah mich an. Sie war nicht erfreut.

»Nora hat mir erzählt, dass Sie Tiere mögen, Sharon. Haben Sie ein Haustier?«

»Mein Vogel ist gerade gestorben«, sagte sie.

Xiaowen erstickte beinahe vor Lachen; meine Geschichte über Tweetys Dahinscheiden hatte sie viel zu sehr amüsiert. »Entschuldigt mich eine Sekunde«, sagte sie und verschwand in Richtung Toilette, um den nicht mehr ganz so jungen Liebenden Zeit zu geben, einander kennenzulernen.

»Ich hole mir noch mal nach«, sagte ich. »Noch irgendjemand?« Meine Mutter sah aus, als würde sie mich gleich beißen, aber Richard lächelte und sagte, er hätte alles.

Ich stellte mich in die Schlange von sechs Leuten und beobachtete meine Mutter. Öffne dich ein wenig, flehte ich stumm. *Sei nicht immer so distanziert.*

Andererseits lag es vielleicht an mir. Alle anderen schienen sie sehr zu mögen. Man musste sich ja nur die Umarmungstherapiegruppe anschauen.

»Nora Stuart? Bist du das, meine Liebe?«

Ich schaute auf, und da stand Mr. Abernathy vor mir, mein alter Englischlehrer. In der Hand hielt er einen Kaffee zum Mitnehmen. »Mr. A!«, rief ich und umarmte ihn. »Wie geht es Ihnen?«

Er strahlte. »Mir geht es sehr gut. Nun sieh dich einer an! Es ist so schön, dich zu sehen.«

»Haben Sie eine Minute?«, fragte ich.

»Sicher!« Seine Stimme war so vertraut. Wir setzten uns an einen Tisch in der Nähe des Tresens.

»Wohnen Sie noch auf der Insel?«, wollte ich wissen. »Ich habe Sie hier noch gar nicht gesehen.«

»Nein«, sagte er. »Aber wir haben das Haus behalten und kommen jedes Jahr für ein paar Wochen zurück. Den Rest der Zeit vermieten wir es. Wie geht es dir? Ich hatte immer gehofft, dich auf den Highschool-Treffen wiederzusehen.«

Ich nickte leicht beschämt. »Nun, wie Sie wissen, bin ich auf die Tufts gegangen und habe dann Medizin studiert.«

»Wie wunderbar! Deine Mutter muss so stolz auf dich sein.«

»Äh, ja. Wann sind Sie in Rente gegangen?«

»Ungefähr acht Jahre nachdem du fortgezogen bist. Vielleicht zehn.« Er nippte an seinem Kaffee. »Weißt du, du bist bis heute die Einzige, die je das Große-Werke-Projekt erledigt hat.«

Und da war es wieder. »Äh, was das angeht, Mr. Abernathy«, sagte ich und verdrehte die Finger in meinem Schoß. »Ich habe eine Frage, die Sie mir vielleicht beantworten können. War es das, was mir das Perez-Stipendium eingebracht hat?«

Er neigte den Kopf. »Was meinst du?«

»Waren das die Punkte, die ich brauchte, um zu gewinnen? Weil ich …« Ich schloss die Augen. »Ich habe die Aufgabe an der Tafel verschmiert, damit Luke Fletcher sie nicht sieht.«

»Ihr alle hattet vier Monate, um diese Aufgabe zu erledigen.«

»Ich weiß, aber … ich wollte sichergehen.«

Mr. A nickte. »Also, nach allem, was ich weiß, hast du Himmel und Erde in Bewegung gesetzt, um diesen Aufsatz zu schreiben, und das sogar während der Abschlussprüfungen. Ich bezweifle sehr, dass der junge Mr. Fletcher das zustande gebracht hätte. Aber es hätte auch keinen großen Unterschied gemacht, meine Liebe. Du hattest in meinem Fach bereits eine Eins plus, also hat der Aufsatz an deiner Note nichts mehr geändert. Deshalb war ich so überrascht, dass du ihn trotzdem geschrieben hast.«

»Wenn Luke ihn auch geschrieben und eine Eins bekommen hätte …«

»Ah, ich verstehe die Wurzel deiner Schuldgefühle. Aber du musst dich nicht mehr schuldig fühlen, meine Liebe. Luke hat das Semester mit einer Zwei minus abgeschlossen. Das ganze Schuljahr über sind seine Noten konstant gesunken, nicht nur in meinem Fach. Wir Lehrer haben uns darüber unterhalten. In der Nacht des Unfalls ... Das war offensichtlich nicht seine erste Erfahrung mit Drogen.«

Ich blinzelte. Einmal. Zweimal. »Oh«, sagte ich. »Das wusste ich nicht.«

Mr. A streckte den Arm aus und tätschelte meine Hand. »Du hast dieses Stipendium fair und deutlich gewonnen, Nora. Niemand anderes war auch nur in der Nähe.« Er holte sein Handy aus der Jackentasche. »Ah, das ist Mrs. Abernathy, die sich fragt, wo ich bleibe. Ich muss gehen, meine Liebe. Es war so schön, dich wiederzusehen. Herzlichen Glückwunsch zu allem, was du erreicht hast.«

Damit ging er.

Ich hatte das Stipendium also doch nicht geklaut.

Etwas benebelt stand ich auf, um mich wieder in die Schlange einzureihen, und da war Sullivan und roch nach Sonnenschein und Meeresluft und Motoröl. Seine Haut war gebräunt, was seine Augen wie flüssige Schokolade aussehen ließ.

Ich hatte das Stipendium nicht geklaut. Ich war nicht verantwortlich für den Unfall.

Sully hatte mir nie die Schuld daran gegeben ... und nun konnte ich aufhören, mir selbst die Schuld zu geben.

»Hey Hübscher«, sagte ich.

Sein Mundwinkel hob sich ein wenig, und in meinem Inneren breitete sich ein warmes Prickeln aus, das mich daran erinnerte, dass ich mit diesem Mann Sex gehabt hatte. Mittelmäßigen Sex, aber durchsetzt mit großartigen Momenten.

Vielleicht sollten wir das noch mal angehen.

Er stand sehr nah bei mir, so nah, dass ich die Wärme seiner Haut spürte. *Miau.* Er trug auch keine Baseballkappe. Gott segne ihn.

»Kann ich dir einen Kaffee ausgeben?«, fragte er.

»Wie bitte? Sorry, kannst du das noch mal wiederholen?«

Sein Lächeln wurde breiter. Er sagte etwas – *Lass uns hier auf diesem Tisch Sex haben.* Oder vielleicht war das auch nur mein Gehirn.

»Sorry, was?« Ich räusperte mich.

Er lachte. »Normalerweise bin ich derjenige, der nichts versteht.«

»Ich … ich scheine von Lust benebelt zu sein.«

Sein Blick wanderte über mich. »Ach wirklich?«

»Hmmh.« Meine Güte, meine Beine wurden schwach. Ich schwankte leicht und legte meine Hand an seine Brust. Ich spürte sein sonnenwarmes T-Shirt, das solide Klopfen seines Herzens.

»Hey, heißer Typ«, sagte Xiaowen, die auf uns zukam.

»Hey Xiaowen.«

»Wir verkuppeln gerade Noras Mom mit dem Mann da drüben.«

»Ich verstehe.«

»An der Art, wie sie ihre Tochter anfunkelt, sieht man, dass es gut läuft.«

Ich riss mich aus meinem Nebel. »Okay, ich gehe besser … wieder zurück.«

»Hast du dieses Wochenende Zeit?«, fragte Sully.

»Ja.«

»Gut.«

»Meine Güte, ihr zwei.« Xiaowen schüttelte den Kopf. »Ihr müsst an eurer Konversationsfähigkeit arbeiten. Sully, wir sehen uns. Du machst doch beim Aktionslauf mit, oder?«

»Das würde ich um nichts in der Welt verpassen.« Sein Blick glitt wieder zu mir. »Wir sehen uns.«

»Okay.«

»Mach den Mund zu, Nora. Tschüss, Sully.« Xiaowen zog mich am Arm zurück zum Tisch.

»Nora«, sagte meine Mutter, und ihr Tonfall lag irgendwo zwischen *Du hast Hausarrest, junge Dame* und *Ich habe dich gerade zur Adoption freigegeben.* »Dieser arme Mann denkt, ich wäre auf der Suche nach einem Freund. Er ist den ganzen Weg hierhergekommen, um mich zu treffen.« Sie wandte sich wieder ihm zu. »Es tut mir leid, dass Sie Ihre Zeit vergeudet haben, Mister. Lassen Sie sich die Fährfahrt von meiner Tochter zurückerstatten.« Sie stand auf, stemmte die Hände in die Hüften und sagte: »Schwing deinen Hintern heute Abend zum Essen zu mir.«

»Klingt lustig«, sagte ich. Sie sah mich wütend an. »Ja, Ma'am«, ruderte ich zurück.

»Nochmals sorry, Kumpel«, sagte sie zu Richard. »Xiaowen, es ist immer schön, dich zu sehen.«

Mein Handy piepte. Die Klinik. Ich hatte heute Nachmittag zwar keinen Dienst, da Freitag war, aber wenn sie mich anpiepten, bedeutete das normalerweise, dass etwas Großes im Gange war. »Ich muss los.« Ich wandte mich an Richard. »Es tut mir leid, Richard.«

»Das muss es nicht«, sagte er großzügig. »Ich wollte schon immer mal nach Scupper Island kommen.«

»Ich begleite Sie zur Fähre«, bot Xiaowen an. »Aber kommen Sie nicht auf irgendwelche Gedanken. Ich kann gut mit Worten umgehen, aber den Männern habe ich abgeschworen.«

»Die Geschichte dahinter müssen Sie mir bei einem Drink erzählen.«

Flirtend und plaudernd gingen die beiden davon. Meine Mom schaute weiter düster. »Was zum Teufel war das?«

»Ich muss in die Klinik.«

»Netter Versuch. Entweder es geht ihnen besser oder sie sterben, egal, was du tust.«

»Als Ärztin habe ich da eine etwas andere Einstellung. Lass uns gehen und dabei reden, okay?« Sie stapfte vor mir her. Ich war zu Fuß hergekommen, und es waren nur fünf Minuten bis zur Klinik. »Ich gestehe, Mom. Ich möchte, dass du jemanden in deinem Leben hast. Lily kommt bald raus, und dann kehrt Poe nach Seattle zurück. Ich fahre wieder nach Boston, und das

Leben auf der Insel ist nicht leicht! Ist es so falsch, wenn ich mir Sorgen um dich mache?«

»Sorg dich, soviel du willst«, gab sie barsch zurück. »Aber hör auf, mich verkuppeln zu wollen! Mir geht es ganz wunderbar. Und komm nicht zu spät zum Dinner.«

Ich ließ Boomer bei Amelia, die ihn liebte, und kümmerte mich um den Patienten – ein Sommerkind, das sich die Hornhaut zerkratzt hatte. Ein einfacher Fall und definitiv etwas, um das Gloria sich hätte kümmern können, aber sie war in letzter Zeit nahezu versessen darauf, mir das Leben schwer zu machen. Ich gab der Mom eine antibiotische Salbe mit, riet dem Kleinen, es langsam angehen zu lassen, und ging an den Empfang, wo Gloria stur auf den Computerbildschirm starrte und tat, als wäre ich nicht da.

»Hier sind die Unterlagen von unserem letzten Patienten. Ich war überrascht, als du angerufen hast, bin aber dankbar, dass du es getan hast. Wann immer du dich überfordert fühlst, sag mir einfach Bescheid.« *Nimm das, Missy*, fügte ich mental hinzu. Es war das Ende eines langen Tages, und ihr mieses Verhalten machte mich kratzbürstig.

Ich war heute mit dem Fahrrad zur Arbeit gefahren, was eine gute Entscheidung gewesen war. Es hatte etwas Intimes und Aufregendes, mit dem Rad durch eine Stadt zu fahren, selbst wenn ich sie so gut kannte wie diese. Man war schnell genug, um nicht in eine Unterhaltung verwickelt zu werden, und langsam genug, um die guten Gerüche von Burgern und Desserts und jemandes Pfeifenrauch aufzunehmen, die durch die salzige Meeresluft noch verstärkt wurden. Boomer liebte es auch, denn bei unseren Joggingrunden war ich ihm immer zu langsam. Am Fahrrad hingegen konnte er sich richtig austoben.

Ich hielt an dem kleinen Spirituosenladen, der einst ein mieser Schuppen mit vergilbten Fenstern gewesen war, in dem sich die Alkoholiker ihren Stoff besorgten, nun aber zu einem zauberhaften kleinen Weingeschäft umgebaut worden war. Ich kaufte eine Flasche Pinot Noir für den Abend bei meiner Mom, legte sie in meinen Fahrradkorb und fuhr weiter.

Kurz darauf bog ich in die Oak Street ein, in der Sullivan wohnte. Hey, das war eine ganz legitime Durchgangsstraße. An seinem Haus wurde ich etwas langsamer. Sein Truck war nicht da (gut, denn immerhin stalkte ich hier gerade), aber ich wusste nicht, ob Audrey zu Hause oder auf der Werft oder vielleicht sogar bei Amy war.

Das Zuhause konnte einem viel über den Menschen verraten. Das Haus von Sully war charmant, gut erhalten und relativ schlicht, genau wie der Mann selbst.

Der Gedanke brachte mich zum Lächeln.

Ich fuhr weiter und nahm mir vor, zu Hause vielleicht (ganz vielleicht) kurz schwimmen zu gehen und dann zu duschen. Es wurde immer wärmer, und der Himmel, der vor zwei Stunden noch strahlend blau gewesen war, füllte sich jetzt mit bedrohlichen grauen Wolken. Ein Gewitter zog auf. Ich hoffte, bis dahin zu Hause zu sein. Inzwischen liebte ich es, wenn mein kleines Hausboot hin und her schaukelte, liebte die Blitze, die den Himmel erhellten, die Donnerschläge, die mich im Sessel zusammenzucken ließen.

Ungefähr zwanzig Meter von der Hügelkuppe entfernt, wo die Straße eine Kurve machte und steiler wurde, klingelte mein Handy. »Verdammt«, sagte ich. Ich wollte es ohne Pause bis zur Spitze schaffen, um den Eiskaffee abzutrainieren, den ich mir vorhin gegönnt hatte.

Unter einer Pinie hielt ich an und holte mein Handy aus der Handtasche.

»Dr. Stuart, hier ist James Gillespie.«

Erst konnte ich mich nicht erinnern, wer das war, aber die Morgan-Freeman-Stimme half mir auf die Sprünge. Der Privatdetektiv, den ich an dem Tag, an dem ich Voldemort gesehen hatte, in Boston angeheuert hatte.

»Hi! Wie geht es Ihnen?«, fragte ich.

»Mir geht es gut. Und Ihnen?«

»Sehr gut. Haben Sie ... Haben Sie etwas herausgefunden?«

Es entstand eine Pause. Das war nie ein gutes Zeichen. »Nun, ja und nein. Wie Sie an jenem Tag in meinem Büro schon sagten, der Name Ihres Vaters kommt ziemlich häufig vor. Ohne seine Sozialversicherungsnummer zu kennen, ist es ein Schuss ins Blaue.«

»Richtig.«

»Ich habe jedoch Eintragungen zweier Todesfälle gefunden – zwei Männer mit dem Namen William Stuart. Beide hatten das Geburtsdatum Ihres Vaters, beide wurden in New York City geboren.«

Panik überfiel mich und fand jede Verletzung, die ich je erlitten hatte – mein Schlüsselbein, mein Knie, mein Schienbein, das ich mir auf dem College an den Stufen zur Bücherei so heftig angeschlagen hatte, jede Stelle, an der Voldemort mich verwundet hatte. *Bitte, sei nicht tot, Daddy. Sei nicht tot.*

»Eine ist von vor siebzehn Jahren. Todesursache war ein Autounfall in El Paso, Texas.« Wieder eine Pause. »Und es tut mir leid, sagen zu müssen, dass es sich bei der anderen um einen Suizid in Buffalo, New York, vor elf Jahren handelt.«

Eine Meise landete auf dem Ast neben mir. Sie waren so hübsch, diese kleinen Vögel, fleißig und klug. Mit einem Mal wurde mir ein wenig schwindelig, und graue Flecken tanzten über den Vogel. Ich atmete tief ein.

»Dr. Stuart?«

»Ich bin noch da«, sagte ich. Meine Stimme hörte sich seltsam an. Noch ein Atemzug. Die grauen Flecken verschwanden.

»Für beide Männer gab es keine Sterbeanzeigen, und es wurden keine Verwandten oder Ehepartner aufgeführt.« Er hielt inne. »Würde eine der beiden Örtlichkeiten in Bezug auf Ihren Vater einen Sinn ergeben?«

»Äh … nein. Nicht wirklich. Ich meine, er könnte überall hingegangen sein.«

»Wenn Sie seine Sozialversicherungsnummer hätten …«

»Ja.«

»Die steht auf der Heiratsurkunde Ihrer Eltern, falls Sie darauf Zugriff haben. Aber ohne, fürchte ich, haben wir das Ende des Weges erreicht.«

»Danke, Mr. Gillespie. Ich lasse es Sie wissen, wenn ich noch etwas finde.« Ich legte auf und stieg wieder auf mein Fahrrad.

Ich merkte erst, dass ich weinte, als der Wind seinen Atem über meine Tränen blies.

Anstatt nach Hause zu fahren, schlug ich den direkten Weg zu meiner Mutter ein. Das Fahrrad stellte ich in der Nähe der Hintertür ab, eine alte Angewohnheit aus der Kindheit. Poe war bei der Arbeit, genau wie meine Mutter, was bedeutete, ich konnte bis zum Abendessen herumschnüffeln.

Wenn mein Vater tot war, wollte ich es wissen. Ich konnte mir nicht vorstellen, dass meine Mutter ein Dokument wie ihre Heiratsurkunde wegwerfen würde – oder ihre Scheidungspapiere.

Guter Gott, ich wusste nicht einmal, ob meine Eltern offiziell geschieden waren.

Als ich anfangs hergekommen war, hatte ich nicht daran gedacht herumzuschnüffeln – und angesichts meiner Verletzungen wäre das auch schwierig geworden. Mann, das kam mir schon ewig her vor, als ich noch Krücken und die Armschlinge hatte.

Im Haus roch es nach Hackbraten. Mom machte ihren im Schongarer, und der Braten war einer ihrer nicht ganz so schrecklichen Speisen. Zumindest muss ich mich nicht mit Tweety herumschlagen, dachte ich und wurde sofort von Schuldgefühlen überfallen.

Boomer legte sich fröhlich hechelnd vor den Holzofen. Ich stellte ihm eine Schüssel mit Wasser hin und atmete erst einmal tief durch. Der beste Ort, um mit der Suche anzufangen, wäre vermutlich das Büro.

Wenig überraschend, war der Schreibtisch meiner Mutter ordentlich und organisiert. Erneut trat mich das schlechte Gewissen in den Magen, als ich die Schubladen aufzog. Ordentlich beschriftete Mappen voller Rechnungen, Rezepte, Akten der örtlichen Geschäfte, die sie als Buchhalterin engagiert hatten. *Gesundheit* – guter Gott, würde ich es wagen? Ich wagte es. In der Mappe lagen ein Ausdruck ihres Laborberichts – alles vollkommen normal – und ein Rezept für eine Brille.

Es gab eine Mappe für Poe – Schulzeugnisse aus Seattle, einen Bericht vom Jugend- und Familienamt. »Keine Anzeichen von Missbrauch oder Vernachlässigung«, stand darin. Es schien, als wäre meine Schwester nach ihrem Zusammenstoß mit dem Gesetz gründlich durchleuchtet worden.

Oh Lily.

Über meinen Vater fand ich nichts.

Ich ging nach oben ins Schlafzimmer meiner Mom, das meinem gegenüberlag. Eine Erinnerung schwebte heran – ich, verängstigt in der Nacht, ging im Nachthemd über den Flur, weil ich zu meinen Eltern wollte, sie aber nicht wecken mochte. Die Hand meines Vaters auf meinem Kopf, er holte mir ein Glas Wasser, wartete, bis das Wasser kalt war, dann steckte er mich wieder ins Bett und sagte mir, dass Mr. Bowie, mein Teddybär, mich beschützen würde.

Nein. Das war *Mom* gewesen. Ich erinnerte mich, dass sie mit tiefer Stimme gesprochen und so getan hatte, als wäre sie Mr. Bowie. »An mir kommt niemand vorbei!« Und wir hatten im Mondlicht gelacht, während Lily im anderen Bett fest schlief.

Ihr Zimmer hatte sich nicht groß verändert.

Ich öffnete die Nachttischschublade und schob sie schnell wieder zu. Okay. Mom hatte immer noch weibliche Bedürfnisse. Schön für sie. Ich würde mir etwas Augenbleiche besorgen und den Anblick aus meinem Gedächtnis tilgen.

In dem anderen Nachttisch lag ein Stephen-King-Roman. Lustig, ich wusste nicht, dass meine Mutter ihn mochte. Früher hatte sie das nicht getan – sie hatte mich immer gefragt, warum um alles in der Welt ich vor dem Schlafengehen etwas Gruseliges las. Ich schätzte, sie war ihm auch in die Falle gegangen.

Ihre Kommode enthielt das Übliche – Socken, Unterwäsche, langärmlige T-Shirts, Jeans. Auch in ihrem Kleiderschrank fand sich nichts Interessantes. Wintermantel, Stiefel, Pullover, ihr einziges Kleid.

Warte mal kurz.

Da, hinter dem dicken Wintermantel, lag eine Kiste. Ich zog sie heraus.

Sie enthielt Bilder. Fotos von meinem Dad. Von *uns*. Unserer Familie.

Sein Gesicht nach all diesen Jahren wiederzusehen traf mich wie ein Schlag gegen die Brust.

Er war so jung! Wie hatte so viel Zeit ohne ihn vergehen können? Wie hatten wir seinen Verlust überlebt?

Da war er, lachend in seinem Kanu, mit schwarzen Haaren und einem breiten Lächeln. Vielleicht war das zu der Zeit, als sie sich kennengelernt hatten? Die beiden auf einem Wanderweg mit Jacken und Mützen, das Laub um sie herum bunt.

Dad mit mir auf den Armen im Krankenhaus. Das wusste ich, weil meine Mutter auf die Rückseite geschrieben hatte: *Bill mit Nora, zwei Tage alt.*

Es gab Dutzende Fotos. Einige waren gerahmt, und ich erinnerte mich, dass sie auf dem Regal über der Couch im Wohnzimmer gestanden hatten. Einige waren verblasst, andere von besserer Qualität, aber alle eine Schatztruhe der Erinnerungen. Lily mit ungefähr drei Jahren, wie sie auf einem Pony sitzt, das Dad am Halfter hält. Mein Dad und ich in seinem Sessel beim Lesen eines Buchs. Wir vier, wie wir in die Sonne blinzeln.

Mom und Dad mit Zuckerwatte. Wann zum Teufel war das gewesen? Dad, der Burger auf dem kleinen runden Grill wendete, den wir hatten, als ich noch ein Kind gewesen war. Lily auf seinen Schultern, die Hände nach den Schneeflocken ausgestreckt.

Die Bilder stammten fast alle aus unseren goldenen Jahren – den ersten sieben oder acht Jahren meines Lebens. Danach wurden sie immer weniger.

Warum hatte meine Mom sie vor uns verborgen?

*Wann hätte ich sie dir geben sollen, Nora?*, hörte ich eine Stimme in meinem Kopf. *Du bist die Hälfte deines Lebens nicht zu Hause gewesen.*

Genau wie Lily.

Boomer stupste meinen Kopf an, und ich drehte mich um. Er leckte mir über die Wange – ich weinte zum zweiten Mal an diesem Tag.

Die Liebe, die mein Vater für uns empfunden hatte – für uns alle drei –, strahlte wie Sonnenschein von diesen Fotos.

Wie hatte er ein Leben ohne uns ertragen können?

Ich lehnte mich gegen meinen starken Hund und ließ die Tränen in sein Fell sickern.

# 25. Kapitel

Ich war so in Erinnerungen und Traurigkeit versunken, dass ich das Auto meiner Mutter nicht hörte. Ich hatte keine Ahnung, wie lange sie schon zu Hause war, als Gelächter an mein Ohr drang. Boomer winselte und wollte sie begrüßen, aber ich hielt ihn am Halsband fest.

Mom war nicht allein. War Poe da? Nein, heute übernachtete sie bei Audrey. Oder vielleicht war es doch Poe, die noch schnell irgendetwas holen wollte.

Nein. Das war definitiv nicht Poes Stimme. Und Mom lachte nicht sehr oft … zumindest nicht, wenn ich in der Nähe war.

Ich stand auf. Meine Knie knackten, meine Beine waren steif – ich hatte wohl eine Weile auf dem Boden vor dem Kleiderschrank gesessen.

Ich wollte mit meiner Mutter über diese Kiste sprechen. Über Dad. Sie musste Antworten haben. Das konnte einfach nicht anders sein. Vielleicht war das der Grund für unser Dinner, der Grund, warum sie so darauf bestanden hatte, dass ich vorbeikam.

Ich ging zur Treppe und blieb auf der obersten Stufe stehen. Boomer glaubte fälschlicherweise, es wäre Zeit für ein Nickerchen, und ging in mein altes Zimmer, um sich auf Poes Bett zu legen.

»Okay, ich lass dich jetzt in Ruhe«, sagte eine Frauenstimme. »Viel Glück heute Abend.«

»Ja, das kann ich gebrauchen«, erwiderte meine Mutter. »Ich ruf dich nachher an.«

»Auf jeden Fall.« Ein weiteres Lachen. Donna Krazinski. Ich fragte mich, warum sie meiner Mutter Glück wünschte.

Ich ging die Treppe hinunter und in die Küche, wo meine Mutter und Donna sich gerade küssten.

Lasst mich das kurz wiederholen: Meine Mutter und Donna küssten einander.

»Heilige Scheiße«, sagte ich, und die beiden sprangen auseinander.

»Ach, verdammt.« Mom lief knallrot an.

»Donna«, sagte ich. »Wie geht es dir?«

Sie lächelte. »Wunderbar, Süße. Setz dich. Es gibt da etwas, das deine Mutter dir sagen will.«

»Ich denke, ich weiß, was das ist.« Mich zu setzen war jedoch eine gute Idee, denn ich fühlte mich ein wenig wacklig auf den Beinen. »In meinem Fahrradkorb liegt eine Flasche Wein«, sagte ich. »Ich schlage dringend vor, dass wir die öffnen. Und zwar jetzt. Das Fahrrad steht hinten.«

Donna ging nach draußen.

Meine Mutter lehnte sich mit verschränkten Armen gegen die Arbeitsplatte und sah mich nicht an. Die Uhr tickte. In der Ferne krächzte eine Krähe (nicht wirklich, aber es fühlte sich so an).

»Da bin ich wieder.« Donna kam wieder herein. Als wir alle ein gefülltes Glas in der Hand hielten, trank ich meines in einem Zug aus und hielt es ihr zum Nachfüllen hin. Donna gehorchte.

»Auf die Liebe«, sagte ich.

Mom schaute Donna an, die lächelte. »Auf die Liebe«, wiederholte sie. Meine Mutter war offensichtlich vor Schreck stumm geworden.

»Wie lange seid ihr schon zusammen?«, wollte ich wissen.

»Bald fünf Jahre«, erklärte Mom, und ich verschluckte mich an meinem Wein.

Ich tupfte mir den Mund mit einer Serviette ab. »Und du hast nie etwas gesagt, weil ...?«

Mom zuckte mit den Schultern. »Weil es dich nichts angeht.«

»Ich habe quasi eine Stiefmutter. Das geht mich schon etwas an.«

Sie seufzte.

»Geht ihr beide damit offen um, oder ist es ein Geheimnis?«

»Wir haben uns mehr oder weniger geoutet«, sagte Donna, als Mom nichts erwiderte. »Ich denke, inzwischen weiß es jeder.«

»Außer Bob Dobbins«, merkte ich an.

»Tja, jeder halbwegs clevere Mensch weiß es«, sagte meine Mom.

»Das nehme ich persönlich.«

Mom ordnete die Servietten, die immer noch in dem Plastikobsthalter aus meiner Kindheit steckten. »Wir, äh, haben es etwas ruhiger angehen lassen, nachdem Poe kam. Wir wollten nicht, dass sie sich … ich weiß nicht.«

»Wir wollten nicht, dass sie sich nicht willkommen fühlt«, erklärte Donna. »Sie musste die erste Priorität deiner Mutter sein.«

Ich nickte. »Dann ist meine Mutter also lesbisch. Wer hätte das gedacht? Tja, Mom, du hättest dir keine nettere Partnerin als Mrs. Krazinski aussuchen können. Gut gemacht.«

Donna strahlte und drückte meine Schulter. Mom blinzelte nur. »Mehr hast du nicht zu sagen?«

»Äh … sollte ich?«

Sie überlegte kurz. »Nein.«

»Gut. Dann lasst uns essen. Ich bin am Verhungern.«

Das Dinner dauerte länger als unsere üblichen siebzehn Minuten, um zu überleben. Mit Donna war es beinahe wie eine Party.

Ich konnte sehen, dass sie ein etabliertes Paar waren (ja, *jetzt* sah ich es). Donna holte Mom Wasser ohne Eis, wie sie es am liebsten hatte, und Mom holte einen Becher Sour Cream für Donnas Ofenkartoffeln aus dem Kühlschrank, ein Vergnügen, das sie mir mein ganzes Leben verwehrt hatte. Liebe und Sour Cream. Das wäre ein guter Songtitel.

Donnas Haus stand zur Vermietung, weil sie vorhatten

zusammenzuziehen. Ich fragte Mom, wann sie erkannt hatte, dass Donna die Richtige für sie war, und Mom errötete und meinte, es wäre gewesen, als sie Donna einmal in einem Schneesturm nach Hause fahren musste und sie stecken geblieben waren und eine Stunde im Auto hatten warten müssen, bis Jake Ferriman kam, um sie rauszuziehen.

Ich konnte ihr nicht vorwerfen, es mir nicht erzählt zu haben. Wirklich nicht. »Du solltest es Poe sagen«, riet ich ihr.

»Aye. Ich wollte es nur erst dir sagen. Ich habe wie eine Wahnsinnige versucht, dich mal allein zu fassen zu kriegen.«

Ach ja. Das Abendessen, bei dem ich Tweety getötet hatte, ihre spontane Bereitschaft, mich heute im Jitters zu treffen.

»Ich schätze, ich sollte aufhören, dich verkuppeln zu wollen«, sagte ich.

»Dem Himmel sei Dank«, atmete sie auf und erzählte Donna von dem Treffen mit Richard, woraufhin Donna so sehr lachte, dass ihr die Tränen über die Wangen liefen.

»Du hast ein gutes Herz, Nora.« Sie drückte meine Hand, und mit einem Mal kamen auch mir die Tränen.

»Ich bin froh, dass du jemanden hast, Mom«, sagte ich in eine Papierserviette. »Ich bin wirklich froh.«

Aber diese Fotos ... Mein Gott, ich war fünfunddreißig Jahre alt und versuchte zu akzeptieren, dass meine Eltern nie wieder zusammenkommen würden, obwohl sie schon die letzten vierundzwanzig dieser Jahre getrennt waren.

»*Donner*, ich brauche etwas Zeit mit meiner Tochter«, sagte Mom, weil ich jetzt tatsächlich richtig weinte.

»Wir sehen uns morgen. Danke, dass du das so wundervoll aufgenommen hast, Nora.« Sie beugte sich hinunter, um mich zu umarmen.

»Ich freue mich wirklich. Lasst euch von diesen Tränen nicht in die Irre führen. Hey, weiß Lizzy es?«

»Oh, sicher. Sie weiß es schon sehr lange.«

Richtig. Weil Donna eine normale Familie hatte.

Donna ging, und Mom und ich räumten die Küche auf, ohne zu reden. Sie machte ihren wässrigen Kaffee, und wir setzten uns wieder an den Küchentisch, an dem schon immer alle wirklich wichtigen Unterhaltungen stattgefunden hatten.

»Warum die Tränen?«, wollte Mom wissen.

Ich atmete tief durch. »Ich habe heute die Fotos von Dad gefunden.«

Sie nickte und machte sich nicht einmal die Mühe, mich zu schelten, weil ich in ihrem Schrank herumgewühlt hatte.

»Was ist passiert, Mom? Was ist mit Dad geschehen?«

»Ich schätze, es ist an der Zeit, dass du es erfährst«, sagte sie mit matter Stimme. Nein, nicht matt.

Traurig.

Seitdem sie ihn getroffen hatte, sagte Mom, war Bill Stuart der wundervollste Mann, den sie kannte. Immer der Mittelpunkt der Party. Voller Energie. »Er konnte jeden um den Finger wickeln«, sagte sie. »Und wie gerne ich mich um seinen Finger gewickelt habe.«

»Den Teil kannst du auslassen«, bat ich.

»Bevor du kamst, waren wir fünf Jahre verheiratet. Und dann kam Lily gleich nach dir«, erzählte sie. »Das waren fünf gute Jahre. Ich meine, sie waren nicht perfekt, aber sie waren gut.« Sie atmete tief durch. »Aber dein Vater wurde ab und zu von diesen düsteren Stimmungen überfallen. Er saß dann einfach da und … tat nichts. Wollte nicht mit mir reden, wollte nicht aus dem Sessel aufstehen, wollte nicht einmal duschen. Ich habe ihm immer ein Sandwich hingelegt und bin ins Bett gegangen, und am nächsten Morgen lag es immer noch da, während er wie eine Statue im Sessel danebensaß, als hätte er sich die ganze Nacht über nicht bewegt.«

Ich stellte mir vor, wie verwirrend das für einen so pragmatischen Menschen wie meine Mutter gewesen sein musste.

»Dann war es auf einmal wieder vorbei«, fuhr sie fort. »Er war wieder normal, als wäre nichts gewesen. Und wenn ich fragte, was das war, sagte er nur, er hätte eine seiner Launen gehabt. Das Positive war, er war danach immer vollkommen aufgedreht, so habe ich es zumindest empfunden. Er hat ohne Unterlass geredet, gelacht, mich zum Lachen gebracht. Anfangs fand ich das toll – er blieb zwei Tage wach und strich das Wohnzimmer, ohne auch nur eine Minute zu schlafen. Ich dachte damals, er hätte einfach nur sehr viel Energie.«

»Bipolare Störung«, sagte ich.

»Aye. Er wollte jedoch nicht zum Arzt.« Sie hielt kurz inne. »Den Großteil der Zeit war er fantastisch, Nora. Du erinnerst dich, oder?«

Ich schluckte gegen den Kloß in meiner Kehle an. »Ja, ich erinnere mich.«

»Euch Mädchen zu haben war das Beste überhaupt. Gott, er hat euch so geliebt! Nach deiner Geburt ging es ihm eine ganze Weile gut. Vielleicht hatte er Medikamente genommen, das hat er mir nie verraten. Als du ungefähr fünf oder sechs warst, kehrten die Stimmungsschwankungen zurück. Er hat seinen Job gekündigt und wollte diesen Roman schreiben. Ich war damit mehr oder weniger einverstanden. Aber dann fing er an, all diese Dinge mit euch zu unternehmen, euch ständig mitzunehmen, allerhand Unsinn zu treiben ...« Sie schüttelte den Kopf.

Die ganzen Abenteuer. Die wilden Fahrradfahrten, das Schwimmen im eisigen Meer, die Herausforderungen und Aufregungen, der Mangel an Regeln und Ordnung.

Weitere Erinnerungen stiegen in mir auf – die großen Vorstellungen meines Vaters darüber, wie erfolgreich er als Autor wäre, dass wir Bedienstete haben und in einer Villa wohnen würden. Das eine Mal, als er mit Lily und mir nach Portland gefahren war und uns so lange neue Klamotten gekauft hatte, bis die Kreditkarte gesperrt wurde. Mom hat alle Sachen am nächsten Tag zurückgebracht, und Lily und ich hatten geweint und geweint. Dad war total genervt von Mom, weil sie bei seinen Ideen nicht mitzog – wie das Haus abzureißen und ein

Baumhaus zu bauen, in dem wir leben würden, oder das Haus zu verkaufen und nach Afrika zu ziehen.

All diese Abenteuer … Es war wirklich ein Wunder, dass wir nicht im Krankenhaus gelandet oder gestorben waren.

Ich erinnerte mich an das eine Mal, als wir zu einer kleinen Insel geschwommen waren, die ungefähr eine halbe Meile von Scupper entfernt liegt. Sie war kaum mehr als ein Haufen Steine mit einer Pinie darauf. Ich war so müde, und mir war so kalt, meine Gliedmaßen waren steif, mein Kopf sank immer wieder unter Wasser, mein kleines Hundepaddeln brachte mich nicht wirklich vorwärts. Und da standen Lily und Dad auf dem Felsen und schrien mich an, waren genervt, dass ich noch nicht da war. Meine Zähne klapperten, und mein Kopf tat weh, und mit einem Mal war da meine Mutter in unserem kleinen Boot, und der Motor war das beste Geräusch, das ich je gehört hatte. Mein Vater hatte sie angeschrien, ihr gesagt, ich würde es niemals lernen, wenn sie mich ständig in Watte packte, dass seine Töchter außergewöhnlich seien und sie uns zerstören würde.

Nur hatte sie das nicht. Sie hatte uns gerettet.

Nun ja.

Sie hatte mich gerettet.

»Lily hat es auch, oder?« Das war nicht wirklich eine Frage.

Meine Mutter nickte. Ihre Augen füllten sich mit Tränen. Hätte ich meine Schwester in den letzten fünfzehn Jahren öfter als fünfmal gesehen, wäre es mir vielleicht früher aufgefallen.

»Was ist passiert, dass er gegangen ist?« Meine Stimme war nur noch ein Flüstern.

Mom tippte mit den Fingernägeln gegen ihren Becher und sah mich nicht an. »Ich habe ihm ein Ultimatum gestellt. Entweder Arzt und Medikamente oder die Scheidung. Das war an dem Tag, an dem er gegangen ist.« Sie atmete tief ein. »Nachdem ein paar Wochen vergangen waren, habe ich ihn in Portsmouth aufgetrieben. Er hatte unsere Kreditkarten benutzt und neue beantragt, so haben Visa und ich ihn gefunden. Ich habe ihn angefleht, euch Mädchen das nicht anzutun, euch anzurufen, sich in Behandlung zu begeben. Aber er wollte nicht. Er war zu angespannt. Ich konnte ihn nicht erreichen. Er hatte inzwischen einen Hass auf mich entwickelt.«

Eine Träne tropfte auf den Tisch. Eine Träne meiner Mutter. Etwas, das ich noch nie zuvor gesehen hatte. »Bevor ihr Mädchen auf die Welt kamt, war es anders. Wir haben einander geliebt. Aber ihr beide habt ihn so sehr geliebt, für euch war er die Welt, und meine Meinung zählte nicht mehr. Es stand immer drei gegen einen.«

»Oh Mom!«, flüsterte ich und gab uns beiden eine Serviette, um die Tränen abzuwischen. »Warum hast du es uns nie erzählt?«

Sie winkte ab. »Vielleicht hätte ich das tun sollen. Ich habe immer gehofft, er würde nach Hause kommen. Nach einem Jahr dachte ich, dass das wohl nicht passieren wird, und da wart ihr beide schon so verletzt. Du warst so traurig, und Lily war so wütend. Ich hatte Angst davor, euch zu sagen, dass euer Vater … psychisch krank ist. Ich hatte Angst, dass euch das zerstören würde. Ich dachte, es wäre besser, wenn ihr glaubt, es hätte etwas mit mir zu tun.«

»Das habe ich nicht gedacht. Ich meine, schon, aber ich wusste, wenn Dad uns hätte sehen wollen, hätte er das gekonnt.«

Sie nickte. »Ich gebe zu, Nora, dass mir das alles über den Kopf gewachsen ist. Ich hätte euch Mädchen in Therapie schicken sollen. Ich dachte, je stabiler das Leben zu Hause ist, desto besser würde es euch gehen. Du warst in der Schule so gut, und Lily hatte ihre Freunde … Ich glaube, ich wollte denken, dass es euch gut geht.«

»Mir ging es gut. Mir geht es gut, Mom. Wirklich.«

»Ja, dir geht es gut. Deiner Schwester hingegen …« Ihre Stimme brach.

»Du kannst nur tun, was in deiner Macht liegt, Mom.«

Sie nickte und tupfte sich wieder die Augen ab.

Ich stand auf, schenkte ihr Kaffee nach und stellte den Becher vor sie hin. Boomer, dessen Schläfchen von der ganzen menschlichen Aufregung gestört worden war, kam zu ihr und legte seinen Kopf in ihren Schoß. Sie kraulte seine Ohren.

»Weißt du, ob Dad noch lebt?«, fragte ich.

Sie senkte den Blick.

Da hatte ich meine Antwort. »War es Selbstmord?«

Sie schüttelte den Kopf. »Ein Autounfall während eines schweren Regenschauers irgendwo in Texas. Ein Traktoranhänger schwenkte über die Mittellinie und traf ihn. Er war alleine im Auto.«

Also hatte Mr. Gillespie ihn doch gefunden. Ein Unfall in El Paso, Texas, vor siebzehn Jahren.

Siebzehn Jahre.

Mein *Dad.* Er war wirklich fort, mein Daddy, und auch wenn es so lange her war, dass ich ihn gesehen hatte, fühlte sich der Schmerz an, als wäre mir gerade das Herz aus der Brust gerissen worden.

Mein Vater, der mein Leben so besonders gemacht hatte – und so gefährlich –, war allein gestorben.

Oh Daddy.

Ich legte meinen Kopf auf den Tisch und schluchzte.

»Es tut mir so leid, dass ich es dir nicht erzählt habe«, flüsterte meine Mom und streichelte meinen Kopf. »Ich wollte dir nicht erneut das Herz brechen.«

Sie streichelte mich weiter, und Boomer drückte seine Schnauze unter meinen Arm, weil er es nicht ertrug, sein geliebtes Frauchen so verzweifelt zu sehen. Ich lachte auf.

»Dieser Hund ist sehr anhänglich«, sagte Mom. Ich schaute auf und sah, dass ihr Mund unter all den Jahren der geheimen Schmerzen zitterte.

Der Regen, der den ganzen Nachmittag über mit der Insel geflirtet hatte, stürzte nun vom Himmel, und ein paar Minuten lang lauschten meine Mutter und ich nur seinem Prasseln.

»Weiß Lily, dass sie bipolar ist?«

»Oh ja, sie weiß es. Ich habe sie überredet, sich medikamentös behandeln zu lassen, aber sobald sie schwanger wurde, hat sie die Medikamente abgesetzt. Ich glaube nicht, dass sie danach je wieder richtig stabil war.«

Das war nicht ungewöhnlich. Mit der richtigen Behandlung war eine bipolare Störung in den meisten Fällen gut in den Griff zu kriegen. Zwei meiner Medizinprofs hatten offen über ihre Erkrankung geredet. Aber einige Menschen fühlten sich durch die Medikamente flach. Grau. Die Stimmungsschwankungen und die Manie waren der Preis, den sie für ein Leben voller Farbe bezahlten.

Vielleicht konnte ich meiner Schwester jetzt helfen. Immerhin war ich Ärztin.

Mom zerknüllte ihre Serviette zu einem kleinen harten Ball. »Glaubst du, Poe hat es auch?«

»Nein«, sagte ich. »Ich glaube, Poe hat einfach nur eine sehr lange, sehr harte Zeit durchgemacht.«

»Ich habe versucht zu helfen. Ich bin jedes Jahr mindestens einmal zu ihnen gefahren.«

»Du bist eine gute Mutter. Und eine gute Großmutter.«

Mom schnaubte und putzte sich dann die Nase. »Da bin ich mir nicht so sicher.«

»Ich mir schon.« Ich ergriff ihre Hand, und nach einer Sekunde drückte sie meine. So saßen wir einen Moment da, schauten einander an, die Augen verweint, die Hände miteinander verbunden.

»Du hast Tweety getötet, oder?«, fragte sie.

»Uff. Ja. Tut mir leid. Das wollte ich wirklich nicht.«

Sie lächelte. »Wenigstens hat er nicht gelitten.«

Diese Vorstellung wollte ich ihr nicht rauben. Meine Mutter hatte genug durchgemacht. Sehr lange hielten wir uns einfach an den Händen und lauschten dem Regen.

# 26. Kapitel

Am Samstagnachmittag um zwei Uhr rief Sullivan mich an. »Hast du heute Abend Zeit?«, fragte er.

»Weißt du«, sagte ich und streichelte Boomers Ohren. »Du hättest vermutlich eher anrufen sollen. Ich bin eine sehr beschäftigte Frau mit vielen Freunden und einer Menge Verantwortung.« In Wahrheit hatte ich den gestrigen Tag weinend auf der Couch, im Bett und auf der Liege auf der Dachterrasse verbracht. Hoffentlich war jetzt alles aus meinem System gespült.

»Also bist du da?«

»Ja.«

»Ich hole dich um acht Uhr ab.«

»Klingt super.«

Ich freute mich darauf, ihn zu sehen. Das Wissen, dass mein Vater tot war, lag wie ein Stein auf meinem Herzen. Ich sagte mir zwar, dass das nichts änderte, aber natürlich tat es das doch.

Es gab einfach keine positive Seite. Mein Kopf sagte: *Wenigstens hat er nicht gelitten* und *Jetzt hast du Gewissheit* und *Das ist besser, als wäre er immer noch da draußen und ihm würde nichts an dir und Lily liegen und er wäre vielleicht obdachlos oder ein Junkie*.

Aber das kleine Mädchen in mir war so, so traurig.

Sully wäre wie Balsam.

Um Punkt acht Uhr versank die Sonne wie ein roter Ball am klaren, rosafarbenen Himmel, und ich hörte das Geräusch eines Motors. Eines Bootsmotors. Kurz darauf kam ein attraktiver Mann in seinem kleinen Außenborder auf meinen Steg zugefahren. Boomer wedelte mit dem Schwanz.

»Ahoi«, sagte ich, als Sully mir den Festmacher zuwarf. »Schön, dich hier zu treffen.« Ich vertäute das Boot.

»Ich dachte, ich nehme dich auf einen Ausflug mit.«

»Hast du auch etwas zu essen?«

Er nickte in Richtung eines Picknickkorbs.

Ziemlich romantisch.

Ich brachte Boomer ins Haus, entschuldigte mich bei ihm, dass ich ihn nicht mitnehmen konnte, schnappte mir eine Flasche Wein aus dem Kühlschrank und zwei Gläser und ging wieder hinaus. Sully half mir ins Boot, und wir legten ab.

»Nettes Boot«, sagte ich. Und das war es wirklich – lasiertes Holz, zwei Sitze hinter dem Steuerrad, eine Bank im Heck und zwei Außenbordmotoren. Zwischen dem Steuerrad und der hinteren Bank gab es ausreichend Platz für weitere Leute, Angelzeug oder auch, um sich auszustrecken und den Sternenhimmel zu betrachten oder mit einem süßen Kerl zu knutschen, wenn man denn so etwas mochte. Und unter dem Picknickkorb lag eine karierte Decke.

Sully setzte sich hinter das Steuerrad, und ich nahm den anderen Platz. »Das Boot gehörte meinem Großvater«, sagte er. »Er hat uns immer mit raus zum Angeln genommen oder ist mit uns nach Portland oder Bar Harbor gefahren. Für schlechtes Wetter ist es nicht so geeignet, aber für heute Abend schien es mir perfekt.« Er warf mir einen Blick zu, und ich lächelte.

Wir schnurrten aus der Bucht in Richtung Osten. Der Himmel war jetzt himbeerrot und wurde mit jeder Minute dunkler.

Als wir an der Werft mit ihren Docks und Liegeplätzen vorbeikamen, berührte ich Sullys Arm. »Weiß Audrey, dass wir heute zusammen sind?«, fragte ich.

»Aye. Es war ihre Idee, das Boot zu nehmen. So entkommt man den Mücken, sagte sie.«

»Richte ihr meinen Dank aus.«

In einem der Gebäude auf der Werft ging das Licht an. Ich berührte erneut Sullivans Arm, damit er mich ansah. »Weiß Luke, dass wir verabredet sind?«

Er nickte, sagte aber nichts.

Wir umrundeten die westliche Seite der Insel und kamen am Osprey Point vorbei. Ich sah die Deerkill Road, wo Dad, Lily und ich immer ins Wasser gesprungen waren. Mein Herz zog sich zusammen, als ich mir vorstellte, dass Poe aus dieser Höhe springen würde. Aber wir hatten uns nie wehgetan, das musste ich ihm lassen – auch wenn es nur eine Frage der Zeit gewesen war.

Der Himmel leuchtete inzwischen in einem beinahe gewalttätigen Rot, und vom Wasser aus sah die Insel so wunderschön aus – die goldenen Felsen, die Pinien, deren Silhouetten sich gegen den Himmel abhoben. Ja, Scupper *war* schön.

Seltsam, dass ich die Insel nie vermisst hatte. Jetzt konnte ich mir nicht mehr vorstellen wegzugehen, nicht mehr den Geruch von warmen Piniennadeln und Salz zu riechen, die kühle Luft einzuatmen, das kalte Wasser zu spüren, die nächtlichen Rufe der Seetaucher zu hören.

*Ich hoffe, du hast deinen Frieden gefunden, Daddy.*

Wir fuhren aufs Meer hinaus. Während die Farben am Himmel verblassten, tauchten die ersten Sterne auf – zuerst der Polarstern, dann der Große Wagen, dann so viele auf einmal, bis sich am nun tiefvioletten Himmel die Milchstraße in ihrem endlosen, geheimnisvollen Glanz zeigte.

Sully stellte die Motoren ab, stand auf und warf den Anker. Dann breitete er die Decke aus und strich sich mit der Hand durch die Haare.

Er sagte nichts. Vielleicht war er ein wenig verlegen.

Ich stand auch auf, öffnete die Weinflasche (zum Glück mit Schraubverschluss, ich war ja clever) und schenkte uns beiden ein Glas ein.

»Setz dich«, sagte er.

Wir ließen uns einander gegenüber auf der Decke nieder, die Beine auf dem Boden ausgestreckt. Audrey hatte recht. Hier draußen gab es keine Mücken.

»Hast du Hunger?«, fragte Sully. Ich schüttelte den Kopf.

»Ich kann gerne eine Lampe anmachen, wenn du willst.«

»Nein, so ist es wunderschön.«

Es entstand eine kleine Pause. »Es wird schwer für mich zu verstehen, was du sagst, wenn ich dein Gesicht nicht sehen kann.«

Ich stand auf und setzte mich an seine linke Seite, wo sein Hörvermögen besser war. »Wie ist es so?« Ich nahm seine Hand.

»So ist es gut.« Er räusperte sich. »Was gibt es Neues bei dir?«

»Oh, mal sehen. Meine Mom liebt Donna Krazinski, und mein Vater ist vor siebzehn Jahren gestorben.«

Er sah mich eine Sekunde lang an, dann gab er mir einen Kuss auf die Schläfe und zog mich ein wenig näher an sich, sodass mein Kopf auf seiner Schulter ruhte. »Es tut mir leid, das zu hören. Also das Zweite, meine ich. Das Erste wusste ich bereits.«

Ich lächelte, obwohl mir Tränen aus den Augen liefen.

Eine ganze Weile saßen wir einfach nur da. Das Schaukeln des Bootes war mir dank meines Hausboots vertraut, auch wenn es hier draußen stärker war als in meiner Bucht. Die Tränen versiegten, und meine Hand ruhte auf Sullivans Herzen, das stetig und langsam pochte. Kleine Wellen schlugen gegen den Rumpf. Die Sterne strahlten am Himmel.

Als mein Glas leer war und Sullys auch, stellte ich sie auf die Bank, kletterte auf Sullys Schoß und küsste ihn.

Er schob seine Hände in meine Haare und drehte meinen Kopf ein wenig. Der Kuss war warm und lang und perfekt, seine Lippen bewegten sich sanft unter meinen. Er schmeckte nach Wein. Ich legte meine Arme um seinen Hals und vertiefte den Kuss. Ein starker, wundervoller Schauer überlief mich und sorgte dafür, dass ich mich noch ein wenig stärker an Sully festhielt.

Als wir den Kuss beendet hatten, schauten wir einander für eine Minute einfach nur an. Dann lächelte er, es war dieses unwiderstehliche schiefe Lächeln, und ich erwiderte es. »Ich bin froh, dass wir nicht nur Freunde sind«, sagte er.

»Jetzt, wo du es erwähnst … das bin ich auch.«

Er berührte meine Nasenspitze mit dem Finger.

Wir legten uns hin und hielten einfach nur Händchen und schauten zu den Sternen hinauf. Der Boden des Bootes war hart unter meinem Rücken, aber es war mir egal. In diesem Moment war ich vollkommen und restlos glücklich, und solche Momente kamen nicht so oft vor.

»Hast du mit deinem Ex-Freund abgeschlossen?«, fragte Sullivan nach einer Weile.

»Aye.«

»Bist du sicher?«

»Ganz sicher. Er ist ein wenig …« Ich hielt inne.

»Ein Armleuchter?«

Ich schnaubte. »Das auch. Aber ich wollte arrogant sagen. Ich glaube, es gab einen Teil von ihm, der es wirklich genoss, nach dem Überfall für mich da zu sein. Der Ritter in schimmernder Rüstung zu sein, gebraucht zu werden, von allen zu hören, wie wundervoll er ist. Aber irgendwann langweilte ihn das.« Ich hielt inne. »Und ich langweilte ihn auch. Was ich ihm nicht vorwerfen kann. Ich war selbst gelangweilt von mir.«

»Was hat sich geändert?«

»Ich bin von einem Lieferwagen angefahren worden.«

»Meine Güte«. Er lachte, und ich fiel mit ein.

»Ja, die Beantown Bug Killers. Was für eine Metapher.« Ich musste ihm nichts von dem Grau erzählen, davon, Wiedergutmachung leisten zu wollen, meiner Mom näherzukommen. Ich hatte das Gefühl, dass er das bereits wusste. »Also bin ich hierher zurückgekommen.«

»Gut.«

»Du bist ein Mann weniger Worte, Sullivan Fletcher.«

»Das unterstreicht meine mysteriöse Aura und meinen Sex-Appeal.«

»Stimmt. Was ist mit dir? Du hast doch nach Amy bestimmt auch Beziehungen gehabt.«

Er verschränkte seine Finger mit meinen und strich mit dem Finger seiner anderen Hand über meinen Arm, was ein aufregendes Prickeln durch meinen ganzen Körper schickte. Ein Finger, Ladys und Gentlemen. Ich *wusste* doch, dass unser mittelmäßiger Sex Zufall gewesen war. »Ja, ich bin ab und zu ausgegangen. Aber nicht mehr so viel, nachdem Audrey bei mir eingezogen ist.«

»Kann ich dir eine Frage stellen, die mir schon durch den Kopf geht, seitdem wir fünfzehn waren?«

In der Dunkelheit blitzte sein Lächeln auf. »Klar.«

»Warum sie?«

Sein Finger strich weiter über meinen Arm. »Sie ist nicht so, wie sie zu sein scheint«, sagte er. »In ihr steckt sehr viel Gutes.« Er hielt inne. »Du warst auch nicht gerade die, die du zu sein schienst.«

»Oh doch, das war ich. Ich war unglücklich und einsam und eine Außenseiterin.«

»Okay, ja, ich erinnere mich. Aber du warst auch klug und lustig und gut im Umgang mit anderen Leuten.«

»Gut mit anderen Leuten ... Du meinst, wie im Flur geschubst zu werden oder Spuckebällchen im Haar zu haben oder in jeder verfickten Sportstunde als Letzte gewählt zu werden?«

Er drückte meine Hand. »Du kamst gut mit den Lehrern zurecht. Und mit den Touristen im Clam Shack. Wir haben zusammengearbeitet, ich habe dich also in Aktion erlebt.«

»Ah, das Clam Shack. Was könnte besser sein, als zusätzlich zu allem, was bei mir los war, noch nach Frittierfett zu riechen.«

»Du erinnerst dich kaum noch an mich, oder?« Er lächelte. Flirtete sogar. »Du warst zu sehr damit beschäftigt, in meinen Bruder verliebt zu sein.«

Ich hielt mir mit meiner freien Hand die Augen zu. »Ich würde gerne von meinem Recht auf Aussageverweigerung Gebrauch machen. Und ganz sicher erinnere ich mich an dich.«

Wieder lachte er, und das war so heiß, so tief und dreckig, als würde er alle meine Geheimnisse kennen. Was er vermutlich auch tat.

»Manchmal.« Ich strich ihm mit dem Finger über die Wange. »Manchmal braucht es ein paar Jahre, bevor man seinen eigenen Wert erkennt. Und wer deine Zeit wert ist.«

Wir küssten uns erneut, Lippen und Zungen trafen aufeinander, und seine Hände wanderten an meinem Körper entlang. Ich schob meine Finger in seine Haare, strich über seinen Hals. Er fühlte sich so gut an, so solide und warm und köstlich. Die Geräusche des Meeres, des Küssens, von uns beiden zusammen. Ich hoffte, dass Sully sie hören konnte. Ich hoffte, das hier wäre einer der Momente, an den er sich erinnern würde, wenn ihn sein Hörvermögen gänzlich verlassen hätte.

Ich wusste nicht, wie spät es war, als wir aufhörten. Es war lange her, dass ich so intensiv herumgemacht hatte. Viel zu lange.

»Ich habe Audrey erzählt, dass ich heute Abend nach Hause zurückkomme«, sagte Sully und gab mir einen Kuss aufs Kinn.

»Okay.« Eine Minute lang sahen wir einander nur an. »Ich glaube, du bist der beste Mensch, den ich kenne, Sullivan Fletcher.«

»Heißt das, wir sind ein Paar?«

»Ja. Wir sind ein Paar.«

Sein Grinsen zog an meinem Herzen. Dann löste er sich von mir, startete die Motoren und brachte mich unter dem majestätischen Himmel nach Hause zurück.

# 27. Kapitel

Am Mittwoch war in der Klinik nicht viel los. Es war wie mit Ebbe und Flut – entweder wir wussten gar nicht, wo uns der Kopf stand, oder wir drehten Däumchen. Bisher war mein einziger Patient ein vierjähriger Hotelgast mit Hautausschlag gewesen, der, wie ich vermutete, von einem Waschmittel stammte und nicht daher, dass er von 999 unsichtbaren Quallen gestochen worden war, wie er behauptete.

»Das könnte natürlich der Grund sein«, sagte ich ernst. »Es ist allerdings ungewöhnlich, Quallen im Pool zu finden, vor allem die unsichtbaren. Aber wenn es so war, wird diese Salbe dir helfen.«

Seine Mutter dankte mir lächelnd, und ich zerzauste dem Kleinen die Haare und sagte ihm, er wäre unglaublich tapfer. Dann schenkte ich ihm einen Delfin-Aufkleber. Ein weiterer zufriedener Kunde.

Ich ging zum Tresen, um die Formulare auszufüllen. Gloria tat, als wäre ich unsichtbar.

Okay, es reichte. »Gloria«, sagte ich. »Hasst du es nicht auch, wenn zwei Frauen eine tolle Freundschaft verbindet, und dann wird die wegen eines Mannes zerstört?«

Sie brauchte volle fünf Sekunden, um mich anzusehen. »Es tut mir leid. Ich finde einfach nur, was du Robert angetan hast, war wirklich schrecklich.«

»Was habe ich ihm denn angetan?«

»Er war für dich da, als du durch diese …« Sie malte Gänsefüßchen in die Luft. »… ›schlimme Phase‹ gegangen bist, und dann hast du ihn fallen lassen, als *er* ein wenig moralische Unterstützung benötigte.«

»Hat er dir zufällig erzählt, was meine ›schlimme Phase‹ war?« Ich benutzte ebenfalls Gänsefüßchen.

»Nein. Er respektiert deine Privatsphäre immer noch. Er meinte, du wärst sehr unsicher.«

»Ja, so kann man es wohl ausdrücken. Ein Mann ist in meine Wohnung eingebrochen, hat mich verprügelt, versucht, mich zu vergewaltigen, und wollte mich umbringen. Mit einem Messer.«

Alle Farbe wich aus ihrem Gesicht, und ihr blieb der Mund offen stehen. Das war sehr befriedigend.

»Also ja, danach war ich vermutlich ein wenig anhänglich. Als ich aus dem Krankenhaus kam, war ich vermutlich auch ein wenig schreckhaft, denn sie haben den Kerl nie gefasst. Was unsere Trennung angeht, die hat Bobby sich selbst zuzuschreiben. Frag ihn doch mal nach seiner Kollegin Jabrielle.«

Gloria runzelte die Stirn und fing an, an einem Fingernagel zu knabbern, ließ es aber gleich darauf wieder sein.

»Und hier ist das Letzte, was ich dazu sagen werde, Gloria: Ich bin froh, nicht mehr mit Bobby zusammen zu sein. Wirklich. In letzter Zeit bin ich sehr glücklich. Wenn ihr zwei Spaß zusammen habt, schön für euch. Es ist mir aufrichtig egal. Aber lass diese zickige Haltung sein. Sei nicht eine von diesen Frauen.«

Mein Handy summte in meiner Tasche und erlaubte mir so zu gehen, solange ich die Oberhand hatte. »Entschuldige mich bitte«, sagte ich und ging in die Loungeecke.

Es war Audrey. »Hey«, sagte sie. »Hast du was von Poe gehört?«

»Nein. Ist sie nicht auf der Werft?«

»Das war sie. Aber dann hat sie einen Anruf erhalten und ist einfach abgehauen. Sie hatte ihr Fahrrad dabei und war ziemlich aufgebracht.«

»Hat sie gesagt, wer da angerufen hat?«

»Nein. Sie fing nur an zu weinen und lief los.« Audrey hielt inne. »Sie war wirklich sehr, sehr verstört.«

Ich ballte meine freie Hand zur Faust. »Okay, Süße. Wenn du sie siehst oder von ihr hörst, lass es mich wissen, ja? Danke für deinen Anruf.«

Es gab nur einen Menschen, der solch eine Wirkung auf Poe haben konnte.

Lily.

Ich rief meine Mutter im Hotel an, aber Donna ging ran. »Sie ist gerade nach Hause gefahren, Süße«, sagte sie. »Sie musste mit Poe reden.«

Meine Mutter ging nicht an ihr Telefon. Ich rief auf dem Festnetz an, aber da meldete sich auch niemand.

Etwas Schlimmes war passiert. Etwas mit Lily. Ich schloss die Augen und schickte ein stummes Stoßgebet zu unserem Vater. *Mach, dass es ihr gut geht. Pass auf Poe auf.*

Nicht, dass er sonderlich gut darin gewesen wäre, auf irgendjemanden aufzupassen.

Ich musste verzweifelt ausgesehen haben, denn als ich meinen Kopf in Amelias Büro steckte, sagte sie: »Oh nein. Geht es dir gut?«

»Ich muss weg. Notfall in der Familie.«

»Ruf an, wenn du etwas brauchst.«

»Danke, Amelia.« Ich lief hinaus zu meinem kleinen Auto und war froh, dass es heute regnete und ich nicht mit dem Fahrrad hier war. So schnell ich konnte, fuhr ich zum Haus meiner Mutter. Mein Herz hämmerte, mein Gehirn verrammelte die Tür gegen all die bösen, grausamen Gedanken, die dagegenhämmerten.

In Rekordzeit war ich da und lief hinein. Meine Mutter saß am Küchentisch, vor sich ein Notizheft und das große alte Telefon.

»Es geht um Lily«, sagte sie ohne Vorrede. »Es hat einen Streit im Gefängnis gegeben. Sie hat auf eine andere Insassin eingestochen.«

»Oh Gott.« Ich sank auf einen Stuhl neben meiner Mom. »Geht es ihr gut?«

»Die andere Frau musste ins Krankenhaus. Es ist wohl nicht so schlimm. Aber …« Meine Mutter drehte den Kopf, um aus dem Fenster zu schauen, und es dauerte ein paar Sekunden, bevor sie wieder sprach. »Lily sitzt in Einzelhaft. Der Streit hat ihre Strafe um ein paar Jahre verlängert. Mindestens fünf, meint ihr Anwalt.«

Ich schloss die Augen.

Meine Schwester würde den Rest von Poes zerbrechlicher Kindheit verpassen. Sie würde ihr erstes Date verpassen, den Abschlussball, die Collegebewerbungen, ihren achtzehnten Geburtstag, vielleicht auch den einundzwanzigsten. Sie würde verpassen, dass Poe ihren Führerschein machte und sich verliebte.

»Was hast du Poe gesagt?«, fragte ich.

»Ich hatte nicht die Gelegenheit, mit ihr zu sprechen«, sagte Mom. »Der Anwalt hat sie zuerst erreicht. Ich probiere die ganze Zeit, sie anzurufen, aber sie geht nicht ran.«

»Audrey Fletcher sagt, sie wäre sehr aufgewühlt von der Werft losgestürmt.«

»Aye. Ich habe gerade mit Sullivan telefoniert. Ich schätze, sie versucht, nach Seattle zu kommen und ihre Mutter zu besuchen.«

»Tja, wir wohnen auf einer Insel, Mom. Sie kann nicht weit kommen.« Ich atmete tief durch. Donner rollte über den Himmel. »Ruf Jake Ferriman an, und sag ihm, er soll Poe nirgendwo mit hinnehmen.«

»Das ist eine gute Idee.«

»Und ruf auch die Polizei an. Nur, damit sie es wissen. Lass sie den Hafen informieren, dass ein blauhaariges Mädchen eventuell versuchen wird, eine Mitfahrgelegenheit nach Portland zu ergattern.«

»Clever.« Sie packte meine Hand. »Danke, Nora. Ich bin froh, dass du hier bist.«

»Ich sehe mal bei mir nach, okay? Vielleicht ist Poe dort.«

Ich versuchte, ruhig zu klingen, aber in Wahrheit kämpfte ich darum, mich nicht zu übergeben.

*Oh Lily. Du warst so kurz davor rauszukommen. Du hattest nur noch ein paar Wochen! Was zum Teufel hast du getan?*

Mom stand auf und rief Jake an. Ich versuchte es bei Poe, landete aber direkt auf der Mailbox, also hinterließ ich eine Nachricht und schickte einen gleichlautenden Text hinterher.

Ich weiß, dass du traurig bist. Ruf mich an, Süße. Ich liebe dich.

»Lass mich wissen, wenn du etwas hörst, Mom.« Sie nickte, und ich ging zu meinem Wagen und fuhr zur Oberon Cove, wo ich aus dem Auto sprang und den Steg hinunterlief. Boomer sprang von seinem Platz auf der Dachterrasse auf und bellte fröhlich.

»Poe?«, rief ich, als ich durch die Haustür kam. »Poe, Süße?« Ich überprüfte mein Zimmer, ihr Zimmer. Die Blumen, die ich vor ihrem letzten Besuch vor drei Tagen gepflückt hatte, standen noch da – rote Dahlien und orangefarbene Geranien.

Regen setzte ein, hart und wütend. *Was hast du meinem Mädchen angetan, Lily? Wie konntest du nur?*

Poe war auch nicht auf der Dachterrasse.

»Komm, Boomer«, rief ich, und er folgte mir die Treppe hinunter und ins Auto.

Ich rief meine Mom an und sagte ihr, dass ich in der Stadt suchen und die Ladenbesitzer und Hummerfischer nach Poe fragen würde.

Warte mal …

Ich rief Sullivan an. »Wo ist Luke?«, fragte ich angespannt.

»Er reinigt gerade das Segelboot der Donovans mit dem Hochdruckreiniger. Ich kann ihn von hier aus sehen.« Wir beide wussten, warum ich gefragt hatte. »Immer noch kein Glück?«

»Nein. Sorry, Sullivan.«

»Ist schon gut. Du musstest fragen. Ich behalte ihn im Auge.«

»Wir sprechen uns später.«

»Viel Glück, Süße.«

Der Kosename trieb mir die Tränen in die Augen.

Am Fähranleger zeigte ich Jake ein Foto von Poe auf meinem Handy – sie und Audrey, als sie bei mir geschlafen hatten –, um sicherzugehen, dass er wusste, wer vermisst wurde. »Ich halte die Augen offen«, versicherte er und zog seine Hose hoch.

»Danke, Jake.«

Ich ging in den Buchladen, ins Lala's und in die Restaurants. Jedes Mal stellte ich die gleiche Frage: »Haben Sie dieses Mädchen gesehen? Sie ist aufgebracht. Ihr Name ist Poe. Blaue Haare. Wenn Sie sie sehen, sagen Sie ihr bitte, sie solle ihre Tante oder Großmutter anrufen.«

Mein letzter Halt waren das Kaufhaus und die Postfiliale. Ich wappnete mich gegen Teenys Zickigkeit.

»Teeny, meine Nichte ...«

»Ich habe schon davon gehört. Audrey hat mich gerade angerufen.« Sie sah mich mit ihrer sauertöpfischen Miene an. »Viel Glück dabei, sie zu finden. Lass uns wissen, wenn du etwas brauchst.«

Ich blinzelte. »Danke.«

Ich kehrte zu meinem Wagen zurück und packte das Lenkrad fest mit beiden Händen. Wo konnte sie noch sein? In der Schule? Ja, vielleicht war sie dorthin gegangen. Der Spielplatz? Boomer wedelte mit dem Schwanz und beschnüffelte mein Ohr. »Nicht jetzt, Kumpel«, sagte ich und schob seinen großen Kopf beiseite.

Ich schaute auf den Hafen hinaus. Die Ebbe hatte ihren Tiefststand erreicht, bald würde die Flut einsetzen. Heute war Vollmond, also würde das Wasser sehr hoch steigen.

Und mit einem Mal wusste ich, wo sie war.

Ich raste durch die Stadt, die Perez Avenue hinunter, an der Highschool vorbei, über die Route 12, deren Namen für mich nie einen Sinn ergeben hatte, weil es auf der Insel keine elf weiteren Straßen gab.

An Moms Haus vorbei. Donnas Auto stand dort. Gut. Ich fuhr weiter bis zum Ende der Straße ein paar Hundert Meter hinter unserem Haus. Am Rande des Staatsforsts stieg ich aus und fing an zu laufen. Boomer galoppierte fröhlich hinter mir her, seine Lefzen schlackerten, seinen Schwanz hatte er wie eine Standarte erhoben. Der Regen durchtränkte mein T-Shirt und ließ es gegen meine Rippen schlagen.

Ich sollte jemandem sagen, wo ich war. Aber hier draußen gab es kein Handysignal, und ich wollte keine Zeit verschwenden, indem ich noch einmal zurücklief.

Durch den Wald, meinen alten Freund. Ein Blauhäher rief und verriet allen anderen Waldbewohnern meine Anwesenheit. Ich sah etwas vor mir aufblitzen – vielleicht ein Fuchs oder ein Hase. Hinter dem Wald kamen die Felsen, meine Füße fanden sicheren Halt. Boomer war an meiner Seite, der beste Hund aller Zeiten, der Hund aller Hunde. Die Wellen waren laut, das Wasser dunkelgrau.

Da war sie. Unsere Höhle.

»Poe!«, rief ich. »Bist du da drin?«

Keine Antwort. Wenn sie nicht hier war, hatte ich keine Ahnung, wo ich noch suchen sollte. Aber ich würde verdammt noch mal weitersuchen, bis ich sie gefunden hatte.

»Poe?«

Boomer bellte.

Ich kletterte den Felsen hinunter und betrat die Höhle. Kalter, mineralischer Duft vermischt mit dem scharfen Geruch des Meeres empfing mich.

Sie lag zusammengerollt auf dem kleinen Plateau im hinteren Teil der Höhle, wo Lily und ich uns einst Geschichten erzählt hatten.

»Oh Baby.« Meine Schritte knirschten auf dem Kies, als ich zu ihr ging. »Es tut mir so leid.« Ich schlang meine Arme um sie und zog sie an mich. Dabei spürte ich, wie sie unter ihren Schluchzern erbebte. Sie war so leicht, genau wie Lily es gewesen war. »Es tut mir so unglaublich leid.«

»Wie konnte sie das nur tun?«

»Ich weiß es nicht, Süße. Ich kenne die Einzelheiten nicht.«

»Sie hat auf jemanden *eingestochen*! Jetzt kommt sie nie mehr raus!«

Ich wiegte meine Nichte einfach und küsste sie auf den Kopf. Boomer bellte draußen, er hatte zu viel Angst vor Wasser, um hereinzukommen. Die Wellen schlugen schon gegen den Eingang. Wir würden durch sie hindurchwaten müssen. »Wir müssen hier raus, Süße«, sagte ich. »Die Flut setzt ein.«

»Ist mir egal«, sagte Poe. »Mir ist alles egal.« Sie rollte sich an mir zusammen, als würde sie einen Schlag abwehren wollen, und ihre Schluchzer schüttelten sie hin und her.

»Es tut mir so leid, Süße«, flüsterte ich. »Ich wünschte, ich könnte mehr sagen. Ich weiß, wie sehr du sie vermisst.«

Ein dünnes Wimmern kam über Poes Lippen.

»Das tue ich ... aber auch *nicht*, Nora«, schluchzte sie und sah mich an. Ihr Gesicht war schmerzverzerrt. »Bei unserem letzten Gespräch habe ich ihr gesagt, dass ich hierbleiben will. Dass sie zurückkommen und mit mir bei Gran wohnen soll und wir dann alle zusammen wären, aber sie meinte, das würde nicht passieren, und ich ... Ich *wollte* nicht nach Seattle zurück. Ich habe ihr gesagt, dass ich hierbleiben will, und jetzt kommt sie nie mehr raus, und ein Teil von mir ist ... froh darüber.« Bei den letzten beiden Worten schwoll ihre Stimme an, dann weinte sie ganz still und weinte und weinte.

»Oh Baby.« Ich umarmte sie fester, schloss meine Augen gegen meine Tränen und überlegte, was ich sagen könnte, um alles wiedergutzumachen.

Es gab nichts. Ich konnte einfach nur da sein. Das Wasser

war inzwischen so weit gestiegen, dass es schon in den Eingang der Höhle floss. Unsere Hosen würden nass werden, aber was machte das schon? Ich streichelte Poe übers Haar und ihr gepierctes Ohr, dann rieb ich über ihren Rücken.

»Als ich anfangs herkam, habe ich es hier gehasst«, gestand Poe. Sie zog sich von mir zurück und wischte sich die Augen ab, wobei ihr Eyeliner verschmierte. »Es ist hier so langweilig. Aber auch so … so sicher.« Sie atmete zitternd ein. »Ich will nicht mehr bei meiner Mom leben. Ich liebe sie so sehr, aber ich bin froh, dass sie mich hier nicht wegholen kann. Ich bin eine schlechte Tochter. Sie muss mich hassen. Deshalb hat sie auf diese andere Frau eingestochen. Damit sie nicht bei mir sein muss, weil sie so wütend ist.«

Poe brach wieder zusammen.

»Nein, Süße. Nein. Du bist das Beste, was sie je erschaffen hat, und das weiß sie. Sie hat dich immer so sehr geliebt.«

Aber in Poes Worten steckte auch ein Fünkchen Wahrheit. Es war nicht so, dass Lily ihre Tochter hasste … aber irgendwie hatte sie mit dem Messerangriff Poe auf verkehrte Art gegeben, was meine Nichte brauchte, und sichergestellt, dass es nicht rückgängig gemacht werden konnte. Solange sie im Gefängnis blieb, war Poe vor ihr sicher.

Genauso, wie mein Vater uns für immer verlassen hatte. Nicht, um uns zu bestrafen … sondern vielleicht, um den Schaden zu begrenzen.

Ach Lily.

Wenn es je einen Zweifel gegeben hatte, dass mein Herz gebrochen war, so war der jetzt verflogen.

Als das Wasser meine Schuhe umspülte, wusste ich, dass wir losmussten. Ich atmete tief ein und schaute auf.

Da waren die Worte. Mein Mund klappte auf.

Immer noch. Nach all den Jahren.

Die Erinnerungen blitzten auf. Die Hand eines kleinen Mädchens, das Worte in die Höhlendecke kratzte, sie wieder und wieder nachfuhr. Unser Gelächter, das von den Wänden widerhallte. Lilys Hand in meiner, ihre springenden Zöpfe, als wir durch den Wald nach Hause liefen.

»Poe«, sagte ich. »Ich denke, du solltest bei mir wohnen anstatt bei Gran.«

Sofort hörte ihr Weinen auf.

»Ja«, sagte ich. »Ich denke, das ist die beste Idee.«

»In Boston?«, fragte sie mit dünner Stimme.

»Nein. Hier. Auf der Insel.«

Es könnte funktionieren. Ich würde Vollzeit in der Klinik arbeiten. Ich hatte genügend Erspartes für eine Anzahlung auf ein Haus. Meine Möbel warteten in einem Lager nur darauf, dass ich mir ein Zuhause suchte.

Poe war in ihrem Leben oft genug umgezogen. Sie hatte hier inzwischen Freundinnen – nun ja, zumindest eine. Sie ging auf die örtliche Schule.

»Ja. Zieh zu mir. Wir können Gran immer noch besuchen, wann wir wollen, aber du gehörst zu mir, Süße. Hier auf die Insel.«

Denn ich wollte nicht mehr das Mädchen sein, das Scupper verlassen hatte. Diejenige, die hatte weglaufen müssen, um sich zu finden. Diejenige, die – seien wir mal ehrlich – sehr lange eine Rolle gespielt hatte. Nicht komplett, es gab Teile meines Perez-Ichs, die echt waren. Aber bei Gott, sie war so viel Arbeit gewesen, diese Person in Boston! Bobbys Freundin, die Organisatorin von Unternehmungen, die Fröhlichste der Fröhlichen, die am schwersten Arbeitende von allen. Ich hatte mich viel zu lange viel zu sehr angestrengt.

Hier war ich nicht ständig perfekt, nicht so geschliffen, nicht immer darauf bedacht, mich so zu verhalten, dass alle Welt mich liebte.

Hier auf Scupper *kannten* die Leute mich.

Nach all dieser Zeit war ich endlich ich selbst.

Genau wie Poe. Sie polterte nicht mehr ständig herum, sie

hatte viel von ihrer Wut losgelassen, sie unterhielt sich mit Menschen, sie hatte einen Job, eine Freundin und eine generell süße Art an sich.

Das hier war der Ort, an den wir gehörten.

»Bist du sicher?« Ihre Blaubeeraugen füllten sich mit Hoffnung.

»Vollkommen. Ich liebe dich, weißt du.«

»Wirklich?«

»Wirklich.«

Da umarmte sie mich, der arme kleine Vogel, und ich erwiderte die Umarmung lange und fest. »Komm. Gran ist ein Wrack. Wir müssen zurück.«

Das Wasser stand mir inzwischen bis zu den Knien, die halbe Öffnung der Höhle war bereits versperrt. »Sieht so aus, als müssten wir schwimmen«, sagte ich. Unsere Handys wären danach kaputt, aber wen interessierte das?

»Ich glaube nicht«, sagte Poe.

»Tja, entweder das oder ertrinken.« Ich lächelte. »Du schaffst das. Ich bin direkt neben dir.«

Und so wateten wir Hand in Hand voran, das eiskalte Wasser raubte uns den Atem, und bei drei tauchten wir unter, stießen uns ab und schwammen mit großen Zügen. Obwohl das Salzwasser in meinen Augen brannte, öffnete ich sie, um sicherzugehen, dass Poe bei mir war.

Für eine Sekunde war sie Lily, meine verlorene Schwester, die ich nun in ihrer Tochter wiedergefunden hatte; neu getauft im harschen Wasser des klaren, kalten Meeres von Maine.

Meine Mom hatte nichts dagegen, dass Poe bei mir wohnte, auch wenn sich ihre Augen mit Tränen füllten, als ich es ihr erzählte.

»Ich schätze, das ist eine gute Idee«, sagte sie.

»Ich komme dich trotzdem jeden Tag besuchen, Gran«, sagte Poe und zog die Wolldecke fester um ihre Schultern.

Meine Mom hatte darauf bestanden, uns beide dick einzumummeln, und Donna kochte gerade Kaffee.

»Na ja, du musst nicht *jeden* Tag kommen.«

»Das werde ich aber. Versprochen.«

»Übrigens, Gran ist verliebt«, sagte ich und nickte in Richtung Donna. »Mrs. K und sie sind ein Paar.«

Poe fielen beinahe die Augen heraus. »Ich habe eine lesbische Großmutter? Oh mein Gott, ich bin so cool!«

Wir lachten alle, und ich zerzauste Poes nasse Haare. Boomer wedelte mit dem Schwanz und lächelte dann sein Hund-aller-Hunde-Lächeln, froh, dass es seinen Frauen gut ging.

In den nächsten paar Tagen schmiedete ich Pläne.

Amelia war mehr als erfreut, dass ich bleiben würde. Wir sprachen über Zuschläge und Arbeitszeiten, dann ging ich zu Jim Ivansky, dem Makler, der das Hausboot für mich gefunden hatte. Zu schade, dass ich es mir nicht leisten konnte, es zu kaufen. Ich bat ihn, die Augen nach einem kleinen Häuschen in der Stadt offen zu halten. Ich rief in meiner Praxis an, reichte meine Kündigung ein und versicherte, natürlich auf Besuch zurückzukommen. Roseline weinte, als ich es ihr erzählte. Dann verriet sie mir ihre Neuigkeiten – sie war schwanger, und nur weil ich jetzt in Maine wohnte, bedeutete das nicht, dass ich mich meinen Pflichten als Patentante entziehen könnte.

Sully … Sully schenkte mir dieses Lächeln, das mein Inneres in Aufruhr versetzte, als ich ihm sagte, dass ich bleiben würde.

»Bilde dir nur nichts ein«, sagte ich. »Das hat gar nichts mit dir zu tun.«

»Nein, nein, ich bin nur eine glückliche Randnotiz.« Er küsste mich. »Eine sehr glückliche.«

Wir hatten immer noch nicht wieder miteinander geschlafen – also richtig, meine ich. Aber die Mädchen würden dieses Wochenende bei meiner Mom übernachten, also würde sich das hoffentlich ändern.

Fünf Abende nachdem ich Poe in der Höhle gefunden hatte, erhielt ich einen Anruf von einer mir unbekannten Nummer. Die Vorwahl war 206.

Seattle.

»Sie haben einen Anruf von einer Insassin des Washington-State-Frauengefängnisses«, sagte eine aufgezeichnete Stimme. »Drücken Sie die 1, um den Anruf anzunehmen.«

Meine Hand zitterte, als ich die 1 drückte.

»Lily?«, flüsterte ich.

Eine Minute lang hörte ich nichts.

»Sag ihr, dass es mir leidtut.« Die Stimme meiner Schwester, die ich seit Jahren nicht gehört hatte, schnitt mein Herz entzwei. »Es tut mir so leid. Kümmere dich gut um mein Baby, Nora. Kümmere dich besser um sie, als ich es getan habe. Ich hatte kein Recht, Mutter zu werden, aber ich liebe sie, und es tut mir so unendlich leid, dass ich nicht besser sein konnte.«

»Das mache ich«, sagte ich. »Ich schwöre es, Lily. Ich kümmere mich gut um sie.«

»Ich weiß.« Ihre Stimme brach. »Ich weiß.«

Tränen liefen über meine Wange, und ich presste die Lippen zusammen. »Sie liebt dich auch«, sagte ich. »Sie liebt dich so sehr.«

Meine Schwester weinen zu hören hatte mich schon früher fertiggemacht.

Das tat es immer noch.

Ich wischte mit dem Ärmel über meine Augen. »Geht es dir gut, Lily?«

Keine Antwort. Natürlich ging es ihr nicht gut.

»Hey.« Meine Stimme zitterte. »Rate mal, was ich in der Höhle gefunden habe? Erinnerst du dich? Erinnerst du dich noch, was du geschrieben hast?«

Wieder keine Antwort.

»Du hast geschrieben: ›Nora und Lily, für immer zusammen.‹ Erinnerst du dich? Ich schicke dir ein Foto davon«, sagte ich.

»Ich habe nie … niemals jemandem unsere Höhle gezeigt.«

Ich unterdrückte ein Schluchzen. »Ich liebe dich, Lily. Ich liebe dich. Ich liebe dich. Ich liebe dich.«

Ich sagte es, bis sie so leise auflegte, dass ich nicht merkte, wie die Verbindung unterbrochen wurde. Und selbst als es mir auffiel, sagte ich es weiter.

*Ich liebe dich. Ich liebe dich. Ich liebe dich.*

# 28. Kapitel

Der Morgen des *Lauf weit, sei stark*-Events brach klar und mit einem strahlend blauen Himmel an. Vom Meer wehte eine steife Brise.

Xiaowen und ich liefen zusammen – das mussten wir als Organisatorinnen quasi. Wir hatten die Laufteams der Highschool gebeten, mitzumachen und mit den kleineren Kindern die kürzere Strecke zu laufen. Audrey hatte vorgeschlagen, wir sollten alle Superhelden-T-Shirts tragen, sodass die Wiese in der Stadtmitte jetzt mit Avengers, Batman und Superman gefüllt war. Ein rothaariges Mädchen hatte sich wie die Schwarze Witwe angezogen – es würde sicher nicht leicht werden, in Leder zu laufen, aber sie konnte den Look definitiv tragen.

Audrey war noch nicht fit genug für den Lauf, aber sie hatte sich bereits für nächstes Jahr verpflichtet. Immerhin ging sie die Drei-Kilometer-Strecke in einem T-Shirt, auf dem stand: *Gesundheit kommt in allen Größen*. Poe hatte angeboten, mit ihr zu gehen. Sie trug das *Lauf weit*-Banner. »Ich muss doch zu meiner Freundin halten«, sagte sie.

Ich war unglaublich stolz auf beide Mädchen. So stolz, dass mir jedes Mal die Tränen in die Augen stiegen, wenn ich sie ansah. Poe merkte es und verdrehte die Augen, aber sie lächelte dabei.

Mom und Donna leiteten die Wasserstation und verteilten die Startnummern an die kurz entschlossenen Teilnehmer. Der Großteil der Umarmungstherapie-Gang half ebenfalls – Mr. Carver, der weinende Witwer, Jake, Bob Dobbins, der meiner Mutter immer wieder verwirrte Blicke zuwarf.

»Wie läuft es so?«, hörte ich eine Stimme und drehte mich lächelnd um.

Sullivan Fletcher.

»Hey Hübscher«, sagte ich.

»Selber hey.«

Wir grinsten einander dümmlich an, wie es nur zwei Menschen tun konnten, die umwerfenden Sex gehabt hatten. Oh ja. Erst an der Wand, dann schön langsam im Bett … und später in der Küche. Wir hätten mindestens eine Medaille verdient.

Er beugte sich vor und küsste mich.

»Alte Leute, die sich küssen«, sagte Poe. »Guck schnell weg!« Audrey lachte.

Vor Kurzem war er zum Dinner aufs Hausboot gekommen. Poe wohnte im Moment noch bei Mom, aber am Ende des Sommers würden wir in ein Haus ziehen, sollte mein Angebot angenommen werden. Sully und ich hatten auf der Dachterrasse gesessen, Wein getrunken und zugesehen, wie Boomer die Blätter der Pfefferminzpflanze ableckte. Ich hatte über irgendetwas gelacht, das Sully gesagt hatte, als er sich vorbeugte und auf sein Handy tippte. »Ich hab's«, sagte er.

»Was hast du?«

»Dein Lachen. Es ist jetzt gespeichert und kommt in meinen Beste-Dinge-Ordner.«

Mein Herz, meine intimsten Stellen, jedes Stück von mir war in purer Lust entflammt. Wir hatten es gerade so eben ins Schlafzimmer geschafft.

»Hallo«, sagte Amy. Sie trug ein T-Shirt mit einer darangesteckten Starternummer. Boomer ging zu ihr und schleckte ihr übers Knie.

»Hey Amy«, erwiderte ich. Sie schien kein Problem damit zu haben, dass ich mit dem Vater ihres Kindes zusammen war. Andererseits hatte sie die Beziehung ja auch schon lange hinter sich gelassen.

Um ehrlich zu sein, Amy war gar nicht so schlimm. Ich hatte herausgefunden, dass sie ein ganz normaler Mensch war und nicht länger die Königin der Cheetos. Nur eine Mom mit zwei Kindern, die ihr Bestes gab und versuchte, ihren Lebensunterhalt zu verdienen. Sie war nicht die Einzige, die damals ihre Mitmenschen beurteilt hatte. Wie ironisch, dass das fette Mädchen und die Ballkönigin nun beinahe Freundinnen waren.

»Läufst du die fünf oder die zehn Kilometer?«, fragte Sully sie.

»Die zehn«, sagte sie. »Und du, Flabby?«

»Sorry, was hast du gesagt?«, fragte er.

»Ich sagte: ›Und du, Flabby?‹«, wiederholte sie lauter und deutlicher.

»Sorry. Ich habe es immer noch nicht verstanden.«

»Ich *sagte* … Oh, ich verstehe. Du machst Witze. Er macht Witze, Nora. Das passiert nur sehr selten, also genieß es.«

Sully lächelte.

Natürlich liebte ich ihn.

Lustig, wie einfach das sein konnte. Wenn man den richtigen Menschen fand, gab es kein Verstecken von Makeln …, sondern nur das Bemühen, es besser zu machen. Es hatte etwas Tröstendes, sich die eigenen Schwächen einzugestehen und zu versuchen, sie zu überwinden. Zu wissen, dass man nicht immer auf Hochtouren sein musste, immer lustig, gut gelaunt, aufmerksam … Zu wissen, dass man nur man selber sein musste. Mir gefiel die Sicherheit zu wissen, dass er einfach gerne mit mir zusammen war.

Ich hatte mich gemeinsam mit ihm und Audrey für einen Kurs in Gebärdensprache angemeldet, der im Herbst in Portland stattfinden würde. Wie es aussah, würde ich den bald brauchen.

Ich drückte Sullys Hand. »Ich muss nach vorne zu Xiaowen«, sagte ich.

»Viel Glück.«

»Wir sehen uns im Ziel!«, rief Amy. »Aber ich bin in der Schule gelaufen, also … könnte ich schon zu Hause sein, wenn du ankommst. So ein Ärger.«

Ich lachte.

Xiaowen war die Zeremonienmeisterin und konnte wesentlich besser mit einem Mikrofon umgehen als die meisten Menschen. Sie hieß alle willkommen, nannte einige beim Namen, sprach davon, wie jeder sich körperliche Kraft und eine gute Gesundheit zum Ziel setzen und sich gerne zum gemeinsamen Training bei ihr melden könnte. Dabei schaffte sie es, nur viermal das F-Wort zu benutzen.

Die Leute liebten sie (natürlich) und lachten und klatschten. In der Menge sah ich Richard Hemmings, den Typen aus dem Jitters. Hmm.

Ich hatte so den leisen Verdacht, dass er hier war, um meine Freundin zu sehen, auch wenn die sich mir gegenüber immer noch dumm stellte.

»Legen wir los«, sang Xiaowen. »Geht weit! Seid stark! Bewegt eure Hintern!« Der Startschuss erklang, und die Menge jubelte. Kein Grau mehr … nur überall Farben: das Blau von Himmel und Meer, die blühenden Blumen in den Kästen und Töpfen, die bunt angestrichenen Türen auf der Main Street, die farbenfrohe Mischung aus T-Shirts, als wir uns wie eine einzige Person vorwärtsbewegten.

Wir alle. Gemeinsam.

Wir nahmen über fünfzehntausend Dollar für eine Gesundheitsinitiative ein, die sich an Kinder der sechsten bis zwölften Klasse richtete. Koch- und Ernährungskurse, neue Geräte für die Sporthalle, Adipositasprävention, all die guten Sachen. Das Picknick auf dem Stadtrasen bot Burger und Hot Dogs, aber auch vegetarische Burger, Vollkornbrötchen, Salate und Obst. »Maßhalten in allen Dingen«, wie mein Lieblingsdozent im Studium immer gesagt hatte.

»Ist es in Ordnung, wenn ich heute bei Audrey schlafe?«, fragte Poe mich.

»Wenn Gran damit einverstanden ist, bin ich es auch«, erwiderte ich. Meine Mom war einverstanden.

»Ich nehme an, dann sehen wir uns heute Abend wohl nicht«, sagte Sullivan. »Ich mache Popcorn und gucke *Das Schicksal ist ein mieser Verräter*.«

»Du Glücklicher. Aber ist schon okay. Xiaowen wollte sowieso vorbeikommen.«

»Ganz genau, Sully.« Xiaowen knuffte ihm gegen den Arm, um seine Aufmerksamkeit auf sich zu lenken. »Du weißt, wie wir Mädchen sind. Wir stehen immer an erster Stelle, richtig, Nora?«

»Richtig!«, bestätigte ich.

»Hört bitte auf, cool sein zu wollen«, bat Poe.

»Sorry.« Ich stand auf. Ich hatte mich klugerweise für den Aufbau gemeldet, sodass ich beim Abbau und Aufräumen nicht helfen musste. Sechs Meilen zu laufen waren mehr als meine üblichen vier, und meine Muskeln fingen an, sich zu verhärten. »Ich gehe jetzt nach Hause, um zu duschen und ein kleines Nickerchen zu machen. Wir sehen uns später, Leute. Super Job heute. Ich bin stolz auf euch.«

»Oh Gott, sie weint schon wieder«, sagte Poe.

»Ich habe nur was ins Auge bekommen, mehr nicht«, erwiderte ich und lächelte sie an. Sie tätschelte meine Schulter.

Als Boomer und ich uns unseren Weg durch die Menge suchten, war ich überrascht, wie viele Leute ich kannte – sowohl Sommergäste als auch Einheimische. Amelia, die einen Großteil unserer Einnahmen gespendet hatte, winkte mir zu. Mit ihrem großen, beigefarbenen Hut und der elfenbeinfarbenen Schleife daran sah sie aus, als wäre sie auf einem Derby. Ich winkte zurück und stieß dann mit jemandem zusammen.

Bobby.

»Hallo«, sagte er. Gloria stand mit in die Hüften gestemmten Händen hinter ihm.

Boomer, die treulose Tomate, fing an zu winseln, um bemerkt zu werden. »Hey Boomer«, sagte Bobby, und seine Stimme wurde ein wenig weicher.

»Was für eine Überraschung«, sagte ich.

»Wie geht es dir?«, fragte er.

»Mir geht es gut.«

Er wirkte angespannt, also wusste ich, dass etwas los war. Ah, hier kam es schon. Gloria stieß ihm fest in die Rippen.

»Äh, Nora«, sagte er. »Es tut mir sehr leid, dass ich dich Gloria gegenüber falsch dargestellt habe.«

»Ja, das sollte es auch.« Ich verschränkte die Arme vor der Brust.

Er stieß das Seufzen eines Mannes aus, der gezwungen war, etwas gegen seinen Willen zu tun.

»Und warum *hast* du gelogen, Robert?«, drängte Gloria ihn.

Noch ein Seufzer. »Ich habe versucht, mich interessanter zu machen, als ich es bin.«

»Oh«, sagte ich bewundernd. »Gloria, wow. Gut gemacht.«

»Danke.«

Bobby verdrehte die Augen.

Es war schwer zu glauben, dass ich mich einst so gesegnet gefühlt hatte, mit diesem Kerl zusammen sein zu dürfen. Diesem egozentrischen Armleuchter. »Deine Freundin hier ist weit außerhalb deiner Liga, Bobby. Viel Glück dabei, sie zu behalten.«

Ich ging weiter und spürte eine Hand auf meinem Arm. »Mir tut es auch leid«, sagte Gloria. »Ich habe kein sonderlich gutes Händchen mit Männern gehabt und dachte, der Trottel hier wäre anders, also war ich defensiv und habe seinen Blödsinn geglaubt.«

»Ich bin wohl kaum ein Trottel«, grummelte Bobby.

»Halt den Mund. Wie auch immer ...« Gloria zuckte mit den Schultern. »Ich hoffe, wir können ... Ich weiß es nicht. Zumindest wieder so zusammenarbeiten, wie wir es vorher getan haben.«

»Darauf kannst du wetten«, sagte ich. »Komm, Boomer.«

Es lag eine ungeheure Freiheit darin, wenn einem etwas wirklich egal war.

Ich fuhr nach Hause, ließ Boomer aus dem Wagen und sah zu, wie er mit der Nase auf dem Boden in den Wald raste.

Es fühlte sich so gut an, die piniengeschwängerte Meeresluft einzuatmen. Das Wasser stand hoch, war aber ruhig. Kleine Wellen plätscherten ans Ufer der Bucht, der Wind rauschte durch das lange Gras der Wiese. Irgendwo im Wald bellte Boomer zweimal.

Ich würde das Hausboot vermissen, so viel stand fest. Aber Poe war isoliert genug gewesen, und selbst wenn Collier Rhodes mir das Haus verkaufen würde (und ich es mir leisten könnte), lag es für meine Nichte zu abgelegen. Jim Ivansky, der nette Makler, hatte für mich ein Haus in der Stadt gefunden. Etwas Dauerhaftes. Meine Möbel, die ich so sorgfältig ausgesucht hatte, warteten schon, und Poe und ich könnten auch etwas Neues kaufen. Es wäre *unser* Haus. Unser Zuhause.

Mein Gott, meine Muskeln verkrampften sich jetzt ernsthaft. Ich ging ins Haus, stellte meine Tasche auf den Tresen und fand mich Angesicht zu Angesicht Luke Fletcher gegenüber.

Er war high. Stecknadelkopfgroße Pupillen, ein zuckender Muskel in seinem Kiefer. Mit einer Hand kratzte er sich am Arm.

In der anderen Hand hielt er ein Messer. Das große Messer zum Gemüseschneiden.

Eine Sekunde lang sah ich nur weiß. Mein Gehirn leerte sich komplett. Ich wurde von einer so großen Welle der Angst verschluckt, dass es keinen Raum für etwas anderes gab.

Und dann war ich wieder zurück in meiner Küche, in meinen Sportklamotten, und spürte das sanfte Wiegen des Hausboots.

Mit einem messerschwingenden Junkie vor mir.

»Womit kann ich dir helfen, Luke?«, fragte ich mit erstaunlich ruhiger Stimme.

»Wo bewahrst du deinen Rezeptblock auf?«

»In der Klinik. Was hast du genommen?« Meine Beine waren kribbelig vor Adrenalin.

»Ich brauche was. Vicodin. Hast du Vicodin?«

»Ich habe keine Medikamente im Haus. Geht es dir gut? Soll ich Sully anrufen?«

Das zu sagen war falsch gewesen. Er fing an, mit dem Messer gegen den Tresen zu tippen. »Soll ich Sully anrufen?«, äffte er mich nach, so wie er es früher immer getan hatte. »Du hältst dich auch für etwas ganz Besonderes, oder? Du glaubst, ich bin dumm. Du glaubst, du kannst meine Familie stehlen, so wie du mir das Stipendium gestohlen hast.«

»Ach je, nicht das schon wieder.«

»Fick dich.« Er machte einen Satz nach vorne, das Messer auf mich gerichtet, und die Angst flammte auf und erhellte all meine alten Verletzungen. Ich war vermutlich zusammengezuckt, und nun zitterte ich am ganzen Leib.

»Ich könnte dich umbringen, weißt du«, sagte er mit einem gemeinen Grinsen. »Ich könnte dir den Kopf einschlagen und dich ins Wasser werfen, und alle würden dich für eine fette Schlampe halten, die gestürzt ist.«

»Ja, ich schätze, das wäre möglich.« Ironischerweise verspürte ich einen Anflug von Mitleid mit Luke, diesem Goldjungen, aus dem nichts geworden war.

»Du wirst nicht hierbleiben. Du wirst nicht meinen Bruder und Audrey nehmen und sie einer Gehirnwäsche unterziehen. Du hast mir schon genug geklaut. Geh auf den Steg, du fette Schlampe. Es ist Zeit für dich zu verschwinden.«

Etwas in mir brach auf.

Die Angst war weg, und an ihre Stelle trat geschmolzene Wut.

»Ich habe *gar nichts* gestohlen. Ich habe mir das Stipendium *verdient*. Und ich habe etwas daraus gemacht. Ich bin Ärztin, du Stück Scheiße. Ich helfe Menschen. *Du* warst schon auf dem Weg in den Untergang, lange bevor du das Stipendium verloren hast. Und du hast recht. Du hast es verloren – und zwar deinetwegen. Du hättest auf eine andere Uni gehen können, aber du hast dich entschieden, dich zuzukoksen und dein Auto zu crashen. Und Sully hat den Preis dafür bezahlt. Sieh dich mal genau um, Luke. Du bist ein erbärmlicher Junkie, der von der Großzügigkeit seines Bruders lebt. Also hör auf herumzujammern und verschwinde von meinem Boot.«

Dieses Mal sprang er wirklich vor, und ich zuckte zurück, aber nicht schnell genug für einen vollgedröhnten Junkie. Er schlang einen starken Arm um meinen Hals und hielt mir das Messer ans Ohr. Sein Atem roch faulig.

*Poe. Mom. Lily. Sully. Audrey. Xiowen.*

Luke drängte mich aus der Tür – vermutlich, damit er mir auf dem Steg den Kopf einschlagen konnte. Unglücklicherweise hatte ich mit diesem Plan so meine Probleme.

In der Sekunde, in der wir auf dem Steg waren, stieß ich Luke den Ellbogen in den Magen, biss ihm so fest ich konnte in den Arm, drehte mich um und schlug ihm mit dem Handballen ins Gesicht. Ich spürte das Knirschen von Knorpel, als ich seine Nase traf. Er jaulte auf und fiel rücklings auf den Steg. Ich trat ihm so fest ich konnte in die Eier, und er schrie auf.

Der Selbstverteidigungskurs war jeden Cent wert gewesen.

Dann rauschte ein Schatten aus Schwarz und Braun heran, und ich hörte ein so bösartiges Knurren, dass ich eine Sekunde glaubte, es wäre ein Bär.

Aber es war Boomer, der seine Zähne in Lukes Arm vergrub und so fest an ihm zerrte, dass Luke herumgeschüttelt wurde wie eine Lumpenpuppe. Der Hund aller Hunde. Ich sah eine Sekunde lang zu, dann sagte ich: »Boomer! Aus!«

Er gehorchte und ließ mit einem tiefen Knurren und gefletschten Zähnen von ihm ab. »Beweg dich nicht«, sagte ich zu Luke. Sein Ärmel war nass vor Blut. Das tat mir irgendwie leid. »Guter Junge, Boomer. Guter Junge. Bleib.«

Ich ging hinein, nahm mein Handy aus der Handtasche, wählte den Notruf und bat um Polizei und einen Krankenwagen. Dann holte ich meinen Erste-Hilfe-Kasten.

Immerhin war ich Ärztin.

# Epilog

Ein Jahr später schaffte Poe im dritten Anlauf den Führerschein, und wir schmissen eine Party. Mom und Donna, Sullivan und Audrey, Xiaowen und Richard (Georgie, der Hotelbesitzer, hatte sich als schwul herausgestellt).

Wir dekorierten alles in Gelb und Purpur – die Gryffindor-Farben. Luftschlangen hingen über der Veranda, und wir hatten Harry-Potter-Pappteller und -Servietten. Ich hatte Poe gesagt, wenn sie bei mir wohnen wollte, müsse sie Harry Potter lesen, und sie hatte widerstrebend das erste Buch geöffnet und war seinem Bann sofort verfallen – genau wie der Rest der Welt.

Poes andere Freunde waren auch da – Bella Hurley, die Tochter der ehemaligen Cheeto Carmella Hurley, und Henry McShane, der total in sie verknallt war. Dazu noch sechs oder sieben andere aus ihrem Leichtathletikteam – Poe trainierte nun als Läuferin. Genau wie Audrey. Nachdem sie vom Cushing-Syndrom befreit worden war, war sie im letzten Jahr gute zehn Zentimeter gewachsen und hatte viel Gewicht verloren. Sie war glücklich und bezaubernd, und ich betete sie an. Ich wäre nicht überrascht, wenn sie das Perez-Stipendium gewinnen würde, denn ihre Noten waren hervorragend.

Selbst Teeny Fletcher war da. Sie hatte endlich zugegeben, dass Luke eine Grenze überschritten hatte. Und ja, sie würde bald meine Schwiegermutter sein. Wir würden nie beste Freundinnen werden, aber wir kamen miteinander klar.

An jenem Tag hatte ich geglaubt, Sullivan würde Luke töten. Er war vor allen anderen bei mir angekommen und hatte angefangen, seinen Bruder so heftig zu verprügeln, dass ich mich irgendwann zwischen sie drängte. Mit Sullivan und Boomer –

und mir – vor Ort war Luke in dem Moment kaum eine Bedrohung gewesen.

Luke war jetzt im Gefängnis. Und trocken. Sully meinte, wenn er seinen Bruder noch einmal auf der Insel sähe, würde er ihn eigenhändig ertränken.

Aber als ich eines Nachts allein auf der Dachterrasse saß, kam mir eine Erkenntnis.

Wenn Luke mich an jenem Tag getötet *hätte*, wäre ich nicht auf einer schmutzigen Straße in Boston gestorben, mich fragend, wer sich um meinen Hund kümmern würde. Nein, ich wäre mit einem Herzen voller Liebe gestorben: für Poe, für meine Mom und für diesen Ort. Ich wäre voller Farbe gestorben, nicht voller Grau – der blaue Himmel, das tiefe Grün der Pinien, die wechselhaften Farben des Meeres, die rosigorangefarbenen Sonnenuntergänge. Ich wäre in dem Wissen gestorben, wie es war, von einem wirklich guten Mann geliebt zu werden.

»Du bist der mutigste Mensch, den ich kenne«, hatte Sully an dem Tag zu mir gesagt und mich sehr lange sehr fest gehalten. Als er die Umarmung gelöst hatte, waren seine Augen feucht gewesen.

Der mutigste Mensch. Damit konnte ich leben.

Gelächter hallte von der Veranda herüber, wo die Teenager sich niedergelassen hatten. Die Haare meiner Nichte waren jetzt pink, und das stand ihr gut. Unsere Blicke trafen sich, und ihr Lächeln war alles für mich.

Lily saß noch im Gefängnis. Poe sprach beinahe jede Woche mit ihr; Lily hatte sich gebessert, was ihre Anrufe anging. Mit mir wollte meine Schwester am Telefon zwar nicht reden, aber das war in Ordnung. Ich hatte mit der Gefängnisärztin über eine Behandlung gesprochen, und sie sagte, sie würde meine Schwester medikamentös einstellen und ihr eine Therapie besorgen. Ansonsten hielt ich mich raus, weil ich erkannt hatte, dass Lily ihren eigenen Weg finden musste.

Ich hatte ihr ein Foto von der Inschrift in der Höhle geschickt.

*Nora und Lily, für immer zusammen.*

Und wir *waren* zusammen. Weit mehr als in den letzten zwanzig Jahren. Denn Lily war in Form ihres Kindes bei mir. Ich wusste nicht, was passieren würde, wenn sie herauskäme … aber man wusste ja schließlich nie, was das Leben für einen bereithielt. Immerhin hätte ich auch nicht erwartet, wieder auf die Insel zurückzukehren.

Die wohlriechenden, rosafarbenen Rosen, die neben unserem kleinen Häuschen wuchsen, standen in voller Blüte und erfüllten die Luft mit ihrem Duft. Ich schaute in den Himmel hinauf, der heute unglaublich blau und klar war.

Irgendwo da oben war mein Vater. Pass auf uns auf, Daddy, dachte ich. *Kümmere dich um Lily.*

»Glücklich?«, fragte Sullivan.

»Glücklich«, seufzte ich. Auch wenn er inzwischen im Lippenlesen hervorragend war, fand ich, dass er nicht die ganze Arbeit allein leisten sollte. Außerdem brachte es Spaß, in Gebärdensprache zu reden. Sullys Hörvermögen hatte sich im Laufe des letzten Jahres signifikant verschlechtert, aber er beschwerte sich nicht. Das tat er nie.

Die Gebärde für *glücklich* war, die geballten Hände mit zueinander zeigenden, ausgestreckten Daumen vor die Brust zu heben und nach außen zu bewegen. Ein frohes Herz, das vor Liebe überfloss.

Was nun, da wir darauf zu sprechen kommen, genau meinem Gefühl entsprach.

*Liebe Lily,*

*Poe macht sich in der Schule wirklich gut. Beim Querfeldeinlauf ist sie Dritte geworden und am Ende über die Ziellinie gesprintet. Du hättest uns für sie jubeln hören müssen! Mom hat beinahe einen Herzinfarkt erlitten.*

*Ich fühlte mich, als hätte sie bei den Olympischen Spielen gewonnen.*
*Hier ist es schon spät, und ich rieche den Rauch der Kaminfeuer. Die Wellen brechen sich an den Felsen und zischen auf ihrem Rückweg ins Meer über die Kiesel. Bald schon wird es für eine lange Zeit abends zu kalt sein, um draußen zu sitzen.*
*Die Sterne scheinen heute Nacht so hell. Bis du nach Hause kommst und sie selber anschauen kannst, werde ich sie für dich ansehen.*
*Alles Liebe*
*Nora*

# Danksagung

Einen ganz, ganz großen Dank an Julia Kristan, examinierte Krankenschwester (und meine geliebte Patentochter), für ihre Hilfe bei Verfahrensweisen und Terminologie, vor allem im Bereich der Notaufnahme. Danke auch an Dr. Mighty Jeff Pinco, der immer gewillt war, mir medizinischen Rat zu allem zu geben – von meinem Hautausschlag bis hin zu der Frage, wie schnell ein Auto fahren müsste, um mich zu töten, wenn ich auf dem Weg, um mir eine Pizza zu holen, unbefugt die Straße überquerte. Sie sind der Beste, Dr. J! Alle Fehler gehen auf meine Kappe.

Außerdem ein Dankeschön an:

Feuerwehrfrau Kori Kelly, die ihre Erfahrungen mit Hörverlust und auditiven Verarbeitungsstörungen mit mir geteilt hat; meine Praktikantinnen Jessica Hoops und Lillie Johnson, die in den letzten beiden Sommern so gute und gründliche Arbeit für mich geleistet haben; Jennifer Schulten, die Gründerin des Go-Far-Programms, das Tausende Kinder animiert hat, nach draußen zu gehen und Sport zu treiben, die Freuden der Teamarbeit zu erleben und zu sehen, wie weit sie es im Leben schaffen können; Wendy Xu, Erschafferin der *Angry-Girl*-Comics und außergewöhnlich sensible Lektorin, die mir mit dem Charakter von Xiaowen geholfen hat; meine Freundin und großartige Autorin Sherry Thomas dafür, dass ich ihren Namen ausborgen durfte; die Plot-Monkeys – Huntley, Shaunee, Stacia, Karen und Jen –, die mich zum Lachen bringen, bis ich nicht mehr kann, und deren wunderbare Ratschläge jedes Buch verbessern. Und ein ganz besonderer Dank an meinen Buchclub, der darauf bestanden hat, dass Tweety in einer Geschichte mitspielen darf.

Dem wundervollen Team von Harlequin, allen voran meiner Lektorin Susan Swinwood, bin ich für immer zu Dank verpflichtet. Ein großer Dank auch an Dianne Moggy, Michelle Renaud und all die Leute, die so hart an meinen Büchern arbeiten. Sarah Burningham von Little Bird Publicity überwältigt mich immer wieder mit ihrem Enthusiasmus, ihrer Kreativität und Energie. Und Dank auch an die großartige Mel Jolly, weil sie sich an alles erinnert, was ich vergesse, und alles tut, was ich nicht kann.

Maria Carvainis, meine Agentin, hält nun seit über zehn Jahren meine Hand. Madame, danke für Ihr Vertrauen zu diesem mittleren Kind. Außerdem einen Dank an die warmherzigen und wundervollen Ladys Elizabeth Copps und Martha Guzman von der Maria Carvainis Agency, Inc.

Vom Ehemann einer Autorin wird erwartet, lange Zeiten des Schweigens zu ertragen, wenn die Autorin nachdenkt, in Unterhaltungen vollkommen unlogische Einwürfe zu akzeptieren und generell mit Ablenkungen, Lauschen, Entmutigungen und viel unsinnigem Gebrabbel zu leben. Ich bin mir absolut sicher, dass niemand das besser handhabt als mein Mann. Danke, Honey.

Danke auch an meine Tochter und meinen Sohn, die Lichter meines Lebens, dafür, dass ihr ihr selbst seid. Ich liebe euch mehr, als ich je sagen könnte.

Und danke euch, meine Leserinnen und Leser. Danke, dass ihr mir eure Zeit schenkt. Das bedeutet mir alles.

*Kristan Higgins*

**Fast perfekt ist gut genug**

Alle um sie herum scheinen das Bilderbuch-Familienglück zu haben – nur Brautmodendesignerin Jenny nicht. Also kehrt Jenny Manhattan den Rücken und in ihre Heimatstadt zurück. Vielleicht färbt das perfekte Familienleben ihrer Schwester auf sie ab, vielleicht findet Jenny eine neue Liebe? Ein Sommer voller Geheimnisse und Lügen, der Versuchungen und Offenbarungen liegt vor den Schwestern – aber auch ein Sommer des wahren Lebensglücks.

ISBN: 978-3-95649-287-7
9,99 € (D)

*Laurie Gelman*
**Die Elternsprecherin**

Als Elternsprecherin hat man es alles andere als leicht, das weiß Jennifer allzu gut. Deshalb ist sie auch nur widerwillig wieder im Amt. Aber dieses Jahr hat sie einen Plan: Allergiker-Mom, Spießer-Dad und alle anderen sollen sich mal locker machen. Mit ihren E-Mails gewinnt Jennifer auch einige neue Freunde, aber dann proben die Helikopter-Eltern den Aufstand ...

ISBN: 978-3-95649-832-9
9,99 € (D)

Deutsche Erstveröffentlichung

*Meg Cabot*

**Erste Liebe, zweite Chance**

Es läuft rund für Becky: Sie führt ein gutgehendes Umzugsunternehmen in ihrer Heimatstadt Bloomville und hat mit Graham einen netten, verlässlichen Freund. Den Sommer mit ihrer ersten großen Liebe Reed hat sie verdrängt. Was auch ganz gut klappt, denn Reed hat vor zehn Jahren Bloomville – und auch Becky – überstürzt verlassen und ist mittlerweile als erfolgreicher Golfprofi in der Welt unterwegs. Doch als seine Eltern anfangen, sich seltsam zu verhalten und in einem Restaurant mit einer Briefmarke bezahlen, ist es mit Beckys Frieden vorbei. Reed kehrt zurück. Und ausgerechnet Becky wird engagiert, seine Eltern in ihren neuen Alterswohnsitz umzusiedeln.

ISBN: 978-3-95649-713-1
9,99 € (D)